本書曾獲

二〇〇六年「全國優秀古籍圖書獎」二等獎

二〇〇九年教育部「高等學校科學研究優秀成果獎（人文社會科學）」三等獎

文鏡秘府論彙校彙考（修訂本）上册

（附）文筆眼心抄

〔日〕遍照金剛 撰　盧盛江 校考

中華書局

圖書在版編目(CIP)數據

文鏡秘府論彙校彙考/(日)遍照金剛撰;盧盛江校考.—修訂本.—北京:中華書局,2015.10(2024.9重印)
ISBN 978-7-101-10820-0

Ⅰ.文… Ⅱ.①遍…②盧… Ⅲ.《文鏡秘府論》-校勘 Ⅳ.I207.22

中國版本圖書館CIP數據核字(2015)第047572號

責任編輯:馬 婧
責任印製:管 斌

文鏡秘府論彙校彙考(修訂本)
(全三册)
[日]遍照金剛 撰
盧盛江 校考
*
中華書局出版發行
(北京市豐臺區太平橋西里38號 100073)
http://www.zhbc.com.cn
E-mail:zhbc@zhbc.com.cn
三河市宏達印刷有限公司印刷
*
850×1168毫米 1/32·69⅛印張·14插頁·1653千字
2015年10月第1版 2024年9月第2次印刷
印數:2001-2500册 定價:298.00元

ISBN 978-7-101-10820-0

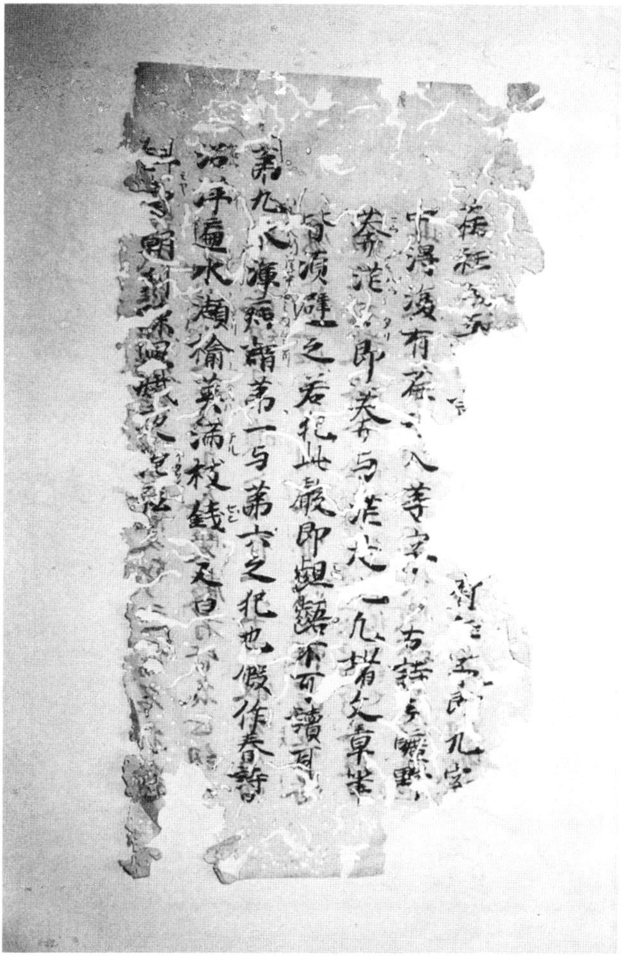

一　京都拇尾山高山寺甲本西卷（藏日本京都拇尾高山寺）

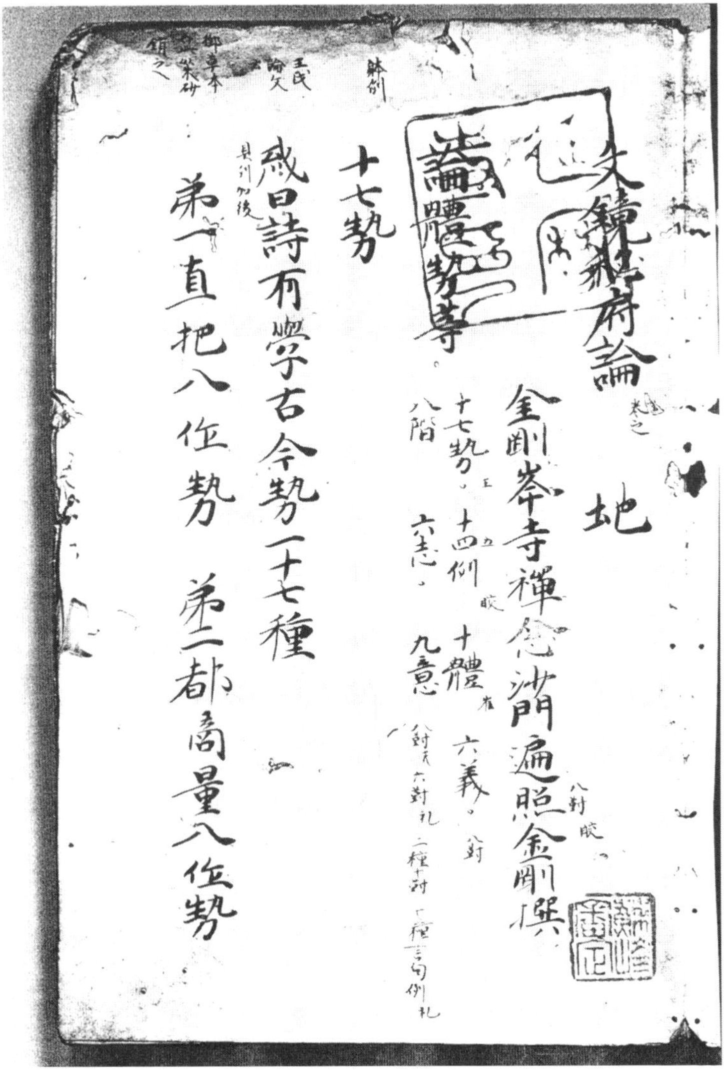

二　御茶水圖書館成簣堂本地卷卷首（藏日本東京御茶水圖書館）

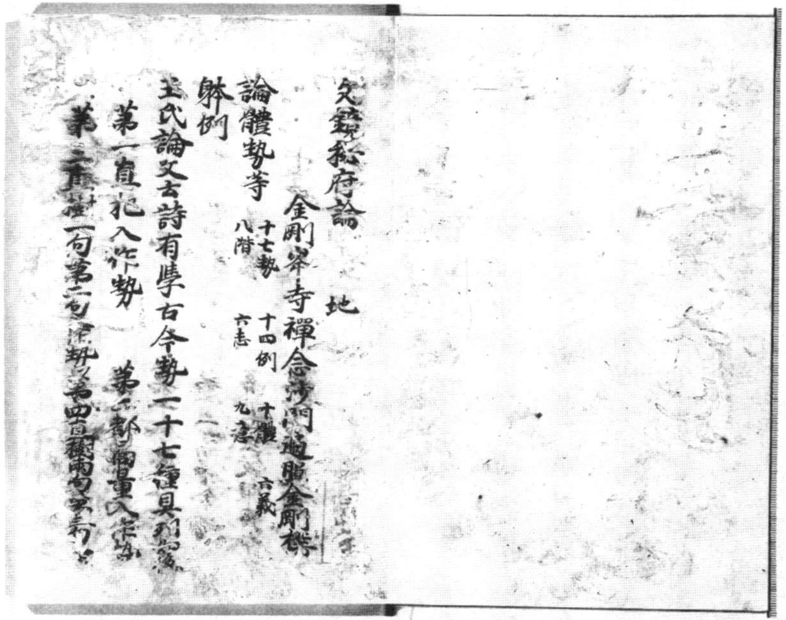

三　宫内廳本地卷卷首（藏日本東京宫内廳書陵部）

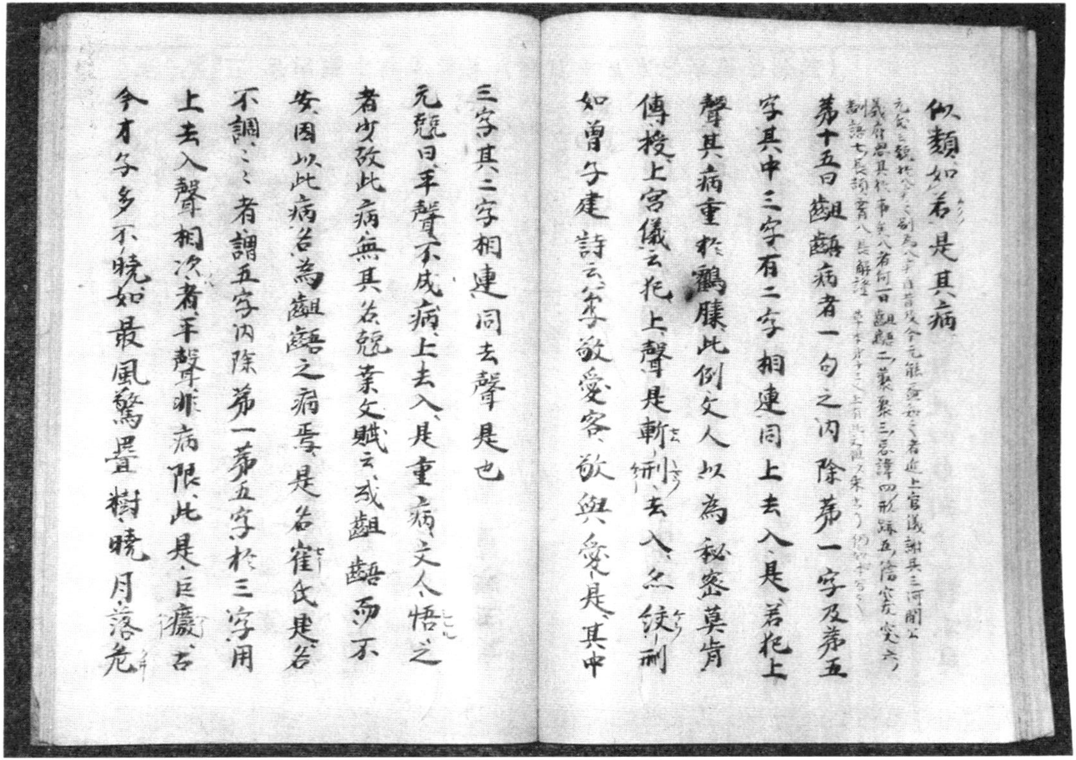

四　叡山文庫天海藏本西卷（藏日本京都延歷寺叡山文庫）

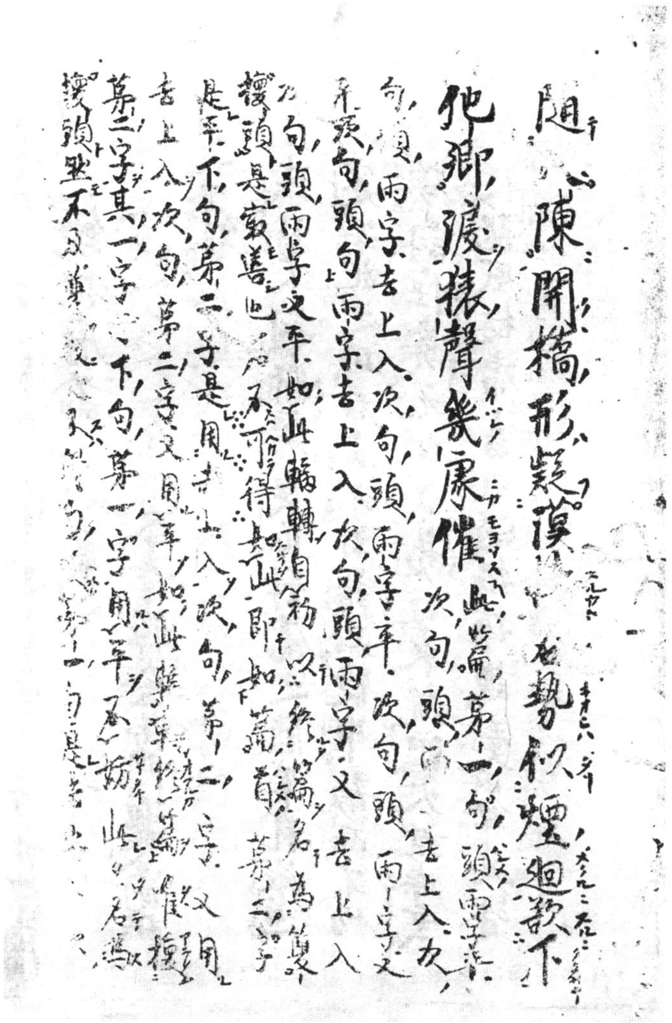

隨陳開橋形疑漢右勢似煙廻欲下
他鄉㶟猿聲幾處催此篇第一句頭兩字去上
次句頭兩去上入次
句頭兩字去上入次句頭兩字平次句頭兩字又
平聲句頭句兩字去上入次句頭兩字又去上入
句頭兩字又平如此輪轉自初以終篇名為簇
撰頭是最善也不可得其此即如篇首第二字
是平下句第二字是用去上入次句第二字又用
去上入次句第二字又用平如此輪轉終篇唯換
第二字其一字下句第一字用平不妨此為
撰頭然不及第二字[illegible]第一句是[illegible]

五　六地藏寺本天卷（藏日本茨城縣水户市六地藏寺）

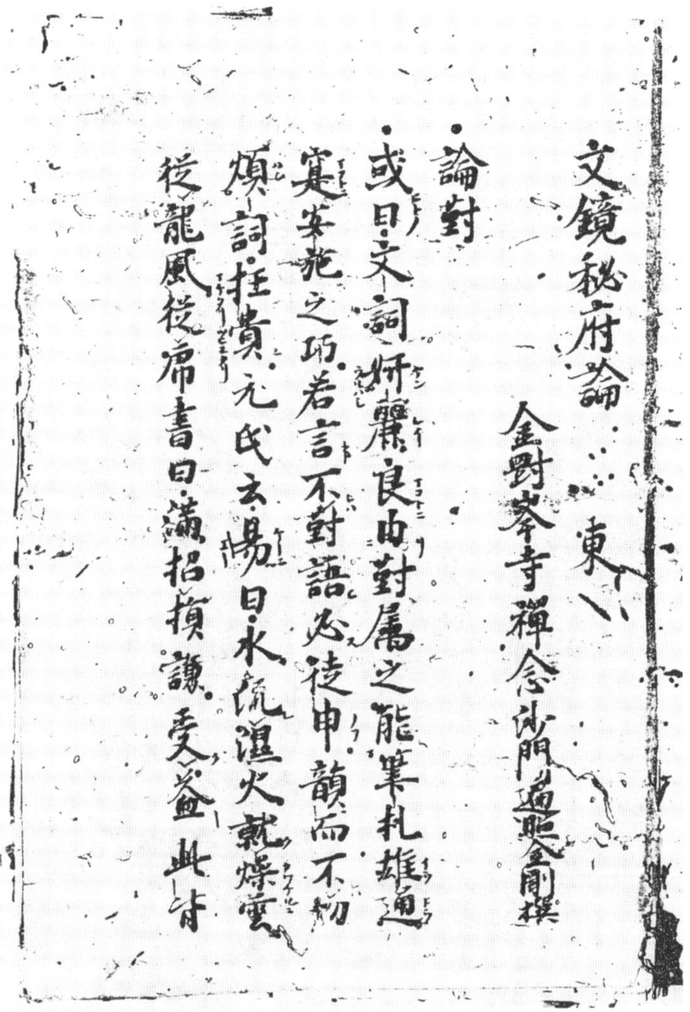
文鏡秘府論　東
金剛峯寺禪念沙門遍照金剛撰
論對
或曰文詞妍麗良由對屬之能筆札雄通
寔安施之巧若言不對語必徒申韻而不切
煩詞枉費元氏云易曰水流濕火就燥雲
從龍風從虎書曰滿招損謙受益此皆

六　京都醍醐寺甲本東卷卷首（藏日本京都醍醐寺）

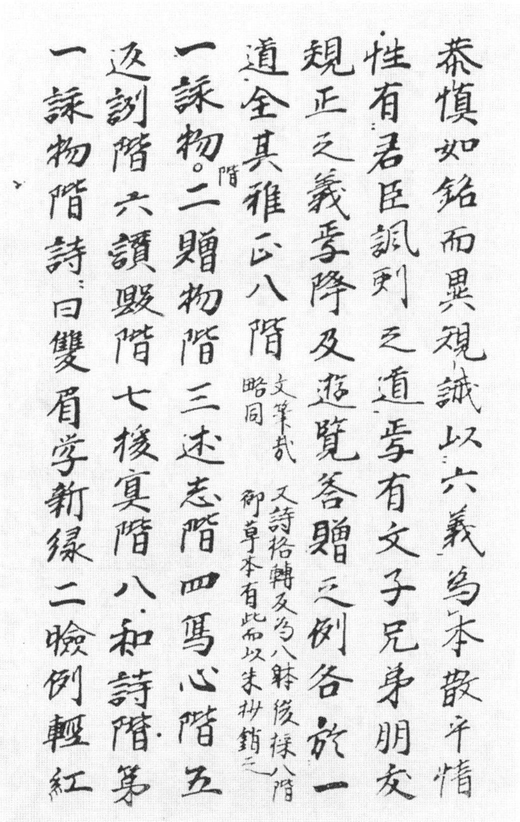
恭慎如銘而異覩誡以六義爲本散乎情
性有君臣諷刺之道焉有文子兄弟朋友
規正之義焉降及遊覽答贈之例各於一
道全其雅正八階文筆式略同 又詩格轉及爲八轉後採八階御草本有此而以朱抄銷之
一詠物階二贈物階三述志階四寫心階五
返詶階六讚毀階七援寡階八和詩階第
一詠物階詩曰雙眉學新緑二臉例輕紅

七　京都醍醐寺乙本地卷（藏日本京都醍醐寺）

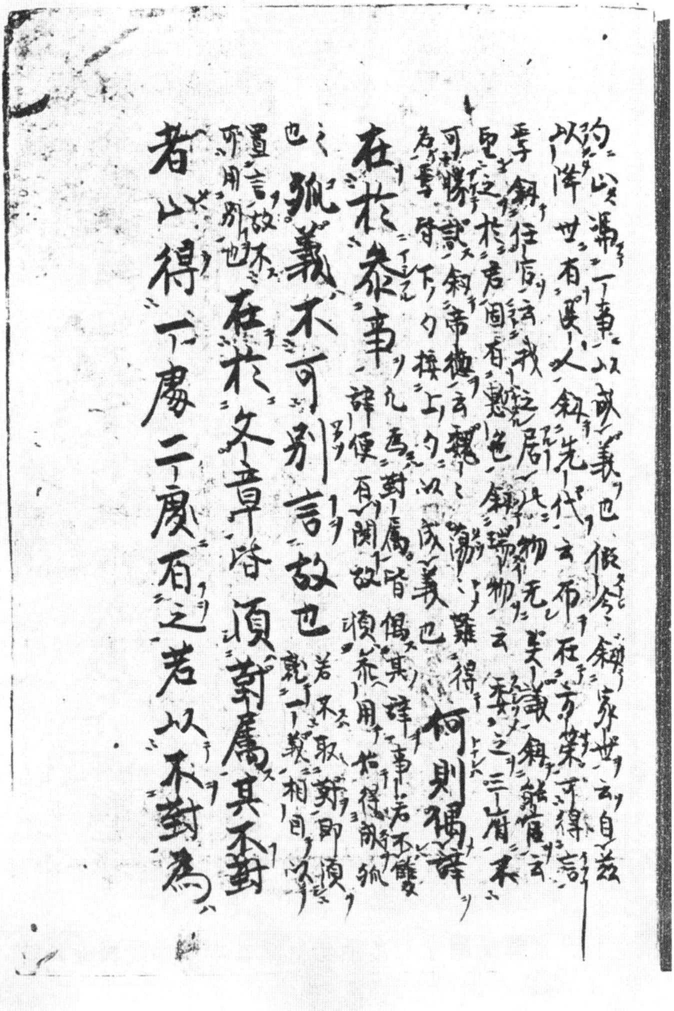

八　京都醍醐寺丙本北卷（藏日本京都醍醐寺）

九　京都醍醐寺義演抄本西卷（藏日本京都醍醐寺）

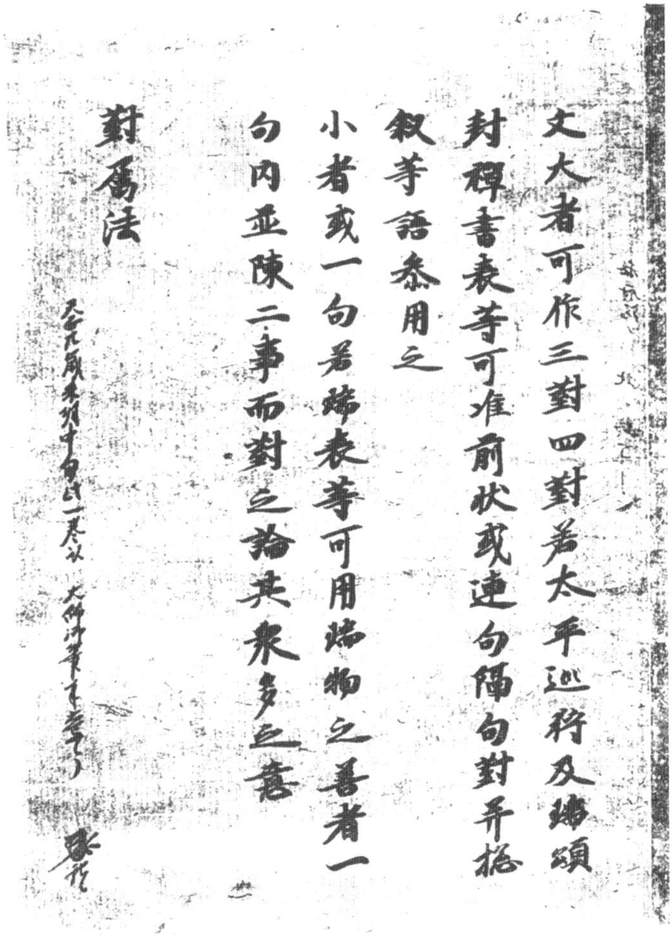
文大者可作三對四對若太平巡狩及歸頌
封禪書表等可准前狀或連句隔句對并據
叙等語參用之
小者或一句若歸表等可用歸物之善者一
句內並陳二事而對之論共衆多之意

對屬法

天正廿歲朱明中旬此一卷以 大師御筆奉書寫了

（花押）

十　京都醍醐寺義演抄本北卷卷尾（藏日本京都醍醐寺）

此頁有題記“天正廿歲朱明中旬此一卷以　大師御筆奉書寫了　（花押）（義演）記之”，這是一條草本材料

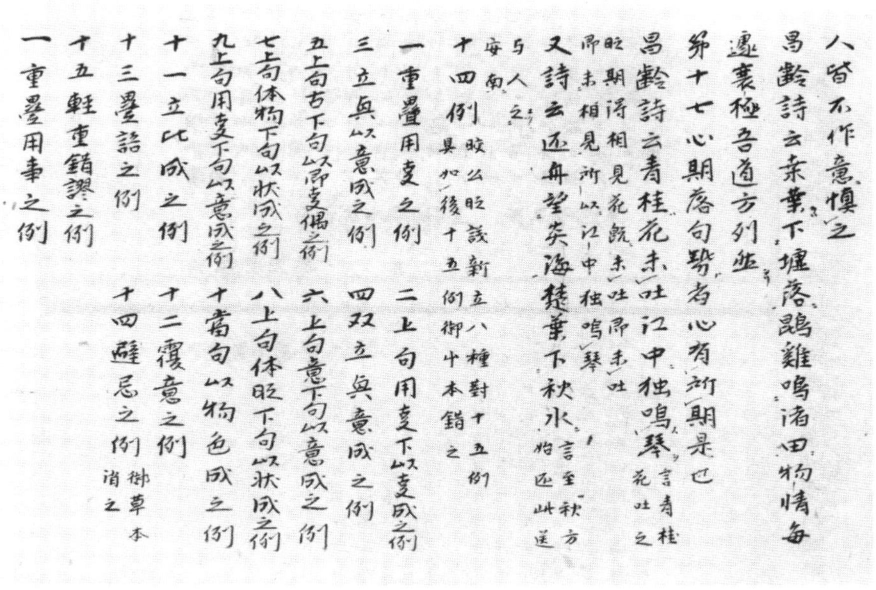

十一　松本文庫本地卷（藏日本京都大學人文科學研究所東洋學圖書館）

文鏡秘府論卷四　終

文鏡秘府論　西

金剛峰寺禪念沙門　遍照金剛撰

論病　文二十八種病　文筆十病得失

夫文章之興，與自然起，宮商之律，共二儀生，是故奎星主其文，書日月煥乎其章，天籟自諧，地籟冥韻，葛天唱歌，虞舜吟詠，書王入室，摛藻之前，游夏升堂，學文之後，四紐未顯，八病無聞，雖然，五音妙其調，六律精其響，銓輕重於毫忽，韻清濁於錙銖，故能九夏奏而陰陽和，六樂陳而天地順，和人理，通神明，風俗移，鳥獸舞，自

十二　豹軒藏本西卷卷首（藏日本京都大學文學部圖書館）

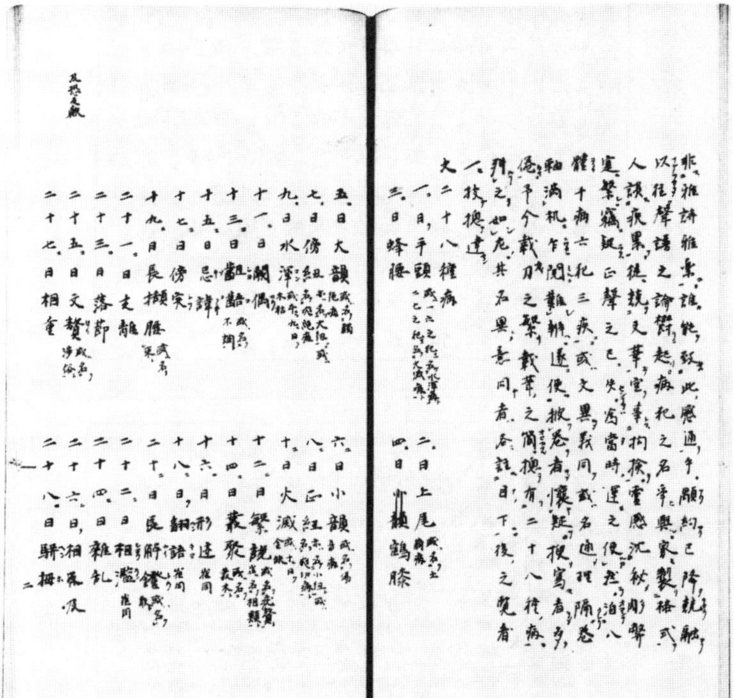

非雅詩雅樂，雖能致此感通乎，顒約已降，兢融以往，聲譜之論鬱起，病犯之名爭興，家製格式，人談疾累，徒競文華，空事拘檢，靈感沈秘，雕弊實繁。竊疑正聲之已失，爲當時運之使然。洎八體、十病、六犯、三疾，或文異義同，或名通理隔，卷軸滿机，乍閲難辨，遂使披卷者懷疑，搜寫者多倦。予今載刀之繁，載筆之簡，總有二十八種病，列之如左。其名異意同者，各注目下。後之覽者，一披總達。

文二十八種病

一曰平頭　二曰上尾
三曰蜂腰　四曰鶴膝
五曰大韻　六曰小韻
七曰傍紐　八曰正紐
九曰水渾　十曰火滅
十一曰闕偶　十二曰繁說
十三曰齟齬　十四曰叢聚
十五曰忌諱　十六曰形迹
十七曰傍突　十八曰翻語
十九曰長擷腰　二十曰長解鐙
二十一曰支離　二十二曰相濫
二十三曰落節　二十四曰雜亂
二十五曰文贅　二十六曰相反
二十七曰相重　二十八曰駢拇

十三　豹軒藏本西卷（藏日本京都大學文學部圖書館）

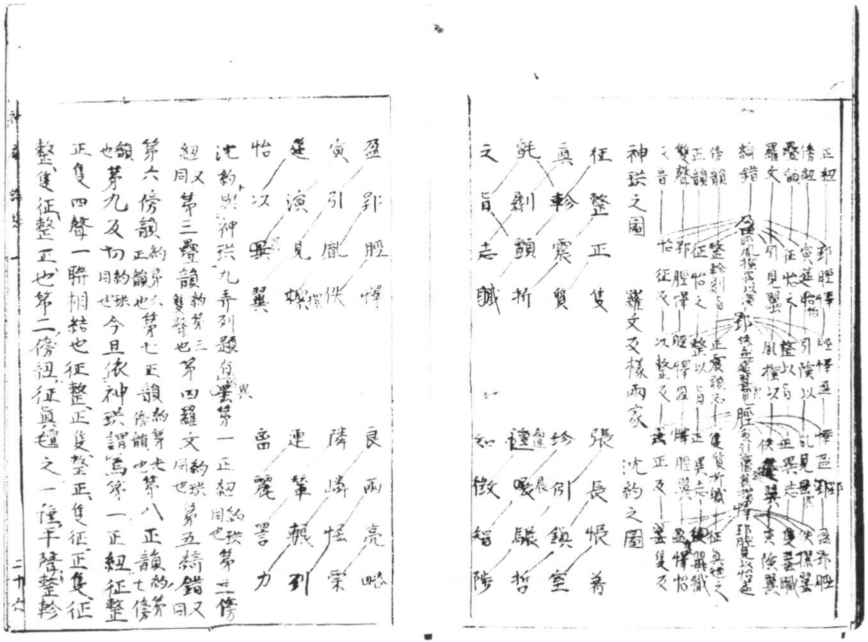

十四 持明院本維寶《文鏡秘府論箋》第一卷（藏日本高野山大學圖書館）

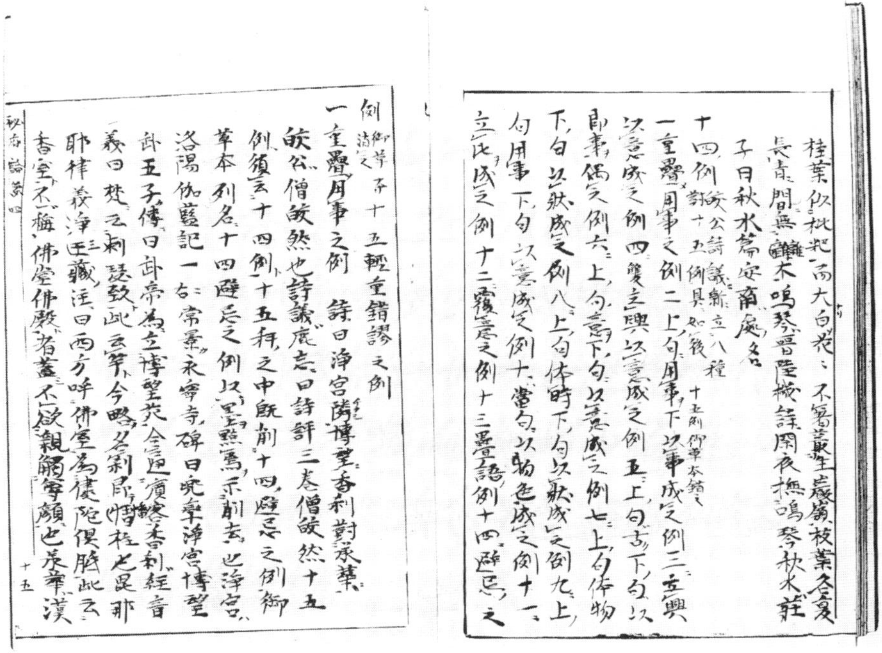

桂葉似枇杷而大白花，不凋叢生巖嶺，枝葉冬夏
長青，間無雜木。鳴琴晉陸機詩：閑夜撫鳴琴。秋水莊
子日秋水篇。定爾處名。
十四例 皎公詩議新立八種 十五例具如後
一重疊用事之例 二上句用事下以事成之例 三立興 十五例御草本錯之
以意成之例 四雙立興以意成之例 五上句古下句以
即事偶之例 六上句意下句以意成之例 七上句體物
下句以狀成之例 八上句體時下句以狀成之例 九上
句用事下句以意成之例 十當句以物色成之例 十一
立比以成之例 十二覆意之例 十三疊語之例 十四避忌之

秘府論箋四
例 御草本十 消之 十五輕重錯謬之例
一重疊用事之例 詩曰淨宮鄰博望，香剎對承華。
皎公僧皎然也。詩議 底本曰詩評三卷僧皎然 十五
例須云十四例，十五拜之中，既前十四避忌之例，御
草本列名十四避忌之例以下至點焉示削去也。淨宮
洛陽伽藍記一云常景永寧寺碑曰：既乖淨宮博望
卧五子傳曰卧帝為立博望苑，含宣通賓客。香剎經音
義曰梵云刹瑟致，此云竿，今略名刹，即幡柱也。昆那
耶律義淨注三藏注曰西方呼佛堂為健陀俱胝，此云
香室，不敢斥，佛殿者蓋不欲親觸尊顏也。承華漢
十五

十五 持明院本維寶《文鏡秘府論箋》第四卷（藏日本高野山大學圖書館）

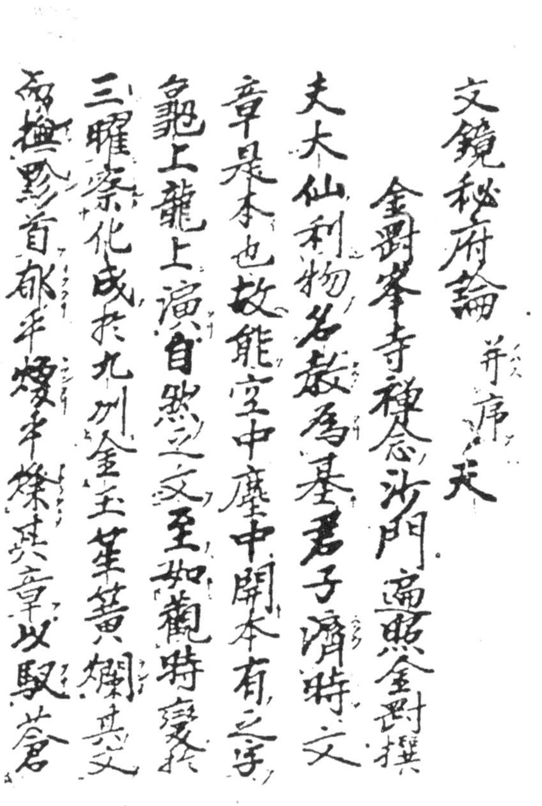

文鏡秘府論　并序　天
金剛峯寺禪念沙門遍照金剛撰
夫大仙利物名教爲基君子濟時文
章是本也故能空中塵中開本有之字
龜上龍上演自然之文至如觀時變於
三曜察化成於九州金玉笙簧爛其文
而撫黔首郁乎煥乎燦其章以馭蒼

十六　田中穰氏藏本天卷卷首（轉自《田中教忠藏書目録》田中穰自家版，一九八二年）

目録

前　言

《文鏡秘府論》這部日本人編撰的中國詩文論著作，是中日文化交流的產物，是空海文學修養和佛學造詣交融的結晶。它的編撰有一個過程，既有政教的色彩，又有佛學的宗旨，更有文學的目的。它有大體完整的結構，在結構方式上帶有日本人思維方式的特點。這部著作有其特有的價值，在千年流傳過程中，有着自己的傳本系統。對《文鏡秘府論》的整理研究，已有很好的成果，但也存在不少問題。本書旨在對這部著作作一比較全面的帶總結性的整理工作。

一

《文鏡秘府論》的編撰者空海（七七四—八三五），俗姓佐伯直，空海爲其受具足戒之法號，入唐時從惠果接受學法灌頂名爲遍照金剛，卒後日本天皇贈謚弘法大師。他曾隨第十七次遣唐使入唐，繼承密教衣鉢，回日本後創日本佛教真言宗。不論在中日文化交流史上，還是在日本文化史上，空海都是一個重要人物。

空海編撰《文鏡秘府論》，不是偶然的。

他自小就受漢文化薰陶。日本寶龜五年（七七四），空海出生於四國讚岐國多度郡屏風浦（今日本四國島香川縣善通寺市）。這是一個名門貴顯之家。父佐伯直田公，母阿刀氏。其舅阿刀大足，爲桓武天皇皇子伊豫親王學士，以孔儒文學而知名。空海十五歲入京，依其舅學《論語》、《孝經》、史傳、文章等①。十八歲，又入大學明經科，從直講味酒浄成學《毛詩》、《尚書》等，從岡田牛養博士學《左氏春秋》等。這時他已受到六朝詩文論的薰陶，十八歲時寫成《聾瞽指歸》②，其中就説「曹建之詩，未免齟齬，沈休之筆，猶多病累」，又説「欲賦瀌瀌之白雪，纏八病之有制」，又説「夫體物緣情，先賢所論」③。由此我們知道，他讀過曹植、沈約的詩文作品，並有自己的評價，他了解永明聲病説，也熟悉陸機《文賦》「詩緣情而綺靡，賦體物而瀏亮」之論，這些多成爲後來編入《文鏡秘府論》的重要材料。

他專好佛經，並且年輕時就有相當高深的造詣。十二歲時即以奉佛爲事。據《御遺告》等，空海十五歲入京，即於石淵寺訪僧正勤操和尚，受虚空藏求聞持法。十八歲，作《聾瞽指歸》，後改寫定名爲《三教指歸》，解釋儒、佛、道三家不同的思想要旨，表達學佛的決心。二十歲，在勤操僧正主持下，於和泉國槙尾山寺（今日本和泉市槙尾山施福寺）剃度受沙彌戒。二十二歲，於奈良東大寺壇院受具足戒，法名空海。此後至入唐的數年間，空海當是遍遊日本名山，訪師求法，鑽研佛典。《文鏡秘府論》的編撰思想中有佛學内涵，空海的佛學造詣不應該是與《文鏡秘府論》編撰無關的事情。

空海入唐，對《文鏡秘府論》的編撰來説，更是值得注意的事情。入唐須渡海，海上航行有數不盡的艱難，遇風暴而漂流數月，甚至遇難而死是常有之事。不少人因此借故躲避，而空海却是上書自請入唐。唐貞元二十年（八〇四），他隨第十七次遣唐使入唐，「忘身銜命，冒死入海」，同樣經歷了「暴雨穿帆，戕風折舵」的海上險難④。七月六日從日本出發，第二天就遇上暴風雨，在海上漂泊三十四個晝夜，八月十日始漂至福州長溪縣赤岸鎮，又經數月旅途顛簸，於十二月始抵長安。空海入唐的主要目的當然在佛學。他住長安佛教文化中心西明寺，而歷訪名寺，尋道求法。次年五月上旬，空海訪青龍寺，首次進謁佛教真言宗第七代宗主惠果高僧。六月、七月、八月三次接受惠果的灌頂。惠果授空海以遍照金剛的法名，傳法器予空海，空海由此成爲真言宗第八代宗主。惠果於唐永貞元年（八〇五）十二月十五日入寂。次年一月，空海參加葬禮，並被公推爲惠果碑文的撰寫人。三月，他已抵越州，八月由明州出發登船，於十月二十日回到日本，帶回佛教經、律、藏等典籍和佛像、法具等。這時密教真言宗大師在中國已後繼無人，而空海回國後，却創立日本佛教真言宗。這一切，都是爲佛教。但是空海入唐也與文學有關。他攜回日本獻給天皇的東西中，有文學作品集和詩學著作，據《書劉希夷集獻納表》和《獻雜文表》，有《劉希夷集》四卷、王昌齡《詩格》一卷、《貞元英傑六言詩》三卷、《王昌齡集》一卷、《雜詩集》四卷、《朱畫詩》一卷、《朱千乘詩》一卷、《王智章詩》一卷。《書劉希夷集獻納表》説：「王昌齡《詩格》一卷，此是在唐之日，於作者邊偶得此書。古詩格等，雖有數家，近代才子，切愛此格。」⑤王昌齡《詩格》對作詩環境有叙述，所叙情景，多與江南風物相合，這説明此《詩格》可能是王昌齡爲江寧丞時所作。空海所説的「作者邊」，當就指江寧一帶。這正是空海自福州往長安必經之處！他後來回國，也要經過這一帶！他説「近代才子，切愛此格」，可見他已知道此書的價值，所謂「偶得」，帶有意外得到而驚喜的意思。他啓程回國途中，經越州，有《與越州節度使求内外經書啓》，在他所求的書物中，就有「詩賦碑銘」⑥。説空海入唐曾有心尋訪文學類書，當非無據之臆測。他入唐和文人有過交往。他在長安是否見過白居易等詩人，尚無根據，但馬總、胡伯崇、朱千乘、朱少端、鄭壬、曇靖、鴻漸等人有詩贈予空海，則是事實。没有根據説空海這時已有編撰《文鏡秘府論》的明確意向，但説空海入唐也注意到中國文學，包括詩文論，客觀上爲《文鏡秘府論》的編撰作了一定的資料準備，當是可以的。他繼承惠果衣鉢，成爲真言宗第八代宗主，可能也使《文鏡秘府論》的編撰宗旨更帶有密教真言宗色彩。

回到日本，空海的主要業績當然仍在佛教。回國後不久，新即位的平城天皇封空海爲大法師。日本大同三年（八〇八），天皇敕居槙尾山寺。翌年，嵯峨天皇即位，空海入住平安京高雄山寺，開始傳播真言宗。弘仁七年（八一六），得天皇敕賜紀伊高野山，作爲傳播真言宗的基地。弘仁十年（八一九），着手建立高野山伽藍金剛峰寺。弘仁十四年（八二三），再得天皇敕賜京都東寺作爲又一傳教基地。天長元年（八二四）被敕封少僧都，天長四年更被敕封大僧都。這期間，他以護國保民爲號召，佈教作法。他撰寫《秘密曼荼羅十住心論》等密教著作。他在語言文字、文學、書法、教育等方面也有傑出貢獻。他主持編成日本第一部漢字字典《篆隸萬象名義》。他繼吉備真備創造日本片假名之後，創造了平假名。他的詩文作品編成了《性靈集》。書法上他是一代大師。他創辦了日本歷史上第一所民間學校——綜藝種智院。空海圓寂後，日本天安元年（八五七），天皇追贈大僧正，貞觀六年（八六四）贈印法大和尚，延喜二十一年（九二一）贈謚弘法大師。

《文鏡秘府論》，是空海在以傳佈佛教爲主的諸多文化業績中所作的又一貢獻。空海之所以想到編撰《文鏡秘府論》，除他自己自幼受漢文化薰陶，有很深的文學造詣之外，我以爲有兩個人物值得注意。

一是嵯峨天皇。空海和嵯峨天皇有着非同一般的關係。政治上，在天皇與貴族代表藤原氏的明爭暗鬥中，空海佈道弘法明確以「鎮護國家」爲號召，全力支持嵯峨天皇，而嵯峨天皇則以皇室之力幫助空海創立真言宗。文學藝術上，嵯峨多才多藝，書法與空海並爲「二聖」，對文學也非常愛好。空海和嵯峨天皇有不同尋常的文學藝術上的交誼。前面我們列數了空海入唐攜回的詩文集，那些詩文集，回國後未立即獻給當時在位的平城天皇，而是事隔五年之後，獻給嵯峨天皇。弘仁七年（八一六）作《敕賜屏風書了即獻表并詩》⑦，空海還談到了調聲、避病、格律問題。空海獻給嵯峨天皇的作品集，有的編入了《文鏡秘府論》，如王昌齡《詩格》。空海獻表談到的調聲、避病、格律等問題，則成了《文鏡秘府論》的一個重要内容。可以想見，以空海和嵯峨天皇不同尋常的交誼，他們在一起當討論過文學問題、詩文作法問題。雖不一定直接談到過《文鏡秘府論》，但空海與嵯峨的文學交誼，對引發他的編撰動機却可能有過某種間接作用。

值得注意的還有空海的弟子。《文鏡秘府論》天卷序空海自述寫作緣起説：「雖然，志篤禪默，不屑此事。爰有一多後生，扣閑寂於文囿，撞詞華乎詩圃。音響難默，披卷函杖，即閲諸家格式等……」他説，《文鏡秘府論》撰述的直接動機，在於「一多後生」熱心文筆，懇請大師撰述。「一多後生」何所指，各家理解不同。空海《三教指歸序》：「爰有一多親識，縛我以五常索，斷我以乖忠孝。」這裏所謂「一多親識」，指空海外舅阿刀大足。而所謂「一多後生」，一説指一人及多人，一説指一個優秀的後輩，一説指一多法界説之後輩⑧。筆者認爲：「一多後生」的「一多」，可能用解《易》大衍義的用語，指變化成卦的少陰之數，指三十二⑨。「一多後生」的「一多」指「後生」的當時年齡爲三十二歲。「一多後生」當指空海年少的弟子，實慧的可能性較大⑩，可能還包括真濟等人。後生弟子的懇請，促成了《文鏡秘府論》的編撰。

這就可以來看《文鏡秘府論》的作年。内藤湖南據《文筆眼心抄》序「于時弘仁十一年中夏之節也」一句，斷定《文鏡秘府論》作於弘仁十一年（八二〇）之前⑪。加地哲定據《文鏡秘府論》每卷的署名「金剛峰寺禪念沙門遍照金剛撰」，進一步認爲《文鏡秘府論》作於弘仁十年（八一九）金剛峰寺建立以後⑫。但小西甚一認爲，弘仁十年、弘仁十一年之際，空海往返於京都、高野山之間，營築高野山極爲繁忙，不可能整理衆多的文獻撰寫《文鏡秘府論》。而自大同四年（八〇九）八月至弘仁七年（八一六）之前的七年間，空海住神護寺，時間最充裕。《文鏡秘府論》的初稿應在這一時期寫成。至於「金剛峰寺禪念沙門遍照金剛撰」的署名，則當是弘仁十年五月以後次年夏之前最後修訂時的加筆⑬。

《文鏡秘府論》的作年不會太早。《文鏡秘府論》作於弘仁十一年（八二〇）之前，它的材料準備時間較早，並且先有初稿，爾後修訂，這些都没有問題。但是，把有關材料清理過來之後，我們會發現，它不太可能作於大同四年（八〇九）稍後的幾年。如果從大同四年（八〇九）算起，到弘仁十年（八一九），有十年之久，即使從稍後的幾年算起，距定稿也有七八年或五六年時間。一部幾萬字的著作，從初稿到定稿，不太可能相隔那麼長時間，除非寫完之後一直擱置起來。這是一。其次，空海居高雄山寺期間，特别是最初幾年，嵯峨天皇初即位，他要修行佛法鎮護國家，以取得嵯峨天皇的支持，謀求在各派宗教勢力的激烈競争中扎下根基。他開壇灌頂，廣收弟子。寺内管理混亂，風氣澆薄，這從《性靈集》卷九所載他的《高雄山寺擇任三綱之書》中可以窺見。他因此還要整頓寺風，管理寺務。高雄山神護寺是私寺，空海居寺初期尚不是定額寺，没有不交租税的寺田，經濟來源要靠其他途徑，一旦檀主因故不能及時接濟，寺内經濟包括食糧就要發生困難。從最澄和勝仁行者上書看，高雄山寺就曾缺少食糧⑭。這些事務似乎都要空海投入精力。因此説空海住高雄山寺時間最充裕，《文鏡秘府論》的初稿應在這一時期寫成，理由並不充分。另外，從「一多後生」的解釋來看，《文鏡秘府論》也不應當在這一時期寫成。

《文鏡秘府論》初稿的編撰時間，我以爲可能是在弘仁八年（八一七）以後。

想到的一點，是「一多後生」熱心文筆，懇請大師撰述，應當在這年。前面我們分析過，「一多後生」的「一多」二字，可能指解《易》大衍義的「兩少一多」，若然，則當指三十二這個數，指「後生」時年三十二歲。從年齡看，空海弟子中，實慧最接近。其他弟子，真濟生於延曆十九年（八〇〇），真雅生於延曆二十年（八〇一），智泉生於延曆八年（七八九），到弘仁十年（八一九），真濟纔二十歲，真雅纔十九歲，而智泉是三十一歲。泰範比空海僅小四歲，杲鄰比空海大七歲，這二人都不當稱爲「後生」。其他弟子不知生年。更重要的是，所有弟子中，我們衹知道實慧接觸過《文鏡秘府論》材料，被派向天皇獻書。「一多後生」更可能指實慧。如果這一分析不錯，「一多後生」懇請空海，就應該在弘仁八年（八一七），因爲實慧生於延曆五年（七八六），以《易》大衍義「兩少一多」的少陰之數算，三十二歲正好在弘仁八年（八一七）。

想到的又一點，是前面分析過的空海和嵯峨天皇的文學交誼。弘仁二年（八一一）和弘仁三年（八一二）的兩次獻書，雖涉及到有關的材料（如王昌齡《詩格》），但尚未見直接談到與《文鏡秘府論》有關的問題。但是到了弘仁七年（八一六），情況有了重要變化。這年八月十五日，他作《敕賜屏風書了即獻表并詩》[15]，獻《古今詩人秀句》二卷，説「詩是有調聲、避病之制」，説「詩人不解聲病，誰編詩什」。談的都是與《文鏡秘府論》直接相關的內容。元兢《古今詩人秀句序》後來被編入了《文鏡秘府論》南卷。「調聲」是天卷的一章，而「避病」是《文鏡秘府論》西卷的重要內容。這段話明白地告訴我們一個信息，空海關於《文鏡秘府論》的一些思想已經成熟，已經帶有某種朦朧的意向。這次向天皇獻書在弘仁七年（八一六），正是弘仁八年（八一七）的前一年！

想到的還有一點，是嵯峨天皇敕賜高野山，這是空海真言宗事業的一件大事。空海雖然一直志在傳道弘法，創立真言宗，但此前都是入住現成寺院。天皇敕賜高野山，空海纔得以第一次創立自己的弘道基地，建立自己的伽藍寺院。這是預示真言宗事業將更爲輝煌的新起點。《文鏡秘府論》的一個重要宗旨，是以編入其中的聲韻、詩病、格律、體勢、對屬等作爲陶冶真言的規矩準繩。因此，《文鏡秘府論》的編撰就和他的真言宗事業發展密切相關。在他營建高野山，建立第一個自己的伽藍寺院時，考慮真言宗理論體系的完善，在這種情況下，在弟子們的懇請下，他編成《文鏡秘府論》，是順理成章的。《文鏡秘府論》的編撰就應該在敕賜高野山之後不久，而敕賜高野山就在弘仁七年（八一六）[16]。

可不可以做這樣的推測：弘仁七年七月敕賜高野山這件事，可能促使他認真考慮陶冶真言的規矩準繩問題。這年八月，他向嵯峨天皇獻《古今詩人秀句》等書，就已相當關注聲病詩律問題，有某種朦朧的意向。到弘仁八年（八一七），又有大弟子實慧即所謂「一多後生」的勸説，於是他開始了《文鏡秘府論》的編撰。

弘仁八年（八一七），空海派弟子實慧和泰範前往高野山建立寺院⑰。實慧將赴高野山，面對真言宗發展的新契機，臨行前，大師和弟子當要談一些事情。可能就在臨行前，師徒交談，實慧説出了自己的想法，懇請空海編這樣一部書。

至於具體什麽時候開始動筆，我想有兩種可能。一種可能，實慧懇請之後空海馬上開始編撰，編撰時間在弘仁八年（八一七）實慧前往高野山之後，次年即弘仁九年（八一八）空海自己初登高野山之前的一年間。這段時間空海仍在高雄山寺。另一種可能，就是作於弘仁十年（八一九）五月着手建立高野山伽藍金剛峰寺以後⑱。後一種可能並非不存在。自弘仁十年（八一九）五月到弘仁十一年（八二〇），空海營築高野山確實很忙，但營築工作並非祇在這一年，自弘仁七年天皇敕賜高野山，就當已開始，而這之後也一直在進行。營築的具體繁雜事務，自有他的許多弟子和其他人去辦，他不必事無巨細，一一躬臨。空海不至於忙得無暇旁顧。事實上，就在這一年，他仍著述不斷，《秘密曼荼羅教付法傳》二卷可能寫於這期間，而《文筆眼心抄》一卷不容置疑，就是這一年完成的。在這之前，不管空海是否有意寫這麽一部書，客觀上，他已有充分的資料準備，一些基本思想已經形成。《文鏡秘府論》的篇幅雖有七八萬字,但也不是太多。這是編撰之著,大部分是稍事編改,抄録原文。從現存文字看,明顯有材料相重複矛盾之處,看得出編撰時比較匆忙的痕跡。基本思想已經形成,資料準備充分,在這種情況下,不是精雕細琢,不是獨立著述,而是將現成的原文不加改動或稍作綜合,編輯抄録,一年之内抽出一些時間,完成七八萬字的一部書,這樣的工作,對於空海這樣才思敏悟、學識深博的大師來説,當不是什麽很困難的事情。他可能在弘仁八年(八一七)至九年(八一八)的一年間寫成初稿,而弘仁十年(八一九)五月着手建立高野山伽藍金剛峰寺以後又對《文鏡秘府論》初稿進行修訂,但也可能從初稿到修訂,甚至直到把它簡編成《文筆眼心抄》,都一氣呵成。無論從他的思路、心氣、才氣,還是從他處事果決的性格來説,這都更有可能。他没有必要把這樣一件對他來説不是太費精力的事拖上三四年,更不可能拖得太久。

《文鏡秘府論》編成,就爲中國和日本的文化史,爲中日文化交流史,留下了一部極有價值的珍貴著作。

二

《文鏡秘府論》並不是一稿寫成,而是先有初稿或稱草本,爾後修訂定稿的。

我們可以看幾個例子。

一個例子,天卷序説到他編入的「總有一十五種類」,其中有「八種韻」。而天卷本文標題作「七種韻」,實際也衹有七種韻,《文筆眼心抄》纔有「八交鏁韻」。可知草本爲「七種韻」,修訂時始作「八種韻」,

但「八交鑠韻」又並没有補入《文鏡秘府論》本文，而補入《文筆眼心抄》。

再一個例子。天卷序、地卷卷首及本文標題，各本均作「十四例」，而三寶院本封面裏頁所記地卷另一卷首有「十五例」。成簣堂本地卷卷首「十四例」，「四」字之右旁有小字「五」，而用朱筆劃掉。地卷本文標題寶龜院本作「十五例」，右旁注「四亻」。醍醐寺乙本、松本文庫本等「十四例」標題之下有「十五例御草本錯之」之類的注。標題「十四例」之下的目録，各本均作「十四輕重錯謬之例」，而寶龜院本、松本文庫本、醍醐寺乙本作「十四避忌之例御草本銷之輕重錯謬之例」。《十四例》本文，寶龜院本、松本文庫本、醍醐寺乙本有「十四避忌之例……王子亦龍飛」三十一字，而其餘各本無。各本西卷《文二十八種病》「第十五忌諱病」都有這三十一字的内容。這説明草本爲「十五例」，而修訂時把「十四避忌之例」移入西卷，而成「十四例」。

再一個例子。天卷序空海叙其編入的「一十五種類」中，有「文三十種病累」，但西卷卷首、序、本文標題，均作「二十八種病」。西卷《文二十八種病》篇名目録，宮内廳本作「九曰水渾十曰火滅九曰木枯十曰金缺」，而三寶院本等無「九曰水渾十曰火滅」八字，三寶院本於篇名目録下注：「私云見御草案本舊别立水渾火滅病爲第九第十而總有三十種病後改屬第一病合成廿八病也」。《文二十八種病》正文，楊守敬本、六地藏寺本均無「第九水渾病」全文和「第十火滅病」全文。可知草本有水渾、火滅二病，總爲三十種病，而修訂時將這二病改屬第一平頭病，總爲二十八種病。

再看一個例子。地卷卷首，各本一般作「十七勢　十四例　十體　六義　八階　六志　九意」，而三寶院本地卷封面裏頁保存的另一卷首則作「十七勢王　八對皎　十五例皎　十體崔　六義　八對　一種七對　八階　六對札　七種言句例札」，成簣堂本地卷卷首作「十七勢王　十四例皎　十體崔　六義　八對　八階　六志　九意　八對天　六對札　二種七對　七種言句例札」，另旁注有「八對皎」。比較地卷這幾個卷首，三寶院本地卷封面裏頁另一卷首無「六志」、「九意」二項，而三寶院本地卷封面裏頁另一卷首和成簣堂本地卷卷首都有「八對」、「六對」等對屬論的條目。這説明草本空海曾計劃把對屬論編入地卷，而後來這部分内容則移入東卷專門討論。

《文鏡秘府論》的宗旨，可能帶有一定的政教的實用目的。天卷序説「君子濟時，文章是本」，「一爲名始，文則教源，以名教爲宗，則文章爲紀綱之要也」。這些話，可能不會無所指。奈良（七一〇—七八四）、平安（七九四—一一九二）時代，日本爲自身的發展，抱着極大的熱情學習漢文化。學寫漢文章正是爲了更好地學習了解漢文化。漢文章應當是當時運用極廣的文式。爲寫好朝政公文，需要學好漢文章，貴族社會中的日常交往，也當離不了漢文章。在這方面，漢文章當有直接的用途，而《文鏡秘府論》客觀上正爲日本人學習和寫作漢詩文提供了隨身卷子。

《文鏡秘府論》可能還有它的宗教目的。小西甚一的分析是對的⑲。從密教的觀點看，言語就是法的顯現方式，離開虚僞，去除誇飾，返歸本心，這樣的真實的言語纔是法性真如的如實的顯現，這就是真言。把言語看作法曼荼羅，把自身提高到崇高至純的真言，正確的言語，正確的文章，纔能成就真言之相。所以天卷序説：「世間出世，誰能遺此乎？故經説阿毗跋致菩薩，必須先解文章。」從這個意義看，收入《文鏡秘府論》的聲韻、體勢、對屬、聲病之論，都可以説是陶冶真言的規矩準繩。

《文鏡秘府論》也有它的文學目的。天卷序説：「沈侯、劉善之後，王、皎、崔、元之前，盛談四聲，争吐病犯，黄卷溢篋，緗帙滿車。貧而樂道者，望絶訪寫；童而好學者，取決無由。」又説，諸家格式等，「卷軸雖多，要樞則少，名異義同，繁穢尤甚」。因此他要「即事刀筆，削其重複，存其單號」，寫成《文鏡秘府論》，「庶緇素好事之人，山野文會之士，不尋千里，蛇珠自得，不煩旁搜，彫龍可期」。一方面，他要爲中國六朝至唐的詩文論作一彙編總結的工作，另一方面，他也要爲文章寫作提供一寫作準式。「文鏡秘府論」這個書名正體現了這一宗旨。他以爲編入《文鏡秘府論》的，都是值得藏於秘府的珍貴典籍，所以他寫的「論」本身，也是一個秘府，他以爲這些都是文章寫作需要借鑒銓衡的龜鏡。所以他説要「配卷軸於六合，懸不朽於兩曜」。

《文鏡秘府論》的卷次，一作天、地、東、南、西、北，以南卷在西卷之前。實際西卷當在南卷之前，作天、地、東、西、南、北。根據之一，是《文鏡秘府論》天卷序⑳。根據之二，是《文筆眼心抄》的排序㉑。這兩處都恰好符合天、地、東、西、南、北的順序。根據之三，是醍醐寺甲本天卷封面裏頁貼紙，有「秘府論天東西南四帖在也……弘治三年九月日」字樣，也是西卷在南卷之前。根據之四，是高山寺乙本和丙本。高山寺乙本西卷封面有「文鏡秘府論卷第□」，「第」字後的字當爲「四」字，被墨筆塗掉，右旁補一「五」字。高山寺丙本（殘南卷）封面有「文鏡秘府論卷第□」，「第」字後的字可辨認出爲「五」字，此字用一斜筆劃掉，右旁補一「四」字。高山寺丙本南卷的封面實際原爲高山寺乙本南卷的封面。從這兩個本子看，西卷原排在第四，而南卷原排在第五。醍醐寺甲本天卷封面裏頁貼紙寫於弘治三年，弘治三年爲公元一五五七年，時爲室町時代。高山寺乙本抄於平安末年。至於《文鏡秘府論》天卷序和《文筆眼心抄》，則更早。卷次作天、地、東、南、西、北的幾個現存的本子，如江户刊本、維寶《文鏡秘府論箋》等，都是江户時代的本子，遠較上幾個本子晚。因此，《文鏡秘府論》的卷次作天、地、東、西、南、北更合原意。

一説，空海《文鏡秘府論》的編次作東、南、西、北，是聯想到曼荼羅構圖的東、南、西、北㉒。從版本根據看，似乎不是如此。《文鏡秘府論》在其他問題上受了佛教影響，但在這個問題上，看不出它也受了佛教影響。它反映了空海寫作《文鏡秘府論》時的心態和思維方式。在方位觀念上，中國古代有東、西、南、北的觀念，但《周禮》系統則是東、南、西、北，是環狀稱呼。日本人的方位觀念普遍是東、西、南、北。因此，空海很可能是按日本人的方位觀念、思維習慣來構想《文鏡秘府論》的。

這六卷，雖然材料時有重複矛盾，不是那樣精雕細琢，但大體有一完整的構思。天卷，總述撰述緣由之後，論聲韻基本問題。地卷，論詩文具體作法及風體。東卷，論對屬。西卷，論詩文之病。南卷，綜論詩文寫作一般性的理論技巧問題。北卷爲附論，補論對屬問題，並就作文句端用詞分類論其各自用法，再論叙述帝德功業、禮樂政化等等的時候，詩文的體制及用辭等各種問題。

三

《文鏡秘府論》的價值，首先是它保存了中國久佚的中唐以前的論述聲韻及詩文作法和理論的大量文獻。

這些文獻，有的僅在史志目録中有著録，有的甚至未見任何著録，而《文鏡秘府論》都保存了它們的佚文。可知《文鏡秘府論》直接引録的已佚書有：梁沈約《四聲譜》，天卷《調四聲譜》引有佚文。隋劉善經《四聲指歸》，天卷《四聲論》及西卷之論文病引有此書佚文。隋時著作《帝德録》，見引於北卷。初唐佚名撰《文筆式》，中國古代文獻未提及此書，僅《日本國見在書目》有著録，《文鏡秘府論》地卷之《六志》、《八階》，東卷之《二十九種對》、《筆札七種言句例》，西卷之論文病，南卷之《論體》、《定位》，引有此書佚文或與之内容相同的佚文。唐上官儀《筆札華梁》，其佚文或内容與之相同的佚文見引於地卷《八階》、《六志》，東卷之《二十九種對》、《筆札七種言句例》及西卷之論文病等處。唐元兢《詩髓腦》，僅《日本國見在書目》有著録，《文鏡秘府論》天卷《調聲》、東卷《二十九種對》及西卷之論文病等處引有佚文。唐元兢《古今詩人秀句序》，爲南卷所引。唐崔融《唐朝新定詩格》，僅《日本國見在書目》有著録，佚文見引於《文鏡秘府論》天卷《調四聲譜》、地卷《十體》、東卷《二十九種對》及西卷之論文病等處。另外，西卷保留有撰者不明之《詩式》、《詩體》的片斷之論，南卷「或曰余每觀才士之作」以下所引可能爲唐上官儀、元兢等集《芳林要覽》的序文。

日本尚存、中國已佚的則還有隋唐間杜正倫撰《文筆要決》，見引於北卷《句端》。保存的文獻中，尚有不知屬中國還是屬日本者，如《九意》，撰者不明，撰者爲中國人還是日本人亦不明，有可能爲空海自己根據中國文獻編成，而存録於地卷。

直接引用的有些文獻雖然尚存，但《文鏡秘府論》保存的往往是另一種版本，仍有其價值。如晉陸機《文賦》，從異文看，與傳本《文選》的當屬不同版本。又如唐殷璠《河岳英靈集叙》、唐王昌齡《詩格》、唐皎然《詩議》等，也往往較現存别的本子内容更爲完整，可作勘誤輯佚的重要版本依據。

《文鏡秘府論》還間接引録有一些重要文獻。如與沈約同時的洛陽王斌《五格四聲論》，此書《隋書·經籍志》不載，《日本國見在書目》小學家有「《五格四聲》一卷」，不著撰人，當即王斌作。《文鏡秘府論》地卷《八階》「和詩階」、西卷《文二十八種病》「第四鶴膝」、「第七傍紐」間接所引可能有此書之佚文。又如北魏甄琛《磔四聲》，天卷《四聲論》間接引録有佚文。沈約《答甄公論》，天卷《四聲論》間接引録有佚文。北魏常景《四聲讚》，天券《四聲論》間接引録有佚文。北齊陽休之《韻略》，天卷《四聲論》間接引録有佚文。北齊李概《音譜決疑》，天卷《四聲論》、南卷《論文意》注間接引録有佚文。晉吕静《韻集》、劉宋王微《鴻寶》，天卷《四聲論》有引述。丘遲《集鈔》，南卷引元兢《古今詩人秀句序》有引述。褚亮等《古文章巧言語》，南卷引元兢《古今詩人秀句序》有引述。由《文鏡秘府論》，我們還知道當時許敬宗等人編有總集性類書《芳林要覽》。《文鏡秘府論》引録的有些已佚資料雖然未標書名，但同樣非常重要。比如，西卷《文二十八種病》引録有一些明確標明爲沈約、劉滔、王斌論聲病之説的内容。

這些已佚文獻，或尚存文獻中的已佚文字，保存了極具價值的内容，其中包括六朝以來詩律聲病説、近體詩及文的作法技巧、綜論、風體論等。這些内容，有的僅見於《文鏡秘府論》，如水渾、火滅、木枯、金缺、繁説、忌諱、傍突、相濫、雜亂、文贅、駢拇等詩病，筆之隔句上尾、踏發之病，五言平頭正律勢尖頭等調聲之例，換頭、護腰、相承之類調聲之術，《七種韻》中的很多用韻之例，《帝德録》等。相近或相同的内容，有的雖亦見於其他尚存典籍，但或以《文鏡秘府論》之原典爲最早，或《文鏡秘府論》之内容較之有異，更詳盡，更爲可靠，如平頭、上尾等詩病，論聲韻紐及其關係，四聲流變，十七勢等。這些極具價值的資料，可以幫助我們解決這一段的很多問題。比如，西卷《文二十八種病》引有沈約論平頭、上尾、蜂腰、鶴膝、小紐、大紐，劉滔論上尾、蜂腰、傍紐、正紐，王斌論蜂腰、鶴膝、傍紐等，《文鏡秘府論》所引齊梁時沈約、劉滔、王斌諸家之説，足可以證明沈約時已有八病之説。比如，從《文鏡秘府論》的材料，我們清楚地知道，平頭、上尾等病自身有怎樣一個演變過程，平頭病怎樣由原來的前兩字同聲爲病，變爲第一字同平聲不爲病，第二字同聲無問平上去入皆是巨病，又怎樣有了雙换頭、單换頭，有了正律勢尖頭，而逐漸發展爲成熟的詩律；對屬論怎樣由嚴格單一走向寬鬆靈活，走向多樣化，由外在的對偶走向内在的對偶。看了《文鏡秘府論》南卷的《論體》、《定位》，我們也就知道，《文心雕龍》之後，文章體貌風格論、鎔裁謀篇的理論有了怎樣的發展。研究六朝至唐的文學思想，如果不利用《文鏡秘府論》的材料，不對其進行研究，很多問題的面貌就無法弄清，很多發展綫索就連接不起來，就會是一個很大的缺陷。

《文鏡秘府論》還保存有六朝至唐代的不少佚詩佚文㉓，這也是很有價值的。

不妨作個統計。天卷保存的佚詩似均爲完篇，有五言佚詩十一首五十六句，三言佚詩二首二十一句（其中三句爲四言），計十三首七十七句，其中《調聲》存五言佚詩七首四十句㉔，《七種韻》存五言佚詩四首十六句、三言佚詩二首二十一句（其中三句爲四言）㉕。地卷保存的多爲佚句，也可能有完篇，有五言五十六首一百六十六句，七言一首二句，計五十七首一百六十八句，其中《十七勢》存五言佚詩二十六首七十二句，七言佚詩一首二句㉖，《十體》存五言佚詩八首十六句㉗，《八階》存五言佚詩十六首五十四句㉘，《六志》存五言佚詩均爲假作詩，可能均爲完篇，有六首二十四句㉙。東卷存五言佚詩三十二首八十二句㉚。西卷存五言佚詩四十四首一百一十四句，四言佚詩一首三句，計四十五首一百二十七句。其中《文二十八種病》存五言佚詩四十一首一百一十九句，四言佚詩一首三句㉛，《文筆十病得失》存五言佚詩三首五句㉜。南卷存五言佚詩二首十句㉝。北卷存五言佚詩一首二句㉞。這樣統計，《文鏡秘府論》全書六卷計存佚詩一百五十首四百六十六句，其中五言佚詩一百四十六首四百四十句，三言佚詩二首二十一句，七言佚詩一首二句，四言佚詩一首三句。

另外，天卷《詩章中用聲法式》也保存有許多詩之佚句。還有一些詩篇，今存唐及以後的詩格類等著作保存有這些詩篇的一些詩句，而《文鏡秘府論》則保存有已佚的另一些詩句。如東卷《二十九種對》引佚名「天清白雲外」詩，傳《魏文帝詩格》存一句而《文鏡秘府論》存四句，西卷《文二十八種病》引上官儀「曙色隨行漏」詩，王昌齡《詩中密旨》存二句而《文鏡秘府論》存六句，上官儀「池牖風月清」詩，王昌齡《詩中密旨》存二句而《文鏡秘府論》存四句，等等。

佚詩之外，還有佚文。我們也作個統計。佚文主要保存在西卷、北卷。西卷《文二十八種病》收録佚文九篇三十二句，其中有四篇，今存其他文獻存有它的另一些佚文㉟。《文筆十病得失》收録佚文三十三篇一百一十二句㊱。除去一篇兩處引録篇名重出，西卷計收佚文四十一篇一百四十四句。這當中仍可能有些篇名重出者，但數字大體如此。北卷收録佚文十七篇四十六句㊲。這樣統計，《文鏡秘府論》共收録佚文五十八篇一百九十句。

除上述之外，東卷《筆札七種言句例》中尚存有類似的二言、三言、四言、六言、七言等諸多句例。統計可能會有疏漏，但大體可知其保存佚詩佚文狀況。據王重民《補全唐詩》自述，王重民輯補《全唐詩》，集二十多年之功，其中據敦煌殘卷始補得一百四首㊳，而《文鏡秘府論》全書六卷就計存佚詩一百五十首四百六十六句，佚文五十八篇一百九十句，還有其他一些佚句。應該説，這不是一個太小的數字。這些佚詩佚文，是了解這一時期文學情況重要的補充材料。要了解這一時期詩文作法的特點面貌，這一時期聲韻詩律的情況，這些佚詩佚文都是具體的切實的例證材料。這些佚詩佚文還是考證當時詩人生平思想的重要的第一手史料。傅璇琮先生就曾據《文鏡秘府論》録存王昌齡佚詩《上同州使君伯》，考知王昌齡有一個伯父，曾做過同州刺史，據佚詩《上侍御七兄》，考知王昌齡有七兄爲侍御史，由此推測王昌齡早期，他的一家近親中没有什麽人有顯赫的官職，他自己的生活不免於貧賤，於是衹好以文字求謁於當權者㊴。又比如天卷《調聲》存録唐元兢五言佚詩《於蓬州野望》八句，這是元兢僅存的一首詩作，據詩意，知作於蓬州貶所。據這首詩，我們可以推測元兢嘗遭斥逐於蓬州。據《舊唐書·地理志》，蓬州距京二千二百一十里，放流二千餘里，其罪亦不爲輕。這就留下了考證其生平事跡的一條重要綫索。

不論尚存詩還是已佚詩，《文鏡秘府論》提供的多是另一種本子，在對其他詩文資料勘誤時可資利用。如《文鏡秘府論》西卷《文二十八種病》録存漢張奂《芙蓉賦》二句，這兩句未見於《初學記》卷二七引張奂《芙蓉賦》佚文，却見於《淵鑒類函》卷四〇七「芙蓉」項載夏侯湛賦。那麽，《初學記》和《淵鑒類函》二者，孰正孰誤，《文鏡秘府論》就提供了一個依據。又如，《文鏡秘府論》西卷録存陳徐陵《横吹曲》「隴頭流水急」八句，這八句，見《樂府詩集》卷二一横吹曲辭及《文苑英華》卷一九八，但作陳張正見《隴頭水二首》其二，現存徐陵文集未收此詩，《樂府詩集》卷二一有徐陵《隴頭水》一首，但非此詩。那麽，孰正孰誤，《文鏡秘府論》也提供了一個依據。

從日本文化史、文學史的角度看，《文鏡秘府論》成爲日本漢詩學的第一部著作，它奠定了日本漢詩學的基礎。而它對日本文化的影響不僅在漢詩學，還在悉曇學、日本歌學。

就悉曇學來説，《文鏡秘府論》也是日本第一部著作。後來日本的學者討論悉曇學問題，都要引用《文鏡秘府論》的材料。從信範《九弄十紐圖私釋》、了尊《悉曇輪略圖抄》到心覺《悉曇要抄》、杲寶《悉曇字記創學抄》，都可以看到這種影響的痕跡。

就歌學來説，《文鏡秘府論》的影響也是明顯的。《文鏡秘府論》不是歌學，但是其中的内容與日本歌學有密切關係。我們看風體論。日本歌體論很多名目、分類方法，便直接仿自甚至取自中國詩學。「十體」是日本歌體的基本名目、基本分類，所謂「忠岑十體」、「道濟十體」、「定家十體」等。歌體而分類爲「十」，稱爲「十體」，這當是受到編入《文鏡秘府論》的崔融《唐朝新定詩格》中「十體」的影響。日本歌體論的分類名目還有「八階」，《喜撰式》有詠歌「八階」。論體而稱「八階」，顯然也源自編入《文鏡秘府論》的「八階」這一名目。就具體名目來説，《喜撰式》的詠歌「八階」一些具體名目，如詠物階、贈物階、述懷階、和歌階等，顯然也來自《文鏡秘府論》的《八階》。「忠岑十體」的「直體」，和《文鏡秘府論》崔融《十體》中的「直置體」及《六志》的「直言志」相似。「忠岑十體」的「寫思體」，可能從《文鏡秘府論》之《八階》中的「寫心階」仿脱而來。日本歌學風體論概念的内在含義和《文鏡秘府論》也有一致之處。當然，日本歌學風體論一方面受着中國詩學風體論的影響，另一方面畢竟又有自己新的東西，走着自己的發展道路。一些源自中國的風體論有了新的内容，還有了一些新的風體範疇。但它們發展的根源，在於接受的中國詩學風體論的影響。可以説，唐風的風體論是日本某些歌體的藝術源頭，日本風體論是從仿學唐風開始的，而《文鏡秘府論》是他們仿學唐風的一個重要途徑㊵。

《文鏡秘府論》對日本漢詩學的影響當然更爲直接。這裏主要看對屬論。空海把對屬論精心編入《文鏡秘府論》，反映了日本學人對漢詩形式特點的一種認識。基於這種認識，日本漢詩形成了在形式美追求上的一些特點。律詩多，講對仗的詩多。平安時代，村上天皇（九四七—九六八在位）第六皇子具平親王存詩四十七首中，七律十三首，排律三首，七絶十九首中四句全對仗者有十四首，存殘句的十二首詩全對仗。後三條天皇（一〇六九—一〇七四在位）第三皇子輔仁親王存七律二十一首、七言排律五首，殘句詩四首全部用對仗。菅原道真（八四五—九〇三）存詩五百三首，其中七律二百三首，五律九十六首，五、七言排律三十二首，計三百三十一首，其中還有全用對仗的一百韻的五言排律。大江朝綱（八八六—九五七）存詩四十三首，其中七律二十五首、七言排律二首，計二十七首，殘句十首中，用對仗的有八首。此後鎌倉（一一九二—一三三三）、室町（一三三八—一五七三）時代五山詩人雖多寫七絶，但也有些詩人寫有不少律詩。而到江户時代（一六〇三—一八六七），律詩及其他主要用對仗的詩又占大多數或相當比例。如收入《詩集日本漢詩》的一些集子，《六如庵詩抄》收詩六百五十一首，其中七律二百六首、五律七十六首、五言排律八首，計二百九十首。《寬齋摘草》收詩二百九十四首，其中五律九十三首、七律七十三首、五言排律四首、六律一首，計一百七十一首。還有《錦里先生集》、《玉山先生詩集》、《徂徠集》、《南海先生文集》、《古學先生詩集》、《紹述先生文集》、《草廬集》、《湛園詩集》等，都是這樣。日本漢詩對仗工穩圓熟，對屬形式多樣化。的名對、異類對、平對、雙聲對、疊韻對、互成對這樣一些常用的對仗形式自不必説，即使一些不常用的對仗形式，日本漢詩也能運用自如，比如雙擬對、聯綿對、字對、聲對、鄰近對、切側對、奇對、迴文對、字側對、意對、含境對、偏對、雙虚實對、總不對對等等，都可以舉出一些例詩來。而在理論上，日本漢詩也探討對屬問題。作於平安時代的《作文大體》，作於江户時代的《詩轍》和《松陰快談》，這些著作論對屬，很多是以《文鏡秘府論》所論爲基礎，同時有些問題也加進了他們新的理解，自《文鏡秘府論》形成的對漢詩對屬特點的認識，是深深地進入到日本詩學中去了㊶。

還要説説《文筆眼心抄》。《文筆眼心抄》和《文鏡秘府論》密不可分。它删削《文鏡秘府論》的材料而成，從這個意義看，它可以説是《文鏡秘府論》的删削本，或説簡編本。但是，《文筆眼心抄》對删削的材料大多作了重新編排，又有相對的獨立性，可以説是一個删略重編本。《文筆眼心抄》的史料絶大部分採自《文鏡秘府論》，從這點看，它的史料價值遠不能和《文鏡秘府論》相比。但是，它也保存了一些《文鏡秘府論》之外的史料。《文筆眼心抄》保存了「土崩」、「觸絶」、「爽切」三病的内容，這三病的内容，是《文鏡秘府論》所没有的。《文筆眼心抄》新擬了一些條目，如「二十七問答體」、「總道物色體」等，這些條目是空海根據中國詩論材料自擬，還是中國詩論原有的，有待考證。不管怎樣，《文筆眼心抄》提供了一些新的概念。《文筆眼心抄》也在《文鏡秘府論》之外保存了五言佚詩十五首三十句，七言佚詩一首二句㊷。因此，要更爲完整地了解六朝至唐聲病詩學面貌，既要看《文鏡秘府論》，也要看《文筆眼心抄》。還有一點值得注意。《文筆眼心抄》對《文鏡秘府論》進行删削重編；《文鏡秘府論》用同樣的方法，對中國詩文論的材料删削重編。從删削方法看，《文筆眼心抄》和《文鏡秘府論》的關係，就是《文鏡秘府論》和中國詩文論的關係。了解空海處理材料的這種方法，也就容易從《文鏡秘府論》中考察中國詩文論的面貌。《文筆眼心抄》和《文鏡秘府論》的關係，是這種考察的一個重要參照系。

（修訂補記：近有陳翀著文以爲《文筆眼心抄》爲僞作。此事尚待考察，未有確據之前，本書仍維持原説。詳見《文筆眼心抄》注。）

四

我們把《文鏡秘府論》今存的和歷史上曾經流傳而今已不存的本子，都稱之爲傳本。昭和以前的傳本，包括抄本和刻本，存在一個傳本系統。《文鏡秘府論》的傳本有其特殊性。江户以前所知的傳本都是抄本。這些抄本，都没有用題記等形式標明它們之間的傳承關係。要了解它們之間的傳承關係，主要的依據是現存傳本異文。

空海自筆草本當然是最早的本子，是一切傳本的源頭，「草本」應該就是初稿本。「草本」今已不存，我們從古抄本保留的痕跡得以知道它的面貌。古抄本保留的痕跡，都不稱爲初稿本，而稱爲「草本」，或尊稱「御筆」、「御草」、「御草案本」等等。這裏所稱的「草本」、「御筆」、「御草」、「御草案本」，應該是特指空海自筆草本，它反映的是空海初寫《文鏡秘府論》時最原始的面貌。

「草本」可能有過提綱。前面提到的成簣堂本地卷本文和三寶院本地卷封面裏頁各有一個地卷卷首，這兩個卷首，就當是「草本」提綱性質的東西。「草本」原擬把對屬論編入地卷。西卷原爲三十種病累，提綱上還有「筆四病」一目。北卷末原擬再寫「對屬法」一節，所編的原始材料，多直接在本文寫明其作者出典，行間、頁邊、欄眉等處多有夾注性質的文字。這些夾注，有的是小提綱，修改時擬寫入本文，有的是對本文的補釋説明，或注明作者出典，或釋詞釋事注音。「草本」對本文也有直接的塗抹删改。空海是一代書法大師，其書風是瀟灑舒放，不拘格套。《文鏡秘府論》「草本」也體現了這一特點，有些卷書寫比較規整，有些卷特别是西卷，字體大小、行距，可能都比較隨意，且常在稿頁上直接塗抹修改補注。

把「草本」删削修改後的内容抄定，應該就是修訂本。但是，從各種跡象看，空海並没有親筆另行抄定。他的初稿（包括提綱）和修改删削，都在同一份稿頁上。他的大師地位，他的作書習慣，當時繁雜的事務，都決定了他不會也不太可能花時間工工整整地把修改後的內容另行抄定。把「草本」抄定，是後人的事，或同時他的弟子們的事。

但是，「草本」有些地方字體、書寫格式都比較隨意，有的甚至辨不出哪些是修改前的內容，哪些是修改後的內容，哪些該删，哪些該補，因此有了好幾種抄定本。有的保留了「草本」的這一部分痕跡，我們姑稱之爲「草本抄定本A」。有的則保留了「草本」的那一部分痕跡，姑稱之爲「草本抄定本B」。有的多保留修訂後的内容，而把修訂前的内容删去，姑稱之爲「修訂抄定本」。

在這些本子中，有一種是「證本」。「證本」未見留存，現在所能掌握的，是現存傳本中保留的「證本」痕跡。前面説到的「草本抄定本」、「修訂抄定本」，都是我們爲討論方便自己設定的名稱，而「證本」則是現存傳本中經常提到的名稱。根據現存傳本保留的痕跡，小西甚一《文鏡秘府論考·研究篇》説他所統計的「證本」材料計五十四處，其中天卷十五處，地卷五處，東卷二十一處，西卷十三處。筆者一一另作了統計，當有六十七處，其中天卷二十處，地卷五處，東卷二十五處，西卷十七處。「證本」本是日本校勘學的一個專有用詞，但在《文鏡秘府論》的流傳史上，它應該是特指《文鏡秘府論》的一種本子。這種本子，保留了「草本」的一些痕跡，但其西卷删去了水渾、火滅二病，總衹有二十八種病，「草本」其他許多重要内容也未保存。因此「證本」不等於「草本」，它是比較多地依據修訂後的内容抄定的一種本子。除没有水渾、火滅二病，没有「草本」一些夾注外，有十八處别本作大字正文而「證本」作雙行小字注文，有十處别本另行抄寫，而「證本」未另分行，而是緊次於上行之下書寫。保留「證本」材料最早的本子是宫内廳本。宫内廳本抄於保延四年（一一三八），「證本」是抄於這之前的一種本子。「證本」的抄寫者，可能是爲空海編《性靈集》的大弟子真濟，也可能是空海的外甥智證大師圓珍。「證本」對後來一些傳本影響比較大。

現存一些傳本（主要是古抄本）的欄眉、行間、頁邊夾注中，還提到一些本子，除「草本」、「證本」外，還有「點本」、「别本」、「或本」、「異本」、「亻本」等。「點本」可能指加有訓點的本子，抄於平安時代的現存傳本有些是不加訓點的。這些本子都抄於平安末以前，都未見留存，衹在現存一些抄本的注文中保留了一些痕跡，有的也保留了「草本」的一些材料，但這些本子本身，可能都衹是普通的用於校核的本子。

現存傳本中可知抄寫年代最早的在平安末年。《文鏡秘府論》的古抄本，有的在題記中明確標明抄寫年代，有的雖未標明年代，但署有抄寫者姓名，可據以考證該抄本的年代。《文鏡秘府論》古抄本多有爲日人讀懂漢文所加的日語訓點。日語訓點有許多種類，不同年代訓點有不同特點，根據這些，也可以推斷古抄本的年代。另外，不同的年代造紙技術不同，紙質不同，用科學的方法鑒别紙質，甚至剪一小角化驗，也是確定古抄本年代的一種方法。由此，我們可以知道《文鏡秘府論》古抄本的年代。

昭和（一九二六——一九八九）之前的傳本，平安末有宫内廳本（一一三八年或稍前）、成簣堂本、三寶院本、高山寺甲本（長寬三年，一一六五），平安末鎌倉初有高山寺乙本、丙本、醍醐寺甲本，鎌倉初期有仁和寺甲本，鎌倉中期有寶壽院本、楊守敬攜回古抄本、正智院甲本、新町三井高遂氏藏本，鎌倉後期有寶龜院本（嘉元元年，一三〇三）、正智院丙本，室町末有六地藏寺本（永正十六年即一五一九年之前不久)、醍醐寺乙本(據醍醐寺整理,在室町後期,弘治三年即一五五七年),正智院乙本,天正二十年(一五九二)有義演抄本,文禄五年(一五九六)有醍醐寺丙本,江户初有松本文庫本、仁和寺乙本、江户刊本(寬文、貞享間,一六六一——一六八八刊),元文元年(一七三六)有維寶《文鏡秘府論箋》,江户末期有天海藏本,明治(一八六八——一九一二)時有江户刊本復刊本,明治四十三年(一九一〇)有祖風宣揚會《弘法大師全集》刊本(此本有大正十二年重刊本),大正十年(一九二一)有池田蘆洲編《日本詩話叢書》刊本。這些傳本都尚留存。未見傳本留存的,據《埼玉名家著述目録》,尚有行願(一七五一——?)《文鏡秘府論冠注》十五卷,仁和寺本題記還提到一個「醒醐寺報恩院本」。

上述這些本子,寶壽院本、寶龜院本(東)和六地藏寺本屬同一系統。這一系統,比較多地保留了「證本」面貌,特别是它們的東卷。這一卷,「證本」作雙行小字注文的十七處,這三個本子有十六處作雙行小字注文。六地藏寺本和「證本」一樣,没有水渾、火滅二病,總衹有二十八種病。六地藏寺本可能還與「草本」參校過。這一系統中,寶壽院本和六地藏寺本關係更爲密切。六地藏寺本應是直接承傳寶壽院本或它的忠實轉抄本。和寶壽院本關係密切的,還有正智院乙本。

義演抄本西卷卷末有題記,明確説所據爲「證本」。這個本子西卷在一些重要之處與屬「證本」的六地藏寺本異文相同,也印證了這一點。但義演抄本和六地藏寺本有聯繫又有區别,它們分屬「證本」系統内不同的子系統。與義演抄本同一子系統的,還有醍醐寺甲本西卷和仁和寺甲本西卷。這三個本子有許多獨有的異文。但這三個本子也和其他本子參校過,所以把「證本」之外的水渾、火滅二病收録進來，但其排序仍按二十八種病，與「證本」合。

松本文庫本、江户刊本、維寶箋本、祖風宣揚會全集本以及醍醐寺乙本當屬一子系統，這幾個本子有許多共有乃至獨有的異文。這幾個本子和「證本」有密切聯繫，有不少和寶壽院本、六地藏寺本共有甚至獨有的異文。這幾個本子有幾條其他本子未録的「草本」資料，説明這幾個本子和某一系草本轉抄本（姑稱之爲草本轉抄本Ｂ）參校過。這幾個本子和一般修訂本也有某種聯繫。這是混合程度較大的幾個本子。

醍醐寺甲本、仁和寺甲本的天、東、南、北卷，寶龜院本的天卷，仁和寺乙本和醍醐寺丙本（均殘北卷），還有義演抄本的天、東、南卷，當屬一系。這幾個本子都有不少共有乃至獨有的異文。這幾個本子，也偶見留存的「草本」材料，如保存水渾、火滅二病即其一例。此外，基本未見「草本」痕跡，也未見「證本」那種帶特徵性的異文。這一系當屬「修訂抄定本」一系。未存的報恩院本也當屬這一系。這一系統中，醍醐寺甲本、仁和寺甲本的天、東、南、北卷，寶龜院本的天卷，義演抄本的天、東、南卷，爲一小支，醍醐寺丙本、仁和寺乙本、報恩院本，又當是一支系。

這之外的本子，又有幾種類型。

三寶院本、天海藏本爲一類。三寶院本和天海藏本全六卷獨有的異文實在太多了，天海藏本應是三寶院本（或它的轉抄本）的忠實轉抄本。三寶院本保存的「草本」材料最多。現在所知的「草本」材料，除少部分保存在寶龜院等本的地卷外，基本上載録在三寶院本。另外，它還和「證本」、「點本」、「或本」、

「異本」、「イ本」等本校録過。三寶院本是以「草本」爲基礎，綜合其他本子材料最多的一個本子。但它校録的「草本」資料，和松本文庫等本的不同，所據當爲「草本」另一系的轉抄本，我們姑稱之爲「草本轉抄本A」一系。和三寶院本有密切關係的是成簣堂本。三寶院本地卷的祖本可能即是成簣堂本，至少直接參校了成簣堂本，或者兩個本子同有一個祖本。屬於這一系統的，還有正智院甲本、新町三井家本、義演抄本北卷。

宫内廳本、高山寺乙本、高山寺丙本和正智院丙本爲一類。宫内廳本的校録者見過「證本」，校録時，「證本」就在案頭，但他完全未從「證本」，不但不用，而且似乎有意排斥「證本」。他校録所據當爲「草本」和「修訂抄定本」。就與「草本」關係來説，宫内廳本近於三寶院本一系，校録的「草本」異文，除個别者外，均見於三寶院本。至於松本文庫本一系所用的「草本」異文，一概未用。就「草本」和「修訂抄定本」兩者而言，宫内廳本似更近於「修訂抄定本」，不過校録了一些「草本」異文。三寶院本中還有很多「草本」異文宫内廳本未予校録。「修訂抄定本」一系中，宫内廳本、高山寺乙本等又與屬這一系統的醍醐寺甲本、仁和寺甲本、義演抄本不同。前者與後者很少共有特别是獨有的異文。醍醐寺甲本等用的是一類祖本，宫内廳本等則用這一系的另一類祖本，同時校録三寶院本一系的「草本」異文。這是宫内廳本一系的主要特點。

寶龜院本地卷是很特别的一種本子。它用了三寶院本一系的「草本」材料，但它所用的一些「草本」異文，却不見於三寶院本，而見於松本文庫本一系。寶龜院本抄於嘉元元年（一三〇三），比松本文庫本等要早三百年。寶龜院本地卷屬「草本轉抄本B」一系中現存較早的本子。

尚有未存的行願《文鏡秘府論冠注》，其年代較維寶《文鏡秘府論箋》（作於一七三六年）晚。這個本子爲十五卷，疑受維寶《文鏡秘府論箋》分十八卷的影響，或者原爲十八卷，而殘爲十五卷，若然，則行願《文鏡秘府論冠注》當屬維寶《文鏡秘府論箋》一系。行願《文鏡秘府論冠注》也可能據天卷序「總有一十五種類」而分十五卷，若然，則其屬哪一傳本系統無法考證。

以上是《文鏡秘府論》傳本及其系統的大致面貌㊸。

五

對《文鏡秘府論》的整理研究在日本開始較早。作於元文元年（一七三六）的維寶《文鏡秘府論箋》，是第一個整理本。此書對詞語有全面的箋注，尤精於典據之考釋，其引證之翔實，殊爲難得。但其着眼點在詞語之箋注，而不在校勘，精於章句訓典，而疏於文義之探繹，且畢竟屬草創，諸多抄本諸多材料未能利用。雖有原典考據，而非所長，時誤劉善經爲劉滔，天卷《調聲》、《四聲論》，西卷前八病元兢《詩髓腦》、劉善經《四聲指歸》之原典均未注出，對王斌《五格四聲論》等一些引用文獻的面貌也疏於考證。

其後有行願《文鏡秘府論冠注》，該書當亦有注，但未存世，其面貌無法得知。但既是「冠注」，則可能是簡注，因爲若爲詳注，則文句必繁，欄眉之冠狹小之處無法容納。

此後在日本，人們注意到文學上的空海，對《文鏡秘府論》進行研究，當自一九〇九年幸田露伴《文學上的弘法大師》始。此後至一九四七年，共有包括校勘記在内的各種整理研究論文近四十篇，涉及《文鏡秘府論》之作年、原典考辨、詩律聲病説、與日本文學關係等多方面問題，亦有從日本國語學角度研究古抄本中古訓點者。這一時期的整理研究之作雖多有所見，但整理校勘所據校本限於江户刊本、宫内廳本、高山寺本、觀智院本（即成簣堂本）等少數版本，資料尚少，疏誤尚多。原典考辨還有很多尚無結果（如《筆札華梁》的作者、南卷《論文意》和北卷《句端》等的出處問題），《文鏡秘府論》的其他大量問題尚未涉及，已涉及的問題不少也未及深入。這祇是一個草創的階段。

一九四八年至一九五三年，小西甚一《文鏡秘府論考》之《研究篇》（上、下）及《考文篇》陸續出版。這是系統整理研究《文鏡秘府論》的第一部著作。此著之《考文篇》以宫内廳本、三寶院本、高山寺甲本等十七種古抄本和兩種版刻本作校考，在當時所用本子最多，資料豐富，校考細緻。此著之《研究篇》（上、下），考論及於《文鏡秘府論》的成書年代及撰寫緣由、和《文筆眼心抄》的關係及引用的原典等成立問題，現存各本情況及其系譜等書志學問題，此外自音韻聲律，至句格體勢，至創作理論，自中國詩文論之源流，至對日本文學之影響，舉凡《文鏡秘府論》所及問題，幾無遺漏，一一梳理，全面系統，創説頗多，奠基拓荒，功不可没。但美玉晶瑩，亦有微瑕，其用力雖甚勤，網羅傳本之多當時無人過之，而尚存傳本仍未能收羅完備。小西甚一未及見到六地藏寺本，尚不知還有松本文庫本、楊守敬本、義演抄本，這些本子多屬「證本」一系，因此未能勾畫出「證本」系統的面貌，對整個傳本系統面貌的描述也有疏誤和不足。對已知之本子材料的使用，也有遺漏。如高山寺甲本夾注中關於「證本」的材料，此條材料對認識

「證本」的面貌甚有助益，而未予校録，終有遺珠之憾。時經五十年，相關研究已有很大進展，有些問題尚可深究或商榷，如空海的編撰思想、一些文論範疇的解釋、原典的考證等。小西甚一所長在日本文學史，因此，中國詩文論的相關問題可再深入探討者似尚多，材料利用範圍似還可擴大，如利用日本考古學、民俗學資料，似還可找到解決一些問題的途徑。

小西甚一之後，校勘校注的成果，重要的有中澤希男的系列論文。中澤希男以細實考證見長，自一九三四年發表《文鏡秘府論札記》，至一九五四年前後發表《文鏡秘府論札記續記》，一九六五年前後發表《文鏡秘府論校勘記》，前後三十年，盡其力於《文鏡秘府論》的考證校勘，尤其是西卷文病説的原典考證，縝密周詳，多有創見，衹是或有略嫌繁瑣處。興膳宏的《文鏡秘府論譯注》也是一重要成果。此時中國王利器校注本已出版，興膳宏仍能在維寶《文鏡秘府論箋》和王利器《文鏡秘府論校注》的基礎上，查得不少原典出據，如查得地卷《十體》「六映帶體」所引「舒桃臨遠騎」二句出初唐褚亮，「七飛動體」所引「月光隨浪動」二句出梁劉孝綽《月半夜泊鵲尾》。《文鏡秘府論譯注》在校勘上亦多新見。興膳宏治中國六朝至唐文學文論已有累累成果，《文鏡秘府論譯注》闡釋《文鏡秘府論》中之詩文論，尤多精闢之見。衹是其書旨在譯注，體例所限，校勘上未能更多用力，而前人諸多新見，也無法盡行吸收容納。此外，還有林田愼之助、田寺則彦的校本。林田校本考訂細緻。今存傳本保存原始資料最多者爲三寶院本，此本又是今存年代最早的三個全本之一，而一般人難得一見。林田愼之助、田寺則彦占得地利，即以三寶院本爲底本，詳録其資料，得以澤惠學界。

此外，小西甚一之後，日本發表有五十餘篇研究論文，另有一些專著有專章論及《文鏡秘府論》，在很多具體問題上都有進一步的深入的研究。

弘仁十一年（八二〇）之後一千年，《文鏡秘府論》一直在日本流傳。

最早接觸到《文鏡秘府論》的中國人，是清末的楊守敬。楊守敬自清光緒六年（一八八〇）起五年內，作爲駐日公使隨員，訪求流失到日本的中國珍籍，第一次訪知這部日本人編撰的中國詩文論著作，並帶回兩個本子，一是江户刊本，一是古抄本。楊守敬攜回之古抄本，殘東、西二卷，抄於鐮倉時期，原狩谷望之掖齋藏本，曾藏北京故宫大高殿，現藏臺灣臺北外雙溪故宫博物院。楊氏著《日本訪書志》，其中專篇叙述《文鏡秘府論》，强調此書保存佚文秘篇的價值，甚具慧眼。這是中國對這部著作的第一段評論文字。

此後，一九四九年之前，儲皖峰專取《文鏡秘府論》論病部分，作成《文二十八種病》（包括西卷《文二十八種病》、《文筆十病得失》和天卷序），提出一些有價值的校勘意見。羅根澤著《魏晉南北朝文學批評史》和《隋唐五代文學批評史》，運用《文鏡秘府論》的材料考證六朝至唐初的病犯論、對屬論和詩格著作的真僞等問題，提出許多重要的觀點。羅根澤又著《文筆式甄微》，考證編入《文鏡秘府論》的《文筆式》之原典及作年。郭紹虞多篇論文討論永明聲律論，對《文鏡秘府論》的問題多有論及。這時還有任學良的校注，後收入王利器《文鏡秘府論校注》一書。任學良於《文鏡秘府論》用力甚勤，爲不少詞語作了精當的注釋，於原典考辨也多有可取之處。

一九四九年之後，大陸方面，周維德校點之《文鏡秘府論》於一九七五年出版，是大陸第一個完整的整理本。周維德本在校勘上多有新見，如指出天卷《四聲論》「恐魂岱宗」句「『魂』下疑有脱字」，地卷《九意》「山意」改「飛簾出岫」之「簾」作「廉」，南卷《論文意》「恨其縱捨盤薄」之「『捨』，疑當作『横』」，等等。

王利器《文鏡秘府論校注》於一九八三年出版，這是當時國内最詳盡的校注本。其校勘亦有新見。如天卷《調聲》「畢池論賞託」句，以爲「畢池」「疑當作『習池』，音近之誤也」。如「直荷行罩水」句，「直」，各本作「宜」，王注云：「『直』原作『宜』，形近而誤。」王利器校注本更主要的成績，是對《文鏡秘府論》所及詞語、典故、詩篇及其作者等，作了全面詳盡的注釋，既多用維寶《文鏡秘府論箋》之成果，也多有獨立之新見。王利器精於訓詁，於《文鏡秘府論》一般詞語之注釋，可謂得心應手，而對原典等問題也有不少很好的考辨意見。

惜周維德校點和王利器校注所用底本均不佳，校本亦少。王利器校注所引校本材料，基本上轉引近人（日本加地哲定）整理維寶《文鏡秘府論箋》時所加的注。維寶之作已屬整理本，不是原本，近人之注更是二次轉手的資料。經核對原文，這些加注不少是不可靠的。校勘上，原文有重要遺漏，典型的是地卷《九意》「春意」闕「裙開鳳轉袖動鸞飛美人登山意亂入谷心疑山行」二十字。又有訛誤，如，王書地卷一一七頁説「《眼心抄》無『入作』二字」，而其實有「入作」二字。一五三頁「得其精而忘其粗者」句前各本均有「謂」字，「文典之菁華」前各本均有「是」字。一七二頁「賈誼不申」，據六地藏寺本，「申」當作

「用」。西卷四一一頁「句五言之中」前，闕一「二」字。四一七頁注十一謂高山寺乙本（即無點本）「立」字作「互」，實誤。南卷三〇五頁「幽所奇勝」實當作「幽奇勝概」。三一四頁「情而麗」，「情」實當作「清」。同頁「八病雙枯」，「雙枯」實當作「雙拈」，所謂「雙拈」，就是南卷《集論》所説的「拈二」、天卷所説的「雙換頭」。三三三頁「艷物之貌」，「艷」實當作「體」。至於一些古抄本夾注中保存的空海自筆草本等資料，多未能校録輯存，無法爲研究者提供進一步的利用。

王書在注釋上解決了不少問題，但也存在不少問題。不少當注可注的未注，一般詞語注得多，對理解該書詩文理論直接相關的許多概念反而未注，如地卷《十體》之「菁華體」，《十七勢》之「勢」，《八階》之「返酬階」、「援寡階」、「讚毁階」、「和詩階」，西卷《論病》中提到的「八體」、「十病」、「六犯」、「三疾」，西卷《文二十八種病》的「平頭」、「上尾」、「蜂腰」、「鶴膝」、「爽切」等。没有注意到《文鏡秘府論》作爲詩文論著作的特點，許多原典出處未注，特别是東卷《二十九種對》的前十一種對、西卷《文二十八種病》的一些内容、北卷《句端》等。已有的注釋有的有誤或注不達意，如，注天卷「齊梁調詩」，以爲所引例詩與趙執信《聲調譜·後譜》中所標「齊梁體」格律形式相合，其實並不吻合。西卷《論病》「虞帝吟詠」指的是虞舜《南風》歌，而注爲益稷「元首」歌。西卷《論病》所説的「八體」實爲聲病之八體而注爲書法之八體。南卷二八七頁注一、二八八頁注四，都引皎然《詩式》「情在言外」、「文外之旨」説解釋聲之輕重問題，與本文之旨均不相干。南卷二九五頁「中手倚傍」句實指倚傍他物他色，而注爲倚傍前人之作。

《文鏡秘府論》的傳本基本上都在日本，王利器没有條件做傳本調查，没有條件使用最好的底本和儘可能多的校本，已有成果也未能很好地反映、利用。王利器精於一般古籍注釋，而古文論研究却非其所長。王利器以其淵博的學識，在有限的條件下能把《文鏡秘府論》校注做得那樣好，令人欽佩，但離開了第一手材料，未吸收已有成果，終究留下了遺憾。

這兩種校（注）本之外，與《文鏡秘府論》有關的研究，集中在聲病説及詩格著作的考辨和體勢論的研究上，一些問題已有深入的解釋，郭紹虞、詹鍈、傅璇琮、羅師宗强、管雄、楊明、張少康、葛曉音、劉躍進、張伯偉、吴小平、馮春田、向長清、何偉棠等人的研究成果值得注意。

港臺地區的學者對《文鏡秘府論》的研究很重視，成就很大，特别是潘重規、饒宗頤、王晉光、王夢鷗、劉渼等人的研究值得注意。潘重規作《四聲指歸定本箋》，在校勘上有不少精當意見。如天卷《四聲論》「失者莫識所由」句之「識」，各本作「誠」，潘校謂「『誠』當作『識』」。又如「唯知齟齬難安」句之「難」，各本作「雖」，潘校謂「『雖』當作『難』」。原典考證有精審之處。饒宗頤著《六朝文論摭佚》，其中有的實際是考證《文鏡秘府論》的原典，如考證摯虞《文章流别志論》、李充《翰林論》及王微《鴻寶》等。王夢鷗《初唐詩學著述考》用傳本及《文鏡秘府論》的材料互證的方法，對上官儀《筆札華梁》、元兢《詩髓腦》及崔融《唐朝新定詩格》、王昌齡《詩格》等《文鏡秘府論》所及原典有細緻考辨，其中有不少精當的見解。王晉光《文鏡秘府論探源》詳細討論了《文鏡秘府論》的資料來源。劉渼則考察了《文鏡秘府論》中六朝聲律説佚文佚書。

中國、日本之外，美國學者對《文鏡秘府論》也有研究。現在所知，研究者有理查德·懷恩賴特·鮑德曼、梅維恒、梅祖麟和李珍華等人。理查德·懷恩賴特·鮑德曼一邊將《文鏡秘府論》譯作英文，一邊對一些問題提出看法。梅維恒、梅祖麟討論《文鏡秘府論》中很多問題和梵語的關係，認爲沈約他們是在梵語詩病理論的影響下發明了聲體詩，試圖用漢語來創造在梵語韻律中所達到的悦耳的效果，《文鏡秘府論》所論不少詩病，與梵語詩律有關。李珍華則主要研究《文鏡秘府論》南卷《論文意》和地卷《十七勢》。

六

本書旨在對《文鏡秘府論》作比較全面的帶總結性的整理。

對傳本進行全面的調查清理，是本書所作的一項基礎工作。傳本調查和清理是全部整理工作的基礎。王利器本在校勘上之所以有諸多疏誤，首要的原因是未能作傳本調查，未能取得第一手材料。我剛着手這個題目，開始傳本調查的時候，曾有人以爲已有小西甚一《文鏡秘府論考》，資料够翔實了，懷疑是否有必要一點一點地做傳本調查清理工作。但我做下來之後，深切地感到，任何認真的整理研究，都要親自從第一手材料入手。用第二手材料當然方便，但當自己親自一個本子一個本子地看下來之後，纔會發現，那感受完全不一樣。每個人做題目的角度、着眼點都不會完全相同，對材料的取捨也不會相同。親自看第一手材料，從第一手材料着手，總會有新的發現。筆者兩赴日本，歷時一年半有餘，爲查清日本傳本和其他資料，求師訪學，進深山，訪寺院，入宫内廳，蒙日本各寺院長老和其他各方先生的幫助，雖歷經艱難，但收獲甚大。僅就傳本調查來説，就在小西甚一基礎上，又新得一些重要本子㊹。小西甚一用過的本子，除個别已無法見到者外，均一一復查校核，也於夾注中發現了新材料。本書彙集的資料中，很多就得自自己的調查。

傳本調查清楚，傳本清理也就有了可靠的依據。小西甚一當年整理《文鏡秘府論》時，曾清理出一個傳本系統。筆者將傳本調查工作做下來之後，發現傳本系統應當是另一個面貌，應該有一個「證本」系統，而其他本子的系統所屬也因此有了重新的認識。

傳本清理最根本的工作，是校勘。這是本書的基本内容之一。校勘又有兩項工作，一是確定可靠的本文，一是校録可靠的傳本其他資料。這兩方面，都因對傳本作了全面調查而有所得，糾正了前人整理本在校勘上的一些疏誤。比如，小西甚一《文鏡秘府論考・考文篇》，天卷《調聲》「天真宛媚爲上」句，「媚」誤作「美」。天卷《調聲》引元氏説「兩句之中」，「中」，《考文篇》一四誤作「内」。天卷《七種韻》「七同音韻者」之末，《考文篇》二三脱「此上第五字還是席此無妨也」十二字。天卷《四聲論》「故《後魏文苑序》云」，《考文篇》二六脱「故」字。地卷《十四例》「十四輕重錯謬之例」句下，醍醐寺乙本有「十四避忌之例詩曰何況雙飛龍……王子亦龍飛」三十一字的雙行小字注，此注之下，《考文篇》四三脱「御草本銷之」五字。以下我們列舉一些比較重要的誤脱之文。東卷《二十九種對》「第一的名對」「上二句中，東西是其對，園圃是其對」，《考文篇》六七脱「園圃是其對」五字。「第五互成對」「若兩字一處用之」句，《考文篇》七一脱「兩字」二字。「第十七側對」「與龍爲對」句下，《考文篇》七八脱「翊字半邊有羽與首爲對」十字。一般的疏誤還有一些㊺。王利器本校勘上的疏誤，前文已列舉了一些。興膳宏《文鏡秘府論譯注》是比較嚴謹的，但也偶有疏誤。比如，天卷目次「用聲法式」之「法」，興膳宏《譯注》誤作「方」。《調四聲譜》之韻紐圖，興膳宏《譯注》誤把「光廣珖郭戈果過」置於「傍旁傍薄婆潑紴」之前，東卷《二十九種對》「第一的名對」「去來義背」，「義」誤作「意」。「第三聯綿對」「兩荷連讀」，「讀」誤作「續」。「第二十三偏對」「如古人以芙蓉偶楊柳」，「古人」下誤衍「又」字。林田慎之助、田寺則彦校注本在校勘上也是非常嚴謹的，他們用三寶院本爲底本，但三寶院本夾注中有的資料也未校録。如，地卷《九意》「夏意」「獻雅金才」句，三寶院本「雅」作「邪」，旁注「雅」，而林田本未校録。「夏意」「發語號咷」句，「咷」旁三寶院本注「徒勞反大咲也」，「夏意」「折藕相嫽」句，「嫽」字旁三寶院本注「理沼反好貌也」，林田本均未校録。類似這樣夾注中保存的材料未録的還有一些。這些疏誤，都是指没有版本根據的純粹的疏誤，不指有争議但有版本根據的問題。這些疏誤問題，在本書中都得到了糾正，前人未校録的有價值的資料，也都已校録。

校勘的一個重要工作，是總結前人這方面的成果，爾後確定可靠本文。這就是所謂「彙校」。從小西甚一、中澤希男、羅根澤、儲皖峰、潘重規，到周維德、王利器、興膳宏、林田慎之助及田寺則彦，在《文鏡秘府論》的校勘上都作出了自己的貢獻。本書的宗旨是，校勘上凡有獨得之見，均盡力搜尋網羅。在此基礎上，還須定奪從取。這是需要極細緻審慎態度的工作。傳本異文繁雜，各家解説紛呈，如何從取，頗費心力。對傳本異文，校勘上一些有争議的問題，筆者立下的原則是：勘比各説，尋找根據，凡取一説，都經謹慎考慮，不盲從妄取，並盡力提出自己的看法。如，天卷《調聲》，疑「整理其道」句與「格」字之間有闕文，以爲三句當爲「整理其道，意高其格，律調其言」。天卷《調聲》「齊梁調詩」「直荷行罩水」句，「直」，各本作「宜」。王利器校注本改作「直」，維寶箋本加地哲定注、豹軒藏本注、中澤希男《校勘記》並謂「宜」字疑「圓」字省訛，本書取王利器説，除王利器的根據之外，還因爲此處用仄聲的「直」，方與下句聲叶。天卷《七種韻》「二疊韻者」有「霜宿女娃薑」句，「娃」，各本作「姓」，興膳宏《譯注》作「生」，本書經考辨比較，從寶壽院本、六地藏寺本、松本文庫本作「娃」。天卷《四聲論》引劉善經評鍾嶸説有「咸疑羽翮之自然焉知王爾之巧思也」句，「自」，各本均作「行」，本書考鍾嶸思想及前後語義，用中澤希男《校勘記》説作「自」。以上僅就天卷前半内容略舉數例，其他各卷都有類似情況。

就《文鏡秘府論》的整理來説，可以説到目前爲止，本書所用本子最全，彙録校勘資料最多。其中疏誤自仍難免，但在參校更多的本子，校正了前人校本的疏誤之後，本書的疏誤應當會少一些，本文應當更可靠一些。

考釋是本書的又一項重要工作，是在總結前人成果基礎上體現自己獨立性的工作。這樣的考釋較之校勘，各有其難處。校勘的難處，首先在傳本調查。《文鏡秘府論》的傳本，特别是古抄本，基本都在日本，並且多在日本的寺院，不去日本，看不到這些本子。日本寺院藏書，一般一年衹開放一次，即使去了日本，錯過了時間就看不到。《文鏡秘府論》重要的古抄本，多抄於平安末及鐮倉時代，相當於中國唐、宋時代，須知中國的宋刻本（更不要説唐寫本），是何等的珍貴，而《文鏡秘府論》那時的都是抄本，抄本是唯一的，每一種都是孤本。在日本寺院，這都是重要文化財，看每種本子都要申請，有時要反復申請。這其中艱難，不是親身經歷是體會不到的。但傳本調查一旦做下來，校勘材料相對就比較集中。考釋的難處，首先在涉及面廣，資料分散。它不但涉及詩學、文學，還涉及語言學、音韻學，涉及密宗佛學，涉及中國，還涉及日本，涉及中日文化交流史，涉及日本悉曇學、漢詩學、歌學，後來發現，個別問題甚至還涉及考古學、民俗學，而且還是日本考古學、民俗學。要把這方方面面與《文鏡秘府論》有關的研究成果都反映出來，把資料清理出來，並不容易。其次則是在此基礎上怎樣體現自己獨立性的工作，把前人做過的工作都翻耘一遍，找出最確切的解釋，找出未解決的問題並加以解決。這是更爲艱難的工作。

筆者深知其難，衹有一點一點地下些笨功夫。本書在寫作時，就想遵循如下這樣一些原則。一是儘可能反映最重要的成果。自維寶之《文鏡秘府論箋》問世至今二百多年間，特别是近幾十年，有很多重要成果，這些成果是進一步整理研究的基礎，理所當然要加以總結，反映出來。特别是國内一般讀者不易見到的如日本維寶、小西甚一、中澤希男、興膳宏等的成果，都是這些研究者多年研究的結晶，自當採其精髓。國内王利器的校注，資料詳贍，根底扎實，亦當吮其英華。另外還有一些精彩之論，如王運熙、楊明、王夢鷗、張伯偉對初盛唐詩學的論述，李珍華對《十七勢》的分析，王晉光對《文鏡秘府論》的探源，都要全面反映。總結了這些成果，就大體把握了《文鏡秘府論》整理研究的進展和面貌。

二是涉及面儘可能廣一些，儘可能使相關成果得到全面具體的反映，儘可能反映最新成果。前人考證注釋成果可以依據或可備一説者，儘量廣採博取，不論長篇巨製還是單篇論文，不論久有影響的考論還是最近發表的新作，不論直接研究《文鏡秘府論》的，還是研究其他問題時有所涉及衹有間接關係的，不論中國、日本，海内、海外，不論已出版發表的，還是尚未發表的，凡有獨得之見，均盡力搜尋網羅，務求顯其異彩，唯恐遺珠棄玉，不敢妄爲湮没。一些複雜的特别是有争議的問題，儘量將各家之説收羅完備，如對齊梁詩、永明體、八病、平上去入四聲名義等問題的解釋，關於四聲外來説、四聲與梵學及與五音關係、王昌齡《詩格》真僞等問題的各家看法，主要的代表性的觀點都盡力彙録在内。一些問題的解説，所引觀點往往出自不起眼的一般雜誌的論文，即使未公開出版發表的論著論文，有的也想法找到，使其中觀點面諸讀者，如平田昌司和趙晶晶的論文等。一些最新的觀點也得到了反映，如楊明對《本朝文粹・省試詩論》的看法，岡田充博對王昌齡生平的考論，朱宏達等對「和韻」的解釋等。一些學界朋友，一有新著出版發表，不論自著還是他著，都馬上寄送我，有的論文剛發表衹有三天，我就收到了。學術情誼，令人感動。學界朋友的大力幫助，使我能及時反映最新的學術進展。

更重要的一個原則，是儘可能有自己的獨立性工作。一些問題已有定論，固不必强爲己説，掠人之美，捨而不用，但不能代替自己對每一個問題的獨立思考。取用成説，必經多方比較，審慎考察之後，方作選擇，力求有一些新意，有一些自己的工作。有時這方面花的功夫，無異於另立新説。爲弄清聲之輕重、輕中重、重中輕的解釋，弄清「莊」、「霜」、「瘡」、「床」、「清」、「青」數字的輕重問題，除原始材料外，查看了不下十幾種近今人音韻學的有關論著，還有一些單篇論文，從中國到日本，又多方請教專門研究音韻學的先生，總想找到新材料，找到更確切的説法，幾經斟酌，最後纔確定爲現在這樣表述。

這樣做，用某一家之説，也就有自己的根據，如東卷「異類對」之「諺赤鯉爲對……」數句的理解，西卷「第三蜂腰」之「餘聲有兩」句的理解，西卷「第四鶴膝」引温公《廣陽王碑序》「少挺神姿，幼標令望」句出典的理解等。這樣做，常常能就一些問題提出新材料，如地卷「十五理入景勢」釋「一向」，「八階」釋「階」即「體」之義，《八階》「詠物階」釋「輕紅」，西卷《論文意》釋「團却意」之「團」字之義等。

這也就能糾正前人注釋上的一些錯誤。這些錯誤，有史料技術上的錯誤，也有考證上理解上的疏誤。如，王利器校注本除前面列舉的外，還有二四九頁注一引王昌齡《詩格》而誤爲魏文帝《詩格》。天卷《調聲》首段任學良注詩之上句下句之平仄須輪迴用之，説「不當與上管下句同」云云，沒有注意到詩之黏律下一聯上句正當與上一聯下句同聲。天卷《調聲》任學良注以爲「本節以下所引皇甫冉及錢起、崔曙、張謂詩，諸人並開、寶間與昌齡同時」，實際上，這數人中除崔曙外，皇甫冉、錢起、陳潤均晚於王昌齡，有些詩也有證據作於王昌齡卒後，任學良注顯誤。天卷《七種韻》任學良注，説「本節曾引王昌齡、李白詩，疑係元兢《髓腦》文」，元兢與上官儀同時，生活在唐高宗至武則天時代，不可能引李白、王昌齡詩，《七種韻》不可能爲元兢《髓腦》文，任學良注也顯誤。西卷《文筆十病得失》「玄英戒律」，王利器引《史記·樂毅列傳》注「玄英」爲燕宫殿名，而據《爾雅》和前後句意，「玄英」實指冬天。南卷引《古今詩人秀句序》中的「周王」，當指高宗第七子李顯，而王利器校注以爲指高祖第九子李元方。小西甚一也偶有誤，如此處之「周王」，《研究篇》下就誤以爲是則天武后朝「周」之王府。

這樣做，一些問題就可能使用新的材料，能找出更切合詞意的典據。如，《九意》詩意、北卷《句端》

用語，興膳宏已舉出不少例詩、例句，本書又補充了一些。北卷《帝德録》，王利器校注多已注出典據，但本書一一重新核實，從諸多史料中再重新選擇，盡力找出更切合句意的最原始出典。

獨立的工作，更主要的當然是提出新解釋，提出新問題。經衆多學識淵博的賢達耕耘之後，未予解釋的一般都是較僻較難解釋的詞語，未能解決的一般也是較難解決的問題。要在這一基礎之上再有新説，確實很有難度，但獨立工作是一定要做的。筆者的一個辦法，是把考證、理論研究和注釋結合起來。對一些較大的問題，先作專門考證，如《九意》作者問題，寫了四萬多字的考證文章，「證本」問題，寫了五萬多字的考證文章，《文筆式》作者問題，也寫了近二萬字的考證文章。與此同時，儘量擴大視野和資料範圍。爲弄清《調四聲譜》中韻紐圖夾注中音注材料的原典，則從空海《篆隸萬象名義》、唐寫本王仁昫《刊謬補闕切韻》、岡井慎吾《玉篇研究》、胡吉宣《玉篇校釋》引《切韻》、羅常培《萬象名義中之原本玉篇音系》等著作中尋找綫索，找出其中有關字的反切讀音，一一對核比較。對天卷《調四聲譜》「紐玉篇云女九切結也東也」十一字出典年代的考説，也是這樣做的。

這樣做的結果，是發現可提出新解釋、新問題的地方尚有很多。除前面所説的《九意》作者，《文筆式》作者及年代之外，類似的考説還有不少。大者有「八體」與「八病」，沈約與「八病」的關係，王昌齡《詩格》真僞的考説，《文鏡秘府論》常見的「釋曰」以下文字是否爲空海所作，《二十九種對》前十一種對引用内容典據等問題。一般的問題，有對一些概念、内容内涵的理解等。如，天卷《調四聲譜》韻紐圖的解釋，地卷《十七勢》「謎比勢」，《十體》「菁華體」，《八階》「返酬階」、「援寡階」、「和詩階」，東卷「的名對」、

「雙擬對」、「聯綿對」、「迴文對」、「鄰近對」、「含境對」、「背體對」，西卷「落節」病等概念，地卷《十七勢》、《八階》「讚毀階」所引詩例内涵的理解等。東卷「同對」與「正對」、「異對」關係的解説，「賦體對」、「意對」的來由，「切側對」特點的分析等。東卷《論對》「沈、陸、王、元」中「陸」指陸厥的考説，「總不對對」的考説，《筆札七種言句例》各言句例淵源的引證等。西卷對前八病出典的看法，「第二十翻語病」的出典，「長擷腰」病之異名「束」，「長解鐙」病之異名「散」，「第二十三支離」病夾注引佚名《詩式》的出典，梵語詩律與中土詩病説關係的理解，南卷《論文意》思想淵源，文學分南宗北宗之文化淵源的考説，《河岳英靈集》篇數、卷數、作年的推想等。對於以上這些問題，本書都盡力給予了新的解釋、考説。

没有解釋而又應當解釋的句和詞盡力給出解釋，已有解釋的盡力給出新的解釋或提出新的根據，需要找出典據的則找出典據。這些詞、句，有些一般查查則可，有些則較費精力，甚至很費精力。涉及詩律文論的，如天卷《調四聲譜》「竪讀爲紐」、「紐聲雙聲」的理解，引敦煌文獻鳩摩羅什《通韻》以釋「雙聲疊韻」，《四聲論》引沈約《宋書·謝靈運傳論》中語釋「泉湧雲奔」，釋「風力窮於和韻」之「窮」字。還有《七種韻》「轉韻」寫法淵源的考説，地卷《十七勢》之「勢」、「入作勢」中「入作」之義的理解。南卷《論文意》考説「通韻」、「落韻」，解説「意如湧煙」、「中手倚傍」等句含義，解釋《文賦》「佇中區以玄覽」、「妙衆慮而爲言」，「信情貌之不差」、「雖離方而遁員」等。

解釋一般性的句子，如地卷《八階》「和詩階」中「染墨之辭不異」句、東卷「第十七側對」中「于今義藏之於篋笥」句等。還有天卷序「體韻心傳」的理解，《調聲》「律調」的解釋和出典，「上去入一聲一管」句疑衍「一聲」二字的分析，「念邯鄲，忘朝飡」句典據的理解，「飯蔬簞食，樂道忘飢，陋巷不疲」斷句的理解，地卷《八階》「述志階」中「坦蕩之位既陳」句原典的推測，西卷《文筆十病得失》「楊氏八公」、「荀氏十卿」的注解等。

一些難解之詞，如天卷《調聲》之「合帖」，《四聲論》劉善經駁甄琛《磔四聲論》所説「紐者因聲以轉注」之「轉注」一詞、「浮景玉充」之「玉充」，地卷《八階》「贈物階」之「交手」，《六志》「一直言志」之「的申」，「六讚譽志」之「玄欺」、「玄識」，東卷「第五互成對」之「丹碧」，「第廿三偏對」之「亭皐」，西卷「第二上尾」之「手筆」，南卷《論文意》之「皇道」、「名教」、「向背」、「亂下」、「分付」、「作意」、「勝概」，南卷引皎然《詩議》之「一同」、「若箇」、「解攜」、「叉語」等，南卷《集論》之「推較」、「較而言之」之「較」，《定位》之「準望」及「義别爲科」之「科」等，都盡力給出了自己的解釋。還有天卷《四聲論》引王引之《經傳釋詞》、《左傳》及杜預注釋「沈約取以和聲之律吕相合」之「之」字，也是如此做的。

《文鏡秘府論》的整理和研究需要解決的問題還有很多。本書宗旨，是提供可靠的本文，彙集較完備的校勘和考釋的資料，對以往的整理和研究成果作一總結，在此基礎上做自己獨立性的工作，增添一些自己新的東西，以使《文鏡秘府論》的整理和研究有所進展。做了以上工作之後，這一宗旨實現了多少，還需要今後的學術發展來驗證。

注：

① 空海從其舅學文章時間，一説十五歲，一説在入京初，十二歲。前説據《三教指歸》、《續日本後紀》等，後説據《御遺

告》、《高野大師御廣傳》等。疑《指歸》約其終，《遺告》舉其初；或空海十二歲時，身爲伊豫親王學士的外舅知其喜爲佛門弟子，於歸省時教育他「縱成佛弟子，不如暫學文章」，於是「依彼教先讀《論語》、《孝經》等」（《高野大師御廣傳》，據《弘法大師年譜》）。十五歲入京，始依其舅更爲系統地學文章。

② 今存《聾瞽指歸》空海真跡，其序末署「于時平朝御宇聖帝瑞號延曆十六年窮月始日」，延曆十六年爲公元七九七年，時空海二十四歲。但據《御遺告》，則是「經遊大學」，「因兹作《三教指歸》」，時在七九一年，空海十八歲。這裏說的《三教指歸》，當指其草本《聾瞽指歸》。《三教指歸》爲《聾瞽指歸》之修訂本。疑《聾瞽指歸》作於十八歲時，而修訂於二十四歲時，「于時平朝御宇聖帝瑞號延曆十六年窮月始日」之注記，爲修訂時補記。守山聖真之解釋（見其著《文化史上的弘法大師傳》）當可取。

③ 祖風宣揚會《弘法大師全集》第三輯。

④ 空海《爲大使與福州觀察使書》對此有記述，見《性靈集》卷五。

⑤ 《性靈集》卷四。

⑥ 《性靈集》卷五。

⑦ 《性靈集》卷三。

⑧ 詳本書該條考釋。

⑨ 「一多後生」之「一多」，疑用解《易》大衍義之語，指變化成卦之少陰之數。《易·繫辭上》「十有八變而成卦」孔穎達正義：「十有八變而成卦者，每一爻有三變。謂初一揲不五則九，是一變也；第二揲不四則八，是二變也；第三揲亦不四則八，是三變也。若三者俱多爲老陰，謂初得九，第二第三俱得八也。若三者俱少爲老陽，謂初得五，第二第三俱得四也。若兩少一多爲少陰，謂初與二三之間，或有四，或有五，或有八也，或有二箇四而有一箇九，此爲兩

少一多也。」(《周易正義》)所謂「一多」，就是「兩少一多」之數的少陰之數。此數幾何？宋程大昌《易原》曰：「一多者，謂三大揲之間通奇扐，有四有五而又有八，則十七也，或時有兩箇四，一箇九，亦十七也，奇扐既爲十七，則存而爲策者三十二也。」(四庫全書本)宋方聞一《大易粹言》亦謂：「世俗所謂兩少一多者，去其十七，則得四八三十有二。」(四庫全書本)是則「兩少一多」爲十七，大衍之數四十九，去十七，則存三十二。解《易》大衍義之「一多」應當指三十二之數。空海「一多後生」之「一多」亦當指此數。

⑩ 實慧爲十大弟子之首，與空海同國同姓同族。疑空海入唐前，實慧即與空海關係密切。空海回國弘法創業，實慧一直爲得力助手。弘仁三年(八一二)十二月，被空海擇爲整理高雄山寺寺務之三綱之任(空海《高雄山寺擇任三綱之書》，《性靈集》卷九)。弘仁七年，空海奏請於高野山建立真言宗修法道場之時，實慧大德受空海之命赴高野山察看地形，草創工作。弘仁十四年嵯峨天皇敕賜東寺爲真言宗根本道場，實慧大德又協助空海經營東寺。承和二年(八三五)空海圓寂後，實慧爲東寺長者，居於統轄全宗之位，時太上天皇賜予哭空海之詩章，乃實慧大德上表致謝(關於實慧大德之事跡，均參《文化史上的弘法大師傳》第二十五章《弟子傳》)。《御遺告》曰：「以實慧大德吾滅度之後可爲諸弟子依師長者緣者。」(《弘法大師全集》)此說若可信，則空海實際是將後事託付於實慧，實慧實際爲空海指定之繼承人。以最信任之後繼者，勸説空海編撰一部書，當順理成章。又據空海《書劉希夷集獻納表》(《性靈集》卷四)，空海遺弟子向嵯峨天皇獻書，所遺弟子即實慧。據現有材料，空海弟子中，唯實慧接觸到《文鏡秘府論》之材料。因空海遺其向嵯峨天皇所獻之書中，即有後來被編入《文鏡秘府論》之王昌齡《詩格》。空海與嵯峨天皇談及調聲、避病、格律等問題，有《敕賜屏風書了即獻表并詩》(《性靈集》卷三)可證。是皆《文鏡秘府論》直接相關之重要問題。嵯峨天皇若有旨意，亦可藉由實慧轉達於空海。如前所析，「一多」或指三十二之數，指空海這位弟子時當三十二歲。由此而言，亦當指空海弟子中之實慧，因編撰《文鏡秘府論》期間，實慧年齡恰三十二歲

（參拙稿《〈文鏡秘府論〉編撰意識的形成》及《〈文鏡秘府論〉作年考》）。

⑪ 見内藤湖南《弘法大師的文藝》。

⑫ 加地哲定《文鏡秘府論概説》。

⑬ 小西甚一《文鏡秘府論考·研究篇》上。

⑭ 參《文化史上的弘法大師傳》第七章。

⑮ 《性靈集》卷三。

⑯ 見空海《於紀伊國伊都高野峰被請乞入定處表》（《性靈集》卷九）、《太政官符》（《弘法大師全集》第二輯，轉據《文化史上的弘法大師傳》第十二章，《弘法大師年譜》卷七）。

⑰ 《高野雜筆集》上載空海之狀：「是以爲造立一兩草庵，且差弟子泰範、實慧等發向彼處，伏乞爲護持佛法，方圓相濟，幸甚幸甚，貧道來年秋月必參。披謁未間，珍重珍重，謹狀。」《高野雜筆集》下載空海於弘仁十年暮春書狀：「貧道以去弘仁九年冬就閑寂於紀州南岳。」（均見《弘法大師全集》第三輯）知空海於弘仁九年登高野山，這裏説「貧道來年秋月必參」，知遣泰範、實慧往高野山建立寺院在弘仁八年。

⑱ 《建立金剛峰寺最初勸請鎮守啓白文》作於弘仁十年五月三日（《弘法大師年譜》），知此時始着手建立高野山伽藍金剛峰寺。

⑲ 見《文鏡秘府論考·研究篇》上。

⑳ 作「聲譜、調聲、八種韻、四聲論（天）；十七勢、十四例、六義、十體、八階、六志（地）；二十九種對（東）；文三十種病累、十種疾（西）；論文意（南）；論對屬（北）」。

㉑ 作「調四聲譜、調聲、八種韻（天）；六義、十七勢、十四例、二十七體、八階、六志（地）；二十九種對、七種言句例（東）；

文二十八種病、筆十病得失、筆二種勢（西）；文筆六體、文筆六失、定位四術、定位四失（南）；句端（北）」。

㉒ 此説見興膳宏《文鏡秘府論譯注》末附「解説」。

㉓ 詩題及撰者未詳，年代無考之佚詩，亦不出魏晉六朝至唐之範圍。此外，假作詩亦作爲佚詩。

㉔ 五言佚詩七首四十句，爲「胡風迎馬首」四句、唐陳潤《罷官後却歸舊居》八句、唐張謂《題故人別業》八句、梁何遜《傷徐主簿》四句、「一旦辭東序」四句、「提琴就阮籍」四句、唐元兢《於蓬州野望》八句。其中，五言絶句詩「胡風迎馬首」末二句爲唐郭震五言律《塞上詩》，或疑作者截郭震句而爲之。

㉕ 五言佚詩四首十六句，爲「看河水漠瀝」四句、「羈客意盤桓」四句、「望野草青青」四句、「今朝是何夕」四句。三言佚詩二首二十一句，爲「不知羞」九句（其中三句爲四言）、「不知羞」十二句。

㉖ 五言佚詩二十六首七十二句，爲唐王昌齡《寄驩州》二句、《見譴至伊水》二句、《題上人房》二句、《送別》「春江愁送君」二句、《送別》「河口餞南客」二句、《上同州使君伯》四句、《上侍御七兄》六句、《登城懷古》二句、《客舍秋霖呈席姨夫》二句、「孤煙曳長林」二句、《送鄒貢觀省江東》二句、《留別》四句、《旅次盩厔過韓七別業》六句、《贈李侍御》四句、「眇默客子魂」四句、「遷客又相送」二句、《送別》二句、「日夕辨靈藥」二句、「墟落有懷縣」二句、「時與醉林壑」四句、「桑葉下墟落」四句、「青桂花未吐」二句、《送友人之安南》「還舟望炎海」二句、「田家收已盡」二句、唐李湛詩「此心復何已」二句、「雲歸石壁盡」二句。七言佚詩一首二句，爲唐崔曙詩「夜臺一閉無時盡」二句。

㉗ 五言佚詩八首十六句，爲「映浦樹疑浮」二句、「四鄰不相識」二句、「侵雲蹀征騎」二句、「歌前日照梁」二句、「泛色松煙舉」二句、「寒葭凝露色」二句、「曲沼疏秋蓋」二句、「積翠徹深潭」二句。

㉘ 五言佚詩十六首五十四句，爲「雙眉學新緑」四句、「灑塵成細跡」四句、「心貞如玉性」四句、「合暝刺縫罷」四句、「有鳥異孤鸞」四句、「丈夫懷慷慨」四句、「命禮遺舟車」四句、「插花花未歇」四句、「盛夏盛炎光」二句、「清階清溜瀉」二句、「施朱桃惡

采」二句、「皓雪已藏暉」二句、「女蘿本細草」四句、「愁臨玉臺鏡」二句、「花桃微散紅」四句、「風光摇隴麥」四句。

㉙ 五言佚詩六首二十四句，爲《屏風》四句、《贈别》四句、《幽蘭》四句、《賦得魯司寇》四句、《田家》四句、《美人》四句。

㉚ 東卷《二十九種對》及《筆札七種言句例》存五言佚詩三十二首八十二句，爲「手披黄卷盡」六句、「鮮光葉上動」四句、「月映茱萸錦」四句、「翠苑翠叢外」四句、「乍行乍理髮」二句、「結萼結花初」二句、「煙離離萬代」二句、「霏霏斂夕霧」四句、「視日日將晚」二句、「天地心間静」四句、「玉釵丹翠纏」二句、「青昳丹碧度」二句、「鯉躍排荷戲」二句、「琴上丹花拂」二句、「裛裛樹驚風」二句、「皎皎夜蟬鳴」二句、「漢月朝朝暗」二句、「月蔽雲曬曬」二句、「妾意逐行雲」二句、「團團月掛嶺」二句、「花承滴滴露」二句、「山風晚習習」二句、「颼颵歲陰曉」四句、「五章紛冉弱」二句、「徘徊夜月滿」四句、「何用金扉敞」二句、「原風振平楚」二句、「彤騶初驚路」二句、「忘懷接英彦」二句、「翠微分雉堞」二句、「自得優遊趣」二句、「燥塵籠野白」二句。

㉛ 西卷《文二十八種病》存五言佚詩四十一首一百一十九句，爲「芳時淑氣清」二句、「山方翻類矩」四句、《高宴》二句、「可憐雙飛鳧」四句、「撥棹金陵渚」四句、「遊魚牽細藻」四句、「搴簾出户望」四句、「夜中無與悟」四句、「魚遊見風月」二句、「元生愛皓月」四句、「雲生遮麗月」四句、「撫琴起和曲」四句、「心中肝如割」四句、梁簡文帝詩「輕霞落暮錦」二句、《春詩》二句、「斜雲朝列陳」二句、《閨怨》二句、「怨心千過絶」二句、《秋詩》二句、「玉輪夜進轍」二句、《寒詩》二句、「狐裘朝除冷」二句、《述懷》二句、「夜夜憐琴酒」二句、「蘇秦時刺股」二句、「刺股君稱麗」二句、《對酒》二句、「滿酌余當進」二句、「人人皆偃息」二句、「玉繩耿長漢」四句、《詠月》八句、《憶友》六句、《秋詩》四句、《詠秋》四句、「渭濱迎宰相」一句、「遠岫開翠雰」二句、「從風似飛絮」四句、「晨風驚疊樹」二句、「霧生極野碧」二句、周顒詩「二畝不足情」二句、庾信詩「兩戍俱臨水」二句。 四言佚詩一首三句，爲王彪之《登冶城樓》。

㉜ 五言佚詩三首五句，爲「澄暉侵夜月」二句、「功高履乘石」二句、「《離騷》詠宿莽」一句。

㉝ 五言佚詩二首十句，爲「天籟萬物性」二句、「明月下山頭」八句。

㉞ 五言佚詩一首二句，爲「寒雲山際起」二句。

㉟ 佚文九篇三十二句，爲漢張奂《芙蓉賦》二句、北魏温子昇《廣陽王碑序》四句、北齊邢邵《老人星表》四句、北齊魏收《赤雀頌序》四句、南齊謝朓《爲鄱陽王讓表》四句、梁任昉《爲范雲讓吏部表》四句、梁劉孝綽《謝散騎表》四句、漢孔融《與族弟書》四句、漢阮瑀《止欲賦》二句。今存其他文獻存有其另一些佚文者爲漢張奂《芙蓉賦》、北齊邢邵《老人星表》、梁任昉《爲范雲讓吏部表》、漢阮瑀《止欲賦》。

㊱ 佚文三十三篇一百一十二句，爲「嵩巖與華房迭遊」二句、「玄英戒律」四句、「設醴未同」四句、「夢中占夢」八句、「聚斂積實」八句、「刺是佳人」一句、「雲漢自可登臨」一句、「襲元凱之軌高」一句、「高巘萬仞排虚空」一句、「盛軌與三代俱芳」一句、「猶聚鴿之有神鵁」一句、「三仁殊途而同歸」一句、「偃息乎珠玉之室」一句、「雷擊電鞭者之謂天」一句、「潤草霑蘭者之謂雨」一句、「定州跨躡夷阻」四句、「原隰龍鱗」四句、「傾家敗德」四句、「西辭酆邑」二句、「西辭酆邑」二句、陳徐陵《殊物詔》四句、「藉甚岐嶷」二句、「永嘉播越」二句、「六郡豪家」四句、「播盡善之英聲」四句、「傾家敗德」四句、「曆數已應」四句、「鑒觀上代」四句、梁任孝恭「昔鍾儀戀楚」八句、北齊邢邵《高季式碑序》四句、北齊魏收《文宣謚議》四句、梁任孝恭「學非摩揣」四句、陳徐陵《定襄侯表》八句、北齊魏收《赤雀頌序》八句。其中魏收《赤雀頌序》兩處引録篇名重出。

㊲ 佚文十七篇四十六句，爲「圓清著象」二句、「七曜上臨」二句、「軒轅握圖」四句、「乾坤位定」四句、「芝英蓂莢」四句、「日月揚光」二句、「便娟翠竹」四句、「自兹以降」二句、「布在方策」二句、「我之居此」二句、「望之於君」二句、「委之三府」二句、「魏魏蕩蕩」二句、「軒轅之世」四句、「鮒離東海」四句、「等毛嬙之美容」二句、「摧鯨鯢如折朽」二句。

㊳《全唐詩補編》，中華書局，一九九二年。

㊴ 傅璇琮《王昌齡事跡考略》,見《唐代詩人叢考》(中華書局,一九八一年)。

㊵ 詳參拙稿《〈文鏡秘府論〉與日本歌學風體論》。

㊶ 詳參拙稿《〈文鏡秘府論〉對屬論與日本漢詩學》。

㊷ 五言佚詩十五首三十句,爲王維「積水不可極」二句、「聽鷄知曉月」二句、「見雨知心數」二句、「歸葬今何處」二句、「追涼遊竹林」二句、「避熱暫追涼」二句、「英桂浮香氣」二句、「簾密明翻碎」二句、「四鳥□憎見」二句、「紘心一往過」二句、「矚目轉鍾興」二句、「光音同宴席」二句、「望懷申一遇」二句、「交情猶勞到」二句、「未告班荆倦」二句。七言一首二句,爲「山僧無伴是何人」二句。

㊸ 《文鏡秘府論》之傳本系統,小西甚一亦有考證,見《文鏡秘府論考·研究篇》上,但筆者所見有異,參拙作《〈文鏡秘府論〉日本傳本隨記》、《關於〈文鏡秘府論〉的傳本系統》、《〈文鏡秘府論〉「證本」考》。又,近蒙陳翀先生惠寄新作《〈文鏡秘府論〉古鈔六卷本補證》(《國際漢學研究通訊》第八期,二〇一四年),謂:「(一)宫内廳本此後雖被高山寺所收藏,但非高山寺僧人鈔注所成。此本原是高野山大傳法院融源闍梨於保延四年(一一三八)前後鈔寫並加點之本,其後傳給了東大寺大法師浄玄。而浄玄又將此本重新奉入高野山,回傳給了行印房弘印。在授課完畢之後,行印房根據浄玄之講義又對融源原本用朱墨進行過兩次校注。還需要引起注意的是,此本之本文及部分訓點大致可斷定鈔寫於保延四年左右,然大部分訓注、文字校異乃近百年之後爲行印另筆補入。因此,學者在研究此本的時候,不應該將其本文鈔寫時間與訓注書入時間混爲一體,而是需要予以區分。(二)三寶院本大致鈔寫於十三世紀末十四世紀初之南北朝朝代,而非小西先生所認爲的平安鈔本。另外,此本所鈔本文及訓注筆跡完全一致,又可以推測出此本出於一人之手。再結合封面之傳領奥書,可以推測出此本的鈔寫者當是禪海,底本則是曾任高野山權律師的圓祐所藏本。圓祐將其《文鏡秘府論》所論漢詩學秘旨傳授給禪海,此後禪海再根據圓祐講疏

又重新補入各種注考。其後該本傳入了同寺僧叡然手中。不過，叡然並未在卷末識語中寫明授自禪海，而是用了『或人』一詞，或可推知叡然並非因爲得到了禪海傳授而受持此本，兩人之間當没有直接秘義傳授的師徒關係。而且，從其所寫入的跋語還可知，叡然衹是保有了這個本子，並未在此本上再加入訓注及校勘。這樣一來，基本就可以認定，此本之本文的鈔寫及注點，都是出自禪海之手。另外，還要引起注意的是，無論是小西先生還是盧盛江先生，由於没有注意到以上兩個本子屬於真言宗秘義傳授之『傳持本』或『傳領本』的特性，没有釐清日本古鈔本中的『草本』『證本』等術語的具體含義，僅根據諸本之『草本』『草案本』等標注就推定空海大師撰寫《文鏡秘府論》曾留下過數種『草稿』，並認爲之後諸人又在學習時參照了這些『草稿』，更是以此爲出發點建構了現存《文鏡秘府論》諸本的系譜。然而，如果對平安鐮倉時代日本佛教學術史作一個詳細的梳理的話，就不難發現，即使空海曾留下過數種草本，也不會在《文鏡秘府論》編纂成書後將之留於後世，以免引起不必要的混亂。再退一步，就算是空海確實留下大量草稿真跡，但晚至鐮倉南北朝時期的融源、禪海等人，能見到這些稿本的機會也可以説是微乎其微。現存《文鏡秘府論》諸本中所見標注『草本』注語之所以各有出入，不成系統，並非如小西及盧盛江先生所推測的是因爲空海大師留下了多種不同系統的稿本，而應當考慮爲各本傳領之時講授者所準備的授課底本，即所謂『草本』，内容各有千秋。要之，即使是同一門課同一本書，主講的老師不同，其講義的内容細節當然也就不可能完全相同了。」盛江案：陳翀所論甚細，很多看法很有價值。比如，確實不應將《文鏡秘府論》各本鈔寫時間與訓注書入時間混爲一體。宫内廳本南卷封底有「保延四年〔代午〕四月二日移點了」的硃筆識語，因此，此本的鈔寫年代，確在保延四年（一一三八），衹是當在此之前，而不當在保延四年前後。但此事關係重大，一些問題甚爲複雜。筆者無力再赴日本重看《文鏡秘府論》各傳本，僅能據手頭資料及當年在日本看傳本之印象作一思考。一，三寶院本封面表紙所署「金剛子圓祐」、「傳領禪海」以及封底叡然之識語如何理解尚可討論。叡然識語筆跡與正文不同，當爲後來所加。此本若爲禪海鈔寫，何以要署上圓祐之名，若謂乃據圓祐所藏底本鈔寫而成，筆者所見《文鏡秘府論》各傳本，均未見署有底本收藏者之名。因此，此處之識語，理解爲「金剛子圓祐」所鈔，而爲禪海所「傳領」，因禪海「傳領」此本，因此像叡然一樣署上名字，是否更爲妥當？二，《文鏡秘府論》各傳本之注釋非常複雜，後來傳鈔者確實在《文鏡秘府論》傳本上留下了各種訓點乃至一般性詞語解釋之痕跡，但是，未有根據謂涉及中國原典之補注性文字爲後來傳鈔者任意所加。由《大日經開題》等現存空海自筆真跡可以知道空海書寫習慣，由空海書寫習慣可以推知，《文鏡秘府論》各傳本尤其是三寶院本所保留之涉及中國原典補注性文字包括補注符號，當爲空海自筆草本所爲，而不可能爲後來鈔寫者任意所加。因此，即使三寶院本爲禪海所鈔寫，鈔寫者或作過一般訓點，然謂三寶院本所見涉及中國原典之「各種注考」亦爲鈔寫者所補入，作此斷語則需極謹慎。筆者以爲此當爲鈔寫者據空海「草本」如實轉録，而不可能爲鈔寫者任意補入。三寶院本之鈔寫者何以能見到空海「草本」，諸多情況無法完全弄清，然三寶院本保存空海「草本」大量痕跡此一事實自身，便説明三寶院本鈔寫者確實見到空海「草本」。若欲否認此點，則需否認三寶院本保存之「草本」痕跡，而此實無法否認。三，限於資料與條件，筆者無力對三寶院本之年代重作判斷，即使三寶院本如陳翀所論鈔寫於十三世紀末十四世紀初，此仍爲現存最重要傳本之一。四，空海確實未曾留下過數種「草本」，然編撰《文鏡秘府論》時空海有過數次修訂，此一情況則非推測，而有確鑿根據。多種不同系統之稿本確實非空海所留，而爲歷代傳寫過程中自然形成，然於流傳過程及歷代傳寫過程，《文鏡秘府論》形成不同傳本系統，則當爲事實，否則無法解釋諸多傳本特有乃至獨有之異文等情況。五，僅就《文鏡秘府論》情況而言，各傳本保存被稱作「草本」之資料，不當爲後來鈔寫者鈔寫時因匆忙錯誤太多，需要重新校對再次謄抄之「草稿」，而當爲空海編撰《文鏡秘府論》時多次修訂留下之「草本」。六，將《文鏡秘府論》草本及不同傳本之異文考慮爲各本傳領之時講授者所準備之授課底本，内容各有千秋，主講老師不同，講義内容細節不同。此爲一新鮮看法，然三寶院本封面所署「傳領禪海」中之「傳領」，是否即爲「講授」？歷史上《文鏡秘府論》是否作爲「授課底本」？《文鏡秘府論》各傳本確有諸多異文，然此種情況是否意味著基本内容「各有千秋」？斷論卻需極謹慎。就筆者之印象，尚未見可以證明《文鏡秘府論》曾作爲授課底本之相關文獻資料，尚未見因主講老師不同，而使《文鏡秘府論》基本内容各有千秋之相關資料。以上筆者所論，拙著《文鏡秘府論研究》及新成論文《〈文鏡秘府論〉注釋考》（待發表）有詳細闡發，可參看。

㊹ 六寺藏寺本爲小西甚一所未見。此外，新發現之傳本有義演抄本、松本文庫本、豹軒藏本，及藏於臺灣故宮之楊守敬攜回原狩谷望之掖齋藏古抄本。

㊺ 如：地卷《八階》「第六讚毀階」「皓雪已藏暉」句，「皓」，《考文篇》四八誤作「皎」。「七援寡階」「憑高出嶺上」句，「嶺」，《考文篇》四八誤作「領」。地卷《六志》「一曰直言志」「指事而言」句，《考文篇》四九脱「言」字。《九意》「山意」「鄭后咨嗟」句，「后」，《考文篇》五九誤作「公」。「山意」「含緑由渚」，「緑」，《考文篇》六一誤作「緣」。東卷《二十九種對》「第四聯綿對」「聯綿對者不相絶也」句，「絶」，《考文篇》七〇誤作「對」。「第十迴文對」「雙情著於初九」句，《考文篇》七六脱「於」字。「第二十六切側對」「謂理别文同是」句，「别」字下《考文篇》八一衍「而」字。「第二十八疊韻側對」「謂前句物色」句，《考文篇》八二脱「謂」字。西卷《文二十八種病》「第三蜂腰」「蜂腰詩者五言詩一句之中」句，《考文篇》八八脱「之」字。「第六小韻」「就前九字中而論小韻」句，《考文篇》九一脱「而」字。「第七傍紐」「此病更輕於小韻」，《考文篇》九二脱「更」字。南卷《論文意》「若有制作皆奇逸」，《考文篇》一一九脱「若」字。

凡例

一、《文鏡秘府論彙校彙考》分「本文」、「校記」、「考釋」三部分，另附《文筆眼心抄》。

二、《文鏡秘府論彙校彙考》以抄於日本平安末保延四年（一一三八）或稍前，現藏於日本東京宫内廳書陵部，日本東方文化學院一九二七年影印發行之宫内廳本全六卷爲底本。

三、據傳本材料可知，《文鏡秘府論》成書有一修訂過程，空海先有草本即初稿本，爾後在草本上删改修訂。但草本和修訂本情況甚爲複雜，多處非止一次修訂，草本及修訂本無法明確區分，現存傳本亦無法確定何種爲單純之草本或修訂本，無法僅據草本或修訂本確定本文。因此，本書所校録之《文鏡秘府論》本文，既不單從草本，亦不單從修訂本，而一般從底本。他本本文存録，而底本本文未存録，即使可確定爲空海草本文字，一般亦祇在校記中作爲異文校録，而不録入作爲本文。但是：（一）據底本有礙文意理解，而據他本前後文意始順暢完整者除外；（二）獨立成段，且存録於他本本文而非僅存録於夾注者除外。但非獨立成段，或祇存録於各本夾注而非存録於各本本文者，即使可確定爲空海草本異文，亦祇在校記中彙録，而不録入作爲本文。

四、《文筆眼心抄》乃《文鏡秘府論》之縮編，故可作異文校勘根據。但《文筆眼心抄》又有相對獨立性，且本書附有《文筆眼心抄》，因此除個别内容（如《八種韻》的「八交鑠韻」）需在《文鏡秘府論》中附加考釋外，其大段之異文一般衹出校加以説明，並不録入作《文鏡秘府論》之本文。與草本、修訂本及《文筆眼心抄》無關之其他異文則從一般校勘體例。

五、原文中各本均作單（雙）行小字注者，一般從之作單（雙）行小字注，各本格式不同者，其格式一般從底本。底本作小字注，而他本作大字正文者，視前後體例，亦或據他本改正，並出校説明，但無版本根據者不改。

六、各傳本異文及其他有校勘研究價值之原始資料，前人對異文之考訂校勘成果，筆者對異文之考辨意見，寫入校記。

七、一般説來，同一系統之傳本中，衹取年代較早、校勘精審之善本作校本，並且衹校録可資確定正確本文之異文。但《文鏡秘府論》有其特殊性。現存《文鏡秘府論》傳本特别是室町以前傳本，均爲抄本，從版式上難以看出其傳本系統，亦無題款之類可資證明傳本系統之材料。可資佐證傳本之間承傳關係之主要根據，恰恰在於各傳本異文及某些特殊之書寫格式（如雙行或單行小字注文，接下書之等等）。傳本之異文及特殊格式，甚或爲草本痕跡。此等異文雖未必能直接校正本文，却或可有其他研究價值，如研究傳本系統、研究草本面貌等。因此，個别傳本除外（如祖風宣揚會全集本明顯以江户刊本爲底本，故衹彙録該本所附校勘中有價值之校注意見，至於其異文則一般不出校），其他各傳本異文及特殊書寫格式一般均予彙録。

八、近今人整理本，一般祇彙録其校勘意見，不校録其異文，不作爲一種校本，但若其異文屬一家之説，該異文又關係到該處文意之準確理解，則酌情校録，作爲校勘之參考。

九、底本、校本之異體字、俗字等，一般改作規範通行字體，不出校。然而：（一）則天新字出校説明，以作爲原典考證之根據。（二）可能反映草本、證本面貌者不改，或在本文中改正，但出校説明。（三）可反映某種韻系歷史面貌者、字義有疑義争議者，視情況或改或不改，但均出校説明。底本之錯字誤字，均據校本改正，並出校説明。校本之錯字誤字，若是有意保留草本面貌（如三寶院本），爲反映空海草本面貌，亦酌情出校。

十、底本、校本正文之外之夾注文字（含欄眉注、脚注與行間夾注、頁邊注）、修改痕跡（含補文及其引綫、誤字訂正、字句顛倒、删削符號、塗改痕跡等），其情況較複雜，或爲空海草本夾注及修改痕跡（三寶院本保留草本此類痕跡最多），或爲後來抄寫者之補釋補注。但此二者不易區别，爲防遺漏空海草本資料，且後來抄寫者之補釋補注，亦或爲《文鏡秘府論》流傳史上之珍貴資料，故此類夾注文字和修改痕跡一般出校存録。作者赴日本考察《文鏡秘府論》傳本時於此類夾注文字有筆録。筆録時行間夾注注明「左旁注」、「右旁注」的，則分别注明爲「左旁注」、「右旁注」，筆録時未能分其在左在右者，則作「旁注」。

十一、底本、校本上多有日本國語訓點材料，包括音訓、聲讀符號、返讀、連讀標記等。此類訓點材料，主要爲日本人讀懂漢文之用，故一般不予彙録。但某些對校勘訓釋有價值者，如涉及文意理解之句讀返讀訓點，涉及某些重要字義理解之音訓材料，亦酌情校録。

十二、前人對異文之考訂、校勘成果，意見不同者擇要分列，重合者取最早之説，均注明出處；存疑者一般不作案斷，可案斷者則出校説明己見，或徑於本文中予以校正。

十三、「考釋」含：（一）原典考，含編入《文鏡秘府論》之中國詩文論著作之出典考（包括出典、作者、年代、原典面貌）、空海自寫文字考、後來抄寫者補注等其他文字考。（二）《文鏡秘府論》所載中國詩文論重要作者生平、著述之簡介考證。（三）詞語注釋，包括詞義解釋、詞事出典、詩文論專用術語溯源及闡釋等。（四）所引詩文作品出處及作者簡介。（五）與《文鏡秘府論》相關之其他典籍及問題之必要考證，以及其他需要注釋之内容。

十四、前人考證注釋成果可以依據或可備一説者，儘量廣採博取。詞語注釋凡含個人心得者，亦注明前人某某注某引某作某，既便讀者覆按，亦示不敢掠美。但若爲通常之事典、學界之共説，雖已有前人之注解，亦不一一標明，以免疊架繁瑣。採録前人成果，一般引用原文，原文過冗長者亦擇要簡述，數篇同一説者偶或綜合概括，均力求忠實原意。但亦有如日人關於二十九種對、旁紐正紐及二十八種病前八病原典考證之類者，既多新説，爲進一步研究所必需，其文又爲國内難得，因不厭其繁，備列詳陳。同一問題有數家異説者，按年代先後羅列，或依問題性質彙録。觀點相重者，一般用最早一家之説，但若後人吸收舊説，又補以新意，更加細密全面，則取後來居上更具代表性者。凡採前人之説，均加考辨甄別之後，方予選録。若前人之説有誤，或有漏失未解之處，則旁搜窮究，披卷鈎玄，以尋遺珠，務求一解。若有千慮一得，則亦略陳篇中，就正於方家。前人考證注釋成果，或偶有文字疏失，一般不作校改。

十五、主要徵引及參考文獻目録附全書末，隨文不另注出處，此外之引文，一般在該文獻第一次出現時隨文注明出處。

十六、關係間接，但可資參考發明，或雖關係直接，但不便於零散分録之原始材料，如日本悉曇學、漢詩學、歌學著作直接引用《文鏡秘府論》，中國典籍系統載録八病、對屬論等等，作爲「附録」置於相關一節或一卷之末。

十七、底本、校本除個別者外，一般用簡稱，底本、校本及其簡稱如下：

宮——宮内廳本（底本，校録異文時稱「原作」）

《眼心抄》——《文筆眼心抄》

成簣堂本

三寶——三寶院本

高甲——高山寺甲本

高乙——高山寺乙本

高丙——高山寺丙本

醍甲——醍醐寺甲本

仁甲——仁和寺甲本

寶壽——寶壽院本
楊——楊守敬攜回原狩谷望之掖齋藏古抄本
正甲——正智院甲本
寶龜——寶龜院本
新町——新町三井高遂氏藏本
正丙——正智院丙本
六寺——六地藏寺本
正乙——正智院乙本
義演——醍醐寺義演抄本
醍丙——醍醐寺丙本
松本——松本文庫本
醍乙——醍醐寺乙本
仁乙——仁和寺乙本
江户刊本——江户寬文、貞享間（一六六一——一六八八）刊本
維寶箋本——維寶《文鏡秘府論箋》所載《文鏡秘府論》本文
天海——天海藏本

以下校勘、箋注及研究著作亦用簡稱，其簡稱如下：

維寶箋——維寶《文鏡秘府論箋》所載維寶箋注文

祖風會本——祖風宣揚會《弘法大師全集》（一九二三）所載《文鏡秘府論》

詩話叢書本——池田蘆洲編《日本詩話叢書》（一九二一）所載《文鏡秘府論》

豹軒藏本

《考文篇》——小西甚一《文鏡秘府論考·考文篇》

周校——周維德校點《文鏡秘府論》

《校注》——王利器《文鏡秘府論校注》

《校注》引任注——王利器《文鏡秘府論校注》引任學良《文鏡秘府論校注》

《譯注》——興膳宏《文鏡秘府論譯注》

林田校——林田慎之助、田寺則彦校勘《文鏡秘府論》

《研究篇》上——小西甚一《文鏡秘府論考·研究篇》上

《研究篇》下——小西甚一《文鏡秘府論考·研究篇》下

《札記》——中澤希男《文鏡秘府論札記》

《札記續記》——中澤希男《文鏡秘府論札記續記》

《校勘記》——中澤希男《文鏡秘府論校勘記》

《探源》——王晉光《文鏡秘府論探源》

《「文二十八種病」解説》——西澤道寬《文鏡秘府論「文二十八種病」解説》

《「文二十八種病」考》——吉田幸一《文鏡秘府論「文二十八種病」考》

《四聲指歸定本箋》——潘重規《隋劉善經四聲指歸定本箋》

又，維寶箋本有加地哲定注，稱「維寶箋本加地哲定注」。祖風會本有注，簡稱「祖風會本注」。詩話叢書本有注，簡稱「詩話叢書本注」。豹軒藏本有鈴木虎雄注。

十八、所附《文筆眼心抄》以祖風宣揚會大正十二年（一九二三）刊行《弘法大師全集》第三輯《冠注文筆眼心抄》爲底本。底本及其冠首所附長谷寶秀注、校本及其簡稱如下：

《冠注》——《冠注文筆眼心抄》（底本）

冠注——《冠注文筆眼心抄》長谷寶秀注

《釋文》——《文筆眼心抄釋文》

《補正》——中澤希男《冠注文筆眼心抄補正》

《論》——《文鏡秘府論》

《眼心抄》古抄本——《文筆眼心抄》古抄本（據神田喜一郎《書道全集》及小西甚一《文鏡秘府論考·研究篇》上）

興膳宏《文鏡秘府論釋注》及林田愼之助、田寺則彦校勘本《文鏡秘府論》附《文筆眼心抄》視同參校本。

十九、《文筆眼心抄》之「校注」以校爲主，除《文鏡秘府論》未録之原文外，一般不作注釋。

二十、《文鏡秘府論》及《文筆眼心抄》爲編撰著作，基本上由引文組成，因此以下情況一般不加引號：（一）大段甚至成篇之引文。（二）無法判知終止處之引文。（三）綜合概述性等不便加引號之引文。《文鏡秘府論》此類引文，其出處起訖等情況，一般於「考釋」中略加説明。「附録」及「考釋」中徵引之古典史料，其中大段乃至成篇之引文、無法判知終止處之引文、綜合概述性以及該段史料之體例不便加引號等一類引文，亦不加引號。

「校記」所録《文鏡秘府論》之異文（包括夾注文字）均不加標點，但另處引用時，可加標點。「校記」所録校本保留之古注均不加標點，但所録近今人所加之注，酌加標點。

引用近今人著作，一般依從原文標點，原文未加標點者，酌加標點。

二十一、本《彙校彙考》一些稱謂用詞及相關情況説明如下：

天卷序。天卷《調四聲譜》之前，有空海所作序。此序實乃《文鏡秘府論》之總序，然世人已習稱其爲「天卷序」。爲行文簡便，本《彙校彙考》行文亦採用此一稱謂，目録及書眉，均將此「序」一目置天卷之中，而不是置天卷之前。

東卷《論對》及西卷《論病》。本《彙校彙考》以爲，「論對」與「論病」既分别爲東卷序與西卷序之小題，空海又以此概括整個一卷之内容，分别用作此二卷之大題。然本《彙校彙考》行文所説之東卷《論對》和西卷《論病》，除特别説明之外，均分别指東卷序與西卷序。

南卷《論文意》與北卷《論對屬》。本《彙校彙考》以爲，「論文意」乃南卷開頭所引王昌齡《詩格》及皎然《詩議》二篇文字之小題，而「論對屬」則乃北卷開頭一段文字之小題。然「論文意」及「論對屬」又與地卷「論體勢等」、東卷「論對」、西卷「論病」一樣，分別爲各卷之大題。空海乃用開頭一篇或幾篇文字之小題，同時概括整卷内容，分别用指各卷之大題。惟本《彙校彙考》行文所説之南卷《論文意》與北卷《論對屬》，除特别説明之外，均分别指南卷開頭所引王昌齡《詩格》、皎然《詩議》（《論文意》）及北卷開頭一段文字（《論對屬》）。

《文鏡秘府論》及《文筆眼心抄》原文體例並不完全統一，爲保持原貌，一般不予改動。

本《文鏡秘府論彙校彙考》，簡稱「《彙校彙考》」。

本書《凡例》、《前言》及《後記》所稱之「本書」，指本《彙校彙考》，包括附《文筆眼心抄》。校考正文中所稱之「本書」爲《文鏡秘府論》本文。

文鏡秘府論 并序①

天

金剛峰寺禪念沙門遍照金剛② 撰〔一〕

序〔二〕

夫大仙利物③，名教爲基④；君子濟時〔三〕，文章是本也⑤。故能空中塵中，開本有之字⑥；龜上龍上〔四〕，演自然之文〔五〕⑦。至如觀時變於三曜，察化成於九州〔六〕⑧。金玉笙簧⑨，爛其文而撫黔首〔七〕⑩；郁乎焕乎〔八〕⑪，燦其章以馭蒼生〔九〕⑫。然則一爲名始，文則教源，以名教爲宗，則文章爲紀綱之要也⑬。世間出世〔一〇〕，誰能遺此乎〔一一〕⑭？故經説阿毗跋致菩薩，必須先解文章⑮。孔宣有言〔一二〕：「小子何莫學夫《詩》，《詩》可以興，可以觀，邇之事父〔一三〕，遠之事君⑯。」「人而不爲《周南》、《邵南》〔一四〕，其猶正墻面而立也⑰。」是知文章之義，大哉遠哉⑱！

【校記】

〔一〕原封面右上角墨書「真十五」，右下角書「融源」，左上角書「□鏡秘府論　天」，卷首「文鏡秘府論并序　天」之下有紅方印「高山寺」，其餘各卷除所標卷次「地」、「東」……不同之外，封面與天卷同。三寶本各卷封面有「文鏡秘府論」，其下有「天六卷之内」之類之卷名，署有「金剛子圓祐」、「傳領禪海」與「寶光院」。仁甲本封面紙有識語「甲第九」、「秘府論」、「仁和寺心蓮院」，封面裏頁有識語「六卷之内地北兩卷缺了先年以醍醐寺報恩院御本書寫了」。醍甲本封面裏頁題記「秘府論／天東西南四帖在也／地與北無也／弘治三年九月撓」。維寶箋本卷首作「文鏡秘府論箋卷第一／金剛峰寺密禪僧伽　維寶　編輯／文鏡秘府論并序　天／金剛峰寺禪念沙門遍照金剛撰」。

〔二〕「序」，原無，爲校考者據題目「文鏡秘府論并序」及文意而擬。

〔三〕「濟」，三寶本作「濳」，眉江「濟」。

〔四〕「龍上」，寶龜本無。

〔五〕「演」，豹軒藏本作「述」。

〔六〕「州」，原作「洲」，高乙、正甲本同，據三寶、高甲、醍甲、仁甲、寶壽、寶龜、六寺等本改。

〔七〕「金玉」，三寶、寶壽、六寺本旁注「樂器也」。「笙簧」，寶壽、六寺本旁注「同」。「黔首」，醍甲、仁甲本旁注「衆生也」。

〔八〕「郁乎」，六寺本旁注「美也」，三寶本旁注「大也」。「焕乎」，三寶、六寺本旁注「明也」。

〔九〕「蒼生」，三寶、六寺本旁注「民也」。

〔一〇〕「出」，三寶本作「間」，朱筆眉注「出」。

〔一一〕「世誰」，原作「誰世」，據三寶、高甲、醍甲、仁甲、寶壽、寶龜、六寺等本改。

〔一二〕「孔宣」，醍甲、仁甲本眉注「孔子老子周代生作詩賦」。

〔一三〕「父」，三寶本作「文」，眉注「父」。

〔一四〕「周南」，三寶本旁注「詩也」，六寺本旁注「詩」。「邵南」，三寶本旁注「同」，六寺本旁注「詩」。

【考釋】

① 文鏡：《研究篇》上：「題名的『文』，是廣義的『文』，包括韻文和散文在内（事實上以韻文爲主）。」「所謂『文鏡』，似有看清文體之姿，如實反映其是非巧拙的鏡子之意。」「直接的根據，恐怕是《字鏡》。《續一切經音義》希麟序曰：『至大曆中，命孝廉生顔傳經國子司業張參等，刊定五經文字正體，復有《字統》、《字鏡》、陸氏《釋文》。』大曆即代宗朝，當弘法大師渡唐三十年前，大師看到《字鏡》的可能性是很大的。」

《札記續記》：「『文鏡』的字義可追溯到晉陸機《文賦》、梁劉勰《文心雕龍》。《文賦》叙述作文之用意：『考殿最於錙銖，定去留於毫芒。苟銓衡之所裁，固應繩其必當。』『銓』『衡』和『鏡』重疊的『銓鏡』『衡鏡』是常見的成語。」「可以想像，大師讀《文賦》時，首先想到『文章銓鏡』四個字，然後進一步略言之爲『文鏡』。」又謂：大師還從《文心雕龍·知音》篇「無私於輕重，不偏於情愛（盛江案：今本《文心雕龍》作「憎愛」），然後能平理若衡，照辭如鏡矣」選擇了「文鏡」的字樣。

《校注》引任注：「文鏡者，猶言文章之龜鏡也，以此照之鑒之，優劣畢見，無所逃遁矣。」

《譯注》末附《解説》：「書名《文鏡秘府論》，想必是表明其爲指導詩文創作的寶貴理論之意。」「『鏡』當然是『借鑒』之意。至於與『文』結合成『文鏡』二字的成例，就鄙見所知，在中國古籍中尚難找到。大概是空海自造之語吧。」

秘府：漢劉歆《移書讓太常博士》：「皆古文舊書，多者二十餘通，藏於秘府，伏而未發。」（《文選》卷四三）漢揚雄《劇秦美新》：「是以發秘府。」（《文選》卷四八）李周翰注：「秘書之府。」

《研究篇》上：「秘府爲秘藏典籍的府庫。」「《文鏡秘府論》是抄録集成衆多文獻，换句話説，是《古事類苑》式的書。也許還寄寓這樣的意思，有時作爲資料觀看秘府的典籍，而論自身也是一個秘府。總之可以認爲，所謂《文鏡秘府論》就是作爲詩文制作的鏡子將衆多的典籍摘抄下來的論的意思。」

《譯注》末附《解説》：「（秘府）這裏具有誇示此書所收諸作的理論價值之高的意味。」

梅維恒、梅祖麟《梵語對近體詩形成之影響》：「Kāvyādarśa（《詩鏡》）中的doṣa（詩病）與《文鏡秘府論》中的『病』兩者間一系列的相似之處，中國散文詩歌作者或許由此意識到檀丁的作品Kāvyādarśa（《詩鏡》）。Kāvyādarśa（《詩鏡》）有充分的時間流傳到中國——不論是通過水路還是通過陸路。它大約成書於六九〇年。」「Kāvyādarśa，字面意義爲『文學之鏡』，即一本手册。這恰是Bunkyō（文鏡）的含義。」「（『秘府』）意爲『珍稀的（詩章及表述的）文庫』。在梵語用法中，koṣa有一個完全一致且十分普遍的前代用法。其字面義爲『儲藏室、倉庫、財富』，並且在詩篇上下之中代表『（優美辭藻、詩句、文句之）寶庫』。在漢語中它被意譯爲『俱舍』(或句捨)。」「檀丁在其Kāvyādarśa(《詩鏡》)中，在其叙述的初始，引進koṣa這一術語，其意義就是文學之鏡(即一本詩歌創作手册)，同時又是一部示範詩歌文集。《文鏡秘府論》一書同樣如此。其標題全部翻譯意爲『論著：文學的鏡子及珍貴的(詩歌與麗辭的)文庫』。『論』是一個習慣性的漢語化的日語術語(與梵語的śāstra相對應)，被附加在標題上表示一著作作爲一部論文。」

盛江案：「文鏡」「鏡」之字義，可能既受中國傳統思想影響，取文章龜鏡之意，亦受印度古典詩學影響，特别與檀丁《詩鏡》有關。「詩鏡」之「詩」乃廣義，即文學之意。檀丁《詩鏡》分三章，第一章論述詩之分類、風格與詩德，第二章論述詞義修辭方式(「義莊嚴」)。另一須注意者，則是佛教之「鏡」喻。佛教以「鏡」喻自心清浄，而於文論家看來，心性之清浄，恰爲作文所需。作爲一代佛學大師，空海從佛教大量之「鏡」喻中受到啓發，以「文鏡」爲名，亦有可能。

② 金剛峰寺：弘法大師建立之秘密道場寺院。弘法大師建立金剛峰寺在弘仁十年(八一九)五月三日，見是年是月是日所作《建立金剛峰寺最初勸請鎮守啓白文》(《弘法大師年譜》)。

禪念：維寶箋引「異本箋」云：「禪念者，坐禪南山持念瑜伽也，具曰禪那，翻寂静等也。」

遍照金剛：大師唐永貞元年於長安青龍寺東塔院從惠果阿闍梨接受學法灌頂之名。

③ 夫大仙利物：此以下至「彫龍可期」，弘法大師自序。此序實乃全書之總序，因繫於天卷之首，爲方便起見，以下統稱作「天卷序」。

大仙：《探玄記》：「涅槃中名佛，爲大仙也。」（轉據《佛學大辭典》，美國妙法院印）《般若燈論》：「聲聞菩薩等亦名仙，佛於中最尊上，故已有一切波羅蜜多功德，善抵彼岸，故名大仙。」（《乾隆大藏經》八五册）《涅槃經》卷二：「大仙入涅槃，佛日墜於地。」（《大正藏》卷一二）利物：《易·乾卦·文言》：「利物足以和義。」《莊子·天地》：「愛人利物之謂仁。」「物」即「人」之意。

④名教：《弘明集》卷一四：「素王陳訓，以名教爲本。」空海《聲字實相義》：「歸趣之本，非名教不立，名教之興，非聲字不立，聲字分明，而實相顯，所謂聲字實相者，即是法佛平等之三密，衆生本有之曼荼也。」（《定本弘法大師全集》卷三）

⑤「君子」二句：《國語·周語中》：「肅所以濟時也。」《易·繫辭下》：「上古結繩而治，後世聖人易之以書契，百官以治，萬民以察。」魏曹丕《典論·論文》：「蓋文章，經國之大業，不朽之盛事。」（《文選》卷五二）《北齊書·文苑傳序》：「達幽顯之情，明天人之際，其在文乎！」

⑥「故能」二句：《七卷理趣經》卷一：「若欲空中現文字見三世事，當書阿字持誦一洛義，即見三世事。」（《大正藏》卷八）空海《聲字實相義》：「如來説法，必藉文字，文字所在，六塵其體。文字之起，本之六塵。謂六塵者：一色塵，二聲塵，三香塵，四味塵，五觸塵，六法塵，此六塵各有文字。」「五大皆有響，十界具言語。六塵悉文字，法身是實相。」《釋大衍論》：「三身本有。」空海《梵字悉曇字母並釋義》：「若依《大毗盧遮那經》云：此是文字者，自然道理之所作也，非如來所作，亦非梵王諸天之所作。」「若隨字相而用之，則世間之文字也，若解實義，則出世間陀羅尼之文字也。所謂陀羅尼者，梵語也。」（《大正藏》

卷八四）

⑦「龜上」二句：《龍魚河圖》：「黄龍從洛水出，詣虞舜，鱗甲成字，令左右寫文竟，龍去。」（《藝文類聚》卷九八）《尚書中候》：「堯沉璧于雒，玄龜負書出，背甲赤文成字，止壇，又沉璧于河，黑龜出文題。」（《藝文類聚》卷九九）空海《獻梵字並雜文表》：「空海聞，帝道感天，則秘録必顯；皇風動地，則靈文聿興。故能龍卦龜文，待黄犧以標用；鳳書虎字，候白姬似呈體。於焉結繩廢而三墳燦爛，刻木寢以五典鬱興。明皇因之而弘風揚化，蒼生仰之而知往察來。」（《性靈集》卷四）

⑧「至如」二句：《易・賁卦・彖傳》：「觀乎天文，以察時變；觀乎人文，以化成天下。」《文心雕龍・原道》：「爰自風姓，暨於孔氏，玄聖創典，素王述訓，莫不原道心以敷章，研神理而設教。取象乎河洛，問數乎蓍龜，觀天文以極變，察人文以成化。」

⑨金玉笙簧：《孟子・萬章下》：「（孔子）集大成也者，金聲而玉振之也。金聲也者，始條理也；玉振之也者，終條理也。」《禮記・明堂位》：「女媧之笙簧。」《水經注・洛水》：「（孫）登上峰，行且嘯，如簫韶笙簧之音，聲振山谷。」《抱朴子・安貧》：「夫士以三墳爲金玉，五典爲琴箏，講肄爲鍾鼓，百家爲笙簧。」《文心雕龍・原道》：「至夫子繼聖，獨秀前哲，鎔鈞六經，必金聲而玉振。……寫天地之輝光，曉生民之耳目矣。」

⑩黔首：《禮記・祭義》：「明命鬼神，以爲黔首。」鄭玄注：「黔首，謂民也。」

⑪郁乎焕乎：《論語・八佾》：「周監於二代，郁郁乎文哉。」《論語・泰伯》：「大哉，堯之爲君也……

巍巍乎其有成功也，焕乎其有文章。」

⑫蒼生：漢史岑《出師頌》：「蒼生更始。」（《文選》卷四七）劉良注：「蒼生，百姓也。」

⑬「然則」四句：《老子》三九章：「昔之得一者，天得一以清……」王弼注：「一，數之始而物之極也。」《説文・一部》：「惟初太始，道立於一。」本書南卷《論文意》：「夫文字起於皇道，古人畫一之後方有也。……是知一生名，名生教，然後名教生焉。以名教爲宗，則文章起於皇道，興乎《國風》耳。」空海《應暗書誦梵字悉曇章表奏》：「一切教法，皆待文字而宣説，若離文字，無由起教。」（《定本弘法大師全集》卷七）盛江案：「名教」一詞有數種含義，有名聲教化義，亦指正名定分爲基本内容之禮教。此處上既言「名教爲基」，又言「文章是本」，「名教」與「文章」相對而稱，是知此處之「名教」即「文章」之教，指有文字内容之文明之教。另參南卷《論文意》「名教生焉」句考釋。

⑭「世間」二句：《維摩經・入不二法門品》：「世間出世間爲二。」羅什注：「世間，三界也，出世間，一切無漏有爲道品法也。」（《中華大藏經》一五册）空海《梵字悉曇字母並釋義》：「如來説彼實義，若隨字相而用之，則世間之文字也，若解實義，則出世間陀羅尼之文字也。所謂陀羅尼者，梵語也。」維寶箋：「《起信論》曰：『一切世間出世間法。』今以李孔爲世間，以釋教爲出世也。」

⑮「故經」二句：《法華經・勸持品》：「爾時世尊，視八十萬億那由他諸菩薩摩訶薩，是諸菩薩皆是阿鞞跋致，轉不退法輪，得諸陀羅尼……時諸菩薩敬順佛意，並意自滿本願，便於佛前作師子吼，而發誓言，世尊我等於如來滅後，周旋往返十方世界，能令衆生書寫此經，受持讀誦，解説其義，如法修行，正憶

念,此是佛之威力。」(《中華大藏經》一五册)維寶箋:「《大智度論》四曰:『欲成佛道,惠心徹入骨髓,能見現在諸佛,是時名阿鞞跋致。』《放光般若經》二十二曰阿惟顔,《衆經音義》七曰阿鞞跋致,譯言不退住也。諸經有作阿毘跋致,或作阿惟越致,皆梵音訛轉。」

《研究篇》上:「這是説,文章不問真俗,都是紀綱之要。佛道也好,儒道也好,作爲領會其旨歸,或弘通其教説的筌蹄,文章都是必要的吧。」「但我認爲其真實的目的還在更深層。從密教的觀點來看,言語決不是如法的筌蹄那樣的客體存在,而勿寧説它是法的顯現方式。」「尊重言語是古代印度就已經存在的思想,特别彌曼蹉(Miamāṃsā)學派以爲,廣義的法(dharma)和言語有先天常住的關係,在這方面,使其自身作爲常住絶對的吠陀(Veda)而存在。密教的法曼荼羅是從這方面發展起來的。但是,不論怎樣的言語,都不是原封不動就完成的法曼荼羅。離開虚僞,去除誇飾,捨棄方便,如實地返歸本心時,纔完成『真實的言詞』,這樣的言詞纔是法性真如的如實的顯現。動天地泣鬼神是其作用,和陀羅尼的妙用没有任何不同。這就叫真言。《沙石集》卷五之十二條:『天竺的陀羅尼也衹是那個國家人們的言詞。佛以是説陀羅尼。因此,一行禪師的《大日經疏》也説隨方的詞都是陀羅尼。佛如果出生在我國,也應該衹是以和國的言詞作爲陀羅尼。總持本没有文字,文字表現出總持來。哪個國家的文字没有表現總持的德。何況高野大師也叙述,五大皆有響,六塵皆文字,没有離開五音的音,也没有離開阿字的字,阿字就是密教的根本。這樣,經也説舌相言語都是真言。《大日經》三十一品原原本本相當於三十一字。把世間出世的道理包含在三十一字中,既有佛菩薩之應,也有神明人類之感。這個陀羅尼也是天竺世俗之言，但作爲陀羅尼採用並把它保持住，則有滅罪之德，拔苦之用。雖然日本的和歌語言也是世俗之言詞，但如果用於和歌抒發感情，必有動人之處。何況包含佛法之心，毫無疑問應該是陀羅尼。』應該尊重文章的原因在此，阿毘跋致的菩薩先要解文章的原因也在於此。……可以把言語看作一個法曼荼羅，但是決不是就這樣可以完成。像松濤草露行雲流水的意義經常視而不見一樣，單純的言詞不會引起人們注意也是尋常的。言語和深邃玄奥的三昧曼荼羅以及端嚴微妙的摩訶曼荼羅相同，由於從内心皈依值得恭敬的法曼荼羅，不管怎樣也要把自身提高到崇高至純的真言。在這裏，把言語寫得正確是必要的。正是正確的言語、正確的文章，纔開始成就真言之相。收入《秘府論》的四聲、八種韻、十七勢、十四例、六義、十體、八階、二十九種對、三十種病等等，全部都祇能説是陶冶真言的規矩準繩。」

⑯「小子」五句：語出《論語・陽貨》，原文爲：「小子何莫學夫《詩》？《詩》可以興，可以觀，可以群，可以怨，邇之事父，遠之事君，多識於鳥獸草木之名。」

⑰「人而」二句：語出《論語・陽貨》，「邵」作「召」，意同。

⑱「是知」二句：《文心雕龍・原道》：「文之爲德也大矣。」梁蕭統《文選序》：「文之時義，遠矣哉。」空海《獻梵字並雜文表》：「文字之義用，大哉遠哉。」（《性靈集》卷四）

【附録】

維寶《文鏡秘府論箋》序：南岳潛叟有兩小弟，孟常遍，季惠實，常侍坐左右，而曉之曰：漫峷海會，常在于一身，冐地周徧，卷縮于三密。察其源則千里咫尺，迷其本則肝膽楚越。其勤之者，最貴志氣也。志氣未發，則雖相逢按劍，空經泊如。鴻立其志，則遥秀萬人之上；能成其業，則遠傳永世之下。有邪有正，有内有外，有淺有深，有顯有密。晨遊南嶺，幸習瑜伽之徒，苟離事邪外，淺顯區區而消日乎？心專有希，最上殊勝大圓妙之秘藴歟？夫有志氣，非立于事爲之先。志氣能遂功成之後者乎？能定之志氣，波旬導莫能入毗風，轉莫能動。唐讓不易，晉富弗移。賁育無施勇，平仲絶容交也。古人有曰：業精于勤，荒於嬉，行成于思，毁於隨。何思名官貴富驕侈邪欲乎？在於自既開本圓之具德，則普令天下之人知本圓之具德也。安共世俗有翫月於高樓，亡常住之月；賦詩於花間，捨胸中之花焉乎？且毗盧渺浩，住心謹嚴，即身深邃，聲字玄幽，曾讀所亦知也。今何謂乎？試嘗將論詩焉，言發驕侈則淫聲也，旨演實德則美風也。美言淫詞，都發志氣，而手之舞之，足之蹈之，莫非詩也。依志氣而分正邪而已。其格律散在于諸家，其肝髓緝盡秘府，一閲則詩道可達，志氣可立，何用走于千里，兀兀以窮年乎？少焉再進日冤，秘府旨深，不得達其源，作觀思忖，莫觀其本。退求之他，雙疊兩韻，辨論充棟，紊亂不足採；對屬病犯，耳提溢帙，髣髴弗堪觀。文鏡高古，故人未遊刃；典引博洽，蠢愚頗亡羊焉。雖恐妨禪關，翼示其梗概，唯唯於是，揚唱一句一言，隨指其憑據，亦伸其大旨，以助閑談。小子退記箋，繼晷不休，積日一日，漸至終卷，編爲一十八卷，來請爲序。余叱呵而謂之曰：斯是小子雕蟲也，非大人之事，棄捐而早還其本也。

元文元丙辰秋九月上一日

南山沙門維寶拜書于　蓮金精舍訖

維寶《文鏡秘府論箋》標目：第一卷　序　調四聲譜　／第二卷　調聲　用聲法式　八種韻　／第三卷　四聲論　／第四卷　論體勢等　十七勢　十四例　十體　／第五卷　六義　八階　六志　九意春意　／第六卷　夏意　秋意　冬意　／第七卷　山意　水意　雪意　雨意　風意　／第八卷　論對（九種）　／第九卷　迴文對（至第二十九對）　筆札（七種言句例）　／第十卷　論文意　／第十一卷　論文意（餘）　／第十二卷　定位　／第十三　文賦　／第十四　論病　／第十五　論病（餘）　／第十六　論病（餘）　／第十七　論對屬　／第十八　緝古辭　／文鏡秘府論箋標目畢

《聲字實相義口筆》卷第一：如來説法等者，《秘府論》第一云：夫大仙利物，名教爲基；君子濟時，文章是本文。（《真言宗全書》卷六）

《聲字實相義開秘抄》卷上：《秘府論》云：夫大仙利物，名教爲基，君子濟時，文章是本也。故空中塵中，開本有之字，龜上龍上，演自然之文文。（《真言宗全書》卷六）

了尊《悉曇輪略圖抄》卷一〇：《秘府論》云：空中塵中，開本有之字，龜上龍上，述自然之文。

來雄《聾鼓指歸序注》：《秘府論》曰：龜上龍上，演自然之文。《秘府論》曰：至如觀時變於三曜，察化成於九州，金玉笙簧，爛其文而撫黔首，郁乎焕乎，燦其章以馭蒼生是也。（《定本弘法大師全集》卷七）

文以五音不奪①、五彩得所立名②，章因事理俱明③、文義不昧樹號〔一〕，因文詮名，唱名得義。名義已顯④，以覺未悟⑤。三教於是分鑣⑥，五乘於是並轍〔二〕⑦，於焉釋經妙而難入⑧，李篇玄而寡和〔三〕⑨，桑籍近而争唱〔四〕⑩。游、夏得聞之日⑪，屈、宋作賦之時⑫，兩漢辭宗〔五〕⑬，三國文伯〔六〕⑭，體韻心傳〔七〕⑮，音律口授〔八〕。沈侯、劉善之後⑯，王、皎、崔、元之前〔九〕⑰，盛談四聲，争吐病犯⑱，黄卷溢篋⑲，緗帙滿車。貧而樂道者⑳，望絶訪寫〔一〇〕；童而好學者〔一一〕㉑，取決無由㉒。

【校記】

〔一〕「號」，原作「号」，六寺、醍甲本同，從江户刊本、維寶箋本改。下同。

〔二〕「五」，原左旁注「杉」。「並轍」，原眉注「車跡也」。

〔三〕「李篇」，醍甲、仁甲本眉注「李氏者老子姓也」。「寡」，原作「寘」，醍甲、六寺、義演本作「寠」，據江户刊本、維寶箋本改。醍甲、義演本無「和」字。

〔四〕「籍」，各本作「藉」，今從《考文篇》改。

〔五〕「宗」，原旁注「宇」，高乙、寶壽、正甲、六寺本作「宇」，寶壽本眉注「宗」，三寶本右旁注「宇證本」。

〔六〕「三國」，六寺本左旁注「魏吳蜀」。「文伯」，六寺本旁注「文士」。

〔七〕「體韻」，三寶本眉注「韻」。

〔八〕「律」，松本、江户刊本、維寶箋本、祖風會本作「津」，祖風會本眉注：「『津』恐『律』歟。」

〔九〕「侯」，原作「隻」（下同），六寺、醍甲、義演本同，據維寶箋本、江户刊本改。「王」，原旁注「三」，三寶本旁注「三證」，正甲本作「三」。

〔一〇〕「絶」，原作「絁」（下同），醍甲本同，據三寶、高甲、寶壽、寶龜、六寺、義演本改。

〔一一〕「童而」，原作「童魯」，三寶、高甲、高乙、寶壽、六寺、正乙本同，據醍甲、仁甲、義演、松本、江户刊本、維寶箋本改。

【考釋】

①文：本義爲彩色交錯。《荀子·賦》：「五采備而成文。」又有形文、聲文、情文之説。《文心雕龍·情采》：「立文之道，其理有三：一曰形文，五色是也；二曰聲文，五音是也；三曰情文，五性是也。五色雜而成黼黻，五音比而成韶夏，五情發而爲辭章。」故曰「文以五音不奪、五彩得所立名」。此處用指文章。五音：《孟子·離婁上》：「不以六律，不能正五音。」趙岐注：「五音：宫、商、角、徵、羽也。」不奪：《書·舜典》：「八音克諧，無相奪倫。」

②五彩：青、黄、赤、白、黑五種顏色，五音五彩，此處泛指文章音律文采。得所：《易·繫辭下》：「交易而退，各得其所。」

③章：本與「文」相對，異色成彩謂之文，一色昭著謂之章，又青與赤謂之文，赤與白謂之章，後用指文章章句。《文心雕龍·章句》：「宅情曰章，位言曰句。故章者，明也。……章總一義，須意窮而

成體。」

④名義：維寶箋：「《翻譯名義集序》曰：『言名義者，能詮曰名，所以爲義，能詮之名，胡梵音別。』」

⑤未悟：《譯注》引《無量壽經》下：「猶如重雲，震大法雷，覺未覺故。」（《大正藏》卷一二）盛江案：以上借釋名以彰義，説明文章須音律諧暢，五色相宣，事理俱明。

⑥三教：空海《三教指歸》：「是故聖者驅人教網三種，所謂釋、李、孔也。雖淺深有隔，並皆聖説。」（《弘法大師全集》第三輯）分鑣：梁蕭統《文選序》：「各體互興，分鑣並驅。」

⑦五乘：唐宗密《盂蘭盆經疏》：「五乘者，乘以運載爲名；五謂人、天、聲聞、緣覺、菩薩。」（《大正藏》卷三九）

⑧釋經：指佛教。《妙法蓮華經・方便品》：「諸佛智慧甚深無量，其智慧門難見難覺，難知難解難入。」「成就甚深，未曾有法，隨宜據説，意趣難解。」（《中華大藏經》二七册）

⑨李篇：謂老子之書。《史記・老子申韓列傳》：「老子者……姓李氏，名耳。」《老子》一章：「玄之又玄，衆妙之門。」宋玉《對楚王問》：「其曲彌高，其和彌寡。」（《文選》卷四五）

⑩「桑籍」句：空海《笠大夫奉爲先妣奉造大曼荼羅願文》：「李桑言籍，猶滯二邊之泥。」（《性靈集》卷七）「桑籍」何所指，諸家解釋不一。

維寶箋：「桑籍者，孔丘之書。《慈恩因明論疏序》曰：『空桑啓聖，資《六經》以明玄；苦、賴興仙，暢二篇而顯理。』《史記・孔子世家》張守節正義曰：『干寶《三日紀》云：徵在生空桑之地，今名空竇，在魯南山之空竇，中無水，當祭時灑掃以告，輒有清泉自石門出，足以周用，祭訖泉枯，今俗名女陵山。』」儲皖峰《文二十八種病》：「桑籍，當指桑門及佛家經典而言。」

《校注》引任注：「桑籍，指《詩經》也。《文賦》云：『寤《防露》與桑間，又雖悲而不雅。』即指《詩經》而言也。案：大師之意，非鄙薄《詩經》，桑籍與李篇爲對，用以指文學而言。文學近乎人情，抒其性志，故爭相效習，而文教之中，亦以文學發達爲最盛。」

《校注》：「『桑籍』疑當作『素籍』，素讀爲墳素之素」，「素籍猶言典籍、墳籍也」。「《龍龕手鑒》一《厶部》『朵，古文音素』。然則素之俗别字，六朝、唐人作朵也，傳者習見桑，少見朵，故誤朵爲桑耳。其謂『近而爭唱』者，即謂習相近，故爭唱也，《性靈集》七《笠大夫奉爲先妣奉造大曼荼羅願文》：『李、桑言籍，猶滯二邊之泥。』用法與此相同，正謂儒道二家之籍也。字亦誤作『桑』」。

《譯注》：「『桑籍』的用法不常見，但孔子生於魯空桑之地，當指儒家典籍。」「作爲儒家教義切身的代表性的論述，可以舉出《禮記·中庸》：『道不遠人，人之爲道而遠人，不可以爲道。』」

盛江案：與前文「三教」者相應，桑籍當指儒家典籍。

爭唱：維寶箋：「爭唱者，四科之賢哲，爭德行政事文學言語之唱也。」

⑪ 游、夏：《論語·先進》：「文學：子游，子夏。」得聞：《論語·公冶長》：「夫子之文章，可得而聞也。」

⑫ 屈、宋：謂屈原、宋玉，傳見《史記·屈原賈生列傳》。《漢書·藝文志》：「大儒孫卿及楚臣屈原

離讒憂國，皆作賦以風。」

⑬ 兩漢辭宗：《漢書·叙傳》：「（司馬相如）蔚爲辭宗，賦頌之首。」《文心雕龍·風骨》：「相如賦仙，氣號凌雲，蔚爲辭宗。」

⑭ 文伯：唐張説《齊黄門侍郎盧思道碑》：「天下之人，謂之文伯。」（《全唐文》卷二二七）唐杜甫《戲贈閿鄉秦少府短歌》：「每語見許文章伯。」（《杜詩詳注》卷六）

⑮ 體韻：各家解釋不一。維寶箋：「體韻者，文體調韻也。音律者，輕重之音，宫商之律也。」《校注》引任注：「此與八體之體同義，謂聲病也。」《校注》：「本書地卷有《十體》，南卷有《八體》。」《譯注》：「指上述春秋至戰國的文人們對聲律還没有明確的認識。其論旨基於沈約《宋書·謝靈運傳論》：『至於先士茂制，諷高歷賞……並直舉胸情，非傍詩史，正以音律調韻，取高前式。自靈均以來，多歷年代，雖文體稍精，而此秘未覩。』參照西卷序：『曹、王入室摛藻之前，游、夏昇堂學文之後，四紐未顯，八病莫聞。』」盛江案：「體韻」與「音律」相對，下有「盛談四聲，争吐病犯」，「病犯」可稱爲「體」，故此處之「體韻」當指聲律，非指文體，亦與地卷《十體》之「體」有别。心傳：用佛教語，謂不立文字，不依經卷，唯以師徒心心相印，悟解契合，遞相授受。此喻指歷代雖未以文字論聲律，然已心傳神會。

⑯ 沈侯：沈隱侯沈約。《顔氏家訓·文章》：「邢子才常曰：『沈侯文章，用事不使人覺，若胸臆語也。』」亦稱沈約爲沈侯。沈約（四四一—五一三），南朝宋、齊、梁詩人，史學家。字休文，吴興武康（今浙江湖州州南）人，謚隱。《隋書·經籍志》著録沈約著作有《四聲》一卷（《梁書》本傳及《南史》云「四聲譜」）。

事跡見《梁書・沈約傳》。《文鏡秘府論》天卷《調四聲譜》所引當有沈氏説，又天卷《四聲論》、西卷《文二十八種病》間接引有沈約説。

劉善：劉善經。生卒年不詳，隋代文人，河間（今屬河北）人，開皇十九年（五九九），楊廣爲太子，疑劉善經爲太子舍人在是年。又《北史・文苑・潘徽傳》云：「隋時有常得志、尹式、劉善經、祖君彦、孔德紹、劉斌，並有才名，事多遺逸。」《隋書》卷七六有傳。《校注》引任注：「《指歸》稱齊太子舍人李季節，知氏作《指歸》時在隋世也。季節名概，此稱字而不稱名，以知其與季節同時。古人於時人稱字而不稱名，如《顔氏家訓》之稱李季節、邢子才，而不云李概、邢劭是也。故知劉氏乃由齊入隋者也。又《指歸》所引韻書，以李季節《音譜》爲最晚，並未言及《切韻》，是其未嘗見及也。《切韻》成於隋仁壽元年，由此可推劉氏卒在仁壽元年前或稍後也。其著述之傳者，惟本書所載而已。」茲可備一説。其著述，《隋書・文學傳》云「《四聲指歸》一卷，行於世」（《北史》卷八三同），《隋書・經籍志》小學類著録「《四聲指歸》一卷，劉善經撰」，《日本國見在書目》小學類著録「《四聲指歸》一卷，劉善經撰」。天卷《四聲論》當爲劉善經《四聲指歸》，又西卷《文二十八種病》平頭、上尾、蜂腰、鶴膝、大韻、小韻、傍紐、正紐諸病所引有劉氏説，又駢拇、枝指（即相重）、疣贅（即繁説）三疾，均當爲劉善經説。一説，南卷《論體》、《定位》及西卷《文筆十病得失》之前半亦爲劉善經《四聲指歸》文，然疑非是。

⑰ 王、皎、崔、元：王昌齡、皎然、崔融、元兢。

王昌齡（六九八？——七五六？），字少伯，郡望琅邪，京兆萬年（今陝西西安）人。事跡見《舊唐書》

卷一九〇、《新唐書》卷二〇三本傳，《唐詩紀事》卷二四，《唐才子傳校箋》卷二。本傳云「有集五卷」，《新唐書·藝文志》别集類著録「王昌齡集五卷」，《崇文總目》卷五載「王昌齡詩一卷」，《郡齋讀書志》卷四上集部别集類載「王昌齡詩六卷」，空海《獻雜文表》載「王昌齡集一卷」，《書劉希夷集獻納表》云「王昌齡《詩格》一卷，此是在唐之日，於作者邊偶得此書。古詩格等雖有數家，近代才子，切愛此格」（《性靈集》卷四），《新唐書·藝文志》總集類載「王昌齡《詩格》二卷」，陳振孫《直齋書録解題》卷二二文史類載「《詩格》一卷，《詩中密旨》一卷，唐王昌齡」，《唐才子傳》卷二云王昌齡「有詩集五卷，又述作詩格律、境思、體例，共十四篇，爲《詩格》一卷，又《詩中密旨》一卷，及《古樂府解題》一卷，今並傳」。《日本國見在書目》有「《詩格》三卷」，不著撰人。本書天卷《調聲》、地卷《十七勢》、《六義》、南卷《論文意》俱存王氏説。

皎然（七二〇？—七九八？），俗姓謝，字清晝，晚年以字行。湖州長興（今屬浙江）人，郡望陳郡陽夏（今河南太康）。自稱爲謝靈運十世孫，實爲謝安後裔。李肇《國史補》著録皎然「《詩評》三卷」，《崇文總目》著録「晝公《詩式》五卷」，《新唐書·藝文志》著録「《皎然詩集》十卷」、「晝公《詩式》五卷，《詩評》三卷，僧皎然」，《宋秘書省續編到四庫闕書目》别集類著録「僧皎然《詩評》一卷」，《通志·藝文略》詩評類著録「晝公《詩式》五卷，僧皎然《詩評》三卷（《通志略》作「一卷」）」，《直齋書録解題》著録「《詩式》五卷，《詩議》一卷，唐僧皎然撰」，《宋史·藝文志》文史類著録「僧皎然《詩式》五卷，又《詩評》一卷」，《唐才子傳》卷四著録「《晝公詩式》五卷」、「《詩評》三卷」，《澹生堂藏書目》詩文評類著録「僧皎然《詩議》一卷，

《中序》一卷，《詩式》二卷，僧清晝」。生平見贊寧《宋高僧傳》卷二九《唐湖州杼山皎然傳》、《唐詩紀事》卷七三、《唐才子傳》卷四。《文鏡秘府論》地卷《十四例》、《六義》，東卷《二十九種對》鄰近、交絡、當句、含境、背體、偏、雙虛實、假、的名、隔句、雙擬、聯綿、互成、異類、疊韻側諸對，西卷《文二十八種病》之忌諱病，南卷《論文意》，均編有皎然説。

崔融（六五三—七〇六），字安成，齊州全節（今山東濟南）人，事跡見《舊唐書》卷九四、《新唐書》卷一一四本傳等。《舊唐書·經籍志》、《新唐書·藝文志》著録其編有《珠英學士集》五卷，著有《寶圖贊》一卷、文集六十卷。《日本國見在書目》小學著録「《唐朝新定詩體》一卷」，不著撰人，地卷《十體》醍醐寺乙本等注「崔氏新定詩體困十種體」云云，東卷《二十九種對》目次注「右三種出崔氏《唐朝新定詩格》」，是《唐朝新定詩格》（一作《唐朝新定詩體》）爲崔融著。《文鏡秘府論》天卷《調四聲譜》，地卷《十體》，東卷《二十九種對》切側、雙聲側、疊韻側、切、雙聲、疊韻、字、聲、字側諸對，西卷《文二十八種病》繁説、齟齬、叢聚、形跡、翻語、相濫、文贅、相反、相重諸病，引有崔融説。

元兢，字思敬，以字行，生卒年不詳，大致活動於唐高宗至武則天時代。《舊唐書·文苑傳》：「元思敬者，總章中爲協律郎，預修《芳林要覽》，又撰《詩人秀句》兩卷，傳於世。」《古今詩人秀句》二卷蓋於咸亨二年（六七一）前後以十年之功編成。《舊唐書·文苑·崔行功傳》：「同時又有孟利貞、董思恭、元思敬等，並以文藻知名。」《新唐書·藝文志》總集類文史類載「《芳林要覽》三百卷」下注「許敬宗、顧胤、許圉師、上官儀、楊思儉、孟利貞、姚璹、竇德玄、郭瑜、董思恭、元思敬集」，是知元思敬生活年代與上官儀相當。元思敬於總章中(六六八—六六九)始爲正八品上之協律郎,而總章元年上官儀爲三品侍郎已是第四年,是元思敬較之上官儀名位相去甚遠,以此相衡,度其年輩當晚於上官儀。又皎然《詩式》「重意詩例」云:「疇昔國朝協律郎吴兢與越僧元監集《秀句》。」王夢鷗《初唐詩學著述考》以爲:「吴兢,兩唐書有傳,生時未爲協律郎,其任斯職者,顯係元兢,特以姓名不彰,後人遂誤改爲吴兢。」又《新唐書·藝文志》總集類:「元兢《古今詩人秀句》二卷」,「元兢《宋約詩格》一卷」,文史類:「元思敬《詩人秀句》二卷。」《全唐詩逸》:「元兢,龍朔中官周王府參軍,著《古今詩人秀句》二卷及《詩格》一卷。」《日本國見在書目》小學家云「《詩髓腦》一卷,《注詩髓腦》一卷」,不著撰人;總集家云「《古今詩人秀句》,元思敬撰歟」。日本《本朝文粹》卷七《省試詩論》引《詩髓腦》作元兢著,本書東卷《二十九種對》目次注:「右六種對出元兢髓腦。」知《詩髓腦》作者爲元兢。本書天卷《調聲》,東卷《二十九種對》平、奇、同、字、聲、側、的名、異類諸對,西卷《文二十八種病》平頭、上尾、蜂腰、大韻、小韻、傍紐、正紐、齟齬、叢聚、忌諱、形跡、傍突、翻語、長擷腰、長解鐙諸病,南卷《集論》,均直接引有元兢説,東卷《論對》間接引有元兢説。

⑱ 病犯:《顔氏家訓·文章》:「江南文制,欲人彈射,知有病累,隨即改之。」空海之前談四聲病犯的主要著作,詳見下引。

⑲ 黄卷:與下文之「緗帙」均泛指書籍。《抱朴子·疾謬》:「雜碎故事,蓋是窮巷諸生,章句之士,吟詠而向枯簡,匍匐以守黄卷者所宜識。」《宋書·順帝紀》:「姬、夏典載,猶傳緗帙,漢、魏餘文,布在方册。」

⑳貧而樂道：《論語・學而》：「未若貧而樂，富而好禮者也。」鄭玄注：「樂謂志於道，不以貧爲憂苦。」

㉑童而好學：《禮記・學記》：「幼者聽而弗問，學不躐等也。」《論語・公冶長》：「敏而好學，不耻下問。」

㉒西卷《論病》云：「顒、約已降，兢、融以往，聲譜之論鬱起，病犯之名争興，家製格式，人談疾累……洎八體、十病、六犯、三疾，或文異義同，或名通理隔，卷軸滿机，乍閲難辨，遂使披卷者懷疑，搜寫者多倦。」與本節同旨。

貧道幼就表舅〔一〕①，頗學藻麗〔二〕②，長入西秦③，粗聽餘論④。雖然，志篤禪默⑤，不屑此事⑥。爰有一多後生⑦，扣閑寂於文囿〔三〕⑧，撞詞華乎詩圃〔四〕⑨。音響難默⑩，披卷函杖⑪，即閲諸家格式等⑫，勘彼同異〔五〕，卷軸雖多⑬，要樞則少⑭，名異義同，繁穢尤甚。余癖難療，即事刀筆⑮，削其重複，存其單號⑯，總有一十五種類，謂《聲譜》⑰、《調聲》⑱、《八種韻》〔六〕⑲、《四聲論》⑳、《十七勢》、《十四例》㉑、《六義》、《十體》、《八階》、《六志》㉒、《二十九種對》〔七〕㉓、《文三十種病累》〔八〕㉔、《十種疾》㉕、《論文意》〔九〕㉖、《論對屬》等是也㉗。配卷軸於六合㉘，懸不朽於兩曜㉙，名曰《文鏡秘府論》。庶緇素好事之人㉚、山野文會之士㉛，不尋千里，蛇珠自得〔一〇〕㉜，不煩旁搜㉝，彫龍可期〔一一〕㉞。

【校記】

〔一〕「表舅」，醍甲、仁甲本眉注「表舅者表外也母方甥也」。

〔二〕「藻麗」，松本本左旁注「文章」。

〔三〕「囿」，原作「園」，三寶、高甲、醍甲、仁甲、寶壽、寶龜、六寺本同，據松本、江户刊本、維寶箋本改。

〔四〕「撞」，三寶、正甲、天海本作「調」，三寶本旁注「橦證或」。豹軒藏本鈴木虎雄注：「『撞』疑當作『摘』。」《校勘記》：「撞詞華，撞，版本（盛江案：指江户刊本）、宮本均訓『とる』，當訓『うつ』，與前句『扣』相對，《禮記·樂記》：『善待問者如撞鐘。』注『撞擊也』。」「圃」，原作「囿」，旁注「圃」，高甲本同，寶壽本眉注「囿」，據三寶、醍甲、仁甲、寶壽、寶龜、六寺等本改。

〔五〕「彼」，三寶本作「被」，旁注「彼證」，高甲本旁注「披」，正甲、天海本作「披」。

〔六〕「韻」，三寶本作「顚」。

〔七〕「二十九」，寶壽本眉注「廿陟立反」。

〔八〕「累」，原作「菓」，三寶、高甲、高乙本同，三寶本旁注「累イ」，據醍甲、仁甲、寶壽、寶龜、六寺等本改。

〔九〕「論文意」，各本誤作「論大意」，據南卷標題改。

〔一〇〕「蛇珠」，三寶、江户刊本、維寶箋本旁注「文章」。

〔一一〕「彫龍」，三寶、正乙本旁注「文章也」，寶壽、六寺、松本本左旁注「文章」。

【考釋】

①貧道：僧道自稱之謙辭。晉、南北朝時朝廷定制，僧人自稱貧道，唐以後僧人改稱貧僧，道士謙稱貧道，空海蓋沿六朝稱謂習慣。表舅：空海表舅名阿刀大足。

②頗學藻麗：空海《御遺告》：「母阿刀氏人也，爰外舅阿刀大足大夫等曰：縱爲佛弟子，不如出大學，令習文書立身。任此教言，受俗典《尚書》等，及史傳，兼學文章。」（《弘法大師全集》）傳真濟《空海僧都傳》：「和上故大僧都諱空海，灌頂號曰遍照金剛，俗姓佐伯直，讚岐國多度郡人也。……生而聰明，能識人事，五六歲後，鄰里間號神童。年始十五，隨外舅二千石阿刀大足受《論語》、《孝經》及史傳等，兼學文章。入京時遊大學，就直講味酒浄成讀《毛詩》、《尚書》，問《左氏春秋》於岡田博士，博覽經史，殊好佛經。」藻麗：晉陸機《文賦》：「嘉麗藻之彬彬。」

關於「頗學藻麗」，有不同理解。《研究篇》上：「頗學藻麗是從大足時的事情，渡唐以後達到粗聽餘論的程度。就是説，大師的文藻是弱年時就已學成，這一點，從《三教指歸》的宏麗富贍的文辭也可以得到證明。」「入大學是十八歲即延曆十年時的事。雖然是在明經科，但音韻科也應該學了，因爲按規定，音韻科也屬四道。這方面的造詣應當相當深，當然，語學也當很擅長。渡唐時，傳教大師帶着義真作翻譯，慈覺大師是筆談（見《入唐求法巡禮記》），而弘法大師是單獨而行，看起來相當有自信。正因爲悉曇學的造詣有這樣的基礎，《秘府論》纔從音韻論開始，這不是偶然的。」

《札記續記》：「《釋大典文語解》：『頗這個字有稍微一點點及相當二義。』這裏的『頗』與『粗』相對，不用説相當於『稍微一點點』。『粗聽餘論』可以説是謙辭，意思是説，唐人議論的深刻内涵還不理解，衹聽得一些微細的大致的東西。如果如小西氏那樣解釋，不僅不符合序的語義，也難以令人相信這是崇拜唐文化時代的人們的話。」盛江案：《顔氏家訓·誡兵》：「然而每見文士，頗讀兵書，微有經略。」「頗」與「微」對文，亦爲微少意，句式字意正與此同。故中澤希男説是。

③ 西秦：漢張衡《西京賦》：「然而四海同宅西秦，豈不詭哉。」（《文選》卷二）此處當既指長安，又泛指中國。

④ 餘論：《論語·學而》：「行有餘力，則以學文。」漢司馬相如《子虛賦》：「願聞大國之風烈，先生之餘論也。」（《文選》卷七）李善注：「張晏曰：願聞先賢之遺談美論也。」梁劉孝標《重答劉秣陵沼書》：「緒言餘論，藴而莫傳。」（《文選》卷四三）此當指先賢文章、聲律之宏論。空海《爲故藤中納言奉造十七尊像願文》：「延暦末年，奉使入唐，貧道叨濫學道，同乘一船，暴風折舵之難，狂汰破舶之危，三江泛鷁，五嶺馳騏，東洛、西秦，關、輔郵亭，契深存没，約厚現當。」（《性靈集》卷七）《校注》引任注：「大師三十一歲入中國，三十三歲歸日本，在唐凡三歲，與馬總、朱千乘等詞人才子多所交納，贈答賦詩，故云聽悉餘論。」

⑤ 禪默：即禪定，息慮凝心，專注禪境。空海《辭少僧都表》：「空海從弱冠及知命，山藪爲宅，禪默爲心。」（《性靈集》卷四）

⑥ 不屑此事：真濟《性靈集序》：「志學之後，樂寂歷而不屑此事。」

⑦ 一多後生：空海《三教指歸序》：「爰有一多親識，縛我以五常索，斷我以乖忠孝。」《論語·子

罕》：「後生可畏，焉知來者之不如今也。」何晏集解：「後生謂年少。」

關於「一多後生」，各家理解不同。《研究篇》上：「《秘府論》撰述的直接動機，在於『一多後生』熱心文筆，懇請大師撰述。所謂『一多』是一人以及多人之義。《三教指歸序》也有『爰有一多親識』（這個「一」指阿刀大足），就是説，其中應該有一個特別熱心的後生。」「《文筆眼心抄》的筆跡讓人想到在正倉院御藏僧綱狀的真濟的書風，根據這一點，不能不讓人想到真濟。真濟是《性靈集》的編者。這點姑且不説，聽任這些後生的意願，安排起草撰稿的事情，我想對大師來説不是特别麻煩的請求。」

《札記續記》：「《三教指歸序》：『爰有一多親識。』『一多』是不常見的字眼。《眼心序》：『可畏後生，寫之誦之，豈唯立身成名乎。』把這個『可畏後生』的『可畏』和『一多後生』『一多親識』的『一多』調换過來看，其意思便很容易理解。就是説，這個『多』即優秀之意，所謂『一多後生』即『一個優秀的後輩』的意思，這一點是很清楚的。」

《校注》：「一多後生，謂持奉一多法界説之後輩也。密教於宇宙之真相，即如來自證境界，有一法界與多法界兩説。所謂『一多相容不同門』也。一法界者，謂如來自證無相平等之境界，即本體。多法界者，謂差别妙融之境界，即現象。無畏三藏及一行禪師等主張前説，其根據爲《大日經》。弘法大師主張後説，見於其師所著之《吽字義説》。以此，大師文中，喜用一多，其《三教指歸序》云『爰有一多親識』，亦其證也。」

《譯注》：「（一多）爲空海常用之語，數人之意。」

盛江案：「一多後生」之「一多」，可能指《易》變化成卦「兩少一多」之少陰之數，指三十二。《易》每一爻有三變，初揲二揲三揲或有四，或有五，或有八，或有二箇四而有一箇九，此爲兩少一多，兩少一多爲十七，存而爲策者三十二。「一多後生」之「一多」指「後生」其時年齡爲三十二歲。「一多後生」當指空海年少之弟子。其中實慧爲十大弟子之首，一直爲空海弘法創業之得力助手，空海《御遺告》把後事託付於實慧，實慧實際爲空海繼承人。據空海《書劉希夷集獻納表》(《性靈集》卷四)，空海遣實慧向嵯峨天皇獻書，所獻之書有王昌齡《詩格》等，實慧因此接觸到《文鏡秘府論》之材料與問題。據《敕賜屏風書了即獻表並詩》(《性靈集》卷三)，空海與嵯峨天皇談及調聲、避病、格律等問題。嵯峨天皇若有旨意，亦可能經由實慧轉達空海。實慧三十二歲時，恰好在編撰《文鏡秘府論》期間，合於「兩少一多」少陰之數。因此，「一多後生」疑指實慧。

⑧ 閑寂：晉陸機《文賦》：「叩寂寞而求音。」《周書·王褒庾信傳論》：「體物緣情，則寂寥於世。」野岑守《寄空海上人》：「歸休樂閑寂，在蹤忘囂滓。」(《校注》引任注)文囿：《文選序》：「歷觀文囿，泛覽辭林。」呂向注：『遍涉文章之林囿也。』劉宋范曄《樂遊應詔》：「文囿降照臨。」(《文選》卷二〇)呂延濟注：「文囿，謂文學之士。」《文心雕龍·明詩》：「巨細或殊，情理同致，總歸詩囿，故不繁云。」

⑨ 詩圃：詩歌園地。漢司馬相如《上林賦》：「修容乎禮園，翱翔乎書圃。」(《文選》卷八)

⑩ 音響：《譯注》：「音響，『扣』『撞』的緣語。」

⑪ 函杖：即函丈。《禮記·曲禮上》：「若非飲食之客，則布席，席間函丈。」鄭玄注：「謂講問之客

也，函，猶容也，講問宜相對容丈，足以指畫也。」後用指講學之坐席。

⑫ 諸家格式：西卷《論病》：「顒、約已降，兢、融以往，聲譜之論鬱起，病犯之名争興，家製格式，人談疾累。」格式：規格樣式，《北史·韓麒麟傳》：「吉凶之禮，備爲格式，令貴賤有别，人歸樸素。」此指詩文寫作之樣式手册。另參東卷《論對》「詩格式」考釋。

可知《文鏡秘府論》所依據之已佚書有：梁沈約《四聲譜》，隋劉善經《四聲指歸》，隋時著作《帝德録》，唐上官儀《筆札華梁》，佚名《文筆式》，元兢《詩髓腦》、《古今詩人秀句》，上官儀、元兢等集《芳林要覽》，崔融《唐朝新定詩格》，撰者不明《詩式》、《詩體》、《九意》。中國已佚、日本尚存書有隋唐間杜正倫《文筆要決》。《文鏡秘府論》東卷《論對》稱：「余覽沈、陸、王、元等詩格式等，出没不同。今棄其同者，撰其異者。」「陸」當謂陸厥，《南史·陸厥傳》載陸厥《與沈約書》論四聲事，據此，則空海還依據了陸厥之著作，但未能從《文鏡秘府論》中找到所引佚文。空海還可能依據了周顒之著作。直接引用有晉陸機《文賦》、唐殷璠《河岳英靈集叙》、唐王昌齡《詩格》、唐皎然《詩式》等尚存書文。

據《日本國見在書目》，空海之前之聲譜音韻類著作有：《開元文字音義》三十五卷，《聲類》十卷（李登撰），《音譜決疑》十卷（齊太子舍人李節撰），《音譜決疑》二卷（李概撰），《入聲》一卷，《韻篇叙例抄》一卷（趙昇撰），《同音異訓》一卷，《文字集略》六卷（阮孝緒撰），《韻集》五卷（吕静撰），《證俗音字略》一卷（顔敏楚撰），《借音》三卷，《借音》一卷（釋道高撰），《新抄借音》五卷，《韻字》一卷，《文府四聲》五卷，《新撰音淵》四卷，《韻林》二卷（戴規撰），《韻篇》十卷（冷然院），《韻海鏡源》五卷，《韻圃》五卷，《四聲韻音》

一卷,《四聲韻音》四卷,《四聲指歸》一卷(劉善經撰),《清濁音》一卷,《韻詮》十卷(武玄之撰),《韻詮》十二卷,《切韻》五卷(陸法言撰),《切韻》五卷(王仁昫撰),《切韻》十卷(釋弘演撰),《切韻》五卷(麻杲撰),《切韻》五卷(孫愐撰),《切韻》五卷(孫仙撰),《切韻》五卷(長孫訥言撰),《切韻》五卷(祝尚丘撰),《切韻》五卷(王在藝撰),《切韻》五卷(裴務齊撰),《切韻》五卷(陳道固撰),《切韻》五卷(沙門清徹撰),《切韻》五卷(盧自始撰),《切韻》五卷(蔣防撰),《切韻》五卷(郭知玄撰),《切韻》五卷(韓知十撰),《唐韻正義》五卷,《韻集》五卷,《切韻圖》一卷。

據《日本國見在書目》,空海之前有關之文筆類著作有:《詩經》十八卷,《詩品》三卷,《詩評》六卷,《文軌》十卷(冷然院),《文軌抄》六卷,《筆札華梁》二卷,《文階》二十卷(冷然院),《文章體》九卷,《文章體例》一卷,《文章體例抄》二卷,《文章體樣》一卷,《文章儀式》一卷,《文章論》一卷,《文章要決》一卷,《文章釋雜義》一卷,《文章四聲譜》一卷,《文章式》一卷,《詩筆體》一卷,《諭體》一卷,《文筆要決》一卷(杜正倫撰),《文筆式》二卷,《屬體法》一卷,《四聲八體》一卷,《詩髓腦》一卷,《注詩髓腦》一卷,《詩格》三卷,《詩病體》一卷,《竇篋》一卷,《文筆範》一卷(王孝則),《大唐文章博士嫌吾文筆病書》一卷,《詩八病》一卷,《文音病》一卷,《文章始》三卷(冷泉院),《文章故事》一卷,《詩體》七卷,《八病詩式》一卷,《讀異體諸詩法》一卷,《百屬篇》一卷(樂法藏撰),《文場秀句》一卷,《古今詩類》二卷,《文儀集注》一卷,《唐朝新定詩體》一卷,《五格四聲》一卷,《聖證論》十一卷,《累玉記》一卷。

《隋書・經籍志》所載相關著作有:《聲韻》四十一卷(周研撰),《聲類》十卷(魏左校令李登撰),《韻集》十卷，《韻集》六卷（晉安復令吕静撰），《四聲韻林》二十八卷（張諒撰），《韻集》八卷（段弘撰），《群玉典韻》，《韻略》一卷（陽休之撰），《修續音韻決疑》十四卷（李槩撰），《纂韻抄》十卷，《四聲指歸》一卷（劉善經撰），《四聲》一卷（梁太子少傅沈約撰），《四聲韻略》十三卷（夏侯詠撰），《音譜》四卷（李槩撰），《文章流别志論》二卷（摯虞撰），《翰林論》（李充撰，梁五十四卷），《文心雕龍》十卷（梁兼東宫通事舍人劉勰撰），《文章始》一卷（姚察撰），《詩評》三卷（鍾嶸撰，或曰《詩品》）。

又：《南史·周顒傳》載周顒著《四聲切韻》，《魏書·甄琛傳》云甄琛著《磔四聲》，《南史·陸厥傳》載王斌著《四聲論》。

《舊唐書·經籍志》又有：《辯嫌音》（楊休之撰），《證俗音略》二卷（顔愍楚撰），《四聲部》三十卷（張諒撰），《切韻》五卷（陸慈撰），《韻篇》十二卷（趙氏撰），《文釋》十卷（江邃撰），《詩例録》二卷（顔竣撰）。

《新唐書·藝文志》另有：蕭鈞《韻音》二十卷，孫愐《唐韻》五卷，武元之《韻銓》十五卷，玄宗《韻英》五卷，顔真卿《韻海鏡源》三百六十卷，李舟《切韻》十卷，僧猷智《辨體補脩加字切韻》五卷，元思敬《詩人秀句》二卷，殷璠《河岳英靈集》二卷，王起《文場秀句》二卷，李嗣真《詩品》一卷，元兢《宋約詩格》一卷，王昌齡《詩格》二卷，晝公《詩式》五卷，《詩評》三卷（僧皎然），炙轂子《詩格》一卷，元兢《古今詩人秀句》二卷，王起《大中新行詩格》一卷。

《通志·藝文略》另有：《音書考源》一卷，《韻集》十卷，《韻英》三卷（釋静洪），《切韻》五卷（陸慈），《唐廣韻》五卷（張參），《廣切韻》五卷，《唐韻要略》一卷（李邕），《聲韻圖》一卷。

胡應麟《詩藪》又云：「唐人詩話入宋可見者，李嗣真《詩品》一卷，王昌齡《詩格》一卷，皎然《詩式》、《詩評》一卷，王起《詩格》一卷，姚合《詩例》一卷，賈島《詩格》一卷，王叡《詩格》一卷，元兢《詩格》一卷，倪宥《龜鑒》一卷，徐蜕《詩格》一卷，《騷雅式》一卷，《點化秘術》一卷，《詩林句範》五卷，杜氏《詩格》一卷，徐氏《律詩洪範》一卷，徐衍《風騷要式》一卷，《吟體類例》一卷，《歷代吟譜》二十卷，《金針詩格》三卷，今惟《金針》、皎然《吟譜》傳，餘絶不覩，自宋末已亡佚。近人見宋世詩評最盛，以爲唐無詩話者，非也。」

空海所閲「諸家格式」，或即在以上格式類著作内，或編入《文鏡秘府論》，或未編入。

⑬ 卷軸：此指書籍。梁任昉《齊竟陵文宣王行狀》：「所造箴銘，積成卷軸。」（《文選》卷六〇）

⑭ 要樞：《孝經》：「撮其樞要。」《荀子・正名》：「然則所爲有名，與所緣以同異，與制名之樞要，不可不察也。」

⑮ 刀筆：古代書寫工具，古時書寫於竹簡，有誤則刀削重寫。《史記・酷吏列傳》：「臨江王欲得刀筆爲書謝上，而都禁吏不予。」《後漢書・劉盆子傳》：「酒未行，其中一人出刀筆書謁欲賀，其餘不知書者起請之。」李賢注：「古者記事書於簡册，謬誤者以刀削而除之，故曰刀筆。」此處意爲删削編撰。

⑯「削其」二句：東卷《論對》云「今棄其同者，撰其異者」，西卷《論病》云「予今載刀之繁，載筆之簡」，意與此同。

⑰ 謂《聲譜》：《校勘記》：「《謂聲譜》，疑《調四聲譜》或《調聲譜》之訛。」

⑱《調聲》：《校注》引任注：「（《調聲》）尚有《詩章中用聲法式》未列出。」

⑲《八種韻》：天卷本文作《七種韻》。《考文篇》：「《八種韻》，是修訂本文也，初稿本爲《七種韻》。」

⑳《四聲論》：《聲譜》至此爲天卷。

㉑《十四例》：《考文篇》：「《十四例》，是修訂本文也，初稿本爲《十五例》。」

㉒《六義》、《十體》、《八階》、《六志》：本文《六義》在《十體》下。《六志》下尚有《九意》。《校勘記》：「地卷目次爲《十體》與《六義》交換，又《六志》下加《九意》，不僅地卷，這個目次和各卷的内容有相當的不同，這好像是最初寫成，由於定稿後没有結合内容進行補訂，移寫時發生的訛誤。」《十七勢》至《六志》爲地卷。

㉓《二十九種對》：東卷。東卷本文《二十九種對》下尚有《筆札七種言句例》，此處未列出。

㉔《文三十種病累》：《考文篇》：「《三十種病累》，是初稿本文也，修訂本文爲《二十八種病》。大師撰此文，在修訂本未竣之前乎？」

㉕《十種疾》：豹軒藏本鈴木虎雄注：「此書不載，其實十四種耳。」《校注》引任注：「《十種疾》，即《文筆十病得失》。」《文三十種病累》、《十種疾》爲西卷。

《校注》引任注：「（《文三十種病累》、《十種疾》）此爲西卷，當列在南卷《論文意》之後。」盛江案：任學良誤，由天卷序之排列順序觀之，《文鏡秘府論》全書卷次西卷正當在南卷之前。《札記》：「通行諸本（盛江案：指日本通行之江户刊本）皆以天爲卷一，地爲卷二，東爲卷三，南爲卷四，西爲卷五，北爲卷六，即編以天地東南西北的順序。但以《序》的目次及《眼心》的體裁來推測，原來的順序似當爲天地東西南北。」盛江案：此爲是也。

㉖《論文意》：南卷。此處之《論文意》當指南卷大題，概指南卷内容，故《論體》、《定位》、《集論》未列出。

㉗《論對屬》：北卷。此處《論對屬》當指北卷大題，概指北卷内容，故北卷《句端》、《帝德録》未列出。

㉘六合：《莊子·齊物論》：「六合之外，聖人存而不論；六合之内，聖人論而不議。」成玄英疏：「六合者，謂天地四方也。」《校注》引任注：「上下四方爲六合，故以天地東南西北爲卷名。」《探源》：「《文鏡》一書分爲六卷，並無必要，譬如，我以爲北卷《論對屬》可以歸入東卷，《帝德録》可以放在《九意》之後。所以一定要分六卷，且冠以天地東南西北，目的是符合六合之數。序云『配卷軸於六合』，就是這個意思。」

《文鏡秘府論》之卷次，一作「天、地、東、西、南、北」（《考文篇》），一作「天、地、東、南、西、北」（周校、《校注》、《譯注》、林田校）。

前一説之根據，在天卷序所記述細目之順序，爲：《聲譜》、《調聲》、《八種韻》、《四聲論》（天）；《十七勢》、《十四例》、《六義》、《十體》、《八階》、《六志》（地）；《二十九種對》（東）；《文三十種病累》、《十種疾》（西）；《論文意》（南）；《論對屬》（北）。以及《文筆眼心抄》本文順序，爲：《序》、《調四聲譜》、《調聲》、

《八種韻》（天）；《六義》、《十七勢》、《十四例》、《二十七體》、《八階》、《六志》（地）；《二十九種對》、《七種言句例》（東）；《文二十八種病》、《筆十病》、《筆二種勢》（西）；《文筆六體》、《文筆六失》、《定位四術》、《定位四失》（南）；《句端》（北）。均恰好符合天、地、東、西、南、北之順序。

木下良範《文鏡秘府論小考》謂：《周禮》按「天官、地官、春官、夏官、秋官、冬官」之順序構成，恰合於六合之「天、地、東、南、西、北」。儒教之中國，此乃絶對之順序。

《譯注》附《解説》：「一般説來，序文記述與本文編次並非一定相吻。譬如《文心雕龍・序志篇》所記篇名與本文編次順序的不同，便是有名的一例。」「《秘府論・總序》裏，從《八種韻》、《四聲論》到《八階》、《六志》的八種篇名，皆以數字起頭，後又接《二十九種對》和《文三十種病累》，這可能是基於使形式整齊的想法。」至於《文筆眼心抄》，「其構成原理頗具別趣，從《四聲譜》至《文二十八種病》，主要講有關『文』的技法，從《筆十病》至《句端》，主要講有關『筆』的技法，因此，雖説是縮編本，《眼心抄》的編次卻無法完全等同於《秘府論》」。「《秘府論》的篇目還是應照版本的編次，以東、南、西、北爲順。……此書除總序外，東、西兩卷之首也冠有小序……而且卷題也以『論對』、『論病』這樣互相呼應的形式命名……另一方面，南卷卷題爲『論文意』，北卷爲『論對屬』，亦可見出各爲三字的對應關係」。在編撰形式上，「東卷《二十九種對》和西卷《文二十八種病》，皆由組合數字理論而成，但空海並非照搬原著，而是在對句和聲病的各項裏，分別篩選諸家之論後，加以重新構成。與之相對，南北兩卷所收論文，據內容可以判斷，其中大多數都未經編者篩選，而是照原樣將一篇完整採録的」。「這樣，無論是卷題還是編撰形式上，東與西、南與北之各相對應，皆顯而易見。如圖：

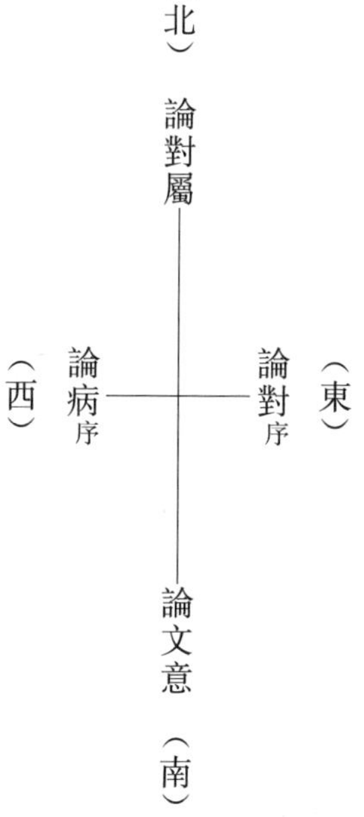

在構思如上的卷編時，空海腦海裏也許曾有曼荼羅的構圖。在所謂的兩界曼荼羅裏，圍繞中央大日如來，順列東之寶幢、南之開敷華王、西之無量壽（阿彌陀）、北之天鼓雷音四如來，而且在金剛界曼荼羅裏，也是將大日如來置於中心，而順列東之阿閦、南之寶生、西之無量壽（阿彌陀）、北之不空成就四如來。而且，當這兩種曼荼羅被並列懸掛時，必定是以胎藏界曼荼羅在東，金剛界曼荼羅在西的形式對置。《秘府論》在東、西兩卷附小序，以區别於其他各卷的構想，正是與此相照應吧！總而言之，可以説，《秘府論》是一部置天地於中央，配其他四卷於四邊，在曼荼羅的構圖之上成立起來的書」。

盛江案：《文鏡秘府論》之卷次當爲天、地、東、西、南、北。天卷序及《眼心抄》正文編排仍是有力之根據。有序文記述與本文不一致之例，然更多爲二者相一致之例，況且《文鏡秘府論》乃天卷序與《眼心抄》之順序均一致。《文鏡秘府論》與《眼心抄》可能均先講「文」之技法，後講「筆」之技法。西卷以上大致講述詩之外在結構與創作方法，至南卷，則轉而講詩之意興培養，格調之高下以及條理、修辭等一般性問題，而北卷，可説爲一附録。空海乃日本人，可按照中國人之習慣，亦可按日人之習慣。日人之習慣，方位順序正是東、西、南、北。因此《周禮》之構成順序不足爲據。空海明確所説乃「配卷軸於六合」，非爲配卷軸於曼荼羅，與曼荼羅之構圖似無聯繫。即由内容視之，亦無天地二卷處於中央之位置，而其他四卷圍繞配置展開之意。由形式而言，空海可能用對稱之方式，亦可能用層進之方式，用層進之方式或者更爲嚴密。由版本觀之，江户刊本每卷末有「卷一」、「卷二」……「卷六」字樣，順序爲天（卷一）、地（卷二）、東（卷三）、南（卷四）、西（卷五）、北（卷六）。維寶箋本、天海藏本順序與江户刊本同。然此數種本子年代均較晚，且維寶箋本十八卷，顯然爲自編，江户刊本等之順序可能爲收藏者所編，而非原貌。已佚之行願《文鏡秘府論冠注》編爲十五卷，所據當爲天卷序「總有一十五種類」之語，其編次亦應與天卷序十五種類之順序無異。醍醐寺本天卷封面裏頁貼紙有「秘府論天東西南四帖在也……弘治三年九月日」字樣，説明弘治三年（一五五七）時此本順序爲天、地、東、西、南、北。高山寺丙本南卷封面（原實爲高乙本封面）爲「文鏡秘府論卷第□」，「第」後之字用一斜筆劃掉，可辨認出爲一「五」字，在其右側標一「四」字。高乙本西卷封面字樣爲「文鏡秘府論卷第□」，「第」字後之字被墨筆塗掉，其右側標一「五」字，被塗掉之字當是「四」字。封面與正文之紙質及紙之破舊程度並無區别，封面作爲順序標記之「文鏡秘府論第……」數字，與正文之字跡、墨跡濃淡並無區别。西、南二卷「第」後「□」旁補寫之字，字體較正文拙劣，墨跡較濃、較新。可知高山寺乙本西卷原作卷四，南卷原作卷五（高乙本南卷正文已佚，然封面尚存，封面被用作丙本南卷封面）。西卷在南卷之前。高山寺乙本年代在平安末，遠早於江户刊本，且與天卷序及《文筆眼心抄》正文順序及醍醐寺本天卷批注一致，故可以作爲證據，説明《文鏡秘府論》順序爲天、地、東、西、南、北，當更接近原貌。

㉙不朽：《左傳》襄公二十四年：「豹聞之：『太上有立德，其次有立功，其次有立言。』雖久不廢，此之謂不朽。」兩曜：日月謂之兩曜。梁蕭統《文選序》：「若夫姬公之籍，孔父之書，與日月俱懸。」

㉚緇素：指僧俗。緇爲緇衣，色黑，僧衆之服；素爲白衣，俗人之服。《水經注・潁水》：「緇素之士，多泛舟升陟，取暢幽情。」好事：《孟子・萬章上》：「好事者爲之也。」

㉛文會：《論語・顔淵》：「君子以文會友。」

㉜蛇珠：魏曹植《與楊德祖書》：「人人自謂握靈蛇之珠，家家自謂抱荆山之玉。」（《文選》卷四二）此與前文「繁穢尤甚」相對，指諸家格式之要樞精華。

㉝旁搜：唐韓愈《進學解》：「尋墜緒之茫茫，獨旁搜而遠紹。」（《韓昌黎文集校注》，上海古籍出版社，一九八六年）

㉞彫龍：同「雕龍」。《文心雕龍・序志》：「古來文章，以雕縟成體，豈取騶奭之群言『雕龍』也。」

調四聲譜①　調聲〔一〕　用聲法式②　八種韻③　四聲論④

調四聲譜

諸家調四聲譜⑤，具列如左〔二〕。

平上去入配四方：

東方平聲　平伻病別〔三〕⑥　　南方上聲　常上尚杓〔四〕⑦

西方去聲　祛麩去刻〔五〕⑧　　北方入聲　壬衽任入〔六〕⑨

凡四字一紐⑩。

【校記】

〔一〕「調聲」，江户刊本、維寶箋本作「調聲聲」。

〔二〕「列」，原作「例」，三寶、高甲、高乙、寶壽、正甲、六寺、正乙、松本、江户刊本、維寶箋本同，三寶本右旁注「列歟」。《考文篇》：「具列，各本作『具例』。按：自筆草稿本地卷篇立云『具列如後』，今從醍醐寺本。」《考文篇》説是，今亦據醍甲、義演本改。

〔三〕「平伻病別」，醍甲、仁甲、寶壽、寶龜、六寺、義演本作大字單行，三寶本作小字單行注，下同。「伻」，松本、江户刊本、維寶箋本作「伊」。

〔四〕「杓」，原作「杪」，各本同，三寶本右旁注「杪」，據三寶本、《眼心抄》改。

〔五〕「祛」，六寺本旁注「去留反」。「麮」，六寺本旁注「却吕反」。

〔六〕「袥」，原作「枉」，高甲、高乙、正乙本同，據三寶、高甲、醍甲、仁甲、寶壽、寶龜、六寺等本改。

【考釋】

① 調四聲譜：《考文篇》：「『調四聲譜』至『具列如左』三十字，弘法大師文。」《探源》則謂：「『調四聲譜』至『具列如左』三十字雖是弘法大師的文字，標題卻是襲用《四聲譜》的。」

盛江案：「調四聲譜」、「調聲」等均爲天卷各篇小題。地卷卷首各篇小題「十七勢」、「十四例」等之前，有「論體勢等」，此爲地卷之大題。東、西、南、北各卷亦有類似之大題（東卷「論對」、西卷「論病」、南卷「論文意」、北卷「論對屬」），依此體例，天卷卷首當有類似之大題。然編撰天卷時，空海或尚未有此意，而到地卷時，始有此意識。後《文筆眼心抄》正文《調四聲譜》前出現「聲韻」一目。「聲韻」或稱「論聲韻」，實可作天卷之大題。或者撰《文筆眼心抄》時，空海未再對《文鏡秘府論》作修改。

② 用聲法式：此題正文作「詩章中用聲法式」。

③八種韻：《校注》引任注：「文中作《七種韻》者非。」盛江案：《七種韻》爲初稿本文，《八種韻》爲修訂本文。

④四聲論：《校注》引任注：「當作《四聲指歸》。」盛江案：《四聲指歸》爲原題，《四聲論》爲空海自擬題。

⑤諸家調四聲譜：關於所謂「諸家」，維寶箋、《研究篇》、《校注》引任注等均以爲指沈約與崔融。關於《調四聲譜》之原典及作者，維寶箋謂：「自『東方平聲』至『有此法也』，全沈約《四聲譜》文也。」魏建功《陸法言切韻以前的幾種韻書》謂：「《調四聲譜》當然是空海筆削諸家重複所存的『單號』，而且這個『單號』必當是削存沈約之作。」逯欽立《四聲考》：「唐日僧安然《悉曇藏》二引《四聲譜》，與此正同，證空海及安然皆抄自他人。又譜以四聲配四方，與沈約之答甄琛者合，以『郎朗浪落』四聲爲『紐』，與甄琛之難沈約者亦合。（《秘府論》引甄難云：「若計四聲爲紐，則天下衆聲，無不入紐，萬聲萬紐，不可止爲四也。」）而沈約之撰《四聲譜》，又著於《梁書》，録於《隋志》，序於神珙，（《玉篇》卷末附神珙《四聲五音九弄反紐圖》序云：「昔有梁朝沈約創立紐字之圖。」）並證二僧所引之《四聲譜》即係約之所作也。」

《校注》引任注：「《元和新聲韻譜》所言四聲配四方四時，其例亦同。又劉善經《四聲指歸》舉沈約論四聲配四時，與《元和韻譜》無殊；而《韻譜》復明言『昔有梁朝沈約著立紐字之圖』，是作者曾見及《四聲譜》，並爲其《韻譜》所本也。《日本見在書目》有《四聲譜》一卷，尤足證弘法大師與安然所據之《四聲譜》，即沈約《四聲譜》也。」

《研究篇》上：「這個《四聲譜》和被認爲是沈約所撰的《四聲譜》是否相同，還不能馬上下結論。」又用《廣韻》標出此《四聲譜》韻紐圖之用韻如下：

郎（陽）朗（蕩）浪（宕）落（鐸）　黎（齊）禮（薺）麗（霽）捩（屑）

剛（陽）⿰口岡（□）鋼（宕）各（鐸）　笄（齊）枅（□）計（霽）結（屑）

羊（陽）養（養）恙（漾）藥（藥）　夷（脂）以（止）異（志）逸（質）

鄉（陽）響（養）向（漾）謔（藥）　奚（齊）⿱竹奚（薺）⿰口巠（徑）纈（屑）

良（陽）兩（養）亮（漾）略（藥）　離（支）邐（紙）詈（寘）栗（質）

張（陽）長（養）悵（漾）著（藥）　知（支）倁（□）智（寘）窒（屑）

《研究篇》謂：「其下面一段，韻目如下：

支—紙—寘

脂—旨—至（質）

之—止—志

齊—薺—霽（屑）

這當中，和齊韻通協是個問題。」沈約韻文的用韻幾乎全部符合《切韻》系的分部，支—脂—之同用，但是微韻和齊韻各自獨用。《研究篇》引紀昀《沈氏四聲考》謂：「支脂之微齊佳皆灰咍，古韻通用，至齊梁漸分，然亦未甚隔絶，謝朓、王融，齊史所稱與沈約並用宮商者也。然謝朓《高松賦》，才徠臺懷同押，《奉和隨王殿下詩》，開來懷徊同押，《詠落梅詩》，非歸威輝追同押。王融《桐樹賦》，根枝同押。惟休文詩賦，五部截然與《廣韻》盡合，知其確爲沈氏所定而非偶符也。」《研究篇》謂：「《調四聲譜》的韻紐圖和這用韻有異，是爲什麽呢？」又據王力《南北朝詩人用韻考》，把六朝用韻分爲三期，即：

「第一期：何承天（三七〇—四四七）至張融（四九七殁）。一、歌—戈—麻（混用），二、魚—虞—模（混用），三、東—冬—鍾—江（混用），四、先—仙—山（混用）。

第二期：沈約（四四一—五一三）至梁元帝（五〇八—五五四）。一、歌—戈—麻（麻獨用），二、魚—虞—模（魚獨用），三、東—冬—鍾（東獨用），四、肴—豪—蕭—宵（各獨用）。

第三期：庾信（五一三—五八一）至隋煬帝（五〇八—六一八）（盛江案：原文如此，當作五六九—六一八）。一、江—陽（合併），二、欣—真（合併），三、青（獨立）。」

《研究篇》上謂：「止攝以及蟹攝和右述這三期有幾個不相合之處。即：A、之脂微齊皆灰咍同用——謝靈運（三八五—四三三）、謝惠連（三九四—四三〇）（盛江案：原文如此，當作四〇七—四三三）。B、之脂微同用——何承天（三七〇—四四七）、顔延之（三八四—四五六）。C、之獨用——顔延之（三八四—四五六）、高允（三九〇—四八四）、鮑照（四二四左右—四六七左右）、沈約（四四一—五一三）、任昉（四六〇—五〇八）、謝朓（四六四左右—五〇〇左右）、王融（四六八—四九三）。D、脂獨用——沈約（四四一—五一三）、任昉（四六〇—五〇八）、謝朓（四六四左右—五〇〇左右）。E、微獨用——沈約(四四一—五一三)、謝朓(四六四左右—五〇〇左右)、梁武帝(四六四—五四九)、簡文帝(五〇三—五五一)、元帝(五〇八—五五四)。F、之脂同用——江淹(四四四—五〇五)、梁武帝(四六四—五四九)、昭明太子(五〇一—五三一)、簡文帝(五〇三—五五一)、元帝(五〇八—五五四)。」「據此,止攝和蟹攝同用祇是在第一期能看到的現象。第二期似乎完全分開。」《研究篇》引王力説:「在段氏十七部裏,脂微是同部的,南北朝第一期,脂微也是通用的。到了第二期,微韻獨立了,脂之却又混了。祇有沈約、謝朓幾個人是脂之微三分的。」《研究篇》謂:「根據這個情況,再來看譜的韻紐圖,很清楚這當追溯到第一期,即是比沈約早一個時代的用韻。因而,斷定這一條爲沈約所作,是有些草率的。因爲也可以認爲這是周顒的譜。」「積極的斷定是沈約所作的根據還没有。暫時作爲撰者不明可能比較穩妥。」

《探源》贊成《研究篇》説,以爲:「《調四聲譜》的開端説『諸家調四聲譜,具例如左』,既説是諸家,必然相同,既然相同,其中應有首創者,或許還有些微修改差異之處。」「案《南史·周顒傳》:『始著《四聲切韻》,行於時。』沈約承受周顒的説法也未定。」「《調四聲譜》雖然不能證實就是沈約的作品,但與沈約學説應有關係。」

《研究篇》上還認爲,流傳者應爲《四聲譜》之原文:「安然《悉曇藏》第二有『《四聲譜》云:四聲肪四方也,東方是平……或六字總歸一入』,這段文字與《秘府論》相合,從這一事實,可以清楚地知道,《調四聲譜》開頭引自《四聲譜》這一書。《秘府論》没有『《四聲譜》云』這四個字,安然直接據《四聲譜》引出,而不是從《秘府論》引出，這是不用懷疑的。而且引用的末尾『一切反音，唯有此法也文』，這是值得注意的。作爲《悉曇藏》的引用方式，有些地方末尾注有『文』或者『抄』，有『文』的是引用原文，有『抄』的是有所省略。因而可以認爲，這裏的引用是没有省略的。這樣看來，流傳的確實是《四聲譜》的原文。」

關於《四聲譜》之内容。魏建功《陸法言切韻以前的幾種韻書》謂：「撰集文字的韻書自然是另外有的，沈氏要表揚四聲就不必做撰集文字的韻書。譜的内容祇是幾個例字，爲了教人記憶，配定了四方。」

盛江案：此一章開頭至「一切反音有此法」爲第一節，「綺琴」至「庶類同然」爲第二節，此後爲第三節。第一節爲一家；第二節可能出《文筆式》或《筆札華梁》，爲一家；第三節爲崔融之説，又爲一家。「諸家《調四聲譜》」之「諸家」當作如是理解。

第一節仍當爲沈約《四聲譜》。小西甚一否定此一節爲沈約《四聲譜》之理由並不充分。第一期顔延之、鮑照亦是之獨用。此節支脂同用，沈約亦有支脂、之脂同用之例，二者正相符合。故而據支脂之獨用亦或分用，不足以説明《四聲譜》所用爲第一期之用韻。説第一期止攝與蟹攝同用，根據爲王力《南北朝詩人用韻考》。而王力《南北朝詩人用韻考》所舉諸例，第一期僅五例止攝和蟹攝同用。此五例中，謝靈運《慧遠法師誄》屬轉韻，而非支齊佳微同用，非止攝蟹攝同用。謝靈運《登石門最高頂》「階基」一韻若作「階基」則爲七之韻，屬止攝，然此韻《文選》和《藝文類聚》本作「基階」，「階」爲佳韻，與栖溪迷蹊蹄攜荑排梯（齊韻）均屬蟹攝，此例未可視作止攝蟹攝同用。又謝惠連《秋胡行》，遲（七之，止攝）萋荑蹊（十二齊，蟹攝）諧（十三佳，蟹攝），然此詩「遲」爲首句，未必押韻，若然，則此詩亦不可視爲止攝蟹攝同用之例。唯謝靈運《山居賦》與謝惠連《擣衣》爲止攝蟹攝同用，然此二例，謝靈運《山居賦》爲灰微同用，脂微灰佳同用，之脂同用。謝惠連《擣衣》爲微（止攝）與齊佳灰（蟹攝）同用。雖爲止攝蟹攝同用，然唯有謝靈運《山居賦》一例爲脂（資）佳（懷）同用。僅此一例，不足以證其時普遍用韻之情狀。況此類例子中，無一例爲支佳同用。此與《四聲譜》之支脂佳同用實有異。此類例子不足以證《四聲譜》所用爲第一期之用韻。周顒生年，一説疑約爲四四一年（曹道衡、沈玉成編撰《中國文學家大辭典》〔魏晋南北朝卷〕，中華書局，一九九六年）。周顒少爲族祖朗所知，解褐爲海陵侍郎，後因得到益州刺史蕭惠開賞異，隨蕭入蜀，爲厲鋒將軍，帶肥鄉、成都二縣令（《南齊書·周顒傳》）。時在宋孝武帝大明八年（四六四），解褐之後初入仕途，隨蕭入蜀，當尚年少。由此可以疑其生年約爲四四一年。若然則周顒與沈約當爲同時代人，因沈約生年即爲四四一年。周顒《四聲切韻》或在沈約《四聲譜》之前，然亦難早於宋末。因宋末以來始有四聲之目（天卷劉善經《四聲論》：「宋末以來，始有四聲之目。沈氏乃著其譜、論，云起自周顒。」可證）。而沈約《四聲譜》當作於永明年間，或者作於永明六年之前。宋末在四七九年，離永明（四八三—四九三）近而離謝靈運（三八五—四三三）、謝惠連（四〇七—四三三）遠。是則周顒四聲説之用韻情況，當與沈約《四聲譜》同屬一個時期。日僧安然《悉曇藏》卷二載録之《四聲譜》，文字與《調四聲譜》第一節正合。天卷劉善經《四聲論》引甄琛説論及沈約《四聲譜》。《梁書》、《南史》本傳，《隋書·經籍志》、《通志略》均記載沈約《四聲譜》。此類材料當可靠。此類材料可説明，天卷《調四聲譜》第一節，當爲沈約《四聲譜》。《調四聲譜》不合沈約時之用韻，却合於古音用韻。古音分部，清代經學大師們各有所説，然顧炎武《古音表》、江永《古韻標準》、段玉裁《六書音韻表》、戴震《聲類表》、孔廣森《詩聲類》、江有誥《音學十書》等均以爲上古之音止攝蟹攝同用，或指齊佳支同用。沈約《四聲譜》所用或者爲古音。

又案：安然《悉曇藏》引《四聲譜》無「紐玉篇云女九切結也束也」十一字之注及「四聲紐字配爲雙聲疊韻如後」十二字。安然《悉曇藏》引文下有「文」字，根據其引文習慣，《悉曇藏》所引當更接近原貌。若然，則《四聲譜》當無此十一字之注及正文之十二字。十一字之注可能爲後人所加（詳説見下）。正文十二字，可能空海所據本子有，而《悉曇藏》所據本子無，亦可能爲空海所加。關於《四聲譜》之面貌，另參天卷《四聲論》考釋。

⑥平伻病別：《校注》引任注：「《切韻指掌圖》作『平○病愎』（盛江案：在並紐），案《廣韻》伻在耕韻平聲，此爲上聲，蓋古今音異也。」《譯注》：「『平』『病』屬梗攝，入聲的『別』屬山攝，與《切韻》系韻書的體例不同。」盛江案：《韻鏡》外轉第三十三開脣音濁並紐第三等作「平○病欂」。

⑦常上尚杓：《校勘記》、《校注》引任注並謂江户刊本等「杓」爲「杓」之訛。《校注》引任注謂《四聲譜》作「夕」爲非：「常、上、尚，俱在禪紐，夕在邪紐，故曰非也。」《韻鏡》内轉第三十一開齒音濁禪母第三等亦記有同樣的「常上尚杓」四字之紐。《切韻指掌圖》作「常上尚妁」。

⑧袪麩去刻：《校注》引任注：「《四聲譜》作『秙毎去亟』，《切韻指掌圖》作『胠（音區，發也）去去麴』。案，諸字並在溪紐，惟刻乃一等大音，與諸字之等不合，故當以《四聲譜》與《切韻指掌圖》爲正。」

《譯注》:「『祛』『魼』『去』三字,據《廣韻》屬遇攝,而『刻』字屬曾攝。和東、南、北相配的三紐中,平上去都相當於陽聲字(韻尾有鼻音「-m」「-n」「-ng」),與此不同,和西相配的一紐由陰聲字(韻尾没有鼻音字)組成。認爲陰聲之紐也有入聲,從這一點看,説明和《韻鏡》等切韻系的等韻圖不同。」盛江案:《韻鏡》内轉第十一開牙音次清溪紐第三等作「墟去去○」。

⑨ 壬衽任入:《校注》引任注:「《指掌圖》作『任荏任入』。」盛江案:在日紐。《韻鏡》内轉第三十八合半齒音清濁第三等作「任荏絍入」。

⑩ 凡四字一紐:《研究篇》上:「加『凡四字一紐』的説明,是對前面四聲爲『紐』的注。」「所謂『紐』,可以認爲是語頭子音以及韻形相等而聲調各自有異的四字歸結在一起。這是『紐』的原始意義。《韻鏡》把字分於四聲也是『紐』,『含頷憾合,元阮願月,同動洞獨』等,都和前述的『紐』的意思相同。這些『紐』如果就韻來説,各自所屬有異,把它們結束起來衹能是語頭子音的共同性。因此,『紐』自然重視其語頭子音,以至後來把語頭子音自身稱爲『紐』。」

盛江案:此四聲譜圖有幾點可注意:其一,較早以平、上、去、入四字稱指四聲。之所以選用此四字稱指四聲,首先因此四字之發聲恰好爲平、上、去、入四聲,其次或以爲此四字之字義與四聲之發音特徵有關。平聲平長,故稱「平」聲;上聲往上昇揚,故稱「上」聲;去聲聲調去落下降,故稱「去」聲;入聲短促,發聲即須收閉入藏,故稱「入」聲。其二,平、上、去、入與其各自音形相同而聲調相異之另外三字表示四字一紐,又各自在平、上、去、入位置上,用此種方法,既爲表明四聲概念,又爲表示四字一紐概念。

其三，四聲配四方，與《四聲論》引沈約《答甄公論》以四聲配四時義同，均以天地造化説明四聲之意義，亦説明《調四聲譜》與沈約有密切關係。

【附録】

安然《悉曇藏》卷二：《四聲譜》云：四聲昉四方也：東方是平，平伻病別；南方是上，常上尚夕；西方是去，秮袪去亟；北方是入，任荏衽入。凡四聲字爲紐。或六字總歸一入：

皇晃讃　鑊　禾禍和　傍旁徬　薄　婆菠破，

光廣珖　郭　戈果過　荒恍侊　霍　吙火貨

上三字，下三字，紐屬中央一字，是故名爲總歸一入。

郎朗浪洛　黎禮麗捩

剛㭃鋼各　笄併計結

羊養恙藥　頤貤易逸

鄉嚮向謔　嵠蒵呬䪨

良兩亮略　離邐儷栗

張長脹著　知倁智窒

右件字等，竪讀爲紐，横讀爲韻。當行讀，下四字配上四字即爲雙聲。但解此法，即解反音。反音之法，乃有二種：一紐聲反，二雙聲反，一切反音唯有此法也文。又云，韻有二種，清濁各別爲通韻，清濁相和爲落韻。（此據東寺觀智院藏延文四年抄本。又，大正藏本「徬」作「縍」，「吷」作「吠」，「恙」作「漾」，「嗘」作「奚」，「啌」作「經」，「恍」作「幌」。「一切反音唯有此法也」以上，心覺《悉曇要抄》亦引。）

信範《九弄十紐圖私釋》上：《秘府論》云：平上去入配四方：東方平平伻病別，南方上常上尚杓，西方去祛麩去刻，北方入壬衽任入。

或六字總歸一入〔一〕①：紐，《玉篇》云：女九切，結也，束也〔二〕②。

皇晃璜〔三〕　鑊③　禾禍和④　傍旁徬〔四〕　薄⑤　婆潑紴〔五〕⑥

光廣珖　郭〔六〕⑦　戈果過〔七〕⑧　荒恍侊　霍⑨　和火貨〔八〕⑩

上三字，下三字，紐屬中央一字，是故名爲總歸一入⑪。

【校記】

〔一〕「一入」，原作「一紐」，各本同。安然《悉曇藏》作「或六字總歸一入」，下文有「是故名爲總歸一入」，西卷《文二十八種病》「第三蜂腰」：「劉滔又云：『四聲之中，入聲最少，餘聲有兩，總歸一入，如征整政隻、遮者柘隻是也。』」均作「總歸一入」。今據改。

〔二〕「云」，原作「之」，高乙本同，據三寶本改。此注三寶本作「玉篇云女九反結也束也」，六寺本作「女九反結也束也」，松本、江户刊本、維寶箋本無「玉篇云」三字。

以下二行二十八字松本、江户刊本、維寶箋本、祖風會本「戈果過」與「禾禍和」互易，作：

皇晃璜　鑊　戈果過　傍旁徬　薄　婆潑紴
光廣珖　郭　禾禍和　荒恍侊　霍　和火貨

祖風會本眉注：「戈果過禾禍和眼心易地。」

《譯注》「光廣珖郭戈果過」在「傍旁徬薄婆潑紴」之前，作：

皇晃璜　鑊　禾禍和　光廣珖　郭　戈果過
傍旁徬　薄　婆潑紴　荒恍侊　霍　和火貨

〔三〕「璜」，《眼心抄》作「潢」。

〔四〕「傍旁徬」，醍甲、仁甲、義演本作「謗旁傍」，松本、江户刊本、維寶箋本作「滂旁傍」。

〔五〕「潑紴」，醍甲本作「坡破」，仁甲、義演本作「波破」。

〔六〕「郭」，三寶本左旁注「私鑊等字可書中央也」。

〔七〕「戈」，原作「弋」，旁注「戈」，據底本旁注及三寶、高甲、醍甲、仁甲、寶壽、寶龜、六寺等本改。

〔八〕「皇晃璜」至「和火貨」，字旁原有音注（三寶、高乙、寶壽、六寺、正乙本同）：皇—胡光反，晃—胡廣反，鑊—胡郭反，禾—户戈反（寶壽、正乙本作「胡過反」），禍—胡果反，和—户戈胡卧二反，傍—步光反，旁—同反，徬—作彷同反（寶壽、六寺本作「作彷反」，高乙本作「同反」），薄—傍各（三寶、六寺本作「傍各反」），婆—薄婆反（三寶本作「薄婆反老女稱也」，寶壽、六寺本作「薄波反」），紴—博禾反錦類又條類也（「條」當爲「絛」。高乙、寶壽、六寺、正乙本作「博和反」），光—古光（高乙、寶壽、六寺、正乙本作「古皇反」），廣—古光（高乙、寶壽、六寺、正乙本作「古晃反」），郭—古博，戈—古禾，果—古火（寶壽、六寺本作「古火反」），過—古禾古臥二反（寶壽、六寺本作「古臥反」）。荒—呼光（高乙、寶壽、六寺、正乙本作「古光反」），恍—古光（高乙、寶壽、六寺、正乙本作「古晃反」），侊—同反盛皃，霍—虛郭，和—呼果反（三寶本作「呼臥反」，寶壽、六寺、正乙本作「胡過反」），火—（音注原闕，高乙本同。三寶、寶壽、六寺、正乙本作「呼果反」），貨—呼臥反。寶龜本衹在「貨」字旁注「呼臥反」，其他音注闕。其餘各本所有音注皆無。

【考釋】

①豹軒藏本鈴木虎雄注：「（或六字總歸一紐）案似當言或六字一紐總歸一入。」

盛江案：「六字總歸一入」説與「四字一紐」説明顯不同。沈約《四聲譜》當並存二説。西卷《文二十八種病》「第三蜂腰」：「劉滔又云：『四聲之中，入聲最少，餘聲有兩，總歸一入，如征整政隻、遮者柘隻是也。』」是知劉滔主「六字總歸一入」之説。

②安然《悉曇藏》引《四聲譜》無「紐玉篇云女九切結也束也」之注。維寶箋：「紐女等脚注，後人加之歟。當有一紐下也。」

《研究篇》上：「這一條下，注有『紐，《玉篇》云：女九切，結也，束也』。高山寺藏原本《玉篇》卷二十七存『紐』字，有九十字的注，那裏作『女九反』，而没有用『切』字。但宋本有『紐女九切結也束也』（據澤存堂本），這與《秘府論》的注相符，因此《秘府論》的注是根據宋本《玉篇》，而宋本《玉篇》的成立在大中祥符六年。這樣的話，前面的注顯然不是存於《秘府論》的原本，而是平安中期以後加進去的。」

盛江案：「紐玉篇云女九切結也束也」十一字未能遽定爲平安中期以後人補加。三寶院本、六地藏寺本均作「女九反」，而不作「女九切」，未能遽定「女九反」與「女九切」何者更接近空海自筆本原貌。宋本《玉篇》固然作「女九切」，但作於唐上元元年（六七四）之孫强增《玉篇》，即已作「紐女九切結也束也」。因此，改「女九反」爲「女九切」者可能不始於宋人而始於唐人。又陳澧《切韻考》謂：「《顔氏家訓》云『……《左傳音切》切掾爲徒緣』，又云『河北切攻字爲古琮』，據此，東晉及北朝已謂之切矣。顔氏又云陽沛之造《切韻》，《南史・周顒傳》云『顒著《四聲切韻》』，此又《切韻》之名在陸法言之前者。」則六朝本亦可能作「女九切」。安然《悉曇藏》引《四聲譜》無「紐玉篇云女九切結也束也」之注。安然引文末注「文」，因知所引爲原文，而非略抄。《玉篇》爲梁顧野王所撰，故「紐玉篇云女九切結也束也」之注不可能爲沈約《四聲譜》之原文，更不可能爲周顒所作，但可能爲隋唐人補作，亦不排除空海自己補注之可能。又，「紐玉篇云女九切結也束也」云云，乃前句之注，其前句各本又均作「六字總歸一紐」，此未必爲沈約《四聲譜》之原貌，然可能爲《文鏡秘府論》所編《調四聲譜》之原貌，本處所據可能已非沈約等《四聲譜》之原本，而屬轉鈔本，此轉鈔本可能已誤，故各本均作「總歸一紐」，故緊接對此「紐」字補以注。

③皇晃璜鑊：《切韻指掌圖》作「黄晃擴穫」。《韻鏡》内轉第三十二合喉音濁一等作「黄晃潢㨯」。

④禾禍和：《切韻指掌圖》作「和禍和活」。《韻鏡》内轉第二十八合喉音濁一等作「和禍和○」。以上並在匣紐。維寶箋：「上光廣珖與下禾禍和之六字，歸中間入聲郭一字，故云總歸一入也。實論之，

則禾禍和下可有一入聲字也，入聲字別置之，格下自有焉，謂郎朗浪落，黎禮麗捩是也。或置入聲，若不置之，故云或也。」《考文篇》：「維寶云『禾禍和下可有一入聲字』，非也，『禾禍和』亦紐屬『郭』字。」盛江案：「或六字總歸一入」之「或」字，指或四字一紐，或六字總歸一入，非指或置入聲或不置之。維寶箋有誤。「禾禍和」紐屬「鑊」，而非紐屬「郭」，維寶箋及《考文篇》並誤。

⑤傍旁傍薄：《切韻指掌圖》、《韻鏡》内轉第三十一開脣音濁一等並作「傍○傍泊」。

⑥婆潑紴：《切韻指掌圖》作「婆爸縛跛」。《韻鏡》内轉第二十八合脣音濁一等作「婆爸縛○」。以上並在並紐。「爸」，《廣韻》捕可切。

⑦光廣珖郭：《切韻指掌圖》、《韻鏡》内轉第三十二合牙音清一等作「光廣桄郭」。《校注》引任注：「案：《廣韻》有桄無珖，注：『古曠、古黃二切，織機桄也。』據此，則以作桄爲是，又此爲去聲，故當讀古曠切也。」

⑧戈果過：《切韻指掌圖》作「戈果過括」。《韻鏡》内轉第二十八合牙音清作「戈果過○」。以上並在見紐。

⑨荒恍侊霍：《切韻指掌圖》、《韻鏡》内轉第三十二合喉音清一等作「荒慌荒霍」，在曉紐。

⑩和火貨：《切韻指掌圖》作「○火貨豁」。《韻鏡》内轉第二十八合喉音清一等作「○火貨○」，在曉紐。《校注》引任注：「此平聲有音無字者也。本書作咊，蓋以表其音耳。案當讀如訶，與火、貨同在曉紐也。」

《研究篇》上謂：這個圖中，「『過』的古卧反不能不讓人看到齊梁的反切和切韻系的反切之間用字習慣的不同（音相同）」，「本爲平聲的『旁』、『恍』以及本爲入聲的『潑』用作上聲，本爲平聲的『侊』、『紴』而用作去聲，等等，也許是齊梁的用韻」。

逯欽立《四聲考》：「前舉『光廣珖』與『戈果過』之皆歸『郭』，『傍旁徬』與『婆潑紴』之皆歸『薄』，此現象譜稱爲『六字總歸一入』（安然所引入作紐），後世則謂之『異平同入』。按漢字入聲最少，其數較平上去相逐遠甚。今此『紐』法，能令少數之入聲繫聯其餘多數之三聲。殊足見『紐』之發明爲可貴也。後世《韻鏡》等書，其『知旨至』與『歌哿箇』悉無入聲綴之，因與譜『戈果過郭』者相背。《韻鏡》歸字殆以避免重複而失『紐』法之全。而張麟之《韻鏡》序，乃謂支韻無入，僅可借音而呼『支止至質』。蓋已不明支之紐質。從知『紐』法合乎天籟，而後世韻圖反不能也。」

盛江案：「旁」、「潑」、「侊」、「紴」等字是否反映齊梁用韻，不得而知。據《集韻》，「恍」本有上聲，「過」，《廣韻》本作「古卧切」。此二字之反切當與《切韻》系一致。又，「璜」、「珖」平聲而用作去聲，「璜」或當從《眼心抄》作「潢」，「珖」或當從《切韻指掌圖》、《韻鏡》作「桄」（一作古曠切），或齊梁用韻如此。

⑪《四聲譜》有四字一紐與六字總歸一紐兩式。下式以入聲字居於中央，名「總歸一入」。何以如此重視入聲用作紐字？饒宗頤《〈文心雕龍·聲律篇〉與鳩摩羅什〈通韻〉》以爲與梵音中之涅槃點有關：「竊疑吴音系統之入聲，以喉塞聲—ʔ收尾爲主。在梵音中，《涅槃經·文字品》十四音最後二個爲庵（ṁ）與惡（ḥ），庵爲鼻化元音，惡爲元音收尾時聲帶不振動。庵（ṁ）可以加上各個元音成爲

aṁ āṁ iṁ īṁ uṁ ūṁ，記上。號(anusvāra)，惡(ḥ)亦如是，所謂『涅槃點』也。 疑周顒、沈約輩以四聲調音，特別取入聲之—ʔ爲紐者， 似摹仿涅槃點之ḥ，可以配元音之 a i u 等。建康（南京）在南朝時其入聲調值想當如現代方音以喉塞音—ʔ爲收尾。《四聲譜》所舉入聲例字：鑊、薄、郭、霍等，可以想其仿佛。 總歸一入之事，料其初必觀摩於梵音涅槃點之ḥ（ḥ 在梵語稱爲 visarjanīya），嚴格言之，尚有 h̲(Jihuamūlīya)ḥ(upadhmānīya)，合爲三種(voiceless spirants)，而制定以入聲爲紐字。」

關於韻紐圖之解釋，《研究篇》上謂，此圖之上段是用非常有意思的組合表示反切關係：「『光』，若從寶壽院本正智院本當作古皇反，上聲的『廣』用了平聲的反切下字的古光反，同樣應該改作古晃反（《新撰字鏡》即如此）（又盛江案：六地藏寺本等即作「古晃反」）。『珖』如果和『桄』同音則是古曠反，『郭』是古鑊反（《玄應音義》卷十七中），『果』在《新撰字鏡》爲古禍反，『和』在同書爲胡誂反又呼過反，這樣修正一下，即成爲：

皇—胡光	晃—胡廣	璜—胡光	鑊—胡郭	禾—胡戈	禍—胡果	和—胡過
光—古皇	廣—古晃	珖—古曠	郭—古鑊	戈—古禾	果—古禍	過—古臥

這裏有意思的事實是，整個兩行，『璜』、『珖』、『過』之外，全部的反切下字都與鄰行的同位字相同。 就是說，『皇』把鄰行的『光』作反切下字，『晃』把鄰行的『廣』作反切下字。 『璜』作胡光反有疑問，必須用去聲字作反切下字纔有意義。 『璜』、『珖』作爲相對於『皇』、『光』的去聲字而使用，因此各自成爲反切下字，這不正是其原意嗎？」「這一段正是在把互相鄰行的同位字作爲反切下字。 這樣一來，反切的構成就應

該表現得相當鮮明，確實是非常有意思的組合。用圖表示如下：

皇	（胡）光	（古）皇	光
晃	（胡）廣	（古）晃	廣
璜	（胡）珖	（古）璜	珖
鑊	（胡）郭	（古）鑊	郭
禾	（胡）戈	（古）禾	戈
禍	（胡）果	（古）禍	果
和	（胡）過	（古）臥	過

《研究篇》謂：下一段的十四字看不到這樣整齊的對應，「上段既要體現『紐』的成立，又要想辦法一再體現反切的構成。下段却没有這樣周到，衹要表示『紐』的成立就可以」。他認爲：「這正呈現出一種不完全，半途而廢的樣子。」

盛江案：此韻紐圖之下段除個別字（如「旁」、「潑」等）可能古今音異外，其反切下字雖不直接與鄰行之同位字相同，卻與鄰行同位字之韻母相同。「傍」、「荒」和「皇」、「光」均同爲唐韻，「恍」與「晃」、「廣」均爲蕩韻，「薄」、「霍」和「鑊」、「郭」均爲鐸韻，「婆」、「和」與「禾」、「戈」均爲戈韻，「火」與「禍」、「果」均爲果韻，「貨」與「和」、「過」均爲過韻。因此，下段與上段無異，不僅體現紐之關係，而且體現反切之成立，並不存在不完全之情況。

關於「紐」之成立，《研究篇》上謂：「所謂『凡四字一紐，或六字總歸一入』。這裏所説的『六字』決不是

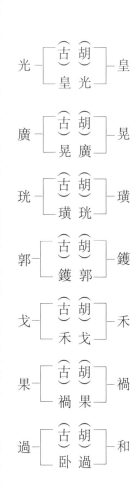

表現任意的數，其意是説，不管怎樣必須是『六字』。之所以必須是『六字』，是因爲陽聲的平上去和陰聲的平上去之和爲六聲的緣故。」「皇晃璜—禾禍和。光廣珖—戈果過。上三字屬陽類，下三字屬陰類，體韻彼此相等」，六字恰好成爲陰陽對轉。「古代的『聲』由一個陽類，一個入類，以及由幾個陰類構成。陰類的聲調分爲幾種，但是，陽類和入類一般認爲祇有唯一的聲調。但是後來，以至陽類的聲調也和陰類一樣分化了，而且詩賦中產生了考慮聲調區別的風氣，因此，不管陽類和陰類，把類似的聲調歸納在一起，作爲平上去三聲，把這和入相配作爲四聲，假如把陰類作爲a b c，入作爲d，陽類作爲a′ b′ c′，則如表：

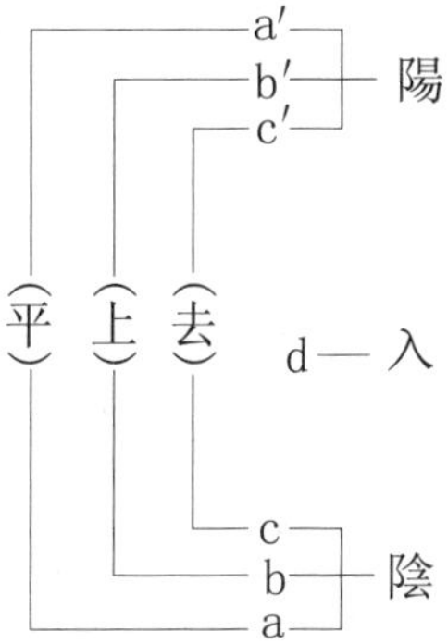

就是説，把陽類和陰類轉換爲平上去，和入聲並列，就是『總歸一入』。」

《校注》引任注：「右每紐七字，上四字爲平上去入同一紐者，下三字爲平上去同一紐者，而七字皆共一紐，以中央一字即第四字之紐爲準，如光廣桄郭戈果過七字，郭爲見紐一等大音，餘六字亦同在見紐一等是也，故名總歸一入。總歸一入者，同歸一紐之謂也。謹案：《韻詮·明義例》云：『凡爲韻之例四也：一則四聲有定位，平上去入之例是也；二則正紐以相證，令上下自明，人忍仞日之例是也；三則傍通以取韻，使聲不誤，春真人倫之例是也；四則雖有其聲，而無其字，則缺而不書，辰蜃眘之例是也。』觀此，知右列平上去入者，四聲有定位之例也；平伻病別者，正紐以相證，令上下自明之例也；六字總歸一紐者，又正紐以相證令上下自明之例之擴充也。」

關於二譜之作者及原典，《札記續記》謂：「『四字一紐』的譜，如『郎朗浪落，黎禮麗捩』那樣，陽聲和陰聲二紐對應。『六字總歸一入』的譜是『光廣珖　郭　戈果過』，陽聲紐和陰聲紐結束於入聲。四字一紐是陰陽二紐各自配入聲，『六字總歸一入』是陰陽二紐共一入聲。關於入聲的看法有明顯的不同，即使根據這一點，這兩個譜也顯然不是同一人所作。」「四聲紐如它的名稱所表示的那樣，『四字一紐』可能是原來的樣子。因此，『六字總歸一入』之紐是從『四字一紐』脱化出來的。維寶箋把兩個譜都説成是沈約《四聲譜》之文，這恐怕是誤解。從《文二十八種病》蜂腰、傍紐、正紐各條推測，沈約之譜是四字一紐，這幾乎是没有什麽疑問的。還有蜂腰條：『劉滔亦云：四聲之中，入聲最少，餘聲有兩，總歸一入，如征整政隻，遮者柘隻是也。』從這條看，可以推定，劉滔之譜是『六字總歸一入』類型。這兩個譜不是大師從原著中抄出的，和《四聲論》一樣，是從《四聲指歸》轉引的吧。總之，這兩譜中，四字一紐類型是沈約一系，六字總歸一入類型是劉滔一系，這樣推斷大概不會有錯。」

盛江案：未有根據謂《四聲譜》中雜有劉滔之説。沈約亦可有「六字總歸一入」之説。由此圖可知，沈約時已知音有陰聲、陽聲、入聲，且可以陰陽對轉，入聲爲陰陽對轉之樞紐。此圖不僅表示紐之關係，亦體現反切之成立。

四聲紐字，配爲雙聲疊韻如後〔一〕：

郎朗浪落①　黎禮麗捩②

剛㧏鋼各〔二〕③　笄併計結④

羊養恙藥⑤　夷以異逸⑥

鄉嚮向謔⑦　奚篹咥纈〔三〕⑧

良兩亮略⑨　離邐詈栗〔四〕⑩

張長悵著⑪　知倁智窒〔五〕⑫

凡四聲，竪讀爲紐，横讀爲韻〔六〕⑬。亦當行下四字配上四字，即爲雙聲⑭。若解此法，即解反音法⑮。反音法有二種，一紐聲反音，二雙聲反音〔七〕⑯，一切反音有此法也⑰。

【校記】

〔一〕安然《悉曇藏》引《四聲譜》無「四聲紐字配爲雙聲疊韻如後」十二字。

〔二〕「鋼」，醍甲本作「綱」。

〔三〕「咥」，松本、江户刊本、維寶箋本作「啞」。

〔四〕此行三寶院本左旁注「私云此上三行二句相並六行可書也」。「邐」，各本作「麗」。《考文篇》：「先言『黎禮麗捩』，不宜用同字，《眼心抄》作『邐』，安然《悉曇藏》、信範《九弄十紐圖私釋》引皆作『邐』，今改。《廣韻》上聲有『邐』字。」《校注》：「《廣韻》上聲有攦（盧啓切，又音離）欐（盧啓切，又力計切），此文原作『麗』，入上聲，誤矣，故從《眼心抄》改正。又《支韻》有『麗』字，去聲有『麗』（郎計切），是知『麗』有平去而無上入也。」今亦據改。

〔五〕「郎朗浪落」至「知倁智窒」，字旁原有音注（三寶、高乙、寶壽、正甲、正乙、六寺本同）：郎—魯當，朗—盧當（六寺本作「盧黨反」），浪—魯當（寶壽、正甲、正乙、六寺本作「郎宕」），落—盧各，黎—郎奚（六寺本作「郎奚切」），禮—盧啓，麗—郎計，剛—古郎，鋼—古郎（三寶、寶壽、正甲、正乙、六寺本作「古浪」），各—古落，笄—古奚，計—古詣，結—古屑反，羊—與章，養—餘兩（正乙本作「餘雨」），恙—餘高（三寶、高乙、寶壽、正乙、六寺本作「餘亮」，正甲本作「食亮」），藥—以灼，夷—以脂，以—羊已，異—羊吏，逸—夷質，鄉—許良，嚮—許兩（正甲本作「許良」），向—許亮（寶壽、六寺本作「余亮反」），謔—（原闕音注，三寶、高乙、寶壽、正甲、正乙、六寺本作「虚約」），奚—胡鷄（寶壽、正乙、六寺本作「古鷄」），篹—胡禮，纈—胡結反，良—吕張，兩—良奬，亮—力讓，略—離灼，離—吕支，詈—力智，栗—力質反，張—陟良反，長—知丈，悵—智亮，著—直略，知—陟離，智—智義（寶壽、六寺本作「知義」，正甲本作「知敖」），窒—丁結反又陟栗反（寶壽、六寺本作「陟栗反」）。以上音注寶壽、六寺本注字同者皆有「反」字。其餘各本音注皆闕。

「郎朗浪落」至「知倁智窒」四十八字，林田校本的順序作：

郎朗浪落　黎禮麗捩

羊養恙藥　夷以異逸

良兩亮略　離邐詈栗

剛嘓鋼各　笄併計結

鄉嚮向諕　奚篡啞纈

張長悵著　知倁智窒

盛江案：「悵」在《廣韻》爲徹母，而三寶本等音注爲「智亮」，知爲「帳」字訛，「帳」與「張」、「長」、「著」同爲知紐。又，林田校本順序有誤，蓋把下段之三組二十四字全數移爲後面，故有此誤。三寶院本等的音注，除「落」、「黎」、「藥」、「著」之外，均與《廣韻》同，疑爲後來抄寫者據《廣韻》等補入。

〔六〕「韻」，三寶本作「顚」。

〔七〕「聲」字原注於行間，今據各本補。

【考釋】

①郎朗浪落：《切韻指掌圖》來紐。《韻鏡》内轉第三十一開舌音齒清濁一等同作「郎朗浪落」。

②黎禮麗捩：《切韻指掌圖》作「黎邐吏〇」，來紐。《韻鏡》外轉第十三開半舌音清濁四等作「黎禮麗〇」。

③剛嘓鋼各：《切韻指掌圖》、《韻鏡》作「剛⿰齒亢鋼各」。《切韻指掌圖》在見紐。「⿰齒亢」，各朗切，《韻鏡》内轉第三十一開牙音清一等。

④笄併計結：《切韻指掌圖》作「鷄几計吉」，見紐。《韻鏡》外轉第十三開牙音清四等作「鷄〇計〇」。又，《韻鏡》「結」在外轉第二十三開牙音清四等，作「堅繭見結」。

⑤ 羊養恙藥：《切韻指掌圖》、《韻鏡》作「陽養漾藥」。《切韻指掌圖》在喻紐。《韻鏡》内轉第三十一開喉音清濁四等。《韻鏡》「羊」字在三等。

⑥ 夷以異逸：《悉曇藏》引《四聲譜》《切韻指掌圖》作「頤酏易逸」。《韻鏡》「夷」在内轉第六開喉音清四等，作「夷○咿○」；「以」在内轉第八開喉音清濁三等，作「○以○○」；「異」在内轉第八開喉音清濁四等，作「飴○異○」；「逸」在外轉第十七開喉音清濁四等，作「夤引酳逸」。

⑦ 鄉嚮向謔：《韻鏡》内轉第三十一開喉音清三等作「香響向謔」。《切韻指掌圖》作「香響向謔」，曉紐。

⑧ 奚篡咥纈：《切韻指掌圖》作「弓徯系○」，匣紐。《韻鏡》外轉第十三開喉音濁四等作「兮徯蒵○」。《韻鏡》「纈」在外轉第二十三開喉音濁四等作「賢峴見纈」。

⑨ 良兩亮略：《韻鏡》内轉第三十一開舌齒音清濁三等同。《切韻指掌圖》作「良兩諒略」，來紐。

⑩ 離邐詈栗：《悉曇藏》引《四聲譜》作「離邐儷栗」。《切韻指掌圖》作「釐里利栗」，來紐。《韻鏡》内轉第四開合半舌清濁三等作「離邐詈○」，「栗」在外轉第十七開半舌音清濁三等，作「鄰嶙遴栗」。

⑪ 張長悵著：《韻鏡》内轉第三十一開舌音清三等作「張長帳芍」。《切韻指掌圖》作「張長悵勺」，知紐。「著」在《韻鏡》内轉第三十一開舌音濁三等，作「長丈仗著」，《切韻指掌圖》同，在澄紐。

⑫ 知倁智窒：《切韻指掌圖》作「知⿰扌致置窒」，知紐。《韻鏡》内轉第四開合舌音清三等作「知⿰扌致智○」。

信範《悉曇字記明了房記》：「『知徵智陟』，『離邐詈力』，各如次平上去入四聲也。一字假名字，入聲共無故。『知』入聲借『陟』（知直切）字，『離』入聲借『力』（林直切），故云四字也。《指微韻鏡》曰：『韻中或祇列三聲者，是元無入聲；如欲呼吸，當借音可也。』」

《研究篇》上：「不是說《調四聲譜》的陰類對入聲的相配是根據古韻。如果成爲古韻，不會把『逸』配於之韻的『夷』等，把『栗』以及『窒』配於支韻的『離』等以及『知』等。就是說，之韻如時—特、意—憶、置—直、試—式一樣，支韻如賜—錫、漬—責、譬—壁、刺—策一樣和 k 類的入聲通協，在古代兩個韻都被認爲語尾子音有喉音。如譜那樣配 t 類的入聲是不妥當的。譜可能仍然是從齊梁時代推論出來的。但是，考慮到與陰陽入三聲的關係，這恐怕是繼承了魏晉以來聲調觀的結果。關於隋唐音，即使切韻系統的構成是合理的，由此而否認象譜這樣的聲調觀也是錯誤的。」「譜在表示古來的聲調觀轉換爲近代的四聲觀的同時，形成了後來的韻書。」

關於此韻紐圖之特點，《研究篇》上謂：「這個圖也表示爲陰類和陽類，但沒有對轉關係，而且上段和下段用不同的入聲相配，這一點也有所不同。但是，從陰類也紐屬於入聲這一觀點看，應該不特別抵觸。把它和前段比較，陽類和陰類各自給予不同的入聲，組成兩種『紐』，把『紐』從陰陽入這樣自古以來的音綴範疇即構成解放出來，這是值得注意的。唯其如此，聲調範疇就占據了優勢，而接近於切韻系統的聲調觀。如果從陰類除去入聲，就完全和《韻鏡》結構相同，但韻紐圖並不是這樣。直接繼承韻紐圖的，勿寧說是九弄圖。如『知徵智陟』那樣陰類設入聲這一點上，和韻紐圖相同，而和《韻鏡》完全不同。」

逯欽立《四聲考》：「譜以『郎朗浪落』爲『紐』，與周顒説合，《聞見記》所謂『紐有平上去入之異』者是也。又，『四聲爲紐』，或『四字一紐』，『紐』之爲物，別具新義。與『郎剛羊鄉』等疊韻字匪同，與『郎黎』『良離』等雙聲字亦異。要而言之，譜以一紐轉四聲，持四聲賅衆音，即周顒整理文字之新方案，而沈約承以襲之也。」「又『紐』之四字，自亦互爲雙聲。惟如『金錦禁忌』，是一字之正四聲』（《秘府論》引元氏（盛江案：原文作「是一字之四聲」，無「正」字），究與普通之雙聲字異。故正四聲亦稱正雙聲，亦稱正紐（《韻詮明義》例云：正紐以相證，令上下自明，人忍證日之例是也）。而非『紐』之雙聲字，遂專名雙聲，或曰旁紐，旁紐對正紐言也（《秘府論》引或曰：正紐者，謂正雙聲相犯。其雙聲雖一，旁正有殊，從一字紐之得四聲是正也。若元阮願月是。若從他字來會成雙聲是旁也）。然正旁易混，是以後世言聲遂誤合於『紐』，如所謂『聲紐』者是。實則『金錦禁忌』其聲母元音本悉同，僅字尾收聲因紐轉而有差異。合而爲一，此後世之謬也。」

⑬「竪讀」二句：《校注》引任注：「凡四聲竪讀爲紐，即雙聲也，如郎朗浪落四字爲平上去入四聲，黎禮麗捩亦爲平上去入四聲，此一竪行八字皆在來紐，是爲共紐之雙聲，故曰竪讀爲紐也。餘並同。横讀爲韻，即疊韻也，如郎剛羊鄉良張，並在唐韻、陽韻，唐、陽古通用，今並在陽韻，是爲疊韻，餘並同，故曰横讀爲韻也。」

盛江案：前既言「四聲紐字」、「凡四聲」云云，則「竪讀爲紐」與一般所謂雙聲有別，當僅指四聲相承之一紐之字。上段四字與下段四字雖聲紐相同，但祇是各自四聲相承，上四字和下四字之間並無四聲相承關係，竪讀爲紐當僅指上段（或下段）一紐内四聲相承之四字而言，非指上下兩段之竪行八字。下面又謂「當行下四字配上四字即爲雙聲」，是始爲雙聲。

《通韻》論雙聲疊韻：「十四音者，七字聲短，七字聲長。短音吸氣而不高，長音平呼而不遠。三身攝六買，魯留（ṛ ḷ）而成斑。……羅文上下，一不生音。逆順傍横，無一字音而不著，中間左右，（取）正交加。大秦小秦，胡梵漢而超聞。雙聲牒韻，巧妙多端。牒即無一字而不重，雙則無一聲（字）而不韻。……又復《悉曇章》，初二字與一切音聲作本。……若長聲作頭，還呼長聲，若短聲作頭，還呼短聲，聞聲相呼，自然而合。……就中總有四百二十字。竪則雙聲，横則牒韻。雙聲則無一韻而不雙，牒韻則無一字而不韻。初則以頭就尾，後則以尾就頭。或時頭尾俱頭，或尾頭俱尾。順羅文從上角落，逆羅文從下末邪（斜）。……起首中殃（央），胡音漢音，取捨任意。……傍紐正紐，往返鏗鏘。横超竪超，或逆或順，或縱或横，半陰半陽，乍合乍離，兼胡兼漢，咽喉牙齒，咀嚼舌愕（顎），脣端之呼吸，半字滿字，乃是如來金口所宣；宮商角徵，並皆羅什八處輪轉。了了分明，古今不失。」

⑭「亦當」二句：《校注》引任注：「謂如郎朗浪落、黎禮麗捩八字共一竪行，上下各四字，下四字中任一字與上四字中任一字，二字相配，即爲雙聲，若黎落、黎郎、麗浪等是，餘類推並同。」《譯注》：「這個《四聲譜》的作者，把『紐』和『雙聲』作了區分，把陰陽各四字一組中成爲雙聲關係的情況稱爲『紐』，不分陰陽而成爲雙聲的情況稱爲『雙聲』。前者是所謂狹義雙聲，即西卷《文二十八種病》中被稱之爲『正雙聲』的東西。後者是廣義的雙聲，即被稱之爲『傍雙聲』的東西。」

⑮反音法：《文心雕龍・指瑕》：「近代辭人，率多猜忌，至乃比語求蚩，反音取瑕。」《譯注》：「『反音』，也叫反語。把單音節的漢字音分離爲聲母和韻母，根據聲母和韻母的組合表示讀音的方法。有正到二種方法，如果把A字的聲母和B字的韻母互相組合表示C字之音稱之爲『正』，反過來，則將B字的聲母和A字的韻母組合表示D字是『到』。如果用『東田』二字作爲例子説明反語，則是，『東』tung的聲母『t-』和『田』d'ien的韻母『-ien』互相組合成爲『tien』，拼出有這個音的『顛』字，再將順序反過來，『田』的聲母『d'-』和『東』的韻母『-ung』組合成爲『d'ung』，拼出有這個音的『童』字。大概因爲這樣把文字的順序反轉過來，所以叫作反音或反語。這一方法，一般認爲開始於東漢末年，到六朝時代作爲一種語言遊戲而盛行。漢字發音表示方法的『反切』就根據這一原理。」

⑯「反音」三句：關於紐聲反音與雙聲反音，各家解釋不一。

杲寶《悉曇字記創學抄》卷八：「或書云：《秘府論》意云：一切文字音聲，無窮回轉，唯是五音三内四聲回轉也。依四聲反音云紐聲反，依五音反音云雙聲反，依三内反音云傍紐反文。又云：若有上中下字韻不合者，以五音中韻令音改易，上下同韻合之，當知若依四聲轉音，謂之紐聲反，如平聲字有上聲反音也。若依五音轉聲，謂之雙聲反音，如召加字家音也。若依三内轉聲謂之傍紐反音，如有囊字，魯訖反音也。若一聲分二聲，召之而上下合之反音謂之兩音反音。如有僞彼字古彼反音也。若以三字合之爲一字音，謂之三聲反音，如有囉字曷力遐三字，合之召羅也。」

明覺《悉曇要訣》卷一：「紐聲反者，上字初音，與下字終音相合呼之，似紐初後相合，故云紐聲歟？

即《四聲譜》意云隸朗相合，反之得朗音，捩洛相合，反之得洛音，此等云紐聲歟？」「雙聲反者，案《四聲譜》，郎黎相合，反之得黎音，浪麗相合，反之得麗音，以此云雙聲歟？」

岡井慎吾《玉篇研究》：「反音法，以同聲即雙聲的文字作爲父字（反切兩字的上字），以同韻的字作爲母字（反切兩字的下字），因此，關於父字叫雙聲反音，關於母字叫紐聲反音，叫作一切反音有此法也。這樣的話，説到反音法有二種的話，並不是二種相並列的意思，衹是從父字和母字來看反切成立的意思。因此，取土和煙二字，與土雙聲，與煙同韻的如果取天，又，與煙雙聲，與土同韻的如果取隖，則土煙反天，天隖反土，煙土反隖，隖天反煙，這就是縱讀爲反語，横讀爲雙聲，錯讀（對角）爲疊韻。土煙反天，土天雙聲，煙天疊韻，對這一點更爲明確的是説一天字而得雙聲疊韻。其實是從雙聲疊韻而得一天之字。如果像上面這樣解釋這段文字，在這裏衹不過是説，既然有了雙聲反音之語，反切之中就應該有雙聲之字，並不是應該有雙聲反這樣一種東西，因而也並不是應該存有疊韻反這樣一種東西。」

《研究篇》上結合分析紐聲與雙聲之區别，分析紐聲反與雙聲反之不同，謂：「即使同是雙聲，堅 Kien 和結 Kiet 的雙聲和堅 Kien 和官 Kuan 的雙聲相比，注意到它們有不同之點，這已是在和體韻（kiet 之e 或 kuan 之a）的聯繫方法上來認識頭韻。頭音一旦直接和體韻關聯，有時夾着介音 médiale 而間接的聯繫，所謂介音（也叫副音），是頭音和體韻之間出現的弱的過渡音，多少帶一點子音色彩。據我的想法，第四等所屬字（《韻鏡》或《七音略》或《切韻指掌圖》）都應該有介音（閉 piei 面 mien 頰 kiep 鳥 tieu 等）。廣義的雙聲指頭音相通，没有涉及到韻。而『紐聲』和狹義的『雙聲』雖也和韻相關聯，但必須考慮不是包含韻的區別。就是説，kien：kiet和kien：kuan的不同，不是韻不同的問題，而是頭音和體韻的『關聯方法』，換言之，是介音如何的問題。如果要用其他例子來説，則衫sām和屑siet衹是頭音s相同，而先sien和屑siet，則連si也共通。像s：si這樣叫作『雙聲』，而si：si這樣叫做『紐聲』。雖然這定義並非紐聲和雙聲的全部含義，但至少可以説是其最主要的性質。這一點，把紐聲和雙聲與反切聯繫起來的時候，就更加清楚。也就是譜所説的：『若解此法，即解反音法。反音法有二種：一紐聲反音，二雙聲反音，一切反音有此法也。』這裏所説的紐聲反音和雙聲反音的意義，要像前面我們那樣解釋，纔能真正理解。」岡井愼吾《玉篇研究》不承認紐聲反和雙聲反之區別，以爲關於父字叫雙聲反音，關於母字叫紐聲反音（岡井説見前引），小西氏不贊成此一觀點，以爲，所謂紐並非關於韻之名稱，而是如馬宗霍氏《音韻學通論》所説：「所謂紐，皆兼聲與韻而言，紐之取義宜與紐結紐系相同，言聲韻相生，如紐之可解耳。」「因此，把疊韻之義認作紐聲應該説是錯誤的。雖然梁代的劉滔互相把疊韻的紐稱之爲傍紐，但這和『紐』自身的意義有區別。即使劉滔論述過把聲紐作爲疊韻之説，因爲劉滔和沈約完全是另一系統之説，把劉滔之説用到沈約系統的這個《調四聲譜》，有點像以油注水。」

《研究篇》上謂：「例如：『郎朗浪落　黎禮麗捩』的兩紐，在同一紐的郎—朗，浪—朗，落—浪，郎—落等都是紐聲，涉及其他紐的郎—黎，禮—朗，浪—捩，麗—落等等，因爲各自都是雙聲，如果把這用於反切，紐聲反是如『朗落反—落』的東西，雙聲反是如同『浪捩反—捩』這樣的東西。用羅馬字表示，則是：

(lang－ang)＋(lak－l)＝l＋ak＝lak

(lang－ang)＋(liet－l)＝l＋iet＝liet

前者(郎落反落)的反切上字(郎)的頭音和歸字(落)的頭音比較爲l∶l，和我考慮的紐聲的定義相合，後者(浪捩反捩)是l∶li，仍然合於雙聲定義。這樣的話，紐聲反雙聲反就是專門關於反切上字和歸字的東西，決不是指上字和下字的關係。因爲反切時在捨棄的下字的頭音裏，一點也没有必要特意選擇紐聲和雙聲等等。還有一點，如果把紐聲反的『黎結反—捩』和雙聲反的『郎計反—麗』作爲例子，則兩者各自都是用下面的格式來表現：

(liei－iei)＋(kiet－k)＝l＋iet＝liet　(li∶li)

(lang－ang)＋(kiei－k)＝l＋iei＝liei　(l∶li)

區別這種l∶li的不同，祇能是相當於後世的『等位』的事實在某種程度上被認識的表現。關於等位雖然有各種説法，但我解作『在發音的始點上口形的洪細度』。(這裏所説的洪細度把齒的開閉度作爲指標，脣的開合不參與其中。)而且這裏所謂洪和細，和介音的性質以及有無有直接關係。例如第一等是大開齒的a以及o位置，第四等是從完全閉齒的i開始發音的位置。因而第一等没有介音，第四等全部要加介音i。大約本來並没有達到如後世等韻學所説的『等位』的概念，但是前述的li∶li相當於音和正法，l∶li相當於憑韻音和，可以説，這裏面有着反切門法的原型，而且有着《韻鏡》等等韻圖成立的萌芽。」

馬淵和夫《日本韻學史研究》第二編《韻學史上重要問題研究》謂：「在郎（lang 平）、朗（lang 上）、浪（lang 去）、落（lak 入）、黎（liei 平）、禮（liei 上）、麗（liei 去）、捩（liet 入）四聲裏，平上去入一組縱讀的頭音爲紐聲，這一行之下四字和上四字相配，liei：lang、liet：lak 的情況下，頭音的關係爲雙聲。這種情況下，從 lang、lang、lang、lak 抽出的頭音衹是 l 呢，還是 la 呢，這是一個問題。當時的情況，衹把子音抽出來當很困難。因此我想，la：la 這樣的關係是紐聲，這樣的話，雙聲就可能是 li：la 的關係了。」《研究篇》謂雙聲反、紐聲反乃指反切的上字與歸字之關係，非指反切之上字與下字之關係，馬淵和夫就此提出疑問：「這一結論，紐聲反的例子要用郎落這樣處於紐聲關係的字，雙聲反的例子，要用浪捩這樣處於雙聲關係的字，而出現反切的結果。之所以紐聲反用紐聲二字，雙聲反用雙聲二字，是因爲有這樣的前提，即紐聲反要用紐聲二字，雙聲反要用雙聲二字，其結果既然推翻了前提，就應該什麼也沒有證明。其次，這裏所舉的『郎落反—落』『浪捩反—捩』這樣的反切，反切下字和歸字一樣。一般說來，所謂反切是由二字的音導出未知的一個字的音，因此反切下字和歸字是同一個字，這樣的反切自身就沒有什麼意義。」

《校注》引任注不贊成明覺《悉曇要訣》之觀點，謂：「此所謂紐聲反者，與雙聲反無殊，故其說非也。反切之法，反切上字必與所切成之字爲雙聲，即同紐也；下字必與所切成之字爲疊韻，即同韻也。故知反切之法，粗分之則惟一，凡雙聲之字皆可用也；然細別之則有二：一曰共四聲紐之雙聲，即此所謂紐聲反音也，如郎落反得落，郎浪反得浪，此郎與落與浪，即共四聲紐之雙聲。推之，凡與落同韻之字，均可切成落字，如郎各得落、郎藥得落等是也。此種反音，即紐聲反也，但爲反切之特例耳；若以傍紐、正紐分之，此則爲正紐反音矣。二曰雙聲反音，即不共四聲之雙聲也，如郎禮反得禮、郎麗反得麗，此郎與禮與麗爲共紐，但不同四聲之紐，即無平上去入四聲之關涉。推之，凡與禮、麗同韻之字，與郎相切，皆可得禮得麗，如郎以反禮、郎異反麗，餘效此；故凡不共四聲紐之雙聲反音，即名曰雙聲反音，以與紐聲反音相別。其又可稱之爲傍紐反音，世所知之矣。」

盛江案：此圖提出陰類配入聲之説，或因古音有陰入通押之情況，或因考慮音感，未考慮體系；考慮聲調，而未考慮韻尾本身之性質。又，關於「紐聲反音」與「雙聲反音」各家説可再議。「紐聲反音」當是指反切上字和歸字即被切字同四聲之紐，非謂反切上字和反切下字同四聲之紐，「雙聲反音」當指反切上字與歸字即被切成之字爲四聲之紐之外的雙聲之字，非謂與反切下字同雙聲。不論「紐聲反」亦或「雙聲反」，反切下字與歸字即被切字均須同韻同聲調。如：朗各反——落，羊各反——藥，黎計反——麗，夷計反——異，反切上字與歸字，朗與落，羊與藥，黎與麗，夷與異，均同爲四聲之紐，故爲紐聲反。朗結反——捩，羊結反——逸，黎剛反——郎，夷兩反——養，反切上字與歸字，朗與捩，羊與逸，黎與郎，夷與養，非爲四聲之紐，但同爲雙聲，故爲雙聲反，如此類推。《譜》曰，「反音法有二種」，此「二種」，正與前面所言之四聲兩種情況相應。「紐聲反音」與「豎讀爲紐」相應，「雙聲反音」與「當行下四字配上四字即爲雙聲」相應。所言皆爲反切上字與歸字即被切成之字之關係。反切上字與歸字同爲四聲之紐，爲紐聲反，即所謂「豎讀爲紐」，反切上字與歸字同爲雙聲，爲雙聲反，即所謂「當行下四字配上四字即爲雙聲」。《譜》曰「竪讀爲紐」，正爲説明紐聲反音；曰「當行下四字配上四字即爲雙聲」，正爲説明雙聲反音。至於「横讀爲韻」，當是爲説明反切下字與歸字之關係。故《譜》於説明「竪讀爲紐，横讀爲韻。亦當行下四字配上四字，即爲雙聲」之後，便曰「若解此法，即解反音法」，便曰「反音法有二種」。故而，岡井慎吾説關於父字謂之雙聲反音，關於母字謂之紐聲反音，不合紐之含義，亦與此前之説明不相符。反切下字與歸字不當爲同一字，若同爲一字，於反切法則無意義。紐聲反與雙聲反與介音時或有關係，因反切下字與歸字必然或均有介音，或均無介音，然關鍵在於反切下字與歸字是否同韻，而反切上字與歸字是同四聲之紐，亦或同爲雙聲。

何以要特意區分紐聲反和雙聲反，《研究篇》上分析其原因謂：「這應該考慮爲關係到詩病正紐和傍紐的區别，決不是没有意義的主張。西卷有：『正紐者，謂正雙聲相犯。其雙聲雖一，傍正有殊，從一字紐之得四聲，是正也。若元、阮、願、月是。若從他字來會成雙聲，是傍也。若元、阮、願、月是正，而有牛、魚、妍、硯等字來會元、月等字成雙聲是也。』這個『正雙聲』可以理解爲相當於紐聲，應該説『傍雙聲』即相當於譜的雙聲。即『元阮願月』，是一紐（出《韻鏡》第二十三轉），其内部，元—阮，阮—願，願—月，月—阮，願—元等，不論取哪一個都是正紐（紐聲），但是從其他『紐』同頭音的『牛』『魚』等並用，如：元—牛，阮—魚，題—妍，月—硯，魚—元這樣的是傍紐（雙聲）。同是雙聲，但有正與傍的差異。」「就是説，根據正和傍，必須隔幾個字的寬嚴有不同，不正是爲了理解這一差别，譜分别提出『紐聲』和『雙聲』

來嗎？」

⑰關於《四聲譜》反音法之來源，饒宗頤《〈文心雕龍·聲律篇〉與鳩摩羅什〈通韻〉》謂：「余謂沈譜之反音，乃從悉曇悟得。唐封演《聞見記》『聲韻』條：『周顒好爲體語，因此切字皆有紐，紐有平上去入之異。永明中，沈約文詞精拔，盛解音律，遂撰《四聲譜》。……時王融、劉繪、范雲之徒……慕而扇之。』可見王融乃周顒、沈約之追隨者，而以紐切字，實倡自周顒。……周顒既善體語（文），是深明梵音紐字，故能以切字爲紐，以論四聲，爲沈約之先導。約進而造《四聲譜》，取以制韻，定其從違，示人以利病，遂成獨得之秘。」「《悉曇章》之特色在每章末句必用『魯流盧樓』四音合以切字爲紐之三個同韻字，作爲句中的助聲。……魯留盧樓是梵語 ṛ ṝ ḷ ḹ 四字母，在此用作幫聲，兩『頗羅墮』與『復浪養』等都如沈氏《調四聲譜》中配爲雙聲疊韻之四聲紐字，大概爲反音法之同韻字，借用之以作助聲，以增曲折之美。」與沈約約略同時的劉縚論四聲有「征、整、政、隻」，饒宗頤謂：「此亦《四聲譜》中四聲紐字之法，此類例字征、整、政、隻，亦見於後來悉曇家之書……具見沈氏聲譜與悉曇家言有血脈相承之關係。」

關於沈約紐字圖之影響，李新魁《梵學傳入與漢語音韻學的發展》謂：「唐代僧人神珙撰有《四聲五音九弄反紐圖》，每圖即用『正反』、『到反』、『正疊韻』、『旁疊韻』、『正雙聲』、『旁雙聲』等名目以明反語之正倒拼切的道理。但這種拼切，是包含雙聲、疊韻及四聲等關係在內的。這種反紐圖，其淵源當是來自南朝沈約的『紐字圖』。」

【附録】

信範《九弄十紐圖私釋》下：《秘府論》云：知倁智窒，離邐詈栗。

綺琴①　良首　書林
欽伎　柳觴　深廬〔一〕②

釋曰：竪讀二字互相反也〔二〕③，傍讀轉氣爲雙聲④，結角讀之爲疊韻⑤。曰綺琴，云欽伎，互相反也⑥。綺欽、琴伎兩雙聲⑦，欽琴、綺伎二疊韻⑧。上諧則氣類均調〔三〕⑨，下正則宮商韻切⑩。持綱舉目，庶類同然⑪。

【校記】

〔一〕「欽伎柳觴深廬」，三寶本續在「書林」之下單行書寫，注「私此六字上六字可並書也」。「綺琴」至「深廬」，三寶、高乙、寶壽、正甲、六寺本有音注：綺——欽伎反（三寶、正甲本闕），良——柳觴反（寶壽、六寺本作「柳觴切」），書——深廬反（三寶本作「除廬反」，寶壽、六寺本作「深廬切」），欽——綺琴反，柳——良首反（寶壽、六寺本作「良首切」），深——書林反。「首」字旁原注「舒酉反又書授反」，三寶、高乙本同。

〔二〕「反」，原作「返」，高甲、高乙、正乙本同，下亦云「互相反」，今作「反」，據《眼心抄》、三寶、醍甲、仁甲、寶壽、寶龜、六寺等本改。

〔三〕「諧」，醍甲、仁甲、義演本作「調」。

【考釋】

①《考文篇》:「『綺琴』至『庶類同然』,原典未詳,《悉曇藏》未引,不在前條《四聲譜》。『釋曰』的形式,從《筆札華梁》及《文筆式》看,或者是上官儀説。」《譯注》:「『釋曰』的形式,與以《文筆式》爲原典基礎的地卷《八階》相通,也許這一段也引自《文筆式》。」盛江案:觀地卷《八階》、《六志》,東卷《二十九種對》及西卷《文二十八種病》之部分病目,《文筆式》與《筆札華梁》均有「釋曰」之形式,或者此一材料保留齊梁舊貌,而《筆札華梁》與《文筆式》均原文録存。

②維寶箋:「此一節示雙聲疊韻之軌也。綺琴欽伎者,就欽一字設軌,而有雙聲疊韻也。良首柳觴者,就柳一字示格,而有雙聲疊韻。書林深廬者,就深一字伸法,而有雙聲疊韻也。」

③「竪讀」句:綺琴切——欽爲正反,琴綺切——伎爲倒反。欽伎切——綺爲正反,伎欽切——琴爲倒反,餘類推。此謂竪讀,此謂互相反。

④「傍讀」句:綺、欽均爲溪紐,琴、伎均爲群紐,良、柳均爲來紐,首、觴均爲審紐,書、深均爲審紐,林、廬均爲來紐,故曰「傍讀轉氣爲雙聲」。饒宗頤《〈文心雕龍・聲律篇〉與鳩摩羅什〈通韻〉》:「文中言及轉氣及氣類,在梵音名詞輕呼曰小氣(alpaprāṇa),重呼曰大氣(mahā-prāṇa)。現代語言學術語謂爲不送氣及送氣。」《校注》引任注:「傍讀轉氣者,謂横傍而讀,以轉其氣也。蓋二字部位相同,惟音有異,故祇需轉换氣息而讀之即得。」

⑤「結角」句:綺、伎均紙韻,琴、欽均侵韻,良、觴均陽韻,首、柳均有韻,書、廬均魚韻,林、深均侵

韻，故曰「結角讀之爲疊韻」。

⑥「曰綺琴」二句：申前「竪讀二字互相反也」。

⑦「綺欽」句：申前「傍讀轉氣爲雙聲」。

⑧「欽琴」句：申前「結角讀之爲疊韻」。

⑨「上諧」句：《校注》引任注：「謂反切上字，與切成之字聲紐諧和，則氣息匀稱協調矣。」所謂「氣」，即前説「傍讀轉氣爲雙聲」之氣。

⑩「下正」句：謂反切下字與歸字宮商之調及音韻之類須切合無爽。《研究篇》上：「把聲調稱爲『宮商』，是古代的用法，可能是齊梁的面貌。」「宮商韻切」之「切」，即《文心雕龍·聲律》「詩人綜韻，率多清切」之「切」，意爲切合。

⑪庶類：《詩·召南·騶虞序》：「天下純被文王之化，則庶類蕃殖。」

關於後代論及《調四聲譜》之反切説，《研究篇》上謂：「後世傳誦的《元和新聲韻譜》『上正則轉氣含和，下調則切著流利』，可能是把《調四聲譜》作爲直接的典據。《悉曇藏》第二引（唐）武玄之的《韻詮》反音例：『其反音者，呼連兩字成一音，低昂依下，輕重依上，上下相和以發諸響。』真福寺寶生院藏《口遊》爲源爲憲撰，其中舉例有題爲《反音頌》的『輕重清濁依上，平上去入依下』，連略頌也用這一説法，表明已相當普遍化了。觀智院本《作文大體》第八翻音條：『反音必有二字，故略頌曰：平上去入者依下，輕重清濁者依上。』悉曇學由於重視反切的關係，前面的《反音頌》更是經常利用。作爲代表性的，是明覺的《反音作法》：『於平上去入者須依下字之低昂，於輕重清濁者可依上字之差別。』直到江户時代，可以説，没有『輕重清濁依上，平上去入依下』，就没有悉曇學。」

【附録】

寬海《悉曇秘傳》「次文以正紐爲主文事」條：

（綺）綺琴　欽伎正紐　綺欽傍紐

（欽）欽伎　綺琴正紐　欽綺傍紐

文云：竪讀二字互相返也。言，於欽字有綺琴反音則正紐也，於綺字有欽伎反音則正紐也，故云竪讀二字互相返云云。文云：傍讀轉氣爲雙聲也。言，於欽字有欽綺反音則雙聲也，於綺字有綺欽反音則雙聲也，故云傍讀次文云。上諧則氣類均調文。言，不讀下行而讀傍之文心也。氣類者雙聲也，紐之類故云爾。次文云：下正則宮商韻切文。言，讀下行調四聲反音正音也。（轉引自《研究篇》上，下引《悉曇秘傳》同）

杲寶《悉曇字記創學抄》自「調四聲譜諸家調四聲譜具例如左」以下至「庶類同然」全文引用，引文開頭謂「《文筆眼心》云」，引文末尾小字注：「以上《秘府論》第一。」盛江案：《悉曇字記創學抄》引文中有「紐女九切結也束也」一句，此句《文鏡秘府論》有而《文筆眼心抄》無，故實際引自《文鏡秘府論》而非《文筆眼心抄》，大約當時悉曇學者，對《文鏡秘府論》與《文筆眼心抄》並不作區別。

信範《九弄十紐圖私釋》下：《秘府論》云：上諧則音類均調，下正則宮商韻切。持綱舉目，庶類同然。

崔氏曰①：傍紐者〔一〕②：

風小　月膾　奇今　精酉

表豐　外厥　琴羈　酒盈〔二〕③

【校記】

〔一〕「傍紐者」下寶壽、六寺、正乙、松本、江户刊本、維寶箋本注「已上三字無異本」。

〔二〕「風小」至「酒盈」，醍甲、仁甲、義演本作雙行小字注，書寫於「崔氏曰傍紐者」之下，其餘各本均作大字正文。此十六字原有音注（三寶、寶壽、六寺、天海本同）：風—表豐反，月—外厥反（天海本作「外鈐反」），奇—琴羈反，精—酒盈反，表—風小反，外—月膾反，琴—奇今反，酒—精酉反。

【考釋】

①《考文篇》：「『崔氏曰』以下至『餘皆效此』，引自崔融《唐朝新定詩格》。」《研究篇》上：「最後一段可以認定爲崔融之文。《秘府論》説『崔氏』的時候，都是指崔融。東卷『論對』條引《崔氏唐朝新定詩格》，可能就是這一書。但是，西卷『傍紐』條有：『王斌云：若能迴轉，即應言奇琴、精酒、風表、月外，此即可得免紐之病也。』『傍紐者……沈氏所謂風表、月外、奇琴、精酒是也。』這顯然和作爲『崔氏曰傍紐

者』提出來的『風小　月膾　奇今　精西　表豐　外厥　琴羈　酒盈』完全一樣，因此把這些『風表』、『月外』、『奇琴』、『精酒』等作爲傍紐，似爲王斌《五格四聲論》乃至沈約《四聲譜》已有，而爲崔融所襲用。西卷作爲『沈氏曰』也有引用，可能是其續文。」

《探源》：「上述調聲譜（案指崔氏曰以下至「土煙天隖」）完全是仿效別人的，《文二十八種病》傍紐條劉善經云：『沈氏所謂風表、月小、奇琴、精酒是也。』沈氏是沈約，崔融既仿效他的調聲，也可能採用他的八病說。相反來說，這個譜和後面的解釋，可能是根據沈約原譜直録的。」

王夢鷗《初唐詩學著述考》及《校注》引任注説同《考文篇》。崔融及其《唐朝新定詩格》，參地卷《十體》「考釋」。

②傍紐者：傍紐，即四聲一紐之外之共紐雙聲。此段實際亦爲一反音圖，並非祇爲説明傍紐，崔融原文可能有「傍紐者」三字，可能空海後來將此三字抹消，故異本無「傍紐者」三字，而寶壽院本等注「已上三字無異本」。本圖風、表爲脣音非紐和幫紐（沈約時非幫不分），月、外共牙音疑紐，膾、厥共牙音見紐，奇、琴牙音群紐，今、羈牙音見紐，精、酒齒音精紐，西、盈喉音喻紐，均爲雙聲；風、豐屬東韻，表、小爲小韻，月、厥爲月韻，外、膾爲泰韻，奇、羈爲支韻，今、琴爲侵韻，精、盈共清韻，西、酒共有韻，均爲疊韻；除小爲心紐，豐在敷紐，不構成雙聲，或者有誤或古今音異外，實際爲一反音圖。然此一反音圖或者本爲説明傍紐雙聲問題，故有「傍紐者」三字。

③《校注》引任注：「傍紐之名，實始沈約。此崔氏傍紐，即於奇琴精酒之外，別加今羈西盈而成者

也。又風表爲傍紐，與今音不合。此則古無輕脣音之的證，足補錢大昕之説者也。崔融爲唐人，猶以輕脣重脣不分，可知唐人尚以輕脣讀重脣矣。又本卷《四聲論》鍾嶸《詩評》，在評字旁注『苻兵反，量也』五字，此大師自注，具知其以苻讀重脣也。再案：此處風表小豐，崔氏以小豐亦爲傍紐，是則有誤，小爲心紐，與豐在敷紐，差違太甚，且豐字古讀重脣，而小則讀齒頭，相去極遠，必非傍紐，疑乃眇之訛，諸本相沿並誤耳。」

盛江案：據西卷「傍紐」條，王斌、沈約論傍紐有「奇琴」、「精酒」、「風表」、「月外」，故此反語圖或者原出沈約之時，而爲初唐人所承襲。此外之「小豐」、「膾厥」、「今䨥」、「西盈」數字，爲沈約、王斌説原有而爲劉善經《四聲指歸》引用時所省略，亦或爲崔融後來所加，不得而知。《調四聲譜》中，「皇晃璜」二十八字，「郎朗浪落」四十八字，「綺琴良首」十二字，及本段「風小月膾」十六字，多種傳本注有反切音。其中之部分字，於空海《篆隸萬象名義》（中華書局，一九九五年）可查得注音，如下：琴渠林反，戈古和反，風甫融反，火呼果反，月魚厥反，長除良反，禍胡果，禮力底，皇胡光反，璜胡光反，略力灼反，郎力當反，傍蒲當反，侊公横反，婆蒲河反，纈何結反，和胡戈反，各柯洛反，朗力儻，月魚厥，悵敕亮反，計居詣，謔虚虐反，詈力翅，欽去金反，養餘掌反，過古貨反，邐力紙反，逸餘質，紴補柯反。《調四聲譜》之音注除「傍」、「光」、「恍」、「侊」、「和」五字外均與《廣韻》同，而與空海《篆隸萬象名義》大部有異。高山寺甲本無此類注，可見非原典本身所有，亦非空海所加。有此類注之各本，三寶院本抄於平安末期，宫内廳本抄於平安末保延四年（一一三八）或稍前，此類注當爲此前抄寫者據《廣韻》（宋真宗大中祥符元年（一〇〇八〕奉詔修訂《切韻》而成）所補。

【附録】

寬海《悉曇秘傳》「次以傍紐而爲主文事」條：

（風）　風小　　風小傍紐

（表）　表豐　　表豐傍紐

言，於風字有風等反音則傍紐也。表字亦爾。問：於綺字若有綺欽反音則可傍紐，今於風字而有風小反音，何異哉？答：綺琴欽伎互相返文。上文有互返文，言，爲綺字如欽伎爲反音，爲欽字以綺琴爲反音云云。今文秖於風字有風小反音，於表字亦有表豐反音，今無互相返文。故此顯傍紐之文也。又，古本以朱付傍字注云云。（轉引自《研究篇》上）

紐聲雙聲者〔一〕①：

土　煙

天　鴅〔二〕②

右已前四字〔三〕，縱讀爲反語③，横讀是雙聲④，錯讀爲疊韻〔四〕⑤。何者，土煙、天鴅是反語⑥，天土、煙隝是雙聲，天煙、土隝是疊韻，乃一天字而得雙聲疊韻。略舉一隅而示，餘皆效此〔五〕。

【校記】

〔一〕「紐聲雙聲者」，《眼心抄》無，寶壽、正乙、六寺、松本、江户刊本、維寶箋本注「已上五字無異本」。此五字下三寶本有「土煙天隝」四字，旁注「已上點本無」，下注「私云土煙與天隝相對可書也」。三寶本所謂「點本」即「異本」，可能即指證本。

〔二〕「隝」字下原有雙行小字注「安古反小障也庳城也」，高甲、高乙、正甲本同，寶壽、正乙、六寺本注「安古反」，醍甲、仁甲、寶龜、義演本注「庳城也」。「土煙天隝」，醍甲、仁甲、寶龜、義演本在前行「紐聲雙聲者」之下作雙行書寫。

「土煙天隝」四字雙行之上《眼心抄》、三寶、寶壽、六寺、正乙本冠一「天」字，形狀如左：

天　土煙
　　天隝

「煙」字下《眼心抄》、三寶本有小字注「紐聲」。「隝」字下《眼心抄》有小字注「雙聲」，三寶本有小字注「雙聲者已上五字無異本」。

〔三〕「已前」，《校注》引任注：「案『已前』二字疑衍。」

〔四〕「疊」，六寺本旁注「徒協切」。

〔五〕「效」，原作「放」，三寶、高甲、高乙、寶壽、六寺本同，據醍甲、仁甲、寶龜、松本、江户刊本、維寶箋本改。

「餘皆效此」後有箋文，箋文之後，持明院藏維寶箋本有尾記「文鏡秘府論箋卷第一終」，《真言宗全書》刊維寶箋本有尾記「享保二十一年卯月九日南山沙門維寶誌焉/安永二癸巳卯月六日沙門隆勤與焉十六歲/文鏡秘府論箋卷第一終」。享保二十一年爲公元一七三六年，安永二年爲公元一七七三年。

【考釋】

①《研究篇》上謂：「『傍紐者』及『紐聲雙聲者』八字有些疑問，『風小　表豐』也是反音圖，不能理解爲表現傍紐。」「『右已前』至『餘皆效此』六十三字全部是對雙聲疊韻和反語相關問題的説明，一點也没有涉及紐聲雙聲。這樣看來，題『傍紐者』，或者表示『紐聲雙聲者』，好像没有什麽意義。也許可以懷疑本來是否有這八個字。現存也有的本子没有這八個字。但是，似乎大師自筆草稿本有這八個字。因爲信範《調聲要訣抄》所引的《秘府論》是初稿本系統（盛江案：引文詳下），而在那裏作爲『《論》曰：紐聲雙聲者』而舉了『土煙天隖』的反音圖（盛江案：《論》爲《文鏡秘府論》的略稱）。大師看出了其中的不合理而把這八個字抹消了。闕這八個字的本子，可能是依從抹消以後的樣子書寫的系統。但是，《秘府論》所依據的原典，即崔融的原文，我覺得好像有這八個字。」「理由就是西卷『傍紐』條：『王斌云：若能迴轉，即應言奇琴、精酒、風表、月外，此即可得免紐之病也。』『劉氏曰：傍紐者，即雙聲是也。譬如一韻中已有任字，即不得復用忍、辱、柔、蠕、仁、讓、爾、日之類。沈氏所謂風表、月外、奇琴、精酒是也。』據此，沈約、王斌論傍紐之際，也引有『風　月　奇　精　表　外　琴　酒』這樣的例子，這是顯而易見的。傍紐即雙聲，崔融重新製作反音圖之際，可能是從上字需要雙聲之處，借來常用的幾個字，又在下面各自

加上：『小膾　今西　豐厥　羈盈』。不正是這種時候據原文而題作『傍紐者』嗎？『紐聲雙聲者』不太好理解，我想可能情形和這有些相似。」

《校注》引任注：「紐聲雙聲，當係反音雙聲之異名，與《四聲譜》綺琴欽伎互相反、傍讀轉氣、結角讀之等無殊，即雙聲反音也。古人名詞，多不齊一，此則崔氏之反音異名耳，弘法大師所謂『名異義同』者是也。謹案：《四聲譜》稱反音有二法：一紐聲反音，二雙聲反音。然所舉例證，惟有後者，而無前者。崔氏此之所舉，亦係雙聲反音，而非紐聲反音，故其謂『紐聲雙聲』者，殊有未合，不若以反音雙聲稱之爲妥帖也。」

《譯注》：「所謂『紐聲雙聲』指兩種反音法，大概和『紐聲反音』和『雙聲反音』意思相同吧？但是，後圖和這並没有關係。」「以圖爲中心來看，（紐聲雙聲者）五字可能没有用。」

盛江案：疑「紐聲雙聲」爲紐聲反音和雙聲反音之簡稱，《譯注》説或者近是。甚疑崔融所據原典「紐聲雙聲」之下本有紐聲反音和雙聲反音之内容，然未予載録，實際祇移録「土煙天隖」之圖。

「紐聲雙聲者」《眼心抄》無「者」字，且將「紐聲」二字作小字注於「煙」字下，「雙聲」二字作小字注於「隖」字下。《考文篇》：「與三寶院本所校異文合，蓋自筆草稿本初脱『紐聲雙聲者』，後欲補之，行間狹隘，乃假在『土煙』與『天隖』下，《眼心抄》誤以爲『土煙』與『天隖』之注，遂删『者』字歟。」

② 土煙天隖：周校：「《眼心》在『土煙天隖』四字上，居中冠一『天』字，與下文『乃一天字而得雙聲疊韻』相應。」

《校注》引任注圖示如左：

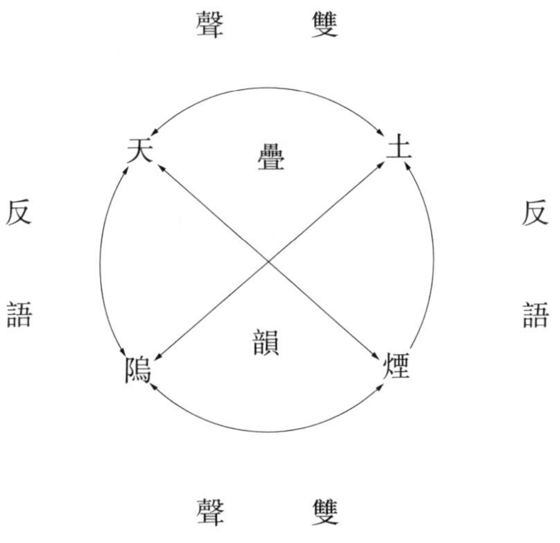

③反語：即反切。《顏氏家訓·書證》：「且鄭玄以前，全不解反語，《通俗》反音，甚會近俗。」又《音辭》：「孫叔然創《爾雅音義》，是漢末人猶知反語。至於魏世，此事大行。」又指魏晉南北朝時一種隱語。以二字先正切，後倒切，成爲另二字。《南史·劉悛傳》：「悛本名忱，宋明帝多忌，反語『劉忱』爲『臨讎』，改名悛。」盛江案：劉忱反切爲臨，忱劉反切爲讎。此處當指正切倒切均可之反切語。顧炎武《音

論》下:「南北朝人作反語,多是雙反,韻家謂之正紐到紐。史之所載,如晉孝武帝作清暑殿,有識者以『清暑』反爲『楚聲』,『楚聲』爲『清』,『聲楚』爲『暑』也。」(《音學五書》)

④「横讀」句:横讀天、土屬舌音透母,煙、隖屬喉音影母雙聲。

⑤「錯讀」句:錯讀天、煙下平聲一先韻,土、隖上聲十姥韻疊韻。

⑥「土煙」句:土煙反天,煙土反隖,天隖反土,隖天反煙,故曰是反語。大矢透《韻鏡考》第十六章:「一、《秘府論》所收土煙天隖圖,可以巧妙的表示反切和雙聲疊韻的關聯。二、在這個圖裏,横讀是雙聲,斜讀是疊韻,作爲反切縱向重疊時,兩字既不是雙聲也不是疊韻,上下字互爲相反,故叫反語。三、就是説,土和煙都表示天是テン之音,用這個處在『既不是雙聲也不是疊韻』關係的兩個字而表示字音,普遍化的結果,反就得到『音』的意思。」

《研究篇》上不贊成大矢透《韻鏡考》對「反」之意義之解釋,謂:「反切的『反』,由來於六朝時代盛行的反語。」「比如顧炎武舉例的《宋書》志二十一所載晉孝武作清暑殿,清暑反言楚聲,因楚聲爲清,聲楚爲暑。」反過來,「如果以楚聲爲主,則楚聲的反語爲清暑,可以説,清暑和楚聲互爲反語。這和《秘府論》把『綺琴欽伎』解作『互相反也』是同一個意思。『土煙天隖是反語』也是一樣的,不可把這個『反』和作爲表音方法的反切混同。如果作爲反切,則清暑反楚,綺琴反欽,但在反語,清暑反楚聲,綺琴反欽伎。……把這個反語利用於文字的音注,是所謂反切,那個『反』,完全是從反語的『反』出來的名稱」。

【附録】

信範《九弄十紐圖私釋》下：《秘府論》云：紐聲雙聲者：土煙天隝，右已前四字，縱讀爲反語，横讀爲雙聲，錯讀爲疊韻。餘皆效此。（盛江案：土煙、天隝爲雙行。）

杲寶《悉曇字記創學抄》卷八：又云紐聲雙聲者：

天　土　煙
　　天　隝

右已前四字，縱讀爲反語，横讀是雙聲，錯讀爲疊韻。何者，土煙、天隝是反語，天土、煙隝是雙聲，天煙、土隝是疊韻，乃一天字而得雙聲疊韻。略舉一隅而示，餘皆效此文。（盛江案：句前行間小字注「《秘府論》第一」，「隝」字下小字注「《秘府論》作隖」。）

寛海《悉曇秘傳》「付天字有正紐傍紐正雙聲傍雙聲事」條：

天　土　煙　紐聲
　　天　隝　雙聲

文云：反語者，正紐傍紐反音。

（テン）土煙——正紐

（ト）　天隝——傍紐

（ト）　天土——正雙聲

（ヲ）　煙隖——傍雙聲

文云：前四字，縱讀爲反語文，又云：土煙天隖是反語文，言縱讀土煙則正紐也。縱讀天隖則傍紐也。此則天字下紐言正紐也。雙言傍紐也。二音分別之時，則紐聲，四音分別之時，即正傍。

信範《調聲要訣抄》：答曰：檢紐聲雙聲同異，就《圖》、《論》（盛江案：指《九弄圖》與《文鏡秘府論》）並《廣韻》、《玉篇》，切字各有二法，一雙聲紐聲一體法，即如難文，無異論者也。二紐聲雙聲各別法。《論》曰：紐聲雙聲者土煙天隖　右以前四字縱讀爲反語，横讀是雙聲，錯讀爲疊韻。何者，土煙天隖是反語，天土煙隖是雙聲，天煙土隖是疊韻，乃一天字而得雙聲疊韻，略舉一隅而示，餘皆效此云云。私云：此中反語即又紐聲也。故總標顯紐聲雙聲也。（轉引自《研究篇》上）

了尊《悉曇輪略圖抄》卷一：《文鏡秘府論》云：土煙天隖　右以前四字，縱讀爲反語，横讀是雙聲，錯讀爲疊韻文。當知五音圖中當句音相並云雙聲，他句音交呼云紐聲，類韻相重云疊韻。就中約左右立傍正之名，約順逆分正到之品者也。問：《反音抄圖》有何據加傍正逆反乎？答：《新聲韻譜》曰：直反成三，到反成四，兩枚疊韻之文，二雙聲之義，上正則轉氣含和，下調則切著流利，直讀張著而雙出，到翻略良而成四，張良著略二疊韻之文，張著良略兩雙聲之義文。《悉曇藏》、《秘府論》等，雖有逆反之名言，其釋猶不分明之間，更所勘加也。

（盛江案：自「調四聲譜平上去入配四方」至「餘皆效此」，心覺《悉曇要抄》作爲「《文筆眼心》云」全文引。）

神珙《四聲五音九弄反紐圖》序：夫文物之國，假以書詩，七步之才，五音爲首。聿興文字，反切爲初。一字有訛，餘音皆失。四聲之體，與天地而齊生。宮商角徵羽之音，與五岳而同起。且天地生於混沌，不同混沌之初，君子生於嬰兒，豈與嬰兒同類。夫欲反字，先須紐弄爲初。一弄不調，則宮商靡次。昔梁朝沈約創立紐字之圖，皆以平書，碎尋難見。唐又有陽寧公南陽釋處忠，此二公者，又撰《元和韻譜》，與文約義，詞理稍繁，淺劣之徒，尋求難顯。如七匕彡𠂉之字，寫人會有改張，紐字若不列圖，不肖再傳皆失。今此列圖，曉示義理，易彰爲於韻切之樞機，亦是詩人之鈐鍵也。《譜》曰：平聲者哀而安，上聲者厲而舉，去聲者清而遠，入聲者直而促。傍紐者，皆是雙聲，正在一紐之中，傍出四聲之外，傍正之目，自此而分清濁也。故列五箇圓圖者，即是五音之圖。每圖皆從五音，字行皆左轉，中有注説之。又列二箇方圖者，即是九弄之圖，圖中取一字爲頭，横列爲圖首，目題傍正之文，以別之。（《玉函山房輯佚書》）

《五音聲論》：

東方喉聲何我剛謌謌可康各　西方舌聲丁的定泥寧亭聽歷

南方齒聲詩失之食止示勝識　北方脣聲邦尨剥雹北墨朋邈

中央牙聲更硬牙格行幸亨客（《玉函山房輯佚書》）

《雙聲疊韻法》：

平聲章　灼良切　先雙聲　章灼良略是雙聲　正紐入聲爲首　到紐平聲爲首

章略切　後疊韻　灼略章良是疊韻　雙聲平聲爲首　疊韻入聲爲首

上聲掌　章兩切　先雙聲　章掌良兩是雙聲　正紐平聲爲首　到紐上聲爲首
　　　　掌良切　後疊韻　掌兩章良是疊韻　雙聲平聲爲首　疊韻上聲爲首

去聲障　章餉切　先雙聲　章障傷餉是雙聲　正紐平聲爲首　到紐去聲爲首
　　　　障傷切　後疊韻　障餉章傷是疊韻　雙聲平聲爲首　疊韻去聲爲首

入聲灼　章略切　先雙聲　章灼良略是雙聲　正紐平聲爲首　到紐入聲爲首
　　　　灼良切　後疊韻　灼略章良是疊韻　雙聲平聲爲首　疊韻入聲爲首

平聲廳　剔靈切　先雙聲　廳剔靈歷是雙聲　正紐入聲爲首　到紐平聲爲首
　　　　廳歷切　後疊韻　剔歷廳靈是疊韻　雙聲平聲爲首　疊韻入聲爲首

上聲頸　廳井切　先雙聲　廳頸精井是雙聲　正紐平聲爲首　到紐上聲爲首
　　　　頸精切　後疊韻　頸井廳精是疊韻　雙聲平聲爲首　疊韻上聲爲首

去聲聽　剔徑切　先雙聲　廳剔徑擊是雙聲　正紐入聲爲首　到紐上聲爲首
　　　　聽擊切　後疊韻　剔擊聽徑是疊韻　雙聲去聲爲首　疊韻入聲爲首

入聲剔　聽歷切　先雙聲　廳剔靈歷是雙聲　正紐平聲爲首　到紐平聲爲首
　　　　剔靈切　後疊韻　剔歷廳靈是疊韻　雙聲去聲爲首　疊韻入聲爲首

（轉據維寶《文鏡秘府論箋》）

《四聲五音九弄反紐圖》：

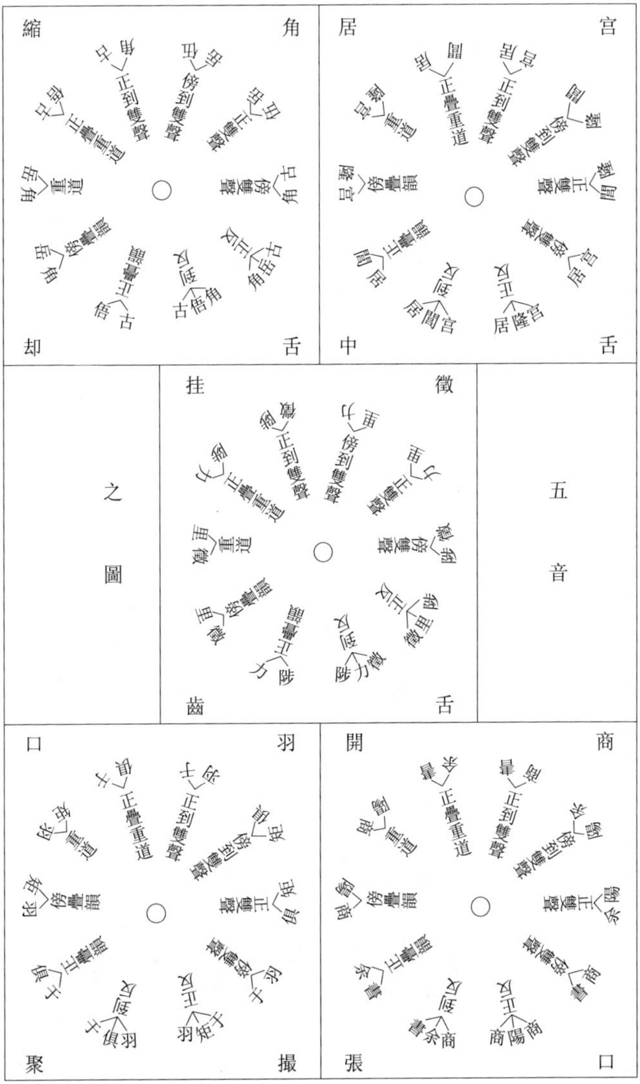
五音之圖
角
縮
舌
却
宮
居
舌
中
徵
拄
舌
齒
商
開
口
張
羽
口
撮
聚

九弄

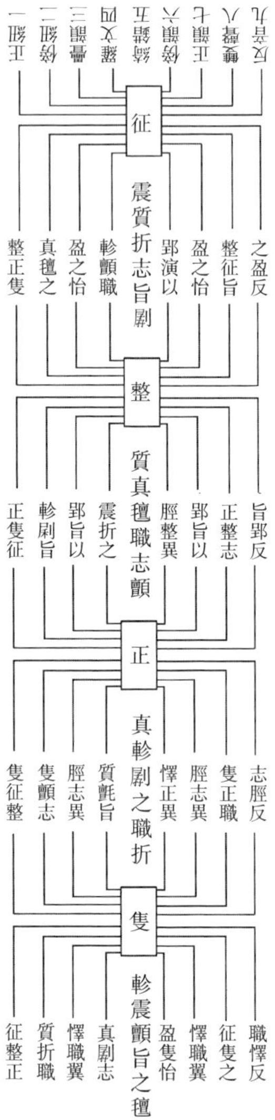

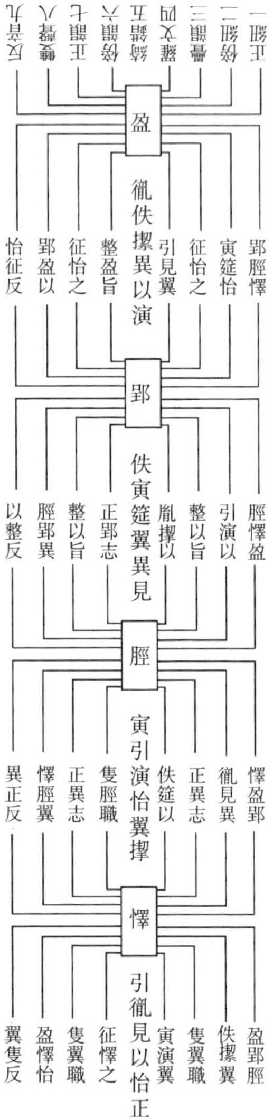

（此據維寶《文鏡秘府論箋》）

《玉函山房輯佚書》與此小異，如下：

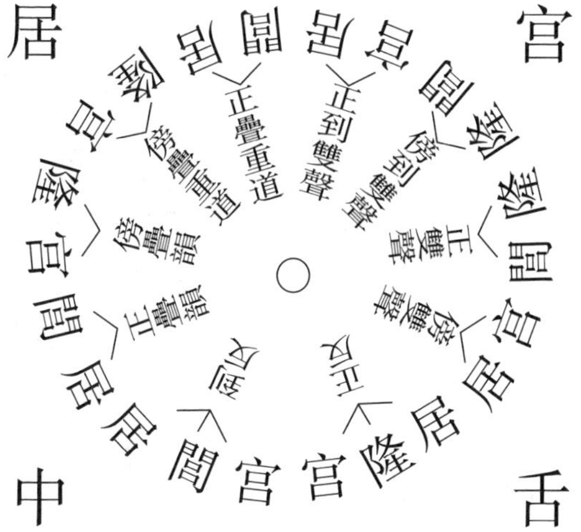
宮
舌
中
居
正到雙聲
傍到雙聲
正雙聲
傍雙聲
正紐
正疊韻
傍疊韻
正疊重道
傍疊重道

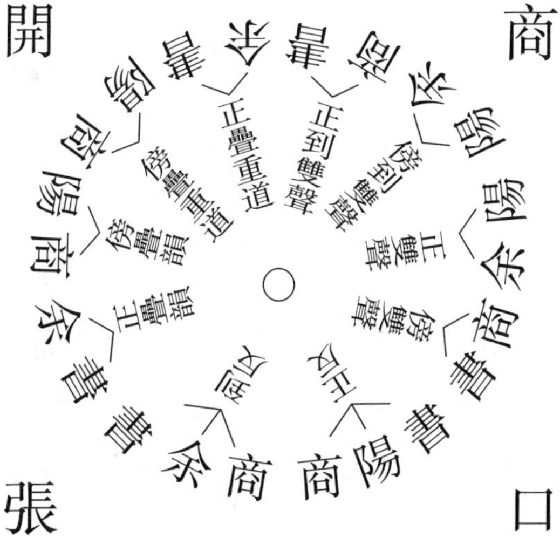
商
口
張
開
正到雙聲
傍到雙聲
正雙聲
傍雙聲
正紐
正疊韻
傍疊韻
正疊重道
傍疊重道

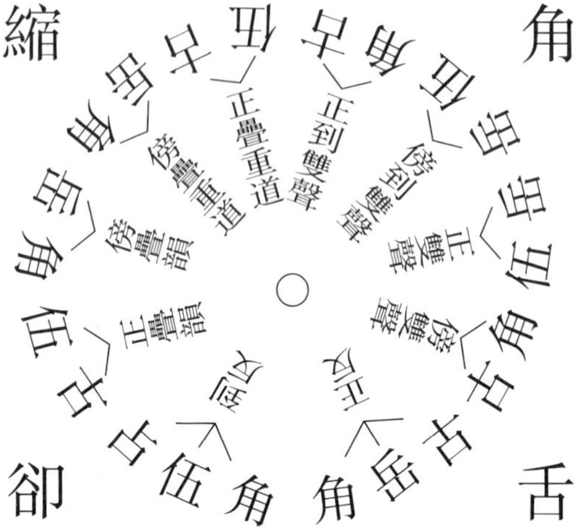
角
舌
卻
縮
正到雙聲
正疊重道
傍到雙聲
傍疊重道
正雙聲
傍雙聲
傍疊韻
正疊韻
角
伍
古

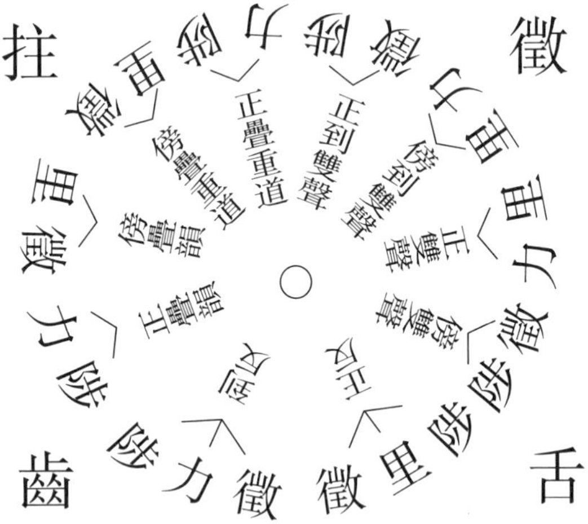
徵
舌
齒
拄
正到雙聲
正疊重道
傍到雙聲
傍疊重道
正雙聲
傍雙聲
傍疊韻
正疊韻
徵
力
陟
里

羽
撮
聚
口
正到雙聲
傍到雙聲
正雙聲
傍雙聲

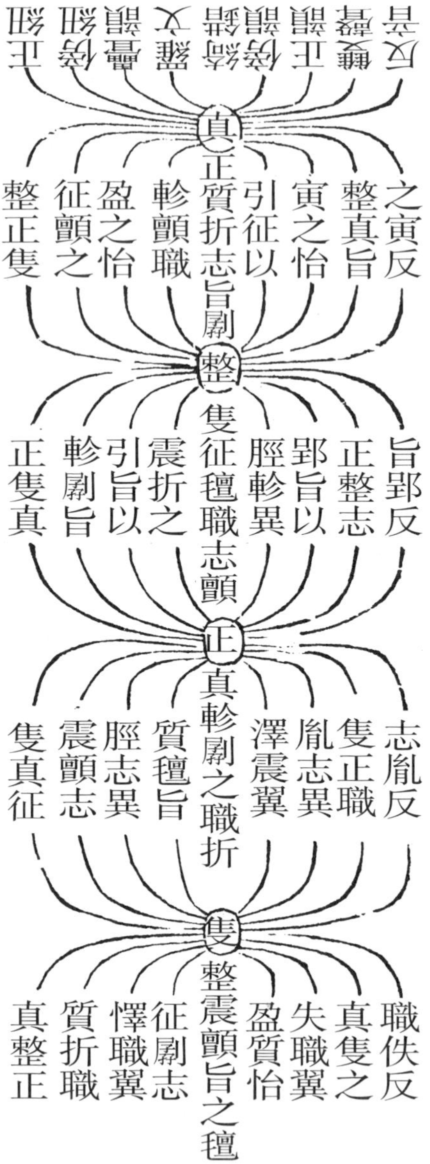
反音
雙聲
正韻
傍韻
綺錯
羅文
疊韻
傍紐
正紐
真
之寅反
整真旨
寅之怡
引征以
正質折志旨劆
軫顫職
盈之怡
征顫之
整正隻
整
旨郢反
正整志
郢旨以
脛軫異
隻征氈職志顫
震折之
引旨以
軫劆旨
正隻真
正
志胤反
隻正職
胤志異
澤震翼
真軫劆之職折
質氈旨
脛志異
震顫志
隻真征
隻
職佚反
真隻之
失職翼
盈質怡
整震顫旨之氈
征劆志
懌職翼
質折職
真整正

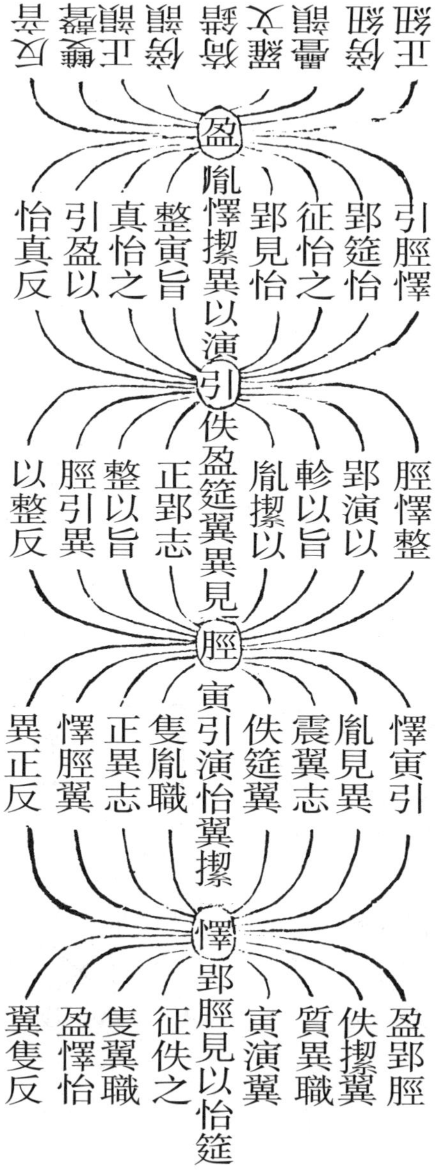
正紐
傍紐
疊韻
羅文
猗錯
傍韻
正韻
雙聲
反音
盈
引脛懌
郢筵怡
征怡之
郢見怡
胤懌擦異以演
整寅旨
真怡之
引盈以
怡真反
引
脛懌整
郢演以
軫以旨
胤擦以
佚盈筵翼異見
正郢志
整以旨
脛引異
以整反
脛
懌寅引
胤見異
震翼志
佚筵翼
寅引演怡翼擦
隻胤職
正異志
懌脛翼
異正反
懌
盈郢脛
佚擦翼
質異職
寅演翼
郢脛見以怡筵
征佚之
隻翼職
盈懌怡
翼隻反

羅文反樣兩家：

（神珙之圖）

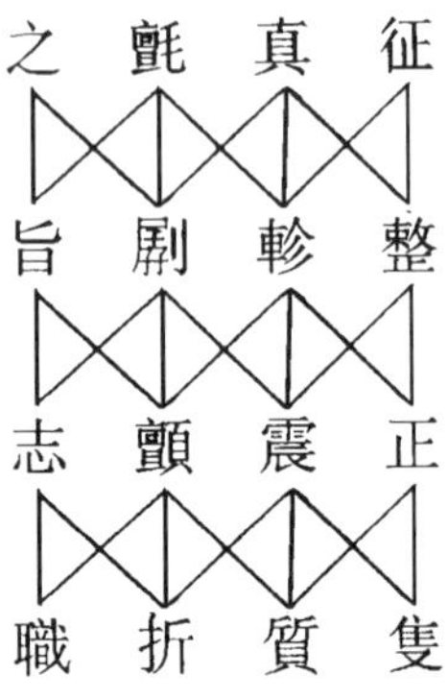

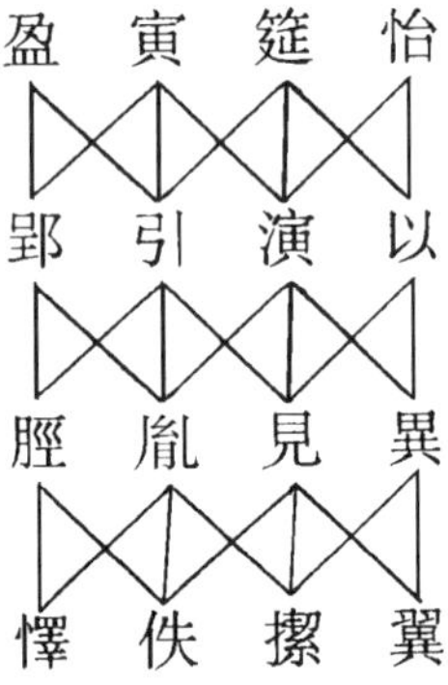

（沈約之圖）

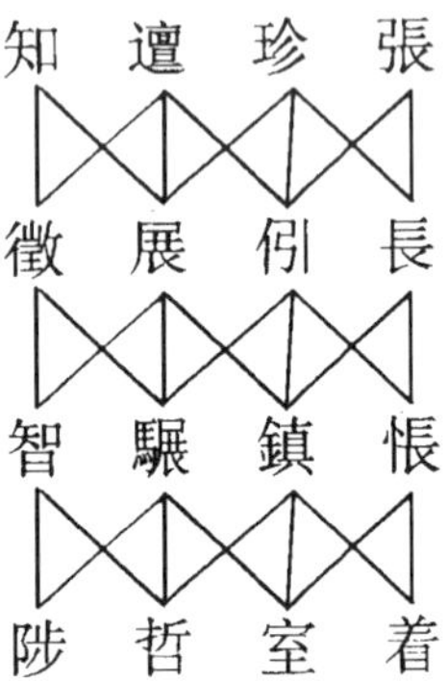

（維寶《文鏡秘府論箋》附）

維寶箋：沈約與神珙九弄列題有異，第一正紐約珙同也，第二傍紐又同，第三疊韻約第三雙聲也，第四羅文約珙同也，第五綺錯又同，第六傍韻約第六正韻也，第七正韻約第七傍韻也，第八正韻約第七傍韻也，第九反切約珙同也，今且依神珙謂焉。第一正紐，征整正隻，四聲一聯相結也。征整，正隻，整正，隻征，正隻，征整，隻征，整正也。第二傍紐，征真氈之，一種平聲，整軫𠠐旨上聲，正震顫志去聲，隻質折職入聲。第三疊韻，征盈之怡四字，順逆讀之，疊韻成八字也。征盈之怡平聲，整郢旨以上聲，正脛志異去聲，隻懌職翼入聲。第四羅文，征軫顫職，整震折之，正質氈旨，隻真𠠐志，真𠠐志隻，珍顫職征，震折之整，質氈旨正，氈旨正質，𠠐志隻真，顫職征軫，折之整震，之整震折，旨正質氈，志隻真𠠐，職征軫顫。第五綺錯，征震質折志旨𠠐，整質真氈職志顫，正真軫𠠐之職折，隻軫震顫旨之氈。第六傍韻，取征一字，郢引演以四字爲韻，整軫𠠐旨成四字也。神珙圖前後出郢以中間兼引演。第七正韻，征盈清韻頭，真寅真韻頭，氈筵仙韻頭，之怡之韻頭，二字皆同韻相對也。如右兼中間。第八雙聲者，取征一字，下十五字一一呼合，則下字韻成歸納也。而神珙出前後二兼中間二也。第九反切，之盈切征也。次依沈約謂焉者，第一正紐，張長悵著，四聲一聯相結也。第二傍紐者，張珍邅知，一種平聲也。第三雙聲者，取張一字，下十五字一一呼合，則下字韻成歸納。第四羅文者，張㣐驏陟，長鎮哲知，悵窒邅徵，著珍展智，珍展智著。㣐驏涉張，鎮哲知長，窒邅徵悵，知長鎮哲，徵悵窒邅，智著珍展，陟張㣐驏。第五綺錯者，張鎮窒哲智徵展，長窒珍邅陟智驏，悵珍㣐驏知陟哲，著㣐鎮驏徵知邅，珍驏哲陟悵長徵，㣐哲邅知著悵智，鎮邅展徵張著陟，窒展驏智長悵知，邅智陟著鎮㣐長，展陟智張窒鎮悵，驏智徵長珍窒著，哲徵智悵㣐珍帳，知悵著窒驏展㣐，徵著張珍哲驏鎮，智張長㣐邅哲室，陟長張鎮展邅珍。第六正韻者，張良陽韻頭，乃至陟力職韻頭，二字皆同韻，相對也。第七傍韻者，良等十六字，除第一良字兩亮以十五字張一字，一一呼合之也。第八疊韻者，張與良長與兩四字順逆呼之也。第九反切者，長良切張也，三十二字一結呼九弄，其軌非一，今且圖舉三格，以示後哲。圖云：

總歸一入格	上聲安上格	去聲安上格
皇晃璜鑊	表褾篎鑣	外懼䫉頠
礥泫患穴	褊儐必賓	取銀釿憖
賢峴見纈	鳳岳諷風	钀言言甗
才杲過鑊	小笑削霄	膾擢䫉頠
光廣珖郭	矧胂失新	取嶭銀釿
經剄俓激	獮綫薛仙	厥甀拳攣
堅繭見結	編偏鶣邊	钀瓦言言
禾禍和郭	豐捧蝮蝮	阮月元願

入聲文字安上例可知也，雖九弄區别，實不出雙聲疊韻之二種也，雙聲疊韻土煙天隝四字，既顯焉，加爲十六字，又加助紐之字，爲三十二字，唯是顯反切之無盡也。冀後學熟思焉。

戴震《書〈玉篇〉卷末〈聲論反紐圖〉後》：宋、元以來，爲反切字母之學者，歸之西域，歸之釋神珙，蓋由鄭樵、沈括諸人論古疏漏，惑於釋氏一二翦劣之徒，眠娗誣欺，據其言以爲言也。今珙之《反紐圖》具存，其自爲序曰：「昔梁沈約創立紐字之圖。」然則珙所爲圖，遠在沈休文後，祖述休文者也。彼夫競指珙爲北魏時人，始傳西域三十六字母於中土，徒因世俗言休文始造韻，欲追而上之，以前於休文，爲中土之有反切韻學本乎西域左證耳。釋氏之徒，舉凡書傳所必資，竊取而學之，既得則相欺相誕，以造爲西域之説，固不足指數。獨怪信之者之數典不能稽遠，又筆之書以惑後人，噫！其陋也。況珙序内並及《元和韻譜》，自齊永明、梁天監下迄唐憲宗元和間，三百二三十載，珙更後乎元和，而移其人於四三百載之前而莫之或辨，何哉？珙圖無所謂字母者，惟《五音聲論》列字四十，而不曰字母，與今所傳三十六字相與齟齬。王伯厚言：「《玉篇》卷末附以沙門神珙《五音聲論》、《四聲五音九弄反紐圖》。」考珙自序，不一語涉及《五音聲論》，殆唐末宋初，或雜取以附《玉篇》末，非珙之爲，故列之珙《反紐圖》前，不題作者姓氏。《玉海》有《三十六字母圖》一卷，僧守温撰。呂介孺曰：「大唐舍利創字母三十，後温首座益以孃、牀、幫、滂、微、奉六母。」然則字母三十六，定於守温，在珙後者也。雖唐之季已有是，而其學不著，故終唐之代以迄宋初，絶不聞字母之稱。今經傳、字書所有反切，仍魏、晉、齊、梁、隋、唐相傳之舊。方漢時崇治經藝，鄭康成氏尤爲世所宗，其後樂安孫炎受學康成之門人，稱東州大儒，顔之推《家訓》、陸德明《經典釋文》、張守節《史記正義》，皆曰孫炎創立反語。《崇文目序》曰：「孫炎始作字音，於是有音韻之學。」王伯厚曰：「世謂蒼頡製字，孫炎作音，沈約撰韻，爲椎輪之始。」此唐、宋人論反切字音，咸溯源叔然也。逮乎末失，則謂出神珙，出梵僧矣。反語之興，不啻七八百載，而後競傳守温之字母，近儒乃莫有能言叔然者。吾故書此，以見經史字音。儒生結髮從事，勿迷失其師承也。

調聲〔一〕①

或曰②：凡四十字詩〔二〕③，十字一管④，即生其意。頭邊二十字〔三〕，一管亦得⑤。六十、七十、百字詩⑥，二十字一管，即生其意。語不用合帖〔四〕⑦，須直道天真⑧，宛媚爲上〔五〕⑨。且須識一切題目義〔六〕⑩，最要立文，多用其意〔七〕⑪。須令左穿右穴〔八〕⑫，不可拘檢。作語不得辛苦⑬。須整理其道，格，格，意也。意高爲之格高，意下爲之下格〔九〕⑭。律調其言⑮，言無相妨⑯。

【校記】

〔一〕「調聲」前維寶箋本有卷首「文鏡秘府論箋卷第二　論本天／金剛峰寺密禪僧伽　維寶　編輯」。

〔二〕「四十」，松本本作「卌」，右旁注「卌陟立反」。

〔三〕「二十」，原作「廿」，下一個「二十」同，今從江户刊本、維寶箋本作「二十」。六寺本旁注「陟立反」。

〔四〕「帖」，原作「怗」，三寶、高甲、高乙、醍甲、仁甲、寶壽、寶龜、六寺本同，據《眼心抄》、維寶箋本改。

〔五〕「宛媚」，《考文篇》作「宛美」，誤。

〔六〕「切」，六寺本旁注「七計反」。

〔七〕「多用」，三寶、正甲本作「用多」。

〔八〕「令」，三寶、正甲本作「合」。

〔九〕以上四「格」字，原作「恪」，各本同，三寶本旁注「格證」。《校勘記》：「恪，『格』之誤。」據三寶本注改。「意高」，寶龜本作「高意」。「格高」，寶壽、六寺本作「高格」。

【考釋】

①調聲：調暢聲之平上去入與清濁輕重，以使詩歌音律和諧。於《調四聲譜》基礎之上，徵引王昌齡《詩格》、元兢《詩髓腦》，闡明具體之調聲術並引例以證，用一般聲律原理説明具體作詩法。雖文意連貫性不强，然論述内容却相對集中。標題「調聲」之來源有二説。中澤希男《王昌齡詩格考》謂：「可能因爲『調聲』（A）（盛江案：指「或曰」至「是詩律也」）是大師愛讀的昌齡《詩格》，因此特地用它概括感受特别深的幾條而作爲題目。」中澤希男之意似以爲「調聲」一題出自王昌齡《詩格》。《探源》：「《調聲》，主要内容爲徵引王昌齡《詩格》、元兢《詩髓腦》及崔融《唐朝新定詩體》的調聲術和例證，王、元、崔他們的學説本自《四聲譜》而來，故標以『調聲』，比『調四聲譜』簡略而又能聯繫二者關係，並可以防止混同。」王晉光説近是，但《調聲》一節並未引崔融説。「調聲」一題可能爲空海關聯前篇《調四聲譜》，根據本篇内容，取王昌齡《詩格》中「律調其言」句意而自擬。

②或曰：此句至「花裏尋師到杏壇」，《札記》、《研究篇》、《校注》引任注、《譯注》等均以爲可能與王

昌齡《詩格》同一出典，而以中澤希男《札記》及其《王昌齡詩格考》與《研究篇》分析最爲詳細，綜合其分析如下：一、從内容推測，《調聲》多處與南卷《論文意》等處之王昌齡説相合。如：「『須直道天真宛媚爲上』（《論文意》）——『詩有天然物色，以五彩比之而不及，由是言之，假物不如真象，假色不如天然』（《論文意》）；『須識一切題目中意，最要立文』（《調聲》）——『詩貴銷題目中意』（《論文意》）；『多用其意，須令左穿右穴，不可拘檢』（《調聲》）——『作文章，但多立意，令左穿右穴，苦心竭智，必須忘身，不可拘束』（《論文意》）；『作語不得辛苦』（《調聲》）——『文章皆不難又不辛苦』（《論文意》）；『須整理其道格，格，意也，意高爲之格高，意下爲之下格』（《調聲》）——『作詩之體，意是格，聲是律，意高則格高，聲辨則律清，格律全，然後始有調』（《論文意》）；『以字輕重清濁間之須穩。至如有輕重者，有輕中重，重中輕，當韻之即見』（《調聲》）——『用字有數般，有輕有重，有重中輕，有輕中重，有雖重濁可用者，輕清不可用者』（《論文意》）。」（《研究篇》下）「『格意』云云的細字十五字，傳本昌齡《詩中密旨》有同樣的文字：『詩有二格，詩意高謂之格高，意下謂之格下。』」（《札記》）二、從論述方式與南卷《論文意》比較，《調聲》「或曰」至「是詩律也」是（A），「五言平頭正勢尖頭」至「花裏尋師到杏壇」爲（B），「元氏曰」以下至「故云三平向下承也」爲（C）。「《秘府論》南卷《論文意》首爲『或曰』自昌齡《詩格》引四十餘條，接着作爲『或曰』自皎然《詩議》中引約九條的長文。由此例推測，（A）的『或曰』與（C）的『元氏曰』相對，（B）和（A）一樣可能是王説。」（中澤希男《王昌齡詩格考》）盛江案：各家説是。然篇中所引皇甫冉二詩、錢起二詩，當爲後人所補。所引張謂詩亦疑爲後人所補。

③ 四十字詩：指五言八句詩，主要指五言律詩。

④ 十字一管：維寶箋：「一管者，《禮記・樂記》曰：『管人情。』注：『猶包也。』言十字一包而爲其意也，長篇詩或二十字一包而爲其意也。」中澤希男《王昌齡詩格考》：「所謂『一管』，即『象一根管子一樣意思貫通』之意。」《譯注》：「一管，王昌齡《詩格》『詩有六式』，其六爲『一管摶意』，和這一段的論旨當有關連。作爲例詩，引謝朓《同謝諮議銅雀臺詩》開頭兩句『繐帷飄井幹，罇酒若平生』，説『此一管論酒也』，這是本文『十字一管，即生其意』的例證。」

⑤「頭邊」二句：維寶箋：「頭邊者，百字等詩初二十字也。」《校注》引任注：「四句一管，即成一意故也。」

⑥ 六十：五言六韻十二句詩。七十：五言七韻十四句詩。百字詩：五言十韻二十句詩。

⑦ 合帖：《校注》引任注：「語不用合帖，謂須展開也。」《譯注》：「『合怗』，找不到用例。」盛江案：帖，當指帖文、帖經，唐代科舉考試之一法。《通典・選舉》三：「帖經者，以所習經，掩其兩端，中間開唯一行，裁紙爲帖。凡帖三字，隨時增損，可否不一，或得四，或得五，得六者爲通。」《舊唐書・文宗紀》：「其進士舉宜先試帖經，並略問大義，取經義精通者放及第。」此借指某種模式，「語不用合帖」即不用合於固有之框框模式之意。

⑧ 直道：梁鍾嶸《詩品序》：「觀古今勝語，多非補假，皆由直尋。」天真：《莊子・漁父》：「聖人法天貴真。」

⑨ 宛媚：即婉媚，本指女子姿態柔美。晉干寶《搜神記》卷四：「婦年可十八九，姿容婉媚。」晉陸機《日出東南隅行》：「婉媚巧笑言。」（《文選》卷二八）劉良注：「婉媚，皆美貌。」喻指文章優美，《舊唐書·上官儀傳》：「好以綺錯婉媚爲本。」《校注》引任注：「語貴自然，宛而成章，乃云妙也。」趙昌平《上官儀及其歷史承擔》解釋此語曰：「直道天真並非一味質素，衝口而出，天真是真情真景之謂，詩能寫真情景，而以婉媚出之方爲上品。」上官儀所謂「綺錯婉媚」正與王昌齡所說的「婉眉」一致，而上官儀所謂「婉媚」即元兢序所説「緣情婉密」的「婉密」，「婉密」一語又當與劉勰所論「婉而成章」、「附物以婉轉」、「婉轉附物」、「體物爲妙，功在密附」比參，「婉密即婉轉附物而密合無間之意」，「能緣情婉密而得天真媚美之致」（《文學史》一九九四年第一輯）。

盛江案：南卷《論文意》引《詩格》：「詩有天然物色，以五彩比之而不及。由是言之，假物不如真象，假色不如天然。」「詩有意好言真，光今絶古，即須書之於紙。」與此處意思一致。

⑩ 題目義：南卷《論文意》引《詩格》：「詩貴銷題目中意盡。」《校注》引任注：「文須依題爲言，故必先明題義，是爲至要。」

⑪ 以上數句標點，各家不一，《校注》作「且須識一切題目義最要。立文多用其意」云云，《考文篇》、《譯注》作「且須識一切題目義，最要立文多用其意」云云。

⑫ 左穿右穴：喻指作文須從不同角度盡力展開，以窮盡題目之意。南卷《論文意》引《詩格》：「夫作文章，但多立意，令左穿右穴，苦心竭智，必須忘身，不可拘束。」「詩有傑起險作，左穿右穴。」吟窗本王

昌齡《詩格》「詩有六貴例」：「三曰貴穿穴。」《五燈會元》卷一六《嵴山寧禪師》：「有時十字街頭七穿八穴。」卷一七《寶華普鑒禪師》：「不如屏浄塵緣，竪起脊梁骨，著些精彩，究教七穿八穴，百了千當，向水邊林下長養聖胎，亦不枉受人天供養。」

⑬ 作語不得辛苦：南卷《論文意》：「凡文章皆不難，又不辛苦。」吟窗本王昌齡《詩格》「詩有六式」：「三曰不辛苦。」《顔氏家訓·文章》：「何遜詩實爲清巧，多形似之言，揚都論者，恨其每病苦辛，饒貧寒氣。」

⑭ 「須整理其道」并注：豹軒藏本鈴木虎雄注：「道格，道字可疑，爲也，謂也。」《校注》引任注：「謂須整飭其意義，通貫其條理也。」王昌齡《詩中密旨》：「詩有二格，詩意高謂之格高，意下謂之格下。」南卷《論文意》：「凡作詩之體，意是格，聲是律，意高則格高，聲辨則律清，格律全，然後始有調。」盛江案：參《詩中密旨》及南卷《論文意》，可證此注爲王昌齡自注。

⑮ 律調：此爲王昌齡常用語，南卷《論文意》有「律調之定」、「事須細律之」等，意爲以某種規則規範約束之，調暢之。又，沈約《宋書·謝靈運傳論》：「正以音律調韻，取高前式。」中澤希男《王昌齡詩格考》：「這是論述要考慮怎樣使音輕重清濁相間而産生平穩的音調。」

關於以上數句之斷句，《校注》引任注：「案上二語，不易絶句，常細繹其義，知『道』爲一讀，『格』字屬下，不可連上讀也。南卷《論文意》，王氏曰：『凡作詩之體，意是格，聲是律，意高則格高，聲辨則律清，格律全然後始有調。』又云：『夫置意作詩，即須凝心，目擊其物，便以心擊之，深穿其境；如登高山絶頂，下臨萬象，如在掌中，以此見象，心中了見，當此即用，如無有不似，仍以律調之定，然後書之於紙。』

故知格律調其言者，以意境與音韻調暢其言也。」盛江案：任學良所言極是，然意猶未盡。竊疑「整理其道」與「格」字間有闕文。細繹前後文意，「整理其道」就貫通前後文脈詩理而言，「律調其言」就調暢聲韻而言，且均爲「〇〇其△」之句式，「格」當就高其立意而言，其句式當爲「〇〇其格」，疑當爲「意高其格」。「道」、「格」、「律」分述三事，前後連接，綜括起來，或當爲「整理其道，意高其格，律調其言」。

⑯言無相妨：《校勘記》：「『律調其言，言無相妨』（全），『言』可能爲『音』之誤。」

以字輕重清濁間之須穩①。至如有輕重者，有輕中重，重中輕，當韻之即見〔一〕②。且莊字全輕〔二〕，霜字輕中重〔三〕，瘡字重中輕〔四〕，床字全重〔五〕③。如清字全輕〔六〕，青字全濁④。詩上句第二字重中輕〔七〕，不與下句第二字同聲爲一管〔八〕⑤。上去入聲一管〔九〕⑥。上句平聲，下句上去入〔一〇〕⑦。上句上去入⑧，下句平聲⑨。以次平聲⑩，以次又上去入⑪。以次上去入⑫，以次又平聲⑬。如此輪迴用之〔一一〕，宜至於尾〔一二〕，兩頭管〔一三〕。上去入相近⑭。是詩律也⑮。

【校記】

〔一〕「之」，松本、江户刊本、維寶箋本無。

〔二〕「莊」，原旁注「側羊反」，三寶、寶壽、六寺、正乙本同。

〔三〕「霜」，原旁注「色莊反」，三寶、高乙、寶壽、六寺、正乙本同。

〔四〕「瘡」，原旁注「初良反」，三寶、寶壽、六寺、正乙本同。

〔五〕「床」，原旁注「士莊反」，三寶、高乙、正乙本同，寶壽、六寺本注「七莊反」。

〔六〕「全」，三寶本無，右旁注「全亻」。

〔七〕「重中輕」，《校勘記》：「『重中輕』三字或涉前行的『重中輕』而衍歟，因限於『重中輕』的情況忌避上下句第二字同聲不合理，這一條恐與西卷《文二十八種病》平頭條『若上句第二字與下句第二字同聲，無問平上去入，皆是巨病』同樣的意思。」

〔八〕「不與」，中澤希男《王昌齡詩格考》：「『不』下當補『得』字。」

〔九〕「一管」上原有「一聲」二字，《校注》同，實爲衍字，今據三寶、高甲、高乙、醍甲、仁甲、寶壽、寶龜、六寺等本删。

〔一〇〕「上去入」，《眼心抄》本作「側」。以下本段之「上去入」三字皆同此。

〔一一〕「輪」，原作「輕」，三寶、高甲、高乙、醍甲、仁甲、義演本同，三寶、正甲、江户刊本、維寶箋本旁注「輪亻」，據寶壽、寶龜、六寺本改。

〔一二〕「宜」，《眼心抄》及《考文篇》、周校、《校注》作「直」。

〔一三〕「頭」，原作「紘」，各本同，《眼心抄》作「頭」，《考文篇》、周校、《校注》、《譯注》、林田校本均作「頭」，今據改。「頭」即下文所説「五言平頭」與元兢説之「换頭」之「頭」。《校勘記》：「從上文的『十字一管』、『平上去入』等例推測，『兩頭管』『管』上脱『一』字，這八字當讀爲『直至於尾，兩頭一管』。」

【考釋】

①輕重清濁：中澤希男《王昌齡詩格考》：「『輕重』和『清濁』對舉，由此推測，『輕重』相當於清濁，『全輕』相當於清，『輕中重』相當於次清，『全重』相當於濁，『重中輕』相當於次濁，這是很清楚的。」《譯注》：「『輕重』多暗示平聲和其他三聲，這裏和『清濁』並用，指清音、濁音。」

盛江案：清濁輕重情況比較複雜，須具體情況具體分析，不可一概而論。除去以清濁泛論語聲與樂律之聲者，《悉曇藏》卷二引沈約《四聲譜》：「韻有二種，清濁各別爲通韻，清濁相和爲落韻。」明確謂「韻有二種」，則此處之清濁乃就語音之韻而言。沈約《宋書・謝靈運傳論》：「欲使宫羽相變，低昂互節，若前有浮聲，則後須切響。一簡之内，音韻盡殊；兩句之中，輕重悉異。妙達此旨，始可言文。」音韻指語音之韻，浮聲切響若指聲調，則輕重可能指聲調，亦可能指語音中音韻、聲調外之聲紐。釋中算《妙法華經釋文》上：「今案華字有三音，平聲輕、重與去聲也。平輕則花也；重則榮華，美也；去則華山，西岳也。今爲取花，用平輕也。」不空三藏《儀軌》作花字者，蓋此意焉。」此輕重指聲調，所謂平聲輕重，當指平聲陰陽。《夢溪筆談》卷一五：「每聲復有四等，謂清、次清、濁、平也，如顛天田年、邦胮龐庬之類是也。」「字有重、中重、輕、中輕，本等聲盡泛入别等，謂之類隔。」則是按聲母之發音方法等分類隔。然《調聲》此處言「字輕重清濁」，由下文觀之，既以聲紐之清濁論輕重，亦以韻類等論輕重清濁，還可能以輕重指平仄。故而可説輕重即清濁，或説清濁即輕重，但未可遽定輕重即聲紐之清濁，或即指聲調之平仄。此處仍可能爲泛指。以下所論，始有具體所指。

間之須穩：南卷《論文意》：「夫文章，第一字與第五字須輕清，聲即穩也。」盛江案：「穩」即平穩，諧調。

② 「至如」四句：《校勘記》：「雖然所謂『輕重』的概念不清楚，但是，從『當韻之即見』可以想像那是伴隨語頭子音清濁而産生的韻型上的區别。『當』即『值』之意。」中澤希男《王昌齡詩格考》：「所謂『至如……有輕中重，重中輕』，意思是説，字音有輕和重的區别，輕重之中還有輕中重（次清）和重中輕（次濁）的區别。……『當韻之即見』的意思不明，可能是説，『輕中重和重中輕的不同，把韻互相排列起來即可見到，並不特别難』的意思。」「『當』爲排列（對偶）之意，而『之』解作『而』。」

《校注》引任注：「（當韻之即見）謂聲音清濁，諷詠即見也。」

盛江案：輕中重、重中輕之類用法，《通志·七音略》多見。又，安然《悉曇藏》卷五：「表則平聲直低有輕有重，上聲直昂有輕無重，去聲稍引無輕無重，入聲徑止無内無外。平中怒聲與重無别，上中重音與去不分，金則聲勢低昂與表不殊，但以上聲之重稍似相合，平聲輕重始重終輕呼之爲異，脣舌之間亦有差升。承和之末正法師來，初習洛陽，中聽大原，終學長安，聲勢太奇，四聲之中，各有輕重，平有輕重，輕亦輕重。輕之重者，金怒聲也。上有輕重，輕似相合，金聲平輕。上輕始平終上呼之，重似金聲，上重不突呼之。去有輕重，重長輕短。入有輕重，重低輕昂。元慶之初，總法師來，久住長安，委搜進士，亦遊南北，熟知風音。四聲皆有輕重，著力平入輕重同正和上。上聲之輕似正和上上聲之重，上聲之重似正和上平輕之重。平輕之重金怒聲也。但呼著力爲今别也。去之輕重，似自上重。但以角引爲去聲也。音響之終妙有輕重,直止爲輕,稍昂爲重。此中著力亦怒聲也。此兩法師共説。」但此類用法均晚於王昌齡。又本書南卷《論文意》王昌齡云:「夫用字有數般。有輕,有重,有重中輕,有輕中重,有雖重濁可用者,有輕清不可用者,事須細律之。若用重字,即以輕字拂之便快也。夫文章,第一字與第五字須輕清,聲即穩也,其中三字縱重濁,亦無妨。……若五字並輕,則脱略無所止泊處,若五字並重,則文章暗濁。事須輕重相間,仍須以聲律之。」可參看。王昌齡是否有所本,是否本之於悉曇學,則未可知。

「當韻之即見」或謂單獨一個字一個字不易分辨其音之輕重,而遇到相關之韻即可見到。「當」即「值」、「遇到」之意。

③「且莊字」四句:真武直《日華漢語音韻論考》:「王國維(參《巴黎國民圖書館藏唐寫本切韻後》,《觀堂集林》卷八)所謂第三種切韻有『疘字注云,案,文作莊』,所謂『文作莊』,解作『説文作莊』之意,因此《秘府論》以『莊』作『疘』,正是《切韻》時代的用字,接近於陸法言的原本。」

莊、霜、瘡、床四字均屬齒音下平聲陽韻,《韻鏡》均配列爲内轉第三十一開齒音第二等,「莊」爲清音,照母,側羊切;「霜」爲清音,審母,色莊切;「瘡」爲次清音,穿母,初良切;「床」爲濁音,牀母,士莊切。

張世禄《中國音韻學史》:「就他所舉的莊霜瘡床四字來推測,大概以清音爲輕,濁音爲重,又,以不送氣音爲輕,送氣音爲重。所以謂莊字(在三十六字母上屬于照母)全輕,床字(牀母)全重,而謂瘡字

（穿母）重中輕。至於以霜字（審母）爲輕中重，原來梵文字母中，把幾個屬於摩擦音和邊音的字母不列於比聲的五組當中，而另附於後，玄應謂之超聲，智廣《悉曇字記》謂之遍口聲。對於這幾種音的發音部位和情狀，當時並没有明確的認識。這裏謂審母的字爲輕中重，恐怕和守温《韻學殘卷》的把心邪曉認爲『是喉中音清』，正是同樣的模糊觀念。空海精研悉曇之學，他所討論的聲律，當然也是依於梵文的拼音學理。這裏依照字音裏聲紐發音的情狀來判别輕重，終離不了梵文字母的序次的範圍。關於輔音的發音情狀，除了帶樂音與否和送氣不送氣的分别以外，還有同一部位上阻礙程度的差異。如破裂音、鼻音、邊音、摩擦音以及破裂兼摩擦音等等，都是依據阻礙的程度來區别的。對於這幾種區别的標準，從前大都没有把它們分開來論列，衹是混在一起。因之判别輕重，一方面既依氣流輸送力的强弱，以不送氣音爲輕，以送氣音爲重，另一方面又依清濁聲紐影響於字音音調的高低，以清音所致的高調爲輕，以濁音所致的低調爲重。同時又參雜了氣程阻礙力大小的關係，依氣程空隙間共鳴作用的大小所致音響（sonority）上差異來判定。混合了這許多種不同一的標準，以規定於一種簡單的條件之下，自然衹憑着各人的覺察，而認爲相對的比較的差别，列出了全輕、重中輕、輕中重、全重這許多等級。這些等級的分别，固然不必限於四種。」

《研究篇》上不贊成張世禄之看法，謂：一、把《調聲》篇關於聲之輕重的文字説成是弘法大師之説，從根本上是錯的。因而認爲對音韻的認識不精確是日本人的音韻論，這一前提也不成立。二、用悉曇學的音韻觀作爲基礎解釋王昌齡之説並不妥當，因爲没有特别的理由説王昌齡之説依據的是悉曇學。

「悉曇音韻論雖然把毗聲的偶數列（有氣音）作爲重，奇數列（無氣音）作爲輕，並不等於把有氣和無氣這一現象自身叫做重和輕，衹是意味着由於有氣和無氣而産生的聲調上的差別。這是唐人常有的用法，並不爲悉曇家專有。」三、悉曇章的毗聲的輕重、開合意義的輕重、表示脣音强弱的輕重，全都根據對象而規定其意義，從不同意義上識别和把握輕重，因而有不同用法，輕重概念有多義性，把這看作「模糊觀念」也是不對的。

《研究篇》上謂：「清音無氣的『莊』作爲全輕，濁音有氣的『床』作爲全重是當然的。但其他二字有不清楚之處。『瘡』字爲次清（清音有氣），清音因而有輕的要素，有氣因而有重的要素，兩者合在一起，因而是輕和重的中間之調，這是可以肯定的，但是，一般認爲，與其説清濁給予聲調的影響比無氣有氣更强，不如説輕中重更合適，不應該將其他的濁母，即濁音無氣的禪邪類和重中輕相配。還有『霜』字爲清音無氣，作爲全輕比較合適，不知爲什麽作爲輕中重。」「把『霜』作爲輕中重，把『瘡』作爲重中輕，順序並没有亂（「霜」字確實比「瘡」字有更多輕的因素）。但是『莊』和『霜』的輕重在什麽地方確定呢？也許兩字的聲調中習慣上有不同。我想，大體上，王昌齡的分類，不是實驗性歸納的結果，不過是考慮到可以承認有輕和重的中間聲調，而且可以有的輕的色彩强一點，有的重的傾向多一點。如果頭音的系統性分類確立了，就能選擇正確的例字。由於還不是這樣，因此讓實際例子跟從思辨性的分類就不行。本來，在齒音中找例字，或者就是産生糾紛的根源。本來可以從像脣音、舌音、牙音那樣整齊的四分的音類中找例子，清音濁音卻偏偏把兩種最麻煩的齒音作爲資料，讓人無法贊同。」

真武直《日華漢語音韻論考》第三章謂：首先，輕中重「霜」字的「心母」，《韻鏡》爲「齒上音清」，「全重」的「床」字的「從母」，《韻鏡》爲「齒音濁」，而在守温三十字母表裏，前者爲喉音，後者爲齒音的清音，都和《韻鏡》所標示的不一樣。其次，江永把心母叫做「又次清」，因此雖然《韻鏡》把精母和心母都叫做清音，但這個心母和精母的所謂「清音」並不一樣。這個心母上的例字「霜」，在《集韻》那裏，平聲之外，還有去聲的聲調。由此看來，《文鏡秘府論》「霜」字和「床」字都作爲「○○重」，説明它們在音韻轉訛上具有共通性。像這樣《切韻》未見而《韻鏡》中平聲和去聲重出的例字還有很多，這説明，心母、從母平聲之外，還可以具有仄聲即陽聲調的上去入聲。這和《文鏡秘府論》關於「輕重」二重性的概念，顯然有着内容上的關連。《韻鏡》重出的平、去兩聲調的例字的音，全部是濁母字音，或者是「又次清」的「心」母、「審」母字音。特别是「心」、「審」兩字母和「從」母並行，出現平、去兩聲調，《文鏡秘府論》的「霜字輕中重」、「床中全重」的「重」也具有轉訛性，有平聲和去聲兩種聲調，這兩者之間不能不感到有某種關聯。第三，如董同龢《中國語音史》所説，「凡中古音母是清音的，各方言都是陰平調，凡中古音母是濁音的，他們都是陽平調」，因此，《文鏡秘府論》的輕重，和濁母的轉聲調相關聯，也和平聲調内部，濁母爲陽平調，清母爲陰平調有密切的關係。第四，還和悉曇學上的長音和短音有聯繫。因此，「《文鏡秘府論》的輕重説，一是表示『○○重』這樣的字母的重濁性，一是意味着聲調上的仄聲。由此能看到它原原本本的介紹唐代南北混淆的實際用字音的例子和音韻學上的兩説」。

羅常培《〈通志·七音略〉研究》：「空海精研悉曇，善解聲律。就其所舉的『莊』『霜』『瘡』『牀』四字推之，蓋以『全清』塞聲爲『全輕』，『全清』擦聲爲『輕中重』，『次清』爲『重中輕』，『全濁』爲『全重』。其含義雖不與《七音略》悉符，然『重中輕』『輕中重』之名稱必爲唐代等韻學家所習用。」

李新魁《漢語等韻學》認爲：「莊、瘡、床、霜的韻母同爲一類，但有四種輕重之分。顯然，這是從聲母的發音方法上來區分。」「由於梵語與漢語畢竟不同，在用漢文字母來表示（對譯）梵音時，就必須加上一些文字來説明。」「在輔音方面，對全濁音字或次濁音字，或不同部位的輔音，則常常加注『輕、重』以表示讀法的不同。如梁武帝的《涅槃疏》對送氣的全濁音多注上『重聲』，《涅槃文字》對迦〔k〕字母注『稍輕呼之』，對佉〔k'〕注『稍重呼之』，對伽〔g〕注『稍輕呼之』，對咺〔g'〕注『稍重呼之』，對俄〔ŋ〕注『不輕不重呼之』，等等。總之，注『稍輕』的是不送氣音，注『稍重』的是送氣音，注『不輕不重』的是鼻音。」而「輕也就是清，重也就是濁」。

盛江案：中古音韻關於輕重有不同之概念。一、反切上字之聲紐。（一）子音不送氣表示輕，送氣表示重，「不輕不重」是鼻音。佛典悉曇系大體若是，如梁武帝《涅槃疏》、《涅槃文字》，唐智廣《悉曇字記》，安然《悉曇藏》卷五。另外，守温《韻書殘卷》「喉音，心邪曉是喉中音清，匣喻影亦是喉中音濁」，亦就不送氣與送氣而分別。（二）子音、脣音輕表示輕，脣音重表示重。如《韻鏡》卷首序謂非、敷、奉、微爲脣音輕，幫、滂、並、明爲脣音重。（三）以輕重表示聲母（輔音）發音部位之不同，上顎聲（舌上聲）爲重，以舌頭聲爲輕。如唐玄應《一切經音義》所述《大般涅槃經・文字品》，讀爲「上顎聲」之「吒」音注爲「重」，而梁朝僧伽婆羅譯《文殊師利問・字母品》則將與舌上音相對之「舌頭聲」多、他、陀、檀、那各母均於其前加一「輕」字，以與「上顎聲」之多、他等相對。二、反切下字標示之韻母（母音）。（一）聲調陰聲（平）爲輕，陽聲（上去入）爲重。（二）《韻鏡》中合口音爲輕，開口音爲重。（三）讀之緩急。《山海經》：「景山其上多艸藷藷。」郭璞注：「根似羊蹏，可食。曙豫二音。今江南單呼爲藷，音儲，語有輕重耳。」此乃以緩讀之成二字爲輕，急讀之成一音爲重。現代關於《文鏡秘府論》此處所謂之輕重亦有不同解釋。此處釋莊、霜、瘡、床四字，或是以聲紐清音爲輕，濁音爲重，不送氣音爲輕，送氣音爲重。又，擦音之氣流較塞音、塞擦音稍强，噪音感稍重，故而亦爲重。故而，莊，照紐二等，全清塞擦音不送氣，爲全輕。床，牀紐二等，全濁塞擦音，高本漢擬爲送氣濁音，或以爲唐朝北方音中全濁平聲當爲送氣音，故爲全重。霜、瘡乃介於輕、重之間之音。瘡，穿紐二等，爲送氣音，故爲重；爲次清音，清音中有輕的因素，故爲重中輕。霜，審紐二等，全清，故爲輕；爲擦音，實際須送氣，發音較之塞音、塞擦音均稍重，故爲輕中重。

④「如清」二句：「清」、「青」均屬《韻鏡》《七音略》齒音次清（清母）。「清」清韻平聲，三等；「青」青韻平聲，四等。

《研究篇》上謂，從上下文考慮，這兩句應該是「清字全輕清，青字全重濁」。『青』字顯然是作爲『濁』字來看待，《切韻》系韻書中，『青』爲倉經切，怎麼也和從母的反切上字不相通，而王昌齡却特意將它作爲濁音有氣而舉例」。「如果用《切韻》音，這一條應該是『精字全輕，情字全重』。既然對子音類別的認識還不清楚，則例字用『清』和『青』或許並非没有道理。既然在根據清濁的輕重之上，再加上第二次的輕重，把它看作和吐氣的有無相對應是最穩當的。根據《切韻》音，如果追加例字，則可以得到『清字輕中重，錫字重中輕』」。

李新魁《漢語等韻學》：「《文鏡秘府論》中把『清』字叫做『全輕』，『青』字叫做『全濁』，這顯然是從韻類方面着眼來區分輕（清）、重（濁）的。它們的聲母一樣，都是『清』紐字，但『清』字屬三等韻，『青』字屬四等韻，韻類方面有所不同。《文鏡秘府論》把清字叫做全輕，把青字叫做全濁，看來並不是偶然的，而是反映了唐代對韻類方面也可以用輕清、重濁的觀念來加以劃分。《文鏡秘府論》的分法，與《廣韻》卷末所載『辨四聲輕清重濁法』相近。此『法』將各類聲調都分爲『輕清』與『重濁』兩類，這個『法』肯定不是《廣韻》時期的産物，而是出於前代，大概是《廣韻》將流傳下來的舊法加以收録而已。」

盛江案：「清字全輕，青字全濁」，其意當爲「清字全輕清，青字全重濁」。依《切韻》音，當爲「精字全輕，情字全重」，然亦可能因二字韻類有異，「清」字爲三等韻，故爲全輕清，「青」字屬四等韻，故爲全重濁。《廣韻》末附「辯四聲輕清重濁法」，平聲下即以「清」爲「輕清」，以「青」爲「重濁」。或者《文鏡秘府論》引王昌齡《詩格》與《廣韻》末附「辯四聲輕清重濁法」均以韻類不同而區分「清」、「青」二字音之輕重。又，王昌齡以輕重辨音，與宋世等韻圖如《韻鏡》之類吻合，或者其時已有等韻之觀念。

⑤「詩上句」二句：《研究篇》上：「第一，避平聲而不避仄聲，表明這裏的輕重是指聲調，而不是語頭子音的性質。語頭子音雖然會影響聲調，但聲調不會影響語頭子音。如果輕重是語頭子音的性質，那麼就不會有根據平仄的不同。特別是既然叙述重中輕會成爲平頭病，則輕重顯然和平上去入屬同一性質。第二，更爲重要的是，上去入聲可以不區別輕重這一事實本身。據《作文大體》可知，似乎上聲和

去聲的輕重由於互相關涉而難於區分，因此實際上不分輕重，採用的是祇有平聲和入聲分有輕重的六聲。但是入聲音節最短，很少抑揚活動的餘地，從聽的一方説，輕重的差别不明顯。因此，入聲的輕重自然而然的存在遠離實用圈的傾向。與此相反，平聲音節最長，而且是直平型，具有最容易表現輕重變化的條件。因此甚至會有輕中重和重中輕之類細微的區别。現在把輕中重作爲全輕，重中輕作爲全重，王昌齡的調類就成爲：『平輕、平重、上、去、入』，這符合有坂博士所示的北音聲調的祖形。這樣看來，現代北方官話的祖形，可以追溯到盛唐之際。」《校注》引任注：「謂若上句第二字是重中輕，則其下句第二字不可用重中輕者與之同聲，蓋第二字爲律家所重，若同聲即犯平頭也。詩兩句一意，故曰一管。」

盛江案：「上句第二字重中輕」中之「重中輕」，所指當爲一個字之音。這「一個」字之音乃重中輕。若指平聲，即使王昌齡之調類分平輕、平重，亦祇可能或者指平輕，或者指平重，不可能同時既指平輕，又指平重，因爲一個字不可能同時既是平輕，又是平重。若指平輕（或平重），則下文與此相應，當言「下句不得用平重（或平輕）」之類，不當言「上句平聲，下句上去入」之類。下面既言「上句平聲，下句上去入」云云，則此處不當無端生出平輕平重之説。疑小西氏説非是。各本包括《眼心抄》皆有此三字，無版本根據，不可輕易斷言爲衍訛。因疑此三字祇是承上任意舉一音爲例，以説明下文所謂上句平聲、下句須上去入之道理，非以此「重中輕」確指平聲或上去入聲之某一聲也。

⑥上去入聲一管：《校勘記》：「『一管』，宮本作『一聲一管』，宮本衍『一聲』，雖然『上去入一管』的

意思不清楚，但是，將上下句關聯起來考慮，這一句可能是『上句第二字平聲，下句第二字若是上去入聲而爲一管』的訛脱。」《校注》引任注：「案謂每管之聲不同，須論平上去入四聲，不止分平側也。即詩上句第二字若是平聲，則下句第二字用上或去或入，此爲一管。第二管上句若是平聲，則下句不得再用上，而須用去或入，餘類推。每管之間，聲須異也。」《譯注》：「此謂『上去入』（仄聲）作爲一類與『平』相對。」盛江案：宫内廳本「上去入一聲一管」句「一聲」二字疑衍。詩第一管上句第二字平聲，下句第二字用上或去或入，則第二管上句第二字不當爲平聲，若爲平聲，則上下聯間不黏。王昌齡所論，亦未必是謂每管之聲或上或去或入均須不同。下文所論，均爲上聯下句與下聯上句相黏，且均以平聲爲一類，上去入爲一類，指此二類聲之間不可同聲。由下文所列「五言平頭正律勢尖頭」之詩例觀之，皇甫冉詩第三聯下句「入境便行春」第二字「境」，與第四聯上句「何處歌來暮」第二字「處」，均爲去聲，崔曙詩第二聯下句「曙後一星孤」第二字「後」，與第三聯上句「天浄光難滅」第二字「浄」，均爲去聲，陳潤詩第三聯下句「選竹作魚竿」第二字「竹」，與第四聯上句「何必勞州縣」第二字「必」，均爲入聲，上去入三聲均歸一類，未另細分。故任學良注有誤。且「上去入一聲一管」句「一聲」二字，各本包括《眼心抄》均無，僅宫内廳本有。疑宫内廳本所據之本，涉上誤寫「管」爲「聲」，朱筆抹消後另補「一管」二字，宫内廳本將誤字一並抄下，即成「一聲一管」。宫内廳本其他處尚有類似例子。故「一聲」二字爲衍。而此處所謂「上去入聲一管」，不當指每管之上去入三聲之間亦需不同。中澤希男謂可能爲「上句第二字平聲，下句第二字若是上去入聲而爲一管」之訛脱。此雖可備一説，然於版本無據，且與下文「上句平聲，下句上去入」云云重復，意有不足。疑「上去入聲一管」六字，本爲解釋前句「同聲」二字，王昌齡之意，蓋謂所謂「同聲」即如上去入之同聲，上句與下句不同聲，即爲一管。

⑦「上句平聲」二句：《校注》引任注：「(上句平聲)指第二字而言。下同。」「(下句上去入)《眼心》『上去入』作一『側』字，下同，並非也。」盛江案：謂《眼心抄》以「上去入」作「側」字爲非，並無根據。此乃《校注》引任注自誤。

⑧上句上去入：《校注》引任注：「不當與上管下句同。」盛江案：詩律，第二聯(爲一管)上句與第一聯(爲一管)下句正須同聲，否則失黏。《校注》引任注蓋誤。

⑨下句平聲：第二管即第二聯下句第二字爲平聲。

⑩以次平聲：第三管即第三聯上句第二字平聲，正與上聯相黏。

⑪以次又上去入：第三管即第三聯下句第二字仄聲，正與上句相對。

⑫以次上去入：第四管即第四聯上句第二字仄聲，正與上句相黏。《校注》引任注：「此第四管上句，不當與第三管下句同上去入。」盛江案：《校注》引任注此處均誤，説見上。

⑬以次又平聲：第四管即第四聯下句第二字平聲，正與上句相對。以上四聯八句，恰好既論律詩之聲律對式，又論其黏式。

⑭「如此輪迴用之」四句：中澤希男謂，此一條討論律體之對與黏。一句中之第一字與第二字，又單指第二字，此種場合所謂「兩頭一管」，乃言出句和對句之第二字相黏，「上去入相近」是將上去入三聲

（在詩律上）其性質視爲相近似（與平聲相對），上去入三聲無論何者其傾向均相近，因此可以視爲與平相對之一類之意。是則「是詩律也」承「兩頭一管」，「兩頭一管就成爲詩律」，乃對「上句與下句第二字平與上去入遞換而爲十字一管是詩律」之解釋（綜合其《札記續記》、《校勘記》及《王昌齡詩格考》之論述）。《校注》引任注：「即兩頭管皆爲上去入聲者，則須相近，如上管末句爲上，則次管初當用去，以相鄰也，餘並效此。」

盛江案：《校注》引任注難通，中澤希男説爲是。「宜至於尾」，「宜」字作「宜」、「直」均通。「兩頭一管」非謂出句與對句第二字相黏，實謂兩句一意，平仄相對。頭，謂換頭之「頭」。詩律者亦非僅指兩頭一管，乃謂上述各種原則，包括輪迴用之、上去入相近爲一類等等。上去入均爲仄聲，音相近，故謂「上去入相近」。

⑮《校注》引任注：「以上並王昌齡《詩格》，又此下至『元氏曰』亦同。本節以下所引皇甫冉及錢起、崔曙、張謂詩，諸人並開、寶間與昌齡同時。」盛江案：王昌齡約於六九八—七五六年在世，除崔曙外，皇甫冉（七一七—七七〇）、錢起（七一〇？—七八二？）、陳潤（七七一前後在世）等均晚於王昌齡，所例之詩亦可證作於王昌齡卒後，《校注》引任注蓋誤。

五言平頭正律勢尖頭〔一〕①。

皇甫冉詩曰〔二〕②：五言〔三〕。「中司龍節貴③，上客虎符新〔四〕④。地控吴襟帶⑤，才光漢縉紳〔五〕⑥。泛舟應度臘，入境便行春⑦。何處歌來暮〔六〕⑧，長江建鄴人〔七〕⑨。」

又錢起《獻歲歸山》詩曰〔八〕⑩：五言〔九〕。「欲知禺谷好〔一〇〕⑪，久別與春還。鶯暖初歸樹〔一一〕，雲晴却戀山〔一二〕。石田耕種少〔一三〕⑫，野客性情閑⑬。求仲時應見〔一四〕⑭，殘陽且掩關⑮。」

又五言絶句詩曰⑯：「胡風迎馬首，漢月送娥眉。久戍人將老，長征馬不肥。」

【校記】

〔一〕「尖」，原旁注「子簾反」，三寶、寶壽、寶龜、正乙、六寺本同。

〔二〕「冉」，寶壽、六寺本作「册」，寶壽本眉注「冉」。

〔三〕「五言」，高乙、寶壽、六寺本無。

〔四〕「虎符」，寶壽、六寺、正乙本旁注「受領符也」。

〔五〕「光」，《中興間氣集》、《全唐詩》作「高」。

〔六〕「何處」，《唐皇甫冉詩集》、《全唐詩》作「處處」。

〔七〕「鄴」，《唐皇甫冉詩集》、《中興間氣集》、《全唐詩》作「業」。

〔八〕「錢」，原作「餞」，各本同，據《眼心抄》及《全唐詩》改。「獻歲」，原旁注「正月也」，三寶、高甲、正甲、寶壽、寶龜、六寺、正乙本同。

〔九〕「五言」，寶壽、六寺、正乙本無。

〔一〇〕「谷」，三寶、正甲本作「客」。

〔一一〕「樹」，原旁注「時注反木總名」，三寶本同。盛江案：此注當爲日人所注。

〔一二〕「晴」，原眉注「暗亻」，三寶本左旁注「暗證」，脚注「晴歟」，正乙本注「情亻」，高甲、醍甲、仁甲、義演本作「暗」。寶壽本作「情」，眉注「晴」。

〔一三〕「少」，原作「小」，三寶、高甲、高乙、寶壽、正甲、寶龜、六寺、正乙等本同，據《眼心抄》及《全唐詩》等改。

〔一四〕「時應」，《全唐詩》作「應難」。

【考釋】

① 五言平頭正律勢尖頭：此處「平頭」之「頭」與「兩頭管」之「頭」意同。此處所謂「平頭」指五言詩起句一、二字尤其第二字爲平聲，即所謂平起，與詩病之一之「平頭」有别。例舉五首詩中，祇有崔曙之詩仄起，餘四詩均平起，而崔曙之詩在《眼心抄》「十二種調聲」中未列入第一「五言平頭正律勢尖頭」之下，而單獨列於第二「五言側頭正律勢尖頭」内。所謂「正律勢」，或爲「律詩的正體」之意。勢，即式，體。尖頭：查檢今之「五言正律勢尖頭」例舉之五首與下面「七言尖頭律」例舉之二首，無論哪一首首句均未押韻，且首句末字爲仄聲。或者當時便將此類格式稱作爲「尖頭律」。梁劉滔有「平聲賒緩，有用處最多」之説，《文筆式》有「四聲中安平聲者，益辭體有力」之説，王昌齡亦謂「第一字與第五字須輕清，聲即穩也」，詩之首句首二字爲平聲，聲韻平穩，或者因此以「平頭」爲「正律」。

②皇甫冉詩曰：皇甫冉（七一七—七七一），字茂政，潤州丹陽（今屬江蘇）人，事跡散見於獨孤及《皇甫冉集序》、《新唐書·文苑傳》及《唐才子傳》卷三，《全唐詩》卷二四九至卷二五〇編其詩爲二卷。此詩題爲《獨孤中丞筵陪餞韋使君赴昇州》，載《中興間氣集》卷上及《全唐詩》卷二四九。首句平起仄收，首聯對仗。

《研究篇》下：「我認爲這些例詩都是後人追記的。爲什麽呢？因爲先看作爲『皇甫冉詩曰』所引的『中司龍節貴』的詩，不管怎樣都是王昌齡殁後的作品。這首詩據《皇甫冉詩集》，題作《獨孤中丞筵陪餞韋使君赴昇州》，獨孤及卒於貞元十二年，時五十三歲，昌齡被殺的天寶十四年，獨孤及纔十二歲。十二歲不會是中丞吧！皇甫冉殁於大曆二年，時五十四歲，這首詩當在此前獨孤及爲中丞後，可能是廣德永泰間所作。如果《詩格》爲王昌齡自撰，不會引這首詩。所引其他的如錢起、崔曙、陳潤、張謂等之作，這些人都是王昌齡的後輩。這樣看，這些詩顯然不會是王昌齡自己加進去的，而是没有認真考慮本文追加上去的。」《譯注》：「這裏所引例詩的作者中，皇甫冉、錢起、張謂顯然爲中唐詩人，比王昌齡晚。一説這些詩爲後人補入（小西氏）。但也可能《詩格》自身爲託名王昌齡的僞書。」張伯偉《全唐五代詩格校考》：「此諸人（指皇甫冉等）實在昌齡之後，此處引及其詩，疑出於後人之手，或爲昌齡門人。」盛江案：此節引皇甫冉、錢起諸詩，確出於後人之手。又，此詩之「獨孤中丞」實指獨孤峻，非指獨孤及。峻於乾元元年（七五八）至二年爲越州刺史、浙東節度使加御史中丞。獨孤及生於開元十三年（七二五），卒於大曆十二年（七七七），非貞元十二年，王昌齡卒時（天寶末，七五六），獨孤及三十歲左右。皇甫冉卒於大曆五年（七七〇），小西氏所説有誤。

③中司：御史中丞之俗稱，此指宴會的主辦者獨孤中丞。龍節：《周禮·地官·掌節》：「凡邦國之使節，山國用虎節，土國用人節，澤國用龍節。」

④上客：指客人韋使君，韋使君謂韋黄裳，至德二載（七五七）至乾元元年（七五八）爲昇州刺史。虎符：虎形銅製之信物，帝王與臣下各分其半，以此授予臣下兵權，調發軍隊。龍節、虎符，此處均象徵御史中丞之地位。

⑤吴：韋使君任地之昇州在吴地。襟帶：山川屏障環繞，如襟似帶，喻地形險要。維寶箋：「《寰宇記》曰：『三吴襟帶之國。』」

⑥縉紳：《漢書·郊祀志》：「縉紳者弗道。」顔師古注：「李奇曰：『縉，插也，插笏於紳。』」喻指高官達宦。

⑦行春：謂太守春日出巡。《後漢書·鄭弘傳》：「弘少爲鄉嗇夫，太守第五倫行春，見而深奇之，召署督郵，舉孝廉。」

⑧來暮：稱頌地方官德政之辭。《後漢書·廉范傳》：「成都民物豐盛，邑宇逼側，舊制禁民夜作，以防火災，而更相隱蔽，燒者日屬。范乃毁削先令，但嚴使儲水而已。百姓爲便，乃歌之曰：『廉叔度，來何暮？不禁火，民安作。平生無襦今五絝。』」

⑨長江建鄴人：《校注》引任注：「（中司）上句平聲也。（上客）下句入聲也。（地控）上句去聲也。」

（才光）此下句平聲也。（泛舟）以次平聲也。（入境）以次又上聲也。（何處）以次去聲也。（長江）以次又平聲也。」

⑩ 錢起（七一〇？—七八二？）：字仲文，湖州（今屬浙江）人，大曆十才子之一。事跡散見於《中興間氣集》卷上、《極玄集》卷上、《舊唐書》之《錢徽傳》、《盧簡辭傳》所附略傳、《唐才子傳》卷四等。詩見《全唐詩》卷二三七，題爲《歲初歸舊山》，注云：「一本題下有『酬寄皇甫侍御』六字，又作『獻歲初歸舊居酬皇甫侍御見寄』。」皇甫侍御當指皇甫曾。據《唐才子傳》卷三，皇甫曾於大曆元年（七六六）爲侍御史。獻歲：歲首正日，《楚辭·招魂》：「獻歲發春兮，汨吾南征。」王逸注：「獻，進也……謂歲始來進，春氣發揚，萬物皆感氣而生。」梁元帝《纂要》：「正月孟春，亦曰……獻歲。」（《初學記》卷三引）

⑪ 禺谷：即愚公之谷。「禺」通「愚」。《説苑·政理》：「齊桓公出獵，逐鹿而走入山谷之中，見一老公而問之曰：『是爲何谷？』對曰：『爲愚公之谷。』」《水經注·淄水》：「時水又屈而逕杜山北，有愚公谷。」借指隱居之地。梁元帝《金樓子序》：「若非隱淪之愚谷，是謂高陽之狂生者也。」《南史·隱逸傳序》：「藏景窮巖，蔽名愚谷。」此爲首句，平起仄收，亦爲「五言平頭正律勢尖頭」。

⑫ 石田：《左傳》哀公十一年：「得志於齊，猶獲石田也，無所用之。」杜預注：「石田不可耕。」《吴越春秋·夫差内傳》：「譬由盤石之田，無立其苗也。」寒山子《詩》之六六：「土牛耕石田，未有得稻日。」（《寒山子詩校注》，陝西人民出版社，一九九一年）

⑬ 野客：唐杜甫《柟樹頻爲風雨所拔歎》：「野客頻留懼霜雪，行人不過聽竽籟。」（《杜詩詳注》卷

一〇）

⑭ 求仲：漢代隱士。劉宋謝靈運《田南樹園激流植援》：「唯開蔣生徑，永懷求羊蹤。」（《文選》卷三〇）李善注引《三輔決録》：「蔣詡，字元卿，隱於杜陵，舍中三徑，惟羊仲、求仲從之遊。二仲皆挫廉逃名。」

⑮ 掩關：關門。

⑯ 絶句：《玉臺新詠》已有《古絶句》。此詩末二句爲郭震五言律《塞上詩》（見《全唐詩》卷六六）中語。《校注》：「震與錢起，時之相去約三十年，此明言五言絶句，而震詩爲五言律詩，豈錢起截震句而爲之耶？疑不能明也。」《全唐詩》佚此詩。《全唐詩逸》以之繫錢起作。《校勘記》：「續於錢起詩而作『又五言絶句詩曰』，此詩易被看作錢起的詩。此處之『又』和前面的『又錢起獻歲歸山詩曰』，後之『又崔曙試得明堂火珠詩曰』之『又』相同，因而不必拘泥『又』字而看作是錢起之詩。市川寬齋《全唐詩逸》録此詩，謂：『見《秘府論》，案：下二句即郭震《塞上詩》中語，此以爲錢起詩，未詳何據。』這是一種誤解。《眼心抄》把此詩録於陳閏《罷官後却歸舊居》詩之後，仍題作『又五言絶句詩曰』。若依寬齋的看法，則此詩當是陳閏之作。恐怕此詩既非錢起也非陳閏所作，而是因爲作者不明而没有記下。」

郭震《塞上詩》：「塞外虜塵飛，頻年出武威。死生隨玉劍，辛苦向金微。久戍人將老，長征馬不肥。仍聞酒泉郡，已合數重圍。」（《全唐詩》卷六六）郭震（六五六—七一三），字元振，以字行，魏州貴鄉（今河北大名）人，《舊唐書》卷九七、《新唐書》卷一二二有傳。

又崔曙《試得明堂火珠》詩曰〔一〕①：「正位開重屋〔二〕②，凌空出火珠〔三〕。夜來雙月滿〔四〕，曙後一星孤。天浄光難滅③，雲生望欲無。終期聖明代〔五〕，國寶在名都〔六〕。」

又陳閏《罷官後却歸舊居》詩曰〔七〕④：「不歸江畔久，舊業已凋殘⑤。露草蟲絲濕，湖泥鳥跡乾。買山開客舍〔八〕，選竹作魚竿。何必勞州縣，驅馳效一官〔九〕⑥。」

【校記】

〔一〕「曙」，原作「署」，三寶、高甲、高乙、寶龜、正乙本同，醍甲、仁甲、寶壽、六寺等本作「暑」，唐殷璠《河岳英靈集》卷下、元辛文房《唐才子傳》卷二等作「署」，今從地卷（地卷《十七勢》「第六比興入作勢」「又崔曙詩云」作「曙」）、《眼心抄》、唐芮挺章《國秀集》卷下、宋計有功《唐詩紀事》卷二〇作「曙」。

〔二〕「正位開重屋」至「臨岐終日自遲迴」二頁二八七字，仁甲、義演本錯置於《詩章中用聲法》「三言二平聲」「紛上馱」之下。

〔三〕「凌空」，《唐詩紀事》作「中天」。

〔四〕「滿」，《唐詩紀事》作「合」。

〔五〕「終期聖明代」，《國秀集》、《全唐詩》作「遥知太平代」。《全唐詩》注：「一作『還知聖明代』。」《唐詩紀事》作「還將聖明代」。

〔六〕「名」，《唐詩紀事》作「京」。

〔七〕「閏」，《考文篇》、《譯注》、林田校本作「潤」，「閏」通「潤」。

〔八〕「開」，三寶本作「關」。

〔九〕「馳」，原無，高甲、正甲本同，據高乙、醍甲、仁甲、六寺、義演本補。

【考釋】

①崔曙（七〇四？—七三九）：原籍博陵（今河北安平），後居宋州（今河南商丘）。事跡見《唐詩紀事》卷二〇、《唐才子傳校箋》卷二。《試得明堂火珠》詩：開元二十六年（七三八）崔曙省試時作，《國秀集》下作《奉試明堂火珠詩》，《唐詩紀事》卷二〇作《明堂火珠詩》，《全唐詩》卷一五五作《奉試明堂火珠》。《眼心抄》以此詩繫於「五言側頭正律勢尖頭」之下。《校勘記》：「《眼心抄》此詩前冠於『五言側頭正律勢尖頭』九字，這是與前面的『五言平頭正律勢尖頭』相對的標目，《論》當存在，但並非傳寫時的脱落，恐草本時已脱落。」此詩首句仄起仄收，所以爲「側頭」律。明堂：古代帝王宣明政教之所。《禮記・明堂位》：「昔者周公朝諸侯于明堂之位。」《孟子・梁惠王下》：「夫明堂者，王者之堂也。」火珠：即火齊珠。《舊唐書・南蠻西南蠻傳》：「（貞觀）四年，其王范頭黎遣使獻火珠，大如鷄卵，圓白皎潔，光照數尺，狀如水精，正午向日，以艾承之，即火燃。」

②正位：中正之位。《易・坤卦・文言》：「君子黄中通理，正位居體。」孔穎達正義：「居中得正，是

正位也。」《周禮·天官·冢宰》：「惟王建國，辨方正位。」重屋：《周禮·考工記·匠人》：「殷人重屋，堂修七尋，堂崇三尺，四阿重屋。」鄭玄注：「重屋者，王宫正堂，若大寢也。」漢蔡邕《明堂月令論》：「夏后氏曰世室，殷人曰重屋，周人曰明堂。」（《東漢文紀》卷二〇，四庫全書本）

③天浄光難滅：第二聯下句第二字「後」與此聯上句第二字「浄」均爲去聲，可證王昌齡並非謂上句用去聲，下句即不得再用去聲。上去入三聲間並未細分。任學良説有誤。

④陳閏：當即陳潤（生卒年不詳），蘇州（今屬江蘇）人，大曆五年（七七〇）登明經第，官至坊州鄜城令，卒於貞元十六年（八〇〇）前。《全唐詩》卷二七二存其詩八首，事跡散見於《唐詩紀事》卷三九等。此詩《全唐詩》佚載，《全唐詩逸》録，云：「見《秘府論》，蓋唐中葉人。」詩平起仄收，《眼心抄》以之列於「五言平頭正律勢尖頭」錢起詩後。

⑤舊業：此指舊時之園宅。《漢書·王莽傳上》：「殫盡舊業，爲衆倡始。」唐孟浩然《尋白鶴巖張子容隱居》：「睹兹懷舊業，回策返吾廬。」（《全唐詩》卷一六〇）

⑥《校注》引任注：「（露草蟲絲濕）此第二管上句也。（湖泥）下句平聲。（買山開客舍）以次平聲。此第三管上句也。（選竹）以次又入聲。（何必勞州縣）以次又入聲，此第四管上句也。（驅馳）以次又平聲。」盛江案：此詩第三管下句第二字「竹」和第四管上句第二字「必」字均爲入聲，是知任學良前文對所謂「一聲一管」之解釋有誤。

齊梁調詩〔一〕①。

張謂《題故人别業》詩曰②：五言〔二〕。「平子歸田處〔三〕③，園林接汝濆④。落花開户入，啼鳥隔窗聞。池净流春水，山明斂霽雲。晝遊仍不厭，乘月夜尋君〔四〕⑤。」

何遜《傷徐主簿》詩曰⑥：五言〔五〕。「世上逸群士⑦，人間徹總賢〔六〕⑧。畢池論賞託〔七〕⑨，蔣徑篤周旋⑩。」

又曰：「一旦辭東序〔八〕⑪，千秋送北邙〔九〕⑫。客簫雖有樂，鄰笛遂還傷⑬。」

又曰：「提琴就阮籍〔一〇〕⑭，載酒覓揚雄⑮。直荷行罩水〔一一〕，斜柳細牽風⑯。」

【校記】

〔一〕「詩」，《眼心抄》作「聲」。

〔二〕「五言」，寶壽、六寺本無。

〔三〕「平子」，寶壽、六寺本旁注「張平」。

〔四〕「乘」，三寶本作「垂」。

〔五〕「五言」，高乙、寶壽、六寺本無。

〔六〕「徹」，正甲本作「傚」。

〔七〕「託」，江户刊本、維寶箋本、《校注》作「詑」。

〔八〕「且」，原作「且」，三寶、高乙、仁甲、寶龜、寶壽、六寺等本同，據江户刊本、維寶箋本改。
〔九〕「卭」，仁甲本作「亡」，醍甲本眉注「亡亻」。
〔一〇〕「又曰提琴就阮籍」至後「臨岐終日自遲迴」，寶龜本無。
〔一一〕「直」，原作「宜」，各本同。《校注》：「『直』原作『宜』，形近而誤。下文《四聲論》引《宋書·謝靈運傳》『直舉胸懷』，亦誤『直』爲『宜』，是其證也。」維寶箋本加地哲定注、豹軒藏本鈴木虎雄注、《校勘記》，並謂「宜」字疑「圓」字省訛。今從周校、《校注》、《譯注》、林田校本改作「直」。

【考釋】

① 齊梁調詩：《眼心抄》之目次分爲「三平頭齊梁調聲，四側頭齊梁調聲」，然本文題「齊梁調聲」，其例詩僅舉側頭之張謂《題故人別業》詩一首，與目次不合。《文鏡秘府論》則在張謂詩之外又例舉三首，其中一首平頭，另二首爲側頭，内容反而合於《眼心抄》之目次。《譯注》：「（《眼心抄》）筆者的意圖，也許是作爲齊梁調詩舉出兩種例子。張謂的詩和何遜詩的第一、二首爲側頭（仄起），何遜的第三首是平頭（平起）。」

關於「齊梁調」或「齊梁體」，諸家有載述，唐皎然五卷本《詩式》卷四有「齊梁詩」一目。唐范攄《雲溪友議》卷上「古制興」：「文宗元年秋詔曰：『其所試，賦則准常規，詩則依齊梁體格。』」（《唐五代筆記小説大觀》下册）傳白居易《金針詩格》：「詩有齊梁格：四平頭，謂四句皆用平字入是也；兩平頭，謂第一句第三句用平是也。」宋嚴羽《滄浪詩話》：「以時而論，則有……永明體（齊年號，齊諸公之詩）、齊梁體（通兩朝而言之）、南北朝體（通魏周而言之，與齊梁體一也）……」《冰川詩式》卷一〇：「詩病有齊梁，謂四句相對，皆用平聲，又謂四平頭。」馮班《鈍吟雜録》：「齊梁體略避雙聲疊韻，然文不黏綴，取韻不論雙隻，首句不破題，平仄亦不相儷。」（《玉谿生詩集箋注》《齊梁晴雲》馮浩箋注引）馮浩以爲齊梁體精微在聲病：「齊梁體爲變古入律之漸，今就其粗跡論之，排偶多而散行少也，采色濃而澹語鮮也。分句言之，有律句焉，有古句焉；合一章言之，上下不相黏綴也。然此皆皮相耳。其精微全在聲病。」（《玉谿生詩集箋注》《齊梁晴雲》箋注）

王力《漢語詩律學》第二章：「趙執信《聲調譜》有所謂『齊梁體』。李鍈《詩法易簡録》也説：『齊梁體爲唐律所自出，乃由古入律之間，既異古調，又未成律，故別爲一格。唐《白香山集》有格詩，李義山温飛卿集皆有齊梁格詩，皆此體也。其詩有平仄而乏粘聯，其句中調協平仄亦在疏密之間。』這種解説是頗爲明白的。由此看來，『格詩』共有三個特色：（一）祇有五言，没有七言；（二）每句的平仄非常近律，除第三字不拘平仄處，其餘平仄與律句完全相同；（三）常有拗粘，間有拗對。」

郭紹虞《滄浪詩話校釋·詩體》校釋：「案齊梁體可有二義：一指風格，即陳子昂所謂『彩麗競繁，而興寄都絶』，《朱子語類》所謂『齊梁間之詩讀之使人四肢皆懶慢不收拾』者也。一指格律，則與永明體相近，即白居易、李商隱、温庭筠、陸龜蒙集中所言齊梁格詩是。馮班《嚴氏糾謬》謂：『若明辨詩體，當云齊梁體創於沈（約）謝（朓），南北相仍，以至唐景雲龍紀（龍紀，當指神龍景龍）始變爲律體。』即指與永明體相混之格。姚範《援鶉堂筆記》謂：『稱永明體者以其拘於聲病也，稱齊梁體者，以綺艷及詠物之纖麗也。』（卷四四）此説似較簡明扼要。」

鈴木修次《關於齊梁格・齊梁體》：「『齊梁體』並没有特別的定型，總之，一方面接近律詩的格律，另一方面，某些部分竭力偏離格律，這就是『齊梁體』的要訣所在。……這種偏離方法因人而異，並不存在可以稱作爲『齊梁體』的特定詩體。」

《校注》：「《詩人玉屑》二《詩體》上云：『齊梁體，通兩朝而言之。沈宋體，佺期、之問也。』又云：『《風》、《雅》、《頌》既亡，一變而爲《離騷》，再變而爲西漢五言，三變而爲歌行雜體，四變而爲沈宋律詩。』則齊梁體與沈宋體之别在詩律耳。趙執信《聲調後譜》云：『齊梁體，如沈佺期《和杜麟臺元志春情》：「嘉樹滿中園，氛氛羅秀色。不見（不黏上句）仙山雲，倚琴空太息。沉思若在夢，緘怨似無憶。青春（不黏上句）坐南移，白日忽西匿。蛾眉（不黏上句）返清鏡，閨中不相識。」（末二句古體，亦與古詩相入。）若上句末字平，及下聯與上聯相黏，便是仄韻律詩矣。』案趙氏言『上聯與下聯不黏』，即第三句與第二句意不相黏，第五句與第四句不相黏，則非律詩，而爲齊、梁調，與此文所引詩例相合。」

《譯注》：「齊梁調詩，從名稱看，可有兩種理解，可以解作使用律體詩完成以前齊梁風格格律的詩，也可以解作具有齊梁風格的詩，在這裏重點在於前者。這裏所引的齊梁何遜的詩，已經接近律體，但在某些地方偏離律體的格律。中唐以後，經常出現標榜模仿齊梁體的詩，這都是特意使用齊梁格律的詩。例如白居易的《洛陽春贈劉李二賓客齊梁體》，劉禹錫《和樂天洛陽春齊梁體八韻》，張謂的詩可以説是先驅之作。」

鄺健行《吴體與齊梁體》：唐人所謂「齊梁」，就聲音形式而言，「專指齊梁那種不盡合律的四聲安排」。鄺氏分析白居易、劉禹錫、李商隱、皮日休、陸龜蒙等標爲齊梁格之詩，謂曰：此類詩「（一）與近體特别相似之作品其句子有未諧律調處，出現孤平、平三聯或二四字同聲等情形；（二）各詩或失對或失黏；（三）既用平聲韻，亦用仄聲韻；押平聲韻時，單數句末字有用平聲字者」。鄺氏曰：「從邏輯上説，『齊梁調』或『齊梁格』等詞的聲律意義，應該是在律調確立以後纔告出現。因爲祇有在律調確立之後，人們掌握了新的完美的聲律方式，再回頭看齊梁，發現那時作品的聲音跟新的律調有所不同，而自有其相對特定的方式，於是賦予一個概括性的名稱，曰齊梁調或齊梁格。」「『齊梁體』概念可能剛在（杜甫大曆八年在夔州）寫《愁》詩前不久傳來；或者『齊梁體』這念頭恰巧在（杜甫）寫《愁》詩時最明晰呈現。」（《詩賦與律調》）

吴小平《中古五言詩研究》：「齊梁體是繼五言古詩以後新興的一種詩歌體裁，它以『聲病之格』爲基本特徵；這種『聲病之格』是永明體的繼承和發展，既包涵了永明體，又比永明體形式更加成熟，聲律特徵更加清楚。齊梁體是五言詩從古體發展到律體的過渡形式，是古體通往律體的橋梁。」齊梁體在「黏」、「對」組織關係上，「基本節奏型的組合帶有很大的偶然性和盲目性，對或不對，黏或不黏，均無一定規程可循；反映在聲律形態上，便是聲律結構形式的無規則性和不成熟性」；「它起碼具有五種聲律結構形式，即對式、黏對組合式、黏式結構疊合式、完整黏式和不規則式」。

杜曉勤《從永明體到沈宋體》：「從聯間組合形式看，張謂《題故人別業》是標準的黏式律（聯內平仄亦合，實爲合格之五律），何遜《傷徐主簿》其一、其二均爲黏式律，其三爲對式律，按理説，這四首『齊梁調詩』的格律與趙執信《聲調譜·後譜》中所標『齊梁體』格律形式無一吻合，而王利器先生竟認爲趙氏之説與《文鏡秘府論》所引詩例相合，殊使人難解。」「無論是就齊梁時期的永明體詩分析，還是就唐人所謂的『齊梁調詩』、『齊梁體詩』分析，永明體詩的格律都不像趙執信、王利器所説，衹限於黏對律一種，而是黏對律、黏式律、對式律三種格律形式並存。」

葛曉音《初盛唐絶句的發展》：「按王力先生的標準：『凡合於下面的兩種情况之一的，應該認爲古絶：（一）用仄韻；（二）不用律句的平仄，有時還不黏、不對。』事實上這兩種情况中還包含着不少接近律絶而又不完全合律的絶句。這類絶句雖是新體詩向律詩發展過程中的産物，但已自成一體。在齊梁到盛唐的絶句中所占比例很大。清人稱之爲齊梁調，即因爲已意識到把它歸入古絶或律絶都不合適。衹是清人對於齊梁調的界定，也並不清楚。例如《趙秋谷所傳聲調譜》把不黏和對句平仄相同的詩稱爲齊梁體。錢木庵《唐音審體》又稱五絶中『不相黏綴者，謂之折腰體』。其實不黏衹是齊梁調的形式之一。我在對齊梁至盛唐的全部絶句逐一標出平仄之後，發現還是《文鏡秘府論·天卷·調聲》中所説的『齊梁調詩』最切合這一時期介乎古絶、律絶之間的新體絶句的特點。從該節所舉的例詩看，其標準共有四點：（一）有水渾病（第一與第六字用同聲）。（二）有木枯病（第三與第八字用同聲）。（三）有三平調。（四）有折腰體（不黏）。凡合於以上四種情况之一的均應認爲是齊梁調。由於《文鏡秘府論》反映唐貞元時期人們對聲律的看法，以此爲標準在律絶與古絶之間界出齊梁調一體，無疑是最合乎事實的。」又注云：「張謂《題故人别業詩》五言八句，除第二聯外，餘三聯均有水渾病。又舉何遜《傷徐主簿詩》五言四句，兩聯均有木枯病。另一首『一旦辭東序』，五言四句，後二句有木枯病、三平調。另一首『提琴就阮籍』，五言四句，有木枯、水渾、折腰。」（《文學評論》一九九九年第一期）

盛江案：《文鏡秘府論》所論「齊梁調詩」，當是反映唐人之認識。唐代確有人有意效齊梁體。所知唐人效齊梁體如下：岑參《夜過盤石隔河望永樂寄閨中效齊梁體》（五言八句，《全唐詩》卷二〇〇），劉禹錫《和樂天洛城春齊梁體八韻》（五言十六句，《全唐詩》卷三五五），白居易《九日代罗樊二妓招舒著作齊梁格》（五言四句，《全唐詩》卷四四四），白居易《洛陽春贈劉李二賓客齊梁格》（五言十六句，《全唐詩》卷四五二），李商隱《齊梁晴雲》（五言八句，《全唐詩》卷五四〇），温庭筠《春曉曲》（一作《齊梁體》，七言八句，《全唐詩》卷五七七），温庭筠《邊笳曲》（一作《齊梁體》，五言八句，《全唐詩》卷五七七），温庭筠《俠客行》（一作《齊梁體》，五言六句，《全唐詩》卷五七七），温庭筠《春日》（一作《齊梁體》，五言八句，《全唐詩》卷五七七），温庭筠《詠顰》（一作《齊梁體》，五言八句，《全唐詩》卷五七七），温庭筠《太子西池》二首（一作《齊梁體》，二首均五言八句，《全唐詩》卷五七七），曹鄴《霽後作齊梁體》（五言八句，《全唐詩》卷五九三），皮日休《寄題天臺國清寺齊梁體》（七言四句，《全唐詩》卷六一五），皮日休（《奉和魯望齊梁怨别次韻》（七言四句，《全唐詩》卷六一六），陸龜蒙《寄題天臺國清寺齊梁體》（七言四句，《全唐詩》卷六二八），陸龜蒙《齊梁怨别》（七言四句，《全唐詩》卷六三〇），貫休《擬齊梁酬所知見贈二首》（一首五言八句，一首五言十句，《全唐詩》卷八二六），貫休《閑居擬齊梁四首》（三首五言八句，一首五言十句，《全唐詩》卷八二七），貫休《擬齊梁寄馮使君三首》（二首五言十二句，一首五言十句，《全唐詩》卷八二七）。又，《趙秋谷所傳聲調譜》（《清詩話》，上海古籍出版社，一九六三年）「齊梁體」一則尚載録沈佺期《和杜麟臺元志春情》（《全唐詩》卷九五）與白居易《宿東亭曉興》（《全唐詩卷四四四》。以唐人觀之，齊梁既與已成熟之律體相對，更與古體相對。齊梁詩人探討詩歌格律之時，已出現完全合律之作品，代表齊梁詩聲律上之新特色。故而王昌齡等將此類詩視爲齊梁調詩，張謂《題故人別業》與「一旦辭東序」完全合律亦被視爲齊梁詩。齊梁詩人探討詩歌格律，確不成熟，多失粘或失對之類，不拘律式而有律句，此類詩，當然亦爲齊梁調詩。要之，王昌齡所謂「齊梁調詩」，於齊梁，爲律體詩尚不成熟之表現，於唐代一部分詩人，則是律體詩創作過於圓熟以至厭倦之時，有意無意偏離格律之産物。

② 張謂（？—七七八？）：字正言，河内（今河南沁陽）人，《全唐詩》卷一九七編其詩爲一卷，事跡見《唐詩紀事》卷二五、《唐才子傳校箋》卷四。此詩《全唐詩》未收。

③ 平子：漢文人張衡（七八—一三九）之字。張衡晚年志於隱逸，作《歸田賦》。

④ 汝瀆：即汝墳，古汝水之堤岸。《詩·周南·汝墳》：「遵彼汝墳。」《汝墳序》：「汝墳，道化行也，文王之化行乎汝墳之國。」後因以「汝墳」稱美教化廣被之國。

⑤ 此詩首句仄起仄收，合於《文筆眼心抄》目次所謂「側頭」齊梁調聲。此詩第三句首字當平用仄，第四句首字當仄用平，第五句首字當仄用平，此外完全合律。稍有偏離，亦在詩律允許範圍之内。與前

代古體相比，此類詩反映出齊梁詩體之特色，或者有意爲之，故被視作齊梁調詩。

⑥何遜（四七二？—五一九？）：南朝齊梁文人，字仲言，原籍東海郯（今山東郯城）人，《隋書·經籍志》載其文集七卷。傳見《梁書·文學傳》、《南史·何承天傳》附略傳。《傷徐主簿》詩《何記室集》佚載。徐主簿：李伯齊《何遜集校注》：「未詳。疑指徐伯珍。徐伯珍（四一三—四九七），字文楚，東陽太末（今浙江東陽）人。」徐伯珍事跡見《南齊書》本傳。

⑦逸群：超群。漢蔡邕《太尉橋公碑》：「岐嶷而超等，總角而逸群。」（《全上古三代秦漢三國六朝文·全後漢文》卷七七）

⑧徹總：維寶箋本加地哲定注：「『徹總』當作『叡聰』。」《校勘記》：「『總』爲『聰』之誤，『徹聰』，據《莊子·外物》『目徹爲明，耳徹爲聰』，故應訓點作『人間徹聰之賢』。」

⑨畢池：《校勘記》：「《何水部集》中《九日侍宴樂遊宴詩》有『禁林終宴晚，華池物色曛』，或『畢池』爲『華池』之訛？」《校注》：「『畢池』未詳，疑當作『習池』，音近之誤也。《晉書·山簡傳》：『諸習氏荆土豪族，有佳園池，簡每出嬉遊，多之池上，置酒輒醉，名之曰高陽池。』」賞託：《校勘記》：「『託』爲『託』之誤。『賞託』與『勝託』同意。」

⑩蔣徑：漢哀帝時蔣詡爲兖州刺史，王莽攝政，詡稱病免官，隱居鄉里，舍前竹下辟三徑，唯故友羊仲、求仲與之遊，後以「蔣徑」指隱者之所。《周書·王褒傳》：「雖保周陵，還依蔣徑。」「世上逸群士」一詩二、四句完全合律，首句第三字，第三句一、三字均當平用仄，然在詩律允許範圍。含有律句，合於黏

式，又有意稍偏離律體，或者因此稱爲齊梁調詩。首句仄起仄收，合於《眼心抄》目次所謂「側頭齊梁調聲」。

⑪東序：《禮記·王制》：「夏后氏養國老於東序。」鄭玄注：「東序東膠亦大學，在國中王宮之東。」

⑫北邙：山名，因在洛陽之北，故名。漢魏晉時王侯多葬於此，因借指墓地。晉陶淵明《擬古九首》之四：「一旦百歲後，相與還北邙。」（《陶淵明集》卷四）

⑬鄰笛：晉向秀《思舊賦》：「鄰人有吹笛者，發聲廖亮，追思曩昔遊宴之好，感音而歎，故作賦云。」（《文選》卷一六）「一旦辭東序」一詩合於格律，若嚴格而言，則第三句首字當平而用仄，第四句首字當仄而用平。又首句仄起仄收，《眼心抄》目次所謂「側頭齊梁調聲」或即指此類。此詩由内容觀之，與上詩可能同爲何遜《傷徐主簿》詩，《何記室集》佚載。

⑭提琴就阮籍：事未詳。《校注》以爲指阮籍見孫登事，「阮嗣宗見登被髮端坐岩下，逍遥然鼓琴，嗣宗自下趨進，冀得與言，嗣宗乃長嘯，與琴音諧會。登因嘯和之，妙響動林壑」。事見《太平御覽》卷五七九引《孫登别傳》。阮籍（二一〇—二六三）：三國魏文人，竹林七賢之一，善彈琴。

⑮載酒覓揚雄：《漢書·揚雄傳》：「家素貧，耆酒，人希至其門。時有好事者載酒肴從遊學。」揚雄（前五三—一八）：西漢末文人、學者。

⑯「提琴就阮籍」一詩失黏，首句平起仄收，《眼心抄》目次所謂「平頭齊梁調聲」或即指此類詩。本詩「提琴就阮籍，載酒覓揚雄」二句若以阮籍、揚雄比亡友，回憶亡友當年情形，則仍當爲何遜《傷徐主

簿》中之一章。此詩《何記室集》佚載。

七言尖頭律〔一〕①。

皇甫冉詩曰〔二〕②：「閑看秋水心無染〔三〕③，高卧寒林手自栽〔四〕④。廬阜高僧留偈別〔五〕⑤，茅山道士寄書來⑥。燕知社日辭巢去⑦，菊爲重陽冒雨開⑧。淺薄何時稱獻納〔六〕⑨，臨歧終日自遲迴〔七〕⑩。」

又曰〔八〕⑪：「自哂鄙夫多野性⑫，貧居數畝半臨湍〔九〕⑬。溪雲帶雨來茅洞〔一〇〕⑭，山鵲將雛上藥欄〔一一〕。仙籙滿床閑不厭⑮，陰符在篋老羞看〔一二〕⑯。更憐童子宜春服⑰，花裏尋師到杏壇〔一三〕⑱。」

【校記】

〔一〕「尖」，原旁注「子簾反」，三寶、寶壽、寶龜、六寺、正乙本同。「律」，原旁注「津」。

〔二〕「皇甫冉詩曰」，三寶本作小字旁注，正甲本無。

〔三〕「染」，《全唐詩》作「事」，《唐皇甫冉詩集》、《中興間氣集》同，醍甲本作「深」，眉注「染イ」。

〔四〕「高卧寒林」，《全唐詩》作「卧對寒松」，《唐皇甫冉詩集》、《中興間氣集》同。《全唐詩》注：「（卧）一作『坐』。」《中興間氣集》何義門校注：「（對）一作『聽』。」「栽」，三寶本作「裁」。

〔五〕「阜」，《全唐詩》等作「岳」。

〔六〕「淺」，原誤作「殘」，各本及《眼心抄》同，據《全唐詩》等改。「何時」，《全唐詩》等作「將何」。

〔七〕「自」，嘉靖本《中興間氣集》作「獨」。《全唐詩》注：「一作『獨』。」「遲迴」，《全唐詩》注：「（遲）一作『裴』。」

〔八〕「又曰」，江户刊本、維寶箋本下注「私云錢起之詩也」。《校勘記》：「『私云錢起之詩也』之注各本均未見，或者爲版本校者補記。」

〔九〕「貧」，《全唐詩》注：「一作『閑』。」「臨湍」，《全唐詩》注：「一作『村端』。」

〔一〇〕「帶」，《全唐詩》作「雜」。「洞」，《眼心抄》、《全唐詩》作「屋」，寶壽本注「户亻」。

〔一一〕「鵲」，《全唐詩》作「雀」，注：「一作『鳥』。」「上」，《全唐詩》作「到」，注：「一作『至』。」

〔一二〕「陰」，原作「音」，各本同，從《全唐詩》作「陰」。

〔一三〕「到」，《全唐詩》作「指」，注：「一作『到』。」

【考釋】

① 七言尖頭律：《眼心抄》目録分爲「五七言平頭尖頭律，六七言側頭尖頭律」，本文未分，與《文鏡秘府論》同。所謂「尖頭」，仍謂首句末字仄聲不押韻。所謂「平頭」，仍謂詩起句開頭二字尤其第二字爲平聲，亦即所謂平起。所謂「側頭」，則指起首一句開頭二字尤其第二字爲仄（側）聲。此處舉例之皇甫冉詩爲「平頭」，錢起詩爲「側頭」。此處所論爲七言律，或者因七言律體首句仄聲不押韻與否無所謂正體非正體之分，故非如五言律，有所謂七言「正律勢」尖頭。

②皇甫冉：見天卷《調聲》「五言平頭正律勢尖頭」考釋。此《秋日東郊作》詩，亦載《唐皇甫冉詩集》、《中興間氣集》、《全唐詩》卷二四九。《全唐詩》題下注：「（郊）一作『林』。」

③無染：《壇經》卷八：「（慧能）又偈曰：『心是菩提樹，身爲明鏡臺。明鏡本清淨，何處染塵埃。』」維寶箋：「張喬詩：『大道本來無所染。』」

④高卧：《晉書·謝安傳》：「中丞高崧戲之曰：『卿累違朝旨，高卧東山……將如蒼生何？』」

⑤廬阜：廬山，山有東晉高僧慧遠所居之東林寺。梁慧皎《高僧傳》卷六：「自遠卜居廬阜三十餘年，影不出山，跡不入俗。」維寶箋：「《沈隱侯集》十一《究竟慈悲論》曰：『廬阜名僧，已有蔬食者矣。』」

⑥茅山：在江蘇句容縣東南。梁代陶弘景在此開創道教上清派茅山宗，歷隋、唐、兩宋而不衰。《南史·隱逸·陶弘景傳》：「止於句容之句曲山，恒曰：……昔漢有咸陽三茅君得道來掌此山，故謂之茅山。」

⑦社日：古時祭祀土神之日，一般在立春、立秋後第五個戊日。

⑧重陽：維寶箋：「《夢華録》曰：『重陽都下賞菊酒，家皆以菊花縛成洞户。』」

⑨獻納：獻忠心供採納，指作者所任拾遺、補闕之職。據《唐才子傳》卷三，皇甫冉於大曆二年（七六七）至五年（七七〇）任左拾遺、左補闕之職。詩當作於此時。漢班固《兩都賦序》：「故言語侍從之臣，若司馬相如……之屬，朝夕論思，日月獻納。」（《文選》卷一）

⑩臨歧：本爲面臨岐路，後亦用爲贈别之辭。劉宋鮑照《舞鶴賦》：「指會規翔，臨岐矩步。」（《文

選》卷一四）

⑪ 又曰：此爲錢起詩，詩當作於乾元二年（七五九）至廣德元年（七六三）作者任藍田尉時期，詩所寫即作者藍田谷口別業生活。詩亦載《全唐詩》卷二三九，題《幽居春暮書懷》，注：「一作《石門暮春》，一作《藍田春暮》。」錢起見本篇前注。

⑫「自哂」句：唐杜甫詩：「自笑狂夫老更狂。」（《杜詩詳注》卷九）鄙夫：《論語·子罕》：「有鄙夫問於我，空空如也。」

⑬ 貧居：《莊子·讓王》：「孔子謂顔回曰：『回，來！家貧居卑，胡不仕乎？』」《後漢書·李充傳》：「今貧居如此，難以久安。」

⑭ 茅洞：猶茅屋。《左傳》桓公二年：「清廟茅屋。」

⑮ 仙籙：即仙人籙，指神仙秘籍或道教經典。唐陳子昂《南山家園獨坐思遠率成十韻》：「鳳蘊仙人籙，鸞歌素女琴。」（《全唐詩》卷八四）床：安放器物之支架、几案等。

⑯ 陰符：即《陰符經》，傳爲黄帝所撰兵書。《戰國策·秦策一》：「（蘇秦）乃夜發書，陳篋數十，得《太公陰符》之謀，伏而誦之。」亦泛指道家經典。

⑰ 春服：《論語·先進》：「莫春者，春服既成，冠者五六人，童子六七人，浴乎沂，風乎舞雩，詠而歸。」

⑱ 杏壇：孔子講學之所，在魯東門外。《莊子·漁父》：「孔子遊乎淄帷之林，休坐乎杏壇之上。弟

子讀書，孔子絃歌鼓琴。」後泛指講學之所。

元氏曰①：聲有五聲②，角徵宮商羽也。分於文字四聲，平上去入也。宮商爲平聲，徵爲上聲，羽爲去聲，角爲入聲。故沈隱侯論云〔一〕③：「欲使宮徵相變〔二〕，低昂舛節〔三〕，若前有浮聲，則後須切響④。一簡之内，音韻盡殊；兩句之中，輕重悉異。妙達此旨，始可言文⑤。」固知調聲之義，其爲大矣〔四〕⑥。調聲之術，其例有三。一曰換頭，二曰護腰，三曰相承。

【校記】

〔一〕「侯」，原誤作「候」，三寶、高甲、寶壽、六寺、江户刊本、維寶箋本同，今改。

〔二〕「徵」，《文選》、《宋書》作「羽」。

〔三〕「低」，原作「位」，寶壽、正甲、六寺本同，據《文選》、《宋書》改。「舛」，原作「殊」，各本同，《宋書》作「互」，《文選》作「舛」，據《文選》改。

〔四〕「其爲大矣」，《校注》以意作「其爲用大矣」。

【考釋】

①元氏：即元兢，見天卷序考釋。《考文篇》：「『元氏曰』以下至『平向下承也』，引自元兢《詩髓腦》。」關於《詩髓腦》，見東卷「右六種對出元兢髓腦」考釋。《札記》：「唐宋二志載元兢《詩格》，與《詩髓腦》爲同一書。」

②五聲：《書・益稷》：「予欲聞六律、五聲、八音。」天卷《四聲論》引北齊李概《音譜決疑序》云：「案《周禮》：『凡樂，圜鍾爲宫，黄鍾爲角，大蔟爲徵，沽洗爲羽。』商不合律，蓋與宫同聲也。五行則火土同位，五音則宫商同律，闇與理合，不其然乎？……竊謂宫商徵羽角，即四聲也。羽，讀如括羽之羽，亦之和同，以拉群音，無所不盡。」元兢説繼承了李概説。又，安然《悉曇藏》卷二：「宫商爲平，以徵爲上，以羽爲去，以角爲入。」

③沈隱侯：即沈約，參天卷序考釋。以下自「欲使宫徵」至「始可言文」，爲沈約《宋書・謝靈運傳論》中文，又見《文選》卷五〇。

④浮聲、切響：《校注》引任注：「浮聲，即平聲也。切響，即側聲也。」《譯注》：「『浮聲』指平聲，『切響』暗指上、去、入三聲。因此，『浮聲』二字之聲調爲平聲，『切響』二字之聲調爲入、上聲。沈約倡導的聲律論，以四聲相互交替爲主旨，没有直接提出平仄交替，但可以看出，他無意識地涉及到了這一方向，具備了這一方面的原理。」

⑤始可言文：以上一段詳參天卷《四聲論》考釋。

⑥ 其爲大矣：《文心雕龍・原道》：「文之爲德也大矣。」《隋書・文學傳序》：「然則文之爲用，其大矣哉！」

【附録】

心覺《悉曇要抄》：《秘府論》云：元氏曰：聲有五聲，角徵宫商羽也。分於文字四聲，平上去入也。宫商爲平聲，徵爲上聲，羽爲去聲，角爲入聲文。

長山貫春《詩格集成》：調聲，空海《文鏡秘府論》曰：調聲之術有三，曰换頭，曰護腰，曰相承。

三浦晉《詩轍》卷二：昔僧空海求道渡海，乃當桓武天皇延曆二十三年，唐德宗貞元二十年，意刻竺典，傍又思通文苑，歸朝後著《文鏡秘府論》，如其詩式，唐人面授口訣者，大補詩家之闕。其書曰：調聲之術有三：曰换頭，曰護腰，曰相承。

一，换頭者〔一〕①。

若兢《於蓬州野望》詩云〔二〕②：「飄颻宕渠域③，曠望蜀門隈〔三〕④。水共三巴遠〔四〕⑤，山隨八陣開⑥。橋形疑漢接⑦，石勢似煙迴。欲下他鄉淚〔五〕，猿聲幾處催〔六〕⑧。」此篇第一句頭兩字平〔七〕，次句頭兩字去上入〔八〕⑨。次句頭兩字去上入〔九〕⑩，次句頭兩字平。次句頭兩字又平，次句頭兩字去上入〔一〇〕⑪。次句頭兩字又去上入⑫，次句頭兩字又平⑬。如此輪轉，自初以終篇，名爲雙换頭⑭，是最善也。若不可得如此，即如篇首第二字是平〔一一〕，下句第二字是用去上入；次句第二字又用去上入，次句第二字又用平。如此輪轉終篇，唯换第二字，其第一字與下句第一字用平不妨〔一二〕。此亦名爲换頭，然不及雙换⑮。又不得句頭第一字是去上入〔一三〕，次句頭用去上入⑯，則聲不調也⑰。可不慎歟〔一四〕。

【校記】

〔一〕「一换頭者」至「詩云」，高乙本無。

〔二〕「云」，醍甲、仁甲、寶龜、正乙、義演本作「曰」。

〔三〕「隈」，原作「隅」，各本同。《考文篇》：「『隈』各本作『隅』，《眼心抄》亦然，非也。『隅』不協灰韻。按『隈』與『隅』字形相近，今改。」《研究篇》下：「『隅』不合韻，恐是大師自己誤寫。」今從《考文篇》改。

〔四〕「遠」，原作「達」，三寶、高甲、高乙、寶龜、醍甲、仁甲、正甲、義演本同，據寶壽、六寺等本改。

〔五〕「鄉」，原作「卿」，三寶、醍甲、寶壽、寶龜、六寺本同，據高甲、高乙、江户刊本、維寶箋本改。

〔六〕「催」，三寶本作「摧」，脚注「催」。

〔七〕「此篇第一句」至後「可不慎歟」一八七字，《眼心抄》、高乙、寶壽、六寺本作雙行小字注。

〔八〕「去上入」，本段之「去上入」，《眼心抄》均作「側」。

〔九〕「字」下醍甲、仁甲、寶龜、義演本有「又平次」三字。

〔一〇〕「頭」下原衍「句」字，寶壽、六寺本同，據三寶等本删。

〔一一〕「即」，松本、江户刊本、維寶箋本作「則」。

〔一二〕「其第一字」之「第」字原無，《眼心抄》、三寶、高甲、醍甲、仁甲、寶壽、寶龜、六寺本同，據高乙、江户刊本、維寶箋本補。

〔一三〕「又不得」，醍甲、仁甲、寶龜本作「不可得」，正甲本作「又不可」，右旁注「得」，義演本作「又不可得」。「句頭」，《校注》引任注：「『句頭』二字疑倒誤。」盛江案：疑「不得」下脱「第一」二字，或「句頭」與「第一」倒誤，當作「第一句頭字是去上入」。「字」，寶壽、六寺本作「句」，寶壽本旁注「字」。

〔一四〕「可不」，醍甲、義演本作「不可不」。此句句尾寶壽、六寺本注「以上注或本兼書之」。此句下《眼心抄》尚有如下文字：「此換頭或名拈二拈二者謂平聲爲一字上去入爲一字安第一句第二字若上去入聲與第二第三句第二字皆須平聲第四第五句第二字還須上去入聲第六第七句第二字安平聲以次避之如庾信詩云今日小園中桃華數樹紅欣君一壺酒細酌對春風日與酌同入聲祇如此體詞合宫商又復流美此爲佳妙」。

【考釋】

①換頭：五言詩頭二字稱爲「頭」，其聲調輪轉變化稱爲換頭，有雙換頭（頭二字均輪換）、單換頭（祇换第二字）兩種。《眼心抄》又稱爲「拈二」。《譯注》：「元兢雖未用平仄的名稱，但平聲和上去入三聲相對應，表明他事實上認識到平仄的概念。」興膳宏《從四聲八病到四聲二元化》：「所謂换頭，實質上是平頭病的修正説，六朝時的平頭病以回避同一個聲調爲主，元兢把它改爲平聲與其他三聲的對立。而且主張後聯出句第二字的平仄，要與前聯後句的第二字相一致的原則。」「此云『换頭』或『拈二』的規

則，已經很接近近體詩所言的『黏法』了。」

②兢：《校注》：「此兢於《詩髓腦》中自舉其詩以爲例，故稱名而不冠以姓，猶地卷、南卷王昌齡自舉其詩之稱昌齡而不冠以姓也。」《於蓬州野望》：《全唐詩》佚載，《全唐詩逸》據此採録，云：「元兢，龍朔中官周王府參軍，著《古今詩人秀句》二卷及《詩格》一卷，《秘府論》引元兢《詩格》。」蓬州：今四川蓬安一帶。《十道志》：「蓬州咸安郡，本漢宕渠縣地。」《周地圖記》：「武帝天和四年，割巴州之伏虞郡，隆州之隆城郡，於此置蓬州。」（均見《太平御覽》卷一六八引）

③宕渠：今四川渠縣一帶。《十道志》：「渠州潾山郡，土地所屬，與通州同，《漢志》曰：『宕渠屬巴郡。』」（《太平御覽》卷一六八）

④蜀門：指劍門，在今四川劍閣北，山勢險峻，亦代指蜀地。晉張載《劍閣銘》：「惟蜀之門，作固作鎮。」（《文選》卷五六）唐宋之問《送田道士使蜀投龍》：「蜀門峰勢斷，巴字水形連。」（《全唐詩》卷五二）

⑤三巴：巴郡、巴東、巴西之合稱，相當於今重慶嘉陵江和綦江流域以東大部地區。

⑥八陣：《三國志·蜀書·諸葛亮傳》：「推演兵法，作八陣圖。」《晉書·桓温傳》：「初，諸葛亮造八陣圖於魚復平沙之上，壘石爲八行，行相去二丈。温見之，謂『此常山蛇勢也』。」據《水經注·江水》、《太平寰宇記》，八陣圖在今重慶奉節。

⑦漢：謂天漢，即天河。

⑧此爲元兢僅存之詩作，詩完全合於五律。王夢鷗《初唐詩學著述考》云：「題曰『蓬州』，似非隨手

擬作。蓋欲擬流人之詩，固不必特選『蓬州』爲題；再曰『野望』，則當爲身歷其境之事。觀其詩意，既非爲送别流人而作，而怨遠思鄉之情，尤爲明白，亦必非宴會賦詩助興之語。然則，此詩寧非元氏嘗遭斥逐而作於蓬州貶所者乎？依《唐書·地理志》，蓬州距京二千二百一十里，放流二千餘里，罪亦不輕矣。惟莫考其何年罹此罪殃而已。」

⑨ 次句頭兩字去上入：例詩次句頭兩字「曠望」並是去聲。

⑩ 次句頭兩字去上入：例詩第三句頭兩字「水共」一上一去。

⑪ 次句頭兩字去上入：例詩第六句「石勢」一入一去。

⑫ 次句頭兩字又去上入：例詩第七句「欲下」一入一去。

⑬ 次句頭兩字又平：《校注》引任注：「此種格律，與五言平頭正律勢尖頭略異，此雖亦平頭，但每句第一字仍須平换側時，第一字仍須側，每句首二字須同時更换，而五言平頭，則衹换每句第二字，第一字則不論，所異即在此。而尖頭律仍與前例同。」《譯注》：「把『上去入』换成『仄』，從第一句到第八句的平仄成爲：平平、仄仄，仄仄、平平，平平、仄仄，仄仄、平平，合於律詩的所謂黏法。」

⑭ 雙换頭：此處「雙换頭」與下文所謂「换頭」，《眼心抄》目次作「七五言雙换頭，八單换頭」。

⑮ 「此亦」二句：《校注》引任注：「此與五言平頭正律勢尖頭格律無殊，惟特明第一字用平用側無妨耳。」盛江案：此即《眼心抄》所謂「單换頭」。

⑯ 次句頭用去上入：《校注》引任注：「謂上下句之第一字不可同是去上入也。」西卷「第一平頭」引

元兢說：「此平頭如是，近代成例，然未精也。欲知之者，上句第一字與下句第一字，同平聲不爲病，同上去入聲一字即病。若上句第二字與下句第二字同聲，無問平上去入，皆是巨病。此而或犯，未曰知音。」日本《本朝文粹》卷七載《省試詩論》引《髓腦》云：「平頭有二等之病：上句第二字與下句第二字同聲者，巨病也，必避之；上句第一字、下句第一字同上去入者，雖立爲病之文，不避之。」均爲元兢說，可與此參看。平山久雄《「上去入」與「去上入」——仄聲排列的兩種次序》謂：天卷《調四聲譜》所引《詩髓腦》文中，「去上入」凡十二見，此外，《文鏡秘府論》謂仄聲均作「上去入」（凡九見）或「上去入聲」（凡二見）。何以改「上去入」爲「去上入」，「這裏有去聲調值的長音化和上聲調值的短音化兩種因素在起作用」，「上聲變得較短，接近入聲，去聲則變得較長，接近平聲；就與平聲的關係來講，仄聲三調按『上去入』的順序排列，不如按『去上入』顯得合適。單就仄聲三調來説，『去上入』念起來可成由長漸短的節奏，會更加順口」（《中日學者中國學論文集》，復旦大學出版社，二〇〇六年）。

⑰ 則聲不調也：《研究篇》下：「以上首先值得注意的是區别了『平』和『去上入』的概念。這個『去上入』歸納一起的概念，用後來的話説，相當於側（仄）。這從指『曠望』而稱『兩字去上入』這一點可以知道。『曠』也好，『望』也好，都是去聲，由此可知，這個『去上入』是相當於『仄』的概念。」「其次，換頭表示爲兩種，《眼心抄》把它們稱爲雙换頭和單换頭。雙换頭的例詩《於蓬州野望詩》『平平仄仄仄，仄仄仄平平。仄仄平平仄，平平仄仄平。平平平仄仄，仄仄仄平平。仄仄平平仄，平平仄仄平』，和律體的用聲没有什麽不同。但是，第一句第三字當平而用仄，因爲這是『護腰』的法則，即『上句之腰不宜與下句之腰

同聲』而自身否定的地方，所以元兢可能是用『宕』字用作平聲。如果這樣，就全部合於律體。元兢時已有意識地使用和律體同樣的平仄式這一事實，是值得注意的。單換頭，是祇是第二字平仄不同，而第一字即使平聲重複也無妨。我想，這個換頭説，是從永明體『平頭』的限制轉化過來的。『上句第一二兩字是平聲，則下句第六七字不得復用平聲』這樣的平頭的限制，和換頭相同。但是，『仄仄平平仄，仄仄仄平平』如果是律體，因爲没有換頭，所以不行，但如果其仄聲像『去上平平上，入去上平平』這樣，則不是病。所以説『同聲，若能參差用之則可矣，謂第一與第七，第二與第六同聲』。把這轉化成平和仄的關係祇能是換頭。西卷説：『元兢曰：此平頭如是，近代成例，然未精也。（下略）』這是和單換頭相同的説法，換頭出自平頭，這一點就更可確定。」

蔡瑜《唐詩學探索》：「換頭的黏對之法完成了律體形式最切要的規律，並在其中特重每句第二字的更迭所形成的全篇聲律結構，與早期八病説言換頭或指第一字，或兼重第一、第二字相較，已在調聲上摸到重要的關鍵位置。」「後來區分『平起式』『側起式』時以首句的第二字爲憑，便是充分認同此一關鍵位置的重要性。」

杜曉勤《齊梁詩歌向盛唐詩歌的嬗變》：元兢換頭術的出現，「既是永明以來聲病説尤其是劉滔新聲律理論的進一步發展，同時也是齊梁以來人們在創作新體詩過程中運用『粘式律』的經驗積累、增長到一定時候發生質變的結果」。

二，護腰者①。

腰，謂五字之中第三字也。護者，上句之腰不宜與下句之腰同聲。然同去上入則不可，用平聲無妨也。庾信詩曰〔一〕②：「誰言氣蓋代〔二〕③，晨起帳中歌〔三〕。」「氣」是第三字〔四〕，上句之腰也，「帳」亦第三字，是下句之腰，此爲不調。宜護其腰，慎勿如此也〔五〕④。

【校記】

〔一〕「庾」，三寶本旁注「庚證本」。「曰」，醍甲、仁甲、寶龜、義演本作「云」，三寶本旁注「云證」。

〔二〕「代」，高甲、寶壽、六寺、正乙本作「伐」。

〔三〕「帳」，原作「悵」，三寶、高甲、高乙、醍甲、寶壽、寶龜、正甲、六寺、正乙本同，據江户刊本、維寶箋本改。

〔四〕「氣是第三字」至後「收夕霏」一〇二字，高甲本無。

〔五〕「也」，松本、江户刊本、維寶箋本無。

【考釋】

①護腰：《研究篇》下：「（護腰）這個規定恐怕是換頭的變形。沈約説過『五言之中，分爲兩句，上二下三』，劉善經也有類似的論述。如果下三的第一字（即所謂「腰」）都是仄，句的下半就成爲平頭之形。劉善經把蜂腰稱爲『此是一句中之上尾』，現在仿其表現，可以稱爲『此是一句中之平頭』。換頭的

『頭』承平頭的『頭』，而護腰的『腰』則似出自蜂腰的『腰』。律體源自永明體，由此也可以證明。永明體向律體發展的過程，劉滔『第二字與第四字同聲，亦不能善。此雖世無的目，而甚於蜂腰』之説也可以看出。即使律體，『二四不同』也是鐵的原則。又，元兢説：『如第二字與第五字同去上入，皆是病，平聲非病也。』爲什麽呢？因爲遵守换頭，就不得不犯蜂腰。就是説，如果是仄起式，則起聯的下句和頸聯的下句，如果是平起式，則頷聯的下句和尾聯的下句，必然産生『平平仄仄平』的句形。又，如果是仄起式則起聯的上句和頸聯的上句，平起式則頷聯的上句和尾聯的上句，必然産生『仄仄平平仄』的句形。但是，如果是仄聲，衹要上去入互用就能避免同聲，如果是平聲就没有辦法。因此，平聲的情况下，如果不緩和這一限制，就要陷入作繭自縛的境地，大概因爲平聲没有仄聲那樣刺耳，所以就規定平聲的蜂腰不是病。這也看出永明體向律體過渡的形態。」《譯注》：「護腰大約可以看作是蜂腰的修正。」

蔡瑜《唐詩學探索》：「元兢重新定義五言之中的第三字爲腰，在位置上極爲恰切，就聲律結構言，『上二下三』的五言句式中，第三字正是下一音節的音韻的起始，换言之，第二字與第三字正是分居五言音節頓斷處的上下位置，元兢的换頭與護腰正是掌握五言詩音律的一關鍵。」

② 庾信（五一三—五八一）：字子山，祖籍南陽新野（今屬河南）。《隋書·經籍志》著録《庾信集》二十一卷，《周書》卷四一、《北史》卷八三有傳。詩句出庾信《擬詠懷二十七首》其二十六，全詩爲：「蕭條亭障遠，悽慘風塵多。關門臨白狄，城影入黄河。秋風别蘇武，寒水送荆軻。誰言氣蓋世，晨起帳中歌。」（《庾子山集注》卷三）

③ 氣蓋代：《史記·項羽本紀》：「項王則夜起，飲帳中……乃悲歌忼慨，自爲詩曰：『力拔山兮氣蓋世，時不利兮騅不逝。』」《校注》：「『代』，避唐諱改。」

④ 盛江案：元兢調聲所謂「護腰」，或者爲永明體蜂腰之變體。同去上入不可用，而平聲則無妨，體現劉滔平聲有用處多之觀念，有類於平平仄平仄與仄仄仄平平相對之句式，此種情況，則仄聲内不可同去、上、入之聲。然初唐「十病」之「木枯病」舉《秋詩》爲例：「金風晨泛菊，玉露宵沾蘭。」「晨」、「宵」同爲平聲，而被作爲聲病之例（西卷《文二十八種病》），説明其時人們所見不一。又檢其時創作，蘇味道、上官儀、沈佺期、宋之問、李嶠、杜審言等有上下句之腰同仄聲之例，創作上亦未嚴格遵守此一規則。此或者爲元兢理論之假設。

【附録】

三浦晉《詩轍》卷二：唐人調聲之術有護腰法，《秘府論》引庾信詩「誰言氣蓋世，晨起帳中歌」，曰：「此爲不調。宜護其腰。」氣帳共去聲，因此這樣認爲。

三，相承者①。

若上句五字之内，去上入字則多〔一〕，而平聲極少者，則下句用三平承之。用三平之術，向上向下二途，其歸道一也〔二〕②。三平向上承者〔三〕，如謝康樂詩云〔四〕③：「溪壑斂暝色〔五〕，雲霞收夕霏〔六〕④。」上句唯有「溪」一字是平，四字是去上入，故下句之上用「雲霞收」三平承之，故曰上承也。三平向下承者〔七〕，如王中書詩云〔八〕⑤：「待君竟不至，秋雁雙雙飛⑥。」上句唯有一字是平，四去上入，故下句末「雙雙飛」三平承之〔九〕，故云三平向下承也〔一〇〕⑦。

【校記】

〔一〕「則」，羅根澤《中國文學批評史》：「（則）疑爲『甚』字之誤。」《校注》引任注：「『則』字疑衍。」

〔二〕「道」，醍甲、仁甲、義演本無，三寶本旁注「遂」。

〔三〕「承者」，《眼心抄》作「相承」。

〔四〕「如」，醍甲、六寺本無。「詩云」，正甲本無。

〔五〕「溪壑斂暝色」上正乙本注「朱念」與「氣是第三字上句之腰也悵亦第三字下句之腰此爲不調宜護其腰慎勿如此也」，字體與本文一樣大。「溪」，《文選》作「林」。「壑」，《眼心抄》作「林壑」。盛江案：《眼心抄》之「林」字當爲校字誤入。

〔六〕「雲霞收夕霏」下《眼心抄》尚有「又王維詩云積水不可極安知滄海東」十五字。

〔七〕「三」，原作「四」，三寶、高甲、高乙、醍甲、仁甲、寶壽、寶龜、正甲、六寺、正乙本同，醍甲本旁注「三歟」。《考文篇》：「三，諸本作『四』，與『下句末雙雙飛三平承之』不合，版本改作『三』，是也。」《校勘記》：「這是引『秋雁雙雙飛』的句中四字皆平，移寫之際而把『三平』妄改爲『四平』的。那和前一句『雲霞收夕霏』句有『下句之上用雲霞收三平承之』一樣的(「云、霞、收、霏」四字皆平)。」據江户刊本、維寶箋本改。「承者」,《眼心抄》作「相承」。

〔八〕「云」,醍甲、仁甲、正甲、寶龜本作「曰」,三寶本旁注「曰證」。

〔九〕「末」,《校注》引任注:「『末』下疑脱一『用』字。」

〔一〇〕「三」,原脱,三寶、高甲、高乙、寶壽、寶龜、正甲、六寺、正乙本同,據醍甲、仁甲、松本、江户刊本、維寶箋等本補。

【考釋】

① 相承:《眼心抄》「十二種調聲」分「十向上相承,十一向下相承」二種。《譯注》:「五言句聲調平衡最好是平聲三字仄聲二字或者平聲二字仄聲三字。但有時平聲或仄聲四字,這時提出的處理辦法就是相承。上句或下句仄聲過多時,另一句連用三字平聲,以保持平衡。這有二種,五言上三字連用平聲,叫『向上相承』,下三字連用平聲,是『向下相承』。」「這裏説的是仄聲過多的情況,反過來,平聲過多的情況應該也有,但對此元兢没有提出處理辦法。」

② 「向上」二句:《札記續記》:「保延本(盛江案:指宫内廳本)把『向上向下』作爲一句,詩話本把『向上向下二途』作爲一句,詩話本是。小西點作『向上向下,二途其歸道一也』,同保延本。」

③ 謝康樂:謝靈運(三八五—四三三),原籍陳郡陽夏(今河南太康),出生於會稽始寧(今浙江上虞),襲封康樂公,世稱謝康樂,著有《晉書》三十六卷,有集二十卷。《宋書》卷六七、《南史》卷一九有傳。

④「溪壑」二句：此劉宋謝靈運《石壁精舍還湖中作》詩，全詩爲：「昏旦變氣候，山水含清暉。清暉能娱人，遊子憺忘歸。出谷日尚早，入舟陽已微。林壑斂暝色，雲霞收夕霏。芰荷迭映蔚，蒲稗相因依。披拂趨南徑，愉悦偃東扉。慮澹物自輕，意愜理無違。寄言攝生客，試用此道推。」（《文選》卷二二）《眼心抄》引王維二句詩，爲《送秘書晁監還日本國》詩中句，載《全唐詩》卷一二七。《研究篇》下：「（王維詩句）時代不同，元兢《詩髓腦》中應該没有。恐怕是大師後來任意追加的。」《譯注》：「王維詩於玄宗天寶十二載（七五三），爲送阿倍仲麻吕（晁衡）歸國而作，不可能進入初唐元兢的著作中，可能爲空海補入。」盛江案：亦可能爲元兢之後唐人所補。

⑤王中書：王融（四六七—四九三），字元長，南齊詩人、駢文家，祖籍琅邪臨沂（今屬山東）。仕齊曾爲中書郎，故稱王中書。《隋書·經籍志》著録《王融集》十卷，今存詩七十餘首。《南齊書》卷四七、《南史》卷二一有傳。

⑥「待君」二句：此王融《古意二首》之一中句，全詩爲：「遊禽暮知反，行人獨不歸。坐銷芳草氣，空度明月輝。嚬容入朝鏡，思淚點春衣。巫山彩雲没，淇上緑條稀。待君竟不至，秋雁雙雙飛。」（《玉臺新詠》卷四）上句「君」一字爲平聲。

⑦《研究篇》下：「上兩詩，各自是『平仄仄仄仄，平平平仄仄』、『仄平仄仄仄，仄仄平平平』（盛江案：有誤，原文如此），完全不合律體（犯三四不同或孤平或平三連）。爲什麽舉這樣的例詩呢？蓋元兢雖然能考慮到和律體相同的平仄式，但並不固執地把這種平仄式作爲唯一的標準體，這不正可看作是

試驗階段嗎？作爲與此相對的傍證，可以舉出元兢關於齟齬病所説的『平聲不成病，上去入是重病』這一事實。所謂齟齬病，就是五言句中第二第三第四字中的任兩個字相連而同聲，但是，因爲『仄仄平平仄，仄平平仄仄』等形狀在律體中經常出現，把這作爲病犯的話，也是不得了的。但是，如果是『平仄仄平平，平平仄仄平』，則因爲仄聲中上去入有區別，可以參差互用。但是，這一説法，不是根據律體的範疇即『平—仄（上去入）』的規則，而是根據永明體的範疇即『平—上—去—入』的區分。」「元兢容許永明體觀點和律體觀點的共存，换句話就是説，雖然提倡律體式的調聲，但是這之外的調聲形式並没有徹底疏遠，這一事實，讓人想到元兢時代雖提倡律體式的調聲但提倡時間並不久。或許元兢自己就是其提倡者。至少可以肯定，元兢是永明體向律體推進的有力的媒介者。」「如果元兢時已自覺運用和律體相同的平仄式，那麽律體成於沈佺期、宋之問的舊説就要修正。律體的成立，就可以考慮比舊説往前推三十年，即在麟德——總章（六六四—六七〇）年間左右，其創始人應該歸之於元兢（或者同時代的人）。沈和宋祇有普及者的地位，把『沈宋體』的别稱給予律體，可以説是不恰當的。但是，律體標準體的位置，大概仍然要下移到弘道——開元（六八三—七四一）年間。」

蔡瑜《唐詩學探索》：三平相承「是一種補救性的原則，所顯現的美感傾向，大體與前所論寧可多用平聲而不多用側聲的原則是一貫的」。「這種尋求補救的想法，似可視爲後世拗救觀念的前身」。

盛江案：檢謝靈運及齊梁至初唐沈約、王融、沈佺期、宋之問等重聲律詩人之創作，時有三平相承，然多爲上句仄聲字多，下句並未三平相承。蓋近體詩律至初唐已成熟，近體詩忌三平調，而古體詩無須律化。故元兢三平相承之術，體現齊梁沈約所言兩句之中，輕重悉異之觀念，或發掘總結人們時而爲之之調聲現象，然與創作趨向多有不合，未被人們普遍接受。

《校注》引任注：「本節論調聲之法，乃王昌齡《詩格》、元兢《詩髓腦》之文，『元氏曰』以上乃昌齡語，下則元兢之言。二氏所標格律，大抵相似，其優勝處，在能任自然之音律，不爲支離瑣屑之談，與後世詩話言聲律者，大相徑庭矣。」盛江案：僅用自然聲律未能概括王昌齡、元兢之詩律説。應視爲永明聲律説向近體詩律發展過程之探索，此類詩律，未必盛行於王昌齡之時，應當衹是以往探索過程所存之資料。

【附録】

三浦晉《詩轍》卷二：上句側多，下句平多，詩話中未見其目。見於《秘府論》，謂之相承，知爲調聲之一，其説謂曰：若上句五字之内，側多平少，則下句以三平承之。用三平之術，向上向下二途，其歸一也。三平向上承者，如謝康樂：「溪壑斂暝色，雲霞收夕霏。」上句唯有溪一字是平，四字是側，故下句之上，三平承之，故曰上承。如王中書：「待君竟不至，秋雁雙雙飛。」上句一字是平，下句末三平承之，是以聲調對也。

詩章中用聲法式①

凡上一字爲一句，下二字爲一句，或上二字爲一句，下一字爲一句三言。上二字爲一句，下三字爲一句五言②。上四字爲一句，下二字爲一句六言。上四字爲一句，下三字爲一句七言。

三言一平聲：驚七曜〔一〕。詔八神。轉金蓋③。

二平聲：排閶闔。度天津〔二〕。紛上馳〔三〕④。

四言一平聲：寶運惟顯。世康禮博。有穆睟儀〔四〕。槐棘愷悌〔五〕⑤。

二平聲：凝金曉陸。紫玉山抽。丹羽林發。顧惟輕薄⑥。

三平聲：高邁堯風。仁風遐闡。皮鄉未群⑦。

【校記】

〔一〕「驚」，《南齊書》作「警」。

〔二〕「津」，醍甲、仁甲、義演本作「律」，醍甲本右旁注「津イ」。

〔三〕「紛」，三寶本作「汾」。「馳」，原作「馱」，各本同，從《南齊書·樂志》作「馳」。

〔四〕「晬」，原右旁注「雖遂反視貌潤澤貌」，三寶本同，《考文篇》、《校注》作「晬」。
〔五〕「悌」，三寶、高甲本旁注「特計反」，寶壽、六寺、正乙本字下注「時計反」。

【考釋】

①《研究篇》下：「這一條所説的，是三言到七言各句型中，可以幾個字用平聲。特意標出平聲，表明認識到平聲和上去入聲相對。即使仄聲這一名稱當時還不存在，但是和平聲相對的仄聲的範疇客觀上應該認識到了。從這個區分來看，論者即使在六朝，也不會是齊梁時人。如果這樣，這篇論的成立，不論怎麽早，我想也不會追溯到隋代以前。另，考察這一項中的例詩，完全不合律體的平仄，例如，五言一平聲和七言二平聲，絶對不會是律體。即使五言三平聲和七言四平聲，從例詩看，也很多完全不合律體平仄式。例如，七言中四平聲的『前期歲寒保一雙』，同時犯孤平和孤仄，而且完全無視二四不同和二六之對。又，七言中三平聲的例詩『聊看玉房素女術』，和以上例詩同樣的犯之外，甚至有下三連（仄聲）。還有，七言中五平聲，如例詩『雲歸沙幕偏能暗』，犯孤仄而成爲常態，其中像『可憐春日桃花敷』一樣連三平聲的也不少。就五言詩來説，三平聲的『披書對明燭』，同時犯孤平和孤仄。又，很多像一平聲的『九州不足步』那樣犯孤平和仄三連。孤平或者孤仄這種現象，在這位論者的想法裏從一開始就没有。即使祇從四言三平聲的『高邁堯風』和三言二平聲的『紛上駃』看也可以知道。這樣看來，這個《詩章中用聲法式》，不會是律體完成時期的作品，恐怕不會有什麽疑問。」元兢時已經和律體一樣有意識地

進行調聲。「假如作於唐代，恐怕也必須考慮是更早的時期。」《文鏡秘府論》所引隋代到唐初的文獻，有劉善經《四聲指歸》和上官儀《筆札華梁》，這兩個當中，「恐怕當是劉善經。能够證明這一點的，是西卷所引的劉善經説，和這一條的用聲法式相符合。西卷有：『平聲賒緩，有用處最多，參彼三聲，殆爲太半。且五言之内，非兩則三，如班婕妤詩云：「常恐秋節至，涼風奪炎熱。」此其常也。亦得用一用四。若四，平聲無居第四。如古詩云「連城高且長」是也。用一，多在第二。如古詩云「九州不足步」，此謂居其要也。』據此説，五言句中甚至可以四字用平聲，以及平聲可以是唯一的字，等等，律體中的支離碎裂的調聲也被容許。特别是用了相同的例詩『九州不足步』，這也許不是偶然的，我想兩者之間不會没有聯繫。因此，我認爲這一項引自《四聲指歸》」。

《譯注》：「把平聲和其他三聲對應，和今體的規格多處不相合，可以判明出處的例句全部出自六朝的作品，考慮到這些問題，讓人感到這是引自隋至初唐時期的書。可以想定《四聲指歸》或者《文筆式》是其有力的出典。」

《校注》引任注：「本節所舉用聲法式，蓋以誨童蒙者。《眼心抄》無此節。」「本節撰人無考。其引宋之問之《明河篇》，知作者在武后時，或其後；以王昌齡《詩格》觀之，頗類王氏之作，然無確證，俟考。」

《探源》：「（本篇）是整段抄録，標題也是原文本有的。」

盛江案：《校注》引任注謂本篇頗類王昌齡《詩格》，純屬猜測。任學良注以爲「七言四平聲」中「河畔青青唯見草」爲宋之問《明河篇》句，但未查見。本篇所引例詩多不合律體之平仄，所舉五言詩又多有律句，説明本篇産生於律化趨勢之中。本篇引庾信詩，説明作於庾信之後。本篇專論平聲用法，爲劉滔「平聲賒緩，有用處最多」思想之體現。每一句分爲上下兩個分句，有沈約影響。或者保留有齊梁舊説。篇中既引謝朓歌辭，並寫南方景致，又引庾信詩，寫河朔生活，説明作者既瞭解江左作品，更熟悉河朔詩作。劉善經南北兼融而更熟悉河朔生活和作品，其《四聲指歸》既論南朝聲病，又論聲律在北朝的發展，既從沈約之説，又接受劉滔思想，恰與之相合。故本篇或出劉善經《四聲指歸》。本篇旨在探討平聲在句中不同位置之不同調聲效果，説明詩歌律化趨勢雖已很明顯，然仍在探討調聲問題。此一現象值得注意。

②「上二字」二句：本書西卷《文二十八種病》「第三蜂腰」：「沈氏云：『五言之中，分爲兩句，上二下三。』」本處所謂「一句」，實指吟詩時之一節奏，五言上二下三，六言上四下二，七言上四下三。

③「驚七曜」三句：七曜：日月五星。《後漢書·劉陶傳》：「上齊七耀，下鎮萬國。」八神：當指八方之神。《漢書·武帝紀》：「用事八神。」金蓋：一解作金色之車蓋。維寶箋引異本箋云：「金蓋者，天圓蓋，非車蓋歟。」

④「排閶闔」三句：閶闔：天門。《楚辭·離騷》：「倚閶闔而望予。」天津：銀河。《楚辭·離騷》：「朝發軔於天津兮。」《校勘記》：「度爲渡之假借。」

以上例句見《南齊書·樂志》，云：「建武二年（四九五），雩祭明堂，謝朓造辭，一依謝莊……雩祭歌辭：……敬如在，禮將周。神之駕，不少留。躡龍鑣，轉金蓋。紛上馳，雲之外。警七耀，詔八神。排閶闔，渡天津。」又載《謝宣城集》卷一，「躡」作「躍」，「燿」作「曜」。《校注》：「《南齊書》（《樂志》）『警』字當從本書作『驚』。」

⑤「寶運」四句：寶運：國運，皇業。槐棘：即三槐九棘，指三公九卿。愷悌：和樂平易。「寶運惟顯」四句出典未詳。《譯注》：「『有穆睟儀』，謝朓《侍宴華光殿曲水奉敕爲皇太子作詩》有『載神留矚，有睟天儀』。」謝詩見《謝宣城集》卷一。

⑥「凝金」四句：紫玉：紫色寶玉。丹羽：赤色羽毛。《校注》：「『陸』字疑。『山』字疑。」《譯注》：「『凝金曉陸』，梁簡文帝《三日侍皇太子曲水宴詩》：『驤騎晨野，掞金曉陸。』凝，或者爲『掞』之訛。『顧惟輕薄』，簡文帝同詩：『顧惟菲薄，徒承恩裕。』」詩見《藝文類聚》卷四。餘二句出典未詳。

⑦「高邁」三句：皮鄉：維寶箋：「走獸之鄉也。如《寶鑰》云『魚鱉鄉』。」《校注》作「皮卿」。《校勘記》：「（皮鄉）此句難解，恐含誤字。」《譯注》：「『仁風遐闡』，晉潘岳《爲賈謐作贈陸機詩》『大晉統天，仁風遐揚』與之相近，但『揚』爲平聲，一句中全部爲平聲。」潘岳詩見《文選》卷二四。餘二句出典未詳。

五言一平聲：九州不足步①。目擊道存者②。

二平聲：玄經滿狹室③。緑水湧春波〔一〕。雨數斜膝斷〔二〕。蒙縣闕莊子④。永慚問津所⑤。詠哥殊未已。百行咸所該〔三〕⑥。

三平聲：披書對明燭⑦。蘭生半上階。無論更漏緩⑧。天命多羸仄。終闕九丹成⑨。水潢臯澮來。洊雷揚遠聲〔四〕⑩。

四平聲：儒道推桓榮⑪。非關心尚賢⑫。

【校記】

〔一〕「緑」，三寶本作「淥」，旁注「緑證」，六寺本作「録」。

〔二〕「塍」，原旁注「食陵反稻田畦也畔也」，三寶本同。

〔三〕「該」，三寶本作「詠」，旁注「該」。

〔四〕「洊」，原旁注「在洵反木荒日」，三寶本同，仁甲、江户刊本、維寶箋本作「游」。此句正甲本無。

【考釋】

① 九州不足步：魏曹植《五遊詠》：「九州不足步，願得凌雲翔。」（《藝文類聚》卷七八）此句西卷《文二十八種病》「第三蜂腰」劉善經引劉滔説，亦作爲五言一平聲之例。

② 目擊道存者：出典未詳。《莊子·田子方》：「若夫人者，目擊而道存矣。」南齊張融《答周顒書》：「目擊道斯存，卿欲必曲鞠。」（《張長史集》）

③ 玄經：此指《老子》，一指揚雄《太玄經》。《南史·隱逸·庾承先傳》：「玄經釋典，靡不該悉。」

④ 蒙縣：在今河南商丘東北。成玄英《莊子序》：「其人姓莊，名周，字子休，生宋國睢陽蒙縣。」

⑤問津：《論語・微子》：「長沮、桀溺耦而耕，孔子過之，使子路問津焉。」

⑥百行：《詩・衛風・氓》「士之耽兮，猶可説也」鄭玄箋：「士有百行，可以功過相除。」以上七句出典均未詳。梁劉孝威《奉和簡文帝太子》詩有「百行紀司成」句，又有「七經咸所精」句（《藝文類聚》卷一六，又《劉庶子集》卷一）。

⑦披書對明燭：《西京雜記》卷二：「（匡衡）勤學而無燭，鄰舍有燭而不逮，衡乃穿壁引其光，以書映光而讀之。」

⑧更漏：古代滴漏計時之器。

⑨九丹：《抱朴子・金丹》：「九丹者，長生之要，非凡人所當見聞也。」

⑩洊雷揚遠聲：梁劉孝威《奉和簡文帝太子》：「前星涵瑞采，洊雷揚遠聲。」（《藝文類聚》卷一六，又《劉庶子集》卷一）《易・震卦・象傳》：「洊雷，震。」以上「三平聲」。以上七句中其餘六句出典未詳。

⑪儒道推桓榮：梁劉孝威《奉和簡文帝太子》：「儒道推桓榮，延賢博望苑。」（《藝文類聚》卷一六）桓榮：漢人。

⑫非關心尚賢：出典未詳。

六言二平聲：合國吹饗蠟賓〔一〕①。沙頭白鶴自儛〔二〕。次宿密縣華亭〔三〕②。將士來迎道側。日月馳邁不停。仰瞻梓柚葉青③。八花沸躍神散④。

三平聲：客行感思無聊〔四〕。停車向路不乘。奄忽縱横無益。洞口青松起風。憂從中發愴愴。何不歸棲高觀⑤。不爲時王所顧〔五〕⑥。

四平聲：蒸丹暫來巖下⑦。柴門半掩恒雲。濛濛霖雨氣凝。況又流飄他方。南至滎陽停息〔六〕⑧。何爲貪生自謫。身爲灰土消爛⑨。

五平聲：蓬萊方丈相通⑩。人生幾何多憂⑪。風起塵興瞑瞑。登高臨河顧西⑫。

【校記】

〔一〕「饗」，三寶、寶龜、正甲本作「響」。「蠟」，原注「七慮反周禮有蠟氏又音乍」，三寶本同。

〔二〕「儛」，寶龜、正甲本作「舞」，三寶本注「儛亻」。

〔三〕「縣」，松本、江户刊本、維寶箋本作「懸」。

〔四〕「客」，原作「容」，據三寶、高甲、高乙等本改。

〔五〕「王」，原作「干」還是作「于」未詳，各本同，原有訓注「ヲカサ」（「王？」），六寺本同，三寶本右訓「ヲカ」（「王？·」）。《校注》謂：「疑是『王』字之誤。」今從原注作「王」。

〔六〕「滎」，醍甲、仁甲、寶龜、江户刊本、維寶箋本作「熒」。

【考釋】

①合國吹饗蠟賓：謝朓《雩祭歌辭》：「關梁閉，方不巡。合國吹，饗蠟賓。充微陽，究終始。百禮洽，萬祚臻。」（《南齊書・樂志》引）

②華亭：在今上海松江西，陸機於吴亡入洛之前，常與弟遊於華亭墅中。《世説新語・尤悔》：「陸平原河橋敗，爲盧志所讒，被誅。臨刑歎曰：『欲聞華亭鶴唳，可復得乎？』」用作感慨生平、悔入仕途之典。

③仰瞻梓柚葉青：維寶箋：「《列子》曰：『吴越之間，至淮焉，其柚碧樹而冬青，丹而味酸，度淮北而化爲枳焉。』」維寶箋本加地哲定注：「梓，『橘』之訛歟？」

④以上六句出典未詳。

⑤何不歸棲高觀：豹軒藏本鈴木虎雄注：「何不歸棲高觀，四平。」盛江案：「觀」爲去聲，三平，豹軒誤。

⑥時王：當代君王。《公羊傳》隱公元年：「王者孰謂？」漢何休注：「欲言時王則無事，欲言先王又無謚，故問誰謂。」徐彦疏：「時王，即當時平王也。」以上七句出典未詳。

⑦蒸丹：維寶箋：「《登真隱決》曰：『欲合九轉，先作神釜，當用滎陽長沙豫章土釜，謂瓦釜也，昔黄帝火鼎於荆山。』《大清中經》曰：『亦有九鼎丹法，即是丹釜。』」

⑧滎陽：滎陽郡，今河南鄭州。

⑨以上七句出典未詳。

⑩蓬萊方丈：傳説中神山。《史記·封禪書》：「自威、宣、燕昭使人入海求蓬萊、方丈、瀛洲。此三神山者，其傳在勃海中。」

⑪人生幾何多憂：曹操《短歌行》：「對酒當歌，人生幾何。」（《文選》卷二七）

⑫以上四句出典未詳。

七言二平聲：將軍一去出湖海〔一〕①。信是薄命向誰陳。井上雙桐未掩鳳②。嫁得作賦彈琴聲。寒雁一一渡遼水③。誰堪坐感篋裏扇④。

三平聲：相抱長眠不願起。自有傾城蕩舟妾⑤。燕宮美女舊出名⑥。復娉無雙獨立人〔二〕⑦。二人拂鏡開珠幕〔三〕。都護府裏無相識⑧。岱北雲氣晝昏昏〔四〕⑨。自從將軍出細柳⑩。左掖深閨行且宜〔五〕⑪。聊看玉房素女術⑫。

四平聲：秋鴻千百相伴至〔六〕。曾儛纖腰入金谷⑬。妾用丹霞持作衣。燕山去塞三千里⑭。金門巧咲本如神⑮。洛城秋風依竹進⑯。玉釵長袖共留賓。唯見《張女》、《玄雲》調⑰。河畔青青唯見草⑱。前期歲寒保一雙⑲。

五平聲：高樓岧嶢連粉壁〔七〕。可憐春日桃花敷。忖時俱來堪見迎。鴛鴦多情上織機。

雲歸沙幕偏能暗⑳。還嗟團扇匣中秋。深入遑遑偏易平。將軍勒兵討遼川。初言度燕征玄菟〔八〕㉑。

六平聲：朝朝愁向猶思床〔九〕。桃花藟蒻無極妍㉒。春山興雲盡如羅㉓。

【校記】

〔一〕「湖」，原作「潮」，三寶、高甲、高乙、醍甲、仁甲、寶壽、寶龜、六寺等本同，據江户刊本、維寶箋本改。

〔二〕「娉」，維寶箋本加地哲定注：「當作『聘』。」《考文篇》作「聘」。

〔三〕「二」，《校注》：「『二』，疑『玉』之誤。」「珠」，松本、江户刊本、維寶箋本作「朱」。

〔四〕「岱」，《校注》：「『岱』，疑當作『代』。」

〔五〕「且」，江户刊本、維寶箋本作「旦」。

〔六〕「鴻」，醍甲、仁甲、義演本作「雁」，眉注「鴻」。

〔七〕「岧」，原作「迢」，高甲、高乙、寶壽、六寺、正乙本同，據三寶、醍甲、仁甲、江户刊本、維寶箋本改。

〔八〕「菟」，原作「菀」，各本同。維寶箋本加地哲定注：「當作『菟』。」今從之作「菟」。

〔九〕「猶」，寶壽、六寺本作「於」。

【考釋】

① 湖海：《三國志・魏書・陳登傳》：「陳元龍湖海之士，豪氣不除。」

②井上雙桐：魏明帝曹叡《猛虎行》：「雙桐生空井，枝葉自相加。」（《藝文類聚》卷八八）

③寒雁一一渡遼水：《校勘記》：「『一一』爲『丁丁』之形訛歟。」北周庾信《燕歌行》：「寒雁嗈嗈渡遼水，桑葉紛紛落薊門。」（《庾子山集注》卷二）「嗈嗈」一作「丁丁」，一作「一一」。

④篋裏扇：漢班婕妤《怨歌行》：「裁爲合歡扇，團團似明月。……棄捐篋笥中，恩情中道絶。」（《文選》卷二七）以上六句除「寒雁一一度遼水」句外，其餘五句出典未詳。

⑤傾城：《漢書·外戚傳》載李延年歌：「北方有佳人，絶世而獨立。一顧傾人城，再顧傾人國。」蕩舟妾：《韓非子·外儲説左上》：「蔡女爲桓公妻，桓公與之乘舟。夫人蕩舟，桓公大懼。」《淮南子·人間訓》：「蔡女蕩舟，齊師大侵楚。」梁簡文帝《雍州曲三首》之《北渚》：「好值城旁人，多逢蕩舟妾。」（《樂府詩集》卷四八）

⑥燕宮美女舊出名：《漢武故事》：「又起明光宮，發燕趙美女二千人充之。」（《太平御覽》卷一七三）

⑦無雙：《莊子·盜跖》：「生而長大，美好無雙。」獨立人：即上引李延年歌所謂絶世而獨立之人，指李夫人。

⑧都護：官名，漢宣帝時置西域都護，爲西域地區最高長官。

⑨岱北雲氣晝昏昏：北周庾信《燕歌行》：「代北雲氣晝昏昏，千里飛蓬無復根。」（《樂府詩集》卷三二）代北：今山西北部河北西北部一帶。

⑩自從將軍出細柳：庾信《燕歌行》：「自從將軍出細柳，蕩子空牀難獨守。」（《樂府詩集》卷三二）細柳：漢將軍周亞夫屯軍細柳營，在今陝西咸陽西南渭河北岸。

⑪左掖：指宫城正門左之小門。《校勘記》：「左掖深閨行且宜，此句難解，恐有訛誤。」

⑫玉房：玉飾之房，多指神仙住處。《漢書・禮樂志》：「神之出，排玉房。」素女術：素女爲古代傳説中神女，或言其善房中術或養生術，素女術當指此。以上十句除「岱北雲氣晝昏昏」、「自從將軍出細柳」二句外，其餘八句出典未詳。

⑬纖腰：指晉石崇之家妓緑珠，此泛指富貴人家能歌善舞之家妓。金谷：晉巨富石崇所築之金谷園，此泛指富貴人家之豪華園林。

⑭燕山：指燕山山脈，在河北平原北側。陳徐陵《出自薊北門行》：「薊北聊長望，黄昏心獨愁，燕山對古刹，代郡隱城樓。」（《樂府詩集》卷六一）又，今蒙古國境内之燕然山亦稱燕山。庾信《楊柳歌》：「君言丈夫無意氣，試問燕山哪得碑？」（《庾子山集注》卷二）

⑮金門：代指富貴人家。《魏書・常景傳》：「夫如是，故綺閣金門，可安其宅。」

⑯洛城：指洛陽（今屬河南）。

⑰《張女》、《玄雲》：並曲名。晉潘岳《笙賦》：「輟《張女》之哀彈，流《廣陵》之名散。」（《文選》卷一八）漢班固《漢武内傳》：「西王母命侍女安法嬰歌《玄雲》曲。」（《藝文類聚》卷四三）後借指仙歌妙曲。

⑱河畔青青唯見草：《校注》引任注：「此宋之問《明河篇》句。」《古詩十九首》其二：「青青河畔草，

鬱鬱園中柳。」（《文選》卷二九）

⑲ 以上十句出典未詳。

⑳ 沙幕：即沙漠。

㉑ 玄菟：古郡名，漢武帝置，轄今遼寧東部及朝鮮咸鏡道一帶，後泛指邊塞要地。以上九句出典未詳。

㉒ 蘤蔚：花盛開貌。晉左思《吴都賦》：「異荂蘤蔚，夏曄冬蒨。」（《文選》卷五）劉逵注：「敷蔚，華開貌。」李善注引郭璞《爾雅注》：「蘤與敷同。」

㉓ 以上三句出典未詳。

七種韻〔一〕①

凡詩有連韻、疊韻、轉韻、疊連韻、擲韻、重字韻、同音韻〔二〕②。

一，連韻者。

第五字與第十字同音〔三〕，故曰連韻。如湘東王詩曰③：「嶰谷管新抽④，淇園竹復脩〔四〕⑤。作龍還葛水⑥，爲馬向并州⑦。」此上第五字是「抽」，第十字是「脩」，此爲佳也⑧。

二，疊韻者。

詩云：「看河水漠瀝〔五〕，望野草蒼黄。露停君子樹⑨，霜宿女娃薑〔六〕⑩。」此爲美矣⑪。

三，轉韻者。

詩云：「蘭生不當門〔七〕⑫，别是閑田草〔八〕。夙被霜露欺〔九〕，紅榮已先老。謬接瑶花枝〔一〇〕，結根君王池。顧無馨香美，叨沐清風吹〔一一〕。餘芳若可佩，卒歲長相隨⑬。」

四，疊連韻者⑭。

第四、第五與第九、第十字同韻〔一二〕，故曰疊連韻。詩曰：「羈客意盤桓，流淚下蘭干〔一三〕。雖對琴觴樂，煩情仍未歡⑮。」此爲麗也。

【校記】

〔一〕「七種韻」，天卷序及《眼心抄》作「八種韻」。

〔二〕「同音韻」下《眼心抄》有「交鏁韻」。

〔三〕「音」，《校注》引任注：「案『音』當作『韻』，形近而誤也。」

〔四〕「竹」，《藝文類聚》等作「節」。

〔五〕「河」，三寶本眉注「漢」。

〔六〕「娃」，原作「姓」，三寶、高甲、高乙、醍甲、仁甲、寶龜、松本、江户刊本、維寶箋本等本同，《譯注》作「生」，據寶壽、六寺本改。

〔七〕「門」，《李白集校注》作「户」。

〔八〕「田」，《李白集校注》作「庭」。

〔九〕「夙」，原作「風」，各本同，據《李白集校注》改。

〔一〇〕「瑶」，原作「揺」，據《李白集校注》改。

〔一一〕「沬」，原作「沫」，各本同，據《李白集校注》改。

〔一二〕「五」，仁甲本作「五字」。「第九」，醍甲、仁甲、義演本無，醍甲本旁注「第九イ」。

〔一三〕「蘭」，三寶、高甲、高乙、寶壽、六寺本同，醍甲、仁甲、寶龜、義演本作「瀾」，原旁注「瀾一本」，三寶本注「瀾イ」。

【考釋】

① 七種韻：《考文篇》：「『七種韻』至『此無妨也』，原典未詳，引李白詩，可能爲中唐文獻。」《校注》

引任注：「本節曾引王昌齡、李白詩，疑係元兢《髓腦》文，皎然《詩議》不致有此種瑣屑聲韻之論也。」《譯注》：「疑爲盛唐至中唐文獻。」盛江案：元兢與上官儀同時，生活於唐高宗至武則天時代，不可能引李白、王昌齡詩，《校注》引任注顯誤。疑爲中唐文獻。

本章爲押韻方法之略論。《研究篇》下：「天卷篇立有『八種韻』，本文作『七種韻』，事實上也衹有七種，《眼心抄》篇立和本文均作『八種韻』，比《秘府論》多交鏁韻，蓋《秘府論》再治時本打算追加到本文，但忘記了，衹是交鏁韻可能是别的原典。」《校勘記》：「當初，預定從某書把『八種韻』全部抄出，這裏的『七種韻』，是省略了其八『交鏁韻』，但《眼心抄》又恢復舊貌作『八種韻』。」

② 「凡詩」句：安然《悉曇藏》卷二：「又如《真旦文筆》，本韻、連韻、疊韻、連疊韻、鄭韻等。」

③ 湘東王：即梁元帝蕭繹（五〇八—五五五），字世誠。此蕭繹《賦得竹》詩（《藝文類聚》卷八九）前四句，全詩十句。

④ 嶰谷：崑崙山北谷名。漢應劭《風俗通義·聲音序》：「昔黄帝使伶倫自大夏之西，崑崙之陰，取竹於嶰谷，生其竅厚均者，斷兩節而吹之，以爲黄鐘之管。」又見《吕氏春秋·古樂》。

⑤ 淇園：故址在今河南淇縣西北，産竹。《詩·衛風·淇奥》：「瞻彼淇奥，緑竹猗猗。」

⑥ 作龍還葛水：相傳費長房隨壺公入深山，以竹杖與騎，須臾還家，以杖投葛陂中化作龍。見《後漢書·方術傳》。

⑦ 爲馬向并州：《後漢書·郭伋傳》：「伋前在并州，素結恩德……始至行部，到西河美稷，有童兒

數百，各騎竹馬，道次迎拜。」并州：州名，在今山西一帶。

⑧「此上」三句：「抽」、「脩」同屬尤韻。《研究篇》下：「普通的五言詩第一句不押韻，因此第一句押韻是連韻。」《校注》引任注：「謂首句末字與第二句之本韻相連也，七言詩亦同。」「連韻則上下句音韻調和，故爲佳也。」

⑨君子樹：木名，似松。《晉宮閣記》：「華林園中有君子樹三株。」（《藝文類聚》卷八九引）梁元帝《芳樹》：「芬芳君子樹，交柯御宿園。」（《樂府詩集》卷一七）

⑩霜宿女姓薑：此句難解。《校勘記》：「此處的疊韻，指疊韻語和疊韻語押韻的情況，因而例詩『蒼黄』與『姓薑』來表示。『蒼黄』是疊韻（平聲陽韻），『姓薑』不是疊韻。（「姓」是去聲敬韻，「薑」是平聲陽韻），但是，此處的『姓』是『生』字之假借（「生」爲陽韻，「姓薑」爲疊韻。「姓」、「生」古互用，《春秋》哀公四年：「蔡殺其大夫孫姓。」釋文：「姓本作生。」）《後漢書・左慈傳》：『既已得魚，恨無蜀中生薑。』四、疊連韻，是疊韻和連韻合在一起的押韻形式。其例詩，第一句『盤桓』和第二句『闌干』是疊韻的例子（盤、桓，闌、干都屬平聲寒韻），這是『姓薑』爲疊韻的例子的旁證。」又，中澤希男《冠注文筆眼心抄補正》以爲「女姓薑」可能爲「女貞橿」之訛。「女貞」一名冬青。「橿」，《廣韻》：「一名檍，萬年木。」《譯注》作「女生薑」，謂：「各本作『姓』（去聲），上之『女』字衍誤。『生薑』，和『女』相連，疑用《韓詩外傳》卷七如下的故事：『宋玉因其友而見襄王，襄王待之無異。（宋玉）乃讓其友，其友曰：「夫薑桂因地而生，因地而不辛。女因媒而嫁，因媒而不親。子未事王，何怨於我。」』」

盛江案：《譯注》可備一説，但由句式結構觀之，上句爲「君子—樹」，下句當爲「女姓—薑」，若作「生」，則「生薑」爲一詞，其結構則爲「女—生薑」，與上句不合。仍疑作「女娃」，然出典未詳。由句式結構觀之，「女姓（女娃？）」爲詞，而「姓薑」非詞，「姓薑」未必疊韻。可能詩中有一處用疊韻字押韻，即爲押韻方法的「疊韻」。

以上四句詩題及撰者未詳。

⑪ 此爲美矣：《譯注》：「以疊韻之語押韻，其效果爲不僅第五字爲韻字，第四字也押韻。」

⑫ 蘭生：維寶箋：「《三國志·蜀書·周群傳》曰：先主殺張裕，諸葛亮救之，先主曰：『芳蘭生門，不得不鉏。』」

⑬ 此爲李白《贈友人》詩全篇（《李白集校注》卷一二）。關於轉韻，諸家有論述。《探源》：「換韻，《詩經》已常見換韻情形。」維寶箋：「轉韻者，轉蘇韻也。此法止於六句三句一換韻。或平或仄，平者換平，仄者換仄，謂之二疊促句換韻法也。或九句三句一換韻，其軌非一。見《冰川詩式》四：『今詩平頭換句法也，此法七句方一換韻，又首句平聲，其法不得雙殺，雙殺者，不得此法。』門平聲首句草老一韻欺枝一韻互平仄也；池平聲首句美佩仄一韻隊吹隨平支一韻互平仄；是非雙殺，是轉換韻一格也。」

《研究篇》下：「這首詩中『欺』和『枝』通韻，這大概是韻脚吧（特別是「欺」）。如果是這樣，就和交鏁韻混淆了。因爲轉韻的『轉』的原因不太清楚。」《校注》引任注：「此詩連續轉換三韻，故曰轉韻詩。」《譯注》：「詩中途換韻，古詩體常用，原則上換韻之處也是意思的轉換點。押韻前半爲上聲三十二皓韻之

『草』、『老』，後半爲上平聲五支韻『枝』、『池』、『吹』、『隨』。」

盛江案：首句「門」字平聲，與全詩轉韻似無關係，「美」爲上聲旨韻，「佩」爲去聲隊韻，二字並非押韻。又，由《七種韻》難知是否非要平換平，仄換仄，故維寶箋及所引《冰川詩式》之説未必完全切合此處情況。「欺」字與「枝」、「池」押韻，恐爲偶合，非有意爲之，與轉韻者可能無關。此處之意，當是祇要中途換韻，即屬轉韻。故以興膳宏説爲是。又案，劉勰《文心雕龍》實亦論及轉韻問題，其《章句》篇曰：「賈誼、枚乘，兩韻輒易；劉歆、桓譚，百句不遷。」兩韻輒易，是轉韻；百句不遷，是不轉韻。劉勰曰：「兩韻輒易，則聲韻微躁；百句不遷，則脣吻告勞。妙才激揚，雖觸思利貞，曷若折之中和，庶保无咎。」既要轉韻，然不能過頻，總體主張轉韻，所謂「若乃改韻從調，所以節文辭氣」。

⑭ 疊連韻：《校注》引任注：「謂既是連韻，而每韻又爲二疊韻，故曰疊連韻。盤桓疊韻，闌干復疊韻，二疊韻相連以爲韻，音韻流和，詞調清麗也。」《譯注》：「疊韻和連韻的結合，即用疊韻語自首句押韻。」盛江案：由説明觀之，當是首句與第二句以疊韻押韻，未必是每韻均爲二疊韻，但未規定首句二句之外是否可以疊連韻。

⑮ 此詩詩題及撰者未詳。

【附録】

三浦晉《詩轍》卷四：《秘府論》出連韻、疊韻、轉韻、疊連韻、擲韻、重字韻、同音韻七種。

五，擲韻者①。

詩云：「不知羞，不敢留。但好去，莫相慮。孤客驚，百愁生。飯蔬簞食②，樂道忘饑〔一〕③，陋巷不疲〔二〕④。」此之謂也。

又曰：「不知羞，不肯留。集麗城，夜啼聲。出長安，過上蘭⑤。指楊都〔三〕⑥，越江湖。念邯鄲，忘朝飡⑦。但好去，莫相慮⑧。」

六，重字韻者。

詩云：「望野草青青，臨河水活活⑨。斜峰纜行舟，曲浦浮積沫⑩。」此爲善也。

七，同音韻者。所謂同音而字别也〔四〕⑪。

詩曰〔五〕：「今朝是何夕，良人誰難覯。中心實憐愛，夜寐不安席⑫。」此上第五字還是「席」〔六〕，此無妨也〔七〕⑬。

【校記】

〔一〕「食樂」，《文筆眼心抄釋文》、寶龜本作「食朝飡樂」，「朝飡」疑涉下文之「朝飡」而衍。

〔二〕「陋巷」，原作「巷陋」，三寶、高甲、高乙、醍甲、仁甲、義演本同，據寶壽、六寺本、松本、江户刊本、維寶箋本改。

〔三〕「楊」，寶壽、寶龜、六寺本、江户刊本、維寶箋本作「揚」。

〔四〕「所」，《眼心抄》無。

〔五〕「曰」，《眼心抄》、醍甲、仁甲、寶壽、寶龜本作「云」，三寶本旁注「云證」。

〔六〕「席」下《校注》引任注據意補「音」字。

〔七〕「此無妨也」下高野山持明院藏維寶箋本有「文鏡秘府論箋卷第二」，真言宗全書本維寶箋本有「文鏡秘府論箋卷第二終／享保二十一年丙辰春四月十有二日／金剛峰寺沙門維寶馳毫於蓮金教院／于時安永二癸巳四月下之八日／金剛峰寺沙門隆勤與之」。享保二十一年爲公元一七三六年。安永二年爲公元一七七三年。

【考釋】

①擲韻：《校注》引任注：「案此每兩句一韻，其意轉換，即擲去原韻，而别安韻，隨轉隨換，故曰擲韻也。」《探源》：「嚴格來説，擲韻實是變相换韻。」

②飯蔬簞食：《論語·述而》：「飯蔬食飲水，曲肱而枕之，樂亦在其中矣。」《論語·雍也》：「一簞食，一瓢飲，在陋巷，人不堪其憂，回也不改其樂。賢哉，回也。」

③樂道忘飢：《晉書·樂志》引拂舞歌《白鳩篇》：「與君周旋，樂道忘飢。」

④《校勘記》：「前例第四句的『飯蔬簞食樂道』不是擲韻（或者飯和簞韻形相近而誤爲押韻，如果是那樣，這是第一字和第三字押韻的例子），第五句是第二字和第六字押韻之例，後例都是第三字和第六字押韻。」《校注》斷句如下：「飯蔬簞食樂道，忘飢陋巷不疲。」《譯注》斷句如下：「飯蔬簞，食朝飡。樂道

忘飢，陋巷不疲。」並云：「『食』也許爲『忘』字之誤。參照後詩的『忘朝飡』。」盛江案：「飯蔬」以下費解。依《校注》斷句，則「道」與「疲」不押韻，與「擲韻」者不合。《譯注》固可備一說，然「朝飡」二字亦可能涉下而衍，而「飯蔬簞食」爲一成語，「樂道忘飢」亦爲成句，拆分不妥，且斷爲「飯蔬簞」並不成句。故疑當斷句作「飯蔬簞食，樂道忘飢，陋巷不疲」。「飢」字平聲脂韻；「疲」字平聲支韻。支脂通押。「食」字入聲職韻。除「食」字不合韻外，其餘均合「擲韻」之格。

⑤ 上蘭：漢上林苑中宮觀名。班固《西都賦》：「遂繞酆、鄗，歷上蘭。」（《文選》卷一）李善注引《三輔黄圖》：「上林有上蘭觀。」

⑥ 楊都：指揚州，今屬江蘇。李白《永王東巡歌》其七：「王出三江按五湖，樓船跨海次揚都。」（《李白集校注》卷八）然南北朝時亦指建康（今江蘇南京）。《北齊書·文苑·顔之推傳》「在揚都值侯景殺簡文而篡位」中華書局本校勘記：「按當時習稱建康爲揚都。」

⑦ 「念邯鄲」二句：邯鄲：戰國趙國國都，今屬河北。沈既濟《枕中記》述，盧生在邯鄲客店中遇道士吕翁，用其所授瓷枕，睡夢中歷數十年榮華富貴，及醒，店主炊黄粱未熟。沈既濟卒貞元中，《枕中記》述開元故事。此處云「念邯鄲，忘朝飡」，疑由枕上黄粱故事推衍而成。若然，益證明此篇爲中唐之作。

⑧ 以上二詩之韻，「羞」、「留」下平聲尤韻，「去」、「慮」去聲御韻，「驚」、「生」下平聲庚韻，「城」、「聲」下平聲清韻，「安」、「蘭」上平聲寒韻，「都」、「湖」上平聲模韻，「鄲」下平聲寒韻，「飡」下平聲魂韻。

二詩詩題及撰者未詳，是否爲同一詩亦有疑問。《校勘記》：「擲韻之外各目的例詩是一首，擲韻首先冠『詩云』舉五句，接着又冠『又曰』舉六句，前後例詩好像不是同一篇的詩，而是例示包含擲韻的詩句或者詩聯。」《校注》引任注：「（下一詩）蓋前詩之改作也。案皆六字一意，分之實爲三言，每句用韻，六字一换，即一韻用之，則擲而不用。此種例不多見。」《譯注》：「其他例詩全部都是引一篇統一的作品，這裏從文意看，好像不過集中一些擲韻的例子。」

《研究篇》下：「這是變化的用韻，同一句中押韻，而不涉及他句（如後一例詩），六字句每三個字分斷，如例詩可以看作每二句一轉韻。據九鬼周造博士，這叫平坦韻。作爲四句型的轉韻法是比較簡單的事情，因爲不過把二對的兩句並列，作爲一節由四句構成的統一方法，決不能説是完全的，但是把全篇分成小節時，就有顯著的效果。唐詩劉廷芝《代悲白頭吟》等也看到這種手法，即：『洛陽城東桃李花，飛來飛去落誰家。洛陽女兒惜顔色，行逢落花長歎息。今年花落顔色改，明年花開復誰在。』這可以看作把《秘府論》所舉例詩的三言單位擴張爲七言單位。」

⑨活活：水流聲。一説，水流貌。《詩·衛風·碩人》：「河水洋洋，北流活活。」

⑩此詩詩題及撰者未詳。「活活」，重字以爲入聲末韻，是謂重字韻。《研究篇》下：「這很像疊韻，疊韻祇是韻重疊，重字韻是完全同音的字重疊。（如例詩）『活活』是重字韻的原因。哪一個字成爲重字就叫作重字韻，又和疊韻相同。『青青』不過是整理成所謂賦體對，並不構成重字韻的要素。」

⑪「同音」二句：如例詩，「夕」、「席」字别音同之字押韻，是爲同音韻。

⑫此詩詩題及撰者未詳。

⑬「此上」二句：《校勘記》：「『此上第五字還是席此無妨也』，這十二字的意思不清楚，恐有脱誤。『連韻』條有『此上第五字是抽，第十字是修，此爲佳也』，以此爲參考，這一條應該是『此上第五字是夕，第廿字還是席，此無妨也』。」

《研究篇》下：「別的押韻法是『此爲善也』或『此爲麗也』或『此爲美也』，衹有此處是『無妨也』，似爲不太佳的意思。又，如果『同音而字別』『無妨也』，反過來看可以認爲『同音而義同』則不可。關於同音異義的押韻，九鬼博士以爲，『音的應和貫徹單詞全體，有時則其偶然性太顯著，從而觀賞者驚異太過，反而難以體現其押韻的效果，西洋也能看到同樣的例子』。單音綴的時候還好，數音綴反而帶來滑稽的感情，這種藝術性的效果限於極狹小的範圍。由於漢語是單音綴語，同音異義語的押韻雖然很多，但是因爲貫徹單綴語全體的應和不過是一音綴，一般不會引起人們特別的注意。因此可以説『無妨也』。關於同語反覆，九鬼博士説：『音韻上所見的同語反覆的本質，雖然是音的應和貫徹於單語全體，但應和的性質和同音異義的情況正相反，是把偶然性降低到最低限度。因此，雖然嚴格地説，不能叫作韻，但至少作爲韻的代用品，在詩歌上具有顯著的價值。』」「即使唐詩似也並不禁止這種情況，杜甫《飲中八仙歌》，『船』和『眼』和『天』押韻各用了二次，還有『前』字押韻用了三次。」

【附録】

《眼心抄》此下尚有「八交鏁韻」，今録於此並校考如下：

八，交鏁韻①。

王昌齡《秋興》詩云：「日暮此西堂，涼風洗脩木。著書在南窗，門館常肅肅。苔草彌古亭，視聽轉幽獨。或問予所營，刈黎就空谷〔一〕②。」

【校記】

〔一〕《全唐詩》卷一四一録有此詩，「此西」作「西北」，「彌古亭」作「延古意」，「予」作「余」，「黎」作「黍」，「空」作「寒」。

【考釋】

① 此詩偶句木、肅、獨、谷同押入聲屋韻，奇句堂（唐韻）、窗（江韻）同押，亭（青韻）、營（清韻）同押，奇句和偶句交錯押韻，故爲交鏁韻。

② 岡田充博《登科前後的王昌齡（中）》謂此詩作於開元十四年王昌齡退居灞陵時。《研究篇》下：「這種 a b a b 型自古就有。九鬼博士舉《詩·召南·行露》，其押韻爲：牙—a，墉—b，家—a，訟—b。張九齡《照鏡見白髮》也是。另外，九鬼博士説其特色：『因爲二對的二句交叉，比起平坦韻來，四句的結合更加緊密。其結果，是一節由四句構成的詩作爲押韻法是最合適的。』作爲四句型的换韻法，此外還有 a b b a 形的抱擁韻，但《秘府論》『八種韻』中没有相當的東西。」

《研究篇》根據九鬼周造《日本詩的押韻》(昭和六年十月岩波講座《日本文學》),從量、質、形態三個方面進一步分析:所謂量,是應和的數;所謂質,是考察押韻效果的完全和不完全;所謂形態,是考察如何進行韻的組合。把八種韻區分如下:(量):疊韻、重字韻。(質):同音韻。(形態):連韻、轉韻、擲韻、交鏁韻。指出:「《八種韻》的論者本來並没有這些範疇等等的思想,正因爲這樣,所以纔有像疊連韻(量和形態的復合)這樣的名目。但是作爲押韻論的實質已經具備了。」日本文學雖然押韻不發達,但人們很早就知道唐人的押韻。如《歌經標式》:長歌以第二句尾字爲韻,以第四句尾字爲二韻;短歌以第三句尾字爲初韻,以第五句尾字爲終韻,又有粗韻和細韻的區别。《歌經標式》真本中有「歌病略有七種」,其中有「六者同音韻」,符合《文鏡秘府論》的同音韻。從《歌經標式》成立的寶龜三年到《文鏡秘府論》的撰述,不過相隔四十年,藤原濱成有可能參考了《文鏡秘府論》之《八種韻》的原典著作。

盛江案:查詩歌史資料,押同音韻甚爲普遍,人們既未有意追求,亦未有意避忌。疊韻及重字押韻數量甚少,僅率爾爲之;疊連韻與交鏁韻更少,此數種押韻形式恐受雙聲對、疊韻對及重字對等對屬形式影響,爲盛唐《八種韻》作者之有意探求。唐代五言轉韻不普遍,自曹操、陸雲、劉緦及初唐《文筆式》均討論過轉韻,各家看法不一。然連韻、轉韻均有傳統,擲韻源流可追溯至《楚辭》及漢代騷體詩,五言詩擲韻最早爲漢樂府,後有永明時期沈約及王融之作。唐代擲韻五言詩甚少,擲韻七言詩卻甚多。《八種韻》提出連韻、轉韻和擲韻,蓋以簡明範式總結前人及時人押韻經驗與規律。

四聲論〔一〕①

論曰：經案，陸士衡《文賦》云②：「其爲物也多姿，其爲體也屢遷。其會意也尚巧，其遺言也貴姸〔二〕。暨音聲之迭代〔三〕，若五色之相宣③。」又云〔四〕：「豐約之裁〔五〕，俯仰之形，因宜適變，曲有微情。或言拙而喻巧，或理樸而辭輕。或襲故而彌新，或沿濁而更清〔六〕。譬猶儛者赴節以投袂，歌者應絃而遣聲。」文體周流④，備於兹賦矣。陸公才高價重，絕世孤出⑤，實辭人之龜鏡⑥，固難得文名焉〔七〕。至於四聲條貫⑦，無聞焉爾〔八〕。李充之製《翰林》⑧，褒貶古今，斟酌病利，乃作者之師表。摯虞之《文章志》⑨，區別優劣，編輯勝辭，亦才人之苑囿。其於輕重巧切之韻，低昂曲折之聲⑩，並闕之胸懷〔九〕⑪，未曾開口⑫。縱復屈、宋奮飛於南楚〔一〇〕⑬，揚、馬馳鶩於西蜀〔一一〕⑭，或昇堂擅美〔一二〕，或入室稱奇⑮，爭日月之光，竦陵雲之氣⑯。敬通、平子〔一三〕，分路揚鑣；武仲、孟堅，同塗競遠⑰。曹植、王粲、孔璋、公幹之流⑱，潘岳、左思、士龍、景陽之輩⑲，自《詩》、《騷》之後，晉、宋已前，杞梓相望⑳，良亦多矣。莫不揚藻敷萼〔一四〕，文美名香，颺彩與錦肆爭華〔一五〕㉑，發響共珠林合韻㉒。然其聲調高下，未會當今，脣吻之間㉓，何其滯歟㉔。

【校記】

〔一〕「四聲論」上維寶箋本有卷首「文鏡秘府論箋卷第三/金剛峰寺密禪沙門　維寶　編輯」，高乙本無「四聲論」三字。

〔二〕「姸」下原衍「趼」字，據三寶、高甲、高乙、醍甲、仁甲、寶壽、寶龜、六寺等本删。

〔三〕「暨」，原旁注「其器反」，三寶本同。「迭」，原旁注「大結反」，三寶本同。

〔四〕「又云」，正乙、江户刊本、維寶箋本無。《校勘記》：「按照《文賦》，這一條與前一條不連讀，則『豐約之裁』之前冠於『又曰』二字是正確的。」

〔五〕「裁」，原作「齋」，三寶、高乙、寶龜本同，原旁注「在載反」，據三寶、高甲、醍甲、仁甲、寶壽、六寺等本改。

〔六〕「或沿濁而更清」下《文選》有「或覽之而必察，或研之而後精」二句。

〔七〕「文名」，《校注》：「『文』疑當作『而』。」

〔八〕「焉爾」，寶壽、六寺、正乙、松本、江户刊本、維寶箋本作「焉自爾」，醍甲、仁甲本眉注「自亻」。《校勘記》：「焉自爾，如果『自爾』是正確的，那麽，『自爾』是『自爾以來』的略言，舊點是正確的，如果『自』是衍字，那麽，『爾』字屬上句，『焉爾』是語已辭。」盛江案：醍甲亻之文當爲「自李充……」，無「爾」字，若從《校勘記》，則爲「自爾以來」。

〔九〕「之聲並闕」，原作小字旁注，據三寶等本作大字正文。

〔一〇〕「屈宋奮飛」，三寶本作「屈奮宋飛」，原旁注「屈平宋玉」，三寶、寶壽、寶龜、醍甲、六寺本同。

〔一一〕「馬馳」，原無，眉注「馬馳」，據三寶等本補，原旁注「楊雄馬融」，三寶、寶壽、寶龜、醍甲、六寺本同。「鶩」，三寶、醍甲、寶龜、正甲等本作「鶩」。

〔一二〕「擅」，原作「檀」，醍甲、寶壽、六寺本同，據三寶、高甲、高乙、江户刊本、維寶箋本等本改。

〔一三〕「敬」，三寶、正甲本作「放」，原旁注「放亻」，三寶本右旁注「牧證本」，左肩注「敬」。

〔一四〕「敷」，三寶本右旁注「蒸證本」。

〔一五〕「肆」，三寶本旁注「津證本」。

【考釋】

①此篇《四聲論》典出劉善經《四聲指歸》。一九一一年日本内藤湖南《弘法大師之文藝》、一九四一年吉田幸一《關於文鏡秘府論卷第一〈四聲論〉》均已言明。分析較細者爲潘重規《四聲指歸定本箋》：「此論屢稱『經案』、『經以爲』、『經數聞』、『經每見』云云，稱名立論，乃古人著述之體。隋代大儒劉炫爲《五經述議》，亦常稱炫案、炫以爲。此一證也。此論歷引南北朝諸家之説，反覆論辯，於南士則曰『吴人』，曰『江表人士』，於北朝群公則稱其位號，曰魏定州刺史甄思伯，曰魏秘書常景，曰齊僕射陽休之，曰齊太子舍人李節。至若北朝之君，必稱其謚。而南朝諸帝，則直斥其名：曰梁主蕭衍，曰蕭賾。其出自北人之手無疑。此二證也。此論引據頗豐，若陸機《文賦》、李充《翰林》、摯虞《文章志》、沈約《四聲譜》、劉滔、蕭子顯《齊書》、後魏《文苑序》、劉勰《雕龍》、鍾嶸《詩評》、王斌《五格四聲論》、甄思伯《論》、沈氏《答甄公論》、常景《四聲讚》、陽休之《韻略》、李季節《音譜決疑》等，無一非隋以前人著作。此三證也。」

劉善經生卒年未詳，《校注》引任注以爲卒在隋仁壽元年前或稍後，《指歸》當作於隋世，説可從。詳天卷序考釋。又，《續高僧傳》卷五《僧旻傳》載：「所著《論疏雜集》、《四聲指歸》、《詩譜決疑》等百有餘卷流世。」僧旻，梁代三大名僧之一。此《四聲指歸》與劉善經之《四聲指歸》不知是何關係。饒宗頤《唐以前十四音遺説考》：「善經綜輯内典資料，數與僧徒往還，疑旻公所著，傳寫於北方，故善經採用其名。」

② 陸士衡：陸機（二六一——三〇三），詳參南卷《集論》引《文賦》考釋。《文賦》：詳見南卷。

③「其爲物」六句：《譯注》：「這是《文賦》論文章音樂性的第六段。把音聲比作五色，是認識到中國音樂的五音階即宫、商、角、徵、羽這『五音』，陸機當然還没有意識到四聲的存在，但『暨音聲之迭代，若五色之相宣』這二句，如果用平仄來分析的話，便是：音聲　迭代——平平　仄仄。五色　相宣——仄仄　平平。主要的文字平仄整齊的對應。可以認爲，即使不明確，陸機對聲律的原理也有了某種程度的認識。」

④ 文體周流：《譯注》：「文體，如沈約《宋書·謝靈運傳論》『自漢至魏，四百餘年，辭人才子，文體三變』，指文學應有的狀態、特色情形。周流，《易·繫辭下》：『《易》之爲書也不可遠，爲道也屢遷，變動不居，周流六虚。』指周轉不住的運動變化。」

⑤「陸公」二句：《文選》李善注引臧榮緒《晉書》：「（機）天才綺練，當時獨絶。」《晉書·陸機傳》：「後葛洪著書，稱：『機文猶玄圃之積玉，無非夜光焉，五河之吐流，泉源如一焉。其弘麗妍贍，英鋭漂

逸，亦一代之絶乎！』」

⑥龜鏡：龜能卜吉凶，鏡能别美醜，皆可爲後世取法者。《隋書·魏澹傳》：「此即前代之茂實，後人之龜鏡也。」《北史·長孫紹遠傳》：長孫紹遠上遺表曰：「此數事者，照爛典章，揚搉而言，足爲龜鏡。」

⑦條貫：條理，系統。《史記·屈原賈生列傳》：「明道德之廣崇，治亂之條貫，靡不畢見。」維寶箋：「條貫，規繩也，《漢書》曰：『同條共貫。』條者綱目分析，貫者聯絡貫穿。」以上謂陸機《文賦》於四聲規則並無明確認識。

⑧「李充」句：李充：晉人，生卒年不詳。《隋書·經籍志》總集類：「《翰林論》三卷，李充撰，梁五十四卷。」《玉海》卷六二引《中興書目》：「《翰林論》二十八篇，論爲文體要。」

郭紹虞《〈文章流别論〉與〈翰林論〉》：「《通志略》即於文史類著録《翰林論》三卷，而復見其目於總集類，竊疑此書本可兩屬，亦如摯虞《文章流别集》然，苟有二種性質者，《隋書·經籍志》注引《七録》稱《翰林論》有五十四卷，而《晉書·文苑傳序》亦有『《翰林》總其菁華』之語，則此當是選輯性質的總集。《玉海》卷六二引《中興書目》謂『《翰林論》二十八篇論爲文體要』，此則屬於文史之著作。劉勰所譏爲『博而寡要』者是。大抵其爲總集者原名《翰林》，其評論者則稱爲《翰林論》。」

羅根澤《中國文學批評史》：「（《翰林論》）就古人所稱論及嚴可均《全晉文》所輯録而言，知道也是一部辨析文體的書。」「它依照各體『布景褒貶古今，斟酌利病』，又喜於每體之中選舉幾首以爲此體的代表作，似乎《文章流别志論》較近於歷史的探討，《翰林論》較近於美惡的批判。」「《翰林論》的另一特點，在説明各種文體的産生。如説『研求名理而論難生焉』，『在朝辨政而議奏』。」「注意到各種文體的産生，却不能不説李充是第一個。」

饒宗頤《六朝文論摭佚》：「(《翰林論》)其卷帙如是之多，疑本亦選録文章，如仲治之體。」「《文心·序志篇》云：『仲治《流別》，宏範《翰林》，各照隅隙，鮮觀衢路。』」「充此書宋時尚存」，「原書雖不可覩，按其篇數，已逾《文心》之半，諒爲彦和所取材無疑。然《文心》云：『《翰林》淺而寡要。』鍾嶸《詩品》亦云：『李充《翰林》，疏而不切。』又卷中論郭璞詩云：『《翰林》以爲詩首。』晉室南渡，景純蓋與弘度同時，故推爲詩壇之首，度其書中必多評詩，故《史通·論贊篇》評沈隱侯《宋書·謝靈運傳論》，以爲『此文正可爲《翰林》之補亡』，可以見之。日僧《文鏡秘府論》稱此書『褒貶古今，斟酌利病』」。

⑨「摯虞」句：摯虞(？——三一一)：字仲洽，京兆長安(今陝西西安)人，《晉書》卷五一有傳。其著作，《晉書》本傳載：「《文章志》四卷，注解《三輔決録》，又撰古文章，類聚區分爲三十卷，名曰《流別集》，各爲之論，辭理愜當，爲世所重。」《隋書·經籍志》總集類：「總集者，以建安之後，辭賦轉繁，衆家之集日以滋廣，晉代摯虞，苦覽者之勞倦，於是採擿孔翠，芟翦繁蕪，自詩賦以下，各爲條貫，合而編之，謂爲《流別》。」「《文章流別集》四十一卷梁六十卷，志二卷，論二卷，摯虞撰。《文章流別志論》二卷摯虞撰。」史部簿録類：「《文章志》四卷摯虞撰。」

郭紹虞《〈文章流別論〉與〈翰林論〉》謂摯虞《文章流別論》和《翰林論》一樣，「並爲附麗於總集而別行輯出者」，「不過是摯虞所編重在類聚區分，故其書名《流別》，而所論亦止及文體。李充所編菁華，故其書名《翰林》，而所論多評論作家」。

羅根澤《中國文學批評史》：「（《晉書·摯虞傳》）既然説『類聚區分』，必然是區分文章的體類；既然説『各爲之論』，必然對文章的體類各有評論。所以鍾嶸《詩品序》説：『摯虞《文志》，詳而博贍，頗曰知言。』」從内容上看，「顯然有返古之意，可惜全書已佚，不然也許有非毁陸機一班人的文論之言。摯虞爲書，以『流别』命名，因爲他特别注重各體文學的流别，以今釋之，就是歷史的演變」，他還論詩體詩樂，「此外他論到了枚乘的七發與其流别，論到了楊（揚）雄依虞箴所作的十二州，十二官箴，論到了古銘今銘，論到了詩頌箴銘與誄，論到了哀辭，論到了《解嘲》之類，論到了碑志，論到了圖讖」。

《譯注》：「（摯虞《文章志》）從佚文看，其中心内容似爲自古代至三國魏主要文人的略傳。本文所説的『區别優劣，編輯勝辭』是否直接指這個《文章志》尚有不少疑問。摯虞又有分類編纂古今優秀文學作品、有史以來最早的總集的《文章流别集》三十卷（據《晉書》，據《隋志》爲四十一卷），附録有作者略傳的《志》和包括别類的《論》，三者是三位一體的關係。」「後來，《志》和《論》獨立出來，以《文章流别志論》而行世。」「本文所謂《文章志》，可能考慮題名太長，而將上述《集》、《志》、《論》一體的書略稱之。」興膳宏另有專文《摯虞文章流别志論考》，可參看。

饒宗頤《六朝文論摭佚》：「顔延之《庭誥》云『摯虞文論，足稱優洽』，蕭子顯稱『仲治之區判文體』（《南齊書·文學傳論》），鍾嶸謂『摯虞《文志》，詳而博贍，頗曰知言』，而《文心·序志篇》則云『《流别》精而少功』，鍾劉猶許其爲『精』『詳』之制，則此書之價值可知。又《文心·頌贊篇》云『摯虞品藻，頗爲精覈，至云雜以風雅，而不變（辨）旨趣，徒張虚論，有似黄白之僞説矣』，復言『紀傳後評，亦同其名，而仲洽《流别》，謬稱爲述，失之遠矣』。此皆對摯虞提出商榷之點。關於《漢書・贊》稱『述』一事，顔師古《匡謬正俗》云：『摯虞撰《流别集》，全取孟堅《書・序》爲一卷，謂「漢述」，已失其意。而范蔚宗、沈休文之徒，撰史著評論之外，别爲一首，華文麗句，標舉得失，謂之爲「贊」，自以取則班馬，不其惑歟。劉軌思（案此顔氏誤記）《文心雕龍》雖略曉其志，而言之未盡。』案《漢書・叙傳》師古注，亦揭櫫此説，略謂：『自「皇矣漢祖」以下諸叙，皆班固自論撰《漢書》意，此亦依放《史記》之叙目耳。……但後之學者，不曉此爲《漢書》叙目，見有「述」字，因謂此文追述《漢書》之事，乃呼爲「漢書述」，失之遠矣。摯虞尚有此惑，其餘曷足怪乎？』亦以摯虞之説爲非。王先謙曰：『《文選》目録於此書紀傳贊稱「史述贊」。李善注引皆作「漢書述」。』蓋並沿《文章流别》之説。流别者，《説文》：『𠂢，水之衺流别也。』摯虞以『流别』名其書，凡六十卷，分體編録，着眼於文體流變之義。又著有《論》二卷及《文章志》四卷，見《隋志》史部，則其書蓋包括文選、文評、文史三大綱，歷代選家未有如此詳備者」，「不特《昭明文選》取材於兹，而《文心》上半部何曾不資爲挹注也」。

盛江案：摯虞《文章志》、《文章流别集》、《文章流别志論》均已佚，片斷散見於《北堂書鈔》、《藝文類聚》、《太平御覽》等書中，嚴可均《全上古三代秦漢三國六朝文》、張鵬一《關隴叢書》及許文雨《文論講疏》有輯佚。

⑩「其於」二句：維寶箋：「《禮記・王制》：『剛柔輕重，遲速異齊。』今謂平聲韻輕，去上入之韻重，

又，四聲各有輕重。……切者，反切也，低昂曲折，暗謂四聲。」盛江案：切，此處當指切合義，不指反切之義。《譯注》：「『輕』指平聲，『重』指仄聲。又，輕（平）、重（去）、巧（上）、拙（入），它們各自爲四聲之字，這一點似也應注意到。同樣，『低昂』屬平聲，『曲折』屬仄聲。」

⑪ 閦：原指關門，亦泛指關閉，引申爲隱藏。

⑫ 未曾開口：以上意謂《翰林》、《文章志》未論及聲韻規則。

⑬ 屈宋：屈原（前三四三？—前二七七？），宋玉（生卒年不詳），均爲戰國楚辭代表作家。南楚：宋玉《登徒子好色賦》：「南楚窮巷之妾。」（《文選》卷一九）《史記·貨殖列傳》：「衡山、九江、江南、豫章、長沙，是南楚也。」

⑭ 揚馬：揚雄（前五三—一八），司馬相如（前一七九—前一一七），均爲西漢大賦代表作家，且均爲西蜀成都（今屬四川）人。司馬相如，《史記》卷一一七、《漢書》卷五七有傳。揚雄，《漢書》卷八七有傳。

⑮ 昇堂、入室：《論語·先進》：「子曰：『由也升堂矣，未入於室也。』」邢昺集解：「言子路之學識深淺，譬如自外入内，得其門者。入室爲深，顔淵是也；升堂次之，子路是也。」揚雄《法言·吾子》：「如孔氏之門用賦也，則賈誼升堂，相如入室矣。」鍾嶸《詩品》上：「故孔氏之門如用詩，則公幹（劉楨）升堂，思王（曹植）入室。」

⑯ 「争日月」二句：劉安《離騷傳》：「（《離騷》）推其志，雖與日月争光可也。」（班固《離騷序》引，又

見《史記・屈原賈生列傳》《史記・司馬相如列傳》：「相如既奏《大人之頌》，天子大説，飄飄有凌雲之氣，似遊天地之閒意。」《文心雕龍・風骨》：「相如賦仙，氣號凌雲，蔚爲辭宗。」《四聲指歸定本箋》：「爭光句承上屈宋，陵雲句承上馬揚。」《校注》：「案此亦以升堂入室，喻屈、宋、揚、馬四人文學之深淺，蓋劉彦和尊聖宗經之義也。」

⑰ 敬通：馮衍（生卒年不詳），字敬通，京兆杜陵（今陝西西安東南）人，《後漢書》卷五八有傳。平子：張衡（七八——一三九），字平子，南陽西鄂（今河南南召）人，《後漢書》卷八九有傳。武仲：傅毅（？——九〇？），字武仲，扶風茂陵（今陝西興平東北）人，《後漢書》卷一一〇上有傳。孟堅：班固（三二——九二），字孟堅，扶風安陵（今陝西咸陽東北）人，《後漢書》卷七〇下有傳。四人並漢文學家，曹丕《典論・論文》云「傅毅之於班固，伯仲之間耳，而固小之」，故云「同塗競遠」。

⑱ 曹植（一九二——二三二）：字子建，沛國譙（今安徽亳縣）人，《三國志》卷一九有傳。王粲（一七七——二一七）：字仲宣，山陽高平（今山東鄒縣）人，《三國志》卷二一有傳。孔璋：陳琳（一五六——二一七），字孔璋，廣陵射陽（今江蘇寶應）人，《三國志》卷二一有附傳。公幹：劉楨（？——二一七），字公幹，東平寧陽（今屬山東）人，《三國志》卷二一有附傳。四人並建安文學代表。曹丕《典論・論文》：「斯七子者，於學無所遺，於辭無所假，咸以自騁驥騄於千里，仰齊足而並馳。」《文心雕龍・明詩》：「暨建安之初，五言騰躍，文帝、陳思，縱轡以騁節，王、徐、應、劉，望路而爭驅。」

⑲ 潘岳（二四七——三〇〇）：字安仁，滎陽中牟（今屬河南）人，《晉書》卷五五有傳。左思（二五

二？——三〇六？）：字太沖，齊國臨淄（今屬山東）人，《晉書》卷九二有傳。士龍：陸雲（二六二——三〇三），字士龍，吴郡吴（今屬江蘇）人，《晉書》卷五四有傳。景陽：張協（生卒年不詳），字景陽，安平武邑（今屬河北）人，《晉書》卷五五有傳。四人並西晉代表作家。鍾嶸《詩品序》稱：「（晉）太康中，三張、二陸、兩潘、一左，勃爾復興，踵武前王，風流未沫，亦文章之中興也。」

⑳ 杞梓：《左傳》襄公二十六年：「晉卿不如楚，其大夫則賢，皆卿材也。如杞梓、皮革，自楚往也。雖楚有材，晉實用之。」晉袁宏《三國名臣序贊》：「競收杞梓，争采松竹。」（《文選》卷四七）李善注：「韋昭曰：『杞，良才也。』」

㉑ 錦肆：出售錦緞的店鋪，喻指文辭華麗。梁沈約《太常卿任昉墓志銘》：「心爲學府，辭同錦肆，含華振藻，鬱焉高致。」（《藝文類聚》卷四九）《文心雕龍·才略》：「及乎春秋大夫，則修辭聘會，磊落如琅玕之圃，焜燿似縟錦之肆。」

㉒ 珠林：珠樹之林。《山海經·海内西經》：「開明北有視肉、珠樹、文玉樹、玗琪樹。」

㉓ 脣吻：《文心雕龍·聲律》：「吐納律吕，脣吻而已。」「吹律胸臆，調鍾脣吻。」

㉔《四聲指歸定本箋》云：「以上言歷代名家曲論文體，而未明四聲之理，故美制雖多，而脣吻則滯。」劉宋范曄《獄中與諸甥侄書》：「性别宫商，識清濁，斯自然也。觀古今文人，多不全了此處，從有會此者，不必從根本中來。」（《宋書·范曄傳》）梁沈約《宋書·謝靈運傳論》：「正以音律調韻，取高前式。自靈均以來，多歷年代，雖文體稍精，而此秘未覩。至於高言妙句，音韻天成，皆闇與理合，匪由思至。

張、蔡、曹、王，曾無先覺，潘、陸、顏、謝，去之彌遠。」可與此參看。

夫四聲者，無響不到，無言不攝〔一〕①，總括三才②，苞籠萬象。劉滔云〔二〕③：「雖復雷霆疾響，蟲鳥殊鳴〔三〕，萬籟争吹④，八音遞奏⑤，出口入耳，觸身動物，固無能越也。」唯當形聲之外⑥，言語道斷⑦，此所不論。竟蔑聞於終古，獨見知於季代⑧，亦足悲夫。雖師曠調律⑨，京房改姓⑩，伯喈之出變音⑪，公明之察鳥語⑫，至於此聲〔四〕⑬，竟無先悟⑭。且《詩》、《書》、《禮》、《樂》，聖人遺旨，探賾索隱⑮，亦未之前聞⑯。

宋末以來，始有四聲之目⑰。沈氏乃著其譜、論〔五〕⑱，云起自周顒〔六〕⑲。故沈氏《宋書·謝靈運傳》云〔七〕⑳：「五色相宣㉑，八音協暢，玄黄律吕〔八〕㉒，各適物宜㉓。故使宫羽相變〔九〕，低昂舛節〔一〇〕，若前有浮聲〔一一〕，則後須切響〔一二〕。一簡之内，音韻盡殊；兩句之中〔一三〕，輕重悉異㉔。妙達此旨，始可言文。至於先士茂制㉕，諷高歷賞㉖，子建函谷之作〔一四〕㉗，仲宣霸岸之篇〔一五〕㉘，子荆零雨之章㉙，正長朔風之句㉚，並直舉胸懷〔一六〕㉛，非傍經史〔一七〕，正以音律調韻，取高前式㉜。」

劉滔亦云：「得者闇與理合，失者莫識所由〔一八〕㉝。唯知齟齬難安〔一九〕㉞，未悟安之有術。若『南國有佳人』㉟，『夜半不能寐』〔二〇〕㊱，豈用意所得哉㊲。」蕭子顯《齊書》云㊳：「沈約、謝朓、王融〔三二〕㊴，以氣類相推㊵，文用宮商㊶，平上去入爲四聲，世呼爲永明體㊷。」

【校記】

〔一〕「無言」，《校勘記》：「『言』疑爲『音』字之誤。」

〔二〕「滔」，原作「洎」，據三寶、高甲、高乙等本改。

〔三〕「蟲鳥殊鳴」，《校勘記》：「蟲鳥殊鳴，『殊』爲『咮』之誤，《集韻》：『咮，鳥聲也。』」

〔四〕「此聲」，《校勘記》：「『此』爲『四』音訛歟。」

〔五〕「沈氏」，寶龜本旁注「人名」。

〔六〕「周顒」，寶龜本旁注「人名」。

〔七〕「謝靈運傳云」，原作「謝靈運云」，各本同。豹軒藏本鈴木虎雄注：「云，『伝』之訛，『伝』即『傳』字。又案：或云上脱『傳』字。」今據《宋書》補「傳」字。

〔八〕「玄黄」，《宋書》、《文選》前有「由乎」二字。「律吕」，寶龜本旁注「春秋也」。

〔九〕「故」，《宋書》及《文選》作「欲」，上文《調聲》亦引作「欲」。《校勘記》：「『故』爲『欲』之訛歟。」「羽」，《文選》、《宋書》同，《調聲》引作「徵」。

〔一〇〕「舛」，原誤作「叶」，各本同，《調聲》作「殊」，《宋書》作「互」，《文選》作「舛」。《考文篇》：「『舛』與『叶』字形相近，今從《文選》。」今亦據《文選》改。

〔一一〕「若」，原無，各本同，據《宋書》、《文選》及前文《調聲》補。

〔一二〕「須」，原作「有」，各本同。《校勘記》：「『有』爲『須』之訛歟。」從《宋書》及《文選》、《調聲》作「須」。

〔一三〕「之中」，三寶本作「中之」。

〔一四〕「函谷」，《宋書》、《文選》作「函京」。《校注》：「《宋書》、《文選》作『京』，蓋涉注文而誤，當據此改正。」

〔一五〕「霸」，三寶本右旁注「霸證」。

〔一六〕「直」，原作「宜」，各本同，據《宋書》、《文選》改。「懷」，《宋書》、《文選》作「情」。

〔一七〕「非」，原作「作」，各本同，據《宋書》、《文選》改。「經史」，《宋書》、《文選》作「詩史」。

〔一八〕「識」，原作「誠」，各本同。《四聲指歸定本箋》：「『誠』當作『識』。」今從之。

〔一九〕「齟齬」，原眉注「齟齬上字側魚反齒不齊也下字魚巨反齟不相當也或作鉏鋙説文曰齟齒不相值也又音吾音語也」，三寶本脚注同。「難」，原作「雖」，各本同。《四聲指歸定本箋》：「『雖』當作『難』。」今從之。

〔二〇〕「夜半」，《譯注》：「疑爲『夜中』之訛。」

〔二一〕「朓」，原誤作「眺」，各本同，據《南齊書》改。

【考釋】

① 「夫四聲者」三句：凡聲皆或平或上或去或入，皆可歸之於四聲，故曰「夫四聲者，無響不到，無言（疑爲「音」字誤）不攝」。

② 三才：《易・繫辭下》：「有天道焉，有人道焉，有地道焉，兼三才而兩之，故六。」

③ 劉滔：未詳。《梁書・劉昭傳》：「（昭）子縚，字言明，亦好學，通《三禮》，大同中爲尚書祠部郎，

尋去職，不復仕。」又《南史·劉昭傳》附傳亦云：「（昭）子縚，字言明，亦好學，通《三禮》。位尚書祠部郎。著《先聖本紀》十卷行於世。」維寶箋：「劉滔者，出傳《南史》七十二焉。」是以劉滔與劉縚爲一人。羅根澤《中國文學批評史》：「劉滔不知何許人也。劉善經《四聲指歸》曾引其說，當在劉善經前。梁有劉縚……不知是否一人。」《校注》引任注以爲劉滔與劉縚爲同一人，引《梁書》、《南史》附《劉縚傳》，曰：「考《隋志》《雜史類》有劉縚《先聖本紀》十卷，《舊唐志》有劉滔《先聖本紀》十卷，《新唐志》與《舊書》合，則此四書二本作『縚』，二本作『滔』，據氏有弟緩，則以作『縚』爲是，縚、滔形近而誤耳。據此，則此之劉滔，即梁之劉縚也，又本書當據改作『縚』，下並同。案縚去永明中相距四十餘年，故崇尚甚力，而其聲病之論亦善。」疑任學良說是。西卷《文二十八種病》、《文筆十病得失》亦轉引有劉滔之說。

④萬籟：《莊子·齊物論》：「子游曰：『地籟則衆竅是已，人籟則比竹是已。敢問天籟。』子綦曰：『夫吹萬不同，而使其自己也。』」

⑤八音：《周禮·春官·大師》：「大師掌六律六同，以合陰陽之聲。……皆播之以八音，金石土革絲木匏竹。」

⑥形聲：維寶箋：「（《禮記·樂記》）曰：『感於物而動，故形於聲。』」《譯注》：「『形聲』爲漢字造字法（六書）之一，見《說文解字》序。如『江』和『河』，用表示意思的部分（氵）即意符，表示發音的部分（工、可）即音符組合而成字。在這裏，意思可能是說人類的言語是用形和音合體而成的文字。」盛江案：形聲意當爲形體聲音，形跡聲響，《漢書·董仲舒傳》：「夫善惡之相從，如景鄉之應形聲也。」（師古曰：「鄉

讀曰響。」）劉善經之意，一切形跡聲響，四聲無所不至，除非自然界形跡聲響之外，在所不論。

⑦言語道斷：《維摩經·見阿閦佛品》：「一切言語道斷。」（《中華大藏經》一五册）沈約《佛記序》：「靈怪倜儻，言語斯絶。」（《沈隱侯集》）

⑧季代：末世。《文心雕龍·祝盟》：「立誠在肅，修辭必甘，季代彌飾，絢言朱藍。」

⑨師曠調律：師曠：春秋晉平公時樂師。《孟子·離婁上》：「師曠之聰，不以六律，不能正五音。」

⑩京房改姓：京房（前七七—前三七），字君明，西漢律學家。《漢書·京房傳》：「（京房）好鍾律，知音聲……房本姓李，推律自定爲京氏。」推律定姓，兩漢以還存有此術，《漢書·王莽傳》記卜者王況謂李焉曰：「君姓李，李音徵，徵火也。」《漢書·藝文志》五行家著録有「《五音定名》十五卷」。《白虎通·姓名》：「《尚書》曰：『平章百姓。』姓所以有百者何？以爲古者聖人吹律定姓，以記其族。人含五常而生，正聲有五，宫、商、角、徵、羽，轉而相雜，五五二十五。轉生四時異氣，殊音悉備，故姓有百也。」《論衡·詰術》：「五音之家，用口調姓名及字，用姓定其名，用名正其字。口有張翕，聲有外内，以定五音宫商之實。」

⑪伯喈之出變音：蔡邕（一三三—一九二）：字伯喈，精通音律。《後漢書·蔡邕傳》：「初，邕在陳留也，其鄰人有以酒食召邕者，比往而酒以酣焉。客有彈琴於屏，邕至門，試潛聽之，曰：『憘！以樂召我而有殺心，何也？』遂反。將命者告主人曰：『蔡君向來，至門而去。』邕素爲邦鄉所宗，主人遽自追而問其故，邕具以告，莫不憮然。彈琴者曰：『我向鼓絃，見螳螂方向鳴蟬，蟬將去而未飛，螳螂爲之一前

一卻，吾心聳然，惟恐螳螂之失之也，此豈爲殺心而形於聲音者乎？』邕莞然而笑曰：『此足以當之矣。』」伯喈之出變音，當用此事。「出變音」云云，疑非指蔡邕自己「出變音」，而是蔡邕因「變音」而「出」。「變音」指因琴聲中有殺心而音變。

⑫公明之察鳥語：管輅（二〇九—二五六）：字公明，三國時方術家。《三國志·魏書·管輅傳》：「輅至安德令劉長仁家，有鳴鵲來在閤屋上，其聲甚急，輅曰：『鵲言東北有婦昨殺人，牽引西家人夫離婁，候不過日在虞淵之際，告者至矣。』到時，果有東北同伍民來告，鄰婦手殺其夫，詐言西家人與夫有嫌，來殺我婿。」裴松之注引《管輅別傳》：「勃海劉長仁有辯才，初雖聞輅能曉鳥鳴，後每見難輅曰：……輅答曰：『夫天雖有大象而不能言，故運星精於上，流神明於下，驗風雲以表異，役鳥獸以通靈。……夫鳥鳴之聽，精在鶉火，妙在八神，自非斯倫，猶子路之於死生也。』……須臾有鳴鵲之驗，長仁乃服。」《譯注》：「據注引《管輅別傳》，其（管輅）藏書中有《鳥鳴書》，《隋志》子部五行家著録《鳥情書》一卷，《鳥情雜占禽獸語》一卷，可能就是這類的書。」

⑬此聲：維寶箋：「平上去入之四聲也。」

⑭自「雖復雷霆疾響」起，劉善經引劉滔語，然引劉滔語至何處爲止，各家標點不一。《四聲指歸定本箋》至「亦足悲夫」。《校注》至「固無能越也」。《譯注》、林田校至「竟無先悟」。

盛江案：劉滔若爲齊梁時人，其時發現四聲，不當自言「季代」（如劉勰稱齊代，則稱「皇齊」云云），稱齊梁爲風教衰落之「季代」，爲隋時人語（如李諤《上高祖革文華書》），且曰「亦足悲夫」，爲後代人慨歎前代之語。且「竟蔑聞於終古」、「竟無先悟」、「未之前聞」云云，與前一大段之「至於四聲條貫，無聞焉爾」，「然其聲調高下，未會當今」，語氣一貫，當爲一家之語即劉善經之語。故劉善經引劉滔語，當至「固無能越也」，其餘均爲劉善經評述之語。

⑮ 探賾索隱：《易・繫辭上》：「探賾索隱，鈎深致遠，以定天下之吉凶，成天下之亹亹者，莫大乎蓍龜。」

⑯ 未之前聞：《禮記・檀弓》：「我未之前聞。」《四聲指歸定本箋》：「以上言四聲之理生於自然，而歷代聖哲，竟無先悟。」

⑰ 「宋末」二句：關於四聲之形成，清顧炎武《音論》卷中論「四聲之始」：「今考江左之文，自梁天監以前，多以去入二聲同用，以後則若有界限，絶不相通。是知四聲之論起於永明，而定於梁陳之間也。《藝文類聚》載武帝《清暑殿效柏梁體聯句》，帝云『居中負扆寄纓紱』，而司徒左西屬江葺和云『鼎味參和臣多匱』，以去和入，則其時未用四聲可知。」（《音學五書》）

清段玉裁《六書音韻表》一《古四聲説》：「考周漢初之文，有平上入而無去，洎乎魏晉，上入聲多轉而爲去聲。……於是乎四聲大備，而與古不侔。」「古平上爲一類，去入爲一類。上與平一也，去與入一也。上聲備於《三百篇》，去聲備於魏晉。」

關於四聲之目之最早提出，説法不一。清趙翼《陔餘叢考》：「今按《隋書・經籍志》，晉有張諒，撰《四聲韻林》二十八卷，則四聲實起於晉人。」逯欽立《四聲考》：「此説非是。張諒書《隋志》次呂静《韻集》後而段弘《韻集》前。段弘朝代未詳，不得定諒爲晉人。又《舊唐書·藝文志》，改置諒書於夏侯詠以後，亦徵其必非晉人。」

《梁書·庾肩吾傳》：「齊永明中，文士王融、謝脁、沈約文章始用四聲，以爲新變。」似以王融爲首創。又王通《中説·天地》稱李伯藥説詩「上陳應劉，下述沈謝，四聲八病，剛柔清濁，各有端序」，阮逸注「四聲韻起自沈約」，是以沈約爲首創。

羅根澤《中國文學批評史》：「四聲和音律雖是周沈諸人的共同發明，但周所致力的偏於文字上的四聲，沈所致力偏於文學上的音律。」沈約之外，要推王融，據鍾嶸《詩品序》，「似王融的發明音律還在沈約之前，不過他的知音論既未就，則沈約自然可以説是『獨得胸衿』了」。

逯欽立《四聲考》：「《四聲論》云：『宋末以來，始有四聲之目。沈氏乃著其譜，論云起自周顒。』立按：沈約與周顒同時，且爲譜以張四聲之用，此其所論必可據信，知四聲之創立實始劉宋，而齊永明中沈約等文用宮商則尚在其後也。又封演《聞見記》卷二聲韻條云『周顒好爲體語，因此切字皆有「紐」。（下略）』亦徵顒之創四聲在前，約之譜四聲在後。既非同時，其事又別。而《南齊書》之志兹二事，乃混言之，而謂『永明末，盛爲文章，吴興沈約、陳郡謝脁、琅邪王融，以氣類相推轂，汝南周顒善識聲韻，約等文皆用宮商，以平上去入爲四聲，以此製韻，不可增減，世呼爲永明體』云云，於時代叙述較欠分明也。」

劉躍進《四聲八病二題》據此處「沈氏乃著其譜論，云起自周顒」一條材料，及《封氏聞見記》、皎然《詩式》「明四聲」，以爲「四聲」之目最早爲周顒提出，「這裏所説的『譜論』，大約是指沈約《四聲譜》，在劉善經時代尚有流傳。『云起自周顒』顯然不是劉善經所云，而是沈約《四聲譜》的話。這條材料告訴我們，在自詡『獨得胸襟』之餘，沈約又不得不承認，四聲之目並非他的創見，而是沿用了周顒的成説」，「劉善經、封演、皎然上距四聲説發明的宋齊時代不是很遠，而且他們精通音律，語多徵實。他們所説的周顒實爲四聲之目最早提出者的觀點，應當值得注意」。

王運熙、楊明《魏晉南北朝文學批評史》：「周、沈等人之發現四聲，在語言學史上確是一重要事件。不過應説明，四聲本是當時漢語語音的客觀現象，不可能是少數人所主觀制定，故北齊李概説：『平上去入，出行閭里。』周、沈二人精於審音，故撰爲專著。至於當時一般人，不能辨四聲者亦自不少。」

高華平《「四聲之目」的發明時間及創始人再議》：「南朝有兩王斌，一爲宋齊時人，一爲齊梁時人。宋齊時之王斌，爲琅邪王斌，曾與當時名僧釋僧若等交往，因受謝靈運等『十四音』説中的『聲勢』、『體文』之説的啟發，創爲漢語文字聲韻『四聲之目』，並著爲《四聲論》。齊梁時之王斌，爲略陽或洛陽人，早年曾爲沙門，曾聽釋法雲講《成實論》，並與僧正慧超争座，且其人善言談，好文義，在沈約、周顒文章始用『四聲八病』之後，亦對之發表己見，著爲《五格八病論》。」「中國音韻『四聲之目』的創始人應是宋齊時的琅邪王斌。」（《文學遺産》二〇〇五年第五期）

杜曉勤《「王斌首創四聲説」辨誤》謂：《梁書·王份傳》之王份，與《續高僧傳·釋僧若傳》之王斌，爲同一人，因皆爲齊梁時琅邪人，「份」爲「彬」之古字，而「彬」又爲「斌」之異體字，故而兩人姓名相同；兩人任吴郡太守時間亦相符；守吴時年齡相合，且皆曾守吴不久還都任職。以爲《南史·陸厥傳》中撰

《四聲論》之僧人王斌（即《文鏡秘府論》的王斌），與《續高僧傳・釋僧若傳》中吳郡太守之琅邪王斌（《梁書》《南史》作琅邪王份），身份迥異，行事亦不相合，顯爲二人（《文學遺産》二〇一二年第三期）。

盛江案：謂王斌即份，仍有疑點。若王斌即王份，何以不直接統一稱爲王斌，而先轉用其異體字「彬」，再轉用其古字「份」？何以同一《南史》，一處稱爲王斌，一處稱爲王份？雖然，杜曉勤分析甚細，較爲合理，可備一説。《南史・陸厥傳》著《四聲論》行於時之王斌，於瓦官寺聽雲法師講《成實論》，當在天監七年。結合其他材料，此王斌當爲齊梁時人，較沈約、周顒均晚。最早提出四聲之目者不當爲王斌。周顒當早於沈約提出四聲之目。《梁書・庾肩吾傳》所説爲王融、沈約等「文章始用四聲」，乃「用」，而非提出。阮逸所説乃以四聲製韻，與周顒較早提出四聲之目，本不矛盾。又，《漢書・律曆志》：「聲者，宫、商、角、徵、羽也……宫，中也，居中央，暢四方，唱始施生，爲四聲綱也。……夫聲者，中於宫，觸於角，祉於徵，章於商，宇於羽，故四聲爲宫紀也。」是則四聲之稱，兩漢已有，以四聲指平上去入，則始自宋末。

關於四聲發現與佛經誦法之關係。陳寅恪《四聲三問》以爲，除去本易分別自爲一類的入聲，其餘平上去三聲，「其所以分別其餘之聲爲三者，實依據及摹擬中國當日轉讀佛經之三聲。而中國當日轉讀佛經之三聲又出於印度古時聲明論之三聲也。據天竺圍陀之聲明論，其所謂聲 Svara 者，適與中國四聲之所謂聲者相類似。即指聲之高低言，英語所謂 Pitch accent 者是也。圍陀聲明論依其聲之高低，分別爲三：一曰 Udātta，二曰 Svarita，三曰 Anudātta。佛教傳入中國，其教徒轉讀經典時，此三聲之分别當亦隨之輸入。至當日佛教徒轉讀其經典所分别之三聲，是否與中國之平上去三聲切合，今日固難詳知，然二者俱依聲之高下分爲三階則相同無疑也。中國語之入聲皆附有k、p、t等輔音之綴尾，可視爲一特殊種類，而最易與其他之聲分别。平上去則其聲響高低相互距離之間雖有分别，但應分别之爲若干數之聲，殊不易定。故中國文士依據及摹擬當日轉讀佛經之聲，分别定爲平上去之三聲。合入聲共計之，適成四聲，於是創爲四聲之説，並撰作聲譜，借轉讀佛經之聲調，應用於中國之美化文」。此事又與永明大集沙門造經唄新聲有關，「南齊武帝永明七年二月二十日，竟陵王子良大集善聲沙門於京邸，造經唄新聲。實爲當時考文審音之一大事。在此略前之時，建康之審音文士及善聲沙門討論研求必已甚衆而且精。永明七年竟陵京邸之結集，不過此新學説研求成績之發表耳。此四聲説之成立所以適值南齊永明之世，而周顒、沈約之徒又適爲此新學説代表人物之故也」。

逯欽立《四聲考》：「(四聲之論)所以不能發生於魏晉而發生於劉宋，不創之於吕静而創之於周顒者，似於印度之『體文』及佛道之樂譜咸有所涉。蓋此『體文』及此樂譜至晉宋時始漸流行也。」「《聞見記》稱：『周顒好爲「體語」，因此，切字皆有「紐」。』此其『紐』與『體語』之關係也。由此關係，俾吾人聯想到『紐』與『體文』之關係。」梵文「阿」等十二字爲「聲勢」，「迦」等三十五字爲「體文」。張麟之《韻鏡序》所舉風豐馮瞢，「爲《韻鏡》轉圖脣音下之横呼字，與前引『波』、『頗』、『婆』、『摩』等系同例。而古人並目爲『紐』，是『體文』『波』、『叱』等亦皆爲『紐』之左證。從知周顒『體語』壬衽任入之爲『紐』，猶之印度『體文』波頗婆摩之爲『紐』，其法本相同。故吾人前謂『體語』、『體文』，義相表裏，蓋皆以一字爲體紐轉而爲四聲或五聲也。張《序》名此『紐』爲横轉，則平上去入爲竪轉。『紐』者且可知即紐轉之義矣」。「『紐』與『體語』之起，皆本象教，在當時乃一嶄新之審音技術，與傳統之反切不相侔。四聲不起於漢魏而起於劉宋者，謝氏《十四音訓叙》實有以啓之。周顒四聲『紐』法，則又承前代之梵學施之於中土文字也」。

俞敏《後漢三國梵漢對音譜》根據僧律中有關禁止「外書音聲」之規定，謂：用外來音聲念佛經是犯罪，因此，「説漢人研究語音受聲明影響没毛病，説漢人分四聲是『摹擬』和『依據』聲明可太胡鬧了。漢人語言裏本有四聲，受了聲明影響，從理性上認識了這個現象，並且給它起了名字，這纔是事實」。

郭紹虞《聲律説考辨》：「四聲之定，固然與當時轉讀佛經之聲調有關，但決不能祇憑這一點來説明這問題。因爲這祇是近因而不是遠因。何況，這祇是人爲的次要原因，而不合語言自然演變的主要原因。求其遠因，則四聲之起可能還與以前經師一字兩讀之例有關。……假使片面强調沈約等人是受了轉讀佛經的影響而創爲四聲，那就不免忽略了語音字音自然演變的主要關係。」

饒宗頤《〈文心雕龍·聲律篇〉與鳩摩羅什〈通韻〉》對陳寅恪説提出四點疑問：（一）永明七年「子良集諸僧於鷄籠山邸第所造者實是轉經之事，諸文士未聞參預。謂周沈輩加入此一新聲工作，史無明文」；（二）「轉讀實爲經師唱導，事屬僧樂之聲曲折，與永明體之詩律，不應混爲一談」；（三）史稱周顒「音辭辯麗，出言不窮」，「顒實邃於義解。寅老目顒之『辯』爲轉讀之事，殊非。元嘉以來讀經道人各有專録，故《高僧傳》於經師、導師列爲論次，顒固非此道中人」；（四）據《南史·陸厥傳》等記載，「足見其時審音專家，對平上去入分别已嚴，何須借重印度遠古圍陀之三聲，始能訂其調值而製出平上去三聲之名乎？永明四聲之成就，在於韻律之避重遝，使文章麗則，而非四聲名稱之創立。李概固已明言『平上去入，出行閭里』，知民間已習知，如家常便飯也」，不能説依據及摹擬轉讀佛經之聲，纔分别平上去之三聲。又，「制新唄之僧辯、慧忍皆建康人，實非胡僧，料其不懂《梨俱吠陀》」，「況《梨俱吠陀》爲婆羅門聖書，於佛門爲外道，誦《吠陀》者於僧律爲禁條，建康僧人未必敢假外道聲明以制經唄新聲，此在事理上有不可通者」。饒宗頤《印波爾尼仙之圍陀三聲論略——四聲外來説平議》進一步提出三點疑問：（一）「當炎漢之際，印度本部，對於吠陀一音誦寢已失傳；何以六朝時中國僧徒，能轉讀之」；（二）據空海《文鏡秘府論》引劉善經《四聲論》，「知四聲創立，實始於劉宋。永明時集沙門所造之梵唄，乃誦佛經之聲曲折，與永明之聲病説無關」；（三）「佛氏誦經，禁止用婆羅門誦法，且立爲戒條」，「此三聲爲《吠陀》誦經之法，沙門自不得諷誦，律有明文」，「佛教傳教，原不用雅言之梵語，而用巴利語；間亦用原始東部語言，所謂 Ardhāmā-gadhi 者，佛教盛行以後，其經典乃或以梵語寫成，與俗語雜糅，遂成爲一種混合梵語（Buddhist Hybrid Sanskrit），其轉讀佛經，庸有滲用婆羅門方法，S. Lévi 著《佛經原始誦讀法》，以爲小乘有部與根本有部，或以《吠陀》聲法牽長音韻，作歌詠之聲（āyataka gītassara），印度本土此種變相之佛教誦音，與《圍陀》三聲有無關係，已難明瞭。若乎漢土佛徒轉讀之方，在《吠陀》誦法失傳已久之六朝時代，此三聲究竟如何，更無從擬議；遽取與平上去比況，誠難令人首肯」。

《探源》：「《吠陀》誦法早已失傳，而佛徒也不會喜歡仿效它的念法。誦經時是否用此三聲，很成疑問。」據明尼蘇達大學的劉君若教授説，「趙元任先生指出，僧尼誦經不守四聲。趙先生是語言學家，當然分辨得很清楚」。據播放的録音，「中國和日本僧徒的誦經確是高低抑揚，具音樂美，却没有四聲的味道——這種誦經方法可能是世代相傳的。這樣來推測當然還不可靠。可是外文（如英文、日文）的輕重和漢語的聲調是絶不相同的兩回事，漢語的朗誦音節也有輕重音的，無論如何是『轉』不來的」。

平田昌司以爲：俞敏、饒宗頤强調僧律禁止利用吠陀誦法諷讀佛經，不很符合貴霜朝的西北印度或者中亞的實際情況，因爲文化接觸、交融現象在西北印度特别突出。佛教對梵語的態度有一個轉變過程，西曆公元前後，説一切有部開始使用梵語撰述經論，「至遲在公元二世紀，印度西北部——中亞的佛教已經不排斥梵語了」，「説一切有部的這種風氣影響到文學，出現了一些用梵語撰寫佛教文學作品的例子」。佛教規定不準觀看一切娱樂性活動的律條也不能過分絶對化，「爲了宣傳佛教的教義，從某個階段起佛教開始利用戲劇，贊佛偈等文藝吸引了群衆」，「『外書音聲』是跟這個潮流有關」。「印度西北部和中亞的佛僧所參考的梵文法似乎限於童受、攝婆跋摩等人的著作，找不到使用波爾尼語法的痕跡，吠陀『三聲』的實質或許較早消滅，但其名稱一直爲印度文學、音樂理論著作所沿用」，「所謂『轉讀佛經之三聲』，或許是根據慧皎《高僧傳》卷十三經師論的『若能精達經旨，洞曉音律，三位七聲次而無亂，五言四句契而莫爽』而來」。根據抄寫年代約當四世紀後半期或五世紀，本世紀初在新疆發現的《詩律考辨》殘卷，「可以斷定四至五世紀的中亞佛教確實允許『外書音聲』，齊梁文人完全有可能聽到或了解到梵贊的腔調和結構，並且它起源於外教和誦法」，「要是假設羅什把這些知識傳授給僧叡等高足，後來宋齊文人摹仿梵文組織了五言詩的聲律論」，齊梁時期聲律論的突變現象也許容易解釋（綜合其《梵贊與四聲論》、《中國讚佛詩的起源》、《讀陳寅恪〈四聲三問〉》諸文觀點）。

李新魁《梵學傳入與漢語音韻學的發展》：「竟陵王子良『造經唄新聲』事，祇限於僧衆，觀《高僧傳》及《梁書·沈約傳》等可知。文士如周、沈者未見參與其事。謂四聲之訂定受轉讀之影響，也未有確切證據。『轉讀』究竟是怎麽一回事，齊梁或以前僧衆之轉讀是否運用古印度之吠陀三聲，也未能斷言。據《高僧傳》所述僧徒轉讀之情形，似無古印度吠陀之三種發音，没有這種讀法的『規範』存乎轉讀之間。」四聲之名到齊梁隋間廣爲人知，這是事實，「但不能説四聲起於此時，更不能説四聲爲沈約諸人所定。四聲爲漢魏以來漢語中存在的客觀事實」，「四聲的叫法也早於沈約之前存在」，「查《隋書》及《舊唐書》《經籍志》中載有張諒《四聲韻林》也遠在沈約之前，其書已用四聲之名，足見謂沈約定爲四聲之説是靠不住的」。至於《詩律考辨》殘卷問題，「第一，龜兹出土的《詩律考辨》有否傳到中國不得而知，中國的譯經人士從未提到過此書；第二，此書縱與古印度的《詩律論》相似，也無法證明華僧翻譯佛典頌偈時或轉讀時使用這《詩律論》的規定；第三，《詩律論》一類書所規定的輕重搭配格律，在漢譯頌偈時似未體現，更談不到誦讀時運用此種格調；第四，後秦什公等人譯經或誦讀時所用的音聲，是否就是運用這些格律，言之近於懸測」。

盛江案：吠陀吟誦爲印度宗教祭祀儀式之重要内容。吠陀經典無比神聖，正統婆羅門祭司自小每日精勤記誦吠陀，須正確發音，未敢有半點錯誤，此種職業性習俗延續千年，至今仍有婆羅門吟誦吠陀，從事宗教祭祀活動。因有此嚴格無誤之口耳相傳之記誦，十九世紀英國印度學奠基人馬克思·米勒始能完整記録下吟誦文本，且標有吠陀三聲。故吠陀誦法在印度本土並未失傳，吠陀三聲並未消失。吠陀梵語演化至古典梵語變化甚大，然語音結構基本未變。形成於西元前四世紀之梵語著作《波你尼經》於吠陀三聲，於吠陀吟誦有清楚記述。據國際梵語權威研究者凱斯（A. B. Keith）、巴羅（T. Burrow）、伽塔基（Ghatage）等研究，波你尼曾廣泛遊歷收集第一手語言材料，其所研究之吠陀三聲當爲活着之自然語言，而非過去死亡之語言。波你尼所研究之吠陀梵語有無從歸納、分析之語句形式與語詞結構，可證此説有據。產生於公元前後，定型於四、五世紀之梵語戲劇學論著婆羅多牟尼《舞論》，記述台詞之吟誦方式，其中有高調（Udātta）、低調（Anudātta）、降調（Svarita），此當爲自《梨俱吠陀》中擷取之吟誦法，即吠陀三聲。此均説明，吠陀三聲延續到古典梵語。古典梵語文獻雖未直接標記三聲，然實存在三聲。早期佛教佛陀確實曾禁止用外道婆羅門誦法。然佛教創立過程多吸收婆羅門教思想。巴厘律《大品》、《根本説一切有部毗奈耶》「皮革事」卷上、《説一切有部十誦律》卷二五等均記述佛陀讚美億耳吟誦，億耳吟誦當即用吠陀誦法。《十誦律》卷三八佛陀規定：爲破外道故誦讀外道書。《根本説一切有部毗奈耶雜事》卷四贊外道諷誦經典作吟詠聲音詞可愛，規定贊大師德及誦三啟經二事允許用婆羅門誦法。此種情況説明，即使原始佛教時期，婆羅門誦法亦未禁絶。至部派佛教，已有派系用梵語。至大乘佛教，則完全使用梵語。馬鳴等佛教重要人物均出身婆羅門，多通四吠陀。馬鳴《佛本行贊》與《美難陀傳》已不貴浮華之佛陀教誡，其《舍利弗傳》用梵語戲劇形式宣揚教義。其時吠陀誦法當進入佛經誦讀。二十世紀初於西域佛寺遺跡出土屬婆羅門教系統之《詩律考辨》（Chandoviciti），《高僧傳》載鳩摩羅什與僧叡論「西方辭體」，敦煌出土斯一三四四V(2)殘卷，人稱鳩摩羅什《通韻》論及婆羅門誦呪，均說明屬婆門教系統之外教誦法已進入西域佛教，且進入中土。漢魏晉宋齊間中土譯經師均懂梵語，其他中土士人多知梵語基本知識，譯經之人往往善於誦經，其誦經當用梵語，有婆羅門誦法。《高僧傳》卷一三「經師」所記述佛經轉讀之梵音、梵響，即指聲調動聽之梵語誦讀，其所謂「三位七聲」，當即指印度古樂之七個音階及三種聲調即吠陀三聲。故四聲發現有多種原因，其中當有佛經轉讀，吠陀三聲影響在。

⑱ 沈氏：沈約，見天卷序考釋。關於沈約《四聲譜》，詳天卷《四聲譜》考釋。《夢溪筆談》十四亦云：「音韻之學，自沈約爲四聲，及天竺梵學入中國，其術漸密。」

⑲ 「沈氏乃著其譜論云起自周顒」句之斷句，各家不同。《考文篇》作「沈氏乃著其譜論云，起自周顒」，周校及《校注》作「沈氏乃著其譜論，云起自周顒」，《譯注》、林田校作「沈氏乃著其譜，論云，起自周顒」。

盛江案：此有費解處。由句義觀之，沈約當既著有「譜」，又著有「論」，「譜」、「論」當爲二種，且言四聲之論「起自周顒」。沈約之「譜」當即指《四聲譜》，則已見《隋書·經籍志》、《通志略》（稱作《四聲》，當即指《四聲譜》）、《梁書》本傳。沈約四聲之「論」未見史載，或者即指其論及聲律之《宋書·謝靈運傳論》，或者《隋志》、《通志略》所載之《四聲》即爲《四聲論》亦未可知，或者沈約另有關於四聲之「論」一類著作，此類著作既未流傳，亦未見著録而已。現所知史料，未見沈約稱四聲之目「起自周顒」，或沈約另有所「論」，其中談到周顒論四聲之問題。《四聲指歸定本箋》謂「約所著《四聲譜》，有譜有論，此蓋引其論文也」，是以爲此段文字即爲沈氏之論，此可備一説。然據《梁書》卷一三本傳稱約「又撰《四聲譜》，以爲在昔詞人，累千載而不悟，而獨得胸衿，窮其妙旨，自謂入神之作」，既言其「獨得胸衿」，則不當又言四聲之論「起自周顒」。

周顒：字彦倫，南朝宋齊間文人、音韻學家、佛學家，約生於劉宋元嘉十八年（四四一）。《南史·周顒傳》載：「（周顒）始著《四聲切韻》行於時。」《南齊書》卷四一亦有傳。

關於周顒之卒年，諸家有考證。《南齊書·周顒傳》云：「顒卒官時，會王儉講《孝經》未畢。」王儉於永明三年（四八五）領國子祭酒，七年五月卒。據此，陳寅恪《四聲三問》推斷，周顒卒年「當在永明七年五月王儉薨逝以前、永明三年王儉領國子祭酒及太子少傅之後」。日本鈴木虎雄《沈休文年譜》據沈約《與約法師書》中「去冬今歲，人鬼見分」一句，以爲周顒卒於永明六年冬。饒宗頤《〈文心雕龍·聲律篇〉與鳩摩羅什〈通韻〉》謂：「《出三藏記》十一録周顒作《抄成實論序》，其前爲僧祐新撰《略成實論記》，謂永明七年十月，文宣王請定林僧柔謝寺慧次法師等於普弘寺迭講，仍請祐等續講《十誦律》，即於律座令柔次等論師抄比成實，略爲九卷，八年正月二十三日，即寫略論百部流通，教使周顒作論序，據此，顒於永明八年尚存。」劉躍進《周顒卒年新探》（《遼寧大學學報》一九九二年第二期）以爲，據《南齊書·劉繪傳》、同書《陸厥傳》，周顒、沈約等人發現四聲是在「永明末」，永明共十一年，永明六年似不能稱爲「永明末」。細讀《南齊書·周顒傳》，知何胤任國子祭酒時曾與周顒交往，而何胤接替張緒領國子祭酒並撰録五禮在永明七年下半年，至遲在永明八年，據釋僧祐《略成實論記》，周顒不僅在永明七年參加了竟陵王蕭子良召集的考文審音的盛會，而且在永明八年正月還作有《抄成實論序》。據沈約《與約法師書》，約法師指慧約，沈約《與約法師書》很可能作於慧約在家鄉守喪期間，至遲不會晚於永明十一年。因此，「周顒的卒年當在永明八年冬天以後，永明末年慧約還都以前」。徐文明《周顒卒年研究》：「周顒卒年，當在永明十一年（四九三）至隆昌元年（四九四）間，而以前者的可能性更大。」（《文學遺産》二〇一一年第四期）

關於周顒與永明聲律論，有關史籍有記載。《南齊書・劉繪傳》：「永明末，京邑人士盛爲文章談義，皆湊竟陵王西邸。繪爲後進領袖，機悟多能。時張融、周顒並有言工，融言旨緩韻，顒辭致綺捷，繪之言吐，又頓挫有風氣。時人爲之語曰：『劉繪貼宅，别開一門。』言在二家之中也。」《南齊書・周顒傳》：「顒音辭辯麗，出言不窮，宫商朱紫，發口成句」，「長於佛理，著《三宗論》」，「每賓友會同，顒虚席晤語，辭韻如流，聽者忘倦」「大學諸生，慕其風，争事華辯」。皎然《詩式》「明四聲」：「樂章有宫商五音之説，不聞四聲。近自周顒、劉繪流出，宫商暢於詩體，輕重低昂之節，韻合情高，此未損文格。沈休文酷裁八病，碎用四聲，故風雅殆盡。後之才子，天機不高，爲沈生弊法所媚，懵然隨流，溺而不返。」《封氏聞見記》：「周顒好爲體語，因此切字皆有紐，紐有平上去入之異。永明中，沈約文辭精拔，盛解音律，遂撰《四聲譜》。王融、劉繪、范雲之徒，慕而扇之，由是遠近文學，轉相祖述，而聲韻之道大行。」

周顒何以能確立四聲，《研究篇》上曰：其一，周顒具有提倡四聲者應有之音感。《南齊書》本傳之記載可以説明此點。其二，佛教及悉曇學造詣很深，通過與僧徒交往，獲取悉曇學知識，啓發其對音韻的客觀觀察。據宇井伯壽博士《支那佛教史初期的般若研究》以及湯用彤氏的《中國佛史零篇》，周顒在佛教中有自己的承傳關係，即羅什—僧嵩—僧淵—法度—僧朗—周顒，屬於三論宗之法統。周顒與智林（四〇九—四八七）亦有交往。雖然三論宗不太重視悉曇學，但也不會完全無視。可能就是由於悉曇學的刺激，促成了周顒對於音韻的思考和觀察。

盛江案：小西甚一説是。周顒發現四聲，與其音感與佛教及悉曇學造詣有關。又，其佛教與鳩摩羅什有承傳關係。鳩摩羅什所精通之西方辭體，所引入之婆羅門誦法，或者因此爲周顒所承傳。又《高僧傳》卷一「譯經上」及《出三藏記集》卷一二《經唄導師集》均記載康僧會傳泥洹唄聲，康僧會所傳泥洹唄聲對其時轉讀有影響。據《出三藏記集》卷一一載周顒《抄成實論序》，知周顒恰研習過《泥洹》，其所研習者當即康僧會所傳之泥洹唄聲，此泥洹唄聲對其時轉讀影響甚大。可知周顒於其時佛經轉讀亦有甚大關係。佛經轉讀或直接影響其發現四聲。

關於周顒所著《四聲切韻》之面貌，《研究篇》上：「從書名推測，似爲像《秘府論》所引的《四聲譜》那樣把四聲和反切合起來論述的東西，《聞見記》也説『周顒好爲體語，因此切字皆有紐，紐有平上去入之異』。」逯欽立《四聲考》：「《南史·周顒傳》：顒著《四聲切韻》行於時。此事《南齊書》不載，此書《隋志》亦無目，疑爲唐人依托。而不出彥倫手，且此書今佚，無以見四聲之略矣。」盛江案：逯欽立之懷疑雖有道理，但此處云：「宋末以來，始有四聲之目。沈氏乃著其譜、論，云起自周顒。」《南齊書·陸厥傳》亦云「汝南周顒善識聲韻，約等文皆用宫商，以平上去入爲四聲」，又《封氏聞見記》、皎然《詩式》「明四聲」之記載(已見前引),均説明周顒有可能撰關於四聲之著作。其雖未被載録於《隋志》,然可能被載録於同時其他典籍。故不可輕易否定《南史》關於周顒著《四聲切韻》之記載。

⑳《宋書・謝靈運傳論》:此文亦載《文選》卷五〇。

㉑五色:陸機《文賦》:「曁音聲之迭代,若五色之相宣。」

㉒玄黄:天地的顔色,泛指顔色。《禮記・祭義》:「遂朱緑之,玄黄之,以爲黼黻文章。」引申指文采。陸機《文賦》:「謬玄黄之秩序,故淟涊而不鮮。」《文心雕龍・附會》:「夫才量學文,宜正體制,必以情志爲神明,事義爲骨髓,辭采爲肌膚,宫商爲聲氣;然後品藻玄黄,摛振金玉,獻可替否,以裁厥中:斯綴思之恒數也。」律吕:《周禮・春官・大師》:「大師掌六律六吕,以合陰陽之聲。陽聲:黄鍾、大蔟、姑洗、蕤賓、夷則、無射。陰聲:大吕、應鍾、南吕、函鍾、小吕、夾鍾。」

㉓物宜:《易・繫辭上》:「象其物宜,是故謂之象。」

㉔「故使宫羽相變」八句:清顧炎武《音論》中:「其重其疾,則爲入爲去爲上,其輕其遲,則爲平。」(《音學五書》)

清錢大昕《潛研堂集・音韻答問》:「古無平上去入之名,若音之輕重緩急,則自有文字以來,固區以别矣。……大率輕重相間,則平側之理已具。緩而輕者,平與上也,重而急者,去與入也。」

清陳澧《切韻考・通論》:「古以四聲分爲宫商角徵羽,不知其分配若何。《宋書・范蔚宗傳》云:『性别宫商,識清濁。』此但言宫商,猶後世之言平仄也。蓋宫爲平聲,商爲仄歟?《謝靈運傳論》云:『欲使宮羽相變，低昂舛節。』《隋書·潘徽傳》云：『李登《聲類》，吕静《韻集》，始判清濁，纔分宮羽。』此皆但言宮羽，蓋宮爲平聲，羽亦爲仄歟？《南齊書·陸厥傳》云：『前英早已識宮徵。』此但言宮徵，蓋宮爲平聲，徵亦爲仄歟？又云：『兩句之内，角徵不同。』此但言角徵，蓋徵爲仄，角亦爲平歟？然則孫愐但云『宮羽徵商』，而不言角，角即平聲之濁歟？以意度之，當如是，然不可考矣。』

清何焯《義門讀書記·文選》：「浮聲切響，即是輕重。」

清周春《杜詩雙聲疊韻譜括略》卷七以爲此乃雙聲疊韻之配合對偶，即爲和之問題，「宮羽相變者，指母而言，即雙聲也；低昂互節者，指韻而言，即四聲也。若前有浮聲者，謂前有雙聲疊韻也；則後須切響者，謂下句再有雙聲疊韻以配之也」（《杜詩詳注》引）。

郭紹虞《永明聲病説》批評周春之觀點，以爲詩中之用雙聲疊韻，早在《詩經》時代就已有，不但並非永明體聲律之特質，而且永明聲律正需避去同聲同韻。

羅根澤《中國文學批評史》：「沈約所謂『玄黄律吕』，『宮羽相變』，都是以舊名名新義。」其新義有三：「一、『若前有浮聲，則後須切響』，大概同於《文心雕龍·聲律》篇所謂『聲有飛沈』。黄侃《札記》云：『飛則平清，沈則沈濁。一句純用仄濁，或一句純用平清，則讀時亦不便，所謂「沈則響發而斷，飛則聲揚不還」也。』的確，平聲飛而浮，仄聲沈而切，所以這種解釋，似合沈劉之意。二、『一簡之内，音韻盡殊』，音指字的發聲，韻指字的收聲，鄒漢勛《五韻論》云：『音目同紐，韻謂同類。』言五字詩一句之中，非正用重言連語，不得復用同韻同音之字。』故亦即同於《文心雕龍·聲律》篇所謂『雙聲隔字而每舛，疊韻雜句而必睽』。三、『十字之文，輕重悉異』……輕重就是清濁。然則沈約的『相變』『互節』的方法，不止分平仄，且分清濁。」

逯欽立《四聲考》：「此論中所應注意之字眼，計有四則：（一）宮羽，（二）低昂，（三）浮聲切響，（四）輕重。吕静分韻爲宮商五類，如徵不同商，即李不同於楊。宮羽相變，謂韻類須異，如有庚字不得更用武字是也。輕重乃指聲言，輕重悉異，謂十字中不得有清濁相同之雙聲字也。合言之，即兩句以内不得有同韻同聲之字。至於低昂，則就四聲而言，或徑指平仄，《韻詮》『低昂依下，輕重依上』之言，可爲左證。而浮聲切響則兼就上舉三者合言之。蓋凡平聲字清母字，其聲必浮，仄聲字濁母字，其響必切，宮羽韻類推，詩中既能聲韻悉殊，若更能前有浮聲後用切響，則自然低昂相間，『和體抑揚』（《文心雕龍・聲律篇》語）矣。總之，休文雖創四聲之譜，而其聲律説實兼括韻聲以及字調而言之，固非拘墟於『平上去入』也。」

詹鍈《四聲五音及其在漢魏六朝文學中之應用》：「『切響』本是斬切之響，其義當指入聲。蓋入聲附有塞聲韻尾如有p、t、k之類，此韻尾後流祇存閉塞，其音斬絶，如刀之斷切，故曰『切響』。而『切響』又與『響發如斷』之『沈』聲極爲相似。」

郭紹虞《再論永明聲病説》：「所謂高下低昂清濁輕重，以及飛沈浮切云者，都可以統攝到平仄二類中去。統攝到平仄二類中去，所以平仄行而高下低昂……這些術語也就於無形中取消了。這些術語是都可以統攝到平仄二類中去，所以可以相通，也都可以看作平仄的先聲的，所以也可以看作是平仄二類的問題。」

郭紹虞《聲律説考辨》：「沈約所論，原是指永明聲病中的運用四聲之論，所以可以宮羽爲喻。他文中所用的『宮羽』，是喻義而不是實義。……玄黄是喻義，當然律吕也是喻義。即使説宮羽與低昂是互文，也衹是泛言一般的高下，不可能指的是字調的比較音高。」

郭紹虞主編《中國歷代文論選》：「低昂互節，指文字音節的高下互换變化。浮聲，意指清音……切響與浮聲對立，意應指濁音。浮切、清濁，又與輕重義相當。何焯《義門讀書記·文選》：『浮聲切響，即是輕重。』一簡，一行，指五言詩的一句。《南史·陸厥傳》説沈約以平上去入四聲製韻，『有平頭、上尾、蜂腰、鶴膝，五字之中音韻各異，兩句之内角徵不同』，知一簡當是指五字。輕重，義近清濁，這裏可以看作平仄的異稱。」「沈約所説的八病，即是此四句的具體注脚」。「按照『八病』的嚴格規定，就能做到『一簡之内，音韻盡殊；兩句之中，輕重悉異』了。」

啓功《詩文聲律論稿》：「沈約雖倡四聲之説，而在所提的具體辦法中，却衹説了宮與羽（李延壽説宮與商、角與徵）、低與昂、浮聲與切響、輕與重，都是相對的兩個方面。簡單説，即是揚與抑，事實上也就是平與仄。又從沈、蕭、李三人的話中，看到當時所説的『宮、商』等名稱，即是『平、上』等名稱未創用之前，對語音聲調高低的代稱，這恐是因爲宮商等名稱借自樂調，嫌其容易混淆，纔另創『平上去入』四字來作語音聲調的專名。從他們實際注意聲調抑揚這現象上看，可知沈約等人在音理上雖然發現了『四聲』，但在寫作運用上，却衹是要高低相間和抑揚相對。從下邊所列沈自己舉出的各例句中，可以看出揚處用的是平，抑處用的是上去入。在這裏上去入之間並看不出選用的理由和區別，可見上去入在當時實是作一個抑調用的。歸結起來，仍是平仄而已。況且辨四聲和運用平仄並不矛盾，能辨别複雜的，未必不能使用簡單的，後世的種種誤解，大約都由於把辨四聲認作用四聲了。」

向長清《談〈文心雕龍·聲律篇〉與齊梁時代的聲律論》：「『宮羽相變』是音韻的變化，『低昂互節』則是平上去入四聲的變化。……可以肯定，浮聲、切響並非都是指平上去入，否則下文『一簡之內，音韻盡殊』，就會令人感到突如其來，缺乏根據。從沈約的這幾句話我們不難看出，他認爲由於『低昂互節』，形成『浮聲』，要安排好『浮聲』，就須『兩句之中，輕重悉異』。同樣，由於『宮羽相變』，而有『切響』。要處理好『切響』，就須『一簡之內，音韻盡殊』。……所謂音韻指的是喉、牙、舌、齒、脣、半舌、半齒等七音的聲與韻。沈約要求一行之內的聲與韻必須避免重復，兩句之中的平上去入四聲輕重要錯開。這就是齊梁時代聲律論的用意所在。」

興膳宏《〈宋書·謝靈運傳論〉綜説》：「此處『浮聲』，暗指四聲中的平聲，『切響』，暗指上去入三聲。而説明這一原理的『前有浮聲，後須切響』係指在用『平仄平平，仄平仄仄』兩句平仄交替的辦法來構成對偶表現上下功夫。」興膳宏《從四聲八病到四聲二元化》：「好像是以『浮聲』與『切響』的對照來暗示着兩大聲類的對立。加以除了『若』『則』二字外，上二句的平仄爲○●○○/●○●●。亦呈現出明顯的平仄對立。」「可以肯定，在他們（沈約、謝朓）的聲律論裏，已經潛在着走向四聲二元化的因素。」

梅維恒、梅祖麟《梵語對近體詩形成之影響》：「術語『輕』與『重』是從梵語 laghu（輕）與guru（重）

中直接翻譯而來。……慧皎運用『和聲』這一術語來説明梵語詠唱 gāthā 頌的方式。在劉勰這兒被用來指創作中國詩歌的兩種主要技巧：『異音相從謂之和』，這表明沈約及其追隨者把中國的聲調（四聲）等同於梵語的長短音，把聲體詩等同於梵語 gāthā 的音韻節奏。」

羅師宗强《魏晉南北朝文學思想史》：「清濁的概念沈約之前已提出，如范曄。沈約之後，鍾嶸也提及。它們是不是與浮聲、切響、飛沉、低昂、輕重等等相應？這又涉及了不少問題。我想，這些概念在使用過程中存在着不規範、含混的性質，現在是很難把它們明確對應起來的。」

吴小平《中古五言詩研究》：「所謂『一簡之内，音韻盡殊』，『五字之中，音韻悉異』，是要求詩句聲調在時間單位裏前後相間的組織關係；『兩句之中，輕重悉異』，『兩句之内，角徵不同』，是要求詩句聲調在空間單位裏上下相對的組織關係。」「沈約標舉低與昂，浮與切，輕與重等，則是在明辨四聲的基礎上，將語言中的『二元』落實到文字之中，將散文中的『二元』運用到五言詩之中，是爲『文用宫商』的集大成者。徐呼、緩氣、長言、清、飛、低、輕、浮，均近平聲；疾呼、急氣、短言、濁、沉、昂、重、切，均近仄聲。」

盛江案：宫羽、低昂、浮切、輕重這些概念，未必可以明確與平仄對應。它可能與平仄聯繫，亦可能同時與聲、韻聯繫。「一簡之内，音韻盡殊；兩句之中，輕重悉異」，與劉勰所言之響有雙疊、雙聲隔字、疊韻離句之類未必有本質區别，它們或者均强調一簡或兩句聲之輕重與韻之變化。此處或者意識到聲之二元問題，但所謂二元，可能祇是意識到聲、韻、調諸方面，均須前後上下有異，均須如劉勰所言之「異音相從」，「和體抑揚」，未必僅是四聲之二元。

㉕製：創作之作品。梁鍾嶸《詩品序》：「余謂文製，本須諷讀。」陳徐陵《玉臺新詠序》：「往世名篇，當今巧製。」《隋書・經籍志》集部後序：「清辭巧製。」

㉖諷高歷賞：李善注：「言諷詠之者，咸以爲高，歷載辭人，所共傳賞。」

㉗子建函谷之作：指魏曹植《贈丁儀王粲詩》。全詩爲：「從軍度函谷，驅馬過西京。山岑高無極，涇渭揚濁清。壯哉帝王居，佳麗殊百城。員闕出浮雲，承露槩泰清。皇佐揚天惠，四海無交兵。權家雖愛勝，全國爲令名。君子在末位，不能歌德聲。丁生怨在朝，王子歡自營。歡怨非貞則，中和誠可經。」（《文選》卷二四）

㉘仲宣霸岸之篇：指漢王粲《七哀詩》。全詩爲：「西京亂無象，豺虎方遘患。復棄中國去，遠身適荆蠻。親戚對我悲，朋友相追攀。出門無所見，白骨蔽平原。路有飢婦人，抱子棄草間。顧聞號泣聲，揮涕獨不還。未知身死處，何能兩相完。驅馬棄之去，不忍聽此言。南登灞陵岸，迴首望長安。悟彼下泉人，喟然傷心肝。」（《文選》卷二三）

㉙子荆零雨之章：指晉孫楚《征西官屬送於陟陽候作詩》。全詩爲：「晨風飄歧路，零雨被秋草。傾城遠追送，餞我千里道。三命皆有極，咄嗟安可保。莫大於殤子，彭聃猶爲夭。吉凶如糾纆，憂喜相紛繞。天地爲我爐，萬物一何小。達人垂大觀，誡此苦不早。乖離即長衢，惆悵盈懷抱。孰能察其心，鑒之以蒼昊。齊契在今朝，守之與偕老。」（《文選》卷二〇）孫楚（？——二九三）：晉詩人，字子荆，太原中都（今山西平遥）人，《晉書》卷五六有傳。

㉚ 正長朔風之句：指晉王讚《雜詩》。全詩爲：「朔風動秋草，邊馬有歸心。胡寧久分析，靡靡忽至今。王事離我志，殊隔過商參。昔往鶬鶊鳴，今來蟋蟀吟。人情懷舊鄉，客鳥思故林。師涓久不奏，誰能宣我心。」（《文選》卷二九）王讚（？——三一一）：晉詩人，字正長。

鍾嶸《詩品》中：「子荆『零雨』之外，正長『朔風』之後，雖有累札，良亦無聞。」

諸家研究沈約聲律論，於此四詩多有分析。

啓功《詩文聲律論稿》：「非常清楚，每例的下句都是律句，因此可以了解，沈約所謂『音律調韻』，無疑即指這類律調而言。」

管雄《聲律説的發生和發展及其在中國文學史上的影響》：「從上面這幾個例子來看，每首詩都是平起仄應，『從軍』『南登』等爲平起，而以『驅馬』『回首』等仄聲字應之。即韻脚亦然，『谷』『岸』『草』等字爲仄，而『京』『安』『心』等平聲字應之（祇有第三例不同）。（盛江案：第三例指孫楚零雨之章。）不僅他所舉的詩句合乎平仄的標準，就是他在此處所作的四句文章也都合乎平仄。『作』字是仄聲，而以平聲『篇』字去應它，下面再用一個平聲『章』字去應『篇』字，轉而又用一仄聲『句』字來收。可見沈約的浮聲切響之説，即指平仄而言。浮聲即平聲，切響即仄聲。」

向長清《談〈文心雕龍·聲律篇〉與齊梁時代的聲律論》指出，這四首詩多犯八病，如：曹植詩從驅、山涇、員承、權全、丁王、歡中、佐海，王粲詩西豺、親朋、出白、路抱、南迴、有子、知能、馬忍，孫楚詩晨零、乖惆、能之（盛江案：「之」，原誤作「云」），王讚詩胡靡、師誰、寧靡、涓能，均犯平頭；曹植詩居城、朝營，王粲詩象患、悲攀、人間、聲還（盛江案：「還」，原誤作「遷」）、人肝，孫楚詩送道、子夭，王讚詩鳴吟、鄉林，均犯上尾；曹植詩哉居、能聲、生朝、和經，王粲詩棄去、身蠻、聞聲、能完、然肝，孫楚詩雨草、凶纏（盛江案：《文選》殘頁作「纏」，中華書局影印本《文選》作「經」）、喜繞、人觀、此早、離衢、悵抱、能心，王讚詩靡今、事志、來吟、能心，均犯蜂腰；曹植詩谷極、居雲、惠勝，王粲詩象去、人聲、處去，孫楚詩路送、纏煩（盛江案：原文如此，當作「經爐」）、觀衢、心朝，均犯鶴膝；曹植詩生營丁，王讚詩今吟，均犯大韻；曹植詩全權、生營丁，王讚詩王商、事志、今吟、涓宣，均犯小韻；曹植詩員雲，王粲詩驅去，孫楚詩猶夭、吉糾、達大，均犯旁紐。

興膳宏《〈宋書・謝靈運傳論〉綜説》：此處所引曹植等四首八句詩，「都没有與沈約所倡『八病』中的『上尾』即第五字與第十字使用同聲字的禁忌相抵觸，除孫楚的第二句外，也没有犯第二字與第五字聲調相同的所謂『蜂腰』之病。沈約從這八句中各取二字，組成了『函京之作、灞岸之篇』、『零雨之章、朔風之句』四句，正好隔着『之』字構成了『平平仄、仄仄平』、『平仄平、仄平仄』的對偶表現」。「這四首詩中除去上述八句的其餘部分並不都合永明體的詩格」，「然而把『八病』一一對（上述）四首詩進行硬套可以説是没有意義的」，因爲「過去的詩人當然不知道『八病』，即就沈約、謝朓等以永明體旗手自任的詩人的作品而論，也未必能説是在意識到所有『八病』的情况下創作的」。

劉躍進《四聲八病二題》以爲，就沈約所稱引的四聯詩句來看，其平仄調配頗有規律可循。每聯下句都是入律句，可謂「音律調韻」，所以得到沈約的高度贊賞。但是，如果從「八病」的角度來衡量這些詩作，不僅全詩不合者甚多，就是沈約所欣賞的這四聯詩亦多犯八病。「如果沈約是八病説的創始者，那麽他對上述四詩的聲病問題應當有所指正，可惜事實上並没有。他所關注的似乎衹是『一簡之内，音韻盡殊；兩句之中，輕重悉異』，即字與字之間、句與句之間的平仄『顛倒相配』（《與陸厥書》），而對於所謂『八病』似乎並不過分考究」。

盛江案：沈約所舉四子之詩及下文劉滔所舉二詩並非八病全無，完善無缺之典範，而因其中有未犯上尾、蜂腰等病之句，有律句及單字平仄相間之句，有此類前有浮聲，後須切響，音韻天成之高言妙句，沈約、劉滔從中發現聲律調韻之秘，故曰闇與理合，音律調韻，取高前式。

㉛ 直舉：即鍾嶸《詩品序》「直尋」之意。已見前注。胸懷：劉宋范曄《獄中與諸甥侄書》：「至於所通解處，皆自得之於胸懷耳。」（《宋書・范曄傳》）

㉜ 前式：前代的法度規範。《三國志・魏書・齊王芳等傳論》：「仰遵前式，揖讓而禪。」

㉝ 「得者」二句：維寶箋：「得者，得音律者，自然合天理也。失者，不得之者，不知調聲之由致也。」沈約《宋書・謝靈運傳論》：「至於高言妙句，音韻天成，皆闇與理合，匪由思至。」

㉞ 齟齬：指文辭不協調。宋玉《九辯》：「吾固知其鉏鋙而難入。」《文心雕龍・練字》：「狀貌山川，古今咸用，施於常文，則齟齬爲瑕。」

㉟ 南國有佳人：出魏曹植《雜詩六首》其四：「南國有佳人，容華若桃李。」（《文選》卷二九）李善注：「《楚辭》曰：『受命不遷生南國。』謂江南也。」

㊱夜半不能寐：出魏阮籍《詠懷詩》其一：「夜中不能寐，起坐彈鳴琴。」（《文選》卷二三）魏甄皇后《塘上行》：「念君常苦悲，夜夜不能寐。」（《先秦漢魏晉南北朝詩·魏詩》卷四）

《譯注》：「考察這兩句的聲律，『南國（入）有佳人（平）』，『夜半（去）不能寐（平）』，在所謂『八病』中，没有犯用第二字與第五字同聲的蜂腰病。這大概就是劉滔舉例的原因所在吧！」

㊲來雄《聾鼓指歸序注》：「《秘府論》曰：齟齬雖如安，未悟安之有術。若南國有佳人，夜半不能寐，豈用意所得哉！」（《定本弘法大師全集》卷七）

㊳蕭子顯《齊書》云：此爲蕭子顯《南齊書·陸厥傳》之節略，原文詳下。

㊴沈約：見天卷序考釋。謝朓（四六四—四九九）：字玄暉，祖籍陳郡陽夏（今河南太康）人，南齊文學家。《南齊書》卷四七、《南史》卷一九有傳。王融：見天卷《調聲》考釋。沈、謝、王並爲竟陵八友，南朝齊詩人。其善聲律，倡永明體事，又見《南史·陸厥傳》、《南齊書·陸厥傳》，均詳下。

㊵氣類：天卷《調四聲譜》：「上諧則氣類均調，下正則宮商韻切。」

㊶宮商：向長清《談〈文心雕龍·聲律篇〉與齊梁時代的聲律論》以爲：「從『約等文皆用宮商』這句話來看，更有力的證明當時聲律論的『宮商』，決非古代律吕的宮商，而是指音韻。」

㊷永明體：關於「永明體」，各史家有記述。《南齊書·陸厥傳》：「永明末，盛爲文章，吴興沈約、陳郡謝朓、琅邪王融，以氣類相推轂。汝南周顒善識聲韻，約等文皆用宮商，以平上去入爲四聲，以此製韻，不可增減，世呼爲永明體。」《南史·陸厥傳》記載文字略有不同：「（永明）時盛爲文章，吴興沈約、陳

郡謝朓、琅邪王融，以氣類相推轂。汝南周顒善識聲韻，約等文皆用宫商，將平上去入四聲，以此製韻，有平頭、上尾、蜂腰、鶴膝，五字之中，音韻悉異，兩句之中，角徵不同，不可增減，世呼爲永明體。」《梁書・庾肩吾傳》：「齊永明中，文士王融、謝朓、沈約，文章始用四聲，以爲新變，至是轉拘聲韻，彌尚麗靡，復踰於往時。」《南齊書・劉繪傳》：「永明末，京邑人士盛爲文章談義，皆湊竟陵王西邸。繪爲後進領袖，機悟多能。時張融周顒並有言工，融言旨緩韻，顒辭致綺捷，繪之言吐，又頓挫有風氣。時人爲之語曰：『劉繪貼宅，別開一門。』言在二家之中也。」《封氏聞見記》：「永明中，沈約文辭精拔，盛解音律，遂撰《四聲譜》，王融、劉繪、范雲之徒，慕而扇之。」嚴羽《滄浪詩話・詩體》：「永明體（齊年號，齊諸公之詩）。」

關於「永明體」之特徵，近人著作有解釋。郭紹虞《永明聲病説》：永明體與律體不同，一、「永明體所注意的衹是一句兩句中間的聲律，還没有注意到通篇的聲律」，「律體講到黏，而永明體不講黏」；二、「永明體的聲律衹想到『音韻盡殊』，衹想到『輕重悉異』」，「不會注意到音步的問題」，而律體則「再於五字之中分出音步，成爲二二一的音節」；三、「永明體的音律是重在四聲」，「律體的音律則全重在平仄」；四、「沈宋以前之詩句，其近於平仄調協者乃暗合於無心，而沈宋以後之作則多出於意匠也」。

徐青《古典詩律史》：齊梁詩律之具體結構爲：「第一，五言詩一句之内，要求五個字的聲母和韻母各不相同」；「第二，五言詩字聲平仄的安排，以一聯兩句爲單位，要求平聲和仄聲相間連續，交叉成列，以突出音調高低的詩句節奏」。「齊梁體格律詩主要是五言詩，其詩律構造主要應用了如下兩種詩律（指平韻詩），即（一）仄仄平平仄，平平仄仄平，（二）平平平仄仄，仄仄仄平平」。

王鍾陵《中國中古詩歌史》以爲包含四項内容：一、聲韻的研討和篇幅的縮短；二、對流轉圓美和平易藝術風格的追求；三、詩境的婉美與巧思；四、自覺的意境詩的初步形成。

何偉棠《永明體到近體》：「（永明體）是一種以聲調的異同對立爲節奏特點的新變體五言詩。」永明體詩聲律「有一項『重在二五』的調聲法則，它把字聲對立、回換的結構位置固定爲句中的第二字和第五字，它是二五字異聲，並且是以『上二、下三』的音步配合平上去入四聲的」。永明體平韻五言詩律句聯間結合有四類十六式，仄韻五言詩律句聯間結合有八類三十二式。

劉躍進《門閥士族與永明文學》：「永明詩體已經初步具備了近體詩的某些基本特徵」，「第一，句式漸趨於定型，以五言四句、八句爲主」；「第二，律句大量湧現，平仄相對的觀念已經十分明確」；「第三，用韻已相當考究，其主要表現在押平聲韻爲多，押本韻很嚴，至於通韻，很多已接近唐人」；「第四，在對仗方面，追求自然與情理的完美結合」。他認爲：永明詩人貢獻各不相同，王融主要在聲韻方面，謝朓主要在平仄調配方面，沈約綜合各家之長，在詩歌句式、韻律以及排偶等方面表現得更爲成熟，尤其在文學理論方面能有所發明，影響更爲久遠。

吴小平《中古五言詩研究》：永明聲律説有四個方面的基本内容，「（一）原則，積極運用漢字的不同聲調，將它們有規律地排列起來，參差櫛比，造成詩歌的音樂美」。「（二）方法，一是將不同聲調的前後相間，使詩句在時間單位裏呈現出前抑後揚、高低錯落的音樂之美；二是將不同聲調上下相對，使詩句在空間單位呈現出上倡下協、浮切通流的音樂之美」。「（三）範圍，從宏觀上看，永明聲律説專爲五言詩而創設，不涉及其他任何文體」，「從微觀上看，永明聲律説所論五言詩，始乎『五字之中』，終於『兩句之内』，即它的涉及範圍，最小單位是五字組成的一句，最大單位是兩句構成的一聯」。「（四）規則，即『八病』説」。

吴相洲《永明體與音樂關係研究》：永明新體詩的出現是爲了方便入樂而設置。兩史《陸厥傳》所説「文皆用宫商」，可作兩解：作詩時講究詩律之四聲，作詩時講究音樂之五音。沈約《答陸厥書》《答甄公論》等所説「四聲之用，何傷五聲」，意爲詩律與樂律並行不悖。「作五言詩者，善用四聲，則諷詠而流靡」之「諷詠」，除了「誦讀」之外，還有「歌唱」的意思，是説詩歌講究音韻之後便於歌唱。「沈約對詩歌音韻與音樂關係做了完整的闡述，即他發明了一種新的作詩方法：詩歌的聲律受到音樂旋律的啟發，詩韻通過合理組合能夠合於音樂之旋律；因爲詩律與樂律之間存在某種對應的關係；講究音韻的詩便於入樂歌唱。這纔是對永明聲律説内涵較爲全面的表述。」

杜曉勤《齊梁詩歌向盛唐詩歌的嬗變》：永明體代表作家王融、沈約、謝朓新體詩的聯間組合方式有兩種：粘對律和對式律。永明體不應衹有一種格律形式，而應該多種形式並存。

盛江案：王鍾陵説過於寬泛空洞，未抓住主要特徵，郭紹虞、何偉棠、劉躍進、吴小平、吴相洲、杜曉勤説多有可取。今人理解永明體爲一個時代之文風，含義較爲寬泛，蕭子顯《南齊書》所言之「永明體」，則著眼於聲律。其聲律原則，如沈約所言，宫徵相變，低昂舛節，前有浮聲，後須切響云云。四聲八病説自是基本内容，此外，其時已有近體詩律之追求。其時已注意二二三或二二二一音步及聲韻節奏。仄仄平平仄，平平仄仄平之類近體詩句式之外，尚有平仄平仄平，或仄平仄平仄之類單字平仄間用句式，亦體現前有浮聲，後須切響，一簡之内，音韻盡殊之原則。無論律句亦或非律句，一句之中多平上去入四聲交錯疊用，一三五七單句尾字亦多平上去入四聲交錯疊用，恰體現四聲製韻之原則。此均當爲永明體聲律探求之内容。

本段介紹劉宋末以來四聲之説之創始，及南朝盛行的沈約、劉滔等的聲律論。

【附録】

《悉曇字記創學抄》卷七：《秘府論》第一云：夫四聲者，無響不到，無言不攝，總括三才，苞籠萬象。劉滔云：「雖復雷霆疾響，蟲鳥殊鳴，萬籟争吹，八音遞奏，出口入耳，觸身動物，固無能越也。」（信範《九弄十紐圖私釋》下同，此段之下復有「又云天籟自諧，地籟冥韻，又云天籟萬物性，地籟萬物聲」二十二字。又，《悉曇滅罪抄》引「四聲者，無響不到，無言不攝，總括三才，苞籠萬象」十九字。）

《悉曇字記創學抄》卷七：《秘府論》第一云⋯⋯又，第一云：宋末以來，始有四聲之目。沈氏乃著其譜、論云云。

然則蕭賾永明元年〔一〕①，即魏高祖孝文皇帝大和之六年也②。昔永嘉之末③，天下分崩④，闕、河之地〔二〕，文章殄滅〔三〕。魏昭成、道武之世〔四〕⑤，明元、太武之時⑥，經營四方，所未遑也。雖復網羅俊乂〔五〕⑦，獻納左右⑧，而文多古質，未營聲調耳。及太和任運〔六〕，志在辭彩⑨，上之化下，風俗俄移⑩。

故《後魏文苑序》云：「高祖馭天〔七〕，銳情文學⑪，蓋以頡頏漢徹〔八〕⑫，淹跨曹丕〔九〕⑬。氣遠韻高，艷藻獨構〔一〇〕，衣冠仰止⑭，咸慕新風。律調頗殊，曲度遂改。辭罕淵原〔一一〕，言多胸臆，練古雕今〔一二〕，有所未値〔一三〕⑮。至於雅言麗則之奇〔一四〕⑯，綺合繡聯之美⑰，眇歷年歲〔一五〕，未聞獨得。既而陳郡袁翻〔一六〕、河內常景⑱，晚拔疇類，稍革其風⑲。及肅宗御曆〔一七〕⑳，文雅大盛㉑，學者如牛毛，成者如麟角〔一八〕㉒。孔子曰〔一九〕：『才難，不其然乎㉓。』」從此之後，才子比肩，聲韻抑揚㉔，文情婉麗，洛陽之下〔二〇〕，吟諷成群。及徙宅鄴中〔二一〕㉕，辭人間出，風流弘雅㉖，泉湧雲奔㉗。動合宮商，韻諧金石者㉘，蓋以千數，海內莫之比也〔二二〕。郁哉煥乎〔二三〕，於斯爲盛。乃甕牖繩樞之士㉙，綺襦紈袴之童㉚，習俗已久，漸以成性。假使對賓談論㉛，聽訟斷決㉜，運筆吐辭，皆莫之犯㉝。

【校記】

〔一〕「隤」，原誤作「頹」，各本同，據《南齊書》及維寶箋本加地哲定注改。

〔二〕「河」，三寶本作「何」，右旁注「河歟」。

〔三〕「殄」，原作「弥」，醍甲、六寺、義演本同，據三寶、高甲、高乙、江户刊本、維寶箋本改。

〔四〕「昭」，原作「照」，三寶、高甲、高乙、醍甲、仁甲、義演、松本、江户刊本、維寶箋本等本同，據寶壽、六寺本及《魏書》改。

〔五〕「俊乂」，原作「後民」，高乙、江户刊本同，正甲本作「俊氏」，三寶、六寺本作「俊民」，據《魏書・文苑傳序》改。

〔六〕「任」，《北史・文苑傳序》作「在」。

〔七〕「馭天」下原有「鏡」字，各本及《考文篇》、《校注》同。《校注》：「《南史・齊高帝紀》：『披金繩而握天鏡，開玉匣而總地維。』徐陵《皇太子臨辟雍頌序》：『握天鏡而授河圖，執玉衡而還乾象。』」盛江案：雖有「握天鏡」之説，然此處前後多爲整齊四言之句，「鏡」或涉下「鋭」字而衍，據《魏書・文苑傳序》删。

〔八〕「漢徹」，原作「漁徹」，各本同。《考文篇》：「『徹』疑當作『轍』。」盛江案：下句既言「曹丕」，與此相對，上句當從《魏書・文苑傳序》、《北史・文苑傳序》作「漢徹」。「漢徹」即漢武帝劉徹，其時爲一文學鼎盛時期，故曰「頡頏漢徹」。

〔九〕「淹跨」，三寶、寶龜本作「汰淹跨」，三寶本眉注「俺證」，《魏書・文苑傳序》作「掩踔」，《北史》作「跨躡」。

〔一〇〕「氣遠韻高」二句，《魏書・文苑傳序》作「氣韻高艷才藻獨構」，《北史・文苑傳序》作「氣韻高遠艷藻獨構」。

〔一一〕「淵原」，《北史・文苑傳序》作「泉源」。

〔一二〕「練」，《北史・文苑傳序》作「潤」。

〔一三〕「值」，六寺本無，《北史・文苑傳序》作「遇」。

〔一四〕「至於」，《北史・文苑傳序》作「是故」。

〔一五〕「年歲」，《北史・文苑傳序》作「歲年」。

〔一六〕「郡」，醍甲、仁甲、寶壽、義演本作「群」，三寶本旁注「群證」。

〔一七〕「及」，《魏書·文苑傳序》無。「肅宗」，《北史·文苑傳序》作「明皇」。「御曆」，《魏書》作「曆位」。

〔一八〕「如」，原無，三寶、寶壽、正甲本同，行間原注「如」，據補。

〔一九〕「孔子曰」原在「學者如牛毛」之上，各本同，據《魏書·文苑傳序》、《北史·文苑傳序》乙正。

〔二〇〕「洛陽」，寶龜本注「京也」。

〔二一〕「徙」，原誤作「從」，各本同，據《四聲指歸定本箋》改。「鄴中」，寶龜本注「所名也」。

〔二二〕「比」，原作「此」，據三寶、寶壽、六寺等本改。

〔二三〕「郁哉」，寶壽、六寺、正乙本注「盛也」。「煥乎」，寶壽、六寺、正乙本注「明也」。

【考釋】

① 蕭賾：南朝齊武帝（四八三—四九三在位），年號永明。其在位恰爲沈約等倡聲律，創永明體之時。

② 「即魏高祖」句：北魏高祖孝文皇帝（四七一—四九九在位）：名拓跋宏。蕭賾永明元年即四八三年，值北魏高祖孝文皇帝太和七年，此處言「大（太）和六年」，所記有誤。《四聲指歸定本箋》：「稱南北朝年號，主客之分，懸殊若此，乃作者爲北人之確證。」《譯注》：「叙述北朝認識聲律的過程。除末尾部分，資料幾乎全部據《魏書·文苑傳序》。」「筆者（盛江案：劉善經）爲北朝人，因此對南朝皇帝直呼名字。」「孝文帝拓跋宏即位是在這十多年前的四七一年，即位時年僅五歲，祖母馮太后攝政掌握權力。太

和十四年(四九〇)太后死後,遷都洛陽,用漢族習慣改姓氏,積極推行一系列漢化政策。作爲胡族出身的皇帝,這樣深地接受中國的傳統教養,在這之前還没有過。到他的治世,漸漸地在北朝也拉開了文學史的帷幕。把聲律論流行的永明年間和孝文帝的太和年間對比,在這一點上是有意義的。」

③永嘉:西晉末懷帝年號(三〇七—三一三)。

④分崩:《論語·季氏》:「邦分崩離析,而不能守也。」

⑤昭成:即北魏昭成帝拓跋什翼犍(三三八—三七六在位)。道武:即北魏道武帝拓跋珪(三八六—四〇九在位)。

⑥明元:即北魏明元帝拓跋嗣(四〇九—四二三在位)。太武:即北魏太武帝拓跋燾(四二四—四五二在位)。

⑦俊乂:才德出衆之人。《書·皋陶謨》:「俊乂在官。」

⑧獻納:獻忠言以供採納。

⑨太和:北魏孝文帝(元宏)年號(四七七—五〇〇)。辭彩:此指文學。《文心雕龍·時序》:「蔚映十代,辭采九變。」

⑩風俗俄移:《毛詩序》:「上以風化下,下以風刺上。」又曰:「先王以是經夫婦,成孝敬,厚人倫,美教化,移風俗。」(《毛詩正義》)

⑪鋭情:用心專情。《後漢書·朱暉傳》附《朱穆傳》:「及壯耽學,鋭意講誦。」《三國志·吴書·韋

曜傳》：「專精鋭意，心勞體倦。」鋭情猶鋭意。

⑫頡頏：本指鳥飛上下，語出《詩・邶風・燕燕》：「燕燕于飛，頡之頏之。」此指不相上下。

⑬淹跨：鍾嶸《詩品序》：「固已含跨劉、郭，凌轢潘、左。」用法與此同。

⑭衣冠：《漢書・杜欽傳》：「衣冠謂欽爲『盲杜子夏』以相别。」顔師古注：「衣冠謂士大夫也。」仰止：仰慕。《詩・小雅・車舝》：「高山仰止，景行行止。」

⑮「辭罕淵原」四句：即鍾嶸《詩品序》直尋之意，已見前注。胸臆：陸機《文賦》：「思風發於胸臆，言泉流於脣齒。」

⑯雅言：《論語・述而》：「子所雅言，《詩》、《書》、執禮，皆雅言也。」孔安國注：「雅言，正言也。」麗則：揚雄《法言・吾子》：「詩人之賦麗以則。」《文心雕龍・詮賦》：「風歸麗則，辭翦美稗。」

⑰綺合：陸機《文賦》：「或藻思綺合，清麗千眠。」沈約《宋書・謝靈運傳論》：「縟旨星稠，繁文綺合。」

⑱袁翻、常景：並北魏作家。袁翻（四七六—五二八）：字景翔，陳郡項（今河南項城）人，事跡見《魏書》卷六九本傳。常景（四八四年之前—五五〇）：字永昌，河内（今河南温縣一帶）人，事跡見《魏書》卷八二本傳。

⑲稍革其風：此句上至「律調頗殊」今本《魏書・文苑傳序》無，《北史・文苑傳序》有。《魏書・樂志》：「高宗、顯祖無所改作。諸帝意在經營，不以聲律爲務，古樂音制，罕復傳習，舊工更盡，聲曲多亡。」

太和初，高祖垂心雅古，務正音聲。」可以參看。

⑳ 肅宗：即孝明帝元詡（五一六—五二八在位）。御曆：皇帝登位，君臨天下。隋牛弘《上表請開獻書之路》：「太公曰：『在丹書。』是知握符御曆，有國有家者，曷嘗不以《詩》、《書》而爲教，因禮樂而成功也。」（《隋書・牛弘傳》）

㉑ 文雅：猶文教。漢陸賈《新語・道基》：「乃調之以管絃絲竹之音，設鍾鼓歌舞之樂，以節奢侈，正風俗，通文雅。」

㉒「學者」二句：《蔣子萬機論》：「諺曰：『學如牛毛，成如麟角。』言其少也。」（《太平御覽》卷六〇七）《抱朴子・極言》：「故爲者如牛毛，獲者如麟角也。」

㉓「才難」二句：語出《論語・泰伯》。

《北史・文苑傳序》：「既而中州板蕩，戎狄交侵，僭僞相屬，生靈塗炭，故文章黜焉。其能潛思於戰争之間，揮翰於鋒鏑之下，亦有時而間出矣。若乃魯徵、杜廣、徐光、尹弼之儔，知名於二趙；宋該、封弈、朱彤、梁讜之屬，見重於燕、秦。然皆迫於倉卒，牽於戰陣，章奏符檄，則粲然可觀；體物緣情，則寂寥於世。非其才有優劣，時運然也。至於朔方之地，蕞爾夷俗，胡義周之頌國都，足稱宏麗。區區河右，而學者埒於中原，劉延明之銘酒泉，可謂清典。子曰：『十室之邑，必有忠信。』豈徒言哉！洎乎有魏，定鼎沙朔，南包河、淮，西吞關、隴。當時之士，有許謙、崔宏、宏子浩、高允、高閭、游雅等，先後之間，聲實俱茂，詞義典正，有永嘉之遺烈焉。及太和在運，銳情文學，固以頡頏漢徹，跨躡曹丕，氣韻高遠，艷藻獨構。衣冠仰止，咸慕新風，律調頗殊，曲度遂改。辭罕泉源，言多胸臆，潤古彫今，有所未遇。是故雅言麗則之奇，綺合繡聯之美，眇歷歲年，未聞獨得。既而陳郡袁翻、河内常景，晚拔疇類，稍革其風。及明皇御曆，文雅大盛，學者如牛毛，成者如麟角。孔子曰：『才難，不其然也！』」可與參看。

㉔聲韻抑揚：《文心雕龍·聲律》：「韻氣一定，故餘聲易遣，和體抑揚，故遺響難契。」

㉕徙宅鄴中：北魏永熙三年（五三四），魏分裂爲東西魏，東魏都城置於鄴（今河北臨漳西南）。《隋書·經籍志》集部後序：「齊宅漳濱，辭人間起，高言累句，紛紜絡繹，清辭雅致，是所未聞。」以下敘東魏及繼東魏之後北齊之文學。

㉖風流：風尚流俗，遺風流韻，亦指文學之才氣風韻。《宋書·謝靈運傳論》：「周室既衰，風流彌著。」《文心雕龍·時序》：「揄揚風流，亦彼時之漢武也。」梁鍾嶸《詩品序》：「太康中，三張、二陸、兩潘、一左，勃爾復興，踵武前王，風流未沫。」弘雅：梁蕭統《與晉安王綱令》：「其人文筆弘雅，亦足嗟惜。」（《梁書·到洽傳》）

㉗泉湧：《宋書·謝靈運傳論》：「自建武暨乎義熙，歷載將百，雖綴響聯辭，波屬雲委，莫不寄言上德，託意玄珠。」用喻與此處之「泉湧雲奔」似。

㉘金石：《宋書·謝靈運傳論》：「英辭潤金石，高義薄雲天。」《隋書·經籍志》集部後序：「並黼藻相輝，宮商間起，清辭潤乎金石，精義薄乎雲天。」

㉙甕牖：以破甕作窗户。繩樞：以繩繫門樞。言家居貧陋。《吕氏春秋·下賢》：「所朝於窮巷之

中、甕牖之下者七十人。」賈誼《過秦論》：「陳涉，甕牖繩樞之子。」（《史記・秦始皇本紀》）

㉚ 綺襦紈袴：《漢書・叙傳》：「數年，金華之業絶，出與王、許子弟爲群，在於綺襦紈絝之間，非其好也。」顔師古注：「（綺襦紈絝）並貴戚子弟之服。」

㉛ 對賓談論：曹植《情詩》：「慷慨對嘉賓，悽愴内傷悲。」晉曹攄《感舊詩》：「對賓頌有客，舉觴詠露斯。」（《文選》卷二九）

㉜ 聽訟斷決：《禮記・大學》：「聽訟吾猶人也。」《周禮・地官・小司徒》：「凡用衆庶，則掌其政教，與其戒禁，聽其辭訟，施其賞罰。」《禮記・月令》：「斷薄刑，決小罪，出輕繫。」

㉝ 與前段介紹南朝永明聲律論相應，本段論北朝太和以來，文學興盛，文人注重聲韻文情之事。《隋書・文學傳序》：「暨永明、天監之際，太和、天保之間，洛陽、江左，文雅尤盛。于時作者，濟陽江淹、吴郡沈約、樂安任昉、濟陰温子昇、河間邢子才、鉅鹿魏伯起等，並學窮書圃，思極人文，縟綵鬱於雲霞，逸響振於金石。英華秀發，波瀾浩蕩，筆有餘力，詞無竭源。方諸張、蔡、曹、王，亦各一時之選也。聞其風者，聲馳景慕。」關於南北文學，《北史・文苑傳序》：「暨永明、天監之際，太和、天保之間，洛陽、江左，文雅尤盛。彼此好尚，互有異同。江左宫商發越，貴於清綺；河朔詞義貞剛，重乎氣質。氣質則理勝其詞，清綺則文過其意。理深者便於時用，文華者宜於詠歌。此其南北詞人得失之大較也。」可與本段參看。

《研究篇》上：「北朝和南朝相比，更爲崇尚質樸，不太歡迎綺麗，這已成爲定説。」「但是據劉善經，未必可以説祇是『江左宫商發越』，需要修正一直以來的通説。比起李延壽來，劉善經要早六七十年，因此年代更早。劉善經是四聲支持派，對自己的説法有利的文字不能説没有加以修飾，因此對他説的話要打一些折扣。即使這樣，應當承認北朝相當歡迎四聲説這一事實。但是，和南朝相比，北朝支持四聲的有實力的作家似乎很少。袁翻或常景這樣的二流人物作爲四聲支持派的棟梁有點讓人失望。據《文學名家列傳》袁翻條：『翻名位俱重，當時賢達咸推與之。然獨其身，無所獎拔，排抑後進，懼其凌己。論者鄙之。建義初，遇害於河陰，年五十三。所著文章百餘篇行於世。』確實像是一個氣量狹窄讓人討厭的人。如此之輩作爲先導，反而連四聲説自身都似乎要被通情達理的君子所輕視。但是，不正是受到末流作家的特别歡迎嗎？劉善經所謂『蓋以千數，海内莫之比也』，也許就是這些末流追隨者。」

盛江案：筆者手檢詩作，知北朝太和之前尚未有聲律自覺意識，《四聲論》謂此時文多古質，未謍聲調，當係實况。孝文太和至東西魏分裂，由甄琛《磔四聲》及常景《四聲贊》可知，南方永明四聲之説已傳至北方，非唯爲北方本土士人所知曉，且影響及於鮮卑文人，創作上聲律已有變化，然較南方晚一個節拍。北魏分裂之後，平頭、鶴膝、蜂腰病例較前大爲降低，未見上尾，律句大爲增加，接近梁代，然律對不多，未見律黏與完整律詩，與南朝相比差距尚大。北齊與北周蜂腰比例下降，上尾極少，律句、律對、律黏、完整律詩增多，與南朝陳代相當，意味着北朝聲律發展已與南朝基本同步。北朝本土文人詩歌聲律亦與南人相當，説明詩歌聲律上南北已無差異。《四聲論》謂從宅鄴中之後，辭人間出，風流弘雅，泉湧雲奔，動合宫商，韻諧金石，大致合於歷史面貌。

又吴人劉勰著《雕龍》篇云〔一〕①：「音有飛沈〔二〕，響有雙疊。雙聲隔字而每舛〔三〕，疊韻離句其必睽〔四〕；沈則響發如斷〔五〕，飛則聲颺不還②，並鹿盧交往〔六〕，逆鱗相比〔七〕③。迕其際會〔八〕④，則往蹇來替〔九〕⑤，其爲疾病〔一〇〕，亦文家之吃也⑥。」又云：「聲畫妍蚩〔一一〕⑦，寄在吟詠，滋味流於字句〔一二〕，風力窮於和韻〔一三〕⑧。異音相從謂之和〔一四〕，同聲相應謂之韻。韻氣一定，則餘聲易遣〔一五〕⑨；和體抑揚，故遺響難契矣〔一六〕⑩。」此論，理到優華〔一七〕⑪，控引弘博⑫，計其幽趣⑬，無以間然。但恨連章結句⑭，時多澀阻⑮，所謂能言之者也，未必能行者也⑯。

【校記】

〔一〕「勰」，三寶、六寺本作「⿰鬼劦」，三寶本旁注「⿰思劦證本」。

〔二〕「音」，范文瀾《文心雕龍注》（以下簡稱范注本《文心雕龍》）作「凡聲」。

〔三〕「舛」，原作「行」，三寶、寶壽、正乙本同，六寺本作「行了」，高甲、醍甲、仁甲、三イ、寶龜、義演、松本、江户刊本、維寶箋本作「歺」，正甲本作「片」，原右注「了イイ」，三寶本右注「歺」，寶壽本眉注「行」。各本字形參差，今從范注本《文心雕龍》作「舛」。

〔四〕「離」，范注本《文心雕龍》作「雜」，范文瀾注：「疑作『離』者是，『離』亦『隔』也，謂雙韻字在句中隔越成病也。」

「其」，范注本《文心雕龍》作「而」。

〔五〕「如」，范注本《文心雕龍》作「而」，范文瀾注：「案作『如』義較優。」

〔六〕「鹿盧」，范注本《文心雕龍》作「轆轤」，意同。

〔七〕「比」，原作「批」，各本同，從范文瀾《文心雕龍注》作「比」。范文瀾注：「《文鏡秘府論》引作『逆鱗相批』，『批』字恐誤，似當作『比』。」《校注》：「『批』，《雕龍》作『比』。《韓非子・説難》篇：『夫龍之爲蟲也，柔可狎而騎也；然其喉下有逆鱗徑尺，若人有嬰之者，則必殺人。』《雕龍》作『比』，義勝，此取譬鱗之相比耳，本無批嬰之義。」

〔八〕「迕」，原旁注「惻氏反拳加人也」，三寶本同。醍甲、寶壽、寶龜、六寺、正乙、江户刊本、維寶箋本作「逆」。范注本《文心雕龍》作「迂」，紀昀評：「『迂』當作『迕』。」

〔九〕「蹇」，原作「謇」，各本同，據范注本《文心雕龍》改。「替」，范注本《文心雕龍》作「連」。

〔一〇〕「疾」，原作「痃」，各本同，據范注本《文心雕龍》改。

〔一一〕「畫」，原作「晝」，各本同，據范注本《文心雕龍》改。「蚩」，原作「嗤」，各本同，據范注本《文心雕龍》改。

〔一二〕「滋味」上范注本《文心雕龍》重「吟詠」二字。「字」，原作「下」，各本同，據范注本《文心雕龍》改。

〔一三〕「風」，范注本《文心雕龍》作「氣」。

〔一四〕「從」，原作「慎」，各本同，據范注本《文心雕龍》改。

〔一五〕「則」，原無，三寶、高甲、正甲本同，范注本《文心雕龍》作「故」，據高乙、醍甲、仁甲、寶壽、寶龜、六寺、松本、江户刊本、維寶箋本補。

〔一六〕「難契」下范注本《文心雕龍》無「矣」字。

〔一七〕「理到」，《校勘記》：「『理到』爲『理致』之訛歟。」

【考釋】

①吴人：南北朝時北人對南朝人之稱呼。《洛陽伽藍記·景寧寺》：「時朝廷方欲招懷荒服，待吴兒甚厚，褰裳渡於江者，皆居不次之位。」又，《南史·檀道濟傳》：「魏人聞之，皆曰：『道濟已死，吴子輩不足復憚。』」又，《北齊書·杜弼傳》：「江東復有一吴兒老翁蕭衍者。」同書《顔之推傳》：「仍勸募吴士千餘人。」吴兒、吴子、吴士猶吴人。劉勰（四六六？—五三二？）：南朝齊梁文學理論批評家，字彦和，原籍東莞莒（今屬山東）人。《梁書》卷五〇、《南史》卷七二有傳。此處所引爲《文心雕龍·聲律》之文，鈴木虎雄《黄叔琳本文心雕龍校勘記》：「（《文鏡秘府論》）《四聲論》引《文心雕龍·聲律》篇文，蓋後人所引《雕龍》文之最古者。」（《支那學研究》第一卷，一九二九年四月）

②「音有飛沈」六句：維寶箋：「飛沈，上去入聲，飛也；平聲，沈也。雙疊，謂雙聲疊韻。」

李詳《文心雕龍補注》：「周春《雙聲疊韻譜》（卷七）論《文心雕龍》此段云：案飛者揚也，沈者陰也。雙聲隔字而每舛者，雙聲必連二字，若上下隔斷，即非真雙聲。疊韻雜句而必睽者，疊韻亦必連二字，若雜於句中，即非正疊韻。雙疊得宜，斯陰陽調合。轆轤交往，逆鱗相比者，總指不單用也。迂其際會，謂陰陽不諧，雙疊不對，乃文字之吃，便成疾病矣。」（一九〇九年著成，楊明照《增訂文心雕龍校注》引）

黄侃《文心雕龍札記》：「此即隱侯所云前有浮聲，後須切響，兩句之中，輕重悉異者也。飛謂平清，沈謂仄濁。雙聲者二字同紐，疊韻者二字同韻。一句之内，如雜用兩同聲之字，或用二同韻之字，則讀時不便，所謂雙聲隔字而每舛，疊韻雜句而必睽也。一句純用仄濁，或一句純用平清，則讀時亦不便，所謂沈則響發而斷，飛則聲颺不還也。」

范文瀾《文心雕龍注》：「雙聲隔字而每舛，即八病中傍紐病也。《文鏡秘府論》五（西卷）引元氏云：『傍紐者，一韻之内有隔字雙聲也。』又引劉滔云：『重字之有關關，疊韻之有窈窕，雙聲之有參差，並興於《風》詩矣。（下略）』疊韻雜句而必睽，即八病之小韻病也。」

《研究篇》上：「飛和沈是什麽不太清楚，沈則響發而斷，因此相當於入聲，飛則聲颺不還，從這點推測，不正相當於上聲嗎？但是當時的調值不清楚，本來就不能説得很確切。」

詹鍈《四聲五音及其在漢魏六朝文學中之應用》：「『飛沈』猶言揚抑，義指四聲，非關清濁。王士禎《師友詩傳續録》云：『平聲爲揚，入聲爲抑，去聲爲揚，上聲爲抑。』大意即是，尚差一間。……按齊梁之際，吴地讀音，『飛』者揚上，當是上聲，『沈』者抑下，當是去聲。劉勰云『飛則聲颺不還』，其意乃謂一句之中，如上聲字過多，則其聲飛颺而不能回環。至其謂『沈則響發如斷』，則又似入聲，其不言平上去入而稱『飛』『沈』者，乃係舉飛沈以概四聲，猶稱春秋以概四季也。彦和之意，無論平上去入，若一種聲調之字連續過多，則讀時均有蹇礙，故須『轆轤交往』，若逆鱗之相比。此即《謝靈運傳論》所謂『若前有浮聲，則後須切響』，《南史・陸厥傳》所謂『兩句之中，角徵不同』也。」

詹鍈《文心雕龍義證》：「所謂『飛』『沈』，就是字調的抑揚，這是構成沈約《四聲論》的音調基礎。所謂『雙疊』，是構成沈約『八病説』的聲韻基礎。劉勰並没有像沈約那樣『碎用四聲』，而祇是從原則上指出飛揚的字調和沈抑的字調，要像『轆轤交往』似地交互錯雜地使用，對於雙聲疊韻也祇提出極爲粗略的禁忌。」「（疊韻句）謂用疊韻字各在一句也。」

《校注》：「《謝靈運傳論》言『浮聲切響』，浮切猶清濁，亦即彥和之所謂飛沈也。《高僧傳》卷十三《曇智傳》：『時有道朗、法忍、智欣、慧光，並無餘解，薄能轉讀。道朗捉調小緩，法忍好存擊切，智欣善能側調，慧光喜騁飛聲。』」

向長清《談〈文心雕龍·聲律篇〉與齊梁時代的聲律論》謂，劉勰負書，得到沈約推重，「『聲有飛沈』的聲，就是《謝靈運傳論》裏『前有浮聲』的聲，『響有雙疊』的響，也就是『後須切響』的響」。「《聲律篇》對於沈約論點的闡釋，自然是與沈約原意相符合的」。「後人所云大韻、小韻、旁紐、正紐等詩病似乎又是劉勰『雙聲隔字而每舛，疊韻雜句其必睽』一語的演繹。旁紐、正紐屬於『雙聲隔字而每舛』一類，大韻、小韻屬於『疊韻雜句其必睽』一類」。「八病都屬於『文家之吃』」。

《譯注》：「『飛』相當於沈約所説的『浮聲』，『沈』相當於『切響』。前者含混地指平聲，後者含混地指上去入三聲。當然，劉勰還没有使用平仄這樣的用語，但他確實具有四聲大體上分爲二種的認識。」

《研究篇》上：「這一條很有意思。《雕龍》顯然是四聲支持派。」「但是，用這種人爲的四聲，實際上和他自己的説法有矛盾之處。《雕龍》主張文章的自然，例如他説『心生而言立，言立而文明，自然之道也』（《明道》），『人禀七情，應物斯感，感物吟志，莫非自然』（《明詩》）等。」「但另一方面却説重視聲律，總有些不合道理。」因此劉善經説他「能言之者，未必能行者」，這是説，「口頭上歌頌四聲，但實際上並未怎麽深刻理解」，因爲「本來《文心雕龍》就不是有着確切定見的著作，它祇是把前人的各種説法拼湊起來」。

盛江案：雙疊即雙聲疊韻，謂用此類字，若隔字雜句，聲韻便不和諧。實際指出旁紐、正紐（句中隔字雙聲）及大韻、小韻（雜句疊韻）之病。「飛沈」與沈約所言之「浮聲」、「切響」當有聯繫，當就聲調而言，而與聲紐之清濁輕重無關。沈約已有《四聲譜》，《文鏡秘府論》及安然《悉曇藏》所引《四聲譜》明確表明此四聲即爲平上去入，蕭子顯《南齊書》等亦載述其時以「平上去入爲四聲」，是知其時已明確有平上去入四聲之概念，顧炎武《四聲之始》謂「其時未用四聲」，其説恐非是。所謂「飛沈」、「浮聲」、「切響」云云，蓋以概四聲。「飛」、「沈」與四聲之具體關係則難指實。維寶箋謂「上去入聲，飛也；平聲，沈也」，未詳何據。今人多謂「飛」或曰「浮聲」暗指平聲，「沈」或曰「切響」暗指上去入三聲（即仄聲），説或可信。然詹鍈謂「吴地讀音，『飛』者揚上，當是上聲，『沈』者抑下，當是去聲」，亦非無據。又，神珙《四聲五音九弄反紐圖序》、日本沙門了尊《悉曇輪略圖鈔》卷一並引《元和新聲韻譜》：「平聲者哀而安，上聲者厲而舉，去聲者清而遠，入聲者直而促。」晚明釋真空之《玉鑰匙》云：「平聲平道莫低昂，上聲高呼猛烈强，去聲分明哀遠道，入聲短促急收藏。」細品各家對四聲發音特點之描述，則劉勰所言之「沈則響發而斷」亦可解釋爲接近於所謂「直而促」之入聲，而「飛則聲颺不還」似又接近於「哀而安」、「厲而舉」、「清而遠」之平、上、去三聲。如此解釋並非完全無據。要之，劉勰、沈約之意蓋舉「飛沈」及「浮聲」、「切響」以概四聲，泛指聲調之抑揚，單舉「飛沈」、「浮聲」、「切響」二類，或者已意識到聲調可有二大類，二大類具體所指，或尚不明確。

③「並鹿」二句：張立齋《文心雕龍注訂》：「轆轤喻圓轉如意，逆鱗喻比附密切。」《史記·天官書》：「危東六星，兩兩相比。」

朱星《〈文心雕龍·聲律〉篇詮解》：「八病中前四病，平頭、上尾、蜂腰、鶴膝，是聲調平仄問題，後四病中大韻、小韻是疊韻問題，正紐、旁紐是雙聲問題。韻文中的音律，無非是把這字音的三方面作美的和諧的組織安排。要錯綜搭配，不可重復單調，要像轆轤，像逆鱗。雙聲除雙聲詞可連用，否則分開用即有損音律美。」

④迕其際會：陸機《文賦》：「如失機而後會，恒操末以續顛，謬玄黃之秩序，故淟涊而不鮮。」

⑤往蹇來替：《易·蹇卦》六四爻辭：「往蹇來連。」王弼注：「往則無應，來則乘剛，往來皆難，故曰往蹇來連。」孔穎達正義：「蹇，難也。……馬（融）云：『連亦難也。』」

⑥文家之吃：黄叔琳《文心雕龍輯注》：「吃，《韓非傳》：『非爲人口吃不能道説，而善著書。』注：『吃，語難也。』」（《文心雕龍義證》引）范文瀾注：「聲律謬誤，則喉脣糾紛，猶人之病口吃也。」朱星《〈文心雕龍·聲律〉篇詮解》：「八病的規則是死的，基本規律是平仄和諧，不和諧就成了『文吃病』，等於説不正字音，即成口吃病。」

饒宗頤《〈文心雕龍·聲律篇〉與鳩摩羅什〈通韻〉》以爲劉勰論聲律，與僧徒轉經之影響有關，云：「僧徒轉經，亦致辨於聲文。慧皎《高僧傳·經師篇》論云：『轉讀之爲懿，貴在聲、文兩得。若惟聲而不文，則道心無以得生，若惟文而不聲，則俗情無以得入。』聲之與文，二者相倚爲用。顧轉讀所重在聲，諸天讚唄，皆以韻入絃管，此音樂之事也；以言夫詩篇，則以文爲主，以聲爲輔，其聲文之妙，在於『觀宮商』；轉經唱詠之宮商，與詩律調協之宮商，事雖殊途，理自相通。永明新變之體，以四聲入韻，傍紐旁紐之音理，啓發於悉曇，反音和韻之方法，取資於《通韻》，此梵音有助於詩律者也。聲文之理，樂與詩正相涉而不可分。故慧皎述轉讀之聲，有『平擲蕩舉，平折放殺，遊飛却轉，反疊嬌弄，動韻則流靡弗窮，張喉則變態無盡』。可謂極歌唱之形容者矣。彦和之貌聲律，則云：『左礙而尋右，末滯而討前，則辭轉於吻，玲玲如敲玉，辭靡於耳，累累如貫珠。』亦以轉唱譬說文事。南齊轉經有平、側不同之調。法鄰之『平調牒（疊）句，殊有宮商』，智欣則善用側調，具見慧皎所記（《高僧傳》）。轉調之有平側，亦如詩之聲文；知平側之講求，由來遠矣。彦和寄居上定林寺，朝鐘暮鼓，與轉經師接觸頻繁，故於聲律之事，獨有所悟，能獲旁通之妙，非偶然也。」

⑦聲畫：揚雄《法言・問神》：「故言，心聲也；書，心畫也；聲畫形，君子小人見矣。聲畫者，君子小人之所以動情乎。」范文瀾注：「此云聲畫，猶言文章聲韻。」妍蚩：梁沈約《答陸厥書》：「若以文章聲韻，同絃管之聲曲，則美惡妍蚩，不得頓相乖反。」（《南齊書・陸厥傳》）張立齋《文心雕龍注訂》：「『聲畫妍蚩』二句，此言文章之美惡，不在初見，必加吟詠而後覺也。」郭紹虞《蜂腰鶴膝解》：「不講聲律，不注意調節求和的方法，便成爲『蚩』，一講聲調以求和，便成爲『妍』。妍蚩之分，即在吟詠之間。」

⑧「滋味」二句：滋味：梁鍾嶸《詩品序》：「五言居文詞之要，是衆作之有滋味者也。」《顔氏家訓・文章》：「至於陶冶性靈，從容諷諫，入其滋味，亦樂事也。」風力：鍾嶸《詩品序》：「爰及江表，微波尚傳，

孫綽、許詢、桓、庾諸公詩，皆平典似《道德論》，建安風力盡矣。」《文心雕龍・風骨》：「相如賦仙，氣號凌雲，蔚爲辭宗，迺其風力遒也。」

滋味流於字句：羅師宗强《魏晉南北朝文學思想史》：「《文心》論味而近於情味的，還有《聲律》篇：『是以聲畫妍媸，寄在吟詠，滋味流於下句，風力窮於和韻。』范注謂：『下句，猶言安句。』是。蓋言文之美醜，於吟詠間可了然。美之詩文，滋味寓於句中。宋人黄庭堅『詩成有味齒牙間』（《以梅饋晁深道，戲贈二首之二》，《山谷詩集注》卷一一）。意與此相近，皆言於吟誦間成詩，而『味』正從吟誦中體認。此則味又與聲律有關。聲之抑揚，聲之節奏，助情之發抒，情通過聲律流露出來，味也就在其中。是則『味』又與調有關。情感之節奏與聲律之節奏關係甚爲密切，由此而味關韻調。」成復旺《藝文理論志》：「考魏晉至唐代之論『味』，每稱『滋味』。……這樣的『味』具有兩個特徵，一是較爲優美，易於悦人，二是較爲淺顯，嘗輒可得，也就是説，這是有味之味，而非『無味』之味，這是味内之味，而非『味外』之味。」（上海人民出版社，一九九八年）

風力窮於和韻：周振甫《文心雕龍注釋》：「講究聲律化的風力在和上顯得困難。」周振甫《文心雕龍今譯》：「風力全用在求和諧與押韻上。」詹鍈《文心雕龍義證》：「推究至盡曰『窮』。『風力』，風神骨力，這是説作品的風力，歸終要表現在『和韻』的問題上。」盛江案：「風力窮於和韻」，詹鍈説是。「窮」不作困難解，而當表示極限程度，解作極至、至盡。《文心雕龍・宗經》「窮高以樹表」，窮高言達於極高。又《辨騷》「咳唾可以窮文致」，窮文致乃謂完全表現出文章之情致。《明詩》「辭必窮力而追新」，窮力乃謂盡全力。劉勰蓋認爲，講求聲律，利用漢字讀音聲調疾徐高下不同之特點，既異音相從（和），又同聲相應（韻），便可造成抑揚頓挫、流轉舒揚語調之動勢，其升華即爲風力。風力歸根結底要體現於此類抑揚流轉聲律之美上。「滋味流於字句」，意謂文章滋味從字句吟誦中流露而出。「風力窮於和韻」，意謂風力由和韻聲律中完全表現而出。

⑨餘聲易遣：漢王褒《洞簫賦》：「終詩卒曲，尚餘音兮。吟氣遺響，聯綿漂撇，生微風兮。」（《文選》卷一七）《文心雕龍・章句》：「尋『兮』字成句，乃語助餘聲。」

⑩《紀曉嵐評注文心雕龍》：「句末韻脚，有譜可憑。句內聲病，涉筆易犯。非精究音學者不知。故往往閲之斐然，而誦之拗格。彥和特抽出另言，以此之故。」

黃侃《文心雕龍札記》：「案一句之內，聲病悉祛，抑揚高下，合於脣吻，即謂之和矣。沈約云：十字之文，顛倒相配。正謂此耳。」

范文瀾《文心雕龍注》：「『異音相從謂之和』，指句內雙聲疊韻及平仄之和調；『同聲相應，謂之韻』，指句末所用之韻。『韻氣一定，故餘聲易遣』，謂擇韻既定，則餘韻從之；如用東韻，凡與同韻之字皆得選用。『和體抑揚，故遺響難契』，謂一句之中，音須調順，上下四句間，亦求和適。此調聲之術，所以不可忽略也。……陳先生曰：『彥和此文，實本《左傳》晏子曰：「和與同異，和如羹焉。聲亦如味，清濁、大小、短長、疾徐、哀樂、剛柔、遲速、高下、出入周疏以相濟也，若琴瑟之專壹，誰能聽之，同之不可也如是。」故彥和本之謂異音相從也。』」

郭紹虞《中國文學批評史》：「在沈約説是聲、病，照劉勰説是韻、和。四聲即是『韻』的問題，劉勰所謂『同聲相應，謂之韻』也。怎樣使之同聲相應呢？此即永明體的條件所謂『以平、上、去、入爲四聲，以此製韻不可增減』者是。……八病即是『和』的問題。此又劉勰所謂『異音相從，謂之和』者。怎樣又是異音相從呢？則又永明體的條件所謂『五字之中音韻悉異，兩句之中角徵不同』者是矣。……叶韻取其同聲相應，摛辭取其異音相從。能如是，纔盡音律之能事。」「選和既難，所以對於八病云者，在當時已不必絶對的避忌。」郭紹虞《蜂腰鶴膝解》：「作家所注意的衹在去病，理論家所注意的則在求和。求和的方法一時雖不能逐條舉出，但衹須注意抑揚兩個字，自會達到求和的目的。這就是劉勰比沈約更高一着之處。此後發明平仄的抑揚律，就是朝這條路綫進行所獲得的成就。於是，很自然地從永明體演進爲律體了。律體既規定了求和之法，也自然簡化而易於奉行了。」

羅根澤《中國文學批評史》：「劉勰於『吃』之外，又提出所謂『和』『韻』。後人之研究《文心雕龍》者，好以此與四聲八病之説相緣附。其實劉勰所謂韻，就是韻文的韻脚，所謂和就是文章的聲調。韻有規律，譬如用東韻，則任意選擇東韻之字，所以説『韻氣一定，故餘聲易遺』。和是自然的，並没有一定的規律，所以説『和體抑揚，故遺響難契』。這也足以證明劉勰的音律説是一種自然的音律説，和沈約等人的人爲的音律説，並不全同（自然也有相仿的地方）。」

劉永濟《文心雕龍校釋》：「和者，一句之中，平仄有相間相重之美也。韻者，各句之末同用一韻之字也。」

王力《中國古典文論中談到的語言形式美》：「平仄的講究主要還是求其『異音相從』。一句之中，平仄交替成爲節奏，這是異；一聯之中，出句的平仄和對句的平仄相反，這又是異。後聯和前聯相黏（第三句與第二句平仄相同，等等），似乎是爲了求同，實際上還是爲了求異，因爲失黏的結果，是前後兩聯的平仄雷同。」（《文藝報》一九六二年第二期）

饒宗頤《劉勰文藝思想與佛教》：「至其《聲律》篇……揭出『和』與『韻』二大法則，實者二者之分，正爲華梵論音不同之處。慧皎《高僧傳·經師論》云：『東土之歌也，則結韻以成詠，西方之讚也，則作偈以和聲。』語可互證。故知彼所謂『和』，乃運用梵讚轉讀之法，以論漢土詩歌之音律。印度聲明之誦法，所謂『唄匿』（bhanaka）唱時音義悠揚曲折以取態。劉氏云『和體抑揚』，即由梵唱體會而出，設非會通華梵，識其大體，烏能爲此論乎？」（《文心雕龍研究專號》，香港大學中文學會年刊，一九六二年）

馮春田《文心雕龍釋義》：「『和』即『和諧』，《說文》釋爲『相應』。……這裏指詩歌語言形式由不同的音的調節而形成的抑揚的和諧美，它以音的不同爲根據。」「『韻』，本字寫作『均』，義爲『調和』『相協』。《荀子·禮論》：『笙竽具而不和，琴瑟張而不均。』陸機《演連珠》：『赴曲之音，洪細入韻。』這裏指詩歌語言形式由同韻字押韻形成的協和的回環美，它以音的相同爲根據。」

朱宏達、吴潔敏《「和韻」新論》：「劉勰『和』的本意，就是『異音相從』。劉勰的『和韻』，實爲聲音節奏。『和』是形成語言節奏不可缺少的對立因素。其主要表現爲：一、脚韻間的異韻音節、異聲母；二、雙聲中的異韻母；三、疊韻中的異聲母（有時包括韻頭）；四、反覆中的異音節；五、聲調序列中與同聲調相對立的異聲調；六、如近體詩一聯的出句和對句的平仄相『對』。」「『韻』是指和諧的聲音。『韻，音響相諧也，聲相應爲韻。』（《六書故》）『同聲相應謂之韻』，『應』是『應和』，有相反相從的異音相間的同聲，纔能相應和。所以劉勰所謂的『韻』，實際上是指聲音節奏中的相同因素。在語音鏈上主要表現爲：一、脚韻中的同韻母（韻腹、韻尾）；二、雙聲中的同聲母；三、疊韻中的同韻母（韻腹、韻尾）；四、反覆中的同音節；五、聲調序列中相應和的同聲調；六、如近體詩的上下聯對句和出句的平仄相『黏』。」「此外，没有書面符號記録的漢語節律，如音節的長短對立、重輕對立、句調的揚抑對立等等産生的節奏形式，都符合『和韻』的原則。『和』跟『韻』雖然形式有異，但却相輔相成。」「如果對上述解釋没有異議，那麽以往解釋『和韻』的所謂『雙聲疊韻』説、『四聲八病説』、『平仄押韻説』等等，就是不無偏頗的。」「『雙聲疊韻』當然符合『和韻』原則，但是，劉勰的『和韻』不僅是指『雙聲疊韻』，不能把『和韻』衹解説爲『雙聲疊韻』。」「沈約的『四聲八病』説，主要講的是人爲的音律，而《聲律》篇中所闡發的則偏重於自然的聲律。」「劉勰的『和韻』説，跟『四聲八病』相承有關，却又不完全相同。」「劉勰的『和』包括了聲調中的異調相從，但『和』並不等於聲調，更不等於『平仄』。」「『韻』包括了『押韻』，却不僅指『押韻』。」關於「韻氣一定，則餘聲易遣，和體抑揚，故遺響難契矣」，「此話意思是説，求相應之同聲容易，因爲衹要第一個標準音確定之後，下面與之相應和的同聲調、或同聲母、或同韻母、或同音節的音，就都容易找了。而求相從相間的異音困難，這是因爲在相應的同聲之間，要找到能相互配合得和諧的那個異韻音節，或異聲母、或異聲調音節、或聲韻調都不同的音節，那就很難了」。「劉勰的『抑揚』和『飛沈』都還不等於唐律中的

『平仄』格律」，「《聲律》篇中的『抑揚』祇代表了聲音的高低、長短等聲律特徵的一種對立現象，當相反相成的對立因素在語音鏈上時，讀來就會抑揚有致，聲音和諧，這就是『和體抑揚』」。

盛江案：劉勰實贊同沈約四聲八病之説。其所謂雙聲隔字而每舛，疊韻雜句而必睽，所論實即八病中韻紐之病。其所謂聲有飛沉，並轆轤交往，逆鱗相比云云，與沈約所謂宫羽相變，低昂舛節云云一致。劉勰反對棄術任心，其所論熔裁、章句、麗辭云云，均屬人工技巧。故其主張人工聲律，聲律亦文術之一，此與整個《文心雕龍》基本思想一致。劉勰論道主自然，而其所謂自然爲事物之自然本然。音律本於人聲，一切人工之聲律均本於人聲，故皆合於自然。故謂劉勰偏重於自然音律，而反對人工聲律，此説實有誤。

⑪ 優華：三千年開一次之優曇波羅華。《法華經·妙莊嚴王本事品》：「佛難得值，如優曇鉢羅華，又如一眼之龜值浮木之孔。」（《中華大藏經》一五册）維寶箋：「優華，《法華經》曰：『其人甚希，有過優曇花。』亦云優美華麗也。」

⑫ 控引：控制牽引。班固《西都賦》：「控引淮湖，與海通波。」（《文選》卷一）左思《吴都賦》：「控清引濁，混濤並瀨。」（《文選》卷五）《文心雕龍·章句》：「其控引情理，送迎際會，譬舞容回環，而有綴兆之位。」

⑬ 幽趣：《文心雕龍·練字》：「故陳思稱揚、馬之作，趣幽旨深。」

⑭ 連章結句：《文心雕龍·章句》：「因字而生句，積句而成章，積章而成篇。」

⑮澀阻：沈約《答陸厥書》：「故知天機啓則律呂自調，六情滯則音律頓舛也。」（《南齊書·文學·陸厥傳》）饒宗頤《〈文心雕龍·聲律篇〉與鳩摩羅什〈通韻〉》：「所謂澀阻者，據安然《悉曇藏》云『角者連徵而滑，連羽而澀，連商而遠』，以角音連羽音，其病爲澀，是其調協宮商五音，尚未盡得當。」

⑯「所謂」二句：《史記·孫子吴起列傳》：「語曰：『能行之者未必能言，能言之者未必能行。』」

以上評述劉勰《文心雕龍》聲律説。

潁川鍾嶸之作《詩評》〔一〕①，料簡次第②，議其工拙，乃以謝朓之詩末句多謇〔二〕③，降爲中品，侏儒一節④，可謂有心哉⑤。又云：「但使清濁同流〔三〕，口吻調和〔四〕⑥，斯爲足矣。至於平上去入〔五〕，余病未能〔六〕⑦。」經謂〔七〕⑧：嶸徒見口吻之爲工，不知調和之有術，譬如刻木爲鳶，搏風遠颺⑨，見其抑揚天路⑩，騫翥煙霞⑪，咸疑羽翮之自然〔八〕，焉知王爾之巧思也〔九〕⑫。四聲之體調和⑬，此其效乎。除四聲已外，別求此道，其猶之荆者而北魯、燕〔一〇〕⑭，雖遇牧馬童子⑮，何以解鍾生之迷〔一一〕。或復云〔一二〕：「余病未能。」觀公此病，乃是膏肓之疾⑯，縱使華佗集藥〔一三〕⑰，鶣鵲投針⑱，恐魂岱宗〔一四〕，終難起也⑲。嶸又稱：「昔齊有王元長者〔一五〕⑳，嘗謂余曰：『宮商與二儀俱生，自古詩人〔一六〕，不知用之〔一七〕，唯范曄、謝公頗識之耳〔一八〕㉑。』」今讀范侯讚論㉒，謝公賦表㉓，辭氣流靡㉔，罕有掛礙㉕。斯蓋獨悟於一時㉖，爲知聲之創首也㉗。

【校記】

〔一〕「頴」，原作「穎」，各本同，據高乙本、《梁書》改。「嶸」，原旁注「户萌反」，三寶本同。「評」，原旁注「符兵反量也」，三寶本同。

〔二〕「脁」，原作「眺」，各本同，據《南齊書》本傳改。「謇」，曹旭《詩品集注》（以下简稱「集注本鍾嶸《詩品》」）作「躓」，《校注》作「蹇」。《校注》：「躓與蹇義近而相成，若作謇，則相反也。」盛江案：「謇」也有語言不順暢之意，不必改。

〔三〕「使」，集注本鍾嶸《詩品序》作「令」。「同」，集注本鍾嶸《詩品序》作「通」。

〔四〕「口吻」，《吟窗雜録》、《格致叢書》等作「脣吻」。集注本鍾嶸《詩品》曹旭注：「諷誦詩篇，音韻吐納，習用『脣吻』，此似以作『脣吻』是。《漢書·東方朔傳》：『樹頰胲，吐脣吻。』《文心雕龍·聲律篇》：『吹律胸臆，調鍾脣吻。』『吐納律呂，脣吻而已。』《文鏡秘府論》：『然其聲調高下，未會當今，脣吻之間，何其滯歟。』皆其證。」「調和」，集注本鍾嶸《詩品》作「調利」。

〔五〕「於」，集注本鍾嶸《詩品》作「如」。

〔六〕「余病」上集注本鍾嶸《詩品序》有「則」字。

〔七〕「經謂」，原作「涇渭」，高甲、醍甲、仁甲、寶壽、六寺、義演、正乙、松本、江户刊本、維寶箋本同，高乙本作「涇謂」，三寶本作「經謂」，旁注「謂渭歟」。「經」當指劉善經，各本作「涇」字誤，今改作「經」。

〔八〕「自」，原作「行」，各本同，疑爲「自」之誤，下文引《詩品》「自古詩人，不知用之」。此句中之「自」字，《文鏡秘府論》各本均作「行」字，「行」顯爲「自」字之誤。鍾嶸《詩品》論詩，倡自然之聲律，即上文所謂「但令清濁通流，口吻調利，斯爲足矣」；反對人爲之聲律，因此説「至平上去入，則余病未能」。然劉善經以爲，詩之音韻調暢，均爲人工巧思所致，不可能自然而成，如刻木爲鳶，騫翥煙霞，非其自然，而由王爾之巧思。故此處當作「羽翮之自然」。今據《校勘記》改。

〔九〕「爾」，醍甲、仁甲、義演、江戸刊本、維寶箋本作「蕭」。維寶箋本加地哲定注：「當作『肅』。」

〔一〇〕「猶」，原作「獨」，各本同。維寶箋本加地哲定注：「（獨）當作『猶』。」豹軒藏本鈴木虎雄注：「『獨』疑『猶』之誤。」今據改。「北魯燕」，維寶箋本加地哲定注：「『北』下疑脱『指』字。」豹軒藏本鈴木虎雄注説同。《校勘記》：「『北』下疑脱『行』字，《戰國策・魏策》：『猶至楚而北行也。』」《四聲指歸定本箋》：「北猶南轅北轍之北，不必脱指字。」潘重規説是。

〔一一〕「鍾」，原作「鐘」，各本同，當作「鍾」，「鍾生」指「鍾嶸」。今據改。

〔一二〕「或」，《四聲指歸定本箋》謂此字當作「惑」字（「或」本通「惑」），與上「迷」字成「迷惑」。

〔一三〕「佗」，原作「他」，各本同，據《後漢書・方術・華佗傳》改。

〔一四〕「恐魂岱宗」，《校勘記》：「岱宗，『岱』爲『㤫』之訛，『㤫』爲『忒』之或體，『宗』或爲『蒙』字之誤。」此説牽强。「魂」下疑有脱字，《四聲指歸定本箋》疑脱「返」字，《校注》疑脱「歸」字，《譯注》疑脱「遊」字。

〔一五〕「昔齊有王元長者」，集注本鍾嶸《詩品》「齊」上無「昔」字。集注本鍾嶸《詩品》曹旭注：「車柱環《校證》：『此追述前事，有「昔」字文意較完。今本誤挩，當據補。』案：車説可參，然未可遽補。此述『前事』，爲王融親謂『余云』，故著『齊有』，『常（嘗）謂』即具『追述前事』之意。若再添『昔』字，意既與下文重複，更與王融親告之語氣隔閡，鍾嶸與王融同時，親告之語，不必稱『昔』。《竹莊》引宋本《詩品》，正無『昔』字，可證。」盛江案：雖鍾嶸與王融同時，所記亦爲王融親告之語，但事在往昔，意在追述，且「昔」與「嘗」遥相呼應，未嘗不可，仍以有「昔」字爲勝。

〔一六〕「自」，原作「行」，各本同。《校注》作「往」，今從集注本鍾嶸《詩品》作「自」。「詩」，集注本鍾嶸《詩品》作「詞」。

〔一七〕「不知用之」下集注本鍾嶸《詩品》有「唯顔憲子論文乃云律吕音調而其實大謬」。

〔一八〕「唯」下集注本鍾嶸《詩品》有「見」字。「曄」，原作「瞱」，三寶、六寺、江户刊本同，據維寶箋本及集注本鍾嶸《詩品》改。「謝公」，《校勘記》：「『公』或爲『莊』之訛歟。」集注本鍾嶸《詩品》作「謝莊」。

【考釋】

① 鍾嶸（四六八？—五一八？）：字仲偉，原籍潁川長社（今河南許昌）人，南朝梁文學批評家。撰《詩品》三卷，品古今五言詩，論其優劣，凡一百二十二人。《梁書》卷四九、《南史》卷七二有傳。《詩評》：即《詩品》。《梁書·鍾嶸傳》、《南史·丘遲傳》、唐盧照鄰《南陽公集序》、唐林寶《元和姓纂》引作《詩評》，《隋書·經籍志》作「《詩評》三卷，鍾嶸撰。或曰《詩品》」，可見原稱《詩評》，别稱《詩品》。宋元以後，正史系統多稱《詩評》，目録學、叢書本系統多稱《詩品》，詩話、注釋系統兩名混用，現代多稱《詩品》（參曹旭《詩品研究》，上海古籍出版社，一九九八年）。本書亦從習慣稱《詩品》。

關於鍾嶸《詩品》之編寫時間，曹旭《詩品集注》「前言」：「《詩品序》稱梁武帝爲『方今皇帝』，可知此書撰於梁武帝時。作爲重要編寫原則，《詩品序》規定『其人既往，其文克定，今所寓言，不録存者』。表明所評均爲謝世作古的詩人。考書中所評詩人，卒年最遲的爲沈約。沈約卒於梁天監十二年（五一三），由此斷定，《詩品》成書當在梁天監十三年（五一四）以後，這與《南史》嶸傳『及約卒，嶸品古今詩爲評』記載《詩品》成書在沈約死後的説法倒是吻合的。不過，《詩品》的寫作肯定經歷了一個過程。鍾嶸承認是劉士章『欲爲當世《詩品》』觸發了他寫作的靈感，劉士章卒於公元五〇二年，其文未遂。可知鍾嶸『感而作焉』的時間在此後不久。又《詩品》評宋尚書傅亮詩云：『季友文，余常忽而不察，今沈特進（沈約）撰詩，載其數首，亦復平美。』明確表明，鍾嶸在撰寫『下品・傅亮』條時，剛編選《集鈔》十卷的沈約還活着。由此推知，鍾嶸《詩品》的寫作，大概延續了十幾年，最後在他的晚年纔告完成。」

②料簡：《校注》：「料簡，謂料理簡選。《南齊書・王晏傳》：『料簡世祖中詔，得與晏手敕三百餘紙。』」《譯注》：「『料簡』，品評選擇人材之意。用例有蔡邕《司空楊秉碑》（《蔡中郎文集》卷三）：『沙汰海内，料簡貞實。』二句意與《詩品序》『輕欲辨彰清濁，掎摭利病』同，叙述同書撰述的趣旨。」

③謝朓：參天卷《四聲論》考釋。鍾嶸《詩品》中：「（謝朓）善自發詩端，而末篇多躓，此意鋭而才弱也。」

④侏儒一節：漢桓譚《新論》：「諺曰：『侏儒見一節，而長短可知。』孔子言：『舉一隅足以三隅反。』觀吾小時二賦，亦足以揆其能否。」（《太平御覽》卷四九六）《史通・覈才》：「觀侏儒一節，而他事可知。」謂能體現事物全貌之局部。侏儒：梁上短柱。《淮南子・主術訓》：「短者以爲朱儒枅櫨。」朱儒即侏儒。《札記續記》：「『一節』指前『以謝朓之屬，爲中品』，是『鍾嶸雖見識短淺，但這句話却有見解』的意思。」

⑤有心：謂有想法，有心計。《詩・小雅・巧言》：「他人有心，予忖度之。」《論語・憲問》：「有心哉，擊磬乎！」《四聲指歸定本箋》：「鍾嶸《詩品》稱謝朓善自發端，而末篇多躓，此意鋭而才弱也。似與

聲調無涉。」

⑥「但使」二句：清濁同流：北周庾信《角調曲》：「涇渭同流，清濁異能。」（《樂府詩集》卷一五）口吻：嘴脣，此指口脣之音。晉成公綏《嘯賦》：「隨口吻而發揚，假芳氣而遠逝。」（《文選》卷一八）調和：協調，和諧。漢賈誼《新書・六術》：「是故五聲，宫、商、角、徵、羽，唱和相應而調和。」

張陳卿《鍾嶸詩品之研究》：「詳細考查一下，所謂『口吻調利』，還不是胡適説的『語氣的自然節奏』，所謂『清濁通流』，還不是胡適説的『每句内部所用字的自然和諧』？」古直《鍾記室詩品箋》：「案《南齊書・文學傳論》曰：『雜以風謡，輕脣利吻。』《文心雕龍・聲律》篇：『吐納律吕，脣吻而已。』《金樓子》曰：『至如文者，惟須脣吻遒會，情靈摇蕩。』並與仲偉之説相發。」

曹旭《詩品集注》：「清濁通流：即平仄協暢之意。清，指平音；濁，指仄音。陸厥《與沈約書》引范曄《自序》：『性别宫商，識清濁，特能適輕重，濟艱難。』王通《中説・天地》：『分四聲八病，則剛柔清濁，各有端序。』阮逸注：『標逸則清，質實則濁。』黄侃《文心雕龍札記》釋劉勰音有『飛沈』曰：『飛爲平清，沈謂仄濁。』」「『余謂』以下六句（盛江案：指「余謂文製，本須諷讀，不可蹇礙。但使清濁同流，口吻調和，斯爲足矣」）爲仲偉申己之聲律主張。觀其要旨，乃在『口吻調利』，其具體運用，則在『清濁通流』，即平、仄音聲之協暢也。沈約之倡四聲，酷裁八病，於唐律自有其功績，然蹇礙文製，傷其真美，非藥石不能使其進化也。四聲至唐，亦簡爲平、仄（上、去、入）二元相對，與仲偉『清濁通流』意頗近之。至隋劉善經《四聲指歸》曰：『嶸徒見口吻之爲工，不知調和之有術……除四聲已外，别求此道，其猶之荆者而北魯、燕，雖遇牧馬童子，何以解鍾生之迷。』陳衍《平議》稱：『其自謂「平上去入，僕病未能」，則「上去」可以不分，平、仄豈能弗講。宜乎梁、陳古詩率多律句也。』均未達仲偉之旨。」

⑦ 余病未能：集注本鍾嶸《詩品》曹旭注：「余病未能：一釋爲『余（鍾嶸）病其（沈約）未能以四聲入詩也』，實誤。『余病未能』實爲漢魏六朝人習用語。枚乘《七發》：『太子曰：僕病未能也。』張協《七命》：『公子曰：余病未能也。』皆其用例。故當釋仲偉以自謝不能之謙，而闢沈約聲病之説。」吉田幸一《關於文鏡秘府論卷第一「四聲論」》以爲，鍾嶸爲何排斥音律和修辭，「首先關於謝脁，如上鍾嶸所述，還有《詩品序》説『次有輕薄之徒，笑曹劉爲古拙，謂鮑昭羲皇上人，謝脁今古獨步』，把贊譽謝脁的人稱爲輕薄之徒，又把沈約的詩降爲中品，從這樣的評價也許可以知道一二。《詩品中》説：『永明相王愛文，王元長等，皆宗附之，約於時謝脁未遒，江淹才盡，范雲名級故微，故約稱獨步，雖文不至，其功麗亦一時之選也，見重閭里，誦詠成音，嶸謂約所著既多，今翦其淫雜，收其精要，允爲中品之第矣。』對沈約這樣的評價，據《南史》鍾嶸本傳，説『嶸嘗求譽於沈約，沈拒之，及約率（盛江案：當作卒），嶸品古今詩爲評言其優劣云』，接着説：『蓋追宿憾以此報約也。』這樣看來，鍾嶸對沈約，並不是基於對於文學觀的見解不同，而是出於對沈約的私怨。」盛江案：李概《音韻決疑序》「平上去入，出行閭里」，鍾嶸一面説「平上去入，余病未能」，一面説「蜂腰鶴膝，閭里已具」，因此鍾嶸所謂「病未能」者，並非不知四聲及聲病，而是主自然之音律，非不知，非不能，而是不願爲人工之聲律，故作自謙。至其反對永明聲律論之由，實乃審美標準有異，未可僅用個人恩怨來解釋。

⑧ 經謂：《札記》：「通行諸本句讀皆爲『至於平上去入，余病未能涇渭』。然傳本《詩評》無『涇渭』二字。……『經謂』以下爲善經駁《詩評》語。」《考文篇》：「鈴木虎雄博士云：『涇渭高乙本作涇謂，以之案則涇渭當作經謂。但使至未能二十四字是鍾嶸《詩品》之文，經即是劉善經也。』此説最是。」

⑨「譬如」二句：《韓非子·外儲説左上》：「墨子爲木鳶，三年而成，蜚一日而敗。」《淮南子·齊俗訓》：「魯般、墨子以木爲鳶而飛之，三日不集，而不可使爲工也。」《莊子·逍遥遊》：「鵬之徙於南冥也，水擊三千里，摶扶摇而上者九萬里。」

⑩ 天路：天上之路。漢張衡《西京賦》：「美往昔之松喬，要羨門乎天路。」（《文選》卷二）

⑪ 騫翥：飛舉貌。張衡《西京賦》：「鳳騫翥於甍標，咸溯風而欲翔。」

⑫ 王爾：維寶箋本作「王蕭」，維寶箋：「《統譜》四十二曰：『王彬（同斌），字世儒，導從弟，少稱雅正（中略），封都亭侯，歷侍中，並光禄勛，歷右僕射卒，謚肅。』」《研究篇》上：「箋殆擬議爲撰《五格四聲論》之王斌，然王彬爲王導從弟，乃東晉人，與唱四聲之王斌時代相違。王斌見於《南史·陸厥傳》，云不知何許人。以前後文推之，似指飛木鳶使衆驚異之人，此故事容俟後考。」盛江案：《研究篇》説是，王蕭實作王爾。《韓非子·奸劫弑臣》篇：「無規矩之法，繩墨之端，雖王爾不能以成方圓。」《淮南子·本經訓》高誘注：「王爾，古之巧匠也。」張衡《西京賦》：「命般爾之巧匠。」李善注：「（魯般）王爾，皆古之巧匠也。」

「咸疑」二句《譯注》斷句爲「咸疑羽翮之行，然焉知王爾之巧思也」。又，刻木爲鳶，乃抑揚天路，而非步行陸上，斷句爲「羽翮之行」，於義不切。

⑬ 體：聲律之體。

⑭ 猶之荆者而北魯燕：猶謂南轅北轍。《戰國策·魏策四》：「王之動愈數，而離王愈遠耳，猶至楚而北行也。」

⑮ 牧馬童子：《莊子·徐無鬼》：「黄帝將見大隗乎具茨之山，……至於襄城之野，七聖皆迷，無所問塗。適遇牧馬童子，問塗焉，曰：『若知具茨之山乎？』曰：『然。』『若知大隗之所存乎？』曰：『然。』黄帝曰：『異哉小童，非徒知具茨之山，又知大隗之所存。請問爲天下。』小童曰：『夫爲天下者，亦若此而已矣，又奚事焉。』」

⑯ 膏肓之疾：《左傳》成公十年：「疾不可爲也，在肓之上，膏之下，攻之不可，達之不及，藥不至焉，不可爲也。」杜注：「肓，鬲也。心下爲膏。」

⑰ 華佗：漢名醫，《後漢書》卷八二、《三國志》卷二九有傳。

⑱ 鶣鵲：即扁鵲，戰國時代名醫，《史記》卷一〇五有傳。投針：維寶箋：「王符論曰：『郭玉下針石，輒應時而見效。』」

⑲ 「恐魂岱宗」二句：維寶箋：「《博物志》：『泰山，一曰天孫，言爲天帝孫也，主召人魂魄。東方萬物始成，故知人生命之長短。』《列仙真人傳》曰：『馬明者，齊國臨淄人也，本姓何，字君賢，爲縣吏，捕賊所傷，當時始死，良久忽於道間見一女，以肘後管中一丸藥，大如小豆，與明，服之即愈，血絶瘡合。隨神

女還岱宗石室中。』」又，《後漢書·烏桓傳》：「赤山在遼東西北數千里，如中國人死者魂神歸岱山也。」《校注》：「起，謂起死回生也。」

⑳ 王元長：王融，見天卷《調聲》考釋。王融與永明體，事見蕭子顯《南齊書·陸厥傳》，天卷《四聲論》已有引述。又，《南史·庾肩吾傳》：「齊永明中，王融、謝朓、沈約，文章始用四聲，以爲新變，至是轉拘聲韻，彌爲麗靡，復逾往時。」

㉑ 范曄（三九八—四四五）：字蔚宗，原籍順陽（今河南内鄉西南），《宋書》卷六九、《南史》卷三三有傳。識音韻事，見前引范曄《獄中與諸甥侄書》：「性别宫商，識清濁，斯自然也。觀古今文人，多不全了此處。縱有會此者，不必從根本中來，言之皆有實證，非爲空談。謝公：指謝莊（四二一—四六六），字希逸，原籍陳郡陽夏（今河南太康），《宋書》卷八五、《南史》卷二〇有傳。謝莊識音律事，見范曄《獄中與諸甥侄書》：「年少中謝莊最有其分，手筆差易，文不拘韻故也。」

鍾嶸《詩品序》：「昔曹、劉殆文章之聖，陸、謝爲體貳之才，鋭精研思，千百年中，而不聞宫商之辨，四聲之論。或謂前達偶然不見，豈其然乎？嘗試論之，古曰詩頌，皆被之金竹，故非調正音，無以諧會。若『置酒高殿上』、『明月照高樓』，爲韻之首。故三祖之詞，文或不工，而韻入歌唱，此重音韻之義也，與世之言宫商者異矣。今既不備於管絃，亦何取於聲律耶？齊有王元長者，嘗謂余云：『宫商與二儀俱生，自古詞人不知之，唯顔憲子論文乃云律吕音調，而其實大謬。唯見范曄、謝莊頗識之耳。』常欲造《知音論》，未就而卒。王元長創其首，謝朓、沈約揚其波，三賢咸貴公子孫，幼有文辨。於是士流景慕，務爲精密，襞積細微，轉相淩架。故使文多拘忌，傷其真美。余謂文製本須諷讀，不可蹇礙。但令清濁通流，口吻調利，斯爲足矣。至如平上去入，則余病未能，蜂腰鶴膝，閭里已具。」

向長清《談〈文心雕龍·聲律篇〉與齊梁時代的聲律論》：王融有關聲律之論述很重要：「第一，范曄説：『年少中謝莊最有其分。』王融也説：『惟見范曄、謝莊頗識之耳。』可見范曄與謝莊都是聲律論最早的創始人。」「第二，范曄《自序》説：『觀古今文人多不全了此處。』王融也説：『宫商與二儀俱生，自古詞人不知之。』這進一步證明聲律論的宫商不是古代樂律的宫商，因爲樂律的宫商古代詩人幾乎是盡人皆知的。」「第三，王融認爲顔憲子（延之）把古代樂律的宫商與聲律論的宫商混爲一談，所以他明白地指出：『唯顔憲子論文乃云律吕音調，而其實大謬。』並且説祇有范曄、謝莊纔懂得聲律論。」

㉒ 范侯讚論：范曄《獄中與諸甥侄書》：「贊自是吾文之傑思，殆無一字空設，奇變不窮，同含異體，乃自不知，所以稱之。此書行，故應有賞音者。」（《宋書·范曄傳》）收入《文選》之范曄所作贊論有《皇后紀論》、《二十八將傳論》、《宦者傳論》、《逸民傳論》、《光武紀贊》。

㉓ 謝公賦表：謝莊著名賦作有《月賦》。《宋書·謝莊傳》收有表。

㉔ 辭氣：文章風格。《文心雕龍·封禪》：「法家辭氣，體乏弘潤。」又《議對》：「及後漢魯丕，辭氣質素，以儒雅中策，獨入高第。」流靡：流暢而精美。《文心雕龍·明詩》：「或析文以爲妙，或流靡以自妍。」沈約《答甄公論》：「作五言詩者，善用四聲，則諷詠而流靡；能達八體，則陸離而華潔。」

㉕ 掛礙：阻礙。郭澄之《郭子》：「在荆棘間行，觸地掛礙。」（《北堂書鈔》卷九八）此指音韻澀滯。

㉖獨悟：獨自明悟。漢趙壹《刺世嫉邪賦》：「賢者雖獨悟，所困在群愚。」（《後漢書·趙壹傳》）

㉗創首：鍾嶸《詩品序》：「王元長創其首，謝朓沈約揚其波。」

以上駁鍾嶸否定四聲之論，指出范、謝爲知聲之創首。

【附録】

來雄《聾鼓指歸序注》：《秘府論》曰：潁川鍾嶸作《詩評》，議其工拙，徒見口吻之爲工，不知調和之有術。（《定本弘法大師全集》卷七）

洛陽王斌撰《五格四聲論》〔一〕①，文辭鄭重②，體例繁多，割析推研〔二〕③，忽不能別矣。魏定州刺史甄思伯〔三〕④，一代偉人，以爲沈氏《四聲譜》⑤，不依古典，妄自穿鑿⑥，乃取沈君少時文詠犯聲處以詰難之⑦。又云：「若計四聲爲紐，則天下衆聲無不入紐〔四〕。萬聲萬紐，不可止爲四也⑧。」經以爲，三王異禮，五帝殊樂⑨，質文代變，損益隨時⑩，豈得膠柱調瑟，守株伺兔者也⑪。古人有言：「知今不知古，謂之盲瞽。知古不知今，謂之陸沈〔五〕⑫。」孔子曰〔六〕：「温故而知新，可以爲師矣⑬。」《易》曰：「一開一闔謂之變，往來無窮謂之通〔七〕。」甄公此論，恐未成變通矣⑭。且夫平上去入者，四聲之總名也；征整政隻者〔八〕，四聲之實稱也⑮。然則名不離實，實不遠名，名實相憑，理自然矣⑯。故聲者逐物以立名〔九〕⑰，紐者因聲以轉注〔一〇〕⑱。萬聲萬紐，縱如來言⑲，但四聲者，譬之軌轍，誰能行不由軌乎？縱出涉九州，巡遊四海，誰能入不由户也⑳？四聲總括㉑，義在於此㉒。

【校記】

〔一〕「洛」，原作「略」，三寶、高甲、高乙、寶壽、六寺本同，原眉注「洛亻」，三寶本旁注「洛證本」。《四聲指歸定本箋》：「略陽地僻，校者疑當作『洛陽』，故注『洛』字於側，『略』字實不誤也。」今仍從醍甲、仁甲、松本、江户刊本、維寶箋本作「洛」。「格」，原作「恪」，三寶、醍甲、寶壽、寶龜、六寺本同，據江户刊本、維寶箋本改。

〔二〕「割析」，原作「割拆」，各本同，「拆」，爲「析」形訛，今改。《校注》作「剖析」。

〔三〕「甄」，原脚注「音真」。

〔四〕「則天下衆聲」，原旁注「下作皆同」。

〔五〕「沈」，原眉注「忱亻」，三寶、高甲、正甲本作「忱」，三寶本旁注「沈歟」。

〔六〕「孔子曰」，原旁注「論語第一」，三寶、六寺本同。

〔七〕「通」，原作「道」，三寶、高甲、高乙、寶壽、六寺、江户刊本、維寶箋本同，據醍甲、仁甲本及《易傳》改。

〔八〕「整」，正乙、江户刊本、維寶箋本、祖風會本無，祖風會本眉注：「『征』下有一『整』字爲是。」

〔九〕「逐物」，三寶、高甲、寶壽、正甲、六寺本作「物逐」，三寶本旁注「逐物證」。

〔一〇〕「者」、「以」，原無，三寶、高甲、高乙、寶壽、正甲、六寺、正乙本同，據江户刊本、維寶箋本補。

【考釋】

①洛陽：《四聲指歸定本箋》以爲當作「略陽」，並作考證：「此云略陽王斌，則斌略陽人也。考《隋書·地理志》：『略陽郡，開皇二年，郡廢，改曰河陽，六年，改曰隴城。』楊守敬考證謂：『《地形志》，晉武帝分天水置略陽郡，《元和志》作開皇三年郡廢，是。』然則略陽廢於隋初，此稱略陽王斌，則斌必隋以前人。《南史·陸厥傳》謂『時有王斌』，是斌與厥同時，厥生於宋後廢帝泰豫元年壬子（西元四七二年），卒於齊東昏永元元年己卯（西元四九九年），實當北魏孝文太和鋭情文學之世，然則斌爲北魏時人殆無可疑。劉善經爲北人，故《南史》所不詳者，而此論能詳之，亦可知其爲北朝人之著作矣。」

王斌：《南史·陸厥傳》有附傳，云：「時有王斌者，不知何許人也。著《四聲論》行於時。」關於王斌其人，羅根澤《中國文學批評史》：「（王斌）與陸厥、沈約同時。《南史》卷二十二有王彬，仕齊梁，與此蓋非一人。」《譯注》：「《續高僧傳》卷五釋僧若傳雲『琅邪王斌，吴守雲雲』，不知是否爲同一人。」《南史·陸厥傳》謂王斌「嘗弊衣於瓦官寺聽雲法師講《成識論》」。《校注》據《續高僧傳》五，以爲「雲法師即釋法雲也」，王斌聽講《成實論》，當在天監七年。又，王斌與慧超同爲天監中人矣。高華平《「四聲之目」的發明時間及創始人再議》謂：南朝有兩王斌，一爲宋齊時人，一爲齊梁時人。齊梁時之王斌，爲略陽或洛陽人。杜曉勤《「王斌首創四説」辨誤》以爲《南史·陸厥傳》、《文鏡秘府論》等所載撰有聲病著作之王斌，與《續高僧傳·釋僧若傳》之琅邪王斌（《梁書》、《南史》作琅邪王份）顯係爲二人。二人之説均已見前考釋。

《五格四聲論》：《隋書·經籍志》不載。《日本國見在書目》小學家有「《五格四聲》一卷」，不著撰人，當即王斌作。

鈴木虎雄《支那詩論史》第二篇：「王斌《五格四聲論》，五格義不詳，可能指格五音。」《研究篇》上：「(王斌《五格四聲論》)多半是相當笨拙的理論。王斌之説此外尚有三處。從這些片斷看，可以想像其大致内容。此書似爲叙述四聲的成立及其應用的聲病論，其旨趣似在討論音的連接方法，使音和音之間更爲流利。王斌傳並録於《南史》第四十八《陸厥傳》(《南齊書》陸厥傳未見)。(《南史》)所説的《四聲論》當即爲《五格四聲論》。五格爲何物尚不清楚，爲宫商角徵羽的舊説和平上去入的新説之並論？或是在詩病上提出與沈約八病説不同的五種説法？總之是這一類的問題。王斌擅長唱導，宜其爲四聲的論客。」

《探源》：「我以爲他作《五格四聲論》，有響應沈約輩四聲説的意思。」「《文鏡》引王斌説法有三處：(一)和詩要呼應：地卷八階『和詩階』云：王斌有言曰：『無山可以減水，有日必應生月。』跟著解釋説：『夫訓采答詩，言往語復，但令切著，施教無兼。』似乎在説明唱和詩除了效法言詞，重復語句外，還要心意相同，以達成『染墨之辭不異，述懷之志皆同』，然後『故稱相和』。這可能和『五格』的内容有關。(二)鶴膝、蜂腰：《文二十八種病》鶴膝條説『王斌五字制鶴膝，十五字制蜂腰，並隨執用』。羅根澤《中國文學批評史》説：『案蜂腰病的普通説法是第二字不得與第五字同聲，鶴膝病的普通説法是第五字不得與十五字同聲。王斌之意，蓋亦同此。』我想不對，王斌的説法剛好相反，是以鶴膝爲蜂腰，蜂腰爲鶴膝，否則不會『五字制鶴膝，十五字制蜂腰』，並且要補充一句『並隨執用』，它的意思該是『用法相同』。而且前面分明説：『蜂腰、鶴膝，體有兩宗，各立不同。』同條劉善經引沈氏説：『人或謂鶴膝爲蜂腰，蜂腰爲鶴膝，疑未辨。』這不是很清楚嗎？劉善經批評王斌『忽不能別矣』，這是一個證據。（三）傍紐：王斌云：『若能迴轉，即應言「奇琴」、「精酒」、「風表」、「月外」，此即可得免紐之病也。』本來五言詩一句中雙聲而隔字是犯『傍紐』，王斌的意思是雙聲而聯字則不算病犯。所舉的例子與天卷《調四聲譜》所引的崔融《唐朝新定詩格》的『傍紐』例子相同，疑是同一源流。」「《五格四聲論》，見於《日本國見在書目》，不撰作者，祇有一卷，《隋志》没有收録。《南史》簡稱爲《四聲論》，猜想它是比較偏重聲律的。『五格』，有本作『五恪』，不清楚指甚麽，但『恪』有謹慎遵守的意思，『格』有規格的意味，我想，除了詩文病犯外，還有體格一類的東西。可能有詳細解釋並加上複雜的例子，而造成『文辭鄭重，體例繁多』的現象。另一方面，王斌的説法還不完善，所以劉善經説它『割拆推研，忽不能別矣』。」

《譯注》：「所謂『五格四聲』，當是論述五言詩格律和四聲關係的書。」

張伯偉《全唐五代詩格彙考》：「（王斌《五格四聲論》）在與文學批評有關的著作中，這恐怕是現在可考的第一部書名中出現『格』的著作。從《文鏡秘府論》徵引此書的情況來分析，有些屬於聲律病犯，如蜂腰、鶴膝、旁紐（見西卷《文二十八種病》引），這應屬於『四聲』的範圍；有的則屬於創作體式，如地卷《八階》『和詩階』引王斌語曰：『無山可以滅水，有日必應生月。』西卷《文二十八種病》云：『王斌五字製鶴膝，十五字製蜂腰，並隨執用。』這應屬於『五格』的範圍。不過，王斌此書可能更重在『四聲』，所以

《南史·陸厥傳》稱："時有王斌者，不知何許人，著《四聲論》行於時。"書名中即無"五格"二字。所以，這恐怕還不算是嚴格意義上的"詩格"著作。」

盛江案：皎然《詩式》有「詩有五格」，皎然之「五格」不知是否仿王斌《五格四聲論》之「五格」。又，《隋書·經籍志》：「廊廟五格二卷，王彬撰。」

② 鄭重：頻繁，反覆多次。《漢書·王莽傳》：「然非皇天所以鄭重降符命之意。」顏師古注：「鄭重，猶言頻煩也。」

③ 割析：分析，剖析。《文心雕龍·哀弔》：「割析褒貶，哀而有正，則無奪倫矣。」《隋書·經籍志》：「（《七録》）分部題目，頗有次序，割析辭義，淺薄不經。」

以上評王斌《五格四聲論》體例繁多。

④ 甄思伯：即甄琛（四五二—五二四），字思伯，中山毋極（今河北無極）人，《魏書》卷六八有傳，稱其著有《磔四聲》。《札記》：「北魏甄琛《難沈約四聲書》，沈約《答甄琛書》，此二書嚴可均六朝文未收，《魏書》卷六十八《甄琛傳》有琛著《磔四聲讚》，或即此書。」

⑤《四聲譜》：沈約《四聲譜》，以甄琛之著録爲最早，以後史籍多有著録。《隋書·經籍志》：「《四聲》一卷，梁太子少傅沈約撰。」《通志略》：「《四聲》一卷（沈約）。」《梁書》卷一三本傳：「（約）又撰《四聲譜》，以爲在昔詞人，累千載而不寤，而獨得胸衿，窮其妙旨，自謂入神之作，高祖雅不好焉。」（《南史》同）《封氏聞見記》：「周顒好爲體語，因此切字皆有紐。紐有平上去入之異。永明中，沈約文詞精拔，盛解

音律，遂撰《四聲譜》，文章八病，有平頭上尾蜂腰鶴膝，以爲自靈均以來，此秘未覩。」《日本國見在書目》：「《文章四聲譜》一卷。」未著撰人。

沈約《四聲譜》之面貌，後人亦多有考證。

清顧炎武《音論》上：「自隋至宋初用韻不異，是知《廣韻》一書固唐人之遺，而唐人所承則約之譜也。……又知約之前已有此書（盛江案：指李登《聲類》、吕静《韻集》），約特總而譜之，或小有更定耳。而謂自約創始者，亦流俗人之見也。」

清紀昀《沈氏四聲考序》：「法言之書，實竊據沈約而作者也，約書雖唐代已亡（《四書（盛江案：當作「聲」）譜》，《唐書・藝文志》不載，知亡於唐，李涪《刊誤》已不知《切韻》本沈氏，則亡在僖宗以前），今不可見，然儒者著書立説，將使天下之從我，必先自信之篤，自守之堅，而後人信吾説，而守吾法。約既執聲病繩人，則約之文章必不自亂其例。所用四聲，即其譜也。今取其有韻之文，州分部居而考之，平聲得四十一部，不合《切韻》者纔一二，仄聲得七十五部，不合《切韻》者無一焉。陸氏所作，豈非竊據沈《譜》而稍爲筆削者乎？其歷述吕静、夏侯該（盛江案：當作「詠」）、陽休之、周思言、李季節、杜臺卿等，順不及約，約書《隋志》著録，開皇間不應遽亡，同時撰集之顔之推又生長梁朝，不應不見，知法言諱所自來，不欲著之也。」

清陳澧《書紀文達沈氏公四聲考後》：「沈約書今不傳，不知體例若何，然其書但名四聲，不名韻譜也。」

王國維《五聲説》：「四聲之説專主屬文，不關音韻。」

鈴木虎雄《支那詩論史》：「周顒（四八九年卒）《四聲切韻》和沈約《四聲譜》之面貌不可而知，但後者本於前者，是更簡略的譜。既然稱『譜』，應該是顯示大綱，看出音韻，把文字編入若干韻的種類。隋陸法言《切韻》，列舉晉吕静以下六家韻書，而未及沈約，唐釋神珙《四聲五音九弄反紐圖序》『梁朝沈約，創立紐字之圖』，沈約的譜乃是圖。（注意，紐有三義：一指反切下字，二是更狹義的反切下字的韻尾，三和反、翻同義，紐字之圖猶韻字之圖。）」

郭紹虞《聲律説考辨》：「《四聲譜》雖失傳，但是可以猜想到可能有兩個缺點，一個缺點是局於方言，所以後來南北統一之後，陸法言輩就不得不寫定《切韻》，成爲更標準的讀音。另一個缺點，也可能同陸法言的《切韻》一樣，是書本上的讀音，而不一定完全符合口頭上的語音。」「現在吴語和某些方言尚保存了入聲，沈約是吴人，所以有入聲。」

《探源》：「《四聲譜》可能是包括南北及前代語音的通譜，沈約自己的詩文是用當時流行的口語的音聲，不能肯定兩者必須一致。否則，沈約提倡八病，爲甚麽他的詩八病都犯（黄耀樞《沈約詩聲韻的研究》所得結果）。」「《四聲譜》，我想除了譜以外，應該還有説明的文字。」

⑥ 穿鑿：牽强附會。《漢書・禮樂志》：「以意穿鑿，各取一切。」《後漢書・徐防傳》徐防上疏：「今不依章句，妄生穿鑿。」

⑦ 文詠：《譯注》：「文詠指詩歌，《文心雕龍・明詩》篇：『宋初文詠，體有因革。』」

⑧「若計」四句：維寶箋：「『又云』，思伯之語，乃責沈約之四聲紐弄之説也。」《研究篇》上：「劉善經記載定州刺史甄思伯難沈約《四聲譜》『若計四聲爲紐，則天下衆聲無不入紐，萬聲萬紐，不可止爲四也』，没有説明引自何處，可能即是《磔四聲論》之文。……僅二十四字，引用的似是原文，當是極爲珍貴的東西。是書諸書目均未收録，可能隋以前即已亡佚。」《四聲指歸定本箋》：「此所引即甄思伯《磔四聲論》也。」

《研究篇》上謂甄琛批評沈約之三點均無據：「第一個根據，腦子裏没有歷史發展的概念是錯誤的。」「關於第二點，如果讀一下甄公的作品，就可知道雖然有條理，但用聲頗爲笨拙，到處蠻不講理還滿不在乎。他主張非四聲説，確實有其原因，這恐怕由於他自己不能駕馭四聲，因此對誰都動火。」「關於第三，把調類和調值混同是不能贊同的。平上去入是聲調適當分類的類概念，如征整政隻一樣，是作爲實際聲調的個别事實。」「四聲的意義在於它是給予聲調以正確秩序的統括性範疇。」第三點另外還有難以理解之處。「甄説：『若計四聲爲紐，則天下衆聲無不入紐，萬聲萬紐，不可止爲四也。』理解其意思是，如果把張長帳著或夷以異逸作爲紐，那麽全部的音聲毫無例外都應該屬於『紐』，因此，把這些用四個全部除盡是無理的。當時的聲調有幾種不太清楚，但是假如有a_1、a_2、b、c_1、c_2、d_1、d_2、d_3八種。周顒和沈約把它們歸納起來，作這樣的分類：

a_1、a_2	平
b	上
c_1、c_2	去
d_1、d_2、d_3	入

a_1和a_2，或者d_1和d_2和d_3等各自調形當然不同，因此從反對論者看來，把這些歸納在一起是不妥當的。還有，即使同樣屬於a_1的字，所謂全部調形相同也不是無限制的（比如：開音節和閉音節的不同等等），即使同字，也不會是永遠同調（用作主要語和用作補助語時有「重念」的差別，或者由於從上面連接的情況形成的異別等等）。如果説得極端一點，即使同一個人用同樣的意思就同一個字發音，受那個時候氣氛環境的影響，也會有一些不同的調形。如果連這樣微細的差別也提出來，確實是『萬聲萬紐』，肯定是在四聲之外。但正如劉善經所反駁的，這是把四聲的意義張冠李戴了。所謂四聲，不是意味着聲調是四種，而是把聲調分爲四個系統。因而，不論各系統内部分多少種，都不會和四聲相衝突。把衆多的聲調秩序化，由於掌握規律性的節奏，這是四聲分類的目的，甄説顯然不對。」

《探源》：「甄琛這裏所犯的錯誤是顯然的。第一，取沈約少年時代的詩文作爲攻擊沈約的四聲説，是没有意義的。第二，沈約的四聲説是否依古典，與四聲説本身是否合理無關。第三，甄琛不明『紐』的意義，把聲音和聲調混亂了，四聲自是一紐，三十六字母可以概括漢字，不一定『萬聲萬紐』。」「劉善經不引陸厥而引甄琛，大概因爲陸厥是南人，劉善經對他不熟悉，而且甄、陸兩人詰難性質不同。」「甄琛不明四聲，而陸厥則著重在抗議沈約自詡『此秘未覩』、『曾無先覺』的説法。」

《校注》：「用紐之名，以此爲最早。」盛江案：天卷《調四聲譜》「凡四字一紐」、「四聲紐字」、「凡四聲，竪讀爲紐，横讀爲韻」，所引有沈約《四聲譜》之内容，較甄琛更早。

⑨「三王」二句：《禮記・樂記》：「五帝殊時，不相沿樂；三王異世，不相襲禮。」鄭玄注：「言其有損

益也。」三王：夏、商、周三代之君，指夏禹、商湯、周文王（一説指周武王）。五帝：古代傳説中五位帝王，據《史記·五帝本紀》，爲黄帝（軒轅）、顓頊（高陽）、帝嚳（高辛）、帝堯、虞舜。

⑩「質文」二句：《漢書·藝文志》：「帝王質文世有損益。」《文心雕龍·時序》：「時運交移，質文代變。」《易·損卦·彖傳》：「損益盈虚，與時偕行。」《論語·爲政》：「子曰：『殷因於夏禮，所損益可知也。周因於殷禮，所損益可知也。』」

⑪膠柱調瑟：固執拘泥，不知變通之意。《淮南子·齊俗訓》：「今握一君之法籍，以非傳代之俗，譬由膠柱而調瑟也。」膠柱調瑟亦作膠柱鼓瑟。《史記·廉頗藺相如列傳》：「王以名使括，若膠柱而鼓瑟耳。括徒能讀其父書傳，不知合變也。」守株伺兔：《韓非子·五蠹》：「宋人有耕者，田中有株，兔走觸株，折頸而死。因釋其耒而守株，冀復得兔，兔不可復得，而身爲宋國笑。」

⑫「知今」四句：盲瞽、陸沈，語均見《論衡·謝短》。盲瞽謂看不見，比喻無知，不明事理。陸沈謂愚昧迂執，不合時宜。

⑬「温故」二句：語見《論語·爲政》。

⑭變通：《易·繫辭下》：「變通者，趣時者也。」《文心雕龍·通變》：「名理有常，體必資於故實；通變無方，數必酌於新聲。」

「經以爲三王異禮」以下，批駁甄琛所謂沈約《四聲譜》不依古典妄自穿鑿之論。

⑮「征整」二句：征整政隻：四字爲一紐，屬《韻鏡》外轉第三十五開齒音清第三等，征爲平聲，整爲

同音之上聲，政爲去聲，隻爲入聲。又《九弄十紐圖》作「征整正隻」。《四聲指歸定本箋》：「《文鏡秘府論》西卷二十八種病蜂腰條引劉滔云：『四聲之中，入聲最少，餘聲有兩，總歸一入，如征整政隻、遮者柘隻是也。』劉滔與此論所引蓋皆沈氏《四聲譜》原文。以此知《文鏡秘府論》所載《調四聲譜》實具沈譜規模。即《玉篇》末所附諸圖，亦實本之沈氏。蓋二劉皆六朝人，去沈氏未久，其言固至可信也。」

⑯「然則」四句：《管子・九守》：「修名而督實，按實而定名，名實相生，反相爲情，名實當則治，不當則亂，名生於實，實生於德。」

⑰逐物：《文心雕龍・序志》：「逐物實難，憑性良易。」立名：命名之意。《譯注》：「《文心・論説》篇：『昔仲尼微言，門人追記，故仰其經目，稱爲《論語》。蓋群論立名，始於兹矣。』意爲一個一個的音聲根據它所包含的内容改變其聲調。如前所引例 t'siäng 之紐，『行走』之意（「征」）則爲平聲，『整理』之意（「整」）則爲上聲，『政務』之意（「政」）則爲去聲，『單個』之意（「隻」）則爲入聲。」

⑱轉注：《譯注》：「轉注：《説文解字》序作爲六書第五：『轉注，建類一首，同意相受，考老是也。』此處意似爲各自之紐平—上—去—入依次把聲調轉下去。」盛江案：有一物則有一名，一名則有一聲，萬物萬名，萬物萬聲，故曰聲者乃逐物以立名，立名者，立聲之名也。紐則不同，同聲不同調而已，因其相同之聲而轉變其聲調，一如水之轉向流注，水流則一，方向不同而已，以喻四聲之發聲則一，聲調不同而已，故曰紐者乃因聲以轉注。《水經注・漸江水》：「浦陽江水，又東流南屈，又東迴北轉，逕剡縣東……江水翼縣轉注，故有東渡西渡焉。」此處似借用其意。

⑲縱如來言：豹軒藏本鈴木虎雄注：「未詳，或疑『言』下有脱句。」《譯注》：「來言，論難文章反論者一方抓住對方論點。嵇康《難宅無吉凶攝生論》：『思省來論，旨多不通，謹因來言，以生此難。』」

⑳入不由户：《論語·雍也》：「子曰：『誰能出不由户？何莫由斯道也？』」

㉑總括：彙聚，概括。《三國志·吴書·魯肅傳》：「總括九州，克成帝業。」《文心雕龍·雜文》：「詳夫漢來雜文，名號多品……總括其名，並歸雜文之區。」

㉒「魏定州刺史甄思伯」以下，批駁甄琛詰難沈約之論點，批評甄氏不知變通，同時不知四聲與各别字音之關係。「且夫平上去入者」以下，反駁甄琛所謂衆聲無不入紐，萬聲萬紐不可止爲四之論。

【附録】

信範《九弄十紐圖私釋》上：《秘府論》云：若計四聲爲紐，則天下萬聲無不入紐。

經數聞江表人士説①，梁主蕭衍不知四聲〔一〕②，嘗從容謂中領軍朱异曰〔二〕③：「何者名爲四聲？」异答云：「『天子萬福』④，即是四聲。」衍謂异：「『天子壽考』，豈不是四聲也⑤？」以蕭主之博洽通識〔三〕⑥，而竟不能辨之。時人咸美朱异之能言，歎蕭主之不悟。故知心有通塞⑦，不可以一概論也⑧。今尋公文詠，辭理可觀⑨，但每觸籠網⑩，不知迴避⑪，方驗所説非憑虚矣⑫。

【校記】

〔一〕「主」，醍甲、仁甲、寶壽、寶龜、六寺、正乙、義演、江户刊本、維寶箋本作「王」，三寶本作「主」，右旁注「王イ」。《校勘記》：「梁王，『王』爲『主』之誤，後承此有『蕭主』。」

〔二〕「從容」，原作「縱容」，各本同。《四聲指歸定本箋》：「（縱）當作『從』。」今從之。「昪」，原作「弁」，各本同。《校勘記》：「『弁』爲『昪』之誤。」據《梁書》改。下同。

〔三〕「洽」，寶壽、六寺本作「給」，寶壽本眉注「洽イ」。

【考釋】

① 江表：指南北朝時南朝宋、齊、梁、陳之地。劉宋謝靈運《撰征賦》：「中華免乎左衽，江表此焉緩帶。」（《宋書·謝靈運傳》）

② 梁主：北朝人稱南朝皇帝爲「主」。《魏書·世宗紀》景明三年（五〇二）四月：「是月，蕭衍又廢其主寶融而僭立，自稱曰梁。」蕭衍：梁武帝（五〇二—五四九在位）。

③ 朱昪（四八七—五四九）：字彦和，原籍吴郡錢塘（今浙江杭州），出生於吴（今江蘇蘇州），《梁書》卷三八、《南史》卷六二有傳。

④ 天子萬福：四字聲調順序爲平上去入。

⑤ 「天子壽考」二句：天子壽考：四字聲調順序爲平上去上，不成爲四聲。

段玉裁《六書音韻表·古四聲説》：「或謂四聲起於永明，其説非也。永明文章，沈約、謝朓、王融輩始用四聲以爲新變，五字之中，音韻悉異，一句之内，角徵不同。梁武帝不好焉，而問周捨曰：『何謂四聲？』捨曰：『天子聖哲，是也。』謂如以此四字成句，是即行文四聲諧協之旨，非謂如梁武帝不知平上去入爲何物，而捨以此四字代平上去入也。取《宋書·謝靈運傳論》及《南史》沈約、庾肩吾、陸厥傳，《梁書·王筠傳》，讀之自明。」此事有不同記載。《梁書·沈約傳》：「又撰《四聲譜》，以爲在昔詞人，累千載而不寤，而獨得胸衿，窮其妙旨，自謂入神之作，高祖雅不好焉。帝問周捨曰：『何謂四聲？』捨曰：『天子聖哲是也。』然帝竟不遵用。」周捨爲首倡四聲論者周顒之子。《校注》引《天中記》卷二六引《談藪》：「沙門重公嘗謁梁高祖，問曰：『聞在外有四聲，何者爲是？』答曰：『天保寺刹。』既出，逢劉焯，説以爲能，焯曰：『何如道天子萬福。』」

此事各家評述不一。

《四聲指歸定本箋》：「（《梁書·沈約傳》）與此軼聞，可稱聯璧。」

《研究篇》上以爲《梁書》所載更爲可靠：「同樣的事情見於《梁書》及《南史》沈約傳，内容稍有不同，首先朱异是周捨，這恐怕是劉善經之誤。周捨爲是。周捨爲周顒之子，泰始五年生，普通五年卒（五十六歲）。另外問答的内容也有些不同。『帝問周捨曰：何謂四聲？捨曰：天子聖哲是也。然帝竟不遵用。』（《梁書》）據劉善經，是『梁主蕭衍不知四聲』，『以蕭主之博洽通識，而竟不能辨之』。但是《通志略》説：『梁武帝天監元年，下詔博采古樂，無所得，帝既素善音律，詳悉舊事，遂自製立四器，名之爲通。』

〈《樂略》第二〉武帝是精通音律的，音感大約也不錯。不會像劉善經所傳的那樣問答不機敏，也沒有器量。比起『不能辨之』來，『竟不遵用』不更合於事實嗎？就是説，梁武帝不贊成平上去入的分類法。而不知道是誰訛傳爲『不能辨之』，對於四聲支持派的劉善經來説，這種訛傳更方便，可能就這樣記下來了。也許有劉善經自己的幾分潤色。王力氏《南北朝詩人用韻考》指出，梁武帝父子的作品特意依據前一個時代的用韻，是由於個人好尚特别强。聲調上不也一樣嗎？關於這一點，沈約、謝朓、任昉等，如王力氏指出的：『在段氏十七部裏，脂微是同部的。南北朝第一期，脂微也是通用的。到了第二期，微韻獨立了，脂之却又混了。祇有沈約、謝朓幾個人，是脂之微三分的。』這是嘗試時興的用韻。這樣武帝和沈約，用韻上有特異的好尚，關於聲調，一保守一進步，有所不同，因此他們不能相容。」

梅維恒、梅祖麟《梵語對近體詩形成之影響》：「説梁武帝不懂四聲是不可能的事。武帝對詩體之事表示淡漠有很多原因。作爲一個奠基的皇帝，他不得不聯合各方面力量，以避免不必要的衝突。特别是涉及到他兩個最年長的兒子蕭統和蕭綱屬於相互對立的陣營時。另外，登上皇帝之位後，武帝試圖和以前跟竟陵王有聯繫的强力群體，特别是那些尚健在的成員，保持距離。最後，作爲一項國策，皇帝試圖給予儒、釋相同的地位。對他而言，公開地在詩體上與受外國精神影響的時尚聯繫密切是非常失策的。」

盛江案：或因梁武帝多次向臣下問及四聲，故關於此事有多個故事。就詩歌用韻觀之，梁武帝應懂四聲，並多少受到聲病時風之影響，但確實雅不好焉，未能遵用。此或有政治之原因，然未必是疏遠與竟陵王有聯繫之群體，未必因猜忌沈約。深層原因應是其尚質樸，尚雅正之文學觀念。

⑥以蕭主之博洽通識：《梁書·武帝紀》：「帝及長，博學多通，好籌略，有文武才幹。」博洽：學識廣博。《後漢書·杜林傳》：「京師士大夫，咸推其博洽。」李賢注：「博，廣也。洽，遍也。言其所聞見廣大也。」通識：通達而學識淵博。《魏書·儒林·陳奇傳》：「高允與奇讎温古籍，嘉其遠致，稱奇通識，非凡學所窺。」亦指通達而有學識之人。陶淵明《癸卯歲始春懷古田舍二首》其一：「即理愧通識，所保詎乃淺。」

⑦通塞：本謂境遇之順逆，《易·節卦·象傳》：「不出庭户，知通塞也。」此謂思路通暢與阻塞。陸機《文賦》：「若夫應感之會，通塞之紀，來不可遏，去不可止。」《文心雕龍·養氣》：「且夫思有利鈍，時有通塞。」

⑧一概：概爲古代量糧食時刮平斗斛之木，引申爲統一標準。《楚辭·九章·懷沙》：「同糅玉石兮，一概而相量。」魏曹植《黄初五年令》：「諸吏各敬爾在位，孤推一概之平。」（《藝文類聚》卷五四）

⑨辭理：晉范寧《春秋穀梁傳集解序》：「《穀梁傳》者，雖近十家，皆膚淺末學，不經師匠，辭理典據，既無可觀。」（《春秋穀梁傳注疏》）《文心雕龍·體性》：「故辭理庸儁，莫能翻其才。」

⑩籠綱：即指《南史·陸厥傳》等所言以四聲製韻，音韻角徵不可增減之「平頭、上尾、蜂腰、鶴膝」等病犯規則，唐盧照鄰《南陽公集序》「八病爰起，沈隱侯永作拘囚」（《盧照鄰集》，北京：中華書局，一九八〇年），對聲病規則褒貶有異而用喻則同。

⑪ 回避：即回避聲律病犯。

⑫ 憑虛：《譯注》：「憑虛，張衡《西京賦》（《文選》卷二）出場人物有『憑虛公子』，參薛綜注：『憑，依托也，虛，無也，言無有此公子也。』梁武帝詩作於四聲確實欠考慮，犯八病中巨病之上尾之句子不少。」

本段謂梁武帝不明四聲因此作文不知回避聲病。

沈氏《答甄公論》云①：「昔神農重八卦②，無不純〔一〕③，立四象④，象無不象〔二〕。但能作詩，無四聲之患，則同諸四象〔三〕。四象既立，萬象生焉〔四〕，四聲既周〔五〕，群聲類焉〔六〕。經典史籍，唯有五聲⑤，而無四聲，然則四聲之用，何傷五聲也？五聲者，宮商角徵羽，上下相應，則樂聲和矣。君臣民事物，五者相得，則國家治矣⑥。作五言詩者，善用四聲，則諷詠而流靡；能達八體，則陸離而華潔⑦。明各有所施，不相妨廢〔七〕⑧。昔周、孔所以不論四聲者，正以春爲陽中，德澤不偏，即平聲之象；夏草木茂盛〔八〕，炎熾如火，即上聲之象；秋霜凝木落，去根離本，即去聲之象；冬天地閉藏，萬物盡收，即入聲之象⑨。以其四時之中〔九〕，合有其義，故不標出之耳。是以《中庸》云：『聖人有所不知〔一〇〕，匹夫匹婦，猶有所知焉〔一一〕⑩。』斯之謂也⑪。」

【校記】

〔一〕「無」上《校注》重一「卦」字，謂：「『卦』字原不重，今據下句文例訂補，此蓋原作小二，而傳抄者忽之也。」盛江案：言「原作小二（〃）」，並無鈔本根據，且作「重八卦，無不純」亦通，兹不從此説。

〔二〕「立四象」二句，由上句「重八卦，無不純」觀之，此處當作「立四象，無不象」，第二個「象」字疑衍。豹軒藏本鈴木虎雄注：「象無不象，上『象』字疑作『卦』字。」《校勘記》：「疑爲『立四象四象無不象』之誤。」均可備一説。

〔三〕「四象」，六寺本無。

〔四〕「焉」，原作「烏」，高甲、正甲、正乙本同，寶壽本作「馬」，眉注「焉」，六寺本作「爲」，據三寶、高乙、醍甲、江户刊本、維寶箋本改。

〔五〕「周」，三寶、高乙、寶龜本作「同」。

〔六〕「焉」，原作「烏」，高甲、高乙、寶壽、正甲、正乙本同，寶壽本作「馬」，眉注「焉」，六寺本作「爲」，據三寶、高乙、醍甲、江户刊本、維寶箋本改。

〔七〕「廢」，原作「癈」，高甲、醍甲、寶壽、寶龜、六寺等本同，據江户刊本、維寶箋本改。

〔八〕「夏」，原作「憂」，高乙本同，據三寶、高甲、醍甲、寶壽、寶龜、六寺等本改。

〔九〕「其」，三寶本無。「四」，寶壽、六寺本無，眉注「四」。

〔一〇〕「有所」下原有「以」字，各本同，據《禮記·中庸》删。

〔一一〕「焉」，原作「烏」，據三寶、高甲、高乙等本改。

【考釋】

①沈氏：沈約。《答甄公論》：此文清嚴可均《全上古三代秦漢三國六朝文》未收，甄公指甄琛。

②重八卦：晉皇甫謐《帝王世紀》：「重八封(卦)之數，究八八之體，爲六十四卦。」(《太平御覽》卷七八)孔穎達《周易正義序》：「有六爻遂重爲六十四卦也。《繫辭》曰『因而重之，爻在其中矣』是也。然重卦之人，諸儒不同，凡有四説。王輔嗣等以爲伏犧畫卦，鄭玄之徒以爲神農重卦，孫盛以爲夏禹重卦，史遷等以爲文王重卦。」此謂神農重八卦，蓋用鄭玄之説。八卦：乾坤震巽坎離艮兑，象徵天地雷風水火山澤。

③無不純：《易・繫辭上》孔穎達正義：「剛柔相推而生變化者，八純之卦，卦之與爻，其象既定，變化猶少，若剛柔二氣相推，陰爻陽爻交變，分爲六十四卦，有三百六十四爻，委曲變化，事非一體，是而生變化也。」《易・乾卦》「元亨利貞」孔穎達正義：「言此卦之德，有純陽之性，自然能以陽氣始生萬物，而得元始亨通。」

④四象：《易・繫辭上》：「易有太極，是生兩儀，兩儀生四象，四象生八卦。」四象有二説，虞翻注：「四象，四時也。」孔穎達正義：「兩儀生四象者，謂金木水火稟天地而有。」《譯注》：「筆者聯繫《易》從四象到八卦的生成過程，深入考慮從四聲到八體的問題。」盛江案：劉善經之意，蓋謂重八卦則一切之卦均統攝於八純之卦即八個基本卦象內，四象既立，則萬象無不統攝於四象之内，以此説明四聲既立，則一切聲音均可統攝於四聲之内，即下文所謂「四聲既周，群聲類焉」之意。由四象聯想到四聲，却未必由

八卦聯想到八體。説重八卦，仍爲説明四聲。

⑤五聲：《書·益稷》：「予欲聞六律、五聲、八音，在治忽，以出納五言。」《周禮·春官·大師》：「皆文之以五聲，宫商角徵羽。」《禮記·樂記》：「然後正六律，和五聲，絃歌詩頌，此之謂德音。」

⑥「君臣民事物」三句：《禮記·樂記》：「宫爲君，商爲臣，角爲民，徵爲事，羽爲物：五者不亂，則無怗滯之音矣。宫亂則荒，其君驕；商亂則陂，其官壞；角亂則憂，其民怨；徵亂則哀，其事勤；羽亂則危，其財匱。五者皆亂，迭相陵，謂之慢，如此則國之滅亡無日矣。」鄭玄注：「五者，君臣民事物也。」

⑦「善用四聲」四句：下文引常景《四聲讚》：「四聲發彩，八體含章。」《日本國見在書目》：「《四聲八體》一卷。」流靡：梁慧皎《高僧傳·經師篇》述轉讀之聲云：「其間起擲蕩舉，平折放殺，遊飛却轉，反疊嬌弄。動韻則流靡弗窮，張喉則變態無盡。」八體：維寶箋：「八體，下有《十體》、《八階》，《八階》下脚注，曰：『《文筆式》，又《詩格》轉變爲八體，其具例焉。』」盛江案：此處之四聲八體蓋指聲律，與地卷《八階》八種作詩格式之「八體」無關。維寶箋顯誤。陸離：參差錯綜，此當指聲之參差錯落。揚雄《甘泉賦》：「聲駢隱以陸離兮，輕先疾雷而馺遺風。」（《文選》卷七）李善注：「《廣雅》曰：『陸離，參差也。』」

鈴木虎雄《支那詩論史》：「四聲、八體，即四聲、八病，八病即：平頭、上尾、蜂腰、鶴膝、大韻、小韻、正紐、旁紐。」「一般把沈約作爲四聲、八病的首唱者，但不説他説八體什麽的，或者八體是初時的説法，而後人稱之爲八病。」

郭紹虞《永明聲病説》：「八病之稱或者原名八體。觀《南史·陸厥傳》，『有平頭、上尾、蜂腰、鶴膝』

一語，於『平頭』諸名上冠一『有』字，則似乎與其稱之爲『病』，還不如稱之爲『體』。或者八體八病當時本有此異稱，而後人以好講病犯，遂衹知八病而罕言八體了。（郭注：八病與八體之説，有人以爲八體應指《文心雕龍·體性篇》所舉之八體，與八病無關。案《文心雕龍》所論，包括詩文，而沈約所言，則明明冠以『作五言詩者』五字，假使牽涉到劉勰所舉的八體，我真不知如何纔能解釋得通。常景之題明言是《四聲讚》，我也不理解如何纔能與《體性篇》之八體發生聯繫。所以現在依舊用此假設。蓋從消極講則稱之爲病，從積極講則稱之爲體。）」

逯欽立《四聲考》：「不拘墟於四聲，故别有『八體』之説。『八體』者，後世所謂『八病』，即『平頭上尾』『蜂腰鶴膝』之類是也。如《秘府論》引常景《四聲讚》云：『四聲發彩，八體含章。』如鍾嶸《詩品》云：『平上去入，余病未能，蜂腰鶴膝，閭里已具。』如《南史·陸厥傳》云：『約等文用宮商，將平上去入四聲，以此製韻，有平頭、上尾、蜂腰、鶴膝。』悉照沈約原旨，以四聲八體相對爲説，所謂『文用宮商，將平上去入』四聲者也。至於隋唐，改稱八病。如前引《聞見記》云『文章八病，有平頭上尾，蜂腰鶴膝』，是其例。然八病亦與四聲相提並論。如《秘府論》自序云：『沈侯劉善之後，王皎崔元以前，盛談四聲，争吐病犯。黄卷溢篋，緗帙滿車。』又同書論病云：『顒約已降，兢融以往，聲譜之論鬱起，病犯之名争興。家製格式，人談病累。』此其例且見後世祖述『八體』者之寖有變格，然以四聲與病犯對舉，固萬變不離其宗。」

羅根澤、吉田幸一、中澤希男、小西甚一、興膳宏等亦以爲「八體」即八病。各家論關於「八體」（八病），參看西卷《論病》「八體、十病、六犯、三疾」及西卷《文二十八種病》前八病下考釋。

劉躍進《門閥士族與永明文學》：「郭紹虞先生《永明聲病説》、逯欽立先生《四聲考》、郁沅《永明體與詩的聲律之美》（載《古代文學理論研究》第十一輯），楊明《蜂腰鶴膝旁紐正紐辨》（載《文史》第二十八輯），以及王利器《文鏡秘府論校注》並以爲八體即八病，從而爲沈約曾論及八病之説找到了根據。其實這種根據很難站住脚。第一，從訓詁的角度看，古往今來，未有將體訓爲病者。體之本意，爲人體（見《説文》、《廣雅》），引申爲國體、書體、文體等。書體有八體之説，如《漢書·藝文志》『八體六持』、《説文解字叙》『秦書有八體』等等。文體也有八體之説。如《文心雕龍·體性》『若總其歸塗，則數窮八體』，是指文章風格，並没有將體字引申爲病。《文鏡秘府論·西卷·論病》有『八體十病』之説，體與病分論，實『名通而理礙』，不能混爲一談。第二，再從上下文推尋，八體亦與八病了無關係。『陸離而華潔』及『八體含章』均褒義。含章即含美。《易·坤卦·象傳》：『含章可貞。』王弼注：『含美可正。』如果八體與八病同義，這在邏輯上就自相矛盾了：八病既爲詩家所忌，又如何言『能達八體則陸離而華潔』以及『八體含章』呢？」

盛江案：此處之「八體」當即指「八病」。一、本篇前段即言「四聲之體調和，此其效乎」（見天卷《四聲論》）；陸厥《答沈約書》説明古人對於聲律並非「此秘未覩」，與陸機《文賦》論聲律相並列，引劉楨之例稱「劉楨奏書，大明體勢之致」；《文心雕龍·聲律》論「異音相從謂之和」，以爲「和體抑揚，故遺響難契」；《文鏡秘府論》西卷標目「論病」，三寶院本引一本作「論體病」；「第四鶴膝」稱「蜂腰、鶴膝，體有兩宗」；「第二十長解鐙」引元兢説「然解鐙須與擷腰相間，則屢遷其體」；「第二十九相重」三寶院本注稱

「《四聲指歸》云：又五言詩體義中含疾有三：一曰駢拇，二曰枝指，三曰疣贅異本」；又《日本國見在書目》小學家有「《詩病體》一卷」，是知聲律詩病亦可稱「體」。二、如逯欽立等所例舉鍾嶸《詩品》、《南史·陸厥傳》、《文鏡秘府論》自序，另如隋王通《中説》引李伯藥稱「四聲八病」，唐盧照鄰《南陽公集序》「八病爰起，沈隱侯永作拘囚；四聲未分，梁武帝長爲聾俗」（《盧照鄰集》，北京：中華書局，一九八〇年），唐殷璠《河岳英靈集叙》「夫能文者，匪謂四聲盡要流美，八病咸須避之」，唐皎然《詩式》「明四聲」「沈休文酷裁八病，碎用四聲，故風雅殆盡」（《詩式校注》卷一）等，並以「四聲」與「八病」或病犯對稱。此處沈氏《答甄公論》所言之「八體」與下文常景所言之「四聲發彩，八體含章」，亦以「八體」與「四聲」對稱。又西卷《論病》以「八體」與「十病、六犯、三疾」等病犯之稱並列，彼處之「八體」當指「第一平頭」至「第八正紐」等八種病，「十病」，當指「第九水渾」至「繁説」六病與「第二十五落節」以下三病，加《文筆眼心抄》「土崩」共十種病。「六犯」，可能爲《詩式》中六種病。「三疾」，當指《四聲指歸》駢拇、枝指、疣贅三病。是知沈氏《答甄公論》及常景所言之「八體」乃聲律聲病之體，「八體」亦即「八病」，既與《文心雕龍·體性》所言詩文一般風格體貌之「八體」有別，亦與地卷《十體》及《八階》下脚注所稱「《詩格》轉變爲八體」指詩文表現體式格式之「體」，及各典籍所言書法之「八體」含義有別。三、如郭紹虞所言，從消極講則稱之爲病，從積極講則稱之爲體，故所謂「能達八體」乃謂通達避八病之體，知避八病之體，通達避詩病之體，故可作褒義，可稱「陸離而華潔」，可稱「八體含章」。

又案：天竺梵文悉曇字母有摩多文與體文之名，摩多爲母音，體文爲父音。自佛教傳入中國，後漢桓帝時安世高、支婁迦讖譯經，梵文悉曇知識漸亦傳入中國。於是無論西域僧人抑或中土人士，漸通悉曇體文，亦漸以「體」字稱聲韻之學，「聲紐」與「體文」相表裏。如《高僧傳》卷一《晉長安竺曇摩羅刹》言竺法護「貫綜詁訓，音義字體，無不備識」，謝靈運《十四音訓叙》稱「聲體借字，以傳胡音」（安然《悉曇藏》引），《封氏聞見記》卷二聲韻條更稱「周顒好爲體語，因此切字皆有『紐』，『紐』有平上去入之異」，慧琳《一切經音義》卷二五「梵文阿等十二字爲聲勢，迦等三十五字爲體文。聲勢韻，體文紐矣」。故所謂「八體」，既吸收中國詩文論以體指文章體式風貌之説，講求音韻亦可稱之爲一體，尤其當聲律之體初創之時，唐盧照鄰《南陽公集序》便云：「鄴中新體，共許音韻天成。」此「新體」蓋指音韻天成之體，就聲律音韻而言；又吸收天竺梵文悉曇體文之説，而以「體」指聲律詩病，故初期之詩病説，既稱病犯，亦稱「八體」。

⑧「明各有」二句：《探源》：「沈約在這裏説得再清楚不過了。首先，漢語文字可以歸納爲四聲，正如天下萬物本由四象演化而來，這可以由四聲字典證明。而四聲和五聲是兩碼事，五聲用於音樂教化，四聲有利於文學創作，確是『各有所施，不相妨廢』。」

⑨「正以」十二句：《漢書·律曆志上》：「故春爲陽中，萬物以生；秋爲陰中，萬物以成。」「夏，假也，物假大，乃宣平。火炎上。」「少陰者，西方。西，遷也，陰氣遷落物，於時爲秋。」「太陰者，北方。北，伏也，陽氣伏於下，於時爲冬。冬，終也，物終臧，乃可稱。」

神珙《四聲五音九弄反紐圖序》引《四聲譜》曰：「平聲者哀而安，上聲者厲而舉，去聲者清而遠，入聲者直而促。」了尊《悉曇輪略圖抄》卷一：「《私頌》云：平聲重初後俱低，平聲輕初昂後低；上聲重初低後昂，上聲輕初後俱昂；去聲重初低後偃，去聲輕初昂後偃；入聲重初後俱低，入聲輕初後俱昂。……四聲各輕重八聲。」又引《元和新聲韻譜》云：「平聲者哀而安，上聲厲而舉，去聲清而遠，入聲直而促。」對平上去入四聲有描述。

劉復《四聲實驗録》：「就上方所研究的十二處六十二音而作一總比較，則知：一、平聲的音，最爲平實，因爲他的曲折最少。二、上聲的聲最高，因爲大多數的上聲的全部或一部，都高出於中綫之上。祇有南京和北京的上，廣州和福州的下上是例外。三、去聲的音最曲折，因爲除潮州上去和廣州的上下兩去之外，其餘都是曲折較多的綫。四、入聲的音最短，不短的祇是武昌長沙（和北京）。」

夏承燾《四聲繹説》：「平上去入之名，初見於《南史·陸厥傳》及鍾嶸《詩品》，周、沈四聲之書既亡，無從知其製名來歷。案釋慧皎爲《高僧傳·經師論》，謂製梵唄者必洞曉音律，三位七聲，次而無亂，其間有『起、擲、蕩、舉、平、折、放、殺、遊、飛、却、轉、反、疊、嬌、哢』諸詞，以狀寫聲勢。四聲發明，既受沙門轉經影響，疑平、上、去、入之目，亦與平、折、放、殺諸詞有關。周、沈之前，但借用古樂律之宫商五音，究與聲勢字調無涉。周、沈製以簡筆四字，皆同義同聲，遂千載不易（「平」字平聲，亦爲平義，上、去、入視此）。……予所云云，亦出臆測，皆尚有待乎討論。」

逯欽立《四聲考》以爲平上二字命名本樂調之名，云：「（以上）顯然中國傳統之五行説。然如平上二字，魏晉以降，久爲聲樂上之專辭。如當時通行之清商三調，其一皆爲平調。又如吴聲有上聲曲一調，《樂府詩集》四十四引《古今樂録》云：『吴聲十一曲，一曰子夜，二曰上柱，三曰鳳將雛，四曰上聲歌。……』同書四十五載晉宋梁上聲歌八首，並引《古今樂録》曰：『上聲歌者，此因上聲促柱得名。或用一調，或用無調名。如古歌辭所言，謂哀思之音不及中和。梁武因之改辭，無復雅句。』按魚山十二調子，其中有上無調一調，此舉上聲歌而曰或用無調，彼此可互證。上聲歌傳自晉世，至此且知爲轉聲之曲。故四聲中上聲之得名，必受此種影響無疑矣。又沈約《答陸厥書》云：『（略）』尤見四聲之分目之攸關乎『曲折聲韻』者。然則平上去入之目，雖不盡承樂調之名，其平上二字，固可見命名之所本矣。」

羅常培《漢語音韻學導論》：「關於四聲之性質，舊來説者每以『長短、輕重、緩急、疾徐』爲言，籠統模糊，迄無的解，如唐釋處忠《元和韻譜》：『平聲哀而安，上聲厲而舉，去聲清而遠，入聲直而促。』明釋《真空玉鑰匙歌訣》曰：『平聲平道莫低昂，上聲高呼猛烈强，去聲分明哀遠道，入聲短促急收藏。』顧炎武《音論》曰：『平聲輕遲，上去入聲重疾。』清江永《音學辨微》曰：『平聲音長，仄聲音短，平聲音空，仄聲音實，平聲如擊鐘鼓，仄聲如擊土木石。』張成孫《説文聲諧聲譜》曰：『平聲長言，上聲短言，去聲重言，入聲急言。』段玉裁《與江有誥書》曰：『平稍揚之則爲上，入稍重之則爲去。』或則望文生訓，或則取譬玄虚，從兹探求，轉滋迷惘。至於王鳴盛《十七史商榷》謂：『同一聲也，以舌頭言之爲平，以舌腹言之爲上，急氣言之即爲去，閉口言之即爲入。』牽混聲母，昧於調值，益謬誤不足道矣。近人能確指四聲之性質者，當首推劉復趙元任兩氏。劉氏以爲：聲音之斷定，不外『高低』、『强弱』、『長短』、『音質』四端，四聲與强弱絶不相干，與長短、音質，間有關係，亦不重要。其重要原素惟高低一項而已。然此種高低是複合的而非簡單的，且複合音中兩音彼此之移動，是滑的，而非跳的，此即構成四聲之基本條件也（《四聲實驗録》）。趙氏以爲：一字聲調之構成，可以此字之音高與時間之函數關係爲完全適度之準確定義，如畫成曲綫，即爲此字調之準確代表（《中國語言字調的實驗研究法》）。自此兩説出，而後千餘年來之積疑，乃得一旦豁然。」

王力《漢語詩律學》：「依中古聲調的情形看來，上古的聲調大約衹有兩大類，就是平聲和入聲。中古的上聲最大部分是平聲變來的，極小部分是入聲變來的；中古的去聲大部分是入聲變來的，小部分是平聲變來的（或者是由平聲經過了上聲再轉到去聲）。等到平入兩聲變化爲平上去入四聲這個過程完成了的時候，依我們的設想，平聲是長的，不升不降的，上去入三聲都是短的，或升或降的。這樣，自然地分爲平仄兩類了。『平』字指的是不升不降，『仄』字應該指的是『不平』（如山路之險仄），也就是或升或降（「上」字應該指的是升，「去」字應該指的是降，「入」字應該指的是特別短促。古人以爲「平」「上」「去」「入」衹是代表字，没有意義，現在想來恐不盡然）。如果我們的設想不錯，平仄迭用也就是長短迭用，平調與升降調或促調迭用。」

詹鍈《四聲五音及其在漢魏六朝文學中之應用》：《樂府詩集》卷四五引《古今樂録》：「上聲歌者，此因上聲促柱得名。……如古歌辭所言，謂哀思之音不及中和」，此「似謂其調高亢急促，而究其與沈約所謂上聲有何關係，亦難稽考。是則解説四聲之文獻，又不得不推《文鏡秘府論》爲較詳矣。」如《文鏡秘府論·四聲論》，「由『聖人有所不知』之言，可見四聲之論，非師往古。『匹夫匹婦猶有所知』一語，更可與李概《音韻决疑序》『平上去入，出行閭里』之説相印證，是四聲之論乃根據當時民間之口語現象歸納而成。又由上引『四象』之中，吾人可得若干暗示：沈氏謂平聲之象爲『陽中』，爲『不偏』，則平聲所代表者，似爲中平調。上聲之象『草木茂盛，炎熾如火』，按草木茂盛當向上發揚，火之炎熾，亦向上升，是『上』字當取上升之義。去聲之象，『霜凝木落，去根離本』，則『去』即是『去根離本』之去，所代表者爲降落之義。由此觀之，上去二聲，一升一降，其調『偏側』，詎得謂『平』。至於入聲，其取義又與平上去三聲有别，其象『天地閉藏，萬物盡收』，曰『閉』曰『收』，似謂韻尾閉塞，其聲短促。近人謂古代入聲含有塞聲韻尾如p、t、k之類，與此亦可互相印證。據此四象，平上去入命名之由，可得而言。正不必求之於樂調嬗變之跡也。若夫平仄二字之義，於此亦可測知。蓋仄與『側』通，平聲之字，發音平正曰平，上去入三聲之字，發音欹側，或頭音高，或尾音昂，故名曰仄也」。

《譯注》：「以四聲配四季，源自古代以五聲配季節的思想。《禮記・月令》以角爲春，徵爲夏，商爲秋，羽爲冬，各自相配（《吕氏春秋》十二紀同）。班固《白虎通》禮樂一節，有關於月令相配理由的説明：『所以名之爲角者何？角者，躍也，陽氣動躍。徵者，止也，陽氣止。商者，張也，陰氣開張，陽氣始降也。羽者，紆也，陰氣在上，陽氣在下。宫者，容也，含也，含容四時者也。』又，可注意的是《調四聲譜》『平上去入配四方』，東方平聲，南方上聲，西方去聲，北方入聲，各自相配，將這種説法按照五行説配以四季，就是平聲——春，上聲——夏，去聲——秋，入聲——冬。」

⑩「匹夫」二句：《禮記・中庸》：「君子之道，費而隱，夫婦之愚，可以與知焉，及其至也，雖聖人亦

有所不知焉。」鄭玄注：「言匹夫匹婦愚耳，亦可以其與有所知，可以其能有所行者。」

⑪ 本段引録沈約《答甄公論》，借四象八卦，解釋四聲原理，説明四聲與五聲區别，借春夏秋冬之象，説明四聲聲調特點。

【附録】

信範《九弄十紐圖私釋》下：昔周、孔所以不論四聲者，正以春爲陽中，德澤不偏，即平聲之象；夏草木茂盛，炎熾如火，即上聲之象；秋霜凝木落，去根離本，即去聲之象；冬天地閉藏，萬物盡收，即入聲之象，以其四時之中，合有其義，故不標出之耳。（以上文字，杲寶《悉曇字記創學抄》、智賢《悉曇減罪抄》均原文引之。）

魏秘書常景爲《四聲讚》曰①：「龍圖寫象〔一〕②，鳥跡摛光〔二〕③。辭溢流徵〔三〕，氣靡輕商〔四〕④。四聲發彩⑤，八體含章⑥。浮景玉充〔五〕⑦，妙響金鏘〔六〕⑧。」雖章句短局⑨，而氣調清遠⑩。故知變風俗下〔七〕⑪，豈虚也哉⑫。

齊僕射陽休之〔八〕⑬，當世之文匠也〔九〕⑭，乃以音有楚、夏〔一〇〕，韻有訛切⑮，辭人代用，今古不同，遂辨其尤相涉者五十六韻⑯，科以四聲，名曰《韻略》⑰。制作之士咸取則焉〔一一〕⑱，後生晚學，所賴多矣⑲。

齊太子舍人李節⑳，知音之士〔一二〕㉑，撰《音譜決疑》㉒，其序云：「案《周禮》：『凡樂，圜鍾爲宮〔一三〕，黄鍾爲角〔一四〕，大蔟爲徵〔一五〕，沽洗爲羽〔一六〕㉓。』商不合律〔一七〕，蓋與宮同聲也。五行則火土同位，五音則宮商同律〔一八〕㉔，闇與理合㉕，不其然乎？吕静之撰《韻集》㉖，分取無方。王微之製《鴻寶》〔一九〕㉗，詠歌少驗㉘。平上去入，出行閭里㉙。沈約取以和聲之律吕相合〔二〇〕㉚。竊謂宮商徵羽角〔二一〕，即四聲也。羽，讀如括羽之羽〔二二〕㉛。亦之和同〔二三〕，以拉群音〔二四〕，無所不盡㉜。豈其藏埋萬古〔二五〕，而未改於先悟者乎〔二六〕㉝？」

經每見當世文人〔二七〕，論四聲者衆矣，然其以五音配偶，多不能諧，李氏忽以《周禮》證明商不合律〔二八〕，與四聲相配便合，恰然懸同㉞。愚謂鍾、蔡以還〔二九〕㉟，斯人而已〔三〇〕㊱。

【校記】

〔一〕「龍」，三寶、正甲本無，三寶本旁注「曰龍—」。

〔二〕「摛」，原作「樆」，三寶、高乙、正甲本同，據高甲、醍甲、寶壽、寶龜、六寺等本改。

〔三〕「流徵」，原作「沵徵」，醍甲、仁甲、義演本作「沵微」，據三寶、高甲、高乙等本改。

〔四〕「輕商」，《校注》作「清商」，謂：「『清商』，原作『輕商』，音近而誤。」

〔五〕「充」，原作「宂」，寶壽、六寺、正乙本作「𠜂」，醍甲、義演、江户刊本作「宛」，維寶箋本、周校、《校注》作「苑」，《考文篇》、《譯注》、林田校本作「充」，三寶、醍甲、義演本旁訓「ミチ」。「玉充」，六寺本旁訓「ノコトクニテ」。豹軒藏本鈴木虎雄注：「浮景玉苑，『苑』當作『充』。」《校勘記》：「『浮景玉死』（宮）『死』爲『充』之或體。」今從豹軒藏本注、中澤希男等説作「充」。

〔六〕「妙響」以下至卷末，高乙本無。

〔七〕「俗下」，《四聲指歸定本箋》：「『俗下』疑當作『洛下』，蓋傳寫之訛。」

〔八〕「休」，原作「体」，各本同，當爲「休」字筆誤，據《北齊書・陽休之傳》改。

〔九〕「當」，原作「嘗」，各本同。詩話叢書本校補：「『嘗』疑『當』訛。」今從之改。

〔一〇〕「楚夏」，寶龜本注「所名」。

〔一一〕「咸」，原作「減」，高甲本同，據三寶、醍甲、寶壽、寶龜、六寺等本改。

〔一二〕「士」，原作「工」，據三寶、高甲等本改。

〔一三〕「圜」，原作「圛」，三寶、醍甲、仁甲、義演本同，松本、江户刊本、維寶箋本作「岡」，正乙本旁注「古郎反」，寶壽、六寺本注「二月」，據《周禮》改。

〔一四〕「黄鍾」，六寺本旁注「十一月」。「角」，三寶、正甲本作「用」。

〔一五〕「蔟」，原作「挨」，三寶、高甲、寶壽、正甲、六寺、正乙本同，醍甲、仁甲、義演本作「族」，三寶本旁注「蔟證」，據江户刊本、維寶箋本及《周禮》改。「大蔟」，六寺本旁注「正月」。

〔一六〕「沽洗」，豹軒藏本鈴木虎雄注「『沽』當作『姑』」，《周禮》作「姑洗」，六寺本旁注「三月」。

〔一七〕「合」，三寶本作「命」。

〔一八〕「商」，寶壽、六寺本作「音」。

〔一九〕「徵」，原作「徵」，醍甲、仁甲、寶壽、寶龜、六寺本同，三寶、正甲本作「徽」，據高甲本及鍾嶸《詩品》改。「製」，正甲本作「例」，三寶本旁注「例證」。

〔二〇〕「之」，醍甲、義演本無。《四聲指歸定本箋》：「『之』字似誤。」饒宗頤《〈文心雕龍·聲律篇〉與鳩摩羅什〈通韻〉》亦以「之」字爲衍。

〔二一〕「謂」，三寶、醍甲、仁甲、寶龜、江户刊本、維寶箋本作「諧」。「商」，寶壽本作「音」。

〔二二〕「括」，原作「栝」，三寶、高甲、仁甲、寶壽、六寺本同，據醍甲、江户刊本、維寶箋本改。

〔二三〕「亦之和同」，此句不通，疑有訛字脱字。《校注》：「『之』，疑當作『云』。」饒宗頤《〈文心雕龍·聲律篇〉與鳩摩羅什〈通韻〉》：「亦者，與也。《史記·司馬相如傳贊》：『此與詩之風諫何異？』《漢書》『與』作『亦』。故『亦之和同』，宜讀作『與之和同』。」可備一説。

〔二四〕「拉」，《校注》：「『拉』，疑當作『位』。」饒宗頤《〈文心雕龍·聲律篇〉與鳩摩羅什〈通韻〉》説同。

〔二五〕「埋」，各本作「理」，豹軒藏本鈴木虎雄注：「『理』疑作『埋』。」今從之改。

〔二六〕「改」，豹軒藏本鈴木虎雄注：「『改』字可疑。」

〔二七〕「經」，松本、江户刊本、維寶箋本作「往」。「世」，原作「此」，各本同。維寶箋本加地哲定注：「『當此』疑當作『南北』，或疑當作『當世』。」豹軒藏本鈴木虎雄注：「『當此』作『南北』。」《考文篇》：「『世』各本作『此』，非也，『世』草體似『此』。」《考文篇》説是，今從之。

〔二八〕「合」，正甲本作「命」，三寶本作「令」，旁注「命證」。

〔二九〕「鍾」，維寶箋本加地哲定注：「當作『張』。」「蔡」，高甲、寶壽本作「葵」，六寺本眉注「鍾繇蔡惜」。

〔三〇〕「斯人而已」，原次行有「天」字，三寶本同。醍甲、仁甲、寶壽、六寺本有尾題「文鏡秘府論　天」，松本本尾題作

「文鏡秘府論」，江户刊本尾題作「文鏡秘府論卷一終」，維寶箋本尾題作「文鏡秘府論卷一終」，高甲、正甲、寶龜、正乙、天海本無尾題，義演本尾題作「文鏡秘府論　天」，義演本裏書「天正廿載林鐘上浣於金剛輪院南窗寫功終莫令散失矣　座主義演」。天正二十年爲公元一五九二年。真言宗全書本維寶箋箋文後尾題「文鏡秘府論箋卷第三終＼享保二十一年丙辰夏四月十六日殺青焉　維寶＼安永二（癸巳）六月二日於蓮金蜜院之寶藏隆勤惠恭房寫之者也」。享保二十一年爲公元一七三六年，安永二年爲公元一七七三年。原底頁有「願主僧浄玄之本」。

《考文篇》：「斯人而已，此後諸本或言『天』，或『文鏡秘府論天』或『文鏡秘府論卷一終』，參差不同。按，北卷尾題下，三寶院本校語『御草本無此内題也』，自筆草稿本無尾題明矣，今從高山寺甲本等删。」今亦從之。

【考釋】

①常景（？—五五〇）：參天卷《四聲論》考釋。《四聲讚》：《魏書》及《北史》常景本傳未言及，嚴可均《全上古三代秦漢三國六朝文》亦未輯。《文心雕龍·祝盟》：「太史所作之讚，因周之祝文也。」

②龍圖：即河圖。《尚書中候》：「舜沈璧於河，榮光休至，黄龍負圖舒卷，出入壇畔。」（《古微書》）《書·顧命》「河圖在東序」孔傳：「伏犧氏王天下，龍馬出河，遂則其文，以畫八卦，謂之《河圖》。」《風俗通義·山澤》：「河者，播也，播爲九流，出龍圖也。」象：八卦之象。

③鳥跡：許慎《説文解字序》：「黄帝之史蒼頡，見鳥獸蹄迒之跡，知分理之可相别異也，初造書契。」徐陵《勸進梁元帝表》：「卦起龍圖，文因鳥跡。」（《梁書·元帝紀》引）摛光：放射光芒。漢馬融《廣成頌》：「錯五色以摛光。」（《後漢書·馬融傳》）

④「辭溢流徵」二句：「輕商」疑爲「清商」。流徵、清商：並音調名。維寶箋：「《樂書》曰：『聲出於心而齒合吻開謂之徵。』」宋玉《對楚王問》：「引商刻羽，雜以流徵，國中屬而和者，不過數人而已。」（《文選》卷四五）司馬相如《長門賦》：「案流徵以却轉兮，聲幼妙而復揚。」（《文選》卷一六）「辭」與「氣」蓋互文相對，二句即音韻調暢、辭氣流靡之意。

⑤四聲發彩：晉潘岳《夏侯常侍誄》：「如彼隨和，發彩流潤。」（《文選》卷五七）陸機《文賦》：「曁音聲之迭代，若五色之相宣。」李周翰注：「音聲，謂宫商合韻也。至於宫商合韻，迭相間錯，猶如五色文彩以相宣明也。」以色彩喻聲韻，四聲發彩亦此意。

⑥八體含章：維寶箋：「八體，如上亦可，大篆、小篆、刻符、蟲書、摹印、署書、殳書、隸書，書之八體也。」《四聲指歸定本箋》：「此與前節所云四聲八體，皆指四聲八病而言。」盛江案：潘重規所言爲是，八體指八病，維寶箋以指書法之八體，誤甚。含章：包含美質。《易·坤卦》六三爻辭「含章可貞」王弼注：「含美可正。」

⑦浮景：霞光浮動。漢揚雄《甘泉賦》：「騰清霄而軼浮景兮。」（《文選》卷七）李善注：「浮景，流景也。」《説文》：「景，日光也。」玉充：維寶箋本正文作「玉苑」，箋文作「玉宛」，云：「《説文》曰：『圭有琬者，從玉，宛聲。』」盛江案：「玉充」與下文「金鏘」相對，形容「浮景」，疑爲玉色透瑩、光彩充澤浮溢之意。然「玉充」此一用法他處未見。

⑧妙響：美妙之聲音。梁沈約《詠篪》：「江南簫管地，妙響發孫枝。」（《玉臺新詠》卷五）金鏘：梁王

僧孺《禮佛唱導文》：「玉振蘭摇，金鏘桂縟。」（《全上古三代秦漢三國六朝文·全梁文》卷五二）《四聲指歸定本箋》：「常景普泰初爲秘書監，在齊永明後四十餘年，故於四聲之説傾倒甚至。」《探源》：「這篇短文，四字一句，共有八句，看來是企圖把四聲現象用到文章中的初步嘗試，所以劉善經説它『章句短局，而氣調清遠』。它的結構大概是這樣：平平上去，上入平平（韻），平入平上，去上平平（韻），去平入上，入上平平（韻），平上入上，去上平平（韻）。大致上是二平二仄的句子。不過『四聲發彩』和『浮景玉苑』兩句衹有一個平聲字，似嫌不够。除了『浮景玉苑』二句有兩個上聲字外，其餘都是四聲交錯，造成『氣調清遠』的現象。」劉渼《〈文鏡秘府論〉六朝聲律説佚書佚文考》：「（常景《四聲讚》）當僅有此八句，故劉善經謂其贊語爲『章句短局』。」「觀《全後魏文》，常景贊司馬相如、王褒、嚴君平、揚子雲四人，贊語皆爲八句，故《四聲讚》亦當衹有八句。」

⑨ 章句短局：《文心雕龍·頌讚》：「（讚）古來篇體，促而不廣，必結言於四字之句，盤桓乎數韻之辭。」常景《四聲讚》爲四言讚體，故稱「章句短局」。

⑩ 氣調：梁鍾嶸《詩品》中：「觀此五子，文雖不多，氣調警拔。」《顔氏家訓·文章》：「文章當以理致爲心腎，氣調爲筋骨，事義爲皮膚，華麗爲冠冕。」清遠：《世説新語·言語》：「會稽賀生體識清遠，言行以禮。」

⑪ 變風俗（洛）下：可參本篇前文「及太和任運，志在辭彩，上之化下，風俗俄移」至「既而陳郡袁翻、河内常景，晚拔疇類，稍革其風」及「從此之後，才子比肩，聲韻抑揚，文情婉麗，洛陽之下，吟諷成群」等

處文字。變風：《毛詩序》：「至於王道衰，禮義廢，政教失，國異政，家殊俗，而變風、變雅作矣。」（《毛詩正義》）

⑫ 以上引北朝常景文以讚四聲可使文章音韻調暢，辭氣流靡，富於文彩，同時説明常景雖以四言章句之短局讚辭，而能概括四聲詩律之特點，有清遠之氣調，知當時講求聲律之風不唯盛於江左，亦且波及北朝洛下，使風俗移易。

⑬ 陽休之（五〇九？—五八二）：北朝齊隋間文人，字子烈，右北平無終（今天津薊縣）人，官至尚書右僕射，《北齊書》卷四二有傳。

⑭ 文匠：《論衡・量知》：「能雕琢文書，謂之史匠。」《四聲指歸定本箋》：「休之仕齊爲右僕射，封燕郡王，至隋初尚居高位，此稱其齊官，而曰當世之文匠，亦足明此文爲隋代劉善經之筆矣。」

⑮「乃以」二句：晉左思《魏都賦》：「蓋音有楚夏者，土風之乖也。情有險易者，習俗之殊也。」（《文選》卷六）李善注：「《孫卿子》曰：『人居楚而楚，居夏而夏，非天性也，積靡使然也。』《史記》曰：『淮北、沛、陳、汝南、南郡，此西楚也。潁川、南陽，夏人之居，故至今謂之夏人。』」《山海經・海内東經》郭璞注：「歷代久遠，古今變易，語有楚夏，名號不同。」《文心雕龍・聲律》：「詩人綜韻，率多清切，《楚辭》辭楚，故訛韻實繁。及張華論韻，謂士衡多楚；《文賦》亦稱知楚不易，可謂銜靈均之聲餘，失黄鍾之正響也。凡切韻之動，勢若轉圜；訛音之作，甚於枘方。免乎枘方，則無大過矣。」《顔氏家訓・音辭》：「古今言語，時俗不同；著述之人，楚夏各異。」

⑯ 五十六韻：維寶箋：「五十六韻，東冬江之等之韻頭，即就平聲之韻，有五十六字，今時所傳，皆陽休之之餘芳也。」

⑰《韻略》：《隋書・經籍志》：「《韻略》一卷，陽休之撰。」《新唐書・藝文志》：「陽休之《韻略》一卷，又《辨嫌音》二卷。」陸法言《切韻序》記述諸家韻書：「吕静《韻集》、夏侯該《韻略》（盛江案：「該」當作「詠」）、陽休之《韻略》、周思言《音韻》、李季節《音譜》、杜臺卿《韻略》等，各有乖互。」《顔氏家訓・音辭》：「陽休之造《切韻》，殊爲疏野。吾家子女，雖在孩稚，便漸督正之。」當亦指《韻略》。其書今佚，有任大椿（《小學鈎沈》所收）、馬國翰、黄奭、顧震福輯本。敦煌本王仁昫《切韻》記其分韻之部類，冬、鍾、江不分，元、魂、痕不分，山、先、仙不分，蕭、宵、肴不分，皆與《切韻》不合，而且分韻甚寬。内容衹是解釋字、詞。

羅根澤《中國文學批評史》：「《文鏡秘府論・四聲論》稱及陽休之的《韻略》、李概的《音譜決疑》及劉善經的《四聲指歸》，則此三書是研究文學上的音律無疑。」

周祖謨《顔氏家訓・音辭篇注補》：「據此（盛江案：指《四聲指歸》）可知其書體例之大概，王仁昫《切韻》亦記其分韻之部類，如冬、鍾、江不分，元、魂、痕不分，山、先、仙不分，蕭、宵、肴不分，皆與《切韻》不合，其分韻之寬，尤甚於李季節《音譜》，此顔氏之所以譏其疏野也。」

《四聲指歸定本箋》：「顔氏斥其疏野，殆以其分部闊略之故歟？」

《探源》：「根據魏建功《論切韻系的韻書》一文，我們知道唐寫本《切韻》目下注吕静、夏侯詠、陽休之、李季節、杜臺卿五家分合情形及依違之處，它們的關係是密切的。不過，《切韻》主要是做一個綜合的語言研究（據陸法言《切韻序》），而其他的多是文學上的音韻書，差别是會有的。」「劉善經所説：『制作之士，咸取則焉，後生晚學，所賴多矣。』正可證明《韻略》是文學上的實用參考書。」

⑱ 制作：《文心雕龍・序志》：「歲月飄忽，性靈不居，騰聲飛實，制作而已。」

⑲ 以上言陽休之《韻略》辨韻而科以四聲及對文章寫作的影響。

⑳ 李節：即李概，字季節，北朝齊文人，生卒年不詳。《北史・李公緒傳》有附傳。

㉑ 知音：《顏氏家訓・音辭》：「北人之音，多以舉、莒爲矩。唯李季節云：『齊桓公與管仲於臺上謀伐莒，東郭牙望見桓公口開而不閉，故知所言者莒也。然則莒、矩必不同呼。』此爲知音矣。」

㉒ 《音譜決疑》：史籍所載不一。《北史・李公緒傳附李概傳》稱李概撰《音譜》行於世。《隋書・經籍志》：「《修續音韻決疑》十四卷，李概撰。」「《音譜》四卷，李概撰。」《日本國見在書目》小學家：「《音譜決疑》十卷，齊太子舍人李節撰。」「《音譜決疑》二卷，李概撰。」《顏氏家訓・音辭》：「李季節著《音韻決疑》，時有錯失。」陸法言《切韻序》：「吕静《韻集》、夏侯該（詠）《韻略》、陽休之《韻略》、周思言《音韻》、李季節《音譜》、杜臺卿《韻略》等，各有乖互。」日僧安然《悉曇藏》卷二：「《韻詮序》曰：李季節之輩定《音譜》於前，陸法言之徒修《切韻》於後。」日本東寺觀智院藏延文四年（一三五九）杲寶鈔本安然《悉曇藏》此句旁注「秘府論云齊太子舍人李節知音之士撰音譜決疑云云」。

論家所説不一。魏建功《十韻彙編序》：「（《文鏡》）原作《音譜決疑序》，按《隋書・經籍志》有概《修續音韻決疑》十四卷，又《音譜》四卷，此蓋《音韻決疑》之筆誤。」

《研究篇》上：「陸法言《切韻序》説：『呂靜《韻集》、夏侯詠《韻略》、陽休之《韻略》、周思言《音韻》、李季節《音譜》、杜臺卿《韻略》等，各有乖互。』《見在書目》也有『《音譜決疑》二卷，李概撰』，『《音譜決疑》十卷，齊太子舍人李節撰』，據此推測，李概是先撰述《音譜》，這是以韻分類，和呂靜《韻集》等性質相同的字書。之後，再根據其中有問題的要點加以討論，編成續篇《修續音譜決疑》，《秘府論》所説的是後者。同樣書名的書《見在書目》有二部，這是很奇怪的，我想二卷本的應該是《音譜》，十卷本的應該是《修續音譜決疑》。」《考文篇》：「『音譜決疑』，《顔氏家訓》作『韻』，非也。《日本國見在書目》作『音譜決疑十卷』。」

《探源》：「兩書的書名應該一致，是《音譜決疑》無疑了。」

《校注》：「《音韻決疑》，原作《音譜決疑》，今從正智院本校改。案：《顔氏家訓・音辭》篇：『李季節著《音韻決疑》，時有錯失。』《隋書・經籍志》：『《修續音韻決疑》十四卷，李概撰，又《音譜》四卷。』則《音韻決疑》與《音譜》本爲兩書，而《日本見在書目》著録：『《音譜決疑》十卷。』注：『齊太子舍人李節撰。』又：『《音譜決疑》二卷，李概撰。』此則大誤矣，蓋前之『《音譜決疑》』，當作『《音韻決疑》』，而後之『《音譜決疑》』，則又涉上文而誤衍『決疑』二字耳。『《音譜決疑》』之名既重出，作者不知沿誤之由，乃列『李概』之名以別之，冀以明其爲二書，而不知其弄巧反拙也。」

盛江案：《校注》稱據正智院本改「譜」作「韻」，所據爲維寶箋本加地哲定注。日本現存其他抄本及江户刊本、維寶箋本，均作「音譜決疑」。李概此著，《日本國見在書目》、真旦《韻詮序》、安然《悉曇藏》引及陸法言《切韻序》，均作《音譜》，即如《隋書·經籍志》亦有「《音譜》」之著録，衹是《顔氏家訓·音辭》所述爲「《音韻決疑》」，《隋書·經籍志》另著録一種《修續音韻決疑》十四卷。竊以爲李概之書有《音譜決疑》及《修續》兩種，《修續》一種或誤作《音韻決疑》，故有《隋志》及《顔氏家訓》之誤。或者《隋志》及《顔氏家訓》著録之《音韻決疑》爲李概著音韻著作之另一種。

《音譜決疑》、《修續音譜決疑》二書均佚，馬國翰輯佚有目無書。本書南卷「若清濁相和，名爲落韻」句下松本、江户刊本、維寶箋本雙行小字注「故李音序曰篇名落韻下篇通韻以草木如此」，六寺本注「故李概音序曰上篇名落韻下篇通韻」。此「李音序」當爲李概《音譜決疑序》（或《音譜序》，或《音韻決疑序》）之略，則「篇名落韻下篇通韻」八字爲此序中之文字。「以草木如此」當爲「御草本如此」之誤（「以」爲「御」字草訛，「木」爲「本」字之筆誤），御草本爲空海自筆草本，則知空海作《文鏡秘府論》時，尚親見李概《音譜決疑》，至少親見其序。

《音譜決疑》之面貌，周祖謨《顔氏家訓·音辭篇注補》：「《音譜》之分韻，《敦煌本王仁昫切韻》猶記其梗概。如佳、皆不分，先、仙不分，蕭、宵不分，庚、耕、青不分，尤、侯不分，咸、銜不分，均與《切韻》不合。」「齊桓公與管仲謀伐莒，事見《管子·小問篇》、《吕覽·重言篇》，此引李季節之言，當見《音韻決疑》。舉、莒《切韻》音居許反，在語韻。矩音俱羽反，在麌韻。顔氏舉此以見魚、麌二韻，北人多不能分，與古不合。李氏舉桓公謀伐莒事，以證莒、矩音呼不同，其言是矣。蓋莒爲開口，矩爲合口，故東郭牙望桓公口開而不閉，知其所言者莒也。」

㉓ 自「凡樂」至「沽洗爲羽」引自《周禮・春官・大司樂》，記述的是祭天神之樂。《大司樂》還有祭地祇人鬼之樂如下：「凡樂：函鍾爲宫，大蔟爲角，姑洗爲徵，南吕爲羽。」（地祇）「凡樂：黄鍾爲宫，大吕爲角，大蔟爲徵，應鍾爲羽。」（人鬼）三大祭部與律相配，均唯有宫角徵羽而無商。其中原因何在，鄭玄注：「凡五聲，宫之所生，濁者爲角，清者爲徵羽，此樂無商者，祭尚柔，商堅剛故也。」賈公彦疏：「云此樂無商者，祭尚柔，商堅剛也者，此經三者皆不言商，以商是西方金故，云祭尚柔，商堅剛不用。」錢穆《周官著作時代考》：「（鄭玄注）説既牽强，後儒都不取。《魏書・樂志》載長孫稚、祖瑩表説：『臣等謹詳《周禮》，布置不得相生之次，兩均異宫，並無商聲，而同用一徵。計五音不具，則聲豈成文，莫曉其旨。』《隋書・音樂志》載牛弘、姚察、許善心、劉臻、虞世基議『《周禮》四聲，非直無商，又律官乖次，以其爲樂，無合諧之理』，這都根本懷疑周官的不可信。而《唐會要》載開元八年趙慎言《論郊廟用樂表》説：『《周禮》三處大祭，俱無商調，商金聲也。周家木德，金能克木，作者去之，今皇唐土德王，即殊周室，其三祭並請加商調，去角調。』後儒因此多説周官無商，乃無商調非無商聲。所以無商調，乃周以木德王不用商，避金克木之故。」（《燕京學報》第十一期，一九三三年六月）盛江案：據鄭玄説，是「商」在五行中屬金，金性堅剛，祭尚柔，故祭不用商，據後儒趙慎言説，因金克木，而周爲木德，故與律相配不用商。李概説宫商同聲（四聲中同爲平聲）故「商不合律」，與傳統經學及後儒的解釋均不同。且《周禮》論祭法與律相配者爲樂調，並非聲調。故而李概不過是用《周禮》祭不用商，祇有四聲與律相配之説法以證明四聲論淵源

有自，並無聲韻學上實質性之根據。

㉔「五行」二句：《譯注》：「五行中『火』與『土』都是上聲字，大約由此類推五聲中『宫』與『商』都屬平聲字。」盛江案：五行中「水」亦爲上聲，故李概説並無聲韻學上實質性之根據。

㉕闇與理合：本篇前文引劉滔云：「得者闇與理合，失者莫識所由，唯知齟齬難安，未悟安之有術。」

㉖呂静：晉安復令，晉世義陽王典祠令任城呂忱之弟，傳未詳。

《韻集》：《魏書·術藝·江式傳》（《北史》卷三四同）載江式《求撰集古今文字表》：「晉世義陽王典祠令任城呂忱表上《字林》六卷。……（呂）忱弟静别放故左校令李登《聲類》之法，作《韻集》五卷，宫商角徵羽各爲一篇，而文字與兄（盛江案：指呂忱《字林》）便是魯、衛，音讀楚、夏，時有不同。」

《顔氏家訓·音辭》：「《韻集》以成、仍、宏、登合成兩韻，爲、奇、益、石，分作四章。」

《隋書·潘徽傳》載潘徽《韻纂序》：「末有李登《聲類》、呂静《韻集》，始判清濁，纔分宫羽，而全無引據，過傷淺局，詩賦所須，卒難爲用。」

《隋書·經籍志》：「《韻集》六卷，晉安復令呂静撰。」《日本國見在書目》：「《韻集》五卷，呂静撰。」

清宫藏唐寫本王仁昫《刊謬補闕切韻》平聲一目録，冬下注云：「無上聲，陽與鍾、江同，呂、夏侯别，今依呂、夏侯。」脂下注云：「呂、夏侯與微韻大亂雜，陽、李、杜别，今依陽、李、杜。」真下注云：「呂與文同，夏侯、陽、杜别，今依夏侯、陽、杜。」臻下注云：「無上聲，呂、陽、杜與真同，夏别，今依夏。」盛江案：所云吕、夏侯、陽、李、杜，即陸氏《切韻序》所舉之吕静、夏侯詠、陽休之、李季節、杜臺卿五家之書。《韻集》今亡，《小學鈎沈》、《玉函山房輯佚書》、《黄氏逸書考》、《小學蒐佚》有輯佚。臺灣《博碩士論文分類目録》（天一出版社一九七七年）載臺灣政治大學研究生林平和《吕静韻集研究》（原文未見，轉自《探源》）。

錢大昕《十駕齋養新録》卷五：「漢氏言小學者，止於辨别文字，至魏李登、吕静，始因文字，類其聲音；雖其書不傳，而宫、商、角、徵、羽之分配，實自二人始之。《顔氏家訓》言：『《韻集》以成、仍、宏、登，合成兩韻，爲、奇、益、石，分作四章。』分章猶後人之分部也。」

段玉裁：「今《廣韻》本於《唐韻》，《唐韻》本於陸法言《切韻》，法言《切韻》，顔之推同撰集，然則顔氏所執，略同今《廣韻》，今《廣韻》成在十四清，仍在十六蒸，别爲二韻。宏在十三耕，登在十七登，亦别爲二韻。而吕静《韻集》成、仍爲一類，宏、登爲一類，故曰合成兩韻。今《廣韻》爲、奇同在五支，益、石同在二十二昔，而《韻集》爲、奇别爲二韻，益、石别爲二韻，故曰分作四章。皆與顔説不合，故以爲不可依信。」（轉自王利器《顔氏家訓集解》）

陳鱣：「案《韻集》以五音命字，尚無所謂四聲者，陸氏以當日之韻繩之，宜乎不相合矣。至其音讀可考者，《一切經音義》引云：襏，音扶月反，按襏從發聲，當讀若伐，《玉篇》作補達切，非矣。又引云：戇，音丑巷反，按《漢書·高帝紀》云：『王陵可，然少戇。』師古曰：『戇，古音下紺反，今音竹巷反。』竹巷與丑巷相近，乃《唐韻》作陟降切，異矣。又引云：菸，乙餘反，今關西言菸，山東言蔫，蔫，音於言反，江南亦言殘，殘又作萎，於爲反，菸邑，無色也。按《説文》：菸，鬱也，從艸於聲，一曰殘也，正與此合。可以補《方言》之未備。它如《顔氏家訓·勉學篇》所引：䶵餘聚，䃚𣲜亭。及《一切經音義》引：咀嚛，語不正也。欸作喊，𣯶𣯷音加沙之類，皆魏晉間俗字，大約與其兄《字林》之書相表裏也。」（謝啓昆《小學韻補考》引，《叢書集成初編》）

王國維《五聲説》：「《魏書·江式傳》云：晉吕忱弟静，别放左校令李登之法，作《韻集》五卷，宫商角徵羽各爲一篇。李（登）吕二氏之分五聲，雖不能確指其爲何，然非如徐景安《樂書》所説，宫爲上平，商爲下平，角爲入，徵爲上，羽爲去，則可決也。」王氏以爲吕静之五聲，爲「陽聲一，與陰聲平上去入四，乃三代秦漢間之五聲」。

王國維《六朝人韻書分部説》：「《顔氏家訓·音辭篇》云：『《韻集》以成、仍、宏、登，合成兩韻，爲、奇、益、石，分作四章。』皆不可依信。今陸《韻》成在清韻，仍在蒸韻，宏在耕韻，登自爲韻；又爲、奇二字皆入支韻，益、石二字皆入麥韻，蓋用顔氏之説，《韻集》實合耕、清爲一，蒸、登爲一，而分支與麥各爲二。今王（盛江案：指王仁昫《刊謬補闕切韻》）目支下不云吕分爲二，登下不云吕與蒸同，則五家與陸《韻》異同，目中亦未盡著。然知吕氏别冬於鍾、江，則東、冬、鍾、江之分爲四可知矣。知吕氏脂與微韻大亂雜，則脂與微之分爲二可知矣。知其真與文同，臻與真同，則真、臻、文之爲一可知矣。又，《爾雅音義》：蝗，華孟反。《字林》音皇，《聲類》、《韻集》並以蝗協庚韻，則陽、唐、庚之爲三，亦可知矣。」

劉盼遂：「據此知韻書分部，自吕静《韻集》已然。世謂隋代以前，惟分四聲，韻目之析，始於陸法言者，非也。……又按，《陸雲集·與兄書》云：『徹與察皆不與日韻，思維不能得，願賜此一字。』又云：『李氏云雪與列韻，曹（謂子建之子志也）便不復用，人亦復云，曹不可用者，音自難得正。』又云：『音楚，願兄便定之。兄音與獻、彥之屬，皆願仲宣須賦獻與服索，張公語雲云：「兄文故自楚，須作文爲思，昔所識文，乃視兄作誄，又令結使説音耳。」』案：據上三事，決晉前無分韻之書，而爾時之士，則競講韻部，故呂氏分韻之書應運而生也。」（轉自王利器《顏氏家訓集解》）

羅根澤《中國文學批評史》：「（呂静《韻集》）四聲未發明以前的著作，當然不是研究文學上的音律之書。」

逯欽立《四聲考》：「據附表所列《韻集》之以韻分部，與陸韻相若。抑平上去入，分判秩然，初無『大亂雜』者。故大較言之，已具後世韻書之規模矣。顧史稱『《韻集》五卷，宮、商、角、徵、羽各爲一篇』，此其與後世韻書不盡同者。上列呂目，自其別同者言，較《切韻》少皆、真、臻、魂、談、陽、清、青、蒸（《顏氏家訓》：成、仍、宏、登，合成兩韻。是知《韻集》耕、清同部，蒸、登同部。又據上目，知清、青亦不別）、董、語、隱、潛、巧、敢、養、耿、迥、琰、範、慁、箇、漾、敬、勁、徑、宥、艷、櫛、藥、錫、葉、洽、乏，三十五部（盛江案：原文如此）。《切韻》百九十三部（寫本如此），故呂書不過百五十八部。此百五十餘部，納入宮商五篇之中，則必五聲其綱，諸韻其目，即以五聲總攝衆韻是也。而此衆韻，如東腫送屋者，又必共屬於一聲，而不得分屬各聲；蓋呂書所據以分部者，根據反切。以反切言，東腫送屋固屬一聲而不得分入各聲也。東腫送屋與先銑霰屑必不屬一聲而須分入不同之聲也。孫愐《唐韻》序之言曰：『夫五音，五行之響，八音之和，四聲間迭在其中矣。』又安然《悉曇藏》謂中土『五音之氣，内發四聲』，『五音者，發四聲』，亦可爲四聲統於一音之明徵也。總上所述，《韻集》、《聲類》悉以五聲攝衆韻，而各韻又分四聲，五聲之不同四聲，皎然甚明。李概假證《周禮》，强人就我，至於謂吕静『分取無方』，以今斷之，偏其反矣。」

周祖謨《顔氏家訓·音辭篇注補》：「案：爲、奇、益、石分作四章者，蓋《韻集》爲、奇不同一韻，益、石不同一韻也。王仁昫《切韻》所注吕氏分韻之部類，與《切韻》不合者甚多。如脂與微相亂，真臻文，元魂痕，董腫，語麌，吻隱，旱潸，巧皓，敢檻，養蕩，耿静迥，箇禡，宥候，艷梵，質櫛，錫昔麥，葉怗洽，藥鐸，諸韻無分，是也。」

詹鍈《四聲五音及其在漢魏六朝文學中之應用》：「《聲類》、《韻集》二書，後世注疏家雖多引用，然大都爲訓解文句，原書部類編制，莫由考見。但所可知者，韻書中字類之劃分，既以音爲標準，則五音所代表者，不外『聲』『韻』『調』三端。按梵文入中國後，唐宋悉曇家即有以五音與喉牙舌齒脣五聲相配者。若李登、吕静之時，聲紐之區畫尚未演進至喉牙舌齒脣五分法之階段，自不得以五音爲代表。」「自『聲』『韻』兩方面分析『以五聲命字』之用意既不可得，則李吕二家書中之部類編制，當以聲調爲依據，蓋可想見。」

郭紹虞《再論永明聲病説》：「當時分别喉牙舌齒脣五位，可能比分别宫商角徵羽五位的比較音高要容易一些。因此，所謂『宫商角徵羽各爲一篇』云者，也未嘗不可假定爲聲韻兼顧之書。在這些書中，爲檢查方便則以聲爲綱爲宜。所以李登之書稱爲《聲類》，而封演《聞見記》則稱其『不立諸部』。『不立諸部』者，就是不重在分别韻部。至吕静之書，則原是『仿李登《聲類》之法』（見《魏書·江式傳》），而稱爲《韻集》，可能是在以聲爲綱之外，再立韻部的，而這韻部也可能分得很簡單，衹以陽一與陰平上去入四爲目。所以一方面同樣是『詩賦所需，卒難爲用』，而另一方面則以聲爲綱之後，必然要使韻的五聲混雜，真如《唐韻序論》所謂『參宮參羽半商半徵』的情況。這樣，當然李概的《音韻決疑序》要譏吕静爲『分取無方』了。但是這衹是我的一種假設，説明五音與『聲』也不是絶無關係而已。」

㉗ 王微（四一五—四五三）：劉宋詩人，字景玄，原籍琅邪臨沂（今屬山東）人，《宋書》卷六二、《南史》卷二一有傳。

《鴻寶》：《隋書·經籍志》：「宋秘書監《王微集》十卷。」注云：「梁有《録》一卷。」未言王微著《鴻寶》事。唯鍾嶸《詩品序》云：「李充《翰林》，疏而不切，王微《鴻寶》，密而無裁。」而《隋書·經籍志》子部雜家類著録「《鴻寶》十卷」，未著撰人名氏。張錫瑜校刻本《鍾記室詩平三卷》：「《隋志》：《鴻寶》十卷，不著撰人名氏。案：《梁書·張纘傳》：『纘著《鴻寶》一百卷。』則此十卷者，疑是微作。」（轉自曹旭《詩品集注》）《四聲指歸定本箋》：「鍾嶸《詩品序》云：『王微《鴻寶》，密而無裁。』史稱景玄善屬文，解音律，《鴻寶》之製，殆亦論文詠聲律之作歟？」

饒宗頤《六朝文論摭佚》：「《梁書·張纘傳》稱其著《鴻寶》百卷，此殆類書之屬，當是偶與王微所著同名。」「王微《鴻寶》，向來鮮見徵引……似其書頗涉音聲，故李概及之有關《鴻寶》之記載，衹此而已。」

㉘ 詠歌少驗：魏建功《論切韻系的韻書》：「這所謂吕静『分取無方』，王微『詠歌少驗』，大約是那時五聲分別字類，與聲調無關，雖聲調早已『出行閭里』，却不用來貫穿文字的部居，文士製作對於聲調也

是『得者闇與理合，失者莫識所由，但知未安而已』。」

㉙「平上」二句：鍾嶸《詩品序》：「余謂文製本須諷讀，不可蹇礙，但令清濁通流，口吻調利，斯爲足矣。至如平上去入，則余病未能；蜂腰鶴膝，閭里已具。」與此意同。

㉚「沈約取以和聲」句：即《南史·陸厥傳》「（沈約等）爲文皆用宫商，以平上去入爲四聲，且以此製韻」，沈約《宋書·謝靈運傳論》「五色相宣，八音協暢，由乎玄黄律吕，各適物宜。欲使宫羽相變，低昂互節，若前有浮聲，則後須切響。一簡之内，音韻盡殊；兩句之中，輕重悉異」之意。「和聲」即《文心雕龍·聲律》所謂「異音相從謂之和」。蓋謂四聲本於口語，而沈約取以製韻，使異音相從，用於創作。羅師宗强《魏晉南北朝文學思想史》二四四頁注二四以「之」作「與」，作「取以和聲，與律吕相合」。盛江案：《書·立政》：「惟有司之牧夫。」王引之《經傳釋詞》卷九：「之，猶與也。」《左傳》文公十一年：「皇父之二子死焉。」杜預注：「皇父也谷甥及牛父皆死。」皆證「之」可作「與」解。

㉛括羽：《孔子家語》卷五：「子路曰：『南山有竹，不揉自直，斬而用之，達於犀革，以此言之，何學之有？』孔子曰：『括而羽之，鏃而礪之，其入不益深乎！』」《廣韻》去聲十遇：「羽，鳥翅；又五聲，宫、商、角、徵、羽。」

羅根澤《中國文學批評史》：「李概《音譜決疑》，就所引序文而言，其目的在證明古已有四聲，與沈約《答甄公》同。不過沈約以四聲附會五聲，李概則似謂羽爲群音之合，不代表一音，而以宫商角徵附會四聲。」

《四聲指歸定本箋》：「括者，矢之末，羽者，矢之羽。羽有上去兩讀，括羽之羽讀去聲，此謂徵羽之羽當讀如括羽之羽也。《廣韻》上聲九麌：『羽，王矩切。』去聲十遇：『羽，王遇切。』惟去聲注云：『五聲，宫商角徵羽。』是徵羽之羽當讀去聲之證。《周禮·冬官·矢人》：『五分其長而羽其一。』《釋文》：『于付反。』是括羽之羽讀去聲之證。『付于』與『王遇』同音，此云讀如括羽之羽，當與《周禮》音同，亦讀去聲也。」又指出羅根澤説有誤：「宫商爲平聲字。徵，《釋文》音張里反，爲上聲字。羽爲去聲字。角爲入聲字。季節謂宫商同律，故以宫商配平聲，徵配上聲，羽配去聲，角配入聲，故曰宫商徵羽角即四聲也（羅根澤説）。蓋於『讀如括羽之羽』一語不得其解，故所説遂誤也。又案《文鏡秘府論》天卷《調聲》引元氏曰：『聲有五聲，角徵宫商羽也。分於文字四聲，平上去入也。宫商爲平聲，徵爲上聲，羽爲去聲，角爲入聲也。』元氏爲唐元兢，其説蓋即本於李氏序。」

饒宗頤《〈文心雕龍·聲律篇〉與鳩摩羅什〈通韻〉》校正以爲：「序言沈約取以和聲，即《虞書》『律和聲』之意。李概云『與之和同』，本《周禮》言『六律六同』。彦和云『和韻』，沈約云『和聲』，義實無異。彦和以爲詩之風力，實極於和韻之美，對和韻十分重視。」

《譯注》：「如前有『宫商同律』一樣，李概以『宫』與『商』均屬平聲，因此將『宫商』二字並置於平聲。以下用同樣的方法，徵——上聲，羽——去聲，角——入聲，這樣讓它們各自對應。也就是説，李概不是考慮吟詠五聲的實際音值來與四聲相配，而是着眼於表現五聲的五個文字的聲調，來建立他的五聲與四聲對應的理論。」

關於五聲與四聲關係，各家論述不一。

唐段安節《琵琶録》以平聲爲羽，上聲爲角，去聲爲宫，入聲爲商，上平聲爲徵（陳澧《切韻考》引）。唐徐景安《樂書》：「凡宫爲上平聲，商爲下平，角爲入，徵爲上，羽爲去聲。」（《玉海》卷七）

清戴震《書劉鑑切韻指南後》：「方未有四聲之前，就用韻比類區分擬於五音。《魏書·江式傳》言：吕忱弟静放故左校令李登《聲類》之法，作《韻集》五卷，宫、商、角、徵、羽各爲一篇是也。……古之所謂五聲，宫商角徵羽也者，非以定文字音讀也。凡一字則函五聲，誦歌者欲大不逾宫，細不過羽，使如後之人膠於一字，繆配宫商，將作詩者，此字用商，彼字用宫，合宫商矣，有不失其性情違其志意乎？惟宫商非字之定音，而字字可宫可商，以爲高下之節，抑揚之叙，故作者寫其性情，而誦之者宛轉高下，以成歌樂，語言文字，其音讀本乎師承者有定，而及夫歌以永其言，大而爲宫，細而爲羽，無一定也。」

清陳澧《切韻考·通論》：「古無平上去入之名，借宫商角徵羽以名之，《封氏聞見記》云：『李登撰《聲類》十卷，以五聲命字。』《魏書·江式傳》云：『吕静放李登《聲類》之法，作《韻集》五卷，宫商角徵羽各爲一篇。』此所謂宫商角徵羽，即平上去入四聲。其分爲五聲者，蓋分平聲清濁爲二也。陸氏《切韻》清濁合爲一韻，其平聲分爲二卷，以字多而分之。孫愐《唐韻考》後論云：『切韻者本乎四聲，必以五聲爲定。』則參宫參羽，半徵半商，引字調音，各自有清濁，若細分其條目，則令韻部繁碎，徒拘桎於文辭，此孫愐解説《切韻》之書，分四聲不分五聲之故也。所謂宫羽徵角，即平上去入也。平上去入，各有清濁，不可但分一聲之清濁，以足五聲之數；若四聲皆分清濁爲二部則太繁碎，故不可分也。」

清鄒漢勛《五韻論》上「三論四聲本具五音」條：「考五聲大小之次，宮爲大，商角次之，徵羽又次之。平聲本有陰陽，四聲本爲五音，咸出於自然，稍知呼吸文字，即能辨之。陰陽上去入配五音也，愚意謂陰陽爲商角，去入爲徵羽，上爲宮。」

王國維《五聲説》：「陽聲一，與陰聲平上去入四，乃三代秦漢間之五聲。此説本諸音理，徵諸周秦漢初人之用韻，求諸文字之形聲，無不吻合，頗疑李登、吕静之五聲，捨此無以當之。李、吕二氏撰韻書時，所以不用魏晉音而用古音者，猶許叔重撰《説文解字》不用隸而用篆，孫叔然、徐仙民等作諸經音不從俗讀而從師讀（師讀非必古音）也。故五聲者，以古音言之也，宋齊以後，四聲説行而五聲説微，然周顒、沈約等撰韻書者，非不知有五聲，約答陸厥書曰：宮商之聲有五，文字之别累萬，以累萬之繁，配五聲之約云云。約知五聲而用《四聲譜》者，以《四聲譜》爲屬文而作，本非韻書。且其時陽類已顯分三聲，與陰類三聲及入聲而七，用之詩文，則陰陽可以互易，而平仄不能相貿，故合陰陽兩類而爲四聲。四聲者，就今音言之也。且五聲專以聲言，四聲乃以聲音之運用於詩文言。」

魏建功《論切韻系的韻書》：「附會的人是將『宮』『商』『徵』『羽』『角』五字與『平』『上』『去』『入』四字對照分配的。其實五聲的次序本是『宮』『商』『角』『徵』『羽』，李概《音譜決疑序》乃竟特别將羽注讀括羽之羽，而商又以不合律除外，纔能配成了平上去入。五音律吕的高低標準是：

羽、徵、角、商、宮。

《淮南子・天文訓》以上的書裏的配五方的情形是：

東、南、西、北、中；

角、徵、商、羽、宫。

而《四聲譜》的分配四聲四方是：

東、南、西、北；

平、上、去、入。

照元兢、李概説，宫商是平，徵是上，羽是去，角是入，與上面參合來看，如以《四聲譜》爲準，就應當是：

東、　南、西、北；

宫商、徵、羽、角。

如以《天文訓》説爲主，便是：

東、南、西、北、中；

入、上、平、去、平。

如以音律高低爲主，就是：

羽、徵、角、商、宫；　（元兢、李概説）

去、上、入、平、平；

西、南、北、東、東；　（《四聲譜》）

北、南、東、西、中。　（《天文訓》）

這顯然是兩個標準。我們如果將五音高低標準的次序做中心去看字的音素，很明白的是：

陰聲，　入聲，　陽聲；
羽、徵，　角，　商、宮。

再看他與聲調對照的排列，就成了——

陰聲，　入聲，　陽聲；
羽、徵，　角，　商、宮；
上、上，　入，　平、平。

我是以李概特别説明羽讀括羽的緣故，反過來還取其上聲。這不過是一種偶然的現象，五聲的例子恰巧分配成『陰』『陽』『入』三聲，而陰聲祇包括了上聲，陽聲包括了平聲。按着元明以來聲調演變的現象，也可以明白這應該是更早一點的聲調變化的痕跡。我們要提出一個假設給主張五聲就是四聲的學者做參考，周沈以來的四聲與李吕的五聲，縱然不是音素上的差異，在聲調上也決然不能那樣直接的相等。」「陽休之辨方俗古今之訛而『科以四聲』，可見以四聲著韻之與五聲分字是不相同的了。李概竟至譏吕静『分取無方』，又安知不是吕静的五聲分字與後來四聲分韻的出入呢？四聲之説起了以後，五聲之義變了，而中國文字音類古今標準就隔絶了。」

陳寅恪《四聲三問》：「宮商角徵羽五聲者，中國傳統之理論也。關於聲之本體，即同光朝士所謂

『中學爲體』是也。平上去入四聲者，西域輸入之技術也。關於聲之實用，即同光朝士所謂『西學爲用』是也。蓋中國自古論聲，皆以宫商角徵羽爲言，此學人論聲理所不能外者也。至平上去入四聲之分别，乃摹擬西域轉經之方法，以供中國行文之用。」

逯欽立《四聲考》：「就字音之異，口調之而分五類，此之謂『五聲命字』，李登《聲類》是也。就字音之同，紐轉之而歸四類，此之謂『一字紐四聲』，沈約《四聲譜》是也。五聲則宫商角徵羽，四聲則平上去入，二者辨法不同，體制各異，然於文字作有系統的歸納排比則一也。」「《韻集》《聲類》悉以五聲攝衆韻，而各韻又分四聲，五聲之不同四聲，皎然甚明。」

詹鍈《四聲五音及其在漢魏六朝文學中之應用》：「五音在樂律中所代表者本爲『比較音高』，與西樂之階名相當，是謂『五聲音階』。」「宫商角徵羽在樂律中所代表者既爲音程之高低，則其應用於韻書自當亦指字調之高低而言。」「李氏所以譏吕静《韻集》『分取無方』，乃以李氏就後起之四聲觀點，考驗吕静《韻集》分别部居之理，多不諧合，而不知五音與四聲實是二事。」「四聲雖非五音，實自五音蜕化而出。蓋四聲多取其字調之升降，而升降之義，或頭音高，或尾音昂，四聲之名新起，低昂之節不易知，因以固有之宫商角徵羽，表四聲中低昂之義。四聲固非五音，而四聲字調之升降，即寓於五音參差錯綜之中。」「以旋律之高低爲五音，以字調之升降爲四聲，以四聲之抑揚爲『飛沈』，爲『浮聲』『切響』。」

郭紹虞《再論永明聲病説》：「從陽聲三、陰聲三與入聲一，簡化而爲四聲，那麽，五聲與四聲是同一回事，不是二事，若以五聲看作旋律之高低，那纔成爲不同性質的二項事物了。」郭紹虞《聲律説考辨》：

「即如李登、吕静這樣講聲韻之學，也衹能看作是喻義，決不可能單憑音高一點來研究字音並把它運用到文學作品上去的。」

㉜「以拉」二句：「拉」當作「位」。《四聲指歸定本箋》：「此二語即『四聲者無響不到，無言不攝』之意。」

㉝自「案《周禮》」至「未改於先悟者乎」，劉善經引李概《音譜決疑序》。

㉞恰然懸同：《校注》：「杜光庭《道德真經廣聖義》四：『滯邪者望風而懸解。』懸字義與此同，俱謂不期然而然也。」盛江案：疑與「懸合」意近，遥相符合。懸：相距遥遠。《文心雕龍・麗辭》：「乾坤易簡，則宛轉相承；日月往來，則隔行懸合。」

㉟鍾蔡：鍾子期、蔡邕，均古之知音者。《列子・湯問》：「伯牙善鼓琴，鍾子期善聽。伯牙鼓琴，志在登高山，鍾子期曰：善哉，峨峨乎若泰山。志在流水，鍾子期曰：善哉，洋洋兮若江河。伯牙所念，鍾子期必得之。」蔡邕，《後漢書》卷九〇有傳，參天卷《四聲論》考釋。

㊱以上稱許李概《音譜決疑》能以《周禮》證明宫商五音能與四聲相配。

羅根澤《中國文學批評史》：「《四聲指歸》所論，不外四聲的歷史與價值」，「所謂『音聲之迭代』，與『歌者應弦而遺聲』，並不即是後來的『四聲條貫』，永明以前的所謂音聲，率指音樂上的宫商角徵羽，不是文字上的平上去入，所以劉氏此説（案指謂陸機等人雖論及音聲迭代，但於四聲無所聞）是對的，但劉氏又贊成李概《音譜決疑》的以《周禮》證羽商不合律，以五音與四聲相配，説是『便恰然懸同，愚謂鍾蔡以還，斯人而已』，便未免因附古而自相抵牾了。劉氏的自相抵牾，正同於沈約的一方面謂四聲的發明爲獨得之奇，一方面又以四聲緣附古所謂四時，不是自身的知識上的錯誤，而是迫於社會的崇古，不能不託古以自重。」

文鏡秘府論　地〔一〕

金剛峰寺禪念沙門遍照金剛　撰〔二〕

論體勢等①

十七勢　十四例　十體　六義
八階　六志　九意〔三〕②

十七勢〔四〕③

王氏論文云〔五〕④：詩有學古今勢一十七種⑤，具列如後〔六〕⑥：

第一〔七〕，直把入作勢。第二，都商量入作勢。第三，直樹一句，第二句入作勢〔八〕。第四，直樹兩句，第三句入作勢〔九〕。第五，直樹三句，第四句入作勢〔一〇〕。第六，比興入作勢。第七，謎比勢〔一一〕。第八，下句拂上句勢。第九，感興勢。第十，含思落句勢。第十一，相分明勢。第十二，一句中分勢。第十三，一句直比勢。第十四，生煞迴薄勢。第十五，理入景勢。第十六，景入理勢。第十七，心期落句勢⑦。

【校記】

〔一〕「文鏡秘府論　地」，維寶箋本作「文鏡秘府論箋卷第四／金剛峰寺密禪沙門　維寶　編輯／文鏡秘府論　地」，祖風會本眉注「此一卷以南山正智院藏古寫本一卷校訂」，成簣堂本封面署「文鏡秘府論」、「觀智院」。「論」下成簣堂本有小字「卷之」二字，並用朱筆劃掉。「文鏡秘府論　地」以下至後「第三直樹一句第二句入作勢」條「此是直樹一句第二句入作勢」六三四字，高甲本無。

〔二〕「照金剛」，成簣堂本右旁注「八對皎」，並用朱筆劃掉。

〔三〕「十七勢」至「九意」，寶龜、松本、醍乙、江户刊本、維寶箋本作大字正文。成簣堂本作「十七勢王　十四例皎　十體崔　六義　八對　八階　六志　九意　八對天　六對札　二種七對　七種言句例札」，作小字雙行，其中「王」、「皎」、「崔」、「八對」、「八對天」、「六對札」、「二種七對」、「七種言句例札」等字作更小字，並用朱筆劃掉；「八對天　六對札　二種七對　七種言句例札」等字中，「天」、「札」、「札」三字作又更小字，「十四例」之「四」字右旁有小字「五」，亦用朱筆劃掉。三寶院本、天海本正文作小字排三行，「十七勢」下有更小字注「王證本」，「十四例」下有小字注「皎證本」，「十體」下有小字注「崔證本」，「九意」下有小字注「證本」。三寶院本封面裏頁所記地卷另一卷首作「十七勢王　八對皎　十五例皎　十體崔　六義　八對　一種七對　八階　六對札　七種言句例札」，作大字排三行，其中，「王」、「皎」、「皎」、「崔」、「札」、「札」六字作小字注；此三行之後，尚有「王氏論文云詩有學古今勢一十七種，具例如後」，「王氏論」三字之右，有小字注「體例」。「十四例」下，寶龜本小字注「皎」。「六志」，正丙本作「六意」。

〔四〕「十七勢」，原作「體例」，三寶院本封面裏頁所記地卷另一卷首、高乙、正丙本同，據成簣堂本、三寶院本正文卷首、寶龜、六寺、松本、醍乙、江户刊本、維寶箋本改。成簣堂本眉注「體例」，正丙本眉注「十七勢」。

〔五〕「王氏論文云」，成簣堂本、三寶院本正文卷首、六寺、松本、醍乙、江户刊本、維寶箋本作「或曰」。成簣堂本眉注「王氏論文云御草本如此以朱砂銷之」，六寺本眉注「王氏論文云」，正丙本右旁注「或亻」。

〔六〕「具列如後」，成簣堂本作小字注在「或曰」二字之左行間，「列」作「例」，三寶院本正文卷首無此四字。「列」，六寺、松本、江户刊本、維寶箋本作「例」，六寺本右旁注「亻本無此四字」，正丙本右旁注「異無」。

〔七〕「第」，本段之「第」字，成簣堂本均作「弟」。

〔八〕「第二句入作勢」，醍乙、松本、江户刊本、維寶箋本作雙行小字注。

〔九〕「入作勢」，此三字原污損不清，三寶、高乙本同，據成簣堂、六寺本補。「第三句入作勢」，醍乙、松本、江户刊本、維寶箋本無。

〔一〇〕「四」，原作「五」，高乙、正丙、松本、醍乙、江户刊本、維寶箋本同，三寶本右旁小字注「五亻」。盛江案：「五」當作「四」，觀正文「第五直樹三句第四句入作勢」項可知，宫内廳等本等蓋涉前而誤「四」爲「五」，據成簣堂、三寶、六寺本改。「第五(四)句入作勢」，松本、醍乙、江户刊本、維寶箋本作雙行小字注。

〔一一〕「謎」，成簣堂、六寺、正丙、松本、醍乙、江户刊本、維寶箋本作「讉」，三寶本右旁注「未明反忩言也」，眉注「讉亻」。成簣堂、松本、醍乙本在此句下小字注「未閑急言也」。

【考釋】

①「論體勢等」爲空海自擬地卷總題，欲概括地卷内容。體勢：當爲「十體」、「十七勢」等併合之簡

稱。嵇康《琴賦》：「若論其體勢，詳其風聲。」（《文選》卷一八）

②「十七勢」至「九意」：三寶院本封面裏頁、成簣堂本、三寶院本正文和天海藏本地卷卷首所保留爲草稿本痕跡。「十七勢」下注「王」，「十四例」下注「皎」，「十體」下注「崔」，「七種言句例」及「六對」下注「札」，爲草稿本文。「王」謂王昌齡，「皎」謂皎然，「崔」謂崔融，「札」謂上官儀《筆札華梁》。由此草稿本卷首可知，對屬論在草稿本原擬編入地卷，且分開論述，至修訂本始編入東卷，且併爲一體，重新編排。

三寶院本封面裏頁名目中無「九意」，正文名目「九意」下注「證本」，疑草稿一稿本無「九意」，至二、三稿所謂「證本」時始加入。又，三寶院本封面裏頁「八階」、「七種言句例」以下紙張蠹蝕，因此，「九意」二字亦可能恰在紙之被蠹蝕之部位，因而不可得見。（所謂「證本」，爲空海草本之後、一一三八年宮内廳本之前抄寫之一傳本。日本天正二十年義演抄本時尚存，今已不存。）

「十五例」之「五」字爲草稿本文，修訂本爲「十四例」。正智院丙本「六志」作「六意」，誤，可能非抄寫者之誤，而爲照録草本筆誤之故。

「八對皎」當爲東卷《二十九種對》有夾注説明「右八種對出皎公《詩議》」之鄰近對、交絡對、當句對、含境對、背體對、偏對、雙虛實對、假對八種對。「六對札」疑爲李淑《詩苑類格》、梁橋《冰川詩式》引上官儀之正名、同類、連珠、雙聲、疊韻、雙擬六種對。未標原典出處之「八對」疑爲東卷《二十九種對》夾注標明「右六種對出元兢《髓腦》」之平對、奇對、同對、字對、聲對、側對六種對，另加「第一的名對」、「第六異對」所引兩段元兢對屬論。三寶院本封面裏頁之「一種七對」，當即成簣堂本所記之「二種七對」。成簣堂本「二種七對」，「七」字乍視形似「十」字，然細辨其字形，與下所列「七種言句例」之「七」字相似，故當爲「七」字。此所言「二種七對」（「二種七對」）未標明原典出處，若爲「二種七對」，可能出自《文筆式》與崔融《唐朝新定詩格》；若爲「一種七對」，則當出自其中之一種。成簣堂本卷首之「八對天」，「天」字疑「元」字之誤，「元」指元兢。

《札記續記》：「成簣堂本地卷之首注有『八對元，六對札，二種十對，七言句例札』，假如『十對』的原典是《文筆式》，則我猜想『二種』就是『頭尾不對例』和『側不對例』。」「魏文帝《詩格》八對佚互成對和重字對，其原形當是十對。」成簣堂本地卷之首所注「二種十對」，就相當於《魏文帝詩格》八對（正名、隔句、雙聲、疊韻、連綿、異類、回文、雙擬），加上已佚的互成對和重字對。「也許大師以此爲本，多少作了些修補。」盛江案：此可備一説。

③ 十七勢：三寳院本封面裏頁、成簣堂本、宫内廳本、高乙本、正丙本所記「體例」二字爲草本文。《校勘記》：「可知版本删去御草本朱消的『體例』『王氏論文云』的形狀。但是，爲什麼宫本保存御草本朱筆消去的『體例』『王氏論文云』，反而删去『十七勢』『或曰』呢？不能認爲是宫本有意將字替换。可能是御草本在『體例』之旁細書『十七勢』，『王氏論文云』之旁細書『或曰』，而『體例』和『王氏論文云』則朱筆消之。可以想像宫本傳抄時可能漏抄了『十七勢』和『或曰』。元辛文房《唐才子傳》卷二『王昌齡』條載：『述作詩格、律體、體例共十四篇，爲《詩格》一卷。』論中的『體例』二字當是從昌齡《詩格》條目中原本本抄出來的。」盛江案：「體例」二字可能如《校勘記》所言由昌齡《詩格》條目中抄出，亦可能爲空海

初稿擬地卷總題時所記，「體例」即「十體」、「十四例」併合之簡稱，蓋原擬用「體例」以概括地卷其他各部分内容作爲總題，而後改用「體勢」以概括。

④ 王氏論文云：三寶院本封面裏頁、成簣堂本、宫内廳本、六地藏寺本等諸本所記「王氏論文云」爲草本文，可知「十七勢」作者爲王昌齡。成簣堂本眉注「御草本如此以朱砂銷之」十字爲抄寫者補記之文字。

《札記》：「從十七勢中列舉的用例看，十有八九是昌齡的詩句。」「這些引例中昌齡的詩句最多，而且衹有王昌齡記『昌齡』，而不記姓。又傳本昌齡《詩格》『起首入興體十四』『八、直入興。陸士衡詩：顔侯體明德，清風肅已邁，此入頭直叙題中意』，類似《秘府論》的『直把入作勢』。又《詩格》的『落句體』七有『四曰含思』，與《論》的『含思落句勢』相合。又《詩格》的『常用體』十四有『九曰理入景體十曰景入理體』，和《論》的『理入景勢景入理勢』相合。把這和『王氏論文曰』的話關聯起來考慮，可以推斷這『十七勢』是王昌齡之説。」《校勘記》：「這個『十七勢』與傳本王昌齡《詩格》中的『起首入興體十四』、《詩中密旨》的『九格』相比明顯相似。」

羅根澤《中國文學批評史》：「《十七勢》發端即稱『王氏論文云：詩有學古今勢十七種，具列如後』，知《十七勢》的作者姓王。遍照金剛以前的研究詩格詩勢而姓王的，衹有王昌齡一人。《宋史·藝文志》載有王維《詩格》一卷，不見新舊《唐志》，疑出後人僞作。篇中引及王維詩，也引及王昌齡詩，對王維則姓名全舉，對王昌齡則名而不姓，知作者是王昌齡，不是王維。」（又見羅根澤《王昌齡詩格考證》）

關於王昌齡之詩格著作，各家載録有一卷本和二卷本之别，《新唐書·藝文志》、《崇文總目》載爲「二卷」，《通志·藝文略》作「王昌齡《詩格》一卷」，《直齋書録解題》作「《詩格》一卷，《詩中密旨》一卷」，《唐才子傳》王昌齡條作「又述作詩格律、境思、體例，共十四篇，爲《詩格》一卷，又《詩中密旨》一卷」，《日本國見在書目》有「《詩格》三卷」，未著撰人。弘法大師《性靈集》卷四《書劉希夷集獻納表》云：「王昌齡《詩格》一卷，此是在唐之日，於作者邊偶得此書。古詩格等，雖有數家，近代才子切愛此格。當今堯日舜天（中略），敢以奉進，庶令屬文士知見之矣。」

《四庫全書總目》卷一九五集部詩文評類司空圖《詩品》提要：「唐人《詩格》傳於世者，王昌齡、杜甫、賈島諸書，率皆依託。」卷一九七集部詩文評類存目《吟窗雜録》提要：「前列諸家詩話，惟鍾嶸《詩品》爲有據，而删削失真，其餘如李嶠、王昌齡、皎然……諸家之書，率出依託，鄙倍如出一手。」

羅根澤《王昌齡詩格考證》：「《文鏡秘府論》地卷論體勢類之《十七勢》，及南卷《論文意》類最前或曰四十餘則，皆可考知録自真本王昌齡《詩格》。」「據《十七勢》及《論文意》類所引以校今本《詩格》及《詩中密旨》，同亦有異，異可證明確爲依僞，同可證明僞中有真。」「今本《詩格》及《詩中密旨》，或經後人附益，然率據真本《詩格》。蓋真本《詩格》有殘毁，後人始據益爲今本《詩格》及《詩中密旨》，附益之年代不可考，然必在蔡傳之前……比類而推，蓋在五代前後。」

《研究篇》上：「王昌齡卒於天寶末年，弘法大師入唐在其卒之五十年後，『於作者之邊偶得此書』，怎麽説也是奇怪的。而且同樣看作是昌齡的天卷《調聲》例詩，引有皇甫冉及錢起之作，這兩個人都是天寶中進士，錢起是所謂的大曆十才子，是比昌齡晚得多的後輩，引用其詩也是很奇怪的。考慮到這一點，可能不是王昌齡在世時親自編《詩格》，而是後人在其歿後，將其遺言作爲資料纂修而成。不護細行的王昌齡大概不會費力氣去編詩論。也許因此補加了後人的作品。其成書當在大曆至貞元的三十年間。」

中澤希男《王昌齡詩格考》認爲：「這個上表（盛江案：指弘法大師《書劉希夷集獻納表》）作於弘仁二年（八一一），大師於延曆二十三年（八〇四）入唐，大同元年（八〇六）回國。昌齡卒年約在七五六年前後，因此，大師入唐在昌齡歿後約五十年後。據大師上表，《詩格》爲一卷。從大師特地推崇這部書可以知道，這部書在當時詩人間廣爲傳讀。大師記作『《詩格》一卷』，大師應該不會誤記卷數，因此，祇要這個上表的抄寫者没有誤寫，《詩格》本來就應該是一卷。又，《書録解題》、《唐才子傳》於『《詩格》一卷』之外還傳有『《詩中密旨》一卷』。但是《秘府論》中傳本《詩格》和《詩中密旨》一起引用，由此推測，《詩中密旨》本來是《詩格》的一部分，後人把《詩格》分開，其中一部加上『詩中密旨』的題目，這大體是清楚的。」關於王昌齡《詩格》之原貌，中澤希男謂：當結合《文鏡秘府論》與傳本《詩格》、《詩中密旨》探求。就《文鏡秘府論》而言，雖然大師之自筆文章祇有總序、各卷之小序，「但《秘府論》不一定原原本本地引用原典，可以想像大師有隨自己意思的概括或者改修。大師編《秘府論》之後，抽出其要旨又另編了《文筆眼心抄》，比較《秘府論》和《眼心抄》的内容，《抄》省略了《論》的項目，或者删去了項目中的一部分，或者給予簡要的概括，或者改寫了個别條目，或者新補了一些内容，大體减少到原文的三分之一。從内容上看，《眼心抄》是《秘府論》的縮編，但實際上，把它看作是另一部著作也許更爲合適。《秘府論》和《眼心抄》的關係，换個位置可以説就是《秘府論》和它所參照的原典的關係。總之，《秘府論》所引用的昌齡《詩格》，不一定完全按照原文，可以設想一定有很多删改」。就傳本《詩格》、《詩中密旨》來説，「雖然不能反過來一概地説，傳本《詩格》、《詩中密旨》中《秘府論》中没有引用的部分就全部是後人的僞筆，和《秘府論》引用不一致的地方就全部是後人的竄改。但至少在《秘府論》中能求得引證的那一部分，確實保留了原本的真實面貌」。

鄭阿財《空海文鏡秘府論之研究》以爲，《十七勢》發端有「王氏論文云」，「詳觀地卷《十七勢》一文之旨趣，知乃詩格詩式之類也。考空海之前，中土研究詩格詩式之王姓可徵者，特王昌齡一人耳」。《十七勢》引詩例繁富，特王昌齡最多，爲二十八首，「且其所引之人皆昌齡之前或與昌齡同時之人，加以其所引諸人均姓名全舉，惟於王昌齡則名而不姓，斯蓋作者自稱之例」。今本王昌齡《詩格》中有「起首入興十四體」、「常用十四體」，其名目、旨意有與《十七勢》所引相同者。空海在唐之日，又得王昌齡《詩格》一卷。因此，《十七勢》當出王昌齡《詩格》。

傅璇琮《王昌齡事跡考略》：「由於史料缺乏，今天來考論《詩格》及《詩中密旨》是否就是王昌齡的作品，有一定的難處。遍照金剛的書固然是一個重要的證據，但他來到中國，已經是貞元、元和之際，這時談論聲律及作詩格式的書已經不少，其中就可能有依託王昌齡等人之名而杜撰的。盛唐時，尤其是在開元時，是否有如此細瑣的談論作詩格式的書，像王昌齡這樣的詩人是否對於聲律、病犯等等作如此斤斤計較，也確是可以懷疑的。」

《校注》：「『十七勢』當是王昌齡《詩格》中語。文中多引己作爲例證，又率稱『昌齡曰』云云，而不冠以姓氏，蓋自述之體也。本卷《六義》引王云，南卷《論文意》，《古鈔本》（盛江案：即宫内廳本）旁注『王氏論文』云云，蓋皆出於《詩格》。」「尋《吟窗雜録》五有王昌齡《詩格》，其文多與《文鏡秘府》所引之王氏論文不類，而《吟窗雜録》六所載之王昌齡《詩中密旨》，轉多與此相同，然則今傳本《詩格》，蓋亦出於僞託歟？」「是此書係大師入唐求法所得，大師既不言見《詩中密旨》，而《日本見在書目》亦衹著録《詩格》，然則大師所引之王氏論文爲《詩格》，必矣。」

羅師宗强《隋唐五代文學思想史》：「此書（盛江案：指今本署名王昌齡之《詩格》及《詩中密旨》）是否爲王昌齡所作，一時似難論定。」傅璇琮等先生提出的證據，當然是相當有力的。「但也還有一些問題令人疑惑不解，如其『起首入興體十四』之四，曰『先衣帶後叙事入興』，引詩例稱：『古詩云：「蟬鳴空桑林，八月蕭關道。」此一句衣帶一句叙事。』所引此詩，即爲王昌齡之《塞下曲》，焉有引己之詩爲例而稱『古詩云』之理。之十一，曰『把聲入興』，引詩例稱：『王少伯詩：「瀿瀿三峽水，别怨流楚辭。」此耳聞也。』引己之詩爲例，既稱姓又稱字，亦頗不近情理。且全書多爲作詩法之瑣碎程式，與開元、天寶間文學思想主要傾向之重風骨、興象，重詩之整體風貌者異，實不似出自開、天盛世作者之手。」（中華書局，一九九九年）

傅璇琮、李珍華《談王昌齡的〈詩格〉——一部有争議的書》以爲，唐皎然《詩式》卷二在論謝靈運的

「池塘生春草」、「明月照積雪」二句詩時，曾提到「王昌齡云『日入而息』，謂一句見意爲上」，今存《詩中密旨》「句有三例」條有云「一句見意，『股肱良哉』是也」，這看出王昌齡確説過「一句見意」的話；《文鏡秘府論》南卷《論文意》王昌齡引例有「古詩云『日出而作，日入而息』」，也與《詩式》所舉略同。這説明皎然見過王昌齡詩論。《文鏡秘府論》《十七勢》大量例舉的王昌齡詩句，與王昌齡生平相符合。天卷《調聲》，地卷《十七勢》，南卷《論文意》，文意有互見，説明確出於同一作者。至於《調聲》中舉王昌齡之後的錢起、皇甫冉、張謂的詩，「可能是空海在輯録了王昌齡論聲韻之後，再根據另一些唐詩中聲韻的材料，補輯進去作爲例證的」。今存《詩格》、《詩中密旨》一部分内容與《文鏡秘府論》所引王昌齡詩論相同相近，這一部分應是王昌齡原著中保留下來的。空海編撰《文鏡》對材料有取捨，未能完全採録王昌齡詩論，因此今存《詩格》、《詩中密旨》有相當一部分不見於《文鏡》，但不能否定這部分内容的真確性。王昌齡自天寶九載或十載被貶龍標，在龍標至少六七年時間，有理由推測王昌齡在龍標時，爲滿足一些士子學詩的要求，總結一生的創作經驗，提了一些論詩的意見。因爲是應初學者而作，隨時寫成，又因人而異，因此文體不一。因傳抄的緣故，難免有所删改，或别人竄入，到晚唐五代，更有人附益己見，可能把旁人的東西增加進來，形成今天所見的《詩格》、《詩中密旨》那樣的面貌。

王夢鷗《王昌齡生平及其詩論》：「『王昌齡詩格』之『名』，始見於北宋，又於此二卷本中别出一卷爲《詩中密旨》，而『詩格』之稱，是否出於王昌齡本意，已極可疑；『詩中密旨』一目，出於後人追題，其嫌疑極大。」「(《文鏡秘府論》)於王昌齡之説，前後皆稱『王氏論文』，然則所謂『論文』者顯是《秘府論》所據以抄寫的資料來源，至於這『論文』二字是否書名，抑或本無書名，空海但憑其内容而作此指稱，故於南卷標題曰『論文意』，而於『或曰』處又稱『王氏論文』。」「空海當時實未嘗見有《王昌齡詩格》或《詩中密旨》，則甚顯然。」「疑所謂『王氏論文』，本爲當時人問詩法於王昌齡，王氏隨事講述己意，而聽者各記其所聞；但因各人所記或詳或略，或直書，或假用成語，有如前例。其後，好事者又從而拉雜並收之，彙編爲未定名之『王氏論文』一册，空海所據以抄録的資料或即從此而來。」王昌齡和皎然詩論有一致之處，「一面可信皎然很熟習王昌齡的論文，一面還可疑這些論文的出現與王昌齡之爲江寧丞有着某種關係」。「他很可能因其詩名而在任上廣收徒侣，擔當『詩家夫子』的實務，以詩法傳授於當時的訪客」。「他説作詩無興即任睡，『羈旅之間，意多草草，舟行之後，即須安眠，眠足之後，固多清興，江山滿懷，合而生興』。……這不但透露出他講説時的地點是在江南，還可疑那求教者也是慣以舟船爲交通工具的江南人，所以王氏即景説喻，不覺説下這樣的話」。「再就《王昌齡詩集》看來，其作品中頗多方外之交」。「《論文意》篇中好用『了見』、『自性』、『一向』、『本宗』等禪語，恰與其詩語相應，使得這篇詩論更似禪家語録，即使這樣的語録不是出自禪僧替他筆録的，但其流傳與保存，可能受到江南禪侣很多助力」。

趙晶晶《王昌齡文藝思想研究》：「索之《直齋書録解題》卷二二有云：『《評詩格》一卷，唐李嶠撰，嶠在昌齡之前，而引昌齡《詩格》八病，亦未然也。』又於同卷敘《雜句圖》云：『自《魏文帝詩格》而下二十八家，已見《吟窗雜録》。』檢現存《吟窗雜録》輯李嶠《評詩格》内容僅有『九對』、『十體』，並無陳振孫所提到的『引昌齡詩格八病』之文字……陳振孫在《直齋書録解題》分録王昌齡《詩格》一卷，《詩中密旨》一卷。

但檢《吟窗雜録》所存此二書，上言詩病之例並非見於《詩格》，而是見於《詩中密旨》内的『犯病八格』，且我們知道陳振孫時期《吟窗雜録》中的《詩格》、《詩中密旨》，即已經是我們今天所見的樣子了。可見陳振孫雖分録《詩格》一卷，《詩中密旨》一卷，而實際上他概念中仍視《詩中密旨》爲《詩格》分卷。從而可推知南宋時王昌齡《詩格》已從原來北宋時傳兩卷分目爲《詩格》一卷，《詩中密旨》一卷了。而《詩中密旨》並非憑空增添，是原《詩格》中的東西，時人乃目之爲王昌齡《詩格》。」「（空海《獻雜文表》所説）《王昌齡集》一卷，當爲文集，這一卷文集當不同於《詩格》，因空海另有《王昌齡詩格》一卷奉講。我疑心此一卷《王昌齡集》也係《文鏡秘府論》中的『王氏論文』之主要來源之一。惜無更多旁證。」「我疑心《論文意》等部分出自《王昌齡集》，而《十七勢》等則出自《格》。因同出自王昌齡文藝思想，故文可互見，因『文』和『格』之體例對象不同，故有隨意和雅與簡潔通俗之别。」

張伯偉《全唐五代詩格校考》：「王昌齡《詩格》流傳至今者略可分爲三部分：其一爲《文鏡秘府論》徵引部分。這一部分當出於王氏。證據有四：一是據空海《書劉希夷集獻納表》，王昌齡《詩格》乃『在唐之日於作者之邊偶得』，空海在唐留學時距離王昌齡的時代約五十年左右，並不十分遥遠；二是皎然《詩式》『作用事第二格』引王昌齡語『「日出而作，日入而息」，謂一句見意爲上』，正見引於《文鏡秘府論》南卷王氏《論文意》中，二者相吻合，而皎然與王昌齡的時代更爲接近；其三，《十七勢》中屢引王氏詩，自稱『昌齡』，亦猶元兢《詩髓腦》引己詩而稱『兢』；其四，《十七勢》及《論文意》中引王氏詩凡三十二次，則其創作與理論可得印證。……王昌齡《詩格》並非其親自撰寫，而是出於其門人的筆録彙輯，因而難免摻入了某些稍後的文獻。第二部分爲《吟窗雜録》卷四至卷五所收的王昌齡《詩格》，其中難免真僞混雜。從文字風格來看，已非語録體，而引王昌齡《塞下曲》，題曰『古詩』，引王氏詩不稱名而稱字，顯然是後人整理改竄的痕跡。第三部分爲《吟窗雜録》卷六題作《詩中密旨》的内容。乃淺人雜抄元兢《詩髓腦》、崔融《唐朝新定詩格》、皎然《詩議》及佚名《詩式》的内容拼湊而成，絶大部分非王氏論文語。題名『密旨』，可能是受到舊題賈島《二南密旨》的啓示。」修訂再版的張伯偉《全唐五代詩格彙考》以爲：「王昌齡《詩格》，流傳至今者有兩種」，「其一爲《文鏡秘府論》徵引部分」，「其二爲《吟窗雜録》所收王昌齡《詩格》」。《全唐五代詩格彙考》删去《全唐五代詩格校考》中關於「第三部分」的論述。

盛江案：空海《書劉希夷集獻納表》云「在唐之日，於作者邊偶得」「王昌齡《詩格》一卷」，由此可知，空海不僅親見而且親得王昌齡《詩格》，王夢鷗《初唐詩學著述考》謂空海未嘗見有王昌齡《詩格》，説顯誤。至晚於空海入唐，即王昌齡卒後五十年左右，王昌齡詩論著作已名爲「詩格」，此當爲流傳最早之書名。後來其他種種名稱，當由此衍生而出。其卷數，或最早爲一卷，爾後衍爲二卷，或原有二卷，而空海祇得其中一卷攜回日本。王昌齡詩論著作之相當部分，由門人從王昌齡學詩各記其所聞，爾後彙輯而成。然現存如《六義》等，爲書面語體，非講録體，故亦不排除王昌齡親筆著有詩論著作之可能。《詩格》中王昌齡之後之詩作由空海補輯之可能性不大，當是由王昌齡門人拉雜摻入。由文化氛圍、禪宗影響、《論文意》描述江南景象、與皎然詩論關係等觀之，王昌齡講詩地點，以在江寧丞任上可能性更大。據南卷《論文意》引昌齡《相逢楚水寒》，知《詩格》部分内容作於貶龍標之後，然其詩論著作之彙輯及最早流傳，主要仍當在江南。空海入唐，由福州長溪赤岸北上長安，經過江南，歸國前又向越州節度使請内外經書，與越府鄉貢進士朱少端、沙門曇靖等贈詩而別，歸國登船在明州，均在江南。疑空海所言在唐之日偶得王昌齡《詩格》之「作者邊」，即指王昌齡詩學有很大影響之江南一帶，其書或者得自越州節度使，或者得自與之贈詩作別之朱少端等人之手，空海所言「切愛此格」之所謂「近代才子」，當亦包括朱少端之輩。本爲求内外經書而得王昌齡《詩格》，屬意外收獲，故曰「偶得」。

⑤ 詩有學古今勢一十七種：以下爲王昌齡文。中澤希男《王昌齡詩格考》認爲「十七勢」可能經過空海條理化，「這個十七勢之首有『王氏論文云，詩有學古今勢一十七種』，給人的印象是這十七勢原原本本是《詩格》的原文。但這十七勢各目之形並不整齊。如果十七勢是原文的話，恐怕不會這樣。第一直把入作勢、第二都商量入作勢、第三直樹一句第二句入作勢、第四直樹兩句第三句入作勢、第五直樹三句第四句入作勢、第六比興入作勢這六目，不論叙目的表述方法還是字面的説明都比較相似，可以看作本來是一體。但是第七謎比勢、第八下句拂上句勢、第九感興勢、第十含思落句勢、第十一相分明勢、第十二一句中分勢、第十三一句直比勢、第十四生煞迴薄勢、第十五理入景勢、第十六景入理勢、第十七心期落句勢，叙目的提法没有歸納性，説明的文字也明顯不整齊。第十二一句中分勢衹舉『海浄月色真』一句。第十三一句直比勢衹舉『相思河水流』，又第十四生煞迴薄勢衹有説明缺少例句。第八下句拂上句勢、第十四生煞迴薄勢、第十五理入景勢、第十六景入理勢，南卷引《詩格》有『詩有上句言物色下句更重拂之體』、『夫詩有生煞迴薄以象四時』、『詩貴銷題目中意盡』，和各條各自内容和語句上類似。

這讓人想像恐怕南卷是原文，而十七勢是大師適當條理化了」。

⑥ 具列如後：此四字可能爲草本空海自筆，修訂本時此四字當已被删去，故三寶院本、六地藏寺本所記之「イ本」，正丙本所記「異本」無此四字。成簣堂本將此四字作小字記在行間，蓋從修訂本之故也。

⑦ 勢：《文心雕龍·定勢》：「夫情致異區，文變殊術，莫不因情立體，即體成勢也。」唐張懷瓘《書斷》卷中：「研精體勢，則無所不工。」「觀其體勢，得之自然，意不在乎筆墨。」（四庫全書本）

羅根澤《中國文學批評史》：「（王昌齡的）十七勢，可分爲七組：第一組：第一直把入作勢，第二都商量入作勢，第三直樹一句第二句入作勢，第四直樹兩句第三句入作勢，第五直樹三句第四句入作勢，第六比興入作勢，可以歸爲一組，都是講明詩之如何入作的。他所謂『入作』，就是鍾嶸所謂『發端』，指一首詩之起始數語而言。他以爲入作的方法有四種。一是直把入作勢，二是都商量入作勢，三是直樹幾句入作勢，四是比興入作勢。直樹幾句入作勢，又分直樹一句第二句入作勢，直樹兩句第三句入作勢，直樹三句第四句入作勢三種。」「第二組：第七謎（盛江案：當作「謎」）比勢與第九感興勢，可歸爲一組，都是講明詩的含蓄的作法的。第一組所講明的入作的方法雖不同，而最後都要鮮明的説出題意，就是比興入作勢，發端雖是『遇物如本立文之意，便直樹兩三句物』，而最後仍須『以本意入作』。此謎比勢與感興勢，則始終僅是暗示題意，而不明言題意。」「第三組：第十含思落句勢與第十七心期落句勢，可歸爲一組。第一組是講明一首詩之如何入作的，此組則是講明一首詩之如何落句的。」「第四組：第八下句拂上句勢與第十一相分明勢，可以歸爲一組，都是講明一聯兩句之相互關係的。」「第五組：第十四生煞迴薄勢獨爲一組，是講明詩意之前後拂救的。」「第六組：第十二一句中分勢與第十三一句直比勢，可歸爲一組，都是講明句法的。」「第七組：第十五理入景勢與第十六景入理勢，可歸爲一組，都是講明景與理的相互關係的。」

《研究篇》下：「十七勢如果分類，可以如下：(A)關於發端的：直把入作勢；直樹一句，第二句入作勢；都商量入作勢；直樹兩句，第三句入作勢；比興入作勢；直樹三句，第四句入作勢。(B)關於中間的手法：理入景勢；一句直比勢；生煞迴薄勢；景入理勢；一句中分勢；感興勢；下句拂上句勢；相分明勢；謎比勢。(C)關於收尾的：含思落句勢；心期落句勢。都是意的表現的形態性的規定。而且『表現方法』也就是『格』，這是提倡『意是格』的意思的最具體的説明。」

《譯注》：「(十七勢)論形成十七種不同格調的作詩法。」

李珍華《王昌齡研究》：「《十七勢》則提出比較詳盡的技術問題以指導如何處理詩頭、肚和尾的結構。十七勢中，有六項是處理詩頭的結構的，七項處理詩腹，四項處理結章和『含義無定』(ambiguity)式。……從王昌齡的眼光來看，『勢』既有關於結構，也有關於氣勢。當他説『高手起勢』，他這裏的『勢』指的動態涵義。正如他在《論文意》篇内指出，氣勢是決定文章裏各個構成部分所發生的聯繫與銜接。他所論的十七勢，雖然每一勢着重處理一首詩中的一部分，整個來説，是爲了將各個部分銜接在一起，使從頭到尾氣勢貫通無礙。」

楊明《中國歷代文論選新編》：「勢，態勢，樣子。此處語勢，即詩句之間的相互關係。」(上海教育出

版社，二〇〇七年）

盛江案：《漢書・揚雄傳》：「先是時，蜀有司馬相如，作賦甚弘麗温雅，雄心壯之，每作賦，常擬之以爲式。」此處之「十七勢」，實亦爲「十七式」，欲後人「擬之以爲式」。勢，即式，亦爲體，「十七勢」亦「十七體」，「第八下句拂上句勢」，南卷《論文意》即作「詩有上句言物色，下句更重拂之體」。「十七勢」之所謂勢，可以理解爲具有一定風貌趨勢之文學樣式，其爲勢，亦爲樣式。此類作法趨勢文學樣式形成詩文不同之風格體貌，而此種趨勢樣式又與具體詩文作法相通。勢，又爲樣式、架式。陳徐陵《奉和山池》：「樓臺非一勢，臨翫自多奇。」（《先秦漢魏晉南北朝詩・陳詩》卷五）唐張喬《送棋待詔樸球歸新羅》：「闕下傳新勢，船中覆舊圖。」（《全唐詩》卷六三八）又，勢亦爲書體名。晉衛恒有《四體書勢》，漢崔瑗有《草書勢》，蔡邕有《隸勢》、《篆勢》（衛恒《四體書勢》引，見《晉書・衛瓘傳》附衛恒傳）。

第一，直把入作勢①。

直把入作勢者，若賦得一物②，或自登山臨水，有閑情作〔一〕，或送別，但以題目爲定，依所題目，入頭便直把是也。皆有此例。昌齡《寄驩州》詩入頭便云〔二〕③：「與君遠相知④，不道雲海深⑤。」又《見譴至伊水》詩云〔三〕⑥：「得罪由己招，本性易然諾⑦。」又《題上人房》詩云⑧：「通經彼上人⑨，無跡任勤苦⑩。」又《送別》詩云：「春江愁送君，蕙草生氛氳⑪。」又《送別》詩云：「河口餞南客，進帆清江水⑫。」又如高適云〔四〕⑬：「鄭侯應棲遑，五十頭盡白〔五〕⑭。」又如陸士衡云〔六〕⑮：「顧侯體明德，清風肅已邁⑯。」

【校記】

〔一〕「閑」，原作「開」，成簣堂、三寶、高乙、寶龜、正丙本同，成簣堂本眉注「閑證本」，三寶本右旁注「閑證」，據六寺、松本、醍乙、江户刊本、維寶箋本改。

〔二〕「詩」下成簣堂、三寶、六寺、松本、江户刊本、維寶箋本有「云」字，「云」字三寶本左旁注「證本」。「詩人」，松本、醍乙本無。

〔三〕「見」，六寺本作「悬」，旁注「見イ」，三寶本左旁注「悬イ」，醍乙本右旁注「思イ」。

〔四〕「高適云」，《校勘記》：「『高適云』當爲『高適詩云』。」

〔五〕「盡」，原作「垂」，各本同，據《眼心抄》及《全唐詩》改。

〔六〕「陸士衡」，據《十七勢》之體例，人名「陸士衡」下當有「詩」字。

【考釋】

① 直把入作勢：直把：即直接點明題意。入：即入頭、開篇。作：即興起。《易·繫辭下》：「包犧氏没，神農氏作。」此謂興起詩情，猶感興也。「第六比興入作勢」，吟窗雜録本（以下簡稱「吟窗本」）王昌齡《詩格》「起首入興體十四」即作「託興入興體」。「有閑情作」即謂興起閑情。開篇即直接叙起，點明詩

意，並興起詩情，此類寫作格式，是爲「直把入作勢」。

羅根澤《中國文學批評史》：「蓋與賦比興的賦體差不多，就是直接叙起的方法。」《研究篇》下：「這是最直截的手法，從一開始就捕捉住要吟詠的對象，迅速點出要害，一直説下去。」「特別引發感慨時，要用這一手法。」《校注》：「入作者，謂用其題目之意以入詩也，猶言開門見山。」李珍華《王昌齡研究》：「王昌齡在論勢時，一開始就闡明其根本點，那就是詩必須就題，而題目必須點明詩意。一首詩可以是形容物色，描寫一個場合，指點江山，表達歸隱之情，或是送別。無論它的内容如何，這内容必須在題目中標出。他所説的『直把入作勢』，説的就是一開頭就點明詩篇的主題。」

②賦得一物：《譯注》：「南朝梁以來詩會競作題詠詩的習慣，在這裏指抽籤分配預先準備好的題目，在一定的時間内作好。如《賦樂器名得箜篌》，將樂器作爲共同的主題作詩，而猜得箜篌。唐以後科舉考試中，把按規定的詩句或事物爲題作詩叫做『賦得』。」

③驩州：維寶箋：「《方輿志》曰：『驩州，日南郡，古越裳氏圖九譯所通者也，唐爲驩州。』」本節所引王昌齡五詩十句，《全唐詩》佚載，日人市河世寧《全唐詩逸》將其收録，並云：「並見《秘府論》引王昌齡《詩格》。」

④相知：《楚辭·九歌·少司命》：「樂莫樂兮新相知。」

⑤雲海：唐陳子昂《感遇》之二十二：「雲海方蕩潏，孤鱗安得寧。」（《全唐詩》卷八三）維寶箋：「古詩：人在碧海深。又曰：閑愁似海深。」

李珍華《王昌齡研究》：「歡（盛江案：當作「驩」）州處於現在的越南北部。第一句點明是遠寄給一位相知。第二句的『雲』和『海』有兩重作用。他們一方面加强了空間的間隔感，一方面也説明他們兩人間友情的深厚。」盛江案：雲海狀驩州之遠，又喻别愁之深。二句直叙遠寄别愁之意。

⑥ 开元二十五年（七三七）夏秋之交，王昌齡自汜水謫赴嶺南，至伊水作此詩。伊水：即伊河，流經河南入洛水。

⑦ 然諾：言而有信。《史記·遊俠列傳序》：「而布衣之徒，設取予然諾，千里誦義，爲死不顧世，此亦有所長，非苟而已也。」

傅璇琮《王昌齡事跡考略》：「王昌齡因所謂得罪而被貶謫，凡兩次，一是這一次由汜水尉貶嶺南，另一次是天寶年間由江寧丞貶龍標尉，走的是溯長江而上的水路。因此，這首《見譴至伊水》詩當時是由汜水赴貶所路經伊洛時作。」傅璇琮、李珍華《王昌齡事跡新探》：「王昌齡有《留别伊闕張少府郭大都尉》詩，可知王昌齡第一次由汜水尉而貶，由洛陽南下。由王昌齡此行所作《送李十五》詩（又題作《送李邕之秦》）中『怨别秦楚深，江中秋雲起』句，可知開元二十三年李邕由澧州司馬改官奉調入京時，王昌齡已在楚地即今湖北一帶，此次貶謫當即在開元二十三年。」（載《古籍整理與研究》第五期，收入《王昌齡研究》）。

《研究篇》下：「這個『得罪』馬上照應題目中的『見譴』。」盛江案：「得罪」二句，因易然諾而得罪，因得罪而見譴，二句直接入題，叙得罪見譴之由，而自然興起感慨之情。

⑧上人：本指道德高尚之人，漢賈誼《新書·修政》：「聞道志而藏之，知道善而行之，上人矣。」後多用作僧人之尊稱。維寶箋：「《摩訶般若經》曰：『何名上人？佛言菩薩一心行阿耨菩提，心不散亂，是名上人。』」

⑨通經：通曉經學。《後漢書·儒林傳序》：「今但録其能通經名家者。」

⑩無跡：維寶箋：「《道藏》歌曰：『飛輪藹大空，無形亦無跡。』」勤苦：維寶箋：「《中阿含經》曰：『出家以自在故苦。』」

⑪「春江」二句：《校注》：「日本河世寧纂輯《全唐詩逸》上以此二句及第十《含思落句勢》所舉之『醉後不能語，鄉山雨雰雰』二句，合爲一詩，而題曰《送別》，蓋以意爲之耳。」

⑫「河口」二句：李珍華《王昌齡研究》：「這兩首詩（盛江案：指兩首《送別》詩）的第一句都交待了場合和地點。第二句的作用則不單單是形容離別的情節。『蕙草』，很可能是暗喻行者的爲人和品德。同時，草在春間開始盛長，這很可能暗喻此行目的在求知或求進。所以詩人一方面是『愁送君』，一方面又從『生氛氳』裏透露他喜悦期望之情。第二首詩的第二句含意和作用就大大不同於第一首。『清江水』雖也暗喻行者的清高品德和超然風度，但字裏行間似乎帶有歸隱之意。雖然我們没有讀到全詩，但僅從這兩句即可知其題意和内容。」盛江案：兩首送別詩，前詩別愁滿春江，後詩心如江水清，含意有別而開門見山之表現方式則一，切題而均興起離別之思。

⑬高適（七〇〇？—七六五）：字達夫，唐詩人，史稱渤海蓨（今河北景縣）人，《舊唐書》卷一一一、

《新唐書》卷一四三有傳。

⑭「鄭侯」二句：唐高適《同群公題鄭少府田家》首二句。全詩爲：「鄭侯應棲惶，五十頭盡白。昔爲南昌尉，今作東郡客。與語多遠情，論心知所益。秋林既清曠，窮巷空淅瀝。蝶舞園更閑，鷄鳴日云夕。男兒未稱意，其道固無適。勸君且杜門，勿歎人事隔。」另有題注：「此公昔任白馬尉，今寄住滑臺。」（《全唐詩》卷二一二）棲遑：通「棲惶」。

⑮陸士衡：陸機（二六一—三〇三），見南卷《集論》引《文賦》考釋。

⑯「顧侯」二句：陸機《贈顧交趾公真》首二句。全詩爲：「顧侯體明德，清風肅已邁。發跡翼藩后，改授撫南裔。伐鼓五嶺表，揚旌萬里外。遠績不辭小，立德不在大。高山安足凌，巨海猶縈帶。惆悵瞻飛駕，引領望歸旆。」（《文選》卷二四）李善注：「《晉百官名》曰：交州刺史顧秘字公真。」明德：美德。《逸周書·本典》：「今朕不知明德所則。」

吟窗本王昌齡《詩格》「起首入興體十四」：「直入興八。陸士衡詩：『顧侯體明德，清風肅已邁。』此入頭直叙題中之意。」

《校注》：「以此詩爲『直入興』例，而釋文又云『此入頭直叙題中之意』，言有牴牾，益知宋人所傳之《詩格》，非復昌齡之舊也。」

李珍華《王昌齡研究》：「這兩句看來極爲簡單，但却有充實的内容。第一句形容顧氏自己，又指出當代明德的代表。第二句的『清風』，除了暗喻顧氏的人品外，還扣緊題目所表示的送行之意。」「毫無疑問，全詩實在是提供了很多的詳情，但也僅僅是詳情而已。例如，顧交趾是負責軍事的，他此行的目的乃在於鎮綏交趾。其實這首詩最具意義的一點是它給王昌齡的『飽肚』論點提供了一個有力的證據。由於開頭兩句已經交待題意和建立全詩的情緒，詩人能够左穿右穴，旁及很多有内容的東西：諸如顧侯的出身、社會地位，他此行的任務，軍事進行的地點，他的人品，以及詩人和他的友誼，等等。同時，我們可以注意到『明德』和『清風』的涵義在詩中多處説明，『肅已邁』又是如何被『撫南裔』、『五嶺表』、『萬里外』、『遠績』及『高山』、『巨海』等字眼陪襯出來。」

第二，都商量入作勢〔一〕①。

都商量入作勢者，每詠一物，或賦贈答寄人，皆以入頭兩句平商量其道理，第三第四第五句入作是也〔二〕。皆有其例。昌齡《上同州使君伯》詩言〔三〕②：「大賢本孤立〔四〕③，有時起絲綸〔五〕④。伯父自天稟⑤，元功載生人⑥。」是第三句入作⑦。又《上侍御七兄》詩云〔六〕⑧：「天人俟明略〔七〕⑨，益稷分堯心〔八〕⑩。利器必先舉⑪，非賢安可任。吾兄執嚴憲，時佐能鉤深〔九〕⑫。」此是第五句入作勢也。

【校記】

〔一〕「入作」，《眼心抄》目録無。

〔二〕「也」，原無，各本同，據《眼心抄》及本篇體例補。

〔三〕「州」，三寶本作「洲」。「言」，《校勘記》：「『言』爲『云』之誤。」

〔四〕「本」，松本、醍乙、江户刊本、維寶箋本作「奈」。

〔五〕「絲」，三寶本右旁注「經イ」，六寺本作「經絲」，《眼心抄》作「經」，成簣堂本此行眉注「證本」。盛江案：成簣堂本眉注「證本」，當指此行之「本」字、「絲」字從證本。六寺本將校異字闌入，故作「經絲」。

〔六〕「七」，六寺、松本、醍乙、江户刊本、維寶箋本作「士」，成簣堂本注「士カ」，三寶本旁注「士イ」。

〔七〕「俟」，松本、江户刊本、維寶箋本作「侯」。

〔八〕「益稷」，成簣堂本注「人名人名」，三寶、江户刊本、維寶箋本注「人名也人名也」，寶龜本注「人名也」。

〔九〕「鈎」，原作「釣」，成簣堂本同，據三寶、高乙、寶龜、六寺等本改。

【考釋】

① 都商量入作勢：羅根澤《中國文學批評史》：「就是用泛論引起的方法。」《研究篇》下：「這是先提出某一前提，然後進入本題的間接的手法。」「如果劈頭提出本旨，總有些勉强，難以統攝的時候，就需要尋求把本題如何流利自然地寫出來的風格，自然要爲尋求這種格調而動腦筋商量。」李珍華《王昌齡研究》：「詩的起頭兩句還未建立詩題的廣泛範圍，而詩的主要内容和主旨則在第三、第四或第五句纔入

手。」商量：《易·兑卦》「商兑未寧」王弼注：「商，商量裁制之謂也。」

②同州：今陝西大荔。本節所引二詩均爲佚詩，《全唐詩逸》據本書輯録。

③大賢：才德超群之人。《孟子·離婁上》：「天下有道，小德役大德，小賢役大賢。」

④絲綸：釣絲，此當指垂釣隱居，姜太公釣磻溪遇周文王而被起用。

⑤伯父：可能指王昌齡之伯父，或對刺史之尊稱，周王朝稱同姓諸侯爲伯父，又古稱管理一方之長官爲伯。《周禮·春官·大宗伯》：「九命作伯。」賈公彦疏：「伯，長也，是一方之長也。」

⑥元功：大功，首功。生人：生民，避唐太宗諱作生人。《書·畢命》：「道洽政治，澤潤生民。」以上一首，《研究篇》下認爲：「這首詩想説的是『伯父自天稟』，但在這之前先説『大賢本孤立』，想辦法在和對方閑聊時輕鬆地把想説的話説出來。」李珍華《王昌齡研究》：「前兩句是一般性的説法，説明大才大德的人常不見知於世。但有時如被徵調，他的責任感遂使他棄隱就仕。這兩句的背景是中國歷史上許多名人的經歷，也同時暗喻同州使君的實際情況。到第三句，詩人纔正式入題。」

⑦是第三句入作：此六字各本均作雙行小字注，當爲原典之注，由下文之注觀之，當爲作者即王昌齡自注。《十七勢》爲書面體，疑王昌齡後爲初學作詩之追從者講作詩法，爲使初學者更爲明白，故昌齡自注其詩。

⑧侍御：即侍御史。七：排行爲七。

⑨明略：漢張衡《歸田賦》：「遊教邑以永久，無明略以佐時。」（《文選》卷一五）

⑩ 益稷：相傳輔佐堯舜的賢臣。盛江案：「益稷」旁成簣堂等本注有「人名」字樣，疑爲後來日本抄寫者所注。

⑪ 利器：《老子》三十六章：「國之利器，不可以示人。」

⑫ 鈎深：《易·繫辭上》：「鈎深致遠。」孔穎達正義：「物在深處，能鈎取之。」

以上一首，《研究篇》下謂：「本題是『吾兄執嚴憲』，但一開始却説『天人俟明略』，從大處引出，爲後來想説的人如何感慨作鋪墊，這就是『都商量』。」李珍華《王昌齡研究》：「從王昌齡的構篇理論而言，第一聯是泛指，通過中國歷史上的實例來授意主題的性質。第二聯乃收縮第一聯，爲第三聯伏筆，第三聯的第一句（即全詩的第五句）纔正式入作。王氏認爲這種寫法適用於詠物、贈答、寄人。」

盛江案：都商量入作勢，即用鋪墊逐漸切入正題引起感興之方法，前幾句雖屬泛論，却與正題感興有密切聯繫。前一首，自古大賢之人均常在孤立失意之時被起用，有此二句之鋪墊，自然引出三四句謂故伯父必然能以天稟之才，建立元功。後一首，先用四句泛論古賢，謂唯有賢能之人方能安邦治國，由此自然引出五六句對侍御七兄之稱譽與感興。

第三，直樹一句，第二句入作勢〔一〕①。

直樹一句者，題目外直樹一句景物當時者，第二句始言題目意是也。昌齡《登城懷古》詩入頭便云②：「林藪寒蒼茫〔二〕，登城遂懷古。」又《客舍秋霖呈席姨夫》詩云：「黄葉亂秋雨，空齋愁暮心〔三〕。」又：「孤煙曳長林〔四〕，春水聊一望。」又《送鄢賁覲省江東》詩云：「楓橋延海岸〔五〕，客帆歸富春〔六〕。」又《宴南亭》詩云③：「寒江映村林，亭上納高潔〔七〕④。」此是直樹一句，第二句入作勢〔八〕。

【校記】

〔一〕「第二句入作勢」，松本、醍乙、江户刊本、維寶箋本作雙行小字注。

〔二〕「林」，松本、醍乙、江户刊本、維寶箋本作「陵」，醍乙本注「林亻」，成簣堂本注「陵亻」。「蒼茫」，原作「蒼落范」，成簣堂、三寶、高乙、六寺、醍乙、正丙本作「蒼范」，從《眼心抄》作「蒼茫」。

〔三〕「齋」，原作「齊」，成簣堂、三寶、高乙、寶龜、正丙、六寺本同，據《眼心抄》及松本、醍乙、江户刊本、維寶箋本改。

〔四〕「孤」，三寶本作「孔」。

〔五〕「橋」，原作「橋」，成簣堂、三寶、六寺本及《眼心抄》同，醍乙、江户刊本、維寶箋本作「橋」。《校勘記》：「『橋』爲『橋』之誤，宮本『儿』爲『橋』的壞字。如作『橋』，則這一聯失黏。唐張九齡《登郡城南樓詩》：『邑人半艫艦，津樹多楓橋。』」《校注》：「『楓橋』，古鈔本作『橋』，未可據，張繼有《楓橋夜泊》詩，杜牧《樊川外集》《懷吳中馮秀才》詩『暮煙秋雨過楓橋』，俱指其地。《方輿攬勝》：『楓橋寺，在吳縣西十里。』」盛江案：「橋」字無論作「橋」作「橋」，此聯均失黏，蓋此詩可能本非律體。從宮本、三寶、六寺本等「橋」字之字形看，右上之「矛」字作「弟」字，全字似「橋」字之異體。從兩句詩看，亦作「橋」意較勝。「延」，寶龜、六寺本作「近」。

〔六〕「富」，三寶本作「憲」。
〔七〕「高」，《全唐詩》作「鮮」。
〔八〕自地卷卷首至「此是直樹一句第二句入作勢」，高甲本無。

【考釋】

①「直樹」二句：羅根澤《中國文學批評史》：「直樹幾句入作勢……此種方法，以今語譯之，就是以寫景襯起。」《研究篇》下：「和都商量入作勢一樣，不過都商量入作勢是用導入題意的道理開始，這一勢則是從景物導入。」李珍華《王昌齡研究》：「十七勢的第三、第四、第五三勢是就景句和題目句而言。每一勢中物色句在題目句之前，其作用在交待時間、地點、場合，並建立全詩的情緒。」「單句物色句在前的例包括《登城懷古》，另一例是他的《客舍秋霖呈席姨丈》。兩句物色句在前的例子是《留别》，三句物色句在前之例有《代扶風主人答》。王昌齡又説，有時，詩中也可以有四句甚至五句物色句，例如他的《旅次盩厔過韓七别業》。」「一般來説，王氏不贊成過多景句，這是因爲一方面文章會顯得不够緊湊，一方面如他在《論文意》篇所説的，全篇會失去止泊處。」

②《登城懷古》：《研究篇》下：「這是先點描荒涼的景象，從那蒼冷的氣氛自然渲染出懷古的情思的表現手法。」本節所引詩，除最後《宴南亭》外，均爲佚詩，《全唐詩逸》據本書收録。

③《宴南亭》：此爲王昌齡詩，見《全唐詩》卷一四一，此爲首二句。全詩爲：「寒江映村林，亭上納

鮮潔。楚客共閑飲，静坐金管闋。酣竟日入山，暝來雲歸穴。城樓空杳靄，猿鳥備清切。物狀如絲綸，上心爲予決。訪君東溪事，早晚樵路絶。」《全唐詩逸》以此爲佚句，非是。

④「寒江」二句：《研究篇》下：「首先描寫清寒澄浄的空氣和映入江水的村林的醇古的景象，由此移寫亨受雅宴的主客清高的境地，移寫當中得以表現第一第二句所没有的内心深處的情思。」高潔：高潔之士。《後漢紀・桓帝紀》：「簡練高潔，斥退佞邪。」

第四，直樹兩句，第三句入作勢〔一〕。

直樹兩句，第三句入作勢者，亦題目外直樹兩句景物，第三句始入作題目意是也。昌齡《留别》詩云①：「桑林映陂水，雨過宛城西。留醉楚山别，陰雲暮淒淒〔二〕②。」此是第三句入作勢也〔三〕。

【校記】

〔一〕「第四直樹兩句第三句入作勢」，正丙本無。

〔二〕「淒淒」，松本、醍乙、江户刊本、維寶箋本作「霋霋」，此行成簣堂本眉注「證本」。《校勘記》：「『淒淒』與『霋霋』同音通假。」《校注》作「霋霋」，謂：「《説文・雨部》：『霽謂之霋。』《玉篇・雨部》：『霋，雲行貌。』此文『霋霋』承『陰雲』言，與《説文》、《玉篇》義合。《文選》十一何平叔《景福殿賦》李善注：『淒，寒風也。』又十六向子期《思舊賦》李善注：『淒，冷也。』又潘安仁《寡婦賦》：『淒淒凜凜。』李善注：『寒也。』與雨霽、雲行義别。」盛江案：此處非必有雨霽、雲行之義；詩寫留别之悽惋氣氛，作「凄凄」較勝。

〔三〕「此是第三句入作勢也」，《眼心抄》無，此九字原作單行小字注，從三寶、六寺、松本、醍乙、江戸刊本、維寶箋本及本節體例作雙行小字注。

【考釋】

① 此詩《全唐詩》佚載。

② 「桑林」四句：宛城即宣城，此爲過宣城而留别之作。《研究篇》下：「想説的事是『留醉楚山别』，却在此前描寫陣雨之景，爾後移寫無法消愁遺悶的醉態。（日本）俳諧也有近似的表現方法，特别是發句有效利用『季語』的方法等。如：『夏草やつはものどもが夢の跡』，和剛纔所舉的《登城懷古》相比，其内涵深度絲毫不讓昌齡。」

第五，直樹三句，第四句入作勢①。

直樹三句，第四句入作勢者，亦有題目外直樹景物三句〔一〕，然後即入其意〔二〕。亦有第四第五句直樹景物，後入其意，然恐爛不佳也。昌齡《代扶風主人答》云②：「煞氣凝不流③，風悲日彩寒。浮埃起四遠，遊子彌不歡④。」此是第四句入作勢〔三〕。又《旅次盩厔過韓七别業》詩云〔四〕⑤：「春煙桑柘林，落日隱荒墅。泱漭平原夕，清吟久延佇。故人家於茲，招我漁樵所〔五〕。」此是第五句入作勢〔六〕。

【校記】

〔一〕「景物」，原右旁注「亻」，三寶本朱筆旁注「亻無」，成簣堂、松本、江户刊本、維寶箋本、祖風會本無此二字，成簣堂本此位置旁注「景物亻無」。

〔二〕「亦有題目外直樹景物三句然後即入其意」，《眼心抄》作「謂之題目外直樹兩句景物第三句始入作題目意是也」，與標題不合，《眼心抄》非是。

〔三〕「此是第四句入作勢」，原作單行小字注，從三寶、六寺、松本、醍乙、江户刊本、維寶箋本及本節體例作雙行小字注。

〔四〕「盩厔」，成簣堂本、醍乙本注「所名」，三寶本注「所名也」。「厔」，六寺、松本、江户刊本作「屋」。「七」，寶龜、六寺、江户刊本、維寶箋本作「士」，三寶本右旁注「士亻」。

〔五〕「招我漁樵所」以下至「第七謎比勢」「恐長不見或」，高甲本無。

〔六〕「此是第五句入作勢」，原作單行小字注，從三寶、六寺、松本、醍乙、江户刊本、維寶箋本及本節體例作雙行小字注。

【考釋】

①「直樹」二句：《研究篇》下：「這和前面一樣，祇是景物延長到第三句。到第三句似是一個限度。『亦有第四第五句直樹景物後入其意，然恐爛不佳也。』景物句的數量由詩整體的平衡來決定，因爲延長到第四句以上，不論多長的詩，總有些羅嗦，有點削弱題意。」

②扶風：地名，在長安西，今陝西鳳翔一帶。漢時扶風之地，以出良將與豪士出名。

③煞氣：即殺氣，秋冬使草木凋落的寒氣。《禮記·月令》：「仲秋之月……殺氣浸盛，陽氣日衰。」

④遊子：可能指作者自己。

以上爲王昌齡《代扶風主人答》詩前四句。全詩爲：「殺氣凝不流，風悲日彩寒。浮埃起四遠，遊子彌不歡。依然宿扶風，沽酒聊自寬。寸心亦未理，長鋏誰能彈？主人就我飲，對我還慨歎。便泣數行淚，因歌《行路難》。十五役邊地，三回討樓蘭。連年不解甲，積日無所餐。將軍降匈奴，國使没桑乾。去時三十萬，獨自還長安。不信沙場苦，君看刀箭瘢。鄉親悉零落，塚墓亦摧殘。仰攀青松枝，慟絶傷心肝。禽獸悲不去，路傍誰忍看。幸逢休明代，寰宇静波瀾。老馬思伏櫪，長鳴力已殫。少年與運會，何事發悲端。天子初封禪，賢良刷羽翰。三邊悉如此，否泰亦須觀。」（《全唐詩》卷一四〇）李珍華《王昌齡研究》據「天子初封禪」句，以爲王昌齡此詩作於開元十四年。岡田充博《登科以前的王昌齡》（下之一）以爲作於開元十三年暮，「這是王昌齡邊塞詩中能確定年代的最早的作品」。

《研究篇》下：「（王昌齡詩）上三句從蕭瑟的冬景表現暗澹悲痛的心情，焦點歸於『不歡』，和歌有

『吹き迷ふ野風を寒み秋萩のうつりも行くか人の心の』之類。」李珍華《王昌齡研究》：「詩的主題是懷才不遇而虛其邊塞之行。」

⑤ 盩厔：地名，在今陝西中部。此詩爲佚詩，《全唐詩逸》據此收録，曰：「見《秘府論》引王昌齡《詩格》。」

第六，比興入作勢①。

比興入作勢者，遇物如本立文之意，便直樹兩三句物②，然後以本意入作比興是也。昌齡《贈李侍御》詩云③：「青冥孤雲去，終當暮歸山。志士杖苦節，何時見龍顔④。」又云：「眇默客子魂⑤，倏鑠川上暉⑥。還雲慘知暮，九月仍未歸。」又：「遷客又相送，風悲蟬更號。」又崔曙詩云⑦：「夜臺一閉無時盡⑧，逝水東流何處還⑨。」又鮑照詩云〔一〕⑩：「鹿鳴思深草〔二〕，蟬鳴隱高枝。心自有所疑〔三〕，傍人那得知⑪。」

【校記】

〔一〕「照」，原作「昭」，成簣堂、三寶、高乙、寶龜、松本、醍乙、江户刊本、維寶箋本同，「昭」通「照」，從六寺本作「照」。六寺本眉注「昭イ」。《校勘記》：「『鮑昭』，『昭』爲『照』之誤，此爲唐人避武則天之諱。」

〔二〕「思」，《鮑參軍集》作「隱」。

〔三〕「疑」，《眼心抄》作「懷」，《鮑參軍集注》作「存」。

【考釋】

①比興入作勢：《探源》：「眼前事物可作比興，然後轉爲本意。」《譯注》：「在詩的開頭描寫自然景物這一點上，和第三至第五之勢相同，但它所描寫的景物和將要叙述的主題有直接的關係，在這一點上，和前三者有區别。」李珍華《王昌齡研究》：「這種勢的構句是這樣的，第一句除了交待場合及建立情緒氣氛外，尚含比興作用。」

盛江案：用作比興者不僅是第一句，亦可能是二、三句。一般言，先有二、三句比興景物句，然後出現主題句，比興景物句與主題句各爲不同之句子。王昌齡如是而論，然所舉之例，如「眇默」一詩，暮暉倏鑠，還雲慘淡，以比客子遊魂之眇默。「遷客」一詩，悲、號者既爲風、蟬，又爲遷客相送者，既爲寫景，亦爲比興。由二詩觀之，比興入作勢，景物與所比之主題，孰先孰後，並無嚴格限制。

②物：羅根澤《中國文學批評史》：「此所謂『物』，與直樹幾句入作勢所謂『景物』之『物』，其作用微有不同。彼可任意的描寫當時的景物，此則須『物如本立文之意』，故與賦比興的比體相像。原始的賦比興，是質量不同的三種作詩方法，但後人往往僅以量的差别分析比與興，由是比與興没有多大的區分，而王昌齡遂以比興同爲一種方法了。」

③《贈李侍御》：李侍御：不詳。《校注》：「李侍御，即李邕也，邕嘗爲殿中侍御史。」李邕（六七八—

七四七），字泰和。本節所引詩，除鮑照詩外，均爲佚詩。

④「青冥」四句：《研究篇》下：「『孤雲』衹能是下句『志士』其人的寫照。」李珍華《王昌齡研究》：「這位李侍御不知何許人，就此詩詩意而言，王昌齡已不奈久等於侯門之外，遂示意如果朝廷再不給他機會，他即打算像孤雲一樣回卧青山。這裏的『孤雲』可能暗喻詩人自己的高潔品質，而『青冥』可能指他的寬曠心胸。」孤雲：喻貧寒之士。陶淵明《詠貧士》：「萬族皆有託，孤雲獨無依。」（《文選》卷三〇）李善注：「孤雲，喻貧士也。」

⑤眇默：悠遠，空寂。劉宋顔延之《還至梁城作》：「眇默軌路長，憔悴征戍勤。」（《文選》卷二七）張銑注：「眇默，遠貌。」

⑥倏鑠：閃鑠不定貌。

⑦崔曙（七〇四？—七三九）：參天卷《調聲》考釋。

⑧夜臺：長夜之臺，指墳墓。梁沈約《傷美人賦》：「曾未申其巧笑，忽淪軀於夜臺。」（《藝文類聚》卷三四）

⑨逝水：《論語·子罕》：「子在川上曰：逝者如斯夫，不舍晝夜。」《顔氏家訓·勉學》：「光陰可惜，譬諸逝水。」

⑩鮑照（？—四六六）：劉宋詩人，字明遠，東海（今山東南部郯城一帶）人，《宋書》卷五一、《南史》卷一三有傳。

⑪「鹿鳴」四句：此爲鮑照《代別鶴操》末四句。全詩爲：「雙鶴始起時，徘徊滄海間。長弄若天漢，輕軀似雲懸。幽客時結侶，提攜遊三山。青繳凌瑶臺，丹羅籠紫煙。海上悲風急，三山多雲霧。散亂一相失，驚孤不得住。緬然日月馳，遠矣絶音儀。有願而不遂，無怨以生離。鹿鳴在深草，蟬鳴隱高枝。心自有所存，旁人那得知。」（《鮑參軍集注》卷三）鹿鳴：思慕友人之聲。《詩・小雅・鹿鳴》：「呦呦鹿鳴，食野之苹。我有嘉賓，鼓瑟吹笙。」

《研究篇》下：「把隱藏於深處的不安心緒，比作思戀深草的鹿和眼睛看不到的隱於高枝的蟬。」「這樣的表現方法雖然較難，但在和歌裏例子也不少，如『葦邊より雲居をさしてゆく雁のいや遠ざかる我身悲しも』，『水の面にしづく花の色さやかにも君がみ影の思ほゆかな』。」

王運熙、楊明《隋唐五代文學批評史》：「以上六勢都講詩的開頭作法。所謂『入作』，是指進入作詩本意或進入題意。一首詩的寫作主旨，大致體現在題目中間，故所謂『言題目意』、『入作題目意』，與進入詩本意往往是統一的。」

盛江案：吟窗本王昌齡《詩格》：「起首入興體十四：一曰感時入興。二曰引古入興。三曰犯勢入興。四曰先衣帶後叙事入興。五曰先叙事後衣帶入興。六曰叙事入興。七曰直入比興。八曰直入興。九曰託興入興。十曰把情入興。十一曰把聲入興。十二曰景物入興。十三曰景物兼意入興。十四曰怨調入興。」此篇《十七勢》前六勢與吟窗本王昌齡《詩格》「起首入興體」有相似之處，均述詩之發端方法。其中《十七勢》之「直把入作勢」與吟窗本《詩格》所謂「直入興」，《十七勢》之「都商量入作勢」與《詩格》所謂「引古入興」，《十七勢》之直樹幾句入作勢與吟窗本《詩格》所謂「景物入興」、「感時入興」，《十七勢》之「比興入作勢」與吟窗本《詩格》所謂「直入比興」，均有相似之處。《十七勢》所謂「入作」，即吟窗本《詩格》所謂「入興」，然《詩格》論起首入興共十四體，《十七勢》論詩之發端僅有六勢。吟窗本《詩格》分類更細，而《十七勢》論述更詳。推測《詩格》所存僅爲綱目，而空海編撰《文鏡秘府論》之《十七勢》，所據原始材料論詩之發端亦非止吟窗本《詩格》中六勢，可能還有其他内容，然經空海綜合編删，今僅能看到此六勢。

第七，謎比勢〔一〕①。

謎比勢者〔二〕，言今詞人不悟有作者意②，依古勢有例。昌齡《送李邕之秦》詩云③：「別怨秦楚深〔三〕，江中秋雲起。言別怨與秦、楚之深遠也。別怨起自楚地。既別之後，恐長不見，或偶然而會〔四〕。以此不定〔五〕，如雲起上騰於青冥〔六〕，從風飄蕩，不可復歸其起處，或偶然而歸爾④。天長夢無隔〔七〕，月映在寒水〔八〕。」雖天長〔九〕，其夢不隔。夜中夢見，疑由相會〔一〇〕⑤，有如別⑥。忽覺，乃各一方，互不相見〔一一〕。如月影在水，至曙〔一二〕，水月亦了不見矣⑦。

【校記】

〔一〕「謎」，與下文之「謎」字原均作「讉」，各本同。《考文篇》：「『謎』，各本作『讉』，長谷老師曰『「讉」恐「謎」歟』，此説是也，『謎』與『不悟有作者意』合。草體相似，王右軍常有。」《研究篇》下：「《秘府論》本文諸本作『讉比勢』，但篇立宮内府本、高山寺乙本、三寶院本、寶龜院本等作『謎比勢』，三寶院本旁注『未明反忿言也』，醍醐寺本作『讔』，但注作『未閑反急言也』，《玉篇》有『謎，米閉切，隱言也』，前面的『忿』以及『急』一定是『隱』之誤寫，若是『讔』，不會是未閉反吧。而且『讔』字草體極易與『謎』混淆，從這些方面推測，可以認爲『謎比勢』是正確的。」盛江案：小西甚一説是，今從宮内廳本《十七勢》目次作「謎」。

〔二〕「謎比勢」，松本、醍乙本無。

〔三〕「别怨」，《全唐詩》作「怨别」。

〔四〕「恐長不見或」以上至「招我漁樵所」，高甲本無。

〔五〕「以」上松本、醍乙、江户刊本、維寶箋本有「宜」字。

〔六〕「冥」，原作「宜」，高乙本同，據成簣堂、三寶、寶龜、六寺等本改。

〔七〕「夢」，《全唐詩》作「杳」。

〔八〕「映」，《全唐詩》作「影」。

〔九〕「雖天」，《眼心抄》作「天雖」。

〔一〇〕「由」，醍乙本無。

〔一一〕「互」，成簣堂、三寶、醍乙、江户刊本、維寶箋本作「了」，成簣堂本右旁注「互」。

〔一二〕「水至」，原作「至水」，據成簣堂、三寶等本改。

【考釋】

① 謎比勢：《探源》：「謎一般的比興。」《譯注》：「這一『勢』和前面的比興勢相似，像謎一樣旨趣更隱

微，因而稱作謎比勢。」

②「謎比」二句：《研究篇》下：「關於其意義，説『今詞人不悟有作者意』，就是説，有一般的人看不到其佳處的特色，恐怕是把比的隱微之處稱爲謎吧。」

③李邕：見前考釋。詩：此詩爲五言絶句，《全唐詩》卷一四三作《送李十五》。李珍華《王昌齡研究》：「據《新唐書》卷二〇二《文藝傳》，李邕於開元中因事貶遵化尉，『後從中人楊思勖討南賊有功，徙澧州司馬。開元二十三年起爲括州刺史』。澧州屬山南東道，州治澧陽，在今湖南省澧縣，即洞庭湖西，江陵之南。『怨別秦楚深』，指李邕由澧州司馬改官，奉調入京，而王昌齡則於楚地（可能就在江陵一帶）與他話別，『江中秋雲起』，當指長江。由此，則開元二十三年詩人已在今湖北一帶。」

④「言別」十句：此一段當爲王昌齡自釋其詩。羅根澤《中國文學批評史》：「此釋恐有脱誤，意不明瞭。他舉他的《送李邕之秦》詩：（略）前二句下注云：（略）後二句下注云：（略）則譴比勢是借外物映寫内心的方法，内心的意思，不肯直説，由是譴出而借外物比方説。」

⑤疑由相會：正丙、祖風會本注：「『由相』以下難訓。」《校注》：「『由』，古通『猶』。」盛江案：王利器説是。《墨子·兼愛下》：「爲彼者由爲己也。」畢沅校注：「由同猶。」《孟子·梁惠王上》：「民歸之，由水之就下，沛然誰能御之。」

⑥有如別：《校注》：「『有』，古通『又』。」

⑦「雖天長」至此一段，當爲王昌齡自釋其詩。

《研究篇》下：「焦點是把離别的遥渺和無常之感寄託於江中的秋雲，把捕風捉影般消失的空虚寄託於清曉的水月。這並不成爲直接的譬喻，勿寧説，那是這樣一種表現，凝視那秋雲的深處自然而然湧現的感受，一絲一絲的化爲那别離的心情流出，寂寞中消失的曉月自身就成了那空虚的無法消愁的感受。譬喻的境界一個一個地出現，這祇能説是一種象徵的世界。如同『謎』這個名稱所表示的，本來就具有『比』即譬喻性的品格，再如同冠以『謎』（類似「密教」的「密」的意思）一樣，那個『比』已不表現在表面。譬喻必定要把分别意識作爲媒介，出色的譬喻讓人感到貼切，感到確實是這樣。謎比勢則使這種感受和理解融合無間，喻體和喻意融合無間。拂曉時分將要淡退而去的水中之月自身，直接就打動着我們，在那裏，虚無感自然而然的湧現，這當中任何媒介也没有。爲了達到對事物如此準確的把握，精神和自然必須有深深的滲透關係。」

李珍華《王昌齡研究》：「王昌齡認爲當代詩人很少有會悟（讁比勢）這種寫法的。也許正因爲如此，所以他不厭其煩的將此詩（《送李邕之秦》）加以分析。」「這首詩的本身以及王昌齡所作的分析，是很有意思的，我們不難得知，如果没有他的這番闡釋，讀者也許會將第二句和第四句當作景句看待，以爲這兩句的作用不過是在製造情緒和氣氛而已。當然，不是王氏所有的詩篇都應作如是觀，如是讀，作者在此處是『意依古勢』，而作『讁比』之勢。我們得出的結論是，如果在《論文意》篇裏王氏文學藝術理論所强調的是意多、緒密，言語簡便，表達直接，那麽他在《十七勢》裏所表現的則是他作爲一個詩人是如何謀章取句，並間接地透露我們應如何讀他的詩。」

盛江案：謎比勢，是用謎之形式作比喻以表述作者詩意之寫作樣式。例詩寫秋雲，是喻别後如雲從風

飄蕩，不可復歸於其起處。寫月影在水，是説祇可夜裏夢中相見，至曙則如水月了不相見。日本《歌經標式》雜體有十，其二爲譴警，「譴」當爲「謎」字之訛，言隱語露情，所舉例歌「ねずみのいへ一句，よねつきふるひ二句，きをきりて三句，ひききりいだす四句，よつといふかそれ五句」，隱四字謎語，而四字又含有另外的意思，成爲另一個謎。《歌經標式》的「隱語露情」的「謎警」，近於謎比勢。

第八，下句拂上句勢①。

下句拂上句勢者〔一〕，上句説意不快，以下句勢拂之，令意通。古詩云：「夜聞木葉落，疑是洞庭秋②。」昌齡云〔二〕：「微雨隨雲收，濛濛傍山去〔三〕③。」又云：「海鶴時獨飛〔四〕，永然滄洲意〔五〕④。」

【校記】

〔一〕「勢」，原無，成簣堂等各本同，據寶龜院本補。

〔二〕「昌齡云」，《校勘記》：「『昌齡云』，當爲『昌齡詩云』。」

〔三〕此二句下，《眼心抄》尚有「又曠野饒悲風颼颼黄蒿草」十一字。

〔四〕「鶴」，《全唐詩》作「雁」。

〔五〕「洲」，高乙、寶龜、醍乙、正丙本作「州」。

【考釋】

①拂：輔佐。《墨子·耕柱》：「我何故疾者之不拂而不疾者之拂。」于省吾新證：「拂弼古字通……弼猶輔助也。」（《雙劍誃諸子新證》，中華書局一九六二年）

羅根澤《中國文學批評史》：「下句拂上句勢，是上句故留未盡之意，以下句補足之。」《研究篇》下：「上句意不充分，用下句完成其意的手法。」「上下句有似連歌的發句和脅句的關係。」李珍華《王昌齡研究》：「十七勢裏有兩勢是討論如何由一句拓展到下一句，以及它們相互間的關係。第一種是所謂『下句拂上句』勢，或是輔助句的功用，它的主要含意是如果上句意猶未盡，可由下句補充之。」

②「夜聞」二句：詩題及撰者不詳。吟窗本王昌齡《詩格》「起首入興體十四」「叙事入興六」引四句云：「遥聞木葉落，疑是洞庭秋。中宵起長望，正見滄海流。」謂：「此三句叙事，一句入興。」《楚辭·九歌·湘夫人》：「嫋嫋兮秋風，洞庭波兮木葉下。」

李珍華《王昌齡研究》：「第一句似乎是詩人夜深尚未入睡，這時候他聽到葉落的聲音。至於他爲什麽還没有入睡，『木葉落』的意義何在，僅從第一句是看不出來的。讀了第二句，我們纔知道詩人正是思歸甚切。『木葉落』所雕塑的形象和情緒是時間的遷移和歸思。甚至歸心之切使詩人恍然以爲他是身處洞庭之濱。第二句的作用是在引申、補充第一句的未盡之意，並同時增强其情感深度。在《論文意》篇裏，王氏用這兩句來説明句與句之間的關係，並將兩句均作景句對待。它們的功用很可能是表達作詩的時間、地點，並鋪設情緒氣氛。」

③「微雨」二句：王昌齡《山行入涇州》詩中句。全詩爲：「倦此山路長，停驂問賓御。林巒信回惑，白日落何處。徙倚望長風，滔滔引歸慮。微雨隨雲收，濛濛傍山去。西臨有邊邑，北走盡亭戍。涇水横白煙，州城隱寒樹。所嗟異風俗，已自少情趣。豈伊懷土多，觸目忻所遇。」（《全唐詩》卷一四一）《全唐詩逸》誤以爲此詩爲佚詩。

李珍華《王昌齡研究》：「細看此兩句，不難看出第一句詩意未盡，而由第二句補充。兩句加在一起，似乎是在説世間萬物的自然規律，如雨隨雲收之類，而這個規律似乎在提醒詩人應當採取的行動。同時他的歸思也顯而易見，有如雲和雨都傍山而行，最終消失於天邊。」

盛江案：微雨如何隨雲而收，僅第一句尚不可知，第二句始知，原來是雨雲已變成濛濛之霧，傍山而去。作者先感覺到微雨停住，而後始發覺不僅雨住，而且雨雲也已化作白霧，飄入山間。下句拂上句勢，由作詩法言之，乃用下句補足上句之意，而由詩情觀之，正符合人們常有之生活感受。

④「海鶴」二句：王昌齡《緱氏尉沈興宗置酒南谿留贈》詩中句。全詩爲：「林色與溪古，深篁引幽翠。山尊在漁舟，棹月情已醉。始窮清源口，壑絶人境異。春泉滴空崖，萌草拆陰地。久之風榛寂，遠聞樵聲至。海雁時獨飛，永然滄洲意。古時青冥客，滅跡淪一尉。吾子躊躇心，豈其紛埃事。緱峰信所剋，濟北余乃遂。齊物意已會，息肩理猶未。卷舒形性表，脱略賢哲議。仲月期角巾，飯僧嵩陽寺。」（《全唐詩》卷一四〇）

李珍華《王昌齡研究》：「作爲詩的一個形象，海鶴帶有道教的意味，同時也暗喻一個人的純高品德。

如將該句單獨相看，它的含義也許不過如此。但顯然這並非王昌齡的原意。有了第二句，我們纔理解兩句的真正含義是在説明兩人的分别不過是暫時的，最終當然相偕歸隱。全詩是在《全唐詩》（卷百四十）裏，從這首詩我們獲悉寫詩的時間是王氏登進士第以後，在嵩山附近與當地的一位地方官告别而寫的。」

第九，感興勢①。

感興勢者〔一〕，人心至感，必有應説，物色萬象，爽然有如感會。亦有其例②。如常建詩云〔二〕③：「泱漭寒郊外，蕭條聞哭聲〔三〕。愁雲爲蒼茫〔四〕，飛鳥不能鳴⑥。」又王維《哭殷四》詩云⑤：「泠泠七絃遍，萬木澄幽音。能使江月白，又令江水深④。」

【校記】

〔一〕「感興勢」，松本、醍乙本無。

〔二〕「建」，原作「遠」，六寺、醍乙、江户刊本、維寶箋本同，成簣堂、三寶、高甲本作「遠建」。盛江案：「建」或「遠」爲校字誤入正文，據《全唐詩》改。「詩」，原無，三寶、高甲本同，據成簣堂、六寺、江户刊本、維寶箋本補。

〔三〕「條」，原作「滌」，三寶、高甲、高乙、正丙、六寺本同，醍乙本作「倏」，據成簣堂本改。

〔四〕「愁」，《全唐詩》作「浮」。「茫」，原作「范」，成簣堂、三寶、高乙、正丙、六寺本同，據醍乙、江户刊本、維寶箋本改。

【考釋】

①感興勢：吟窗本王昌齡《詩格》「起首入興體十四」：「感時入興一。古詩：『凜凜歲云暮，螻蛄多鳴悲。涼風率以厲，遊子寒無衣。』江文通詩：『西北秋風起，楚客心悠哉。日暮碧雲合，佳人殊未來。』此皆三句感時，一句叙事。」與此略有不同。

羅根澤《中國文學批評史》：「這種感興是由内及外的心靈感興，而不是由外及内的景物感興。所以他舉常建的詩云：（略）極言感物的力量之大。」《研究篇》下：「直接地迫近人内心的機微，有點像直把入作勢，但是這裏專門把感情作爲中心，這一點有所不同。而且，是第一句就提出主旨呢？還是用比興開始，還是把景物放在前面，這些順序似都不太重視，因此，和剛纔的那些範疇還是有些不同。」《譯注》：「由心靈和自然自然而然引發感受而產生的詩句。」

②「感興」六句：《文心雕龍·明詩》：「人禀七情，應物斯感，感物吟志，莫非自然。」《文心雕龍·物色》：「春秋代序，陰陽慘舒，物色之動，心亦摇焉。」

③常建：生卒年未詳，盛唐詩人，生平事跡見《唐詩紀事》卷三一、《唐才子傳》卷二。

④「泠泠」四句：唐常建《江上琴興》詩中句，全詩爲：「江上調玉琴，一絃清一心。泠泠七絃遍，萬木澄幽陰。能使江月白，又令江水深。始知梧桐枝，可以徽黄金。」（《全唐詩》卷一四四）

《研究篇》下：「如同所感受的狀態那樣，捕捉到琴的泠泠之聲，這大概就是感興勢。感興勢和謎比勢相對，顯示各自表現的兩極。也許可以比作（日本）萬葉風和新古今風。『憶良らは今は罷らむふ哭

くらむ其彼母も吾を待つらむぞ　瓜食めば　子等思ほゆ　栗食めば　況して偲ばゆ　何處より來りし者ぞ　眼交に　もとな懸りて　安寢し爲さぬ』等，這就是日本式的感興勢吧！」

李珍華《王昌齡研究》：「在這裏琴聲使江水和月色都蒙上音樂的情調色彩。」

⑤王維（七〇一？—七六一）：字摩詰，祖籍太原祁縣（今山西祁縣），唐詩人，《舊唐書》卷一九〇、《新唐書》卷二〇二有傳。《哭殷四》：《全唐詩》卷一二五作《哭殷遥》。全詩爲：「人生能幾何，畢竟歸無形。念君等爲死，萬事傷人情。慈母未及葬，一女纔十齡。泱漭寒郊外，蕭條聞哭聲。浮雲爲蒼茫，飛鳥不能鳴。行人何寂寞，白日自凄清。憶昔君在時，問我學無生。勸君苦不早，令君無所成。故人各有贈，又不及生平。負爾非一途，痛哭返柴荆。」殷遥，丹陽人，與王維同時。

⑥《研究篇》下：「這種詩，直樹一句第二句入作勢也好，下句拂上句勢也好，都能看到，但是，之所以把它作爲感興勢，並不在於它的手法如何，而在於它直接表現王維哭殷遥的衷情。」《探源》：「從例詩看，顯然是説景物受人情感染。」

盛江案：感興勢乃移情於物，引起感興之表現方法。移情於物，物皆著我之色彩，則進一步烘托抒情氣氛。如所舉常建詩，琴聲而使江月白、江水深，則進一步寫出琴聲清泠深幽之境，王維《哭殷四》詩，哭聲而能使天雲爲之愁容蒼茫，飛鳥爲之不忍鳴叫，則進一步渲染出悲愴氛圍。移情於景，是爲引發更爲深層之感興。

第十，含思落句勢①。

含思落句勢者〔一〕，每至落句，常須含思〔二〕，不得令語盡思窮〔三〕。或深意堪愁〔四〕，不可具說。即上句爲意語，下句以一景物堪愁，與深意相愜便道。仍須意出感人始好〔五〕②。昌齡《送別》詩云③：「醉後不能語，鄉山雨雰雰〔六〕④。」又落句云〔七〕：「日夕辨靈藥，空山松桂香。」又：「墟落有懷縣⑤，長煙溪樹邊〔八〕。」又李湛詩云〔九〕⑥：「此心復何已，新月清江長⑦。」

【校記】

〔一〕「含思落句勢」，松本、醍乙本無。

〔二〕「常須含思」，《校勘記》：「常須含思，『常』爲『事』之訛？『事須』，第十六景入理勢有『事須景與意相兼始好』，南卷有『事須細律之』。宋陸游詩『事須求暫假』自注『二字蓋唐人公移中語也』（《佩文韻府》）。」

〔三〕「思」，《眼心抄》作「意」。

〔四〕「深意堪愁」，《校勘記》：「深意堪愁，『堪』爲『湛』之假借，『堪』爲深之意，『堪愁』與『深愁』同意，『堪愁與深意相愜便道』的『堪』也與此同。」

〔五〕「感人」上原有「成」字，三寶、高甲、高乙、寶龜、松本、醍乙、江户刊本、維寶箋本同，成簣堂本旁注「成」，六寺本旁注「成イ」。盛江案：「成」爲「感」字草體形近而誤，本爲校文而誤入正文，今據成簣堂、六寺本删。

〔六〕「鄉」，原作「卿」，成簣堂、寶龜、六寺、醍乙本同，據三寶、高甲、高乙等本改。

〔七〕「云」，原無，成簣堂、高乙本同，據三寶、高甲等本補。

〔八〕「邊」，原作「還」，成簣堂、三寶、高甲、高乙、六寺本同，據松本、醍乙、江户刊本、維寶箋本改。原旁注「邊亻」，成簣堂、三寶、高甲本同。

〔九〕「湛」，松本、醍乙、江户刊本、維寶箋本作「堪」。

【考釋】

①含思落句勢：落句：即末句、結句。吟窗本王昌齡《詩格》「落句體七」：「含思四。陸韓卿詩：『惜哉時不與，日暮無輕舟。』陳拾遺詩：『蜀門自兹始，雲山方浩然。』」又，本書南卷《論文意》：「落句須含思，常如未盡始好。」後來論落句者，如《滄浪詩話·詩體》：「有落句，結句也。」釋文彧（張伯偉謂當作「神彧」）《詩格》：「詩之結尾，亦云斷句，亦云落句，須含蓄旨趣。」（《吟窗雜録》卷一二，此據張伯偉《全唐五代詩格彙考》）可與此參看。

《探源》：「落句須含蓄有餘韻。」《譯注》：「結句描寫自然，含有餘意的寫法。」李珍華《王昌齡研究》：「王昌齡在《論文意》篇亦談到收句的問題。他説詩『不得一向把，須縱横而作』，而落句『須令思常如未盡始好』。」「王氏《十七勢》篇所討論的就是他在這裏所説的擴展。對付落句的兩種勢中，一叫『含思落句勢』」，「他所提出的方法即是一句意語，一句景物」。如他的《送别》，或李湛的「此心復何已」。

②「含思」十句：「仍須意出（成）感人始好」句，《考文篇》標點作：「仍須意出成，感人始好。」羅根澤《中國文學批評史》：「前者是普通所謂含蓄不盡；後者大概是以景物的狀態，象徵詩主的心情。所以他舉自己的送别詩云『醉後不能語，鄉山雨雰雰』，便是以『鄉山雨雰雰』，象徵醉後的樣子。」《研究篇》下：「好的落句（詩的最後之句）要牢牢歸結住詩的主旨。但是，不太好着落的時候，則上句述意，下句配合以景，由於意到景的變移，自然地給以歸結，含思落句勢説的就是這種方法。」

③《送别》：本節所引詩均爲佚詩。

④「醉後」二句：《研究篇》下：「難以言説的離愁，和迷濛的煙雨融爲一體，成爲餘韻深長的結尾。」

⑤懷縣：今河南武陟西南。

⑥李湛：字興宗，瀛州饒陽（今屬河北）人，生年未詳，開元初卒。事跡見《舊唐書·李義府傳》附傳、《新唐書·李多祚傳》附傳。

⑦盛江案：六朝時早已注意結句即落句在文章中之作用，注意語含深意。《文心雕龍·附會》云：「若夫絶筆斷章，譬乘舟之振楫；會詞切理，如引轡以揮鞭。克終底績，寄深寫遠。若首唱榮華，而媵句憔悴，則遺勢鬱湮，餘風不暢。此《周易》所謂『臀無膚，其行次且』也。惟首尾相援，則附會之體，固亦無以加於此矣。」又《章句》亦云：「啓行之辭，逆萌中篇之意，絶筆之言，追媵前句之旨。故能外文綺交，内義脈注；附萼相銜，首尾一體。」又《隱秀》：「深文隱蔚，餘味曲包。」「情在詞外曰隱。」鍾嶸《詩品序》：「言已盡而意有餘，興也。」「使味之者無極，聞之者動心，是詩之至也。」可知王昌齡此説淵源有自。此條

所舉詩例，均是落句含蓄，有不盡之意。「鄉山雨雰雰」，爲景物，亦爲心境，煙雨迷濛，亦爲別愁茫然。「空山松桂香」，是實景，亦是超塵脱俗高潔人格之象徵。「長煙溪樹邊」，似是在羈旅途中而見異鄉墟落景色，而於親切之中暗含故鄉之思。「新月清江長」，似寫心境之清爽而又含思悠長。

第十一，相分明勢〔一〕。

相分明勢者，凡作語皆須令意出，一覽其文，至於景象，恍然有如目擊。若上句說事未出，以下一句助之，令分明出其意也①。如李湛詩云：「雲歸石壁盡，月照霜林清。」崔曙詩云：「田家收已盡，蒼蒼唯白茅〔二〕②。」

【校記】

〔一〕「相分明勢」，松本、醍乙本無。

〔二〕「唯」，《全唐詩逸》作「祇」。

【考釋】

①「相分」八句：《研究篇》下：「上句景象不太清楚，以下句把它説分明。有點像下句拂上句勢，但那有以下句把上句包含進去的意趣，與彼不同的是，這是指兩句映發把景象輪廓分明地描繪出來的

意思。」

羅根澤《中國文學批評史》：「關於前者，例引李湛詩云，關於後者，例引崔曙詩云，前者一聯兩句雖互相關照，而語意各明。後者則非合而觀之，其意不顯。前者與下句拂上句勢相差較遠。後者則幾於相同，不過下句拂上句勢故意以下句拂上句，此則下句補明上句的意思而已。」

《探源》：「出語須使意境迫真、清楚。」

② 以上二詩例均爲佚詩，《全唐詩逸》據此收録。

《研究篇》下：「（兩詩例）都專叙景象，似没有以意句和景句相結合。在（日本）連歌裏尋求這一旨趣，則有『櫻さく峯の柴屋に春くれて／うすく霞める山際の里』（明應八年宗祇獨吟山何），俳諧則有『柴刈りこかす峯のささ道　翁　霰降る左の山は萱の寺　北枝』（曾良餞），付句的『うつり（移情）』雖然本來和詩不是相同，但形態類似。」

李珍華《王昌齡研究》：「第二句的作用並非在於增加詩的涵義，而是在於補充一個景象，使第一句『恍然有如目擊』。其他一些連帶感覺，如時當秋日，歲已云暮，田野空茫等等出現在第一句裏的東西，也都可在第二句裏看出。將『相分明勢』和『下句拂上句勢』相比，『相分明勢』的第二句旨在補充景色，使第一句具有具體清晰的真實感，而其本身則純是景物句。」

盛江案：相分明勢，相是互相，有兩層意思。一爲意與景互相映發。如説明前半所言，一方面，「凡作語皆須令意出」，另一方面，「至於景象，恍然有如目擊」。二爲下句與上句互相映發。如説明後半所言，「若上句説事未出，以下一句助之，令分明出其意也」。總而言之，乃謂兩句共同描寫一個景象，相互映發，使意與景均鮮明生動，如例詩即如此。李湛詩，何以霜林月色那麼清明，原來是雲霧盡歸石壁，四望一片晴空。反之亦然，而雲盡歸石壁後爲何種景象？是月色清朗，映照山林，衹見一片如霜之色。崔曙詩，何以田野蒼蒼，唯見白茅，原來是田家收割已盡。而田家收割已盡之景象如何？原來是唯見白茅在蒼蒼原野之上。

第十二〔一〕，一句中分勢〔二〕①。

一句中分勢者，「海浄月色真」〔三〕②。

第十三，一句直比勢〔四〕③。

一句直比勢者，「相思河水流」④。

第十四，生煞迴薄勢〔五〕⑤。

生煞迴薄勢者，前説意悲涼，後以推命破之⑥，前説世路矜騁榮寵〔六〕⑦，後以至空之理破之入道是也⑧。

【校記】

〔一〕「十二」，原作「十一」，據成簣堂、三寶、高甲、高乙、寶龜、六寺、松本、醍乙、江户刊本、維寶箋本改。

〔二〕「一」，成簣堂本無。「一句中分勢」，松本、醍乙本無。
〔三〕「浄」，三寶、松本、江户刊本、維寶箋本作「清」，三寶本注「浄イ」，高甲本注「清イ」。
〔四〕「一句直比勢」，松本、醍乙本無。
〔五〕「生煞迴薄勢」，松本、醍乙本無。
〔六〕「矜騁」，松本、醍乙、江户刊本、維寶箋本作「伶騁」。《校勘記》：「矜騁，『矜』爲『伶』之誤，『騁』『俜』同音通假，伶騁、伶俜，疊韻表況字，也寫作『零丁、伶丁、泠丁』。」《校注》本作「伶俜」。

【考釋】

①一句中分勢：羅根澤《中國文學批評史》：「就例觀之，一句中分勢者，大概是一句中上半與下半分寫，如『海浄』爲一種景象，『月色真』又爲一種景象；惟二者當然要有聯屬關係，惟其『海浄』，所以『月色真』。」《研究篇》下：「據例詩推測，這是一個句子分爲上句和下句的表現，好像是指有所謂『切れ』（分開的片斷）的東西，『海浄』和『月色真』以互相聯繫的意思對應着。」《探源》：「分爲兩事，合爲一景。」李珍華《王昌齡研究》：「（一句中分勢）是有關單句的構築」，「第一種以『海浄月色真』爲例。這例句是由兩句不完全單句組成。一種是『海浄』，一種是『月色真』，這兩個單句的語序完全相同。」

②海浄月色真：王昌齡《送韋十二兵曹》中句。全詩爲：「縣職如長纓，終日檢我身。平明趨郡府，不得展故人。故人念江湖，富貴如埃塵。跡在戎府掾，心遊天臺春。獨立浦邊鶴，白雲長相親。南風忽

至吴，分散還入秦。寒夜天光白，海浄月色真。對坐論歲暮，絃悲豈無因。平生馳驅分，非謂杯酒仁。出處兩不合，忠貞何由伸。看君孤舟去，且欲歌垂綸。」（《全唐詩》卷一四〇）

③ 一句直比勢：羅根澤《中國文學批評史》：「一句直比勢者，大概是句内自爲比況，如以『河水流』比況『相思』。」《研究篇》下：「一句中分勢的特殊表現，上部分和下部分在句中成爲譬喻（或象徵）的表現關係。如例詩，河水永遠不息的流逝的感受，波及於綿綿不盡的『相思』。『父母のしきりに戀し雉子の聲。　いでや我よききぬ着たり蟬の聲。　塚もうごけ我泣こゑは秋の風。　住つかぬ旅の心や置火燵』等，與此有着相通的地方。又如杜甫《江亭》詩『水流心不競』，雖不是獨立的句子，但互相關聯的表現方法和俳句相似。」「這一手法尤其蕉門運用得精練深細，如果説芭蕉的俳諧有杜詩的影響，大概就是在這些地方吧。」

李珍華《王昌齡研究》：「（一句直比勢）是有關單句的構築。」「第二勢的例句是『相思河水流』，這裏相思以河水相比，無窮無盡，日夜不斷。」

④ 相思河水流：爲唐李頎《題綦毋校書别業》中句。全詩爲：「常稱掛冠吏，昨日歸滄洲。行客暮帆遠，主人庭樹秋。豈伊問天命，但欲爲山遊。萬物我何有，白雲空自幽。蕭條江海上，日夕見丹丘。生事非漁釣，賞心隨去留。惜哉曠微月，欲濟無輕舟。倏忽令人老，相思河水流。」（《全唐詩》卷一三二）

⑤ 生煞：指萌生凋落、陰陽消長等自然規律。《莊子·天運》：「怨恩取與諫教生殺八者，正之器也。」成玄英疏：「應青春以生長，順素秋以殺罰。」迴薄：循環變化。賈誼《鵩鳥賦》：「萬物迴薄兮，振蕩

相轉。」（《文選》卷一三）李善注：「斯則萬物變化，烏有常則乎。……精神迴薄，振蕩相轉。」潘岳《秋興賦》：「四時忽其代序兮，萬物紛以迴薄。」（《文選》卷一三）

⑥推命：推究命運。

⑦矜騁：當作「伶俜」，孤單貌。《古詩爲焦仲卿妻作》：「晝夜勤作息，伶俜縈苦辛。」（《玉臺新詠》卷一）

⑧羅根澤《中國文學批評史》：「據此，知其作用與下句勢有相同者，都是前後相拂相救；惟彼所以明句意，此所以見作意，彼僅求句之顯豁，此則在拂救詩意不使太偏耳。」《研究篇》下：「把完全相反的趣向組合在一起，巧妙地加以處理的表現方法。其目的大概是讓人看到所謂生殺自由的手法。僅此很可能損害技巧，不太讓人首肯，但是昌齡提出這一勢的旨趣，似在於把握之際，把絲毫不拘於傳統之意促動起來。没有例詩，不就是這一勢的把握的態度嗎？」《探源》：「筆鋒一轉，意思爲之一變。」李珍華《王昌齡研究》：「這個勢有兩種意義，在《十七勢》一篇裏，王氏下的定義是有關感覺和哲理的回思，如『前説意悲涼，後以推命破之，前説世路伶騁榮寵，後以至空之理破之入道是也』，在《論文意》一篇裏，『生煞迴薄』指的是四時的運轉，並説詩亦應如此運轉。王氏並没有再提供其他例子，但從《論文意》篇裏，他對孫綽《天臺山賦》和鮑照《蕪城賦》的分析則可看出一些端倪。鮑照的《蕪城賦》開始是描寫城市的繁盛，接着便是悲哀荒涼之語形容破滅，最後四句是：『邊風急兮城上寒，井徑滅兮丘隴殘，千齡兮萬代，共盡兮何言。』從王昌齡觀點來説，這首賦是悲哀過甚，無『自寬知道』之意，它所犯的錯誤是有死

而無生，有衰而無盛，故欠翻覆飛騰之勢。孫綽的《天臺山賦》則富有穿插反覆，可見內容的多彩，及哲理的會意。這篇賦先交代詩人被一幅天臺山的畫而引起，馳思到神遊仙居。然後他描寫如何神遊仙居，遨翔太虛，遂致機心全失，神已入玄，與物俱化，天地混沌。」

盛江案：生煞迴薄勢是將欲抑之，先故揚之，將欲一筆抹倒，先故重筆渲染之手法。一揚一抑，一筆抹倒，造成意興詩情之起伏迴蕩，於强烈反差劇烈反襯中造成不同尋常之藝術效果。

第十五，理入景勢〔一〕①。

理入景勢者，詩不可一向把理②，皆須入景，語始清味。理欲入景勢〔二〕，皆須引理語，入一地及居處〔三〕，所在便論之③。其景與理不相愜，理通無味④。昌齡詩云：「時與醉林壑，因之墮農桑。槐煙稍含夜〔四〕，樓月深蒼茫〔五〕⑤。」

【校記】

〔一〕「理入景勢」，松本、醍乙本無。

〔二〕「欲」，羅根澤《中國文學批評史》：「疑當作語。」

〔三〕「一」，原無，《眼心抄》、成簣堂、三寶、高甲、高乙本同，據六寺、江户刊本、維寶箋本補。

〔四〕「稍」，正丙、醍乙、江户刊本、維寶箋本作「漸」。

〔五〕「茫」，原作「范」，成簣堂、三寶、高甲、高乙、六寺、正丙本同，據醍乙、江户刊本、維寶箋本改。

【考釋】

①理入景勢：《研究篇》下：「歸結於理則讓人感覺没有詩趣，始終叙景也没有妙味，從這個觀點出發，提出這一勢。」

吟窗本王昌齡《詩格》「常用體十四」：「理入景體九。丘希範詩：『漁潭霧未開，赤亭風已飂。』江文通詩：『一聞苦寒奏，再使艷歌傷。』顔延年詩：『凄矣自遠風，傷我千里目。』」案據《文選》，「飂」作「颺」，「我」作「哉」。本書南卷《論文意》：「若一向言意，詩中不妙及無味。景語若多，與意相兼不緊，雖理通亦無味。」可與此參看。

②一向：猶一味、一意。白居易《昭君怨》：「自是君恩薄如紙，不須一向恨丹青。」（《全唐詩》卷四三九）日本圓仁《入唐求法巡禮行記》：「恐天下百姓一向作銅器，無銅鑄錢，所以禁斷矣。」（上海古籍出版社一九八六年）本書中亦爲王昌齡所常用，如下文云：「詩一向言意，則不清及無味；一向言景，亦無味。」南卷《論文意》：「詩不得一向把，須縱横而作。」

③「皆須入景」五句：各本標點不一。詩話叢書本作：「皆須入景語始清味理，欲入景勢，皆須引理語入一地，及居處所在便論之。」《考文篇》作：「皆須入景語始清味；理欲入景勢，皆須引理語入地及居處所在便論之。」《札記續記》作：「皆須入景語，始清味；理欲入景勢，皆須引理語，入地及居處所在，便

論之。」云：「南卷有『夫一句即須見其地居處』之句，依此，『一地』顯然當和『及居處』連讀。」《校注》作：「皆須入景，語始清味；理欲入景勢，皆須引理語入一地及居處，所在便論之。」《譯注》作：「皆須入景語始清味；理欲入景勢，皆須引理語，入一地及居處，所在便論之。」林田校作：「皆須入景語始清味；理欲入景勢，皆須引理語，入一地及居處，所在便論之。」

④「其景」二句：《探源》：「不可純用理語，把理語寄託在景語上，使之融洽。」

⑤「時與」四句：此詩爲佚詩，《全唐詩逸》據此收録。《研究篇》下：「上二句，叙述時時沉醉而連農桑之事也捨棄了之事。後二句，描繪適於歸農隱士清逸情趣的田園傍晚情景，巧妙地表現平安閑寂的農鄉生活。不僅理和景，而且情和景，還有意和景都很生動。有點像連歌季句和雜句巧妙的編織一起的情趣。如《水無瀨三吟》：『心あるかぎりぞしるき世捨人　宗長　おさまるなみに舟いづるみゆ　宗祇　朝なぎの空にあとなき夜の雲　肖柏……』因爲是連歌，句式變化和詩不一樣，但從人事移情於景物的韻味，和理入景勢是一致的。」《譯注》：「前二句述理，後二句描寫與此相應的景。」

第十六，景入理勢〔一〕①。

景入理勢者，詩一向言意，則不清及無味，一向言景，亦無味。事須景與意相兼始好。凡景語入理語，皆須相愜，當收意緊，不可正言。景語勢收之便論理語，無相管攝。方今人皆不作意，慎之。昌齡詩云〔二〕：「桑葉下墟落，鵾鷄鳴渚田。物情每衰極〔三〕，吾道方淵然②。」

【校記】

〔一〕「景入理勢」，松本、醍乙本無。

〔二〕「昌齡」，《眼心抄》無。

〔三〕「每衰極」，松本、醍乙、江户刊本、維寶箋本作「每遽衰極」，《眼心抄》作「遽衰索」。《校勘記》：「『每』、『遽』二字均爲校字。」

【考釋】

① 景入理勢：吟窗本王昌齡《詩格》「常用體十四」：「景入理體十。鮑明遠詩：『侵星赴早路，畢景逐前儔。』謝玄暉詩：『天際識孤舟，雲中辨江樹。』」可與參看。

羅根澤《中國文學批評史》：「（第十五理入景勢與第十六景入理勢）二者合而觀之，知王氏的意思，大概謂祇是説理，或祇是寫景，都不算好詩；『事須與景相兼始好』（盛江案：原文如此。「與景」當作「景與意」）。惟引理入景，須與景相愜；寫景入理，亦須與理相愜。否則，『景與理不相愜，理通無味』，景好也不是佳作。」

《研究篇》下：「『理』這一東西，是完全不藉助於他物，最清晰的表現意自體的『意』的狀態，這和『意』没有大的差别。這也是説明不祇停滯於意，也不祇停滯於景，而要達到意和景諧和的藝術表現。因爲用在開頭比較多，因此細分作直樹一句第二句入作勢，直樹兩句第三句入作勢，直樹三句第四句入作勢。這三勢從廣義上，都可以看作景入理勢。」「但那是專就詩的開頭如何把握來説的，而這裏則衹是把景和理交錯的意思。」

李珍華《王昌齡研究》：「下面兩種勢（案指第十五理入景勢與第十六景入理勢）是講如何處理景和理的。在《論文意》篇裏，王昌齡指出詩人必須避免全用景句或全用理句，就兩句而言，他建議一句言景，一句言理或事，如他的『蟬鳴空桑林，八月蕭關道』，是狀句在前，意句在後，又如謝靈運的『昏旦變氣候，山水含清輝』，是上句言意，下句言狀。至於景句和理句的關係，王昌齡的觀點也是如此：景句須與理句相配用，而且景語必須切合理句。王氏所舉數例，第一例（盛江案：指「時與醉林壑」一詩）是理句在前，景句在後（「理入景勢」），第二例（盛江案：指「桑葉下墟落」一詩）是景語在前，理句在後（「景入理勢」）。」

② 「桑葉」四句：此詩爲佚詩，《全唐詩逸》據此收録。

第十七，心期落句勢〔一〕①。

心期落句勢者，心有所期是也。昌齡詩云〔二〕：「青桂花未吐，江中獨鳴琴②。」言青桂花吐之時，期得相見。花既未吐〔三〕，即未相見，所以江中獨鳴琴。又詩云：「還舟望炎海，楚葉下秋水③。」言至秋方始還〔四〕。此《送友人之安南》也〔五〕。

【校記】

〔一〕「心期落句勢」，松本、醍乙本無。
〔二〕「昌齡」，《眼心抄》無。
〔三〕「既」，《校勘記》：「花既未吐，『既』爲『即』之訛歟。」
〔四〕「至秋」，《眼心抄》作「秋至」。
〔五〕「也」，松本、醍乙、江户刊本、維寶箋本無。「安南也」下《眼心抄》有「又此心復何已新月清江長李湛」。

【考釋】

①心期落句勢：《譯注》：「結句寄託期待心情的手法。」

②「青桂」二句：此爲佚詩，《全唐詩逸》據此收録。王昌齡《送劉昚虚歸取宏辭解》：「青桂春再榮，白雲暮來變。」（《全唐詩》卷一四〇）

③「還舟」二句：此亦爲佚詩，《全唐詩逸》據此收録。

《研究篇》下：「這一條的例詩，昌齡自作自解」，據例詩，「末尾留着期待的心情而終篇是心期落句勢。關於落句的處理方法，傳本《詩格》『落句體七』提出七種類，這當中，《十七勢》中有含思，其他則没有，這落句體七種是否全爲王昌齡説雖有懷疑，但這也成爲昌齡『特論落句之體』這一事實的一個旁證」。

李珍華《王昌齡研究》：「落句的第二種勢是『心期落句勢』，(「青桂花未吐」和「還舟望炎海」)這兩個例子都以期待爲主要内容，期待某事之發生，或尚未發生。與『含思落句勢』相比，含思落句將讀者的視綫截斷或轉向無處，而『心期落句』則將視綫還歸眼前事物。」

十四例〔一〕①

一，重疊用事之例。二，上句用事，下句以事成之例。三，立興以意成之例。四，雙立興以意成之例。五，上句古，下句以即事偶之例。六，上句意，下句以意成之例。七，上句體物，下句以狀成之例。八，上句體時，下句以狀成之例。九，上句用事，下句以意成之例。十，當句各以物色成之例〔二〕。十一，立比以成之例〔三〕。十二，覆意之例。十三，疊語之例。十四，避忌之例。御草本銷之〔四〕。十五〔五〕，輕重錯謬之例②。

【校記】

〔一〕「十四例」，寶龜本題下雙行小字注「皎公時議雜立八種對十五例如後」，「四」作「五」，右旁注「四イ」。松本、醍乙、江户刊本、維寶箋本題下雙行小字注「皎公詩議新立八種對十五例具如後十五例御草本錯之」，題下注中醍乙本「詩」誤作「時」。

〔二〕「各」字原無，各本同，據吟窗本《詩議》補。

〔三〕「以」字原無，各本同，據吟窗本《詩議》補。

〔四〕「十四避忌之例御草本銷之」十一字原無，據醍乙、寶龜、松本、江户刊本、維寶箋本補。
〔五〕「五」，原作「四」，成簣堂、三寶、高甲、高乙、六寺本同，據寶龜、松本、醍乙、江户刊本、維寶箋本改。

【考釋】

①例：「十四（五）例」之「例」是體例，因不同詩文作法而形成不同風貌之體例。

《札記》：「『皎公詩議新立八種對十五例具如後』這十五字是原注，東卷論對注『右八種對出皎公詩議』，舉出八對。」中澤希男《王昌齡詩格考》：「這個注的『具如後』爲『具列如後』之訛。『錯』爲『銷』之訛。這個注的『皎公詩議……具如後』是御草本的原注，『十五例』以下爲抄者加注，這從字面上能看出來。（寶龜院本的注）『時』爲『詩』訛，『雜』爲『新』之訛。《秘府論》諸鈔本都那樣認真地傳御草本之舊，從這點推測，抄者妄加這樣的注是不可想像的。」「所謂『十五例御草本錯（銷）之』，和這一條的目次『十四例』下有『御草本消之』有關連。大師當初抄出《詩議》十五例的全文，後來把『十四避忌之例』放在西卷，移入《文二十八種病》，因此把『十五輕重錯謬之例』提前到第十四例。所謂『十五例御草本消之』便指此事。注是『御草本消除掉標題的十五例而改爲十四例』的意思。」

皎然及其詩論著作，見天卷序考釋。

《四庫全書總目》：「（皎然《詩式》）原書散佚，而好事者摭拾補之也。」

羅根澤《中國文學批評史》：「（各家著録有《詩評》）《秘府論》也引及《詩議》，評議義近，蓋即一書。……至《詩學指南》）評論一卷，是後人割裂《詩議》、《詩式》湊成的。」「《詩議》、《詩式》都是皎然所作，相通的地方自然很多，但論其差別，則《詩議》偏於評議格律，《詩式》偏於提示品式。」

張少康《皎然〈詩式〉版本新議》：「《吟窗雜録》載有皎然《詩議》《評論》《詩式》三種，如果這《評論》就是《詩評》的話，那麽《詩式》五卷本和吟窗本《詩評》是互有交叉的，而《詩評》和《文鏡秘府論》所引《詩議》也有交叉」，「可見，《詩議》與《評論》是一部著作還是兩部著作，很值得研究」。「《詩評》是《詩式》的一部分，還是另一部著作，或是《詩議》的别名，也是一個值得研究的問題。」「《詩議》雖以評議格律爲主，但也涉及創作理論。此點《文鏡秘府論・南卷》引文可證。故在流傳過程中與《詩式》中評論互竄，或者有人將《詩式》中某些評論與《詩議》合併，編爲一卷或三卷，改稱《詩評》，也很有可能。《詩法統宗》將吟窗本中《詩評》併入《詩議》，也許並不是毫無根據的。因此，皎然除《詩式》、《詩議》外，並無《詩評》（或稱《評論》）著作，吟窗本卷七所收可能是當時流傳的、經過竄改的《詩議》（或稱《詩評》），而第八至第十卷所收《詩式》則可能是皎然寫於貞元前的《詩式》的『草本』。應該説陳振孫《直齋書録解題》所説皎然有《詩式》五卷、《詩議》一卷，是比較確切而符合實際的。」

興膳宏《皎然詩式的構造和理論》：「《吟窗雜録》作爲皎然撰的詩論書，《詩式》之外，題爲《詩議》的一種書收於卷七，有意思的是，一看《詩議》中『評論』一項，就會注意到它和現行五卷本、一卷本《詩式》的内容多處對應。更有意思的是，吟窗本《詩式》和《詩議》中的『評論』，幾乎包括了全部各項。」「如果吟窗本《詩式》和《詩議》暗示了更早的形態，那麽，現行五卷本《詩式》就是將原來的《詩式》和《詩議》合在一起編成的。」

②吟窗本皎然《詩議》：「詩有十五例。一、重疊用事例。詩曰：『浄宮連博望，香刹對承華。』二、上句用事，下句以事成之例。詩曰：『子玉之敗，屢增堆塵。』上句出《傳》，下句出《詩》。三、立興以意成之例。詩曰：『明月照高樓，流光正徘徊。上有愁思婦，悲歎有餘哀。』四、雙立興以意成之例。詩曰：『青青陵上柏，磊磊澗中石。人生百歲間，忽如遠行客。』五、上句古，下句以即事偶之例。詩曰：『昔聞汾水遊，今見塵外鑣。』六、上句立意，下句以意成之例。詩曰：『假樂君子，顯顯令德。宜民宜人，受禄于天。』七、上句體物，下句以狀成之例。詩曰：『朔風吹飛雨，蕭蕭江上來。』八、上句體時，下句以狀成之例。詩曰：『昏旦變氣候，山水含清輝。』九、上句用事，下句以意成之例。詩曰：『雖無玄豹姿，終隱南山霧。』十、當句各以物色成之例。詩曰：『明月照積雪，朔風勁且哀。』十一、立比以成之例。詩曰：『餘霞散成綺，澄江浄如練。』十二、覆意之例。詩曰：『延州協心許，楚老惜蘭芳。解劍竟何及，撫墳徒自傷。』十三、疊語之例。詩曰：『故人心尚爾，故心人不見。』又詩曰：『既爲風所開，還爲風所落。』十四、避忌之例。詩曰：『何以雙飛龍，羽異（翼）臨當乖。』又詩曰：『吾兄既鳳翔，王子亦龍飛。』十五、輕重錯謬之例。詩曰：陳王之誄武帝，稱『尊靈永蟄』。孫楚之哀人臣，乃云『奄忽登遐』。此錯謬之例。」

吟窗本王昌齡《詩中密旨》：「詩有九格。一曰重疊用事格。二曰上句立興下句是意格。三曰上句立興下句是比格。四曰上句體物下句狀成格。五曰上句體時下句狀成格。六曰上句體事下句意成格。七曰句中比物成意格。八曰句中疊語格。九曰句中輕重錯謬格。重疊用事格一。詩曰『浄宮連薄望，香刹對（承）花』是也。上句立興下句是意格二。詩曰『明月照高臺，孤光正徘徊』是也。上句立興下句是比格三。詩曰『青青陵上柏，磊磊澗中石。人生天地間，猶如遠行客』是也。上句體物下句狀成格四。詩曰『朔風吹飛雨，蕭蕭江上來』是也。上句體時下句狀成格五。詩曰『昏旦變氣候，山水含清輝』是也。上句體事下句意成格六。詩曰『雖無玄豹姿，終隱南山霧』是也。句中比物成語意格七。詩曰『餘霞散成綺，澄江静如練』是也。句中疊語格八。詩曰『既爲風所開，還爲風所落』是也。句中輕重錯謬格九。詩曰『天子憂征伐，黎民常自胎』是也。」

《札記》：「依通行本注，這十四例出皎然《詩議》。但是，其中九例與傳本昌齡《詩格》中的『詩有九格』相一致，這『九格』是：（略）這樣考慮，『皎公詩議新立八種對十五例具如後』中的『新立』是針對昌齡《詩格》而言的。這十四例應當是將昌齡《詩格》和皎然《詩議》安排在一起而成的。」中澤希男《王昌齡詩格考》：「『詩有九格』如果是《詩格》的原文的話，那麽，皎然的十五例就是在昌齡『九格』的基礎上補加的。《秘府論》原注有『皎公詩議新立八種對十五例』，大概是『《詩格》有九格，但皎然另外新立十五例，這裏採用這十五例』這樣的意思。九格的例句限於五言，十五例則還加有四言句。恐怕十五例原原本本的保存了《詩格》的九格，而在此基礎上補加了四言的例句。」

《研究篇》下：「（十五例）據皎然《詩議》是顯然的。」「再治本删去避忌之例，而把它移入西卷詩病論，可能輕重錯謬之例應該屬於詩病。」

趙晶晶《王昌齡文藝思想研究》：「《詩中密旨·詩有九格》全部見於此十四例中，不僅名稱大致相同，且所舉之例也完全相同。非彼此相襲即彼此同源。因爲皎氏説多沿王説，且襲前説爲詩格式之慣例，否則空海也無需『即事刀筆，削其重複』。如果《密旨》摘皎説填益，無須縮改十五例爲九格。故仍可推斷此條爲真本王昌齡《詩格》之殘存者。」

一，重疊用事之例〔一〕①。詩曰：「浄宮鄰博望〔二〕，香刹對承華②。」

二，上句用事，下句以事成之例。詩曰：「子玉之敗，屢增惟塵③。」上句出《傳》，下句出《詩》也〔三〕。

三，立興以意成之例④。《詩》曰：「營營青蠅〔四〕，止于樊。愷悌君子，無信讒言⑤。」又詩曰：「明月照高樓，流光正徘徊。上有愁思婦，悲歎有餘哀⑥。」

四，雙立興以意成之例。《詩》曰：「鼓鐘鏘鏘，淮水湯湯〔五〕，憂心且傷⑦。」又詩曰：「青青陵上柏，磊磊澗中石。人生天地間，忽如遠行客⑧。」

【校記】

〔一〕「例」，吟窗本《詩中密旨》作「格」，下同此。

〔二〕「鄰」，吟窗雜録本《詩議》作「連」。

〔三〕「也」，松本、醍乙、江户刊本、維寶箋本無。

〔四〕「營營」，松本、醍乙、江户刊本、維寶箋本作「熒熒」。「蠅」下原有「々」，高甲、高乙、寶龜、醍乙本同，六寺本有

「蠅」，據成簣堂、江户刊本、維寶箋本删。

〔五〕「湯湯」，松本、醍乙、江户刊本、維寶箋本作「蕩蕩」。

【考釋】

①用事：用典。鍾嶸《詩品序》：「至乎吟詠情性，亦何貴於用事。」《文心雕龍·事類》：「事類者，蓋文章之外，據事以類義，援古以證今者也。」

②「浄宫」二句：詩題及撰者不詳。浄宫：佛寺。梁簡文帝《遊光宅寺》：「方欣大雲溥，慈悲流浄宫。」（《先秦漢魏晉南北朝詩·梁詩》卷二一）博望：即博望苑，漢宫苑名。《漢書·戾太子劉據傳》：「及冠就宫，上（武帝）爲立博望苑，使通賓客。」《三輔黄圖·苑囿》：「博望苑在長安城南杜門外五里有遺址。」香刹：亦佛寺。唐宋之問《奉和幸大薦福寺》：「香刹中天起。」（《全唐詩》卷五三）承華：太子宫宫門名。晉陸機《贈馮文羆遷斥丘令》：「閶闔既闢，承華再建。」（《文選》卷二四）李善注引《洛陽記》：「太子宫在太宫東薄室門外，中有承華門。」

例詩上句博望和下句承華重複用事，所以稱爲重疊用事之例。

③「子玉」二句：見魏嵇康《幽憤詩》（《文選》卷二三），李善注：「子玉，楚大夫也，《左氏傳》曰：『楚子將圍宋，使子文治兵於睽，終朝而畢，不戮一人。子玉復治兵於蔿，終日而畢，鞭七人，貫三人耳。國老皆賀子文，子文飲之酒。蔿賈尚幼，後至，不賀，子文問之，對曰：「不知所賀。子之傳政於子玉，子玉

之敗，子之舉也，舉以敗國，將何賀焉。」』《毛詩》曰：『無將大車，維塵冥冥。』鄭玄曰：喻『大夫進舉小人，適自作憂患也』。」

《研究篇》下：「上句和下句都用故事，而下句的故事裨助上句的故事，有着互相關聯的意味。如例詩，爲痛憤鍾會和吕巽陷嵇康於寃罪之作。所謂子玉之敗，是楚令尹子文舉子玉代替自己，子玉與晉作戰大敗，因此説責任在子文。『惟塵』見於《毛詩·小雅·谷風·無將大車》鄭箋『猶進小人蔽傷己之功德』，就是説，上句和下句相俟，表現對於任用小人的大將軍的强烈責難。」

盛江案：皎然十四例關於用事之例有：三、上句用事，下句以事成之例；五、上句古，下句以即事偶之例；九、上句用事，下句以意成之例。日本《歌經標式》之歌體論中雜體有十，其中六、七、八、九種爲有以古事陳於發句，以新意陳於三句之「頭古腰新」；有以新意陳於發句，以古事陳於三句之「頭新腰古」；有第三句陳於古事爲腰之「頭古腰古」；有以古事無定處，四句中交錯用之之「古事意」。均於上下句之間，或均用古事，或古事新意錯用，利用古事與古事、古事與新意互相關聯造成某種藝術效果。

④ 立興以意成之例：吟窗本《詩中密旨》作「上句立興下句是意格」。

⑤「營營」四句：《詩·小雅·青蠅》的第一章，吟窗雜録本《詩議》無此詩例。

⑥「明月」四句：魏曹植《七哀詩》中句。全詩爲：「明月照高樓，流光正徘徊。上有愁思婦，悲歎有餘哀。借問歎者誰，言是客子妻。君行逾十年，孤妾常獨棲。君若清路塵，妾若濁水泥。浮沉各異勢，會合何時諧。願爲西南風，長逝入君懷。君懷良不開，賤妾當何依。」（《文選》卷二三）李善注：「夫皎月

流輝，輪無輟照，以其餘光未没，似若徘徊，前覺以爲『文外傍情』，斯言當矣。」

《研究篇》下：「這一例和立比以成之例，相當於王昌齡的比興入作勢。先舉客象之句，然後承之以主題之句。」如例詩，「後者曹子建《七哀詩》，明月和流光徘徊，構成佳人無法消愁的縷縷憂思的感興」。盛江案：「興」爲比興之象，非一般所言之感興。此例意謂，先以比興之象營造抒情氣氛，然後引出抒情之意。

⑦「鼓鐘」三句：《詩·小雅·鼓鍾》第一章的前三句。毛傳：「幽王用樂不與德，比會諸侯于淮上，鼓其淫樂以示諸侯，賢者爲之憂傷。」鏘鏘：鼓鐘之聲。湯湯：猶「蕩蕩」，大水急流貌。《譯注》：「皎然以前二句作爲興，不知其根據。」吟窗雜録本《詩議》無此詩例。

⑧「青青」四句：爲《古詩十九首》其三之前四句。全詩爲：「青青陵上柏，磊磊澗中石。人生天地間，忽如遠行客。斗酒相娱樂，聊厚不爲薄。驅車策駑馬，遊戲宛與洛。洛中何鬱鬱，冠帶自相索。長衢羅夾巷，王侯多第宅。兩宫遥相望，雙闕百餘尺。極宴娱心意，戚戚何所迫。」（《文選》卷二九）李善注：「（青青二句）言長存也。《莊子》：『仲尼曰：受命於地，唯松柏獨也，在冬夏常青青。』《楚詞》曰：『石磊磊兮葛蔓蔓。』《字林》：『磊磊，衆石也。』（人生二句）言異松石也。《尸子》：『老萊子曰：人生於天地之間，寄也，寄者固歸。』《列子》曰：『死人爲歸人。則生人爲行人矣。』《韓詩外傳》曰：『枯魚銜索，幾何不蠹。二親之壽，忽如過客。』」《詩中密旨》作「上句立興下句是比格」。

《研究篇》下：「立興以意成之例的特殊形式，立興而並立的表示。互相意思相同，用圖表示，其關係即爲：興a 興b]—意A。」如例詩，「李善注後者上二句『言長存也』，注下二句『言異松石也』。就是說，取句對句的興，如六義項所定義的『皎云：興者，立象於前，後以人事喻之』那樣，皎然的見解是，就前句而把後句作比喻是興。因此，這可以解釋爲，上句表示之趣規定下句之意，這樣的句單位的譬喻是興」。《譯注》：「柏、石象徵永遠不變的生命，與下二句寫短暫的人生對照。」

五，上句古，下句以即事偶之例。詩曰：「昔聞汾水遊，今見塵外鑣①。」

六，上句意〔一〕，下句以意成之例。《詩》曰：「假樂君子，顯顯令德。宜民宜人，受禄于天②。」

七，上句體物③，下句以狀成之例。詩曰：「朔風吹飛雨〔二〕，蕭條江上來〔三〕④。」

八，上句體時，下句以狀成之例。詩曰：「昏旦變氣候，山水含清暉⑤。」

【校記】

〔一〕「上句意」，吟窗本《詩議》作「上句立意」。

〔二〕「雨」，吟窗本《詩中密旨》作「雪」。

〔三〕「蕭條」，吟窗本《詩中密旨》作「蕭蕭」。

【考釋】

①「昔聞」二句：劉宋謝靈運《從遊京口北固應詔》中句。全詩爲：「玉璽戒誠信，黄屋示崇高。事

爲名教用，道以神理超。昔聞汾水遊，今見塵外鑣。鳴笳發春渚，税鑾登山椒。張組眺倒景，列筵矚歸潮。遠巖映蘭薄，白日麗江皐。原隰荑緑柳，墟圃散紅桃。皇心美陽澤，萬象咸光昭。顧己枉維縶，撫志慚場苗。工拙各所宜，終以反林巢。曾是縈舊想，覽物奏長謡。」（《文選》二二）《莊子・逍遥遊》：「堯治天下之民，平海内之政，往見四子藐姑射之山，汾水之陽，窅然喪其天下焉。」《莊子・大宗師》：「芒然彷徨乎塵垢之外，逍遥乎無爲之業。」《文選》張銑注：「堯見四子藐姑射之山，汾水之陽。窅然喪其天下焉，故云『昔聞』也。『今見』謂宋高祖登北固山，若飄然出於塵外，正與堯意相合也。」

《研究篇》下：「這和前幾例範疇多少有些不同，這是在古與新的配合中追求某種情趣的手法。（例詩略）這一手法，可以説是由對偶的巧拙左右生死吧。把相反的東西配合起來以得到興趣的表現方法，連歌也有，把大的東西附於小的東西，『せばき袂をくたす海士の子／大海の遠き潮干にあさりして』，或者，把小的東西附於大的東西，『雲間の月の光ぞすくなき／奥山の岩のとだえに水すみて』（雨夜記），這比起謝靈運的句子也許更有意思，如果讓皎然看到這些『寄合』（盛江案：連歌、俳諧中和前句有關聯的詞），也許會提出類似上句大下句以小偶之例這樣的名目。」

②「假樂」四句：《詩・大雅・假樂》首章前四句。鄭玄箋：「顯光也，天嘉樂，成王有光，光之善德，安民官人，皆得其宜，以受福禄於天。」

《研究篇》下：「以意貫徹到底的表現方法。上句寫意，到下句也由其意來承接。」「這種手法，如果要用修辭的六義説來説，則相當於賦，任由所感，就其本來的面貌直接叙述。朱子對前詩（例詩）就注

『賦也』。」

③體物：晉陸機《文賦》：「賦體物而瀏亮。」李善注：「賦以陳事，故曰體物。」

④「朔風」二句：南齊謝朓《觀朝雨》之前二句。全詩爲：「朔風吹飛雨，蕭條江上來。既灑百常觀，復集九成臺。空濛如薄霧，散漫似輕埃。平明振衣坐，重門猶未開。耳目暫無擾，懷古信悠哉。戢翼希驤首，乘流畏曝鰓。動息無兼遂，歧路多徘徊。方同戰勝者，去翦北山萊。」（《文選》卷三〇）張銑注：「蕭條，雨足灑水而隨風貌。」

《研究篇》下：「上句寫其物體，下句寫物體的樣子。這種體和狀照應的看法，正因爲皎然是釋家，所以感到大概他是從起信論所説的體和用想到的吧。（例詩略）上句眼中感受到夾着雨的北風，下句以此一轉，寫蕭條降於江上的遠景，這樣來表現的手法，確實非常鮮明。」盛江案：此所謂「體」，非本體之體，乃賦陳摹狀之意。《易·繫辭下》：「以體天地之撰。」孔穎達正義：「或以剛柔體象天地之數也。」體字爲動詞，非爲名詞。《譯注》：「上句把風和雨二物提示出來，下句描寫其狀態。」

⑤「昏旦」二句：劉宋謝靈運《石壁精舍還湖中作》之首二句。全詩爲：「昏旦變氣候，山水含清暉。清暉能娱人，遊子憺忘歸。出谷日尚早，入舟陽已微。林壑斂暝色，雲霞收夕霏。芰荷迭映蔚，蒲稗相因依。披拂趨南徑，愉悦偃東扉。慮澹物自輕，意愜理無違。寄言攝生客，試用此道推。」（《文選》卷二二）

《研究篇》下：「和上一例異曲同工，衹是把時作爲體這一點上不同。上句提示的盡是朝夕所見的氣象，下句則把朝夕氣象的樣子用『山水含清暉』表現出來。」

九，上句用事，下句以意成之例。　詩曰：「雖無玄豹姿，終隱南山霧①。」

十，當句以物色成之例〔一〕。　詩曰：「明月照積雪，朔風勁且哀②。」

十一，立比成之例〔二〕③。　詩曰：「餘霞散成綺，澄江浄如練④。」

十二，覆意之例。　詩曰：「延州協心許⑤，楚老惜蘭芳⑥。　解劍竟何及，撫墳徒自傷⑦。」

【校記】

〔一〕「當句」下吟窗雜録本《詩議》有「各」字。

〔二〕「立比」下吟窗雜録本《詩議》有「以」字。

【考釋】

①「雖無」二句：南齊謝朓《之宣城出新林浦向板橋》末二句。全詩爲：「江路西南永，歸流東北鶩。天際識歸舟，雲中辨江樹。　旅思倦摇摇，孤遊昔已屢。　既懽懷禄情，復協滄洲趣。　囂塵自兹隔，賞心於此遇。雖無玄豹姿，終隱南山霧。」（《文選》卷二七）漢劉向《列女傳·陶荅子妻》：「南山有玄豹，霧雨七日而不下食者，何也，欲以澤其毛而成文章也，故藏而遠害。」（《叢書集成初編》）二句喻懷才畏忌而隱居。《研究篇》下：「上句寫一故事，下句則巧妙地安排這一故事，可以看作第二和第六的中間型。……

玄暉説『雖無玄豹姿』以表示謙遜，實質則仍打算成爲玄豹，説起玄豹，以表現離塵之意。這樣的例子還有很多，沈約作《别范安成》的落句『夢中不識路，何以慰相思』等即是一例。上句沿用《韓非子》張敏高惠的故事。用事稍微有些異趣，但是，『容華坐消歇，端爲誰苦辛』（鮑照《行夢至城東橋》），『微身輕蟬翼，弱冠忝嘉招』（潘岳《河陽縣作》）等，也有類似的情趣。前者用陸機的『容華宿夜零，無故自消歇』，後者用曹植『身輕蟬翼，恩重丘山』。這讓人想到（日本）新古今時代的本歌取。」

② 「明月」二句：劉宋謝靈運《歲暮》中句。全詩爲：「殷憂不能寐，苦此夜難頽。明月照積雪，朔風勁且哀。運往無淹物，年逝覺已催。」（《藝文類聚》卷三）

維寶箋：「皎然《詩式》二曰：如池塘生春草，情在言外，明月照積雪，旨冥句中，風力雖齊，取興各别。」《研究篇》下：「（如例詩）可能是以『照積雪』之物色配於『明月』，就這樣成爲統一的景象。於『朔風』興起『勁且哀』的情態，衹此一句景象便十分清晰，大概是這樣的意思。」《譯注》：「一句中所描寫的自然景物，各自有着獨立的内容。」

③ 立比成之例：吟窗本《詩中密旨》作「句中比物成語意格」。

④ 「餘霞」二句：南齊謝脁《晚登三山還望京邑》中句。全詩爲：「灞涘望長安，河陽視京縣。白日麗飛甍，參差皆可見。餘霞散成綺，澄江静如練。喧鳥覆春洲，雜英滿芳甸。去矣方滯淫，懷哉罷歡宴。佳期悵何許，淚下如流霰。有情知望鄉，誰能縝不變。」（《文選》卷二七）

《研究篇》下：「和立意成之例並列，相當於王説的比興入作勢。皎然把『比』解作『全取外象，以興之』，

（例詩略）恰好與此相符。」「餘霞和綺，澄江和練，都各自相當於『比』。這是句内的語單位的譬喻。」盛江案：當句出現喻體與本體，用形象之比喻以描繪物象，此與王昌齡之先用比興，然後進入本意，有所不同。

⑤心許：《史記·吴太伯世家》：「季札之初使，北過徐君。徐君好季札劍，口弗敢言。季札心知之，爲使上國，未獻。還至徐，徐君已死，於是乃解其寶劍，繫之徐君冢樹而去。……曰：『……始吾心已許之，豈以死倍吾心哉！』」

⑥楚老：《漢書·龔勝傳》：龔勝卒，「有老父來弔，哭甚哀，既而曰：『嗟虖！薫以香自燒，膏以明自銷。龔生竟夭天年，非吾徒也。』遂趨而出，莫知其誰」。此老父隱於彭城，後世稱爲楚老，《徐州先賢傳》：「楚老者，彭城隱人也。」（《文選》卷二三李善注引）

⑦以上四句爲劉宋謝靈運《廬陵王墓下作》中句。全詩爲：「曉月發雲陽，落日次朱方。含悽泛廣川，灑淚眺連岡。眷言懷君子，沉痛結中腸。道消結憤懣，運開申悲涼。神期恒若存，德音初不忘。徂謝易永久，松柏森已行。延州協心許，楚老惜蘭芳。解劍竟何及，撫墳徒自傷。平生疑若人，通蔽互相妨。理感深情慟，定非識所將。脆促良可哀，夭枉特兼常。一隨往化滅，安用空名揚。舉聲泣已灑，長歎不成章。」（《文選》卷二三）

《研究篇》下：「季札的故事和楚老的故事，在傷悼亡人這一點上是相通的，把這兩者集合在一起，就是覆意。如例詩，甲的故事和乙的故事交叉叙寫，這不就有『覆』的意思嗎？」《譯注》：「後句叙述和前句相反的意思的手法。」盛江案：覆乃重復，反覆，同一個傷悼之意，連用兩個典故，並且前二句既用典，後二句又反覆抒寫，是謂覆意。

十三，疊語之例。詩曰：「故人心尚爾，故心人不見〔一〕①。」又詩曰：「既爲風所開，還爲風所落②。」

十四，避忌之例。詩曰：「何況雙飛龍，羽翼縱當乖。」又詩曰：「吾兄既鳳翔，王子亦龍飛〔二〕③。」

十五〔三〕，輕重錯謬之例。陳王之誄武帝④，遂稱「尊靈永蟄」⑤；孫楚之哀人臣〔四〕⑥，乃云「奄忽登遐」⑦。子荆《王驃騎誄》。此錯謬一例也，見《顔氏傳》⑧。今於古律之上，始末酷論，以祛未悟，則反正之道，可得而聞也⑨。

【校記】

〔一〕「心人」，《文選》作「人心」。

〔二〕「十四」至「王子亦龍飛」，原無，成簣堂、三寶、高甲、高乙、六寺本同，據寶龜、松本、醍乙、江户刊本、維寶箋本補。此三十一字之下醍乙本有「御草本銷之」五字，均作雙行小字注，在「十四輕重錯謬之例」句下。「縱」，《文選》卷二九蘇武詩四首作「臨」。

〔三〕「十五」，原作「十四」，成簣堂、三寶、高甲、高乙、六寺本同，據寶龜、松本、江户刊本、維寶箋本改。醍乙本闕「十五輕重錯謬之例」八字。

〔四〕「孫楚」，三寶本旁注「人名」。

【考釋】

①「故人」二句：南齊謝朓《和王主簿怨情》詩末二句。全詩爲：「掖庭聘絶國，長門失歡宴。相逢詠穈蕪，辭寵悲班扇。花叢亂數蝶，風簾入雙燕。徒使春帶賒，坐惜紅粧變。生平一顧重，宿昔千金賤。故人心尚爾，故人心不見。」（《文選》卷三〇）

②「既爲」二句：梁沈約《臨春風》中句。全詩爲：「臨春風，春風起春樹。遊絲暖如煙，落花紛似霧。先泛天淵池，還過細柳枝。葉逢飛搖漾，燕值羽差池。揚桂旆，動芝蓋，開燕裾，吹趙帶。趙帶飛參差，燕裾合且離。回看復轉黛，顧步惜容儀。容儀已照灼，春風復回薄。氛氲桃李花，青跗含素萼。既爲風所開，復爲風所落。擺緑蔕，抗（王利器《校注》：「疑杌」）紫莖，舞春雪，雜流鶯。曲房開兮金鋪響，金鋪響兮思鳳鳴。梧臺未陰，淇水始碧。迎行雨於高唐，送歸鴻於褐石。經洞房，響紈素，感幽閨，思帷帟。想西園可以遊，念蘭翹已堪摘。拂明鏡之冬塵，解羅衣之秋襞。既鏗鏘以動珮，又氤氲而流射。始搖蕩以入閨，終徘徊而緣隙。鳴珠簾於綉户，散芳塵於綺席。是時悵思歸，安能久行役。佳人不在兹，春風爲誰惜。」（《文苑英華》卷一五六）

《研究篇》下：「同字疊用，以取得便於誦讀的效果，這樣的手法叫疊語之例吧。」「『思へどもおもはずとのみいふなればいなやおもはじ思ふかひなし（古今一〇三九）／われを思ふ人をおもはぬむくいにやわが思ふ人の我をおもはぬ（古今一〇四一）』，和歌這樣的例子不少。但是多數其意趣衹在表面，總覺得缺乏深度。虚辭的重疊對韻律的流動和整理對偶是有效的，用實辭時則容易技巧爲勝而精神流於其次。」盛江案：疊語是通過同語疊用，以達到回環往復抒情效果之方法。

③吟窗雜録本《詩議》：「十四，避忌之例。詩曰：『何以雙飛龍，羽翼臨當乖。』又詩曰：『吾兄既鳳翔，王子亦龍飛。』」據醍乙本注，「十四避忌之例」一條三十一字，係空海草稿本之文。此一條，初稿本時在地卷，修訂本時移入西卷《文二十八種病》「第十七忌諱病」（修訂本第十五），故地卷删去此例。「十四避忌之例」，考釋見西卷《文二十八種病》。

④陳王：即魏陳思王曹植。參天卷《四聲論》考釋。

⑤尊靈永蟄：魏曹植《武帝誄》末爲：「潛闥一扃，尊靈永蟄。聖上臨穴，哀號靡及。群臣陪臨，佇立以泣。」（《藝文類聚》卷一三）

⑥孫楚：參天卷《四聲論》考釋。孫楚《王驃騎誄》今佚。

⑦《研究篇》下：「應該重的時候而用輕，應該輕的時候而用重。」「（尊靈永蟄）確實把帝王作爲昆蟲來對待。」「驃騎將軍之類人物稱爲『登遐』也不穩妥。這和前幾例性質有異。避忌之例如果移入詩病，輕重錯謬之例同樣的處理是最恰當的。删去避忌之例確有其見解，但這樣的話，留下輕重錯謬之例就

有一些考慮欠妥。不能不感到大師對皎然的分類有修改得不徹底的遺憾。」《譯注》：「不符合作爲描寫對象的人物的身份、地位的表現。只有這一例，例句用詩之外的文體。」

盛江案：《顔氏家訓·文章》：「古人之所行，今世以爲諱也。陳思王《武帝誄》，遂深永蟄之思。潘岳《悼亡賦》，乃愴手澤之遺。是方父於蟲，譬婦於考也。蔡邕《楊秉碑》云：『統大麓之重。』潘尼《贈盧景宣詩》云：『九五思飛龍。』孫楚《王驃騎誄》云：『奄忽登遐。』」《金樓子·立言》：「古來文士，異世爭驅，而慮動難固，鮮無瑕病。陳思之文，群才之雋也，《武帝誄》云：『尊靈永蟄。』《明帝頌》云：『聖體浮輕。』浮輕有似於蝴蝶，永蟄可擬於昆蟲，施之尊極，不其嗤乎。」《文心雕龍·指瑕》：「古來文才，異世爭驅，或逸才以爽迅，或精思以纖密，而慮動難圓，鮮無瑕病。陳思之文，群才之俊也，而《武帝誄》云『尊靈永蟄』，《明帝頌》云『聖體浮輕』，浮輕有似於胡蝶，永蟄頗擬於昆蟲，施之尊極，豈其當乎。左思《七諷》，說孝而不從，反道若斯，餘不足觀矣。潘岳爲才，善于哀文，然悲内兄，則云『感口澤』，傷弱子，則云『心如疑』，禮文在尊極，而施之下流，辭雖足哀，義斯替矣。」均指出文章用語輕重失當之病，亦用此二例爲例。是知皎然此例淵源有自。

⑧《顔氏傳》：指《顔氏家訓》。

⑨「今於」五句：祖風會本注：「『今於』以下難訓。」《譯注》：「『今於古律之上』云云，以下的文字，是就十四例（原爲十五例）而論。」

十體〔一〕①

一，形似體。二，質氣體。三，情理體②。四，直置體〔二〕。五，雕藻體。六，映帶體。七，飛動體。八，婉轉體。九，清切體。十，菁華體〔三〕③。

【校記】

〔一〕此題下寶龜本雙行小字注「崔氏雜定詩體開十種體具列如」，松本、醍乙、江户刊本、維寶箋本雙行小字注「崔氏新定詩體困十種體具列如後出右」，題下注江户刊本、維寶箋本「列」作「例」，「出」作「云」。《札記》：「『崔氏新定詩體困十種體具例如後云右』：『困』疑『因』訛；『例』，『列』訛；『右』字衍。」《校勘記》：「『困』爲『開』之誤，『例』爲『列』之假，『云』爲『出』之誤。」

〔二〕「直置」，三寶本作「置直」，成簣堂本作「直直」，正丙本作「直景」。

〔三〕「菁」，三寶本作「青」。

【考釋】

① 十體：寶龜、醍乙本等題下注，是空海草稿本文。「十體」出崔融《唐朝新定詩格》，即題下注所謂

《新定詩體》。崔氏即崔融（六五三—七〇六），見天卷序考釋。《日本國見在書目》小學著録「《唐朝新定詩體》一卷」，不著撰人，當爲崔融作。除地卷《十體》外，天卷《調四聲譜》、東卷《二十九種對》、西卷《文二十八種病》均引有崔融説。

②形似體、質氣體、情理體：沈約《宋書·謝靈運傳論》云：「自漢至魏，四百餘年，辭人才子，文體三變。相如巧爲形似之言，班固長於情理之説，子建、仲宣以氣質爲體，並標能擅美，獨映當時。」《譯注》：「十體中形似體到情理體前面這三體，可能仿自沈約《宋書·謝靈運傳論》。」

③傳李嶠《評詩格》：「詩有十體。一曰形似，二曰質氣，三曰情理，四曰直置，五曰雕藻，六曰影帶，七曰婉轉，八曰飛動，九曰情切，十曰精華。形似一，謂邈其形而得似也。詩曰：『風花無定影，露竹有餘清。』質氣二，謂有質骨而依其氣也。詩曰『霜峰暗無色』，『雪覆登道白』。情理三，謂叙情以入理致也。詩曰：『遊禽知暮返，行客獨未歸。』直置四，謂直書可置於句也。詩曰：『隱隱山分地，蒼蒼海接天。』雕藻五，謂以凡目前事而雕妍之也。詩曰：『岸柳開河柳，池紅照海榴。』影帶六，謂以事意相愜而用之也。詩曰：『露花如濯錦，泉月似沉鈎。』婉轉七，謂屈曲其詞，婉轉成句也。詩曰：『流波將月去，湖水帶星來。』飛動八。詩曰：『空葭凝露色，落葉動秋聲。』情切九。詩曰：『猿聲出峽斷，月影落江寒。』精華十。詩曰：『青田凝駕鶴，丹穴欲乘鳳。』」盛江案：一「情切」當作「清切」，「邈」當作「貌」，「岸柳」當作「岸緑」，「湖水」當據《樂府詩集》作「潮水」，「空葭」作「寒葭」爲佳，「凝」當作「擬」。

《札記》：「今所謂李嶠《評詩格》『詩有十體』爲《秘府論》十體之節略。李嶠《評詩格》諸家書目皆未著録，唯《書録解題·文史》載之：『《評詩格》一卷，唐李嶠撰，嶠在昌齡之前，而引昌齡《詩格》八病，亦未然。』《評詩格》收録於《格知叢書》、《詩學指南》，《詩學指南》本僅存『詩有八對』、『詩有十體』二條。《書録解題》指摘的引昌齡《詩格》『八病』條佚，然殘存的二條採録於《秘府論》，『詩有十體』見於地卷『十體』，『詩有八對』見於東卷《二十九種對》。如前所述，《秘府論》『十體』似採録自崔融《新定詩體》，《評詩格》中所見『詩有八對』引用於《秘府論》東卷《二十九種對》，可以證明採自崔融《新定詩體》。如依《秘府論》，傳本《評詩格》的這二條原是崔融《新定詩體》是没有疑問的，或者《新定詩體》早佚，後人因不知其作者書名，而以其遺文託名李嶠題作《評詩格》。或者崔融與李嶠都是珠英學士，這十體九對原是李嶠之説，崔融在《新定詩體》中作爲『《評詩格》云』而採録之，但《新定詩體》已佚，祇有引用的《評詩格》之文流傳。」

《研究篇》上：「可能看到的是《唐朝新定詩體》的殘本，假託李嶠，這樣理解比較恰當，但也没有確證。」

王夢鷗《初唐詩學著述考》以爲，《唐朝新定詩格》與《評詩格》爲同一書，其作者當爲崔融而不是李嶠，「稽之唐史，李嶠雖與崔融同時代，同以文才見用於武后之世，然涉身政壇，其職位遠較崔融爲尊，而關係政潮之起伏者亦巨，是否有暇及於詩體之解説，難見分曉。唯是空海引述，無一字及於李嶠，而前後數稱崔氏，則《新定詩體》之爲崔氏著述，當不至誤。再以上官儀之《筆札華梁》，託名《魏文帝詩格》爲例，則後人之『託名』，殊不若空海據真實資料引述之可信。今即以此二者，合崔氏生平供役侯門，又爲珠英學士選詩之事實衡之，則其著有《新定詩體》，抑復有故。何者？蓋元兢選編《古今詩人秀句》，而有《詩髓腦》之作，猶之崔融選編《珠英學士詩集》而有此書，二者皆所以發明作詩工巧而昭示其選詩準則也。元兢自謂：選《古今詩人秀句》二卷，費時十年，揆其如此費時之故，乃因機見殊門，賞悟紛雜，非有準則，難伸鑒裁也。至於崔融所選《珠英學士詩》，皆屬同時人作品，其事倍難於元兢。其爲《新定詩體》，一則可爲入選之詩張目，一則可以搪塞落選者之口。其有此書，信非徒作」。「開元天寶以下，漸以詩之興寄爲主，而采麗次之。於是，講究采麗工巧之著述，亦隨詩風之改變而趨於下流，徒供村塾童蒙肄習之用矣。唯崔氏著述雖不爲達識之士所注目，而其零篇散册仍在民間，故至南宋仍得託爲『李嶠評詩格』之名而流傳至今」。

《譯注》末附《解説》：「本書所引崔融之論中，經簡略後的《十體》存李嶠《評詩格》，而且崔融所講的九種對，也與《評詩格》中的『九種對』一致的可能性大，這是否因李嶠與崔融同是『文章四友』而産生的混亂？」

盛江案：日本歌體論亦有「十體」之目。有「忠岑十體」，爲：古歌體、神妙體、直體、餘情體、寫思體、高情體、器量體、比興體、華艷體、兩方體。又有「道濟十體」，名稱全同於「忠岑十體」。另有日本歌體論集大成之「定家十體」。「十體」乃日本歌體之基本名目、基本分類。歌體而分類爲「十」，稱爲「十體」，當受到崔融《唐朝新定詩格》「十體」之影響。

一，形似體〔一〕①。

形似體者，謂貌其形而得其似②，可以妙求，難以粗測者是。詩云：「風花無定影，露竹有餘清。」又曰：「映浦樹疑浮，入雲峰似滅〔二〕③。」如此即形似之體也〔三〕④。

【校記】

〔一〕「形似體」，松本、醍乙本無，以下各體體名同。

〔二〕「滅」，《眼心抄》作「截」。

〔三〕「如此即形似之體也」，三寶、六寺、松本、醍乙、江户刊本、維寶箋本作雙行小字注。「如」，三寶、六寺本無，三寶本右旁注「如イ」。

【考釋】

①形似體：梁沈約《宋書·謝靈運傳論》：「相如巧爲形似之言。」梁鍾嶸《詩品》上：「（張協）巧構形似之言。」《文心雕龍·物色》：「自近代以來，文貴形似，窺情風景之上，鑽貌草木之中。」

②貌其形：王夢鷗《初唐詩學著述考》：「（李嶠《評詩格》「謂邈其形而得似也」）邈是誤書……應爲貌字。又十體詩例，《秘府論》各舉二聯，《評詩格》則略去其一。」

③以上二例詩題及撰者均未詳。《校注》引謝朓《新治北窗和何從事》：「池北樹如浮，竹外山

猶影。」

④《研究篇》下：「『無定影』描繪出了在風中漂動的花的姿態。」「『疑浮』非常巧妙，把映在水面的東西用『浮』來表現祇是常套，但點綴以『疑』字，就非常逼真了。這個『浮』比『城廓影浮春浦月』之類的『浮』更爲生動。」王運熙、楊明《隋唐五代文學批評史》：「漢代大賦工於模寫物像，故沈約以『形似』概括其特點。劉宋以後山水詩興盛，使人們對於文學作品的體物功能有更鮮明的認識，並將『形似』概念用於論詩。」「崔融此處值得注意的是『可以妙求，難以粗測』兩句，表明他要求詩人不止於寫物的外形，且應致力於描繪其精妙難言之處。所舉例子即略具此特點。如『風花』句體物入微，『露竹』句更以『餘清』反映出觀賞者微妙的審美感受，傳達出一種境界。可以説，這裏所謂『形似』實際上包含表現對象精神的意思在內。」

二，質氣體。

質氣體者，謂有質骨而作志氣者是。詩曰：「霧烽黯無色〔一〕，霜旗凍不翻。雪覆白登道，冰塞黃河源〔二〕①。」此是質氣之體也〔三〕②。

【校記】

〔一〕「烽」，松本、醍乙、江户刊本、維寶箋本作「峰」。

〔二〕「塞」，松本、江户刊本、維寶箋本作「寒」，醍乙本旁注「寒亻」。

〔三〕「此是質氣之體也」，醍乙本作雙行小字注。「也」，原無，成簣堂、高甲、高乙、六寺本同，據松本、江户刊本、維寶箋本補。

【考釋】

①「霧烽」四句：隋虞世基《出塞二首和楊素》其二中句。全詩爲：「上將三略遠，元戎九命尊。緬懷古人節，思酬明主恩。山西多勇氣，塞北有遊魂。揚桴度隴坂，勒騎上平原。誓將絶沙漠，悠然去玉門。輕齎不遑舍，驚策騖戎軒。懔懔邊風急，蕭蕭征馬煩。雪暗天山道，冰塞交河源。霧烽黯無色，霜旗凍不翻。耿介倚長劍，日落風塵昏。」（《先秦漢魏晉南北朝詩·隋詩》卷六）與所録句有異同顛倒。

王夢鷗《初唐詩學著述考》：「（李嶠《評詩格》「雪覆登道白」）『登道白』應作『白登道』……《評詩格》（「謂有質骨而依其氣也」）『依其氣』，『依』當是『作』，形近之誤；《秘府論》『作志氣』，『志』當爲『其』，聲近之誤也。詩例，《秘府論》全録四句，而《評詩格》則强湊兩句，文字倒錯不通，疑因所據本殘蝕，而非節略。」

②《研究篇》下：「（質氣體）把感受到的東西不加掩飾的表現出來。」如例詩，「並非爲了寫真實而費盡苦心，祇不過把眼前之景率直地給予描述。如果像形似體那樣以表現真實爲目標，上面的例詩肯定要落選。『按照原有的樣子』描述，和『如有的樣子』表現，意思有很大的不同。形似體是『如真實的描

寫』，而質氣體是『按照真實的本來面貌描述』，這是不同的。形似體爲了寫真，要講究修辭的手法，而質氣體以率直的傾訴爲宗旨。剛纔的例詩，霧和霜和冰排列起來，不管怎樣笨拙，從全體看，朔北暗鬱的冬景是不加掩飾的表現出來了。這大概就適合於質氣體吧」。

《譯注》：「通過描寫塞北自然的嚴寒和戰場緊張的氣氛，可能是把這作爲表現『質氣』風格的代表作品。」

王運熙、楊明《隋唐五代文學批評史》：「此處舉邊塞詩作爲例，邊塞戎旅之作自然易寫得剛勁有力，但不是説衹有此類題材方可稱『質氣』。」

盛江案：沈約《宋書·謝靈運傳論》：「子建、仲宣以氣質爲體。」《文選》劉良注：「氣質，謂有力也。」《文心雕龍·風骨》：「辭之待骨，如體之樹骸；情之含風，猶形之包氣。結言端直，則文骨成焉；意氣駿爽，則文風清焉。」鍾嶸《詩品》上評曹植：「骨氣奇高，辭彩華茂。」《隋書·文學傳序》：「河朔詞義貞剛，重乎氣質。氣質則理勝其詞。」崔融質氣體當與此數家論骨氣有淵源關係，非唯不加掩飾地加以表現。質爲質骨，爲内容質實剛健有力，氣爲志氣，有感情氣勢。並非邊塞作品方有質骨之氣，然提出質氣體，確實較多體現北方文學剛健質實之風格。

三，情理體①。

情理體者，謂抒情以入理者是〔一〕②。詩曰：「遊禽暮知返〔二〕，行人獨未歸③。」又曰：「四鄰不相識，自然成掩扉④。」此即情理之體也〔三〕⑤。

【校記】

〔一〕「抒」，原右旁注「構イ」，三寶、寶龜、江户刊本、維寶箋本右旁注「攝イ」。

〔二〕「暮知」，《眼心抄》作「知暮」。

〔三〕「此即情理之體也」，醍乙本作雙行小字注。

【考釋】

① 情理體：沈約《宋書·謝靈運傳論》：「班固長於情理之説。」《文選》劉良注：「情理，謂得事之實也。」

② 謂抒情以入理者是：王夢鷗《初唐詩學著述考》：「（《評詩格》「謂叙情以入理致也」）致字可有可無。」

③ 「遊禽」二句：南齊王融《古意二首》其一中句。全詩爲：「遊禽暮知反，行人獨未歸。坐銷芳草氣，空度明月輝。嚬容入朝鏡，思淚點春衣。巫山彩雲没，淇上緑條稀。待君竟不至，秋雁雙雙飛。」（《玉臺新詠》卷四）

④ 「四鄰」二句：詩題及撰者未詳。

⑤《研究篇》下：「先叙情景，後出以理語，這一手法，和王昌齡景入理勢旨趣相同。（前一例詩）先描寫遊禽歸塒的暮景，然後提示人未歸的本題，這就是爲什麽叫情理體。爲了引導出下句的『歸』字，而從上句的景中點出來。（後一例詩）爲了下句説『成掩扉』，而安排了上句，上句未必是純粹的寫景，特別是『不相識』，理的因素很多。但是上句整體上是描寫人家疏落的孤村景象，於是就有下句描寫總是門扉關閉，因此合乎情理體。可以知道，這裏説的是比『情』和『景』更廣義的東西。這也就是不叫景理體而叫情理體的原因吧。」

王夢鷗《初唐詩學著述考》：「此謂詩情之興，本有因果關係，倘並其因果而抒寫之，是爲情理體。」《探源》：「其實就是先述情景後言意理。南卷《集論》云『或工於體物，或善於情理』，跟着却説『以誇誕爲情理』，顯然和崔融的見解不同。《文心·鎔裁篇》説：『情理設位，文采行乎其中。』而《知音篇》云『夫綴文者情動而辭發，觀文者披文以入情，沿波討源，雖幽必顯。世遠莫見其面，覘文輒見其心』，『夫志在山水，琴表其情，況形之筆端，理將焉匿』，可能是崔融所本。」《譯注》：「以説明情和理的結合爲主旨」，「和《十七勢》的景入理勢情況相同。（如前詩）前句述自然之理，後句反過來，寫妻子思念至今未歸的丈夫的心情」。王運熙、楊明《隋唐五代文學批評史》：「此處借以言詩，當指抒情之中涉及事物之理而言。」

盛江案：王昌齡《詩格》景入理勢，着眼於景，且景句與理句分開。崔融之情理體，着眼於情，且情句與理句難以截然區分。情理體從事物之理角度抒情，理爲手段，抒情爲目的，言理之目的在更强烈抒情。由舉例觀之，入理有兩種。一爲不合常理，如前一例，遊禽無知，至日暮之時尚且知道歸返，行人有情，本更當歸返，却「獨未歸」，正因爲不合常理，故而更强烈地抒發出家人對行人深切思念之情。二爲合於常理，如後一例，何以自然成掩扉，乃因爲四鄰不相識，合於常理，却進一層地表現出清静寡欲、超塵脱俗之思。或者因此謂之「抒情以入理」。

四，直置體①。

直置體者，謂直書其事，置之於句者是②。詩曰：「馬銜苜蓿葉，劍瑩鷿鵜膏〔一〕③。」又曰：「隱隱山分地，滄滄海接天④。」此即是直置之體〔二〕⑤。

【校記】

〔一〕「鷿」，原作「鴨」，各本同，據《樂府詩集》戴暠原詩改。

〔二〕「此即是直置之體」，六寺、松本、醍乙、江户刊本、維寶箋本作雙行小字注。此七字之後，醍乙本衍「又曰侵雲蹀征騎帶月倚雕弓雲騎與月弓是復用此映帶之類又曰舒桃臨遠騎垂柳映連營」。

【考釋】

① 直置體：晉杜預《春秋左氏傳序》：「盡而不汙，直書其事。」（《春秋左氏傳正義》）《文心雕龍·才

略》：「孫楚綴思，每直置以疏通。」

②王夢鷗《初唐詩學著述考》：「《評詩格》『直書可置於句』，文不成義，『直書』下當脱『其事』二字。」盛江案：《評詩格》句見前引。

③「馬銜」二句：梁戴暠《度關山》中句。全詩爲：「昔聽《隴頭吟》，平居已流涕。今上關山望，長安樹如薺。千里非鄉邑，百姓皆兄弟。軍中大體自相褒，其間得意各分曹。博陵輕俠皆無位，幽州重氣本多豪。馬銜苜蓿葉，劍寶鷿鵜膏。初征心未習，復值雁飛入。山頭看月近，草上知風急。笛喝曲難成，笳繁響還澀。武帝初承平，東伐復西征。薊門海作塹，榆塞冰爲城。催令四校出，倚望三邊平。箭服潮來動，刀環臨陣鳴。將軍一百戰，都護五千兵。且決雄雌眼前利，誰道功名身後事。丈夫意氣本自然，來時辭弟已聞天。但令此身與命在，不持烽火照甘泉。」（《樂府詩集》卷二七）《史記·大宛列傳》：「（大宛）俗嗜酒，馬嗜苜蓿。」鷿鵜膏：鷿鵜的脂肪，古人用於塗刀劍，使不生銹。鷿鵜：水鳥名。

④「隱隱」二句：詩題及撰者未詳。

⑤《研究篇》下：「這和王昌齡的直把入作勢旨趣相同。譬喻也好前提也好，都没有，直接把事情提出來，不論情還是理都可以。（例詩）衹舉出是寫情的詩，述理的詩也應該也可以説直置體。作爲例詩，可以説把王昌齡的直把入作勢完全轉用過來了。」《探源》：「直置也就是直尋、直致。」《譯注》：「不講究技巧，直接叙述事情的寫法。相當於詩六義的賦。」王運熙、楊明《隋唐五代文學批評史》：「『直置』『直致』原爲晉宋以來一般語詞，後用以評文，有直截了當地加以表現、自然本色、不事雕飾、不尚規矩

之意。」

盛江案：直把入作勢必爲詩之首句，直置體則未必在詩之首句，其重點在於率直之表現。直把入作勢着眼乃在詩之整體前後關聯，起首如何然後如何，直置體着眼乃在詩句自身對事物如何表現。日本歌論「忠岑十體」之「直體」，「義實以無曲折爲得」，與此處直置體之「直書其事置於句者」內涵有相似處。

五，雕藻體。

雕藻體者，謂以凡事理而雕藻之，成於妍麗，如絲彩之錯綜，金鐵之砥鍊是。詩曰：「岸緑開河柳，池紅照海榴①。」又曰〔一〕：「華志怯馳年〔二〕，韶顔慘驚節〔三〕②。」此即是雕藻之體③。

【校記】

〔一〕「又曰」，成簣堂、三寶本無。

〔二〕「怯」，《鮑參軍集》作「分」。

〔三〕「韶」，原作「脂」，各本同，據《鮑參軍集》改。

【考釋】

①「岸緑」二句：陳江總《山庭春詩》中句。全詩爲：「洗沐唯五日，棲遲在一丘。古楂横近澗，危石

聳前洲。岸緑開河柳，池紅照海榴。野花寧待晦，山蟲詎識秋。人生復能幾，夜燭非長遊。」（《藝文類聚》卷三，「岸緑」誤作「峰緑」）《譯注》：「岸緑是柳之色，池紅是海榴之色，反過來描寫其因果關係，有雕藻的面貌。」

②「華志」二句：劉宋鮑照《發後渚》中句。全詩爲：「江上氣早寒，仲秋始霜雪。從軍乏衣糧，方冬與家别。蕭條背鄉心，悽愴清渚發。涼埃晦平皋，飛湖隱脩樾。孤光獨徘徊，空煙視昇滅。塗隨前峰遠，意逐後雲結。華志分馳年，韶顔慘驚節。推琴三起歎，聲爲君斷絶。」（《鮑參軍集注》卷五）

③《研究篇》下：「鍛字練句、運用技巧的表現方法。（例詩）説法是多麼精致，前者的『開』的妙處，後者『華』和『怯』的映像，這就是雕飾體的來由吧。」《探源》：「雕藻，我想是雕麗、雕飾，王符《潛夫論·務本篇》説：『今學問之士，好語虚無之事，争著雕麗之文，以求見異於世。』《文心·夸飾篇》云：『自宋玉景差，夸飾始盛。』《情采篇》云：『綺麗以艶説，藻飾以辯雕。』詞近義同。」王運熙、楊明《隋唐五代文學批評史》：「此體與直置體相對，謂以華麗字眼爲雕飾。『岸緑』一聯綴以色彩鮮艶的『緑』、『紅』字樣，『華志』聯以美麗的字眼『華』、『韶』爲飾，『怯馳年』、『慘驚節』亦頗見砥煉之功。」

盛江案：《南齊書·文學傳論》：「次則發唱驚挺，操調險急，雕藻淫艶，傾炫心魂。亦猶五色之有紅紫，八音之有鄭、衛。斯鮑照之遺烈也。」由淵源承繼關係言之，雕藻體乃蕭子顯所論鮑照一體，故此處即以鮑照之詩爲例。由藝術特點言之，則爲辭藻華美，且精心雕琢。前一詩例，既突出柳、榴緑、紅之色，有華美之感，却不直接寫柳之緑、榴之紅，而寫河柳爲岸緑所開，海榴爲池紅所照，即有雕飾精巧之美。下一詩例，則主要體現《南齊書·文學傳論》所言之「發唱驚挺」，以年月飛馳，時節忽逝，發華志韶顔難再之驚歎。

六，映帶體①。

映帶體者，謂以事意相愜，複而用之者是②。詩曰：「露花疑濯錦〔一〕，泉月似沉珠③。」此意花似錦〔二〕，月似珠，自昔通規矣。然蜀有濯錦川，漢有明珠浦，故特以爲映帶④。又曰：「侵雲蹀征騎，帶月倚雕弓⑤。」「雲」「騎」與「月」「弓」是複用，此映帶之類。又曰：「舒桃臨遠騎〔三〕，垂柳映連營⑥。」

【校記】

〔一〕「疑」，《眼心抄》作「如」。

〔二〕「意」，《眼心抄》作「言」。

〔三〕「舒」，《眼心抄》作「野」。

【考釋】

① 映帶體：晉王羲之《蘭亭集序》：「又有清流激湍，映帶左右。」（《晉書·王羲之傳》）唐楊炯《王勃

集序》：「嘗以龍朔初載，文場變體……影帶以徇其功，假對以稱其美。」（《楊盈川集》卷三）本書南卷《論文意》：「古詩直言其事，不相映帶，此實高也。相映帶詩云『響如鬼必附物而來』，『天籟萬物性，地籟萬物聲』。」唐高適《自淇涉黄河途中作十三首》其五：「山河相映帶，深淺未可測。」（《全唐詩》卷二一二）傳白居易《文苑詩格》：「影帶宗旨：文體直叙其意，語成文，影帶回合，三向四通，悉皆流美。古詩云：『花飛織錦處，月落擣衣邊。』又古詩：『朱門日照金生翠，粉蝶雲横月放光。』」（據張伯偉《全唐五代詩格彙考》）

② 複而用之：《文心雕龍·隱秀》：「隱也者，文外之重旨者也。……隱以複意爲工。……夫隱之爲體，義主文外，秘響傍通，伏采潛發，譬爻象之變互體，川瀆之韞珠玉也。」

王夢鷗《初唐詩學著述考》：「據此注，又可知《評詩格》於『事意相愜而用之』句中，『相愜』下當脱『複』字。」

③「露花」二句：隋孔德紹《登白馬山護明寺》中句。全詩爲：「名岳標形勝，危峰遠鬱紆。成象建環極，大壯闡規模。層臺聳靈鷲，高殿邇陽烏。暫同遊閬苑，還類入仙都。三休開碧題，萬户洞金鋪。攝心罄前禮，訪道挹中虚。遥瞻盡地軸，長望極天隅。白雲起梁棟，丹霞映拱櫨。露花疑濯錦，泉月似沈珠。今日桃源客，相顧失歸塗。」（《先秦漢魏晉南北朝詩·隋詩》卷六）

《譯注》：「初唐王勃《别薛華》：『明月沈珠浦，風飄濯錦川。』手法與此相同。」

④「此意」六句：王夢鷗《初唐詩學著述考》：「據此注（盛江案：指《文鏡秘府論》之注），可知《評詩

格》之作『泉月似沉鈎』，鈎字當誤。」

⑤「侵雲」二句：詩題及撰者未詳。

⑥「舒桃」二句：唐褚亮《奉和禁苑餞别應令》中句。全詩爲：「大藩初錫瑞，出牧邇皇京。暫以緑車重，言承朱傳榮。舒桃臨遠騎，垂柳映京營。惠化宣千里，威風動百城。禁籞芳嘉節，神襟餞送情。金笳催别景，玉琯切離聲。野花開更落，山鳥哢還驚。微臣夙多幸，薄宦奉儲明。釣臺慚作賦，伊水濫聞笙。懷德良知久，酬恩識命輕。」(《全唐詩》卷三二)上句聯想到桃花騎即桃花馬。桃花騎指毛色白中帶紅點之馬。唐杜審言《戲贈趙使君美人》：「桃花馬上石榴裙。」(《全唐詩》卷六二)下句聯想到細柳營。漢文帝時，周亞夫屯軍細柳，漢文帝至此無軍令不得入，事見《史記・絳侯周勃世家》。細柳在今陝西咸陽西南。

王夢鷗《初唐詩學著述考》：「映帶者，謂詞義雙關，如『舒桃臨遠騎，垂柳映連營』，上句映帶『桃花騎』，下句映帶『細柳營』，是謂事意相愜者複而用之也。」

《研究篇》下：「包含表面上表現出來的意味之外所映發的東西，大概就是『複而用之』。元兢對屬説中的奇對，和這有同樣的意想。連歌有隱題的表現方法，《連理秘抄》説明『秀句などいふもこの中にあり，物の名などをこと葉にてかくす也』，這也有和映帶體相近的意思吧。」

《探源》：「似指語意雙關，容易引起讀者聯想之意。小西甚一指出元兢奇對説與此類似，《文心・隱秀篇》云：『隱也者，文外之重旨也。……隱以複意爲工。……夫隱之爲體，義主文外，秘響傍通，伏采潛發，譬爻象之變互體，川瀆之韞珠玉也。』大概映帶由此引伸。」

《譯注》：「映帶，事物互相反映和影響。此處指反映一個意思之外，還反映其他意思的手法。」「雲騎是熟語，像雲一樣極多騎兵的意思，宋謝靈運《擬魏太子鄴中集詩八首》其二（《文選》卷三〇）：『雲騎亂漢南，紀郢皆掃蕩。』『弓月』是熟語，是半月之意。隋明慶餘《從軍行》（《樂府詩集》卷三二）：『劍花寒不落，弓月曉逾明。』」

王運熙、楊明《隋唐五代文學批評史》：「此體實是一種雙關手法，使讀者於詩句的正意之外，又聯想到別一事典。」「如『露花』一聯，正意謂帶露之花鮮麗如濯錦，泉中月影似明珠沉入水底。而『濯錦』使人聯想到蜀中的濯錦川，『沉珠』使人聯想到漢代的明珠浦。又如『侵雲』一聯，正意謂騎士策馬遠上，似入雲中；他們沐浴月色，肩倚雕弓。而上下句又分別令人聯想到征騎如雲，弓形如月，想到『雲騎』、『弓月』這兩個常用的詞組。『舒桃』一聯，上句使人聯想到『桃花馬』，下句令人想到『細柳營』。」「正意與複意相映，故曰映帶體。」

七，飛動體①。

飛動體者，謂詞若飛騰而動是。詩曰：「流波將月去，湖水帶星來②。」又曰：「月光隨浪動，山影逐波流③。」此即是飛動之體〔一〕④。

【校記】

〔一〕「體」，成簣堂、三寶、六寺本作「類」，三寶本右旁注「躰イ」，寶龜、松本、醍乙、江户刊本、維寶箋本作「類體」。

【考釋】

①飛動體：《文心雕龍・詮賦》：「延壽《靈光》，含飛動之勢。」王夢鷗《初唐詩學著述考》：「《評詩格》此例，亦缺定義語，又移清切體之詩句爲例，皆非是。」

②「流波」二句：隋煬帝楊廣《春江花月夜二首》其一中句。全詩爲：「暮江平不動，春花滿正開。流波將月去，潮水帶星來。」（《樂府詩集》卷四七）王夢鷗《初唐詩學著述考》：「湖水二字，雖與《評詩格》同，但乏飛動之意。」「潮、湖，形近之誤。」

③「月光」二句：梁劉孝綽《月半夜泊鵲尾詩》中句。全詩爲：「客行三五夜，息棹隱中洲。月光隨浪動，山影逐波流。」（《藝文類聚》卷二七）

④《研究篇》下：「這一體説『謂若詞飛騰而動』，似説用詞生動，但看例詩（例詩略），與其説詞飛動，不如説有景物飛動之趣。可能是崔融來不及考慮把表現的事物和表現的結果區别開來，但是『將月去』確是巧妙的表現，這讓人想到『月はやし梢は雨をもちながら』的句子。這樣看的話，詞也並非没有飛動之趣。而且詞的精彩正是飛動體的特長。」《探源》：「元兢《詩人秀句序》云：『方因秀句，且以五言論之，至如王中書「霜氣下孟津」及「遊禽暮知返」，前篇使氣飛動，後篇則緣情宛密，可謂五言之警策，六義

之眉首。』因而若非崔融受元兢影響，當時『飛動』的概念也頗多人知道。」

盛江案：古人以爲，意象之飛動與語詞之生動分不開。如例詩，「將月去」、「帶星來」、「隨浪動」、「逐波流」，均用詞生動。由於用詞生動，加之本來就描寫動態景象，畫面頓生生氣與活力。

八，婉轉體①。

婉轉體者，謂屈曲其詞，婉轉成句是。詩曰：「歌前日照梁，舞處塵生襪②。」又曰：「泛色松煙舉，凝華菊露滋③。」此即婉轉之體〔一〕④。

【校記】

〔一〕「體」，成簣堂、三寶、高乙、松本、醍乙、江户刊本、維寶箋本作「類」，三寶本右旁注「體イ」。

【考釋】

① 婉轉體：《文心雕龍·明詩》：「婉轉附物，怊悵述情。」

王夢鷗《初唐詩學著述考》：「《評詩格》所載此例，其定義語與《秘府論》同，而引詩則異。《秘府論》將流波湖水二句列爲『飛動體』之詩例，吟味詩語，當是也。因疑《評詩格》既脱『婉轉體』之詩例，又脱『飛動體』之定義語，遂將飛動體之詩例移前，誤成婉轉體例，而飛動體例，則又向下剜取『清切體』之另一詩例充數。經此前後移易，致使諸體所有詩句皆與定義不相符合。」

②「歌前」二句：詩題及撰者未詳。漢劉向《别録》：「漢興以來，善歌者魯人虞公，發聲清哀，蓋動梁塵，受學者莫能及也。」（《太平御覽》卷五七二）魏曹植《洛神賦》：「陵波微步，羅韈生塵。」（《文選》卷一九）

③「泛色」二句：詩題及撰者未詳。

④《研究篇》下：「把趣向凝聚於巧妙的措辭，避免直截了當的表現，句子婉轉優美。（例詩）前者有把成語分成上句和下句的趣向，主要的不是直接描寫歌舞的妙處，而寫日照屋，寫脚底塵在漂動，乍一看不知道寫什麽，這樣似乎不合邏輯，却自然而然暗示輕歌曼舞的樣子，這就是婉轉的要點。這是專門依賴『梁塵』這一語詞而有所表現。後者『泛色』『凝華』也存有婉轉之趣。」「這個理論未脱盡六朝綺靡艷麗的餘風，有着鮮明的初唐文風的色彩。《古今集》等傾向於倚傍的表現方法，和原型有着共通的地方，這也值得注意。」

王運熙、楊明《隋唐五代文學批評史》：「此體似指詞序句法而言。『歌前』一聯，若直説當爲『日照歌前梁，塵生舞處襪』。『泛色』一聯，直説當爲『煙舉泛松色，露滋凝菊花』。今有意顛倒詞序，故曰『屈曲其詞，婉轉成句』。此法若運用得當，可使詩句顯得勁挺老蒼，且强調欲突出之詞。」

盛江案：所謂婉轉，既指詞序之顛倒屈曲，亦當指形象描繪婉轉。前二句以聲動梁塵喻歌聲之動聽，以羅襪生塵狀舞姿之美妙，均非直寫而有婉轉之妙。後二句，不言輕煙薄籠青松，而言煙舉而泛松色，不言菊花上有露珠，而言露珠滋潤着菊花，正有婉轉狀物之妙。是謂婉轉體。

九，清切體①。

清切體者，謂詞清而切者是。詩曰：「寒葭凝露色，落葉動秋聲②。」又曰：「猿聲出峽斷〔一〕，月彩落江寒③。」此即是清切之體〔二〕④。

【校記】

〔一〕「猿聲出峽斷」，原眉注「猨又作」。

〔二〕「體」，成簣堂、三寶、六寺本作「類」，三寶本右旁注「體イ」，松本、醍乙、江户刊本、維寶箋本作「類體」。

【考釋】

①清切體：《文心雕龍·聲律》：「夫詩人綜韻，率多清切。」

②「寒葭」二句：詩題及撰者未詳。《詩·秦風·蒹葭》：「蒹葭蒼蒼，白露爲霜。」陳周弘讓《立秋詩》：「雲天改夏色，木葉動秋聲。」（《初學記》卷三）

③「猿聲」二句：唐崔信明《送金竟陵入蜀》中句。全詩爲：「金門去蜀道，玉壘望長安。豈言千里遠，方尋九折難。西上君飛蓋，東歸我掛冠。猿聲出峽斷，月彩落江寒。今從與君別，花月幾新殘。」

（《全唐詩》卷三八）

④《研究篇》下：「這裏的清切專就語詞清切，這樣説並不過分。其旨趣並不是作者自身心境的清澄，由此構成整體表現的清切，從語感上來説，是忌避重濁和澀阻。這仍然可以説是初唐修辭主義的表現吧。」《探源》：「《文心·體性篇》：『是以賈生俊發，故文潔而體清。』彥和以性情影響文體，崔融以詞藻影響詩風，正可補足。」王運熙、楊明《隋唐五代文學批評史》：「此言詩句給人以清凛蕭瑟之感。」盛江案：詞清意切爲清切體。所謂詞清，指詞所描寫之境清瑟，亦指用詞不加雕飾，自然清新。用自然清新之詞，傳導境界氣氛（四句例詩，恰是清瑟之境）恰切生動，是謂清切體。

十、菁華體①。

菁華體者，謂得其精而忘其粗者是。詩曰：「青田未矯翰〔一〕，丹穴欲乘風〔二〕②。」鶴生青田〔三〕，鳳出丹穴。今只言青田，即可知鶴〔四〕，指言丹穴，即可知鳳，此即是文典之菁華〔五〕。又曰：「曲沼疎秋蓋，長林卷夏帷③。」曲沼，池也。又曰：「積翠徹深潭，舒丹明淺瀨④。」丹即霞，翠即煙也。今只言丹、翠，即可知煙霞之義。況近代之儒，情識不周於變通〔六〕，即坐其危險，若兹人者，固未可與言〔七〕⑤。

【校記】

〔一〕「翰」，原作「幹」，各本同，據下注「即可知鶴」云云及《眼心抄》，知「幹」當爲「翰」字之訛，今據改。《校勘記》：「青田未矯翰，『矯』爲『撟』之假。」

〔二〕「風」，原作「鳳」，成簣堂、高甲、松本、醍乙、江户刊本、維寶箋本同，三寶本右旁注「鳳」。盛江案：據下注「只言青田即可知鶴」，故詩句中未出現「鶴」字，又言「指言丹穴即可知鳳」，則亦不當出現「鳳」字，故此處當作「乘風」，不當作「乘鳳」，據三寶、六寺等本改。

〔三〕「鶴生青田」，原右旁注「以下イ注也」。此下至「此即是文典之菁華」三十三字，寶龜、正丙本作雙行小字注。

〔四〕「即」，原作「只」，各本同。《考文篇》：「只可知鶴，『只』疑作『即』，『即』草體與『只』相似。」盛江案：下文作「即可知風」，故小西甚一説是，今據改。又，《校勘記》：「只可知鶴，『只』與『㒰』通。」「知」，成簣堂、三寶、寶龜、松本、醍乙、江户刊本、維寶箋本作「出」。《考文篇》：「『知』，成簣堂本等誤作『出』，『知』草體亦與『出』相似。」

〔五〕「典」，寶龜、松本、醍乙、江户刊本、維寶箋本作「曲」。

〔六〕「識」，三寶、江户刊本、維寶箋本作「誠」。「周」，三寶、高甲本作「同」，寶龜本作「用」。

〔七〕維寶箋本箋文後有尾題及題記「文鏡秘府論箋卷第四終／享保二十一年丙辰夏四月十九日殺青訖／金剛寺沙門維寶馳毫於蓮金教院／隆勒惠恭房寫之者也」。享保二十一年爲公元一七三六年。

【考釋】

①菁華體：《尚書大傳》卷一：「菁華已竭，褰裳去之。」《晉書·文苑傳序》：「《翰林》總其菁華，《典論》詳其藻絢。」傳白居易《文苑詩格》：「菁華章：詩有屬對，方知學之淺深。古詩：『金波麗鳷鵲，玉繩

低建章。』此名對爲麗也。」(《吟窗雜録》卷四)

②「青田」二句：詩題及撰者未詳。

青田：劉宋鄭緝之《永嘉郡記》：「有洙沐溪，去青田九里，此中有一雙白鶴，年年生子，長大便去，祇惟餘父母一雙在耳，精白可愛，多云神仙所養。」(《初學記》卷三〇)唐王勃《上武侍極啓》：「馳魂霧谷，忻逢紫岫之英。驛思霞丘，佇接青田之響。」

王夢鷗《初唐詩學著述考》：「(李嶠《評詩格》「青田凝駕翰」)『凝』字又當是『擬』字之訛。」

丹穴：《山海經·南山經》：「丹穴之山……有鳥焉，其狀如鷄，五采而文，名曰鳳皇。」漢張衡《東京賦》：「鳴女牀之鸞鳥，舞丹穴之鳳皇。」(《文選》卷三)劉宋顔延之《贈王太常》詩：「聞鳳窺丹穴。」(《文選》卷二六)

③「曲沼」二句：詩題及撰者未詳。《譯注》引謝脁《後齋迴望》：「夏木轉成帷，秋荷漸如蓋。」(《謝宣城集校注》卷三)謂：「蓋、帷，均用暗喻。」

④「積翠」二句：詩題及撰者未詳。

⑤《研究篇》下：「所謂菁華，相當於『得其精華而忘其粗』的『精』，就是對象所具備的特質中，最恰合那個事物自身的核心的東西。祇要把握這樣的核心，而省略十分清楚的部分，這就是菁華體。對於『青田未矯翰，丹穴欲乘風』，『只言青田，即可知鶴，指言丹穴，即可知鳳』，就『積翠徹深潭，舒丹明淺瀨』，解釋説『丹即霞，翠即煙也。今只言丹、翠，即可知煙霞之義』，祇能是這一意思。這讓人想到畫的

省筆之法，爲了這一點，『和事物自身不恰切的東西』，必須嚴格排除。從這一點，似乎轉生出了中唐時的落節病。日本歌論和連歌論、能樂論所表現的『本意』的思想，與此也有系譜性的聯繫。」《探源》：「《文心·鎔裁篇》云：『善删者字去而意留，善敷者辭殊而意顯。』存精去蕪之意亦仿乎此。」《譯注》：「把事物的中心部分準確無誤地摘取出來，以描寫其本質。如果就例子來説，也可以稱之爲暗喻。」王運熙、楊明《隋唐五代文學批評史》：「此體其實是借代、借喻的手法。青田、丹穴以地名代鶴、鳳，翠、丹以顔色代煙、霞，秋蓋、夏帷當是分別喻秋天池上的殘荷和夏日林中的密葉。」

盛江案：所謂「精」，爲最能表現事物特點之處。此一特點，或未必表現於對象之全體，或爲其某一局部特徵，甚或爲與之有聯繫，却爲此一事物外之某一事物。前者如積翠舒丹，霞最突出之特點是其如丹一般一片紅彤彤之色彩，因此用表現其色彩之詞「丹」以表現霞。若直接描寫霞，則霞之其他屬性亦一併出現於畫面，反而不能突出其紅彤彤色彩之特點。同理，「煙」亦取其最突出之特點「翠」，則「煙」之其他屬性相對而言均爲粗。後者則有青田、丹穴之例。鶴生青田，鶴亦以青田爲最有名，然青田實爲鶴之外另一事物，衹是其產地而已，用其地指代鶴，則鶴之其他屬性，均屬粗。同理，鳳因出丹穴而名，則產地外之屬性均爲粗。以現代修辭手法言之，此爲借代，以詩體言之，此爲舍粗取精，就思想淵源而言，則有似莊子之得意忘言。意乃文章之精，而書本自身則爲糟粕。得意忘言，即是得精忘粗。

《探源》：「崔融的十體，大約是受《文心雕龍》的影響，也可能是當時流行的術語，我以爲不是崔融獨創的。崔融與元兢頗有雷同，不會無因。」王運熙、楊明《隋唐五代文學批評史》：「以上十體，有的是指說詩句的風貌特徵，如質氣、飛動、清切等；有的是指表現手法以至具體的修辭手法，如映帶、婉轉、菁華等。專就詩歌藝術表現作如此細緻的分析，反映了詩歌創作的高度發展。至於就一聯詩而論其風貌，似有割裂全篇之嫌。但也應是反映了當時人的習慣。」「出現了如崔融那樣摘取部分語句以論其風貌的現象，這應是與長期以來盛行摘句鑒賞之風有密切關係的。」

六　義〔一〕①

一曰風，二曰賦，三曰比，四曰興，五曰雅，六曰頌。

【校記】

〔一〕「六義」右維寶箋本有卷首「文鏡秘府論箋卷第五／金剛峰寺密禪沙門維寶編輯」。

【考釋】

① 六義：《周禮·春官·大師》：「教六詩，曰風，曰賦，曰比，曰興，曰雅，曰頌。」《毛詩序》：「《詩》有六義焉。一曰風，二曰賦，三曰比，四曰興，五曰雅，六曰頌。」（《毛詩正義》）

吟窗本王昌齡《詩中密旨》：「詩有六義。一曰諷，二曰賦，三曰比，四曰興，五曰雅，六曰頌。諷一。諷者，風也。謂體一國之風教，有王者之風，有諸侯之風。賦二。賦者，布也。象事布文，錯雜萬物，以成其象，以寫其精。比三。比者，各令取外物，象已興事。興四。興者，立象於前，然後以事喻之。雅五。雅者，正也。當正其雅言，語與切爲雅也。頌六。頌者，定也。欲續其初嘗爲頌之也。」盛江案：「曰諷」、「諷一」當作「曰風」、「風一」，「其精」當作「其情」，「象已」當作「象以」，「語與」當作「語典」，「頌者定」當作「頌者容」。

《研究篇》下：「《秘府論》所引文獻，大體以唐代的東西爲主。《六義》這一項也從其例。這一條所引的，似爲王昌齡説和釋皎然説。即使從作爲『王云』以及『皎云』而引用來看，也不得不這樣考慮。作爲『王云』之説和傳本《詩中密旨》所説宗旨相合。把這兩者比照如下（略），還有皎説也和《詩式》的論旨符合，可以認作是皎然説。從時代來説，都在《毛詩正義》成立大約一百二十年到一百五十年後。」

《札記續記》：「小西氏的結論是，『作爲王云之説和傳本《詩中密旨》所説宗旨相合』。這和事實完全相反。還有，小西説『皎説也和《詩式》的論旨符合，可以認作是皎然説』，據管見，傳本《詩式》中關於六義是『比興，取象曰比，取義曰興』一條，從這一條我覺得無論如何得不出小西氏的結論。總之，小西氏這一條考説的根據有錯誤。」《校勘記》：「《六義》爲合抄王昌齡《詩格》和皎然《詩議》，順序均爲『皎云』『王云』。『風』的後説『王云』，前説未説明何人，以其他五例推測，當爲皎然説，脱『皎云』二字。這一條的一個問題是，傳本王昌齡《詩中密旨》『詩有六義』和此處論『六義』條冠以『王曰』引用文字的關係問題。《密旨》中的風賦比興都和『王曰』條不一致，反而和『皎曰』條一致。和『王曰』一致的，祇有『錯雜萬物』一句。不知道是把應寫作『皎曰』的地方寫作了『王曰』呢，還是傳本《詩中密旨》把皎説作爲王説誤收了呢？」

趙晶晶《王昌齡文藝思想研究》：「空海確切標明『王云』『皎云』，故不存在皎承繼王説之可能。而現存於《詩中密旨》裏的『風』、『賦』、『比』、『興』諸項，均同於『皎云』，『頌』亦接近皎説勝於王説。《詩中密旨》既無抄襲《文鏡》之可能……除非空海在輯録的時候將王論與皎論搞翻了，這種事情凡做文字工作的人都有可能發生。」

盛江案：據日本觀智院本《作文大體》，有「皎曰：賦者布也，匠事布文，以寫情也。王云，賦者錯雜萬物，謂之賦也」（小西甚一《考文篇》引）之語。恰與《文鏡秘府論》合。《作文大體》似另有所據，而非抄自《文鏡秘府論》。若然，則不可謂空海抄録有誤，王説與皎説并未顛倒，或者反是《詩中密旨》誤將皎説抄作王説，亦可能王説有與皎説相同之内容，空海爲免重複，删去此類内容，而《詩中密旨》恰恰保留與皎説相同之内容，而删去另外之内容。結果是《文鏡秘府論》之《六義》中，皎説反合於王昌齡《詩中密旨》説。

一曰風。

體一國之教謂之風。《關雎》、《麟趾》之化，王者之風也。《鵲巢》、《騶虞》之德，諸侯之風也〔一〕①。王云〔二〕②：「天地之號令曰風。上之化下，猶風之靡草，行春令則和風生，行秋令則寒風煞〔三〕，言君臣不可輕其風也③。」

【校記】

〔一〕「風」上《文筆眼心抄釋文》衍「德侯之」三字。

〔二〕「王」，松本、江户刊本、維寶箋本作「玉」，下同。
〔三〕「煞」，三寶、松本、江户刊本、維寶箋本作「弔」。

【考釋】

①「體一國」五句：《毛詩序》：「風，風也，教也；風以動之，教以化之。……是以一國之事，繫一人之本，謂之風。……然則《關雎》、《麟趾》之化，王者之風，故繫之周公。南，言化自北而南也。《鵲巢》、《騶虞》之德，諸侯之風也，先王之所以教，故繫之召公。」（《毛詩正義》）盛江案：《關雎》爲《周南》之首篇，《毛詩序》稱之爲「風之始」，《麟趾》即《麟之趾》，爲《周南》之末篇，《麟之趾序》以爲：「《麟之趾》，《關雎》之應也。《關雎》之化行，則天下無犯非禮，雖衰世之公子皆信厚如《麟趾》之時也。」（《毛詩正義》）《鵲巢》爲《召南》之首篇，寫諸侯之女出嫁於諸侯之事，《鵲巢序》云：「《鵲巢》，夫人之德也。國君積行累功，以致爵位，夫人起家而居有之，德如鳲鳩，乃可以配焉。」（《毛詩正義》）《騶虞》爲《召南》之末篇，寫諸侯打獵之事，《騶虞序》云：「《騶虞》，《鵲巢》之應也。《鵲巢》之化行，人倫既正，朝廷既治，天下純被文王之化，則庶類蕃殖，蒐田以時，仁和如騶虞，則王道成也。」（《毛詩正義》）《譯注》：「（前半）這一處出處不明，皎然《詩議》的可能性很大。其理由：第一，將詩從内容上區分的『雅』『頌』的皎然説，和本條一樣繼承了《毛詩大序》之論。第二，除『頌』之外，其他四條立論，都是自皎然説到王昌齡説的順序排列。」

②王云：《考文篇》：「岡井愼吾博士以『王云』爲《玉篇》佚文（《〈玉篇〉研究》），蓋據末流鈔本天海

藏本和版本。」

③「天地」六句：宋玉《風賦》（《文選》卷一三）李善注：「《河圖帝通紀》曰：風者，天地之使也。」漢蔡邕《上封事陳政要七事》：「風者天之號令，所以教人也。」（《後漢書·蔡邕傳》）李賢注：「《翼氏風角》曰：『風者，天之號令也，所以譴告人君者。』」《毛詩序》：「上以風化下，下以風刺上。」（《毛詩正義》）《論語·顏淵》：「君子之德風，小人之德草。草上之風，必偃。」《禮記·月令》：「孟春之月……命相布德和令，行慶施惠，下及兆民。……是月也，天氣下降，地氣上騰，天地和同，草木萌動。王命布農事，命田舍東郊，皆修封疆，審端經術。」「仲春行秋令，則其國大水，寒氣總至。」「仲秋之月……殺氣浸盛，陽氣日衰。」

《研究篇》下：「王昌齡六義説，大體來説，雖然政教性的解釋和修辭性的解釋混合，但以修辭性的解釋爲主。作爲全體的組織合理性有些淡薄。政教性解釋明顯的，仍然是風。風取教化德化之意，雖是來自《毛序》以來傳統，但和《毛序》明顯不同的是，祇舉出上之化下這一點，而未説『下以風刺上』，雖然説君臣不可輕其風，但不説『傷人倫之廢，哀刑政之苛』，就是説，這是太平性的解釋，排除了亂世性的色彩。這正符合於唐代。」「作爲皎然説所引用的據於《詩議》，另外，《詩式》也有論及比興的條目，應該合在一起討論。《秘府論》所引的皎説，先對風作政教性的解釋。這是普通的。這裏所説，和《詩中密旨》内容相同。可能王昌齡也有同樣之説，《秘府論》先引皎然之説，爲避免重複而在『王云』條把它省略掉了。『風』這一條雖然没有説明是誰之説，但從其他條推測，不用懷疑是皎然説。」

二曰賦①。

皎曰：「賦者，布也。匠事布文〔一〕，以寫情也。」王云：「賦者，錯雜萬物，謂之賦也②。」

【校記】

〔一〕「匠」，當從《詩中密旨》作「象」。

【考釋】

①賦：《詩·大雅·烝民》「明命使賦」鄭玄箋：「賦，布也。」《周禮·春官·大師》鄭玄注：「賦之言鋪，直鋪陳今之政教善惡。」晉摯虞《文章流别論》：「賦者，敷陳之稱也。」（《藝文類聚》卷五六）《文心雕龍·詮賦》：「賦者，鋪也，鋪采摛文，體物寫志也。」梁鍾嶸《詩品序》：「直書其事，寓言寫物，賦也。」

②《研究篇》下：「（王昌齡説）其次是賦，定義爲『錯雜萬物』，有點過於簡單。《詩中密旨》説『賦者，布也，象事布文，錯雜萬物，以寫其情』，但是這裏的『布也』和『象事布文』和『寫其情』原原本本出自皎然説。當是先舉皎然説表示相同之文，爲避免與此重複，而衹舉『錯雜萬物』。這個定義的直叙和敷陳兩處要素中，把重點放在後者。」「（皎然説）賦以敷陳之義爲中心，是一般的解釋。」

中澤希男《王昌齡詩格考》：賦這一條「《密旨》形式上恰好把《論》的『皎云』『王云』合在一起，如果這流傳的就是《詩格》之舊，那麽，皎説就原原本本繼承了王説」。

【附録】

《作文大體》：皎曰：賦者布也，匠事布文，以寫情也。王云：賦者錯雜萬物，謂之賦也。（日本觀智院本）

三曰比①。

皎云：「比者，全取外象以興之〔一〕，『西北有浮雲』之類是也〔二〕②。」王云：「比者，直比其身，謂之比假③，如『關關雎鳩』之類是也〔三〕④。」

【校記】

〔一〕「全」，《眼心抄》作「直」。

〔二〕「之」，原無，各本同，據《眼心抄》補。

〔三〕「鳩」，醍乙本作「鳴」。

【考釋】

① 比：《周禮·春官·大師》鄭玄注：「比，見今之失不敢斥言，取比類以言之。」晉摯虞《文章流别

論》：「比者，喻類之言也。」（《藝文類聚》卷五六）鍾嶸《詩品序》：「因物喻志，比也。」《文心雕龍·比興》：「比者，附也。……蓋寫物以附意，颺言以切事者也。故金錫以喻明德，珪璋以譬秀民，螟蛉以類教誨，蜩螗以寫號呼，澣衣以擬心憂，席卷以方志固：凡斯切象，皆比義也。至於麻衣如雪，兩驂如舞，若斯之類，皆比類者也。」

② 西北有浮雲：句出魏曹丕《雜詩二首》其二。全詩爲：「西北有浮雲，亭亭如車蓋。惜哉時不遇，適與飄風會。吹我東南行，南行至吴會。吴會非我鄉，安能久留滯。棄置勿復陳，客子常畏人。」（《文選》卷二九）李周翰注：「此意爲漢征吴之時。西北浮雲，自喻也。」皎然《詩式》「西北有浮雲」：「魏文帝有吞東南之意，軍至揚子江口，觀其洪濤洶湧，乃歎曰：『此天地所以限南北也。』遂賦詩而還。」

中澤希男《王昌齡詩格考》：「參酌皎説有『西北有浮雲是也』，這意思大概是『所謂比，是原封不動的取外物之象，依此興己之意』。『西北有浮雲』……表面上歌詠被飄風吹動着的浮雲，而浮雲實指作者自身的境遇，比喻遠離故鄉遠征在外的自己。皎説似把這樣祇叙比喻，而本意隱含於内作爲『比』。」

皎然《詩式》「用事」：「今且於六義之中，略論比興。取象曰比，取義曰興。義即象下之意，凡禽魚草木，人物名數，萬象之中，義類同者，盡入比興，《關雎》即其義也。如陶公以孤雲比貧士，鮑照以直比朱弦，以清比玉壺，時人呼比爲用事，呼用事爲比。」

《譯注》：「皎然（《詩式》）引陶淵明《詠貧士》『孤雲獨無依』，鮑照《白頭吟》『直如朱絲繩，清如玉壺冰』爲例，這些例子都是作爲主體的人物形象，和『西北有浮雲』例句相合，這證明皎然是把比看作據外在物象比喻主體。這一看法和《周禮》鄭玄注爲代表的關於比的一般性看法有距離。可以説，鍾嶸《詩品序》所謂『因物喻志，比也』是接近於皎然説的定義。」

③「比者」三句：《文心雕龍·比興》：「夫比之爲義，取類不常：或喻於聲，或方於貌，或擬於心，或譬於事。宋玉《高唐》云：『纖條悲鳴，聲似竽籟。』此比聲之類也。枚乘《菟園》云：『猋猋紛紛，若塵埃之間白雲。』此則比貌之類也。」《校注》：「昌齡謂『直比其心謂之比假』，即彦和『比貌』之意也。」

④「謂之」二句：各家標點不一，《校注》、《譯注》作「謂之比假，如關關雎鳩之類是也」，《考文篇》作「謂之比，假如關關雎鳩之類是也」。

《研究篇》下：「其次是比，指直接比作其身。例子舉『關關雎鳩』，有一點變化。毛傳作爲『興也』，皎然也引興之例，因此和王説不同。昌齡可能認爲，雎鳩和鳴和君子淑女相和直接相應，從前者原封不動地表現後者的樣子，這就是比。」

中澤希男《王昌齡詩格考》：「如果參照王説的『假如關雎之類是也』，則可能『君子好仇』（盛江案：「仇」當爲「逑」誤）相當於『其身』，『關關雎鳩，在河之洲』相當於直比。所謂『直比』，簡要地説，就是指比喻的東西和被比喻的東西直接的聯繫，比喻的事情自然明確。（「關關雎鳩」爲《詩·周南·關雎》中的句子，毛傳注此句爲「興」也。）王説把『比』和『興』都作爲比喻之體，把『比』作爲『直比』，把『興』作爲『託比』。『直比』就是所謂顯喻，『託喻』就是所謂隱喻。」

四曰興①。

皎云：「興者，立象於前，後以人事諭之〔一〕，《關雎》之類是也②。」王云：「興者，指物及比其身說之爲興〔二〕③，蓋託喻謂之興也④。」

【校記】

〔一〕「諭」，原作「諗」，右旁注「諭」，據成簣堂、三寶等本改。

〔二〕「及」，《眼心抄》、六寺本作「反」。

【考釋】

① 興：《周禮·春官·大師》鄭玄注：「興，見今之美，嫌於媚諛，取善事以喻勸之。」《詩·周南·關雎》「關關雎鳩」毛傳：「興也。」晉摯虞《文章流別論》：「興者，有感之辭也。」（《藝文類聚》卷五六）《文心雕龍·比興》：「觀夫興之託諭，婉而成章，稱名也小，取類也大。關雎有別，故后妃方德；尸鳩貞一，故夫人象義。義取其貞，無從于夷禽；德貴其別，不嫌於鷙鳥。明而未融，故發注而後見也。」

② 「皎云」五句：《研究篇》下：「（皎然）比和興的解釋有異樣的地方。《詩式》說：『詩人皆以徵古爲用事，不必盡然也。今且於六義之中略論。比興，取象曰比，取義曰興，義即象下之意。（下略）』『取象曰比，取義曰興』，好像是有些含糊的說明，但是，從討論比和用事的差別來推測，似是把比解作以辭爲

單位的譬喻（興是句和句的譬喻）。所謂『以孤雲比貧士』，指陶淵明《詠貧士》：『萬族各有託，孤雲獨無依。曖曖空中滅，何時見餘暉。朝霞開宿霧，衆鳥相與飛。遲遲出林翮，未夕復來歸。量力守故轍，豈不寒與飢。知音苟不存，已矣何所悲。』這個『孤雲』，是貧士的譬喻。就是説，是隱喻，若從正義説，則是興。把它用爲比，與通説有異。和用事容易混淆的地方，也就因爲此。《秘府論》所引的皎然説，有『西北有浮雲』，這是《詩式》卷二『魏文帝有呑東南之意，（下略）』所舉之詩，即是『（略）』，這個『浮雲』解作指文帝自身。也是隱喻。但是，《十五例》的用法把顯喻也作比，因此，皎然説的比，可能不管顯喻和隱喻的區别，而指部分性（語單位）的譬喻。還有皎然所説的興，是先述某一事象，然後舉人事以喻之。例如，先述雎鳩和鳴的樣子，由此而表示君子淑女相和的樣子，這就是興。據此説，興似是譬喻和被譬喻的東西明顯相對，而且把句子作爲單位。因此也包含通説的比。比興和通説這樣的不同，不僅自身少有，而且也給後世意想不到的影響。其中之一是對朱子説。朱子説把比作爲顯喻，把興作爲由他物引起本旨的手法。皎然説也把興解作譬喻，和朱子説並不全同，但是如果把重點從前句放到後句，就像朱子説一樣。朱子説也許正是從皎然系統脱化過來的。貫之的日本式六義，也有密切關係。貫之把『なぞらへうた』作爲比，把『たとへうた』當作興，但在把比作爲顯喻，把興作爲隱喻的通常之説裏，不管怎樣其關係都相反。但是，若據皎然説，這樣的矛盾就全部解決了，貫之是否看過《詩議》或《詩式》即使有疑問，而基於這一系統之説是没有疑問的。」

中澤希男《王昌齡詩格考》：「《密旨》的『以事』當是皎説的『以人事』之訛。皎説有『關雎之類是也』。『關關雎鳩，在河之洲』二句可能相當於『立象於前』（「象」與「比」之「外象」同意），『窈窕淑女，君子好逑』可能相當於『以人事喻之』。像這樣首先提出外象，然後叙述本意，前後構成比喻關係的，似乎就是『興』。」

③指物：《梁書·王筠傳》：「（沈）約於郊居宅造閣齋，筠爲草木十詠，書之於壁，皆直寫文詞，不加篇題，約謂人云：『此詩指物呈形，無假題署。』」

④託喻：魏曹植《七啓》：「假靈龜以託喻，寧掉尾於塗中。」（《文選》卷三四）晉張華《鷦鷯賦》：「夫言有淺而可以託深，類有微而可以喻大。」（《文選》卷一三）鍾嶸《詩品》中評嵇康：「然託諭清遠，良有鑒裁。」評張華：「其體華艷，興託不奇。」《詩品序》：「文已盡而意有餘，興也。」《毛詩序》正義：「取譬引類，起發己心詩文，諸舉草木鳥獸以見意者，皆興辭也。」

《研究篇》下：「（王昌齡説）興被定義爲指物直比其身。就是説，把取譬的東西放在表現方面，意指的部分間接暗示出來。」（《毛詩正義》）

中澤希男《王昌齡詩格考》：「王説的『指物』是『提示的物象』之意，所謂『及比』和比的『直比』相對，是『把提示的事物（指物）關連到人物（其身）而叙述』之意。王説可能把『指物』和『其身』提出直接比喻關係的作爲『直比』，把『指物』和『人事』一方面處於間接性關係，一方面自然而然的在其中成爲比喻的作爲『及比』。」

《譯注》：「指物及比其身，這一句難解。據王昌齡的看法，比是直比其身的東西，也就是直接的比喻。與此不同，與是『指物而及於比其身』的東西，也就是婉曲的比喻。但是，也可能可以讀作『指物以及比其身』。」

五曰雅①。

皎云：「正四方之風謂雅。正有小大，故有大小雅焉②。」王云：「雅者，正也。言其雅言典切③，爲之雅也④。」

【考釋】

① 雅：《毛詩序》：「言天下之事，形四方之風，謂之雅。雅者，正也，言王政之所由廢興也。政有小大，故有小雅焉、大雅焉。」（《毛詩正義》）《周禮·春官·大師》鄭玄注：「雅，正也，言今之正者，以爲後世法。」

② 「皎云」四句：中澤希男《王昌齡詩格考》：「『正有大小』，『正』爲『政』訛。《密旨》『當正』以下十一字不成意。」

③ 雅言：已見前釋。中澤希男《王昌齡詩格考》：「『典切』之『切』爲『切直、切正』等之『切』，『正直』之意。（《廣雅釋詁》二：「切直言，義也。」）『典』也是『義』的類語，因此『典切』是連語，可能和『典正』爲同義詞。（《顏氏家訓·文章》：「甚爲典正，不從流俗。」）」

④爲之雅也：《校注》：「『爲』，古通『謂』。」

《研究篇》下：「（王昌齡説）雅作『正也』，説『雅言典切爲之雅』。把雅作修辭性的解釋有特異色彩。比昌齡《詩格》可能早三十年的慧苑《新譯華嚴經音義》釋作『風雅典則語』，注雅『正也』和『閑麗也』，雅解作政教是通常的，但也存在如慧苑所解的異説，昌齡也繼承了這一系統之説。」

六曰頌①。

王云：「頌者，讚也。讚歎其功，謂之頌也②。」皎云：「頌者，容也。美盛德之形容，以其成功告於神明也③。」

古人云：「頌者，敷陳似賦〔一〕，而不華侈，恭慎如銘，而異規誡④。」以六義爲本，散乎情性⑤，有君臣諷刺之道焉，有父子兄弟朋友規正之義焉。降及遊覽答贈之例，各於一道，全其雅正⑥。

【校記】

〔一〕「似」，原作「以」，成簣堂、高乙、正丙、醍乙本同，據三寶、高甲、寶龜、六寺、松本、江戸刊本、維寶箋本改。

【考釋】

①頌：《毛詩序》：「頌者，美盛德之形容，以其成功告於神明者也。」（《毛詩正義》）《周禮·春官·大師》鄭玄注：「頌之言誦也，容也，誦今之德，廣以美之。」《文心雕龍·頌讚》：「頌者，容也，所以美盛德而述形容也。」

②「王云」五句：《研究篇》下：「（王昌齡說）頌從通常之說，無須特別說明。作爲全體來看，風頌作政教性的解釋，雅賦比興作修辭性的解釋，和政教性的解釋不相合，不一致。」

③「皎云」五句：《研究篇》下：「（皎然說）雅和頌都沿用《毛序》說。」

④「頌者」五句：《文心雕龍·頌讚》：「原夫頌惟典雅，辭必清鑠，敷寫似賦，而不入華侈之區；敬慎如銘，而異乎規戒之域。」

⑤散乎情性：魏曹植《上疏陳審舉之義》：「使臣得一散所懷，攄舒蘊積，死不恨矣。」（《三國志·魏書·陳思王植傳》）劉宋鮑照《蜀四賢詠》：「玄經不期賞，蟲篆散憂樂。」（《鮑參軍集注》卷五）

⑥《研究篇》下：「（皎然）頌作爲『古人云』引《文心雕龍》之說。不僅把頌作政教性的解釋，似還要給予一些修辭的意義。『以六義』以下可能是皎然對六義的總括。其大意，是把六義作爲堅實的基礎，把自己心裏所想的表現於外，從君臣諷刺和父子兄弟朋友的規正這些比較嚴肅的方面，到遊覽贈答這些比較淺顯的方面，在各自的領域都可以有合於雅正的表現。」「《秘府論》引用的兩說，都有各自的解釋」，「從全體來看，和《正義》爲代表的通說有很多的不同之處，也許表明欽定《正義》的權威開始有了動

搖，但作爲文人的解釋和經學家的解釋旨趣有異，這可能是自然的趨勢。但從學説的精密程度來説，和《正義》還是無法比擬的。弘法大師採用這兩説，没有别的特别的意思，可能因爲正好手頭有《詩格》和《詩議》。而《毛詩正義》，雖然想看就不會看不到，但如果引用，篇幅太長。可能因爲這個原因，雖然其他地方也引用過六義，但還是衹從《詩格》和《詩議》舉出王皎兩説。《詩格》和《詩議》比《秘府論》的撰述早三十年到五十年，在當時是最新的學説，因此可能也有這一方面的魅力」。

《校勘記》：「以六義爲本，以文義推，『以六義』以下爲别條，『以』上脱一『詩』字。」中澤希男《王昌齡詩格考》：「『以六義……全其雅正』雖和前條連寫，但文意連接不上。内容及於六義全體，因此也許是皎然像六義説小引這樣的東西。這一條『以』上可能當補一『詩』字，『散乎情性』的『散』是『展開（のべる）（布）』的意思。（《廣雅・釋詁》：「散，布也。」）『有君臣……其雅正』是『諷刺和規諫之作不用説，即使遊覽答贈之作也各自要做到雅正』之意。」

八階①文筆式略同〔一〕②

一，詠物階。二，贈物階。三，述志階。四，寫心階。五，返訓階。六，讚毁階。七，援寡階。八，和詩階③。

【校記】

〔一〕「文筆式略同」，此題下小字注三寶、高甲、高乙、正丙、六寺本與宫本同，寶龜本作雙行小字注「文筆式略同詩格轉變爲八體後採八階」，醍乙本作雙行小字注「文筆式略同又詩格轉反爲八體後採八階御草本有此而以朱抄銷之」，松本、江户刊本、維寶箋本作雙行小字注「文筆式又詩格轉反爲八體後採八階御草本有此而以朱銷之」。維寶箋本加地哲定注：「異本俱無此夾注，而有文筆式略同五字，夾注必後人所記，文或有誤脱。」《校勘記》：「原文的『後』可能爲『復』之訛。」

【考釋】

① 八階：《舊唐書·音樂志》：「六變爰闋，八階載虔。」維寶箋：「階者，《釋名》：『階，梯也，如梯之有等差也。』」羅根澤《文筆式甄微》：「此所謂『階』的意思，文中没有解釋，繹讀全文，似乎與文體之『體』

的含義很相像。《文鏡秘府論》的此卷（地卷）的大題目，本是『論體勢』，除此篇以外，尚有《十七勢》、《十四例》、《十體》、《六義》、《六志》、《九意》各篇，也的確是『論體勢』的文章。以彼例此，其所謂『階』也可知其底蘊了。」《校注》：「據注，則階猶體也。而有十體八階之異者，前者就內容爲言，後者則就形式而言。」《譯注》：「《八階》，『階』，入門、初階之意，和作詩的狀況相應，提示八種方法。説明並不那麼具體。由例詩和『釋』構成。這和下一篇的《六志》相同。這種形式存於東卷《二十九種對》和西卷《文二十八種對》，可以看出均係同一原典。」

盛江案：階猶體，《校注》所言大體是，佚名《詩格》作「八體」可證。但此體（階）爲學詩入門，由淺入深之體（階），猶晉葛洪《抱朴子・遐覽》所言：「亦或當有所教授，宜得本末，先從淺始，以勸進學者，無所希准階由也。」文學「八階」之階，即入門階由之「階」。然《八階》，既不論具體詩文作法，亦不論風格審美範疇，而是分析詩文不同題材内容，蓋認爲表現題材内容不同，詩文體貌亦不同。

② 文筆式略同：羅根澤《文筆式甄微》：「至『八階』，《文鏡秘府論》注云『文筆式略同』。略同不是盡同，但《文筆式》對於這一部分的言論主張，未始不能據此略窺跡象。」（羅根澤關於《文筆式》之考證，詳參本書西卷《文筆十病得失》考釋引。）

《札記》：「通行本（盛江案：指通行之江户刊本）有『御草本有此而以朱銷之』，很明顯是指『文筆式又詩格轉反爲八體』這十一字。蓋大師當初注有這十一字，後來如保延本（盛江案：指宫内廳本）所傳的删改成『文筆式略同』五字。通行本『文筆式又詩格轉反爲八體後採八階』，這十五字意不明了，可能是《文筆式》與《詩格》均載有八體，兩者不過有轉反的差别而已，今取捨兩者，作成八階之意。若然，這八階爲合抄《文筆式》和《詩格》。《文筆式》，諸家書目均未著録，唯《見在書目》小學有『《文筆式》二卷』，撰者無由得知。依《秘府論》通例，《詩格》當指昌齡《詩格》。八階有『釋曰』，或者這一部分出自《文筆式》。又，『第八和詩階』的『釋曰』部分有『故稱相和』，這和題目不一致，若『釋曰』部分出《文筆式》，則和詩之目可以理解爲依《詩格》。因而，這個『釋曰』部分並非大師自己的解釋，而是如實抄自某書，講述出來。就是説，如果是大師自己的話，就不會如此齟齬。」

《札記續記》：「因爲以保延本爲首的古鈔本想要保存御草本之舊，不會故意略去這十七字。我想《秘府論》這一類注，是作爲編輯時備忘的東西加進去的，定稿的時候幾乎都抹消掉了。」「《八階》像醍醐寺本那樣把注全部抹消是保留了原樣，但是保延本載録『文筆式略同』五字並不是省略下來的東西，而是這五字抹消得不清楚，因而衹有這五字保存下來了，我以爲這樣考慮是妥當的。但是《八階》的下一篇《六志》有『筆札略同』的注，這個注諸本没有不同。」「從《秘府論》的體例來看，甚爲懷疑不論『文筆式略同』還是『筆札略同』，都是當初編撰的時候作爲備忘而加進去的，因而定稿後和其他諸注一起删去。伴隨而來的，顯然要和原形的十七字一起考慮『文筆式略同』這五字的意思。西卷《文筆得失十病》條『文筆式云』之傍三寶院本、天海藏本附注『筆四病筆札文筆略同異本』。這一條注，因爲本文有『《文筆式》云』，因此原典爲《文筆式》，而注的意思顯然應該是指出《筆札》和《文筆式》關於四病有略同之説。但是《八階》衹有『文筆式略同』，没有提出和它相對的書名。但是，既然有『詩格轉反爲八體』，則和《文筆式》相對的書是《詩格》，從而所謂『詩格轉反爲八體』，當然應該解作『《詩格》也有八體，内容大體相同，但其順序有所不同』。把這和前面的『文筆式略同』聯繫起來，大概不得不解作既然《詩格》記載的是『八體』，那麽『八階』就是《文筆式》所記載的。如果真是這樣，『文筆式略同』的注就不協調了。但是這一矛盾，從後面的『後採八階』四字大概可以得到完滿的解釋。就是説，可以這樣臆測，所謂『後採八階』，當解作『當初採用《詩格》八體，但後來捨棄而採用《文筆式》的八階』，『文筆式略同』這五字是當初載録《詩格》『八體』時加進去的注，改爲『八階』後尚未被抹消，就這樣被保存下來了。但是《詩格》爲何人所作無法弄清。即使這《八階》的原典是《文筆式》，是否原原本本抄録下來也有不少疑問。例如，『第六讚毁階』之末有『又云：褒貶之事既彰，讚毁之階是立』。這一文字，和『詠物階』末的『此乃詠物之階斯顯，即事之言是著』，『述志階』末的『坦蕩之位既陳，慷慨之雄是立』等，筆致類似。冠以『又云』，從文脈上看，是追記别人之説，或者中途有省略，或者『又曰』是衍字，不這樣設想就没法解釋。還有『第八和詩階』的『釋曰』中有『彼此宫商，故稱相和』，這和名目的『和詩』缺乏一致性。還有『第五返酬階』、『第六讚毁階』、『第七援寡階』，和其他七階例詩的句數不同。若爲同一人之筆，大約不會如此不一致。還有『第十和詩階』末尾『王斌有言云云』三十四字，和其他部分相比，有突兀之感。也許這也不是原典，而是後來追記的東西。如果不是原典，而是有所修補，那麽，這修補的部分，自然就要想到是《詩格》。西卷《二十八種病》鶴膝和傍紐的一條雖引有王斌説，但這一條仍似出自《詩格》。因此，『和詩階』『王斌有言云云』一條，也許和鶴膝、傍紐中所引王斌説一條同一原典。還有，鶴膝、傍紐中引用王斌説的部分不同

《文筆式》，大概可以肯定。」

《校勘記》：「這個注的意思雖不很清楚，但是，這『八階』（從某書抄出）和載於《文筆式》的『八階』差不多相同，《詩格》改换這『八階』的順序，而作爲『八體』，復採用這『八階』（《詩格》與這「八體」一同也記載「八階」），這樣的意思是明白的。」

《研究篇》下：「《八階》原典未詳。初稿本有注記『文筆式略同又詩格轉變爲八體後採八階』，據此，大體與《文筆式》所説相同，可能《筆札華梁》是這一項的原典。内容也不是盛中唐的東西。還有《詩格》一書不明，這一書中似有同樣的文論，而且把題目變爲『八體』，後來又回到『八階』——可以作這樣的理解。」

王夢鷗《初唐詩學著述考》：「按《秘府論》地卷於《六志》之前，有《八階》一節，空海於題下注云『《文筆式》略同』。今以此注與《六志》題注『筆札略同』一語，互爲參詳，可疑此《八階》乃録自《筆札華梁》，特因其與《文筆式》所載者内容略相類，故云略同於《文筆式》。反之，《六志》乃録自《文筆式》，因其内容略同於《筆札華梁》，故又注云略同《筆札》也。《文筆式》與《筆札華梁》二書，係相祖述而來，故其間有全相同者，有名目相同而舉例稍異者，亦有名目稍異而内容相同者。《八階》之與《六志》，即屬於後二種之關係。姑以名目言之，則《八階》中之『詠物』『贈物』，實略同於《六志》之『起賦』；《六志》中之『直言』，略等於《八階》之『述志』；《八階》中之『寫心』，略等於《六志》之『寄懷』；《六志》中之『比附』，略等於《八階》之『返酬』；《八階》中之『讚毀』，則又略同於《六志》之『貶毀』『讚譽』，所餘唯『援寡』與『和詩』二階，因八與六相比，故《六志》不及《八階》多出兩項也。空海或因二者互有詳略，而各項之舉例又各不相同，遂兩存而並録之，但注明彼此之間，實有『略同』之處，然既有略同之處，玆亦難判何者必爲《筆札華梁》之舊文。」

《譯注》：「本篇題下原有注『文筆式略同』，《六志》題下也有注『筆札略同』。『筆札』爲上官儀《筆札華梁》，《文筆式》和《筆札華梁》内容方面有相關性，也許《八階》的叙述採自《筆札華梁》，《六志》採自《文筆式》，兩者實質上相同，因此題下有這様的注。」

盛江案：《八階》原典當爲《筆札華梁》，《文筆式》與《詩格》有大體相同之内容，而《詩格》稱爲「八體」，空海原擬用「八體」，而後則採用「八階」。是爲寶龜院等本題下注之大意。此題下注爲草稿本文。所謂「詩格」，維寶箋：「詩格，王昌齡《詩格》。」以上引諸家之説，亦多以爲注中「詩格」指王昌齡《詩格》。似尚無根據謂此處題注之「詩格」即爲王昌齡之《詩格》。《省試詩論》引大江匡衡《奉試詩狀》：「《文筆式》云：『蜂腰者，第二字與第五字同聲也。所爲證詩，以上句第二字與第五字同聲爲病云云。』又《詩格》所釋：『初句第二字不得與第五字同聲，又是劇病云云。』然則依下句不可避蜂腰。《文筆式》、《詩格》下句已不載蜂腰之有無。」據《八階》題下注，《文筆式》與《詩格》同有「八階」一項（《詩格》作「八體」，然内容一致），據大江匡衡《奉試詩狀》，《文筆式》與《詩格》又同論蜂腰，且觀點一致，因疑《八階》題下空海出注之《詩格》，即大江匡衡所説之《詩格》。此書已流入日本，故空海和大江匡衡均可採用。

③日本歌體論《喜撰式》有詠歌「八階」，即：詠物、贈物、述懷、恨人、惜别、謝過、題歌、和歌。這「八

階」，後來《新撰和歌髓腦》及《奥義抄》作「八品」，各體名目略同。日本歌學論體而稱「八階」，當受《文鏡秘府論》地卷《八階》之影響。

第一，詠物階①。

詩曰：「雙眉學新緑，二臉例輕紅〔一〕。言摸出浪鳥〔二〕，字寫入花蟲②。」又曰：「灑塵成細跡，點水作圓文。白銀花裏散，明珠葉上分③。」

釋曰：聞神嶺而賦金花，覩仙蓬以歌玉葉④。或思今而染墨，乍感昔以抽毫⑤。此乃詠物之階斯顯，即事之言是著⑥。

【校記】

〔一〕「臉」，原作「瞼」，各本同，從周校、《校注》、《譯注》、林田校等本改。

〔二〕「摸」，松本、醍乙、江户刊本、維寶箋本作「横」。

【考釋】

①詠物階：即詠物體，以某一物爲對象從不同角度進行描摹歌詠之詩體。日本歌學《喜撰式》詠歌「八階」有詠物階，當從《文鏡秘府論》仿脱而來。

②「雙眉」四句：詩題及撰者未詳，由風格觀之，可能爲齊梁時作。《八階》所引詩，亦可能均爲作者自擬。維寶箋：「雙眉，此詩一篇，詠美人也。詩曰：『春酒介雙眉。』新緑，新柳緑也。二瞼，目上下云瞼。陳子良詩：『柳葉來眉上，桃華落瞼紅。』古詩：『石榴暗蕚散輕紅。』言横，言利辯。《毛詩·雨無正》曰：『哿矣能言，巧言如流。』浮鳥在水則横流水也。字寫，言文字，即蝴蝶也。古人詠蝶曰：『出没花間徑。』花蟲，梁雅樂歌：『既散花蟲采，後流日月光。』」《譯注》引梁江洪《詠歌姬詩》：「薄鬢約微黄，輕紅澹鉛臉。發言芳已馳，復加蘭蕙染。」

盛江案：梁劉氏《贈夫》詩「妝鉛點黛拂輕紅」（《先秦漢魏晉南北朝詩·梁詩》卷二八），亦輕紅用例。此詩詠美人，既言美人雙眉如新緑之柳葉，又言其臉頰泛有如桃花之輕紅，非唯貌美，且又多才。其巧言如流，比浮鳥在水，字體優美，似翩翩入花之蝴蝶。

③「灑塵」四句：詩題及撰者未詳。維寶箋：「灑塵，此詩一篇詠露也。露滴灑塵則有細跡也。楚詞《九辯》曰：『使涷雨兮灑塵。』（盛江案：此句當出《九歌·大司命》）圓文，露滴也。點水則圓形爰顯，花上露如點白銀。晉陽公《回合歡詩》：『白花如散銀。』明珠，言葉上露形，古詩詠露曰：『萬顆如珠綴草頭。』」《校注》引王筠《北寺寅上人房望遠岫翫前池》：「雨點散圓文，風生起斜浪。」《譯注》：「我以爲是詠雨之詩。圓文，雨點落在水面産生的波紋。梁劉苞《望夕雨詩》（《藝文類聚》卷二）：『緣階起素沫，竟水散圓文。』」盛江案：興膳宏説是。

④「聞神」二句：維寶箋：「神嶺，孫興公《遊天台山賦序》曰：『天台山者，蓋山嶽之神秀也。』金華，

《神仙傳》曰：『黄初平，年十五牧羊，有道士引至金華山中，其兄覓得之，問羊何在，曰，在山東。兄往見，但見白石。初平叱之，白石皆起成羊，數萬頭。』仙蓬，仙境蓬萊也。郭景純《遊仙詩》：『朱門何足榮，未若託蓬萊。』玉葉，《六帖》曰：『金枝玉葉。』梁元帝賦曰：『雲如玉葉乍隨風。』」盛江案：江淹《學梁王兔園賦》「青樹玉葉，彌望成林」（《全梁文》卷三三），亦玉葉之用例。

⑤「或思」二句：維寶箋：「染墨抽毫，共言述作。思今，詠懷之詩類。感昔，詠史覽古詩類。共多載《文選》等。謝莊賦曰：『抽毫進牘以命仲宣。』杜詩曰：『詩成珠玉有揮毫。』」

⑥即事：《校注》引劉宋謝靈運《南樓中望所遲客》：「即事怨睽攜，感物方悽戚。」（《文選》卷三〇）李善注：「即事，即此離别之意也。」劉良注：「即事，謂此事也。」《譯注》：「即事，歌詠眼前事物的詩。」

《研究篇》下：「（釋曰）用金花或玉葉這些仙境中有的東西歌詠神仙的靈境，興發具體的感銘。（例詩）以新緑表現眉毛之美，把停宿在花卉上的水滴比作明珠，這就是詠物階。但是，不是就所要歌詠的對象自身進行描寫，而是另外借助他物，託他物之特質來表現，這已包含有譬喻的成份。」

「釋曰」之形式，《文鏡秘府論》中常見。天卷《調四聲譜》一處，地卷《八階》、《六志》，東卷《二十九種對》前「十一種對」，西卷《文二十八種病》部分病目，均有「釋曰」形式。王夢鷗《初唐詩學著述考》考析《六志》以爲：「《秘府論》所載『釋曰』以下文字，似爲空海釋語。」張伯偉《全唐五代詩格校考》注《八階》，未録「釋曰」以下文字，以爲「釋曰」以下文字「當出於空海之筆」。

盛江案：此類以「釋曰」形式出現之解釋性文字，未有根據證明爲空海所作。一、「釋曰」旨在釋難解疑，若爲空海所作，則《文鏡秘府論》中凡需加以解釋之處，至少其大部分應有「釋曰」，而事實並非如此。與《八階》、《六志》形式相似之天卷《八種韻》，地卷《十七勢》、《十體》、《六義》，均無「釋曰」。即如東卷《二十九種對》與西卷《文二十八種病》，亦僅釋其一部分，而另一部分未釋。二、若爲空海所作，西卷「平頭」等病例之「釋曰」，應該前文所引之詩例均加解釋，而事實亦非如此，往往僅釋其中一二首，並未涉及其他引詩。三、若爲空海所作，則各處「釋曰」部分之文風應該一致，至少大體一致，而事實亦非如此。東卷《二十九種對》中前「十一種對」之「釋曰」，相互間文風迥異，西卷《文二十八種病》亦然。「釋曰」以下内容當出自中國不同原典，因原典不同，故文風不同，似難證明爲空海所作。

第二，贈物階。

詩曰〔一〕：「心貞如玉性，志潔若金爲。託贈同心葉，因附合歡枝①。」又曰：「合瞑剌縫罷，守啼方達曙。帶長垂兩巾，代人交手處②。」

釋曰：乍遺荳蔻之蔈葉〔二〕③，時贈滴瀝之輕花④。假類玉以制文，託如金而起詠⑤。雖復表心著跡，還以贈物爲名⑥。

【校記】

〔一〕「曰」，松本、江戸刊本、維寶箋本作「云」。

〔二〕「茲葚之菉葉」，《考文篇》作「芬蘊之緑葉」，六寺本「茲葚」左旁注「盛貌」，「菉」左旁注「藍也」。

【考釋】

①「心貞」四句：詩題及撰者未詳。維寶箋：「心真，何敬祖《遊仙詩》：『言士懷貞心。』玉性，《淮南子》曰：『中山之玉，灼以爐灰，三日三夜，色澤不變，得天地之精也。』志潔，干令升《晉紀・總論》曰：『漢濱之女，守潔白之志。』若金，《周易》上繫辭曰：『二人同心，其利斷金。』同心，《毛詩・谷風》曰：『黽勉同心，不宜有怒。』合歡，古詩：『裁爲合歡被。』」《譯注》：「寄思贈人，陳述不變愛情之詩。心貞，梁劉孝標《辨命論》（《文選》卷五四）：『瑾則志烈秋霜，心貞崑玉。』」盛江案：同心葉，當指蓮葉，《青陽歌曲》：「下有並根藕，上生同心蓮。」（《玉臺新詠》卷一〇）

②「合瞑」四句：詩題及撰者未詳。《眼心抄》無此詩例。維寶箋：「合瞑，古詩曰：『良人瞑目黃泉下。』刺縫，《漢書》曰：『一尺布，尚可縫。』達曙，陶潛詩：『達曙醉且歌。』兩巾，梁簡文帝詩：『折腰應兩袖，傾足轉雙巾。』」《校勘記》：「『代人交手處』，此句難解，恐含誤字。《八階》各階都用二個詩例，《眼心抄》也同樣的形式，祇有這個『贈物階』，省略了包含這一句的例子。也許因意思不通而被删去了。」《譯注》：「『帶長』，喻思緒之長。梁劉孝綽《古意》：『蕩子十年別，羅衣雙帶長。』代人，難解，或有誤字。」盛江案：交手，攜手之意。《楚辭・九歌・河伯》：「子交手兮東行，送美人兮南浦。」朱熹注：「交手者，古人將別，則相執手，以見不忍相遠之意。」

③ 葐蒀：亦作「芬蒀」、「氛氲」，煙靄氤氲或香氣鬱盛。晉左思《蜀都賦》：「鬱葐蒀以翠微，崛巍巍以峨峨。」（《文選》卷四）

④ 滴瀝：圓潤明麗貌。晉秦王嘉《拾遺記》卷一〇：「甘露濛濛似霧，著草木則滴瀝如珠。」（《漢魏六朝筆記小説大觀》）輕花：《譯注》引梁簡文帝《晚景出行》：「輕花鬢邊墮，微汗粉中光。」（《玉臺新詠》卷七）以上二句就第一首例詩後二句言。

⑤「假類」二句：此二句就第一首例詩前二句言。第二首例詩未作解釋。

⑥《研究篇》下：「把所舉例詩作爲贈物詩，名稱似指這個意思，但實質上是譬喻體。」「（釋曰）把託什麼以表心作爲贈物階，但這不必限於贈物詩，這從例詩（略）可以知道。難道是征人之妻懷念丈夫的遠思遥想，寄託於長長的衣帶嗎？總之，『表心著跡』是中心。這樣的手法，事實上贈物的詩歌是常用的。」

盛江案：日本歌學《喜撰式》詠歌「八階」有「贈物階」，亦借寫贈物以述志，當從《文鏡秘府論》仿脱而來。

第三，述志階①。

詩曰：「有鳥異孤鸞，無群飛獨漾〔一〕。鶴戲逐輕風，起嚮三台上〔二〕②。」又曰：「丈夫懷慷慨，膽上湧波奔〔三〕。只將三尺劍，決構一朱門③。」

釋曰：燕雀之爲易測④，鸞鳳之操難知⑤。有如候雁銜蘆⑥，騰龍附雲⑦。上哲託以呈抱，明賢因而表志。坦蕩之位既陳⑧，慷慨之雄是立〔四〕⑨。

【校記】

〔一〕「無群飛獨漾」，原作「飛無群獨漾」，各本同。維寶箋本加地哲定注：「案：『飛』字當在『群』下。」王夢鷗《初唐詩學著述考》：「疑有倒誤。」今從正之。

〔二〕「起嚮」，原作「起聊」，成簣堂、六寺、松本、醍乙、江户刊本、維寶箋本同。三寶、寶龜本作「起卿」，眉注「聊」，右旁注「辭字也」。六寺本左旁注「辭字」。《眼心抄》作「聊起」。《考文篇》：「起聊，《眼心抄》兩字倒，鈴木博士曰『聊當作嚮』，未必爲是。」《校勘記》：「起聊三台上（宫）、起嚮（高甲）、起卿（三）、聊起（眼），三寶院本注『聊辭也』，寶龜院本注『辭也』。這是依詩『椒聊』之『聊與之謀』的鄭箋『聊且略之辭』吧。如果這個注正確，那麽，就不是『起聊』，而應該是像《眼心抄》那樣作『聊起』，但是，『聊起』意思不通。一方面，如果看三寶院本有『起卿』，但『起卿』是高山寺甲本『起嚮』之訛吧。（鈴）爲什麽一本有『起卿』『聊起』？或者原文是『起聊嚮』，一本將校字誤入本文，記『起聊』或『聊起』，而把『嚮』字寫漏了。一本祇記『起嚮』，而把『起』的校字『聊』寫漏了。」今從高甲本作「起嚮」。

〔三〕「贍」，原作「瞻」，三寶、高甲、六寺、松本、江户刊本、維寶箋本同，寶龜本作「澹」，據《眼心抄》、成簣堂本改。

〔四〕「雄是立」，原作「雄立」，各本同。維寶箋：「雄立之間，恐脱『于』歟，『爰』歟，字對上『既』字而不遇也。」《校勘記》：「『立』上當脱一字，或者脱『是』字。」《校注》：「下文第六讚毁階云：『褒貶之事既彰，讚毁之階是立。』句法與此同，今據補『是』字。」今亦據補。

【考釋】

①述志：抒寫壯志情懷。《書·舜典》：「詩言志，歌永言。」

②「有鳥」四句：詩題及撰者未詳。有鳥：《韓非子·喻老》：「與王隱曰：『有鳥止南方之阜，三年不翅，不飛不鳴，嘿然無聲，此爲何名？』王曰：『三年不翅，將以長羽翼；不飛不鳴，將以觀民則。雖無飛，飛必沖天；雖無鳴，鳴必驚人。』」孤鸞：喻高人逸士。梁江淹《贈煉丹法和殷長史》：「譬如明月色，流采映歲寒。一待黃冶就，青芬遲孤鸞。」（《江文通集彙注》卷三）又喻無偶或失偶之人。北周庾信《擬詠懷》之二一：「抱松傷別鶴，向鏡絶孤鸞。」（《庾子山集注》卷三）又琴曲名。晉陶淵明《擬古九首》之五：「上絃驚別鶴，下絃操孤鸞。」（《陶淵明集》卷四）由前後意觀之，此處當以喻無偶或失偶。三臺：維寶箋：「《天文志》曰：『三台六星，兩兩而居，在天曰三台，在人三公。』」以上四句謂鶴雖獨飛無群，然有異於無偶失偶之孤鸞，其志乃在逐輕風而嚮於三台之上，以喻人之志在三公。

③「丈夫」四句：詩題及撰者未詳。三尺劍：《史記·高祖本紀》：「吾以布衣提三尺劍取天下。」朱門：《抱朴子·嘉遁》：「背朝華於朱門，保恬寂乎蓬户。」

④燕雀：《史記·陳涉世家》：「燕雀安知鴻鵠之志哉！」

⑤鸞鳳：鸞鳥與鳳凰，此處喻指傑出人物。《楚辭·離騷》：「鸞皇爲余先戒兮。」

⑥銜蘆：《淮南子·脩務訓》：「夫雁順風以愛氣力，銜蘆而翔，以備矰弋。」

⑦騰龍：《易·乾卦·文言》：「雲從龍，風從虎。」

⑧坦蕩：《論語·述而》：「君子坦蕩蕩，小人長戚戚。」何晏集解引鄭玄注：「坦蕩蕩，寬廣貌。」

⑨《研究篇》下：「雖然表述悲愁哀怨之志也是述志，但這裏所謂『述志』似指大丈夫的雄志。憶良的『士やも空しかるべき萬代に語り續ぐべき名は立てずして（九七八）』，也可以説是述志階的作品。就手法而言，王昌齡的直把入作勢是最合適的，但有時也用作前一例的譬喻體。與手法相比，述志階似更以内容爲主。」

盛江案：「坦蕩之位既陳」二句，與「第六讚毀階」末「褒貶之事既彰，讚毀之階是立」句式相似，當爲同一原典，或出《八階》題下注載録之《詩格》。又，日本歌學《喜撰式》詠歌《八階》有「述懷階」，不假外物，直述心志，當仿脱自《文鏡秘府論》之《八階》「述志階」。

第四，寫心階①。

詩曰：「命禮遺舟車〔一〕，佇望談言志〔二〕。若值信來符，共子同琴瑟②。」又曰：「插花花未歇，薰衣衣已香。望望遥心斷，悽悽愁切腸③。」

釋曰：春光暖暖，託青鳥以通言〔三〕④；夏日悠悠，因紅牋而表意⑤。若也招朋命侣〔四〕，方事一斟兩酌，追舊狎新〔五〕，如應三揮四撫⑥。既傾一樽若是〔六〕，故以寫心爲名⑦。

【校記】

〔一〕「遺」，高乙本作「遺」。

〔二〕「志」，《文筆眼心抄釋文》爲「□」。

〔三〕「以」，三寶、高甲本作「而」。

〔四〕「若」，成簣堂、醍乙本無。「朋」，原作「明」，三寶、高乙、松本、醍乙、江户刊本、維寶箋本同，原左旁注「朋」，據成簣堂、高甲、六寺本改。

〔五〕「狎」，原作「押」，高甲、高乙本同，據成簣堂、三寶、六寺本改。

〔六〕「傾」，成簣堂，醍乙本作「頎」。

【考釋】

① 寫心階：《譯注》：「寫心階，率直地陳述心情的詩，特指表現友情的詩。」

② 「命禮」四句：詩題及撰者未詳。維寶箋：「命，告也，召也，言設禮召賓客，故遺舟車也。《孟子》曰：『舟車之所至。』佇望，望延佇以談志之所之也。」琴瑟：喻指朋友之融洽情誼。《詩·周南·關雎》：「窈窕淑女，琴瑟友之。」魏曹植《王仲宣誄》：「吾與夫子，義貫丹青，好和琴瑟。」（《曹植集校注》卷一）梁劉峻《廣絶交論》：「心同琴瑟，言鬱郁於蘭茝。」（《文選》卷五五）《校勘記》：「這首例詩，第一句末和第三句末押韻，第二句末和第三句末不押韻（第一句末爲「車」，兩屬「麻」「魚」二韻，「符」屬「虞」韻。「魚」、「虞」古通押）。第四句末的『瑟』兩屬於『質』韻和『寘』韻，（《集韻》「疏吏切音駛」）因而和第二句末的

『志』相協，所以，這首例詩是所謂的『錯韻』。」

③「插花」四句：詩題及撰者未詳。維寶箋：「插花者一句，謂春深，謝朓詩：『插花理雲髮。』……一篇意謂春深花香不歇，而望故友天涯萬里心，無見愁思斷腸也。」

④青鳥：傳爲西王母取食傳信的神鳥。傳漢班固《漢武故事》：「七月七日，上（漢武帝）於承華殿齋，日正中，忽見有一青鳥從西方來，集殿前。上問東方朔，朔曰：『西王母暮必降尊像上，宜洒掃以待之。』……有頃，王母至……有兩青鳥如烏，夾侍母旁。」（《漢魏六朝筆記小説大觀》）

⑤紅牋：赤色信牋。《譯注》引梁江洪《詠紅牋詩》：「雜彩何足奇，惟紅偏作可。」（《玉臺新詠》卷五）

⑥三揮四撫：《校注》：「謂彈鳴琴也。」

⑦《研究篇》下：「據此（釋曰），可以認爲是抒寫喜怒哀樂的心情。」「寫心階和述志階非常相似，但寫心階可以更廣泛地抒寫各種心情，與此不同，述志階則主要抒寫卓然壯志，這一點有所不同。感情性的『心』和意志性的『志』的區別，也就是這兩階的區別。」

盛江案：日本《忠岑十體》有「寫思體」，「自想心見，以歌寫之」，當仿脱自《文鏡秘府論》之《八階》之「寫心階」。

第五，返酬階。

詩曰：「盛夏盛光炎〔一〕，燋天燋氣烈〔二〕①。」又曰：「清階清溜瀉，涼户涼風入②。」釋曰：此述涼秋，彼陳盛暑〔三〕。九冬雪狀悽人，三春風光可翫。即二節各舉，且兩時互列〔四〕。語既差舛，故以訓爲名③。

【校記】

〔一〕「光炎」，原作「炎光」，成簣堂、三寶、高甲、高乙、寶龜、松本、醍乙、江户刊本、維寶箋本同，從《眼心抄》、六寺本作「光炎」。

〔二〕「燋」，松本、江户刊本、維寶箋本作「焦」，三寶本右旁注「焦」。

〔三〕「暑」，原作「署」，高甲、高乙、寶龜、正丙本同，據成簣堂、三寶、六寺等本改。

〔四〕「且」，成簣堂、寶龜、六寺本作「亦」，六寺本左旁注「且亻」，三寶本字跡不清。

【考釋】

①「盛夏」二句：詩題及撰者未詳。

②「清階」二句：詩題及撰者未詳。溜：水流，此處當指霤，屋簷水。

③《研究篇》下：「據釋，似是説，把春和冬，夏和秋這樣相異的東西互爲對照。但是，『烈』和『入』不合韻。例詩冠以詩曰以及又曰，即使從這一點看，也不是連續性的句子。這是不成爲對照的。這是一

個疑問。但可以這樣解釋，即這兩聯是同一詩不同地方的詩句，作者把它集中例舉出來。」《譯注》：「如例詩，夏和秋，冬和春這樣不同季節的景象，用别的詩來呼應。是否適應季節之外的主題，衹從本章的説明難以知曉。」

盛江案：此似爲酬答體之一種，詶即酬，應對，對答。漢張衡《思玄賦》：「有無言而不酬兮，又何往而不復。」（《文選》卷一五）後詩或爲對前詩之酬答，稱「又曰」，似有誤。此體與「和詩階」相似，然由例詩視之，句型須相偶（例詩兩詩均用雙擬對），又須從相反方面着筆。涼須對暑，夏須對秋。返猶反，違背。王充《論衡·案書》：「言多怪，頗與孔子不語怪力相違返也。」「返酬階」即「反酬階」。由「釋曰」觀之，當有描寫九冬三春之例詩，或被删去亦未可知。

第六，讃毁階。

詩曰：「施朱桃惡采〔一〕，點黛柳慚色。」又曰〔二〕：「皓雪已藏暉，凝霜方疊影①。」

釋曰：讃此練葛無方，毁彼羅紈取證。既近辱緹錦，亦遠耻霜雪〔三〕。至如梁家畫黛〔四〕②，漢女久已低顔〔五〕③；宋里施朱〔六〕④，江妃故宜斂色⑤。且自重〔七〕。又云：褒貶之事既彰〔八〕，讃毁之階是立⑥。

【校記】

〔一〕「采」，松本、江户刊本、維寶箋本右旁注「彩」。

〔二〕「曰」，松本、江户刊本、維寶箋本作「云」。

〔三〕「亦」，三寶本字跡不清。

〔四〕「畫」，原作「盡」，高甲、高乙、寶龜、醍乙、正丙本同，據成簣堂、六寺本改。

〔五〕「已」，《校注》本作「矣」，無據。

〔六〕「里」，松本、醍乙、江户刊本、維寶箋本作「黑」，江户刊本、維寶箋本右旁注「里亻」。

〔七〕「且自重」，《考文篇》：「且自重，此句疑有誤。」《校勘記》：「且自重，《詩話》本校語：『「且自重」三字似衍。』非衍，第五返酬階文末也有『且兩時互舛……』，此爲相類。」

〔八〕「又云褒貶」，三寶、六寺、天海本作雙行小字注，三寶本作「又云褒敗」，天海本作「又敗云褒」。盛江案：此句當作「且褒貶之事既彰」，「自重又云」四字當爲校語誤入正文。

【考釋】

① 以上二詩詩題及撰者未詳。《譯注》：「（前詩）描寫美人化妝的詩。朱，口紅或者頰紅。梁施榮泰《雜詩》：『妝成桃毀紅，黛起草慚色。』（《玉臺新詠》卷四）可以説與此同工。（後詩）敘述比霜雪顏色更白。梁何遜《和司馬博士詠雪》：『暫蔽卷紈質，復慚施粉人。』（《何遜集校注》卷二）也反用比較的關係。」

②梁家畫黛：《後漢書·梁冀傳》：「（冀妻孫）壽色美而善爲妖態，作愁眉。」「梁家畫黛」當指此事。梁蕭子顯《日出東南隅》：「逶迤梁家髻，冉弱楚宫腰。」（《樂府詩集》卷二八）

③漢女：漢揚雄《羽獵賦》：「漢女水潛，怪物暗冥，不可殫形。」（《文選》卷八）李善注引應劭曰：「漢女，鄭交甫所逢二女也。」《後漢書·馬融傳》：「湘靈下，漢女遊。」李賢注：「漢女，漢水之神女。」

④宋里施朱：宋玉《登徒子好色賦》：「楚國之麗者，莫若臣里。臣里之美者，莫若臣東家之子……著粉則太白，施朱則太赤。」（《文選》卷一九）梁何遜《七召》：「效施朱於宋里，結墮馬於梁家。」（《何遜集校注》卷二）

⑤江妃：漢劉向《列仙傳·江妃二女》：「江妃二女者，不知何所人也，出遊於江漢之湄，逢鄭交甫，見而悦之，不知其神人也。」（《道藏》第五册）

《譯注》：「讚毁階，貶低一方，以抬高另一方的方法。」《研究篇》下：「（釋曰）漢女低顔，江妃斂色，這是貶毁之語，其實，是以此來讚美梁家和宋里的美女。（前一例）『惡采』或者『慚色』，恰好是『花羞』式的表現。（後一例）捕捉將近黄昏時分的薄光和縱横重疊的物影，反過來讓雪和霜的銀景給人以鮮明的印象。像這樣反用貶毁的言辭，反過來加强讚譽的效果，這就是讚毁階。相反，用讚譽的語句表現貶毁性的意思，似不包含在讚毁階中。」

盛江案：後一例詩爲讚練葛之白，故説「皓雪已藏暉，凝霜方疊影」，潔白如雪如霜亦不得不藏暉疊影，疊影與藏暉互文見義，將霜之影疊於其他影子之下，不顯現也，疊影亦藏暉也。「釋曰」亦謂「讚此練葛無方，毁彼羅紈取證，既近辱緹錦，亦遠耻霜雪」，用貶毁羅紈、緹錦、霜雪三類東西來贊美練葛，其意甚爲明白，祇是例詩衹舉其「遠耻霜雪」一例，「毁彼羅紈取證」及「近辱緹錦」之例句未能列出而已。正如「釋曰」所謂「梁家畫黛，漢女久已低顔；宋里施朱，江妃故宜斂色」之詩例亦未舉出一樣。後一詩例非寫將近黄昏時分之薄光與縱横重疊之物影，非爲贊譽雪和霜之銀景。小西氏理解當有誤。

⑥「褒貶」二句：此二句所引疑爲另一家之説，或出《八階》題下注所言之《詩格》。

第七，援寡階〔一〕。

詩曰：「女蘿本細草，抽莖信不功。憑高出嶺上，假樹入雲中①。」又曰：「愁臨玉臺鏡〔二〕，淚垂金縷裙②。」

釋曰：登巖眺遠，陟嶺瞻高。此乃假彼敷榮，因他茂實。且復何異鸞鏡絶塵③，遂寫如花之嫩頬〔三〕；龍津屏浪④，乃照似月之蛾眉。既憑有功〔四〕，亦假託於信〔五〕⑤。又云而住〔六〕。

【校記】

〔一〕「援寡」，原作「授寘」，高乙本同，原眉注「援」，據松本、江户刊本、維寶箋本改。

〔二〕「玉」，原作「王」，成簣堂、高乙、正丙、醍乙本同，據三寶、高甲、六寺等本改。

〔三〕「嫩頬」，原作「軟顔」，松本、醍乙、江户刊本、維寶箋本同，據成簣堂、三寶、高甲、高乙、寶龜、六寺本改。

〔四〕「憑」，《校注》：「『憑』字上或下，疑脱一字。」

〔五〕「託」，松本、醍乙、江户刊本、維寶箋本作「記」。

〔六〕「云」，松本、醍乙、江户刊本、維寶箋本作「曰」。「而住」，《譯注》、林田校本作「而佳」，林田校注曰：「據維寶箋改作『而佳』。」《考文篇》：「『於信』二字《文筆式》作『而住』。『又曰而住』，此大師之注。」《校勘記》：「又曰而住（醍），『又云而住』（宮）。讚毁階末『又云：褒貶之事既彰，讚毁之階是立。』由此推測，這一條也是繼『假託於信』之後想再抄出一文，雖已寫出『又云而住』（「而」恐爲誤字），但又打消念頭，没有寫下其後的内容，又没有把這四字抹掉。」《譯注》：「『又云而住』，可能是説『於信』二字的異文是『而佳』吧！」

【考釋】

①「女蘿」二句：詩題及撰者未詳。

②「愁臨」二句：詩題及撰者未詳。玉臺鏡：梁簡文帝《同劉諮議詠春雪》：「思婦流黄素，温姬玉鏡臺。」（《文苑英華》卷一五四）玉臺，玉飾的鏡臺。

③鸞鏡：劉宋范泰《鸞鳥詩序》：「昔罽賓王結罝峻卯之山，獲一鸞鳥，王甚愛之，欲其鳴而不致也。乃飾以金樊，饗以珍羞，對之逾戚，三年不鳴。其夫人曰：『嘗聞鳥見其類而後鳴，何不懸鏡以映之。』王從其意。鸞覩形悲鳴，哀響中霄，一奮而絶。」（《藝文類聚》卷九〇）此指妝鏡。

④龍津：即龍門。《晉書·郭璞傳》：「登降紛於九五，淪湧懸乎龍津。」但此處鸞鏡、龍津僅爲妝鏡、津池之美稱，與具體出典當無關。

⑤ 維寶箋：「援寡，寡女求良媒嫁焉，援它挾助求敷榮也。援，引也，救助也。」

羅根澤《文筆式甄微》：「此釋文原漂亮，而意思不甚明了。與詩參互細繹，或者援寡階，是援彼寡此，因景會意，觸物生情。如『愁臨玉臺鏡』，是恐其看見『淚垂金縷裙』，『登巖眺遠，陟嶺瞻高』，可看見的自是『彼敷榮，他茂實』，而自己也便『假』之而有『敷榮』的情趣，『因』之而有『茂實』的心境。」

《研究篇》下：「（維寶的解釋）即使可以作爲對例詩的解釋，援寡階修辭的意思却不清楚。（例詩）女羅是細草，即使想長高也不能如願，但如果纏繞在像松柏一樣的高樹上，就能够在山嶺高處長得很長，因此大概可以看作興，看作寡女求良媒而嫁。但是作爲修辭範疇的援寡階，就不能作爲這樣特定的内容來理解。（後一例詩）像維寶那樣就理解不了。原文的解釋（略），據此，極爲澄潔的鏡子是那樣明浄，或者連水波的影子也没有的水面是那樣透明，根據這一提示，可以讓人想見映入鏡中水中的花的顔色更加美麗，援寡階似指這樣的表現方法。娥眉的美麗從明鏡静水之光中表現得更爲美麗。同樣，人物憂愁的心境，從表示具體事物的玉臺鏡中得到鮮明的凸現。還有，不盡的淚水，也從金縷裙的具象性中更爲如實地表現其情狀。這樣從别處借助具象性來完成内容表現的手法，就是援寡階。『釋曰』不是把它説成是『既憑有功，亦假託於信』嗎？這種情況，登巖上而能眺望遠景，陟嶺頂而能瞰下界萬象的譬喻，就恰好符合援寡階的性質。這個巖或者嶺，就是指像玉臺鏡或者金縷裙這樣的具象性。所謂『眺遠』或者『瞻高』，就譬喻從這種具象性如實地完成内容的表現。蔓草纏繞高樹而長得很長，不也是借託具象性而如實表現的譬喻嗎？這樣解釋的話，真的例詩是『愁臨』，而前一例『女羅』，把它看作對這一手法的譬喻性説明比較妥當。就是説，『女羅』一例，不是運用援寡階的手法而用的詩句，而是嘗試以此説明『援寡』的性質。」

《譯注》：「援寡，幫助弱的東西。大概是説像纏繞着高樹而上的葛藤一樣，某一事實借助他物之力而得到出色的表現。」

盛江案：援寡階即假託烘襯之手法，寡爲弱小，亦爲孤獨、孤單，援爲援助。「釋曰」有明確説明，所謂「既憑有功（憑字上下當有闕字，當爲憑借、憑附之意），亦假託於信」。所謂「信」，乃可憑信之物，詩中表現之情、意，本爲抽象，無可憑信，借助某種具體可憑信之物，加以烘託映襯對照，便形象化、具體化。直接地孤立地寫某一事物，往往難以表現，往往顯得孤單弱小，故而須借助他物。玉臺鏡、金縷裙爲華貴之物，而有愁，有淚，是爲反面襯託，故愁因臨玉臺之鏡而愈顯，淚垂於金縷之衣而更悲。因鸞鏡絶塵，龍津屏浪，而美人如花之容顔、似月之蛾眉始顯。故登巖陟嶺，方能眺遠瞻高，敷榮茂實且須假彼因他。「女羅」一詩例，可能既是此一手法之比喻性説明，同時又爲這一手法之具體運用。蓋世間之弱者，本須憑借强者始能顯其名而立其身，若求仕，則須憑附權勢者方能平步青雲，此種意趣情思，本爲抽象，無可憑信，而借女羅之事象徵寫出，便極形象具體。此或即士子爲求入仕而投詩求援之作乎？

第八，和詩階。

詩曰：「花桃微散紅，萌蘭稍開紫〔一〕。客子情已多，春望復如此①。」又曰：「風光摇隴麥，日華映林蕊。春情重以傷，歸念何由弭②。」

釋曰：黄蘭碧桂，風舞葉上之飛香；紫李紅桃，日漾花中之艷色。彼既所呈九暖③，此即復答三春。兼疑秋情〔二〕，齊嗟夏抱。染墨之辭不異，述懷之志皆同④，彼此宫商，故稱相和〔三〕⑤。王斌有言曰〔四〕⑥：「無山可以減水，有日必應生月。」夫詶采答詩〔五〕，言往語復〔六〕，但令切著，施教無兼⑦。

【校記】

〔一〕「萠」，松本、江户刊本、維寶箋本作「萠」。「紫」，成簣堂、三寶、六寺本作「蘂」，成簣堂本注「紫」，六寺本右旁注「紫亻」。《考文篇》：「稍開紫，『紫』，成簣堂本作『蘂』，《眼》亦然，與紅不對，非也。」

〔二〕「疑」，《校注》：「『疑』，疑當作『凝』。」盛江案：「疑」當作「擬」。

〔三〕「商故」，三寶本作「故商」。

〔四〕「王斌」，三寶本右旁注「人名也」。

〔五〕「詶采」，原作「訓採」，各本同，不通。維寶箋本加地哲定注：「此下恐有誤脱。」《校注》、《譯注》、林田校本改作「詶采」，《譯注》：「采，有文采的言辭，與答詩對應。」今從之改。

〔六〕「往」，原作「法」，各本同，三寶本不辨作「法」作「往」。《校注》：「『法』疑『往』字形近而誤。」今據改。

【考釋】

①「花桃」四句：詩題及撰者未詳。維寶箋：「花桃萌蘭，共言美人也。……客子，見冶容而多麗情也。春望，如春氣之麗，麗情如桃蘭萌也。」

②「風光」四句：詩題及撰者未詳。維寶箋：「春情，麗情也。春情良深，故云重，春情難忍以至傷，故云以傷。《子夜歌》：『那能閨中繡，無獨懷春情。』……斯情不得止，故云何由弭也。」風光、日華，謝脁《和徐都曹》：「日華川上動，風光草際浮。」（《文選》卷三〇）李周翰注：「風本無光，草上有光色，風吹動之，如風之有光也。」《楚辭·招魂》王逸注：「光風，謂雨已日出而風，草木有光也。」

③九暖：猶九春。《譯注》：「彼既所呈九暖，與下句相合，可以看作是『彼既九暖所呈』的倒裝。」盛江案：所呈九暖者，指彼以九暖之意爲詩，故此須答以三春之思，並非九暖所呈之倒裝。

④「染墨」二句：《譯注》引《文心雕龍·物色》：「是以獻歲發春，悦豫之情暢，滔滔孟夏，鬱陶之心凝，天高氣清，陰沉之志遠，霰雪無垠，矜肅之慮深。歲有其物，物有其容，情以物遷，辭以情發。」盛江案：染墨之辭不異乃謂詩彼此相和詩意不異，非謂景與情相和，引劉勰論物色以證，不類。染墨猶染翰，操筆作詩。晉潘岳《秋興賦》：「於是染翰操紙，慨然而賦。」（《文選》卷一三）謝惠連《秋懷》詩：「賓至可命觴，朋來當染翰。」（《文選》卷二三）

⑤相和：相互協調。《老子》二章：「音聲相和。」此唱彼和。劉宋鮑照《堂上歌行》：「筝笛更彈吹，高唱好相和。」（《樂府詩集》卷六五）

⑥王斌：見天卷《四聲論》考釋。

⑦「夫訓采」四句：《校勘記》：「『夫訓採答，詩言法語，復但令切著，施教無兼』（全），這是詩話本的訓點，也是維寶箋的訓點，全然不成意思。宮本、成本：『夫・訓採・答詩・言・法—語復但令切—着・施—教・無兼』，這十七字難解，恐有脱誤，『答詩』的『答』和『語復』的『復』，相當於前文的『復答三春』的『復答』，這是清楚的。與『答』相對的『訓』是『酬』之誤，這是容易推定的。如果『酬』是正確的，那麼，與『詩』相對的『採』也當有訛誤，當是『綵』之訛。今依校改加點如下：『夫訓綵答詩，言法語復，但令切著，施教無兼。』（酬唱的詩法於對手之言，必須採用重複對手的話語，切着對手的詩語。）」無兼：《校注》：「『兼』，疑當作『嫌』。」

維寶箋：「和詩，假彼和之也。」「山水日月應對偶，故無山則不可言水也，有日則應言月也。」「訓採答，詩格也。語復，誡煩言也。切著，切磋，可著語也。施教，垂教訓不兼盡，唯且示一隅也。」

《研究篇》下：「這是指景與情相和，渾然一體的表現。如果是春景，則吟詠適合於春景的心情，如果是秋景，則賦寫與秋相稱的感受，大約就是指這種恰如其分的融合一體的情景諧和的情趣。」如例詩和釋曰所説的，「言辭和思想與景象融合，恰恰就像音程無誤的協和音成爲美妙的音樂一樣，這當然要稱爲和詩階。又，作爲王斌之言引有『無山可以減水，有日必應生月』，山和日相當於景，水和月相當於情，這是容易理解的。意思是説，景和意象山和水或者日和月一樣具有親近性。這和援寡階非常相似，但那是祇依據於具象性，與彼不同，這是特別地把季節性景象的諧和作爲焦點。景和情的融合，如前所述，王昌齡已有清楚的論述，但其先蹤是上官儀。這成爲《詩式》的『落節病』，進一步發展了王昌齡之説」。

《譯注》：「指作詩時外界和心情調和，其旨趣詳細一點説，大概是以心冥合於自然界，把外界的鼓動作爲心的鼓動傳導出來。」

盛江案：「釋曰」謂酬采答詩，言往語復，又言彼此宫商，故稱相和，顯然與返酬階略同，蓋謂彼此酬答唱和之體，非謂同一人同一詩須情景相和。返酬階須從反面應對，和詩階則有不同，由「釋曰」之説明觀之，和詩者須完全依對方詩意作答。春意即須答以春意，所謂彼呈九暖，此答三春。秋情即兼擬秋情，夏抱即齊嗟夏抱，述懷之志與染墨之辭，均無不同。二首例詩，似即爲一唱一和，前爲唱後爲和。由例詩觀之，均爲客子思歸而作，故一曰客子情多，一曰歸念難彌。又均以春光襯託，故一曰花桃散紅，萌蘭開紫，一述風動麥浪，日映林蕊，一稱春望，一言春情。切著，即切至。《文心雕龍・比興》：「故比類雖繁，以切至爲貴。」

又，日本歌學如《喜撰式》亦有「和歌階」，顯然受《文鏡秘府論》之《八階》「和詩階」之影響。然日本歌學之「和歌階」乃從相反角度歌詠同樣事物表達同樣情懷，所謂「其歌中取章句相違水火如其每句和」。此類和歌，實際爲「返歌」，已日本化，與《文鏡秘府論》之「和詩階」有異。

六　志　筆札略同〔一〕①

一曰，直言志。二曰，比附志。三曰，寄懷志〔二〕。四曰，起賦志。五曰，貶毁志。六曰，讚譽志②。

【校記】

〔一〕「筆札略同」，醍乙本作「筆札略目同イ」。

〔二〕「寄」，松本、江户刊本、維寶箋本作「奇」。

【考釋】

①筆札略同：《札記》：「『筆札』這一書名諸家書目均不載（《見在書目》小學有《筆札華梁》二卷，但無法知道此書與《筆札》是否同一書）。所謂『筆札略同』，是因爲《六志》是大師據《筆札》節録而成，因此有這樣的注，還是因爲《六志》本爲某人之説而與《筆札》相同因此有這樣的注，無由得知。不過，這《六志》是同一人之説，却是不用懷疑的。不管怎樣，《六志》全文用駢文寫成，並用『假作某詩曰』的形式例舉詩例，其寫法大致相似。加上與所謂《魏文帝詩格》所載的《六志》祇有繁簡的差别，可以懷疑它們是

同一文章。關於《魏文帝詩格》，《直齋書録解題》文史類有記述：『《詩格》一卷，稱魏文帝，而所述詩或在沈約後，其爲假託明矣。』又《四庫提要》（集部詩文詳存目）《吟窗雜録》『解題』云『開卷《魏文詩格》一卷，乃盛論律詩，所引皆六朝以後之句，尤不足排斥』，固已知道此書爲假託。此書今收録於《格知叢書》《詩學指南》。《詩學指南》本不過六志、八對、八病、雜例四條，而這四條《秘府論》全文引用。這樣考慮，所謂《魏文帝詩格》決非後人贋造，蓋唐人論文書之殘簡，後人因不明撰者名及書名，因此假託爲《魏文帝詩格》。」

《札記續記》：「《六志》和《八階》同樣原典不明。但是傳本《魏文帝詩格》所載《六志》與此雖有繁簡之別，但它們出典相同却是不用懷疑的。傳本《魏文帝詩格》的內容，由七種言句例、對例、六志、八對、頭尾不對例、側不對例、八病、雜例這八條組成。這當中除雜例外，其餘七條都被《秘府論》所引用（盛江案：「雜例」亦被《文鏡秘府論》所引用，見東卷「第廿八疊韻對」和「第廿九總不對對」）。『七種言句例』和東卷的『筆札七種言句例』一致。『七種言句例』冠以『筆札』之名，大約表明其原典是《筆札華梁》。這也可能是編纂者當初的記録，後來追補改爲『十一種句例』，但原注没有删改而被保留下來。又，成簣堂本地卷首頁注記爲『八對元　六對札　二種十對　七種言句例札』。這當中的『七種言句例札』本來就相當於『筆札七種言句例』，注中的『札』不用説就是『筆札華梁』之略。因此『七種言句例』的原典顯然是《筆札華梁》。『對例』，北卷之首雖有引用，但無法找到確認其原典的佐證。《魏文帝詩格》的『八對』和『八病』雖都被《秘府論》所引用，但從《秘府論》的體例和注推測，可以認爲這兩個的原典不一樣。至少

『八對』的原典不是《筆札華梁》。『八病』的原典既不是《文筆式》，也不是《筆札華梁》，這是可以肯定的。『頭尾不對例』、『側不對例』《秘府論》東卷雖有引用，但從原注和内容可以推測，《文筆式》不就是其原典嗎？《六志》有『筆札略同』的注，這個注的意思並不明確。或者《六志》的原典就是《筆札》，但這個『六志』並不是全文。但是，如果和《八階》的『文筆式略同』的注一併考慮，那麽，把這解作『《六志》的原典不是《筆札》，但《筆札》也載有同樣的内容』這樣的意思可能也是可以的。《六志》的記述很有特徵，這就是（一）名目，（二）其解説，（三）例詩（即假作某詩曰），（四）採用解説的形式，其文體則是駢文。西卷《二十八種病》中，形式和筆致與此相似的也有一群，這一群是初唐人之説幾乎没有疑問，却無法弄清其原典。但是，推測這一群和《六志》是同一原典，未必很勉强。總之，《六志》的原典我所能臆測的不過是兩點：其原典可能是初唐人的著作，《筆札》似也載有幾乎相同的内容。」

《研究篇》下：「《六志》，原典不明，題下注『筆札略同』，傳本《魏文帝詩格》也有『六志』，比《秘府論》更爲簡單，無疑是同一説，因此可以肯定和上官儀説相同。這一項裏有如『幾千行』這種形狀的很多，恐怕《筆札華梁》作『幾行』，而『幾千』和它一起並記的。如果可以説内容也好文章也好，都幾乎和《筆札華梁》一樣的話，那麽，就很可能相當於《文筆式》。」

《札記續記》：「小西甚一對《文筆式》這一書的看法完全是錯誤的。……但是小西氏所指出的關於《六志》的校語可備一説。保延本如小西氏所指出的校語有七處。其中一處爲『位別本行』。據此可知這一校語據以别本。但是無法弄清這個别本就是《文筆式》。但是，這種校語的寫法是《六志》的一個特徵。」

王夢鷗《初唐詩學著述考》云：《筆札華梁》與傳《魏文帝詩格》關係密切。據南宋中葉陳振孫《直齋書録解題》卷二二，當時似有二種本子，一種爲單行之一卷本，一爲輯入《吟窗雜録》者。單行之本已不復見。明人以《魏文帝詩格》一卷編入《格致叢書》，清人又轉輯爲《詩學指南》，均以《吟窗雜録》所收爲祖本。據陳振孫《直齋書録解題》，《吟窗雜録》三十卷爲蔡傳撰，蔡傳同時撰《歷代吟譜》，「以現存《吟窗雜録序》有『渡江以前』之語爲證，皆可信其成書於北宋之末」。「南渡以後，或又益以《魏文帝詩格》等二十七種，改題爲《吟窗雜録》，都三十卷」。現存《吟窗雜録》有自號爲「浩然子」者序，稱：「余於暇日，編集魏文帝以來至於渡江之前，凡詩人作爲格式綱領以淑諸人者，上下數千載間，所類者，親手校正，聚爲五十卷。臚分鱗次，具有條理，目曰《吟窗雜録》。」據此序文，現存之《吟窗雜録》五十卷，實爲自號「浩然子」者所編，這時爲南宋光宗紹熙之世，這個浩然子捃摭他文（如今存於《吟窗雜録》卷之三十四以下諸目）以增廣《雜録》本，遂從三十卷增至五十卷。這就是《四庫提要》所見到的五十卷本。但陳振孫爲什麽未見這一序文，猶謂蔡傳諸家詩格？可能他所見《吟窗雜録》三十卷爲一不全之本，並序亦無之，不然陳振孫著録，年代後於此序，不容不及知。此序作於紹熙五年（一一九四），則《魏文帝詩格》之傳世，當在南宋光宗之前。這個「浩然子」，實即魏慶之《詩人玉屑》「十難」注提到的「陳永康」，而陳永康，正名當爲陳應行，所以今本《吟窗雜録》總目門類之下題「狀元陳應行編」。《魏文帝詩格》實由這個浩然子僞託並一手編入。《魏文帝詩格》雖出於贋託，但其所編之詩格却並非僞造資料。《文鏡秘府論》所引録之上官儀《筆札華梁》和《魏文帝詩格》相較，二者幾於全同。質以《宋秘書省四庫闕書目》有「《筆九花梁》」之目但下注「闕」字，則顯然其殘佚尚存於南宋民間，或因已失首尾，得之者無法考見其爲何書，因此御府雖有徵求，亦無以奉進，遂轉流入書商之手，與諸詩格詩評爲伍，乃至改頭换面，使後人但知《筆九花梁》一書亡佚於南渡之後，而不知其已託《魏文帝詩格》之名而存其殘葉於《吟窗雜録》之中。《魏文帝詩格》「六志」「直言」各例名下無「志」字，而《文鏡秘府論》比附等名下各綴一「志」字，如「直言志」等，各繫有「志」字。「疑爲《文筆式》編者所增，非上官儀原書之舊，故空海於此特爲之注曰『筆札略同』」。

《譯注》：「六志，論述詩中詠志的六種方法。體例和前面的《八階》相同，當爲同一出典，引自《文筆式》的可能性很大。」

盛江案：此篇很有可能引自《文筆式》，而《筆札》有與此略同之内容。《筆札》即《筆札華梁》，《日本國見在書目》小學家著録《筆札華梁》二卷，未題撰人。《宋秘書省續編到四庫闕書目》文史類著録「《筆九花梁》二卷，上官儀撰」，「九」即「札」之筆誤，知《筆札華梁》爲上官儀所撰。上官儀（六〇七？—六六四），字游韶，陝州陝縣（今屬河南）人，移居江都（今江蘇揚州），太宗、高宗朝著名宫廷詩人，生平見《舊唐書》卷八〇、《新唐書》卷一〇五本傳。

② 傳《魏文帝詩格》：「六志。一曰直言，二曰比附，三曰寄懷，四曰賦起，五曰貶毀，六曰讚譽。直言一，謂的中物體，指事而直。畫屏風詩：『去馬不移足，來車豈動塵。』比附二，謂論體寫狀，寄物方形。

贈別詩：『離情絃上急，別曲雁邊嘶。』寄懷三，謂含情鬱抑，語帶幾微。幽蘭詩：『有怨生幽地，無情逐遠風。』賦起四，謂就跡題篇，因事遺筆。讚魯司寇詩：『避席談曾子，趨庭誨伯魚。』貶毀五，謂指物實佳，興文要毀其美。田家詩：『且悦丘園死，未甘冠蓋榮。』讚譽六，謂小中出大，短内生長。古詩：『妝罷花更醜，眉成月對慚。』」

一曰，直言志①。

直言志者，謂的申物體〔一〕②，指事而言③，不藉餘風④，別論其詠⑤。即假作《屏風》詩曰⑥：「緑葉霜中夏，紅花雪裏春〔二〕。去馬不移跡〔三〕，來車豈動輪。」

釋曰⑦：畫樹長青，不許經霜變色。圖花永赤，寧應度雪改容。毫模去跡〔四〕，料判未移蹤〔五〕⑧。筆寫行輪，何能進轍。如斯起詠，所例曰直〔六〕，不藉煩詞，自然應格悟⑨。

【校記】

〔一〕「申」，成簣堂本作「甲」，傳《魏文帝詩格》作「中」。

〔二〕「紅」，醍乙本作「輕紅」，成簣堂、三寶、六寺本作「輕紅」且爲雙行小字注。《考文篇》：「輕紅花雪裏春，《文筆式》作『輕花』，又《筆札華梁》作『紅花』。下皆仿此。《眼》作『紅花雪裏春』。」《校勘記》：「輕紅花，『輕』爲『紅』的校字。」

〔三〕「去」，原作「玄」，成簣堂、高甲、高乙、正丙本同，據三寶、六寺等本改。

〔四〕「去」，原作「玄」，高甲本同，右旁注「去」，據成簣堂、三寶等本改。

〔五〕「判」，原作「刺」，六寺本無，「料」字右旁注「刺」。《校勘記》：「料刺未移蹤，『刺』爲『判』之誤。」據江户刊本、維寶箋本改。

〔六〕「所例」，江户刊本作「所側」，右旁注「例イ」，維寶箋本作「取側」，右旁注「例」。

【考釋】

①直言：直率之言。《左傳》成公十五年：「子好直言，必及於難。」

②的申：明白地表達抒寫。的，鮮明、明白。宋玉《神女賦》：「朱脣的其若丹。」（《文選》卷一九）《禮記·中庸》：「小人之道，的然而日亡。」

③指事：叙述事物。《文心雕龍·明詩》：「造懷指事，不求纖密之巧。」又《比興》：「附理者切類以指事。」

④餘風：前代風習。《文心雕龍·時序》：「其餘風遺文，蓋蔑如也。」此處所謂不藉餘風，即下文所言不藉煩詞之意。

⑤《研究篇》下：「直接地描寫事物，不借助其他手法。（例詩略）這是極端的例子，目的是强調原原本本地按照事物本來的樣子去描寫的旨趣。屏風上畫的葉和花季節是不會變的，畫中的馬和車也是不會移動的。和歌中有『咲きそめし時より後はうちはへて世は春なれや色の常なる』（貫之），『思ひせく

心のうちの瀧なれや落つとは見れど音の聞えぬ』（三條町），這些勿寧説是求興於空虛的道理的倚傍性的表現，和以忠實的描寫爲主的直言志宗旨不一致。」《譯注》：「直言志，把作爲對象的事物原原本本直接吟詠的方法，類似於六義的賦。」盛江案：日本歌學《忠岑十體》中有「直體」，謂「義實以無曲折爲得」，與此處之「直言志」相似，當受此《六志》影響。

⑥ 假作《屏風》詩：王夢鷗《初唐詩學著述考》：「其假作某詩云云，其詩疑即上官儀詩。」《校注》：「本書北卷《論對屬》數言『假令』以舉例，與此言『假作』義同，蓋無適例，故爾假作也。」《譯注》：「假作，大概是作者爲説明上述理論而作的例詩。西卷《文二十八種病》自第九水渾病至第十四繁説病六章及第二十五落節病至第二十七文贅病三章也有『假作』的例詩，可以想像和本篇同一出典。」盛江案：假，暫且、權宜之意。此類「假作」詩當爲原典作者所作，但尚未有根據謂其定爲上官儀所作。

⑦ 釋曰：王夢鷗《初唐詩學著述考》：「《秘府論》所載『釋曰』以下，似爲空海釋語。」盛江案：王夢鷗説誤，辨説已見前。

⑧ 料判：維寶箋：「料判，判料去跡，無轉處，故言未移。」盛江案：「料」爲「判」之校字。判，判然、顯然。

⑨ 應格：維寶箋：「應格，應詩格律也，斯旨應明悟也。」《校勘記》：「維寶箋：『應格，應詩格律也。』非也，『格』爲『悟』之校字。」

二曰，比附志。

比附志者，謂論體寫狀，寄物方形，意託斯間，流言彼處①。即假作《贈別》詩曰：「離情弦上急，別曲雁邊嘶。低（別本行）雲（百種千過）鬱〔一〕，垂露（幾千）行啼〔二〕。」

釋曰：無方敘意，寄急狀於弦中〔三〕；有意論情，附嘶聲於雁側〔四〕。上見低雲之鬱，託愁氣以合詞；下矚垂露懸珠，寄啼行而奮筆②。意在妝頰③，喻說鮮花〔五〕；欲述眉形，假論低月。傳形在去④〔六〕，類體在來，意涉斯言，方稱比附⑤。

【校記】

〔一〕「別本行」，江户刊本、維寶箋本作小字注在行間，六寺本此三字作小字「行イ」注在左旁，《眼心抄》無此三字。「百種千過」，高甲本作「百千イ種過イ」，《眼心抄》、松本、江户刊本、維寶箋本「百種」二字作大字，無「千過」二字，六寺本「百種」二字作大字，行間小字注「千イ」「過イ」。

〔二〕「幾千行啼」，《眼心抄》作「幾千啼」，成簣堂、三寶、醍乙本作「幾千行啼」，松本、江户刊本、維寶箋本作「千行啼」，六寺本作「幾行啼」，「行」字右旁注「千カ」。《考文篇》：「垂露幾千行啼，宮内府本等作『垂露幾千行啼』，非也。按，《眼》作『垂露幾千啼』，若作『幾千行』，則《眼》當作『幾行』或『千行』，必不言『幾千』矣。」《校勘記》：「低別本行雲百種千過鬱（宮），宮本傳原形。千行啼（眼），幾千行啼（宮）。幾千行啼（成），成本傳原形。」《校注》：「據釋文『寄啼行而奮筆』，則《眼心抄》無『行』字非也。」

〔三〕「急」，原作「忿」，成簣堂本同，據六寺、江户刊本、維寶箋本改。王夢鷗《初唐詩學著述考》：「釋曰『寄急狀於絃中』之『急』字（或本作「忿」字），與例詩『離情絃上急』相應。唯（魏文帝）《詩格》作『離情絃上怨』，如係『怨』，則此二『急』（或「忿」）字，似皆爲『怨』字之訛乎？」

〔四〕「雁」，江户刊本、維寶箋本作「寫」，右旁注「雁イ」。

〔五〕「説」，松本、醍乙、維寶箋本無。

〔六〕「傅」，原作「傳」，各本同。《校勘記》：「傳形在去，『傳』作『傅』（宮）。『傅』爲『傳』之誤。」盛江案：各本作「傳」，宮本亦作「傳」，其一點離「傳」字稍遠。又，林田校本作「傅」，未述理由。《譯注》作「傅」，謂：「『傅』同『附』，雖各本作『傳』，以意改之。」今據《譯注》改。

【考釋】

①「比附」五句：《文心雕龍·比興》：「比者，附也，興者，起也。附理者切類以指事，起情者依微以擬議。起情故興體以立，附理故比例以生。比則畜憤以斥言，興則環譬以記諷。蓋隨時之義不一，故詩人之志有二也。」寄情於物，是所謂「附」，以物喻情，是所謂「比」，以比喻之方法寄情於物，即爲比附志。

②寄啼行而奮筆：此句以上解釋前引例詩比附之意。

③意在妝頰：此句以下解釋當爲另一例詩，此一例詩疑爲以鮮花、低月等描寫女子之美貌，惜此一例詩已被删去。

④傅形在去：維寶箋：「傳形，就物之去來思形體，故云傳類也。異本箋曰：『傳形者，有去捨不可

比者也。類體者，有來用能可比者也。』」

⑤趙昌平《上官儀及其歷史承擔》：「顯然，上官儀所云比附志已從劉勰之『比者，附也……附理者切類以指事』進展爲善狀物色，體貌寫形，寄意言外的新境界。以上官儀論對與論志合看，可以認爲他並非一味於語言技巧下功夫，而頗專注於通過技法的改進更好的表情達意。」（《文學史》一九九四年第一輯）

三曰，寄懷志。

寄懷志者，謂情含鬱抑〔一〕，語帶譏微，事側列膏肓〔二〕①，詞褒譎詭〔三〕②，即假作《幽蘭》詩曰：「日月雖不照，馨香要自豐〔四〕③。有怨生幽地，無由逐遠風④。」釋曰：悽道日月不明〔五〕⑤，自表生於幽地；略述馨香有質，還論逐吹無由。猶屈原多俠〔六〕，《離騷》之詠勃興〔七〕⑥；賈誼不用〔八〕，《伏鳥》之歌云作〔九〕⑦。如斯之例，因號寄懷。

【校記】

〔一〕「抑」，原作「柳」，成簣堂、高甲、高乙、正丙、六寺、醍乙本同，據三寶、江戶刊本、維寶箋本等本改。

〔二〕「列」,松本、醍乙、江户刊本、維寶箋本作「例」。《校勘記》:「事側列膏肓,『側列』爲『例列』之誤?如果『側』正確,則爲『近』之意。」

〔三〕「褒」,《校注》:「『褒』,疑『襃』之誤。」《譯注》:「褒,解作同音的『包』之意。」

〔四〕「馨香」,成簣堂、三寶本作「馨多香」,松本、醍乙本作「馨香多香」,六寺本左旁注「多イ」。

〔五〕「不明」,三寶、松本、醍乙、江户刊本、維寶箋本作雙行小字注。

〔六〕「屈原」,三寶、六寺本右旁注「人名也」。

〔七〕「勃」,六寺本左旁注「蒲説反盛也」。

〔八〕「賈誼」,三寶、六寺本右旁注「人名也」。「用」,原作「申」,各本同,據六寺本改。

〔九〕「伏」,維寶箋本加地哲定注:「當作『鵬』。」

【考釋】

①側列(例):二字互爲異文,而以「側」爲是。側:藏伏。《淮南子·原道訓》:「處窮僻之鄉,側谿谷之間。」高誘注:「側,伏也。」膏肓:已見前注。

②譎詭:變化多端。宋玉《高唐賦》:「狀似走獸,或象飛禽,譎詭奇偉,不可究陳。」(《文選》卷一九)

③馨香:遠播之香氣,喻流傳廣遠之德行。《國語·周語上》:「其德足以昭其馨香,其惠足以同其民人。」

④《研究篇》下：「（例詩）即使生於日月之光照不到的幽地，蘭花的馨香也同樣濃鬱，由於地位不好，那馨香因此不能飄到遠方。這是把自己比作幽蘭，自己的才能比作馨香。和比附志雖然有相似之趣，但比附志祇是部分的譬喻，而寄懷志是詩全體的譬喻，想説的事情並不説出來。以上三志從六義的賦比興來考慮的話，直言志相當於賦，比附志相當於比，寄懷志相當於興。」

《文心雕龍·比興》：「觀夫興之託諭，婉而成章，稱名也小，取類也大。關雎有别，故后妃方德；尸鳩貞一，故夫人象義。義取其貞，無從于夷禽，德貴其别，不嫌於鷙鳥。明而未融，故發注而後見也。」可與此參看。

⑤恡道：不説政局黑暗，日月不明，而言日月不照，故曰「恡道」。「恡」同「吝」，顧惜。

⑥「猶屈」二句：漢司馬遷《報任安書》：「屈原放逐，乃賦《離騷》。」（《漢書·司馬遷傳》引）王逸《楚辭章句》：「離，别也，騷，愁也。」

⑦「賈誼」二句：《史記·屈原賈生列傳》：「賈生爲長沙王太傅三年，有鵩飛入賈生舍，止於坐隅。楚人命鵩曰『服』。賈生既已適（謫）居長沙，長沙卑濕，自以爲壽不得長，傷悼之，乃爲賦以自廣。」不用：不爲朝廷所用。《伏鳥》之歌：即《鵩鳥賦》。

四曰，起賦志。

起賦志者，謂斺論古事〔一〕，指列今詞，模《春秋》之舊風①，起筆札之新號②。或指人爲定，就跡行以題篇；或立事成規，造因由而遺筆〔二〕。附申名況〔三〕，託志浮流言〔四〕，例此之徒，皆名起賦。即假作《賦得魯司寇》詩曰〔五〕③：「隱見通榮辱④，行藏備卷舒⑤。避席談曾子〔六〕⑥，趨庭誨伯魚〔七〕⑦。」

釋曰：有道無道之説〔八〕，備列前聞；用之捨之之事〔九〕，名傳後代。曾參避席〔一〇〕，文載《孝經》；鯉也過庭〔一一〕，義班《論語》〔一二〕⑧。如斯之例，事得成言，因舊行新。故名起賦者也⑨。

【校記】

〔一〕「斺」，原作「行行」，高甲、高乙、寶龜、六寺、正丙、醍乙本同，成簣堂、三寶、松本、江户刊本、維寶箋本作「斺」。維寶箋：「『斺論』者，户籍爲『斺』也。斺，版也。版論，故事也。恐『片』之字歟？對指字故。」《校勘記》：「『片片』爲『斺』之誤。版本訓『斺』爲『ヒトヘニ』，『斺』音『析』，『斺』爲『析』之音假乎？（《篇海》「斺」音「析」，版也。）」王夢鷗《初唐詩學著述考》：「《秘府論》『斺論古事』，斺，或本誤作『行』；斺即『枿』，『析』字。」《校注》作「斨」，謂：「當爲『斨』之誤，即『斥』之俗别字。《龍龕手鑒》一《斤部》：『斨，或作丑格反，開也。』」《考文篇》作「片論」，《譯注》、林田校本作「斥論」。盛江案：疑爲「斺」誤，斺爲「析」之古字。《隸釋・漢司隸校尉魯峻碑》：「承堂弗構，斺薪弗何。」洪适釋：「以『斺』爲『析』。」（四庫全書本）

〔二〕「或立事成規造因由而遺筆」，原作「或立事立成規貌造因由不遺筆」，各本同。其中，「立成規」，醍乙、江户刊本、維寶箋本作「云成規」。「因由」，高甲本作「目由」，寶龜本作「固山」。「遺筆」，成簣堂本眉注「業イ」。《校勘記》：「或立事云成規貌，造因由不遺筆，附申名況，託志浮流言（醍），這是詩話本的訓點，意不通。『或立事云成規貌造因由不遺筆』十三字難解，這十三字的前文爲『或指人爲定就跡行以題篇』十一字，與此相對，這十三字當有二字爲衍。《六志》象『浮流言』這樣的校字有七八處，因此，此處的二個衍字當也是將校字誤入本文。因改校如下：『或立事成規立貌造因由而遺筆』。『成』和『立』，『規』和『貌』意相近，把一方看作是校字不是没有道理的。『不』改作『而』，與其同源的舊題《魏文帝詩格》有『賦起四，謂就跡題篇，因事遺筆』，又，字面上，可以肯定『不』字是誤字，其對句『以題篇』，用『而遺筆』是適當的。」《校注》：「『云』，《古鈔本》、《三寶院本》作『立』，涉上文『立事』而誤衍，『貌』即『規』形近而訛衍；『不』，當即『而』形近之訛：故輒定爲『或立事成規，造因由而遺筆』，如此，則與上文相儷也。」盛江案：《校勘記》、《校注》二家分析殊途同歸，以《校勘記》分析爲是，今據改。

〔三〕「況」，潘重規《文鏡秘府論研究發凡》作「貌」。

〔四〕「浮流」，高甲本作「流」，六寺本作「浮」，右旁注「流」。

〔五〕「司寇」，六寺本旁注「大臣名」。「詩」上原衍「詞」字，據成簣堂、三寶、高甲、高乙等本删。

〔六〕「曾子」，三寶、六寺本右旁注「人名」。

〔七〕「伯魚」，六寺本旁注「人名也」，三寶、寶龜本旁注「孔鯉字伯魚也」。

〔八〕「無道之説」，《考文篇》：「無道之説，『之』字疑衍。」盛江案：此處「之」字不衍，乃下句「事」之上脱「之」字。

〔九〕「捨之之事」，原作「捨之事」，各本同。《校勘記》：「用之捨之事，『事』之上脱『之』字（詩校）。」周校：「『之』下疑脱一『之』字。」今據補「之」字。

〔一〇〕「曾參」，寶龜本作「曾子」，三寶、六寺本注「人名」。

〔一一〕「鯉」，三寶本右旁注「人名也」。

〔一二〕「義」上成簣堂、三寶、六寺、松本、醍乙、江户刊本、維寶箋本有「事」字。《考文篇》：「事義班，疑作『事義班』。」豹軒藏本鈴木虎雄注：「事義，其一必衍。」《校勘記》：「事義班論語，或者原文是『事義班論語』。」

【考釋】

①模《春秋》之舊風：指據事直書之史筆，此處當指起賦志須據實而用古事之意。《春秋》傳爲孔子據魯史修訂而成。《孟子·滕文公下》：「孔子懼，作《春秋》。」

②筆札：本指毛筆與簡牘，後指用筆札書寫之作品，此處當指詩文作品。漢荀悦《漢紀·成帝紀》：「時人爲之語曰：『谷子雲之筆札，樓君卿之脣舌。』」《文心雕龍·書記》：「漢來筆札，辭氣紛紜。」以上二句即下文所謂「因舊行新」之意，意爲須用古事而起發新詞。

③魯司寇：指孔子。據《史記·孔子世家》，孔子曾爲魯定公大司寇。

④隱見：隱退或出仕。榮辱：《易·繫辭上》：「言行，君子之樞機。樞機之發，榮辱之主也。」

⑤行藏：出處或行止。《論語·述而》：「用之則行，舍之則藏。」晉潘岳《西征賦》：「孔隨時以行藏，蘧與國而舒卷。」（《文選》卷一〇）卷舒：猶進退隱顯。《論語·衛靈公》：「君子哉，蘧伯玉，邦有道則仕，

邦無道則可卷而懷之。」漢劉向《列女傳・王章妻女》：「君子謂王章妻知卷舒之節。」晉袁宏《三國名臣序贊》：「故蘧寧以之卷舒，柳下以之三黜。」（《文選》卷四七）

⑥曾子：孔子弟子曾參。《孝經・開宗明義章第一》：「仲尼居，曾子侍，子曰：『先王有至德要道，以順天下，民用和睦，上下無怨，汝知之乎？』曾子避席曰：『參不敏，何足以知之。』」

⑦趨庭：《論語・季氏》：「陳亢問於伯魚曰：『子亦有異聞乎？』對曰：『未也。嘗獨立，鯉趨而過庭。曰：「學《詩》乎？」對曰：「未也。」「不學《詩》，無以言。」鯉退而學《詩》。』」伯魚：孔子之子孔鯉之字。

⑧班：頒佈。《禮記・月令》：「（仲夏之月）遊牝別群，則縶騰駒，班馬政。」

⑨《研究篇》下：「這似是指所謂用事即根據故事的表現手法。」「所謂『起賦』，名稱含義有點不清楚，可能是提出故事，而對其採用賦的手法。」《譯注》：「把古昔的事情用作典故的表現，即所謂用事。反覆敷陳古事，也許用詩六義的『賦』，但不太融合。」盛江案：賦古事而起新詞，故稱起賦志。

五曰〔一〕，貶毁志。

貶毁志者，謂指物實佳，興文道惡，他言作是〔二〕，我説宜非〔三〕。文筆見貶，言詞致毁，證善爲惡，因以名之①。即假作《田家》詩曰〔四〕：「有意嫌千石〔五〕②，無心羨九卿〔六〕③。且悦丘園好④，何論冠蓋生⑤。」

釋曰：千石崇高，興言有棄〔七〕；九卿位重，所願無心。番非冠蓋〔八〕，倒悦丘園〔九〕，貶毁之情，自然隆著⑥。

【校記】

〔一〕「曰」，原無，成簣堂、三寶、高乙、六寺本同，據醍乙、江户刊本、維寶箋本補。

〔二〕「作」，原作「你」，成簣堂、三寶、高甲、高乙、六寺、醍乙本同，三寶本右旁注「作イ」，據江户刊本、維寶箋本改。

〔三〕「宜」，原作「官」，各本同。維寶箋：「當作『爲』。」祖風會本鈴木虎雄注：「『官』爲『爲』歟。」《考文篇》：「我説官非，鈴木校『官』爲『爲』之訛，加地哲定校正智院本爲『爲』，無據。」《校注》：「當是『宜』字形近之訛。」《譯注》、林田校本從祖風會本鈴木虎雄注作「爲」。今從《校注》作「宜」。

〔四〕「詩曰」上成簣堂、六寺本衍「詩曰」二字，松本、江户刊本、維寶箋本衍「詩」字。

〔五〕「千石」，三寶、寶龜、維寶箋本右旁注「官也」，江户刊本注「官」。

〔六〕「九卿」，三寶本左旁注「官也」。

〔七〕「興」，維寶箋本作「與」。「棄」，松本、醍乙、江户刊本、維寶箋本作「奇」，寶龜本作「言」，原右旁注「言イ」，醍乙本同。

〔八〕「番」，江户刊本、維寶箋本作「翻」。

〔九〕「倒」，原作「例」，《校注》：「『例』，疑當作『倒』，與上句『翻』字對文，下文讚譽志條，『眉成月例慚』，一本作『眉成月倒慚』，即二字易訛之證。」今從《校注》改。

【考釋】

① 「謂指」八句：《校勘記》：「謂指物實，佳與文道，惡他言，作是我說，官非文筆，見貶言詞致毀，證善爲惡，因以名之（寶）。這是基於版本的詩話本的訓點。全然不通。」「當作如下訓讀：（鈴木）《關於文鏡秘府論的校勘》（支那學三之四）『謂指物實佳，與文道惡，他言作是，我說爲（官）非，文筆見貶，言詞致毀，證善爲惡，因以名之』。」

② 千石：秦漢時年俸千石之官員，品級較高，因以千石指高官。

③ 九卿：古代朝廷九個高級官職，泛指朝廷大臣。

④ 丘園：指隱居之田園。《易・賁卦》「賁于丘園」王肅注：「失位無應，隱處丘園。」孔穎達正義：「丘謂丘墟，園謂園圃，唯草木所生，是質素之所。」

⑤ 冠蓋：冠，禮帽；蓋，車蓋。泛指官員冠服與車乘，用指貴官顯宦。《史記・魏公子列傳》：「平原君使者冠蓋相屬於魏。」班固《西都賦》：「冠蓋如雲，七相五公。」（《文選》卷一）

王夢鷗《初唐詩學著述考》：「（魏文帝）《詩格》所作例詩，上句『且悦丘園死』，則下句當如《秘府論》作『何論冠蓋生』。《秘府論》所引上句『且悦丘園好』，則下句宜如《詩格》作『未甘冠蓋榮』。二者正可互正之。」

⑥ 《研究篇》下：「這是指人們一般要讚譽的東西，自己反而表現出不屑一顧的意思，在表示相反的態度中追求一種有趣的情味。」盛江案：貶毀志謂通過貶毀人們一般認爲甚有價值之物，以更有力地突

出詩文所要表現之主題，如例詩，爲突出丘園之好，而舉出千石、九卿、冠蓋等一系列高官顯宦加以貶抑毀損，貶毀之目的在於更有力地褒揚，因此實是借助反襯以求强烈藝術效果之手法。

六曰，讚譽志。

讚譽志者，謂心珍賤物，言貴者不如；意重今人，先賢之莫及〔一〕。詞褒筆味，玄欺豐歲之珠〔二〕①；語讚文峰〔三〕②，劇勝饑年之粟。小中出大，短内生長，拔滯昇微，方云讚譽〔四〕。即假作《美人》詩，詩曰：「宋臘何須説③，虞姬未足談④。頰態花翻愧〔五〕，眉成月倒慚〔六〕⑤。」

釋曰：宋臘無雙，播徽音於筆札〔七〕⑥；虞姬罕匹〔八〕，飛令譽於含章⑦。鮮花笑樹，刺施莊之末如〔九〕；初月開雲〔一〇〕，信圖眉而莫及。俱論彼弱，玄識此强〔一一〕⑧。假名具陳，方申指的〔一二〕⑨。

【校記】

〔一〕「先賢之莫及」，周校：「『之』疑爲『云』字形誤，上文言『言貴者不如』，此句似宜作『云先賢莫及』。」

〔二〕「玄」，《校注》：「『玄』，疑當作『互』。」「珠」，松本、江户刊本、維寶箋本作「珍」。《校勘記》：「豐年之珍，『珍』爲

『珠』之誤。」

〔三〕「峰」，松本、江户刊本、維寶箋本作「筆」。

〔四〕「云」，成簣堂、松本、江户刊本、維寶箋本作「之」，三寶本右訓「コレ」，則當爲「之」字。《校勘記》：「方之讚譽，『之』爲『云』之誤，此句與『方稱比附』『因號寄懷』『皆名起賦』相對。」

〔五〕「態」，松本、江户刊本、維寶箋本作「熊」。

〔六〕「倒」，原作「例」，各本同，據《眼心抄》改。

〔七〕「徽」，原作「微」，三寶本同，六寺本作「徵」，右旁注「徽亻」，據成簣堂、江户刊本、維寶箋本改。

〔八〕「匹」，寶龜本作「比」，右旁注「匹亻」。

〔九〕「刺」，《校注》：「疑當作『則』。」盛江案：疑當作「判」，判然，顯然之意也。「之」，原無，據成簣堂、三寶、高甲、高乙、六寺等本補。

〔一〇〕「開雲」，松本、江户刊本、維寶箋本作「雲開」。

〔一一〕「玄識」，《校注》：「『玄』，疑當作『互』，『互識』與『俱論』對文。」

〔一二〕「的」，醍乙本作「皈」。

【考釋】

①玄：大，如玄波猶言大波，玄夏猶言大殿。此處與劇相對，玄欺猶言劇勝，均爲誇飾之辭。豐歲之珠：《世説新語・賞譽》：「世稱庾文康爲豐年玉，穉恭爲荒年穀，庾家論云是文康稱『恭爲荒年穀，庾

長仁爲豐年玉』。」劉孝標注：「謂亮有廊廟之器，翼有匡世之才，各有用也。」

②文峰：《校勘記》：「『文峰』爲『文鋒』之訛。梁沈約《懷舊詩九首・傷謝朓》：『史部信才傑，文鋒振奇響。』」

③宋臘：三國魏歌姬。魏曹丕《答繁欽書》：「今之妙舞莫巧於絳樹，清歌莫善於宋臘。」（《藝文類聚》卷四三）

④虞姬：楚項羽愛姬。《史記・項羽本紀》：「項王則夜起，飲帳中。有美人名虞，常幸從。」裴駰集解引徐廣曰：「一云姓虞氏。」維寶箋：「《列女傳》：『齊虞姬者，名損之，齊之威王之姬也。』」

⑤「頻態」二句：王夢鷗《初唐詩學著述考》：「此詩例，本題曰《美人詩》，（傳魏文帝）《詩格》失其題，乃泛稱爲古詩，此詩既爲叶韻，則《詩格》所作『對愁』之『愁』字，顯係『慚』字之訛。」盛江案：《吟窗雜録》本傳《魏文帝詩格》不誤，作「眉成月對慚」。

⑥徽音：優美之音聲。漢王粲《公讌詩》：「管絃發徽音，曲度清且悲。」（《文選》卷二〇）《詩・大雅・思齊》：「大姒嗣徽音。」鄭玄箋：「徽，美也。」

⑦含章：包含美質。《易・坤卦》六三爻辭：「含章可貞。」此處與上文「筆札」相對，當指包含美質之文章。

⑧玄識：玄，大，與「俱」相對，謂完全知曉。

⑨《研究篇》下：「許多人都認爲值得讚譽的事物或人物，把它提出來，却説進一步高於其上。從道

理上講是一種假話，但唐人經常用這樣的表現手法。」《譯注》：「和貶毀志相反，在通常被認爲一般的事物中看出其價值的論法。」

盛江案：與人們普遍認爲之强者美者對比，對所描寫之事物極力誇張至勝過强者美者之程度，以達到突出地讚譽描寫對象之目的。

九意①

一，春意。二，夏意。三，秋意。四，冬意。五，山意。六，水意。七，雪意。八，雨意。九，風意。

【考釋】

①九意：吉田幸一《文鏡秘府論〈九意〉和平安朝歌集部類的成立》分析日本平安朝歌集之部類，謂曰：「四季部立在歌集分類上能够獨立，其具體理由在於：一、平安朝關於季節感的歌詠很多。再進一步的一個理由，是因爲菅公這樣的和魂漢才之士，也參照了詩學詩論書。就是説，菅公像《秘府論·九意》一樣從部類之中得到很多啓示，把同一題材的詩歌分成春、夏、秋、冬四季和戀五類，從而開始撰述《新撰萬葉》。」

吉田幸一《文鏡秘府論〈九意〉和〈朗詠集〉部類的關係》：「《九意》詩含有六朝色彩。」《考文篇》：「《九意》，原典未詳，但是，有疑點認爲是日本人，特别是弘法大師自己撰寫。如果是彼邦人（盛江案：當指中國人）所寫，則是六朝人的東西。」

《研究篇》下：「先著録目次（略），按這個順序舉出例詩。祇有例詩，没有説明。各例詩下，有山行、野望、遊園、從戎、怨别這樣的細目。但這種細目，春夏秋冬有，而别處闕如。而且春意最詳細，而夏秋冬漸次疏落，水意以下完全没有。從體裁來看，恐怕是草稿原本的樣子。如果是大師把這些材料納入《秘府論》時因爲抄寫細目很麻煩而省略了的話，把連續性的注突然中斷不是很自然嗎？然而原典恐怕就是由於想不到適當的表現方法，於是隔三跳四的注，很難的例子雖然推到後面，但從山意開始感到越來越麻煩，因此索性就讓它這個樣子。就是説，《秘府論》的源型Archetypus（同時原文Original）已經是這樣。」

《研究篇》下謂：《九意》中有很多不合理的押韻。比如，「春意」自「平原皎潔」至「九折羊腸」三十四句中，「玉苑花紅」爲東韻，却與其他句的陽唐韻通押。「夏意」自「江邊亂浦」至「智鬭青牛」二十八句中，「水逐泥牛」、「智鬭青牛」爲尤韻，而與其他句的東韻通押。「秋意」自「火雲將閱」至「命友劉靈」三十四句中，「巧畫峨眉」爲支脂韻，而與其他句的庚、青韻通押。自「遲遲璧玉」至「水激雷奔」三十句中，「日慘函關」爲删韻，而與其他句的文、魂（元）韻通押。「冬意」自「枯藤望鬱」至「玉頂龍鎧」三十二句中，「苦霧朝興」爲蒸韻，而與其他句的庚韻通押。自「龍門日慘」至「樹白雲飛」三十句中，「樹白雲飛」爲微韻，「兔苑風酸」爲桓（寒）韻，而與其他句的蒸韻通押。自「寒鴻寒嘯」至「澗曲多陰」二十六句中，「蘊玉龍潛」爲鹽韻，而與其他句的侵韻相押。「山意」自「五睢頡頏」至「出塞成行」十八句中，「出塞成行」爲庚韻，而與其他句的陽唐韻通押。「水意」自「潮宗尾壑」至「緑浦潺湲」十句中，「緑浦潺湲」爲山韻，而與其他句的魂韻相押。自「鯤鱅鮫鱛」至「目似烏光」十六句中，「春躍冬籠」爲東韻，而與其他句的陽唐韻相押。「雪意」自「花飛染樹」至「月下光鮮」十八句中，「夜望瓊塵」爲真韻，而與其他句的先仙山韻相押。「風意」自「能馳嘯馬」至「燭下吟烏」十四句中，「參次芙蓉」爲鍾韻，而與其他句的魚虞模韻相押。小西氏謂：「東韻中用尤韻等，通用的可能性完全没有。通用通攝（ng 韻尾）和流攝（u 韻尾），至少是有作詩常識的人不會這樣做。但是，相同聯中二次用『牛』字，似不是偶然誤記。能够想到的是，我國（盛江案：指日本）的慣用音有ウ韻尾，這樣的錯用，或者就因爲是由日本人所作的吧！如果是這樣的話，陽唐韻中用東韻和同樣陽唐韻中用庚韻，可以考慮是同樣的理由吧！雖然不能祇根據用韻簡單地推斷其作者，但是，承認這樣的可能性是不可爭議的。」

《研究篇》下謂：另外，「之脂和微齊灰、蕭宵和豪、庚清和青、文欣和魂、東和鍾、歌戈和麻、魚和虞模、先仙和山等等，都是不通用的韻。但是，在六朝初期，這些韻都通用」。根據王力《南北朝詩人用韻考》，六朝用韻可分爲三期，第一期，何承天至張融；第二期，沈約至梁元帝；第三期，庾信至隋煬帝。「第一期謝靈運和謝惠連之脂微齊皆灰咍同用。據此可知，《秘府論》所收《九意》的用韻，符合上面第一期的特點。吉田幸一氏《文鏡秘府論〈九意〉和〈朗詠集〉部類的關係》一文指出，《文鏡秘府論》之《九意》作爲詩題包含有六朝色彩，我也有同感。用四言也存有古意。把這些綜合起來看，《文鏡秘府論》應該是人們大量讀過六朝作品的奈良末期和平安初期之際所作，要再進一步説的話，也許就是弘法大師自己所作。夾注的細目或有或無，也是因爲作者没有考慮到合適的名目，特别是秋意『能歌緩唱，妙舞腰輕』祇有一個『好』字，這似是一邊打算再加一個字，但一邊又没有想到合適的字，因此就這樣空着。（冬意中的『飲』也一樣。）這不都是作者和抄寫者是同一人容易發生的現象嗎？本來斷定這是不可能的，但是《九意》裏：一、有六朝的用韻和分類；二、用韻存在日本人的變格。有這二點，和其他各項氣質有不同，這種感覺是不可否認的。」

《研究篇》下謂：「對自然的觀照把握，發展到六朝中期以後的程度，把自然景、情區分爲幾種詩想，這樣的客觀認識，對當時的詩人不會是什麽難事。如果看《玉臺新詠》，就有『春詠、春日、初春、春怨、春宵、春月、春思、春歌、春遊、春別、夏歌、秋歌、秋夜、秋思、秋閨、秋風、冬歌、冬曉、冬宵』等等詩題。和山意水意相當的詩題雖然没有看到，但是，有詠雪、行雨、詠風等題，因而並非没有雪意、雨意、風意這樣分類由來的根據。從設計出這些詩題推測，影響到這些詩想的分類毋寧説是必然的趨勢。『春、夏、秋、冬、山、水、雪、雨、風』這樣的《九意》大分類，有着和《玉臺新詠》之類在詩中提出來的詩題共通的部類意識，這一點是没有什麽疑問的。大的部類之外，《九意》還有下面這夾注的細目：『春意：山行、遊園、野望、望晴、大雨、從戎、席興、怨別、美人、劍騎、夜飲、傷別、酣飲、遊池、妓女、客怨、淵居、擣練、閨怨、送別、寓目、蠶婦、田家、園宴、芳草。夏意：遊園、池宴、妓女、焰氣、遊池、日晚、山行、閨怨、對酒、劍觸（盛江案：當爲「叙觴」）、貴席、避暑、望人、神女、美人、客怨、逸仕、有懷、寓目、雨貌、謙短、傷情、傷遊、採蓮、夜飲、求遷。秋意：秋夜、傷遊、怨別、美人、從戎、閨情、樂飲、好、隱士、飲士、愁意、雄士、遊遇、山行、閨怨、求士、從戎、田家、劍騎。冬意：奏樂、妓女、夜妓、飲、山行、從戎、美人、劍騎、明金、謙意、貴人、隱士、田家、閨怨、棄妾、傷遊、過德、歡樂、樂飲、逸心、附意、棄奴。』山意還有『孤雁』。《玉臺新詠》中也有『秋夜、採蓮、送别、閨怨、詠美人、聽夜妓』等。類似《九意》細目的題目有『擣衣、鄰妓、芳樹、織婦、舞妓、征怨、秋閨、對酒、遊望、怨』等。從這些方面看，《九意》的分類以及細目都有六朝色彩，這是没有疑問的。總之，作爲《九意》根據的，可以説是六朝的部類意識。如果昭明太子的《古今詩苑英華》還留存的話，這方面的情況會更清楚。」

《札記續記》：「《九意》的例句長短各種各樣，每一塊各自押韻，但是其押韻偶有不合韻之處。」「但是，春、夏意的場合，脚注相同，韻没有關係而句意類似並記。還有，秋意的場合，字面也好，句意也好，因爲類似，韻没有關係而並記起來，這是很清楚的。所以不合韻不足於奇怪。小西認爲不合押韻，因此可能是日本人所寫，不能不説是非常勉强的理解。」

《探源》認爲：小西甚一所説《九意》存在類似日本人變格用韻的情形，「也許是傳入日本後，例句經日本人增補、調動了位置」。事實上，六朝多類書，如劉峻撰《類苑》一百二十卷，杜子偉與劉陟等抄撰群書，簡文帝撰《法寶聯璧》，朱澹遠有《語麗》十卷採摭書語之麗者爲四十門。《詩人玉屑》卷三《唐人句法》細分標題爲朝會、宮掖、懷古、送别、地名、人名、寫景、詠物、造理、入畫、典重、清新等三十幾種，「它的形式與《九意》非常相似」。「歷史上的類書傳下來不多，這却給我們一個參考，焉知它不是學習《九意》一類作品而編成的」。「《九意》和《帝德録》大概都屬於『隨身卷子』一類的東西。《九意》爲六朝人所撰，大有可能」。「《九意》爲實數，如全文屬引録而得，標題也應屬本有」。

《校注》：「南卷《論文意》：『凡作詩之人，皆自抄古今詩語精妙之處，名爲隨身卷子，以防苦思。作文興若不來，即須看隨身卷子，以發興也。』案：此九意所陳，即抄古今佳句，以爲饋貧之糧，蓋亦兔園册子之類也。」

《譯注》：「把四季自然的詩趣分爲九類，各自構成四言的韻文。春、夏、秋、冬四意還每一聯注記簡括詩中狀況的細目（但越往後注記越少，山意也衹注記一處），整體看來，是帶有關於詩趣的一種索引性質的東西。值得注意的是，晚唐司空圖《二十四詩品》也用四字十二句韻文説明二十四詩境，《九意》可以説是《二十四詩品》的先蹤。出典未詳。押韻帶着濃烈的六朝傾向，從這點看，可能爲初唐之作。內容强烈地感到六朝風貌。用四字句的韻文歸納一定長度文章的趣旨，《史記》、《漢書》以來正史的『讚』常用，文學論中《文心雕龍》也用這種方法。從春意到風意九篇，都是百句左右的長篇，中途隨時换韻，同樣的形式更早的作品有梁周興嗣《千字文》，連用長達二百五十句四言韻語，近代則有盛唐李瀚的《蒙求》三卷。此書是收集古人逸事，面向初學者的讀物，體裁是每二句話構成一組，進而由四句韻語構成篇題。篇題成爲對句，當然是考慮記憶方便的辦法，如果衹通覽篇題，自然構成一篇韻文。值得注意的是，和《九意》同樣形式的《千字文》和《蒙求》，都面向初學者，帶有啓蒙書的性質。《九意》恐怕也有這樣的主旨，面向志於作詩者，説明一般性的詩趣狀態。」

波户岡旭《關於〈文鏡秘府論〉的〈九意〉》謂：《九意》例句的作者是空海，而條目的作者是王昌齡，因爲《九意》之「意」與王昌齡《詩格》（收入《文鏡秘府論》南卷《論文意》一節）論文意之意相通。

盛江案：關於《九意》作者，各家多有所見，然亦多有疑問。波户岡旭謂《九意》例句作者爲空海，却未見任何根據。未有任何材料可證《九意》條目作者爲一人，例句作者爲另一人。《九意》九條目與《九意》例句爲一整體，其作者應爲同一人。《九意》歸列春、夏、秋、冬四時及山、水、雪、雨、風等意，非唯王昌齡，王昌齡之前及同時諸多文獻（如樂府《子夜四時》、近代吴歌九首與梁武帝詩等，隋時虞世南等編《北堂書鈔》，唐高祖時編修《藝文類聚》，玄宗時官修、徐堅等撰《初學記》等類書）均可找見，然均未單列作爲單一作品之九條目。故《九意》或受王昌齡《詩格》及《北堂書鈔》、《藝文類聚》等之影響，其作者却未必爲王昌齡。

由押韻傾向、内容風貌、四言形式等方面考察不失爲一途徑。然奈良、平安時代之日本漢文學，自押韻至内容其實均帶六朝傾向。時日本正大量吸收、模仿漢文化，日本學人完全有可能模仿中國古代類似作品，寫出《九意》。僅據押韻等情況推斷《九意》作者爲中國人，不論爲六朝人抑或爲初唐人，根據顯然不足。《探源》解釋《九意》存在類似日本人之習慣用韻，以爲乃傳入日本後，例句經日本人增補、調動了位置，然僅爲推測而已。從最早之平安時代，到後來江户時代，自古鈔本至刊本，現存所有傳本，《九意》例句均未見任何增補、調動位置之跡象。

《九意》作者有可能爲日本人。除小西甚一提出押韻帶日本用韻習慣之外，尚有一根據，即「夏意」中「雲從土馬」一句之出典當在日本（詳「雲從土馬」句考釋）。當時中國人寫不出日本之典據。日本人中，最有可能爲弘法大師空海自己。因爲「九意」數爲「九」，日本人忌諱「九」之數字，而密教恰恰推崇「九」之數，日本密教恰爲空海入唐受法於密宗高僧惠果回日本後始得以廣爲傳佈。空海自己文學修養甚高。「雲從土馬」所寫爲以土馬祭祀求雨之意，空海即曾奉旨親自祈過雨，對祈雨之法及其情景當非常熟悉，更有條件寫出「雲從土馬」之句。《九意》一些詩題和細目可在《玉臺新詠》等中見到，有六朝部類意識，所列詩句亦有六朝色彩，梁周興嗣《千字文》已是長篇四字韻語。故《九意》當爲空海依據傳入日本之中國六朝原典，又融入日本典故，編撰而成。

《探源》：「九意」之「意」「當指『意境』而言，『春意』就是春天的意境，各標題下的例句，都屬同類意境。」「『九』意的九，也許是巧合，没有特別的意義。」《九意》有些例句相似而注目不同，有些則是例句接近而注目也相同，「這可能是爲了適應不同的韻脚纔這樣做」。「而且，有意無意之間，大量運用雙聲疊韻、疊字」，作者確是有意這樣做的。

盛江案：「九意」之意，即詩意文意之意，不同描寫對象有不同可寫之景、可用之事、可體之物、可抒之情。「意」之概念，較早來自《易》，所謂「聖人立象以盡意」、「書不盡言，言不盡意」（《繫辭上》）。《文心雕龍》亦謂：「拙辭或孕於巧義，庸事或萌於新意」（《神思》），「跨略舊規，馳騖新作，雖獲巧意，危敗亦多」（《風骨》）。

春　意①

雲生似蓋〔一〕，霧起如煙②。山行〔二〕。　垂松萬歲，卧柏千年③。山行。

羅雲出岫，綺霧張天④。山行。　紅桃繡苑〔三〕，碧柳裝田⑤。遊園〔四〕。

風生玉艷，日帶金妍〔五〕⑥。野望。
窗中落粉〔六〕，瑟上鳴絃⑦。

朝雲蔽日〔七〕，夕雨傾天⑧。大雨。
三山引霧，六澤浮煙⑨。望晴〔八〕。

鴻歸塞北〔九〕，雁入幽邊⑩。望晴〔一〇〕。
蜂歌樹裏，蝶舞花前⑪。遊園。

悲瞻漢地，泣望胡天⑫。從戎〔一一〕。
秦娥鼓瑟，越女調絃⑬。席興。

離衿十載，別袂三年⑭。怨別。
風飄綺袖，日照花鈿⑮。美人。

鳴鐘伏趙，摻鼓降燕〔一二〕⑯。劍騎。
三山帶霧〔一三〕，五仞含煙〔一四〕⑰。劍騎〔一五〕。

【校記】

〔一〕「雲」，六寺本作「雪」，右旁注「雲」。

〔二〕「山行」，原作單行小字注，但以下此類細目底本及其他各本多作雙行小字注，因此統一格式作雙行小字注，此類不另一一注明。

〔三〕「繡」，松本、江戶刊本、維寶箋本作「緑」。

〔四〕「園」，松本、江戶刊本、維寶箋本作「行」。

〔五〕「妍」，原作「研」，各本同，與上句「艷」不對，有誤，《校注》、《譯注》本均改作「妍」，今從之作「妍」。

〔六〕「粉」，江戶刊本、維寶箋本作「紛」。

〔七〕「朝雲蔽日」，原右旁注「旭」，成簣堂、三寶、高甲、高乙、醍乙、正丙本同，原眉注「旭春日也/異本□/□□知」。

盛江案：下有「旭」字，蓋言别作「朝雲蔽旭」，下仿此。

〔八〕「望晴」，《校注》：「『望晴』，疑當乙作『晴望』。」

〔九〕「北」，右旁注「表」，成簣堂、三寶、高甲、高乙、醍乙本同，六寺本左旁注「表」。盛江案：「表」爲「北」之異文。

「塞」，六寺、醍乙本作「寒」。

〔一〇〕「望晴」，《校注》：「『望晴』，疑當乙作『晴望』。」

〔一一〕「戎」，高甲、高乙本作「我」。

〔一二〕「摻」，原作「蹘」，各本同。維寶箋：「『蹘鼓』恐『摻鼓』。」《校注》、《譯注》、林田校本均作「摻」，今從之作「摻」。

〔一三〕「山」，右旁注「峰」，成簣堂、三寶、高甲、高乙、正丙、六寺、醍乙本同，此「峰」字當爲校字，今據江户刊本、維寶箋本删。

〔一四〕「仞」，《校注》：「疑爲『嶺』字音近之誤。」

〔一五〕「劍騎」，《校勘記》：「三山帶霧，五仞含煙劍騎，與前『三山引霧，六澤浮煙』類似，『劍騎』也許是『望晴』之誤。」

盛江案：因「降燕」句而誤。

【考釋】

① 春意：梁江淹《卧疾怨别劉長史》：「始懷未迴歎，春意秋方驚。」（《江文通集彙注》卷三）梁元帝《春日篇》：「春意春已繁，春人春不見。」（《梁元帝集》，《漢魏六朝百三名家集》）

②「雲生」二句：維寶箋引北齊裴讓之《從北征詩》：「絶野寒雲生。」（《藝文類聚》卷五九）魏曹丕《雜詩二首》其二：「西北有浮雲，亭亭如車蓋。」（《文選》卷二九）《譯注》引劉宋范曄《樂遊應詔》：「流雲起行蓋，晨風引鑾音。」（《文選》卷二〇）梁元帝《詠霧》：「乍若飛煙散，時如佳氣新。」又：「旁通似佳氣，却望若飛煙。」（《藝文類聚》卷二）

③「垂松」二句：維寶箋引《抱朴子》：「天陵偃蓋之松，大谷倒生之柏，凡此諸木，皆與天齊其長，與地等其久也。」《譯注》引晉傅玄詩：「世有千年松，人生詎能百。」（《藝文類聚》卷八八）

④「羅雲」二句：維寶箋引《博物志》：「秋雲羅帛是織女。」晉陶淵明《歸去來兮辭》：「雲無心以出岫，鳥倦飛而知還。」（《陶淵明集》卷五）綺霧：即綺霞。梁何遜《七召》：「綺霞映水，蛾月生天。」（《何遜集校注》卷二）南齊謝朓《晚登三山還望京邑》：「餘霞散成綺。」（《文選》卷二七）

⑤「紅桃」二句：《譯注》引劉宋謝靈運《從遊京口北固應詔》：「原隰荑緑柳，墟囿散紅桃。」（《文選》卷二二）

⑥「風生」二句：維寶箋引古詩：「殘日花間浮暖艷。」（此詩實爲宋蘇舜欽《春暮初晴自御宿川之華嚴寺》，《蘇學士集》卷六，四庫全書本）

⑦「窗中」二句：《譯注》引梁何遜《詠春風》：「鏡前飄落粉，琴上響餘聲。」（《玉臺新詠》卷一〇）維寶箋引魏曹丕《燕歌行》：「援琴鳴絃發清商。」（《文選》卷二七）

⑧「朝雲」二句：用巫山雲雨故事。宋玉《高唐賦》：「旦爲朝雲，暮爲行雨。」（《文選》卷一九）《譯

注》引梁費昶《巫山高》：「朝雲觸石起，暮雨潤羅衣。」（《玉臺新詠》卷六）又，南齊謝朓《遊敬亭山》：「泄雲已漫漫，夕雨亦淒淒。」（《謝宣城集校注》卷三）

⑨「三山」二句：三山：傳説中海上三神山。晉王嘉《拾遺記》卷一高辛：「三壺，則海中三山也。一曰方壺，則方丈也；二曰蓬壺，則蓬萊也；三曰瀛壺，則瀛洲也。」（《漢魏六朝筆記小説大觀》）維寶箋：「即舜所耕歷山也。」《譯注》謂即謝朓《晚登三山還望京邑》詩中之三山，在今江蘇南京西南。六澤：文淵閣四庫全書本《北史·蠕蠕傳》：「（大延）四年，車駕幸五原，遂征之。……陳留王崇從六澤向涿邪山，車駕從浚稽北向天山，西登子阜，刻石記行，不見蠕蠕而還。時漠北大旱，無水草，軍馬多死。」若可據，涿邪山在弱水之西，則六澤似當在那一帶。梁江淹《草木頌十五首》之《山桃》：「引霧如電，映煙成虹。」（《江文通集彙注》卷四）陳張正見《浦狹村煙度》：「村長合夜影，水狹度浮煙。」（《初學記》卷二五）

⑩「鴻歸」二句：《譯注》引曹操《却東西門行》：「鴻雁出塞北，乃在無人鄉。」（《樂府詩集》卷三七）幽邊：指幽州，今北京、河北北部及遼寧一帶。《後漢書·鮮卑傳》稱幽州、并州、涼州爲「三邊」。

⑪「蜂歌」二句：《譯注》引南齊謝朓《和王主簿怨情》：「花叢亂數蝶，風簾入雙燕。」（《文選》卷三〇）

⑫「悲瞻」二句：北周王褒《燕歌行》：「無復漢地關山月，唯有漠北薊城雲。」（《王褒集》，《漢魏六朝百三名家集》）

⑬「秦娥」二句：秦娥：古代歌女。晉陸機《擬今日良宵會》：「齊僮梁甫吟，秦娥張女彈。」（《文選》

卷三〇）亦指秦地女子。維寶箋引詩：「秦首娥眉。」又引《詩・小雅・鹿鳴》：「我有嘉賓，鼓瑟吹笙。」越女：古代越地多美女，西施其著者，泛指越地美女。枚乘《七發》：「越女侍前，齊姬奉後。」（《文選》卷三四）《譯注》引李白《九日登山》：「胡人叫玉笛，越女彈霜絲。」（《李白集校注》卷二〇）

⑭「離衿」二句：曹植《怨詩行》「夫行踰十載，賤妾常獨棲。」（《樂府詩集》卷四一）

⑮「風飄」二句：維寶箋引陳後主《東飛伯勞歌》：「綺袖波中漾。」（《陳後主集》，《樂府詩集》卷六八）古詩：「翠袖映花鈿。」（出處未詳）《譯注》引梁王訓《應令詠舞》：「袖輕風易入，釵重步難前。」（《藝文類聚》卷四三）梁劉孝儀《詠織女》：「金鈿已照耀，白日未蹉跎。」（《玉臺新詠》卷一〇）又沈約《麗人賦》：「陸離羽佩，雜錯花鈿。」（《藝文類聚》卷一八）

⑯「鳴鐘」二句：維寶箋引梁劉孝儀《帆渡吉陽洲》：「揚帆乘浪華，摻鼓要風力。」（《文苑英華》卷二八九）

⑰「三山」二句：三山，已見前注。梁江淹《雲山讚》四首之《白雲》：「白雲亦海外，葐蒀起三山。」（《江文通集彙注》卷四）五仞：未詳，疑爲五嶺，或即指五嶽。

以上三十二句十六韻，《廣韻》下平聲一先韻（煙、年、天、田、妍、絃、邊、前、鈿、燕）。

平原皎潔〔一〕，下蔡芬芳①。遊園。　金池水緑〔二〕，玉苑花紅②。遊園。

燈前覆盞，燭下傾觴。夜飲。
遊蜂熠耀〔四〕，舞蝶翱翔〔五〕④。酣飲。
同觀比翼〔七〕，共眺鴛鴦⑥。遊〔八〕池。
琴宜袖短，舞勢裙長⑧。妓女。
雲生鶴嶺，霧起鸞崗⑩。山行。
風飄洞户，月照長廊⑫。淵居。
蘭腰婀娜，玉手低昂⑭。擣練。
三危鳥翅，九折羊腸⑮。山行。

鵬鴻辭繡沼〔三〕，燕入花梁③。傷別。
花開故苑，柳發新裝⑤。遊〔六〕池。
眉間葉緑，瞼上花黄〔九〕⑦。美〔一〇〕女。
懸情憶土，舉目思鄉〔一一〕⑨。客怨。
天開寶艷，日寫金光⑪。淵居。
環欹照曜，珮動鏗鏘⑬。擣練。
猿啼柏阜，鳥喚松崗。山行。

【校記】

〔一〕「平原」，原作「平源」，成簣堂、三寶、高甲、高乙、寶龜、六寺本同，與下句「下蔡」地名相對，當作「平原」，從江户刊本、維寶箋本作「原」。

〔二〕「緑」，六寺本作「渌」。

〔三〕「鴻」，松本、江户刊本、維寶箋本無。盛江案：「鴻」當爲校字異文。「繡」，江户刊本、維寶箋本作「涑」。

〔四〕「遊」下原注「蕩」，成簣堂、三寶、六寺、醍乙本注「葛」。《校注》：「『葛』當是『蕩』之俗字。」林田校：「『葛』爲誤字。」據江户刊本、維寶箋本删。

〔五〕「舞」下原旁注「周」，成簣堂、三寶、六寺、醍乙本同。維寶箋本加地哲定注：「『周』亦一作『閣』。」據江户刊本、維寶箋本删。

〔六〕「池」，松本、江户刊本、維寶箋本作「地」。

〔七〕「翼」，三寶、六寺本作「目」，原右旁注「目イ」，六寺本右旁注「翼」。

〔八〕「池」，醍乙、江户刊本、維寶箋本作「地」。

〔九〕「臉」，當爲「瞼」之訛。

〔一〇〕「女」，松本、江户刊本、維寶箋本作「人」。

〔一一〕「鄉」，原作「卿」，成簣堂、寶龜、六寺本同，據三寶、江户刊本、維寶箋本改。

【考釋】

①「平原」二句：《譯注》：「平原，既是普通名詞，與下句『下蔡』對應，又用作地名（山東平原）。」引劉宋鮑照《學劉公幹體》：「艷陽桃李節，皎潔不成妍。」（《文選》卷三一）宋玉《登徒子好色賦》：「嫣然一笑，惑陽城，迷下蔡。」（《文選》卷一九）李善注引王逸《楚辭注》：「陽城下蔡。二縣名，蓋楚之貴介公子所封，故取以喻焉。」《譯注》引魏阮籍《詠懷詩》其二：「二妃遊江濱，逍遥順風翔。交甫懷環珮，婉孌有

芬芳。……傾城迷下蔡，容好結中腸。」（《文選》卷二三）

②「金池」二句：隋煬帝《四時白紵歌二首》之《江都夏》：「小苑花紅洛水緑。」（《先秦漢魏晉南北朝詩·隋詩》卷三）《譯注》引梁元帝《春别應令》：「映日通風影朱幔，飄花拂葉度金池。」（《玉臺新詠》卷九）玉苑：帝王之園囿。梁江淹《靈丘竹賦》：「近匝玉苑禁坰。」（《江文通集彙注》卷一）

③「鵬辭」二句：劉宋顔延之《歸鴻》：「萬有皆同奉，鴻雁獨辭歸。相鳴去澗汜，長引發江畿。」（《藝文類聚》卷九〇）梁庾肩吾《詠簷燕》：「雙燕集蘭闈，雙飛高復低。」（《藝文類聚》卷九二）

④「遊蜂」二句：南齊謝朓《贈王主簿二首》其一：「蜻蛉草際飛，遊蜂花上食。」（《謝宣城集校注》卷四）南齊王僧孺《至牛渚憶魏少英》：「緑草閑遊蜂，青葭集輕鴇。」（《王僧孺集》，《漢魏六朝百三家集》卷九二）梁蕭綱《春日》（花開）：「蝶颺縈空舞，燕作同心飛。」（《先秦漢魏晉南北朝詩·梁詩》卷二二）

⑤「花開」二句：梁蕭綱《和湘東王陽雲樓簷柳》「曖曖陽雲臺，春柳發新梅。」（《先秦漢魏晉南北朝詩·梁詩》卷二二）

⑥「同觀」二句：魏曹植《釋思賦》：「樂鴛鴦之同池，羨比翼之共林。」（《藝文類聚》卷二一）《譯注》引魏曹丕《於清河挽船士新婚别妻》：「願爲雙黄鵠，比翼入清池。」（《玉臺新詠》卷二）《古詩爲焦仲卿妻作》：「中有雙飛鳥，自名爲鴛鴦。」（《玉臺新詠》卷一）

⑦「眉間」二句：《譯注》引宋玉《登徒子好色賦》：「眉如翠羽，肌如白雪。」（《文選》卷一九）梁費昶《采菱》：「玉面不關妝，雙眉本翠色。」費昶《詠照鏡》：「留心散廣黛，輕手約花黄。」（《玉臺新詠》卷六）又

《木蘭詩》：「當窗理雲鬢，掛鏡帖花黄。」（《樂府詩集》卷二五）

⑧「琴宜」二句：《譯注》引陳徐陵《奉和詠舞》：「當關好留客，故作舞衣長。」（《玉臺新詠》卷八）祖風會本鈴木虎雄注：「『勢』字難訓。」

⑨「懸情」二句：《論語·里仁》：「小人懷土。」《譯注》引劉宋謝靈運《永初三年七月十六日之郡初發都》：「如何懷土心，持此謝遠度。」（《文選》卷二六）唐張説《與趙冬曦尹懋子均登南樓》：「舉目思鄉縣，春光定不殊。」（《全唐詩》卷八七）

⑩「雲生」二句：鶴嶺、鸞崗：均仙道所居之山嶺。梁簡文帝《應令詩》：「臨清波兮望石鏡，瞻鶴嶺兮睇山莊。」（《藝文類聚》卷二八）北周庾信《奉和闡弘二教應詔》：「魚山將鶴嶺，清梵兩邊來。」（《庾子山集注》卷三）倪璠注引劉宋雷次宗《豫章記》：「洪井有鸞崗，鸞岡西有鶴嶺，王子喬控鶴所經。」又雷次宗《豫章記》：「洪井西有鸞崗，舊説洪崖先生乘鸞所憩處也。」（《太平御覽》卷五三）

⑪「天開」二句：《譯注》引劉宋鮑照《學劉公幹體》：「兹辰自爲美，當避艷陽年。艷陽桃李節，皎潔不成妍。」（《文選》卷三一）梁蕭子顯《燕歌行》：「明月金光徒照妾，浮雲玉葉君不知。」（《玉臺新詠》卷九）《校勘記》：「日寫金光，『寫』爲『瀉』假。」

⑫「風飄」二句：《後漢書·梁冀傳》：「堂寢皆有陰陽奥室，連房洞户。」漢張衡《西京賦》：「長廊廣廡，途閣雲蔓。」（《文選》卷二）《譯注》引梁劉邈《見織人聊爲之詠》：「簷花照初月，洞户垂朱帷。」（《玉臺新詠》卷八）梁王僧孺《與司馬治書同聞鄰婦夜織》：「洞房風已激，長廊月復清。」（《玉臺新詠》卷六）

⑬「環欹」二句：梁沈約《八詠・臨春風》：「既鏗鏘以動珮。」（《玉臺新詠》卷九）《譯注》引梁劉孝威《郄縣遇見人織率爾寄婦》：「度梭環玉動，踏躡佩珠鳴。」（《玉臺新詠》卷八）隋盧思道《採蓮曲》「珮動裙風入，妝消粉汗滋。」（《樂府詩集》卷五〇）

⑭「蘭腰」二句：宋玉《笛賦》：「延長頸，奮玉手。」（《藝文類聚》卷四四）《譯注》引魏曹植《洛神賦》：「華容婀娜，令我忘飡。」（《文選》卷一九）梁何子朗《和虞記室騫古意》：「清鏡對蛾眉，新花映玉手。」（《玉臺新詠》卷五）

⑮「三危」二句：三危：傳説中的仙山。《山海經・西山經》：「又西二百二十里，曰三危之山，三青鳥居之。」晉陶淵明《讀山海經》詩之五：「朝爲王母使，暮歸三危山。」（《陶淵明集》卷四）九折：《焦氏易林》卷一：「羊腸九縈。」陳江總《并州羊腸阪》：「三春別帝鄉，五月度羊腸。」（《文苑英華》卷二八九）《楚辭・大招》：「西薄羊腸，東窮海只。」《譯注》引北周王褒《贈周處士》：「峭曲三危阻，關重九折難。」（《藝文類聚》卷三六）

以上三十四句十七韻，下平聲十陽韻（芳、觴、梁、翔、裝、鴦、長、鄉、鏘、腸）與十一唐韻（黄、崗、光、廊、昂、崗），唯有第二聯「紅」爲上平聲一東韻。

鳴鳩振羽，嘇雁番歸〔一〕①。　風飄芍藥〔二〕，日照薔薇〔三〕②。野望。

嬌同漢婦，態若湘妃〔四〕③。美人。

朝悲鳳幕，夜泣鸞帷④。閨怨。

良人惆默，賤女歔欷⑤。送別。

娼人過漢〔五〕，蕩婦桑媒⑥。寓目。

房櫳夜泣〔六〕，洞户朝悲⑦。閨怨。

持花夕返，採蕊朝歸〔七〕⑧。蠶婦。

孤眠繡帳，獨寢羅幃〔八〕⑨。閨怨。

顔同趙燕〔九〕，面似西施〔一〇〕⑩。美人。

裙開鳳轉〔一一〕，袖動鸞飛⑪。美人。

登山意亂〔一二〕，入谷心疑。山行〔一三〕。

稚兒荷蓧，織女鳴機⑫。田家。

尋山採蕨，亘野收薇⑬。田家。

啼淹武服，泣爛戎衣⑭。從戎〔一四〕。

紅桃似頰，碧柳如眉⑮。遊園。

萍開舊沼，藕發新泥⑯。遊池。

黄禽命駕，紫燕相隨⑰。寓目。

丹桃曄曄，緑竹猗猗⑱。遊池〔一五〕。

觀魚引詠，視鳥興詩⑲。同上〔一六〕。

桃蹊遺爵，菊浦酬卮⑳。園醼。

風光紫闕，日曜丹墀㉑。同上〔一七〕。

新梅婀娜，嫩柳逶迤〔一八〕㉒。

宜男窈窕〔一九〕，少女參差㉓。芳草。

龍城馬倦，雁塞人疲㉔。從戎。

通情荳蔻〔二〇〕，寄意相思〔二一〕㉕。美人。

雲從浪覆，日逐波欹㉖。

由來廣額〔二二〕，本自長眉㉗。美人。

君心易改，妾意難移㉘。美人〔二三〕。

【校記】

〔一〕「嗲」，維寶箋本加地哲定校：「恐『唳』字之省訛歟。」「番」，維寶箋本加地哲定校：「『翻』歟。」

〔二〕「芍」，原作「苟」，三寶、高乙、六寺本同，原眉注「芍イ」，六寺本同，據江户刊本、維寶箋本改。

〔三〕「薔薇」，原作「牆微」，三寶本欄眉，江户刊本、維寶箋本旁注「薔薇イ」，據六寺本改。

〔四〕「湘妃」，正丙本左旁注「堯女也」。

〔五〕「娼人」，醍乙、江户刊本、維寶箋本作「唱歌」。「過漢」，《校注》：「『過漢』二字不詞，疑是『遭歎』之誤，然不能輒定也。」

〔六〕「櫳」，原眉注「籠イ」，三寶、寶龜、六寺本作「籠」。

〔七〕「蕊」下原注「葉」，成簣堂、三寶、高甲、高乙本同，六寺本右旁注「葉」。

〔八〕「幃」，原旁注「帷」，高甲、寶龜本作「帷」。

〔九〕「趙燕」，原右旁注「女名也」，三寶本同，松本、江户刊本、維寶箋本作「趙鷰」。

〔一〇〕「西施」，三寶本右旁注「同（女名）也」。

〔一一〕「鳳」，原作「風」，右旁注「鳳」，據成簣堂、三寶等本改。

〔一二〕「山」，三寶本作「人」，朱筆眉注「山」。

〔一三〕「裙開鳳轉袖動鸞飛美人登山意亂入谷心疑山行」，周校、《校注》本無。

〔一四〕二「戎」字，松本、江户刊本、維寶箋本作「戍」。

〔一五〕「遊池」，原無，成簣堂、三寶、高甲、高乙、寶龜、六寺本同，據醍乙、江户刊本、維寶箋本補。

〔一六〕「同上」，原無，成簣堂、三寶、高甲、高乙、寶龜、六寺本同，據醍乙、江户刊本、維寶箋本補。

〔一七〕「同上」，原無，成簣堂、三寶、高甲、高乙、寶龜、六寺本同，據醍乙、江户刊本、維寶箋本補。

〔一八〕「嫩」，原作「嬾」，成簣堂本同，據三寶、高甲、高乙等本改。

〔一九〕「宜男」，原右旁注「草名」，三寶、高甲、寶龜、六寺、江户刊本、維寶箋本同。

〔二〇〕「荳蔻」，三寶本右旁注「徒構反生南海如姜子蓮也」，寶龜、六寺本旁注「生南海如姜子」，醍乙本左旁注「菓」。

〔二一〕「意」，原作「思」，三寶、六寺本右旁注「思亻」，據成簣堂、三寶等本改。「相思」，原右旁注「木名也」，成簣堂、三寶、六寺、醍乙本同。

〔二二〕「由來」至「移美人」二十字，寶龜本在「龍城」二句和「通情」行之間。

〔二三〕維寶箋本箋文後有題記「文鏡秘府論箋卷第五終／享保二十一年丙辰夏四月二十七日殺青訖／沙門維寶馳毫於蓮金教院／隆勒寫之物也」。享保二十一年爲公元一七三六年。

【考釋】

①「鳴鳩」二句：《詩・小雅・小宛》：「宛彼鳴鳩，翰飛戾天。」《詩・豳風・七月》：「六月莎鷄振羽。」《禮記・月令》：「季春之月……鳴鳩拂其羽。」嘇：維寶箋：「口含物曰嘇。曰雁含蘆也。」晉拂舞歌詩《白鳩篇》：「皎皎鳴鳩，或丹或黄，樂我君惠，振羽來翔。」（《晉書・樂志》）《譯注》引梁劉孝綽《賦得始歸雁》：「洞庭春水緑，衡陽旅雁歸。」（《藝文類聚》卷九一）

②「風飄」二句：《譯注》引劉宋王薇《芍紅賦》：「翕光液而發藻兮，颺風暉而振秀。」（《藝文類聚》卷八一）梁簡文帝《賦得薔薇》：「迴風舒紫萼，照日吐新芽。」（《藝文類聚》卷八一）

③「嬌同」二句：漢婦：即漢女。晉左思《吴都賦》：「載漢女於後舟。」（《文選》卷五）李周翰注：「漢女，漢水之神女也。」湘妃：湘水女神。魏曹植《洛神賦》：「從南湘之二妃，攜漢濱之二女。」（《文選》卷一九）

④「朝悲」二句：《譯注》引晉潘岳《内顧詩》：「夜愁極清晨，朝悲終日夕。」（《藝文類聚》卷三二）

⑤「良人」二句：《譯注》引梁武帝《襄陽白銅鞮歌》：「含情不能言，送別霑羅衣。」（《玉臺新詠》卷一〇）

⑥「娼人」二句：桑媒：男女桑間濮上之幽會。《漢書・地理志》：「衛地有桑間濮上之阻，男女亦亟聚會，聲色生焉。」維寶箋引《列子・説符》：「鄰之人有送其妻適私家者，道見桑婦，悦而與言，然顧視其妻，亦有招之者矣。」

⑦「房櫳」二句：漢班婕妤《自悼賦》：「房櫳虚兮風泠泠。」（《漢書·外戚傳》）《譯注》引梁元帝《詠秋夜》：「秋夜九重空，蕩子怨房櫳。」（《玉臺新詠》卷七）

⑧「持花」二句：古樂府《陌上桑》：「羅敷喜蠶桑，採桑城南隅。」（《樂府詩集》卷二八）

⑨「孤眠」二句：《譯注》引梁范雲《閨思》：「春草醉春煙，深閨人獨眠。」（《先秦漢魏晉南北朝詩·梁詩》卷二）梁劉孝威《獨不見》：「獨寢鴛鴦被，自理鳳凰琴。」（《梁劉孝威集》，《漢魏六朝百三家集》卷九八）

⑩「顏同」二句：趙燕：漢美女趙飛燕，體輕能掌上舞。西施：越美女。

⑪「裙開」二句：維寶箋引晉傅玄《却出東門行》：「進如翔鸞飛。」（《傅玄集》）《譯注》引梁沈約《八詠·臨春風》：「開燕裾，吹趙帶，趙帶飛參差，燕裾合且離。」（《玉臺新詠》卷九）晉傅玄《有女篇·艷歌行》：「百兩盈中路，起若鸞鳳翔。」（《玉臺新詠》卷二）

⑫「稚兒」二句：晉陶淵明《歸去來兮辭》：「僮僕歡迎，稚子候門。」（《陶淵明集》卷五）《論語·微子》：「子路從而後，遇丈人以杖荷蓧。」梁蕭紀《和湘東王夜夢應令》：「昨夜夢君歸，賤妾下鳴機。」（《玉臺新詠》卷七）

⑬「尋山」二句：《詩·召南·草蟲》：「陟彼南山，言采其蕨。」「陟彼南山，言采其薇。」《詩·小雅·采薇》：「采薇采薇，薇亦柔止。」魏嵇康《幽憤詩》：「采薇山阿，散髮巖岫。」（《嵇康集校注》卷一）

⑭「啼淹」二句：《譯注》引漢王粲《從軍詩五首》其五：「客子多悲傷，淚下不可收。」（《文選》卷二

七）

⑮「紅桃」二句：《譯注》引劉宋謝靈運《從遊京口北固應詔》：「原隰荑緑柳，墟囿散紅桃。」（《文選》卷二二）又梁元帝蕭繹《樹名詩》：「柳葉生眉上，珠璫摇鬢垂。」（《藝文類聚》卷五六）梁劉遵《繁華應令》：「鮮膚勝粉白，慢臉若桃紅。」（《玉臺新詠》卷八）

⑯「萍開」二句：《譯注》引南齊王儉《春詩》：「蘭生已匝苑，萍開欲半池。」（《初學記》卷三）

⑰「黄禽」二句：黄禽：既言命駕，又與下句對應，當是駿馬名。紫燕：古代駿馬名。《西京雜記》卷二：「文帝自代還，有良馬九匹，皆天下之駿馬也。……一名紫燕騮。」（《漢魏六朝筆記小説大觀》）劉宋顔延之《赭白馬賦》：「將使紫燕駢衡。」（《全上古三代秦漢三國六朝文·全宋文》卷三六）

⑱「丹桃」二句：《詩·周南·桃夭》：「桃之夭夭，灼灼其華。」《詩·衛風·淇奥》：「瞻彼淇奥，緑竹猗猗。」毛傳：「猗猗，美盛貌。」漢班固《西都賦》：「蘭茝發色，曄曄猗猗。」（《文選》卷一）吕向注：「猗猗，美貌……言草樹花色美盛。」劉宋謝惠連《秋胡行》：「紅桃含妖。」（《藝文類聚》卷四一）

⑲「觀魚」二句：《左傳》隱公五年：「公將如棠觀魚者。」漢崔駰《大將軍臨洛觀賦》：「臨軒檻以觀魚。」（《漢崔駰集》，《漢魏六朝百三家集》卷一二）

⑳「桃蹊」二句：《史記·李將軍列傳》：「諺曰『桃李不言，下自成蹊』。」菊浦：即菊水，在今河南内鄉，傳説飲其水長壽。北魏酈道元《水經注·湍水》：「湍水又南，菊水注之……云此谷之水土，餐挹長年。」《譯注》引唐李白《憶崔郎中宗之遊南陽遺吾孔子琴撫之潸然感舊》：「時過菊潭上，縱酒無休歇。」

（《李白集校注》卷二二）

㉑「風光」二句：北周庾信《擬詠懷二十七首》其二十二：「日色臨平樂，風光滿上蘭。」（《庾子山集注》卷三）

㉒「新梅」二句：《譯注》引晉陸雲《失題詩》：「庭槐振藻，園桃阿那。」（《陸雲集》卷二）唐孟浩然《宴張記室宅》：「妓堂花映發，書閣柳逶迤。」（《全唐詩》卷一六〇）

㉓「宜男」二句：宜男：魏曹植《宜男花頌》：「草號宜男，既曄且貞。」（《藝文類聚》卷八一）梁元帝《宜男草詩》：「可愛宜男草，垂采映倡家。何時如此葉，結實復含花。」（同上）少女：指西風。《三國志·魏書·管輅傳》「共爲歡樂」裴松之注引《管輅別傳》：「樹上已有少女微風，樹間又有陰鳥和鳴。」梁劉孝威《和皇太子春林晚雨詩》：「電舒長男氣，枝摇少女風。」（《藝文類聚》卷二）北周庾信《傷心賦》：「風無少女，草不宜男。」（《庾子山集注》卷一）《詩·周南·關雎》：「參差荇菜，左右流之。」

㉔「龍城」二句：龍城：漢時匈奴地名。《漢書·匈奴傳》：「歲正月，諸長小會單于庭，祠。五月，大會龍城，祭其先、天地、鬼神。」梁簡文帝《隴西行》：「月暈抱龍城，星流照馬邑。」（《藝文類聚》卷四一）雁塞：北方邊塞。唐楊烱《原州百泉縣令李君神道碑》：「山連雁塞，野接龍坰。」（《全唐文》卷一九四）《譯注》引陳張正見《從軍詩》：「雁塞秋聲遠，龍沙雲路迷。」（《藝文類聚》卷五九）

㉕「通情」二句：荳蔻：南方生草名，常用以喻少女。相思：即相思樹。《譯注》引梁簡文帝《春別詩》：「別觀蒲萄帶實垂，江南荳蔻生連枝。無情無意又如此，有心有恨徒別離。」（《藝文類聚》卷三二）

梁武帝《歡聞歌》：「南有相思木，合影復同心。」（《樂府詩集》卷四五）

㉖「雲從」二句：梁徐昉《賦得觀浪》：「雲容雜浪起，楚水漫吴流。」（《藝文類聚》卷九）陳徐陵《詠日華》：「時從高浪歇，乍逐細波移。」（《初學記》卷一）

㉗「由來」二句：晉左思《嬌女詩》：「鬢髮覆廣額，雙耳似連璧。」（《玉臺新詠》卷二）梁丘遲《答徐侍中爲人贈婦》：「長眉横玉臉，皓腕卷輕紗。」（《玉臺新詠》卷五）

㉘「君心」二句：《近代吴歌九首·冬歌》：「我心如松柏，君心復何似。」（《玉臺新詠》卷一〇）《譯注》引漢徐幹《室思》：「重新而忘故，君子所尤譏。寄身雖在遠，豈忘君須臾。」（《玉臺新詠》卷一）維寶箋引《古詩爲焦仲卿妻作》：「守節情不移。」（《玉臺新詠》卷一）

以上五十八句二十九韻，上平聲五支（施、隨、猗、卮、迤、差、疲、攲、移）與六脂（帷、悲、眉、墀、眉）、七之（疑、詩、思）、八微（歸、薇、妃、欷、幃、飛、機、衣）通押。據王力《南北朝詩人用韻考》，劉宋謝靈運等有脂、之、微、齊、灰通用之例。

夏　意〔一〕

煙雲夕卷，火霧朝開①。招涼入苑，避暑登臺〔二〕②。遊園。

臨池命盞，入水呼盃③。池醼。風揉翠柳〔三〕④，月灼芳梅。遊園。

單紗夜翦，輕縠朝裁〔四〕。妓女。

尋風照灼，逐水徘徊⑥。遊池〔六〕。

朱霞東起，赤日西頹⑧。日晚。

松禽風響，柏鳥聲哀〔七〕。山行。

榴觴滿榼〔八〕，菊酒盈盃⑪。對飲〔九〕。

同酣嘗鳳髓，共乳龍胎⑬。貴席。

湯風乍舉〔五〕，炎氣翻來⑤。焰氣。

浮瓜百隻，沈李千枚⑦。

飄風蝶起，拂水蓮開⑨。遊園。

愁心叵却，眼淚難裁⑩。閨怨。

酬觴玉德，獻雅金才〔一〇〕⑫。敘觴〔一一〕。

時登水殿，或上風臺⑭。避暑。

【校記】

〔一〕「夏意」右維寶箋本有卷首「文鏡秘府論箋卷第六/金剛峰寺密禪沙門維寶編輯」。

〔二〕「暑」，原作「署」，三寶、高甲、高乙本同，據成簣堂、六寺本改。

〔三〕「捼」，六寺本左旁注「萑也」。

〔四〕「輕」，松本、醍乙、江户刊本、維寶箋本作「羅」。

〔五〕「湯」，三寶、松本、江户刊本、維寶箋本作「陽」。《校勘記》：「陽風，湯風。『湯』为是。」

〔六〕「池」，江户刊本、維寶箋本作「地」。

〔七〕「聲」，松本、醍乙、江户刊本、維寶箋本作「散」。
〔八〕「榼」，六寺本左旁注「桶也」，眉注「漿亻」。
〔九〕「對飲」，醍乙、江户刊本、維寶箋本作「對酒」。
〔一〇〕「雅」，三寶、六寺本作「邪」，三寶本右旁注「雅」，原訓「サカヅキ」，成簣堂、三寶、六寺本同。
〔一一〕「叙觴」，原作「叙觸」，成簣堂、三寶、六寺、松本、醍乙、江户刊本、維寶箋本同，據高甲本改。

【考釋】

①「煙雲」二句：《譯注》引梁任昉《苦熱》：「旭旦煙雲卷，烈景入東軒。」（《藝文類聚》卷五）維寶箋引杜甫《多病執熱奉懷李尚書》：「奇峰硉兀火雲升。」（《杜詩詳注》卷二一）

②「招涼」二句：維寶箋：「潘岳《關中記》曰：『桂宫一名甘泉，作迎風觀寒露臺以避暑。』」魏曹丕《戒盈賦》：「避暑東閣，延賓高會。」（《魏文帝集》，《漢魏六朝百三家集》卷二四）梁劉孝威《行幸甘泉宫歌》：「漢家迎夏畢，避暑甘泉宫。」（《梁劉孝威集》，《漢魏六朝百三家集》卷九八）

③「臨池」二句：梁劉孝威《奉和逐涼》：「倚巖欣石冷，臨池愛水涼。」（《藝文類聚》卷五）維寶箋：「《典略》曰：『劉松與袁紹，河朔三伏之際，晝夜酣飲，至於無知，以避一時之暑，故河朔有避暑飲。』」《譯注》引梁徐摛《夏詩》：「此時避炎熱，清樽獨未空。」（《初學記》卷三）

④捼：挼搓。

⑤「湯風」二句：《譯注》引漢王粲《大暑賦》：「仰庭槐而嘯風，風既至而如湯。」（《藝文類聚》卷五）梁簡文帝《苦熱行》：「滂沱汗似鑠，微靡風如湯。」（同上）魏繁欽《暑賦》：「大火飄光，炎氣酷烈。」（同上）

⑥「尋風」二句：《譯注》引梁劉孝威《奉和逐涼》：「鍾鳴夜未央，避暑起徬徨。」（《藝文類聚》卷五）

⑦「浮瓜」二句：魏曹丕《與吴質書》：「浮甘瓜於清泉，沈朱李於寒水。」（《文選》卷四二）《譯注》引《開元遺事》：「唐都人，伏天於風亭水榭，雪檻冰盤，浮瓜沈李，流杯曲沼，通夕而罷。」（《淵鑒類函》卷一九，中國書店一九八五年）

⑧「朱霞」二句：維寶箋引隋薛道衡《夏晚》：「流火稍西傾。」（《薛道衡集》）《譯注》引魏曹丕《芙蓉池作》：「丹霞夾明月，華星出雲間。」（《文選》卷二二）劉宋謝靈運《南樓中望所遲客》：「杳杳日西頽，漫漫長路迫。」（《文選》卷三〇）

⑨「飄風」二句：《譯注》引梁簡文帝《詠蛺蝶》：「翠鬣藏高柳，紅蓮拂水衣。復此從風蝶，雙雙花上飛。」（《藝文類聚》卷九七）梁房篆《金樂歌》：「春風散輕蝶，明月映新蓮。」（《樂府詩集》卷七四）

⑩「愁心」二句：南齊謝朓《離夜》：「翻潮尚知限，客思眇難裁。」（《謝宣城集校注》卷四）《譯注》引梁范静妻沈氏《晨風行》：「循帶易緩愁難却，心之憂兮亘銷鑠。」（《樂府詩集》卷六八）

⑪「榴觴」二句：《譯注》引梁元帝《詠石榴》：「西域移根至，南方釀酒來。」（《藝文類聚》卷八六）菊酒：即菊花酒。《西京雜記》卷三：「九月九日，佩茱萸，食蓬餌，飲菊華酒，令人長壽。菊華舒時，並採莖葉，雜黍米釀之，至來年九月九日始熟，就飲焉，故謂之菊華酒。」菊花酒當是秋之意，可能爲與「榴觴」對

文而用之。

⑫「酬觴」二句：三寶、宮内廳本等訓「雅」字爲「サカヅキ」，日語「サカヅキ」意爲「酒器」之意，與上句「觴」對文，三寶院本等訓解是。 雅爲古酒器名，魏曹丕《典論・酒誨》：「荆州牧劉表，跨有南土，子弟驕貴，並好酒，爲三爵，大曰伯雅，次曰仲雅，小曰季雅。」（《太平御覽》卷四九七）

⑬「同酣」二句：鳳髓龍胎，並指珍奇美味。 梁吴均《採藥大布山》「玉壺白鳳肺，金鼎青龍胎。」（《吴均集》，《漢魏六朝百三家集》卷一〇一）

⑭「時登」二句：《水經注・瀔水》：「北堂水殿，煙寺相望。」梁沈約《郊居賦》：「風臺累翼，月榭重楯。」（《梁書・沈約傳》）《譯注》引晉潘岳《在懷縣作》：「揮汗辭中宇，登城臨清池。」（《文選》卷二六）梁柳惲《獨不見》：「別島望風臺，天淵臨水殿。」（《玉臺新詠》卷五）

以上三十二句十六韻，上平聲十五灰（盃、梅、徊、枚、頹）與十六咍（開、臺、裁、來、哀、才、胎）通押。

三桃宜獻，五柳堪酬①。望人。　　峌山我愛，洛浦君求②。神女〔一〕。

移床就沼，改幕依流③。　　蘭池遜遁，金谷周遊④。遊園〔二〕。

長宵繾綣，永夜綢繆。美人。　　胡城足怨，隴幕多愁⑤。客怨。

分桃入寵，割袖爲儔⑥。美人。　臨池顧影，就水搔頭⑦。美人。

終輕七貴，焉重五侯⑧。逸仕〔三〕。　顰眉造態〔四〕，雹粉佯羞〔五〕⑨。美人。

【校記】

〔一〕「神女」，正丙本無。

〔二〕「遊園」，醍乙本作「遊怨」。

〔三〕「逸仕」，寶龜本作「逸士」，醍乙、江户刊本、維寶箋本作「逸人美人」。《校勘記》：「五侯美人逸仕，『逸士』爲是。」

〔四〕「態」，高甲、高乙、寶龜本作「熊」。

〔五〕「佯」，三寶、江户刊本、維寶箋本作「祥」，醍乙本作「伴」，寶龜本作「伊」。

【考釋】

①「三桃」二句：三桃：《漢武故事》：「西王母遣使……又致三桃，曰：食此可得極壽。」（《漢魏六朝筆記小説大觀》）五柳：晉陶淵明自號，作《五柳先生傳》以自況：「宅邊有五柳樹，因以爲號焉。」（《陶淵明集》卷六）

②「巠山」二句：巠山：即巫山。巫山神女故事，見宋玉《高唐賦》（《文選》卷一九）。洛：即洛水。洛水之神宓妃，伏犧氏之女，魏曹植《洛神賦》有虛構描寫。梁武帝《戲作》：「宓妃生洛浦，遊女出漢陽。」（《玉臺新詠》卷七）《譯注》引梁江淹《休上人怨别》：「相思巫山渚，悵望雲陽臺。」（《玉臺新詠》卷五）晉陸機《前緩聲歌》：「宓妃興洛浦，王韓起太華。」（《文選》卷二八）

③「移床」二句：《譯注》引北周庾信《結客少年場行》：「隔花遥勸酒，就水更移牀。」（《庾子山集注》卷五）維寶箋引晉陶淵明《歸去來兮辭》：「臨清流而賦詩。」（《陶淵明集》卷五）

④「蘭池」二句：魏嵇康《酒會詩》：「藻氾蘭池，和聲激朗。」（《嵇康集校注》卷一）維寶箋引晉傅玄《秋蘭篇》：「秋蘭蔭玉池，池水清且芳。」（《玉臺新詠》卷二）《校注》引潘岳《西征賦》：「蘭池、周曲。」（《文選》卷一〇）李善注：「《三輔黄圖》曰：『蘭池觀在城外。』《長安圖》曰：『周氏曲，咸陽東南三十里，今名周氏陂，陂南一里，漢有蘭池宫。』」《譯注》：「蘭池，秦始皇引渭水而作的池。」金谷：晉石崇别墅，士人常在此遊宴，晉潘岳有《金谷集作詩》（《文選》卷二〇）。

⑤「胡城」二句：唐楊師道《隴頭水》：「隴頭秋月明，隴水帶關城。笳添離别曲，風送斷腸聲。」（《樂府詩集》卷二一）《譯注》引梁沈約《望秋月》：「昭姬泣胡殿，明君思漢宫。」（《玉臺新詠》卷九）《隴頭歌辭》：「隴頭流水，鳴聲幽咽，遥望秦川，心肝斷絶。」（《樂府詩集》卷二五）

⑥「分桃」二句：二句均指男寵之事。梁沈約《懺悔文》：「分桃斷袖，亦足稱多。」（《廣弘明集》卷二八）分桃：《韓非子·説難》：「昔者彌子瑕有寵於衛君……與君遊於果園，食桃而甘，不盡，以其半啗君。

君曰：『愛我哉！忘其口味，以啗寡人。』」割袖：《漢書·佞幸傳》：「（董賢）常與上卧起。嘗晝寢，偏藉上袖，上欲起，賢未覺，不欲動賢，乃斷袖而起。其恩愛至此。」

⑦「臨池」二句：《後漢書·南匈奴傳》：「昭君豐容靚飾，光明漢宫，顧景裴回，竦動左右。」《三國志·魏書·何晏傳》注引《魏略》：「晏性自喜，動静粉白不去手，行步顧影。」《西京雜記》卷二：「武帝過李夫人，就取玉簪搔頭。自此後，宫人搔頭皆用玉。」《後漢書·李固傳》：「固獨胡粉飾貌，搔頭弄姿。」

⑧「終輕」二句：晉潘岳《西征賦》：「窺七貴於漢庭。」（《文選》卷一〇）李周翰注：「漢庭七貴，吕、霍、上官、丁、趙、傅、王，並后族也。」劉宋鮑照《數詩》：「五侯相餞送，高會集新豐。」（《文選》卷三〇）李善注：「《漢書》曰：成帝悉封舅王譚、王立、王根、王逢、王商，時爲列侯，五人同日封，故世謂五侯。」又，漢梁冀擅權時亦封其子等爲五侯，漢桓帝時封宦官爲五侯，此泛指達官顯宦。唐李白《流夜郎贈辛判官》：「昔在長安醉花柳，五侯七貴同杯酒。」（《李白集校注》卷一一）

⑨「顰眉」二句：《譯注》引梁武陵王《同蕭長史看妓》：「迴羞出慢臉，送態入顰蛾。」（《玉臺新詠》卷七）《校勘記》：「雹粉，『雹』爲『撲』音訛？」《校注》：「『雹』，當即『攩』之俗别字。《文選》二張平子《西京賦》：『流鏑攩攥。』薛綜注：『攩攥，中聲也。』攩，音普麥反，音義與撲相近，攩粉即撲粉也。《孟姜女變文》：『姜女自雹哭黄天。』蔣礼鴻《敦煌變文字義通釋》云：『自雹就是《大目乾連冥間救母變文》「遂乃舉身自撲」的「自撲」。《齖䶗書》：「雹釜打鐺。」「雹釜」就是撲釜。』則是『雹』爲唐人習用字也。」

以上二十句十韻，下平聲十八尤（酬、求、流、遊、愁、儔、羞）與十九侯（頭、侯）及二十幽（繆）通押。

江邊亂蒲〔一〕，溪上迷紅〔二〕。美人。
天開龍日，海放魚風①。寓目。

追涼上苑，避暑幽宮②。避暑〔三〕。
觀魚濠上，眺美桑中③。寓目。

閑門耿耿，寂帳忡忡④。有懷。
朝看列缺，暮望豐隆〔四〕⑤。雨貌。

雲從土馬，水逐泥牛⑥。雨貌。
元輕别鵲〔五〕，本謝蜩蟲⑦。謙短。

金聲漏盡，玉潤番終〔六〕⑧。傷情。
芳涼易竭〔七〕，玉井先窮〔八〕⑨。傷遊〔九〕。

秦庭奮猛。漢室馳雄⑩。
先持寶劍，却挽烏弓⑪。

平生好怒，立性從戎。
才非白馬，智鬭青牛〔一〇〕⑫。謙短。

【校記】

〔一〕「蒲」，原作「浦」，成簣堂、三寶、高甲、高乙本同，據醍乙、江户刊本、維寶箋本改。《校注》以意作「淥」。

〔二〕「溪」，原作「漠」，三寶、高乙、寶龜、六寺本同，成簣堂、醍乙本作「漢」，據江户刊本、維寶箋本改。「紅」，原作「江」，成簣堂、六寺本同，六寺本眉注「紅イ」，據江户刊本、維寶箋本改。

〔三〕二「暑」字，原均作「署」，正丙本同，據成簣堂、三寶等本改。

〔四〕「隆」，原作「降」，成簣堂、高乙、寶龜、正丙本同，據三寶、高甲等本改。

〔五〕「鵲」，原左旁注「鶴亻」，高甲、寶龜本作「鶴」。

〔六〕「潤」，三寶本作「閏」，通「潤」，六寺本作「閨」。

〔七〕「竭」，《校注》：「『竭』，疑當作『歇』。」

〔八〕「玉井」，《校注》：「『玉井』，疑當作『甘井』。」

〔九〕「傷遊」，《校勘記》：「傷遊，疑『傷逝』之誤。」《校注》：「『遊』，疑當作『逝』。《世説》有《傷逝》篇。」

〔一〇〕「鬪」，《校注》本作「闕」。

【考釋】

①「天開」二句：《楚辭·天問》：「日安不到，燭龍何照？」王逸章句：「言天之西北，有幽冥無日之國，有龍銜燭而照之也。」維寶箋：「龍日，《山海經》曰：『鐘山之神，名曰燭陰，視爲晝，瞑爲夜，吹爲冬，呼爲夏，身長千里，人面蛇身，赤色，又名燭龍。天不足西北，無陰陽消息，故有龍銜火精，照天門。』魚風，李賀詩：『鯉魚風起芙蓉老。』簡文帝詩：『塵散鯉魚風。』九月風曰鯉魚風。」盛江案：鯉魚風爲九月之秋風，非夏意。《莊子·逍遥遊》言北冥有魚，其名爲鯤，化而爲鵬，海運則將徙於南冥，九萬里則風斯在下。疑此處之「海放魚風」，即指鯤鵬海運之風。

②「追涼」二句：梁庾肩吾《和晉安主簿晚逐涼北樓迴望》：「向夕紛喧屏，追涼飛觀中。」（《藝文類

聚》卷二八)《譯注》引隋李德林《夏日》:「夏景多煩蒸,山水暫追涼。」(《初學記》卷三)梁王僧孺《侍宴》:「回輿避暑宫,下輦迎風館。」(《藝文類聚》卷三九)維寶箋引梁簡文帝詩:「避暑高梧側。」(《梁簡文帝集》,《漢魏六朝百三名家集》卷八三)

③「觀魚」二句:《莊子·秋水》:「莊子與惠子遊於濠梁之上,莊子曰:『儵魚出遊從容,是魚之樂也。』」梁簡文帝《石橋》:「惠子臨濠上,秦王見海神。」(《藝文類聚》卷九)《詩·鄘風·桑中》:「云誰之思,美孟姜矣。期我乎桑中,要我乎上宫,送我乎淇之上矣。」梁劉孝綽《淇上戲蕩子婦》:「桑中始奕奕,淇上未湯湯。美人要雜佩,上客誘明璫。」(《梁劉孝綽集》,《漢魏六朝百三家集》卷九六)

④「閑門」二句:《詩·邶風·柏舟》:「耿耿不寐,如有隱憂。」《詩·召南·草蟲》:「未見君子,憂心忡忡。」

⑤「朝看」二句:列缺:閃電。豐隆:傳説中雷神。漢司馬相如《大人賦》:「貫列缺之倒景兮,涉豐隆之滂沛。」(《史記·司馬相如列傳》)裴駰集解引《漢書音義》:「列缺,天閃也。」《楚辭·離騷》:「吾令豐隆乘雲兮,求宓妃之所在。」《淮南子·天文訓》:「季春三月,豐隆乃出,以將其雨。」高誘注:「豐隆,雷也。」

⑥「雲從」二句:維寶箋:「土馬,宋永初《山川記》:『鄱陽長壽山,山形似馬,白雲出於鞍中,不崇朝而雨。』」《譯注》:「土馬,未詳。或許是祈雨用的土龍。」「泥牛,顧微《廣州記》曰:『鬱林郡山東南有池,池有石牛,歲旱,百姓殺牛祈雨,以牛血和泥,泥石牛背,祠畢天雨,洪注洗牛背,泥盡即晴。』(《初學記》

卷二）」

盛江案：謂土馬爲土龍純屬推測，未有材料可證明土馬爲土龍。又，《山川記》所言爲像馬之山（「山形似馬」），並非土馬；是「白雲出於鞍中」，而非「雲從土馬」。所謂「雲從土馬」，由「從」字語意及與下句「水逐泥牛」之「逐」字相對稱觀之，應是雲追隨、追從土馬，而非馬中出雲，更非鞍中出雲。故而引《山川記》以釋「雲從土馬」不確。

日本考古出土之文物中，有一種土製馬形。自江户時藤貞幹《集古圖》、明治時松浦武四郎《撥雲餘興》開始記載此種考古發現（參日本小田富士雄、真野和夫《土馬》，載《神道考古學講座》第三卷，日本雄山閣一九八三年二版），近年日本考古學界有不少專著、論文記述、研究此種出土土馬。除北海道和東北地區之外，日本之關東、中部、近畿、四國、九州等絶大部分縣（府、都）均出土有土馬。甚至作爲日本古墳時代文化象徵、被譽爲日本金字塔的日本特有之前方後圓墳亦出土有「土馬」（如譽田陵、仁德陵和黑姬山古墳，參梅原末治《河内發現的土馬》，日本《考古學雜誌》四卷十二號，一九一四年，森浩一《子持勾玉的研究》，日本《古代學研究》創刊號，一九四九年）。日本古文獻亦多處記述過「土馬」。如《肥前國風土記》佐嘉郡條：「郡西有川，名曰佐嘉川。……此川上有荒神，往來之人，生半殺半，於兹縣主等祖大荒田占問，於時有土蜘蛛大山田女狹山田女，二女子云：取下田村之土，作人形馬形，祭祀此神，必有應和。大荒田即隨其辭祭此神，神歆此祭，遂應和之。」（《日本古典文學大系》，岩波書店一九五八年）此處所言之「馬形」，當即現代考古發現之土製馬形。《皇太神宫儀式帳》「荒祭宫正殿遷奉時」有「青毛土馬一疋，高一尺，鞍立髮金飾」；「月瀆宮遷奉」有「青毛土馬一疋，高一尺，鞍立髮金飾，在東一殿」；「瀧原宮遷奉時」有「青毛土馬一疋，高一尺，鞍立髮金飾」（《新校群書類從》第一卷神祇部，日本内外書籍株式會社一九三八年再版）。《日本書紀》卷一四，雄略天皇九年（四五六）秋七月條記述伯孫換馬之故事：「其乘駿者知伯孫所欲，仍停換馬，相辭取别。伯孫得駿甚歡，驟而入廄，解鞍秣馬眠之。其明旦，赤駿變爲土馬。伯孫心異之，還覓譽田陵，乃見驄馬在於土馬之間。取而代之置所換土馬也。」（《新訂增補國史大系》，日本吉川弘文館一九八一年）均明確出現「土馬」一詞。據日本考古學界考證，出土土馬年代在五至八世紀末（參日本平凡社一九九三年版《日本史大事典》五册二三四頁）。出現「土馬」一詞日本古文獻之年代，亦有數種在大同元年（八〇六）之前，且均爲有重要影響帶根本史料性質之文獻。日本平安時代（七九四—一一九二）以前，無論文獻記載之馬，抑或已出土之土製馬形，多與雨、水有關。自文武天皇三年（六九八）至光孝天皇仁和三年（八八七）之一百九十年間，獻馬祈雨祈止雨記於國史者有三十七次，其中天旱祈雨二十二次，日本古代祈雨多在夏天（參《續日本紀》、《日本續紀》、《續日本後紀》、《文德實録》、《日本三代實録》，《新訂增補國史大系》，日本吉川弘文館一九八一年）。土製馬形出土地點，多在池中、河底、河邊、湖畔、水田或水田邊等一些直接與水有關之處，説明它們與水、雨有關。日本自古以來即以馬爲信仰物，此類馬之信仰又與水靈信仰聯繫一起，以爲馬之毛色變化可以影響天氣雨晴。土馬在平安以前應是祈雨之祭祀信仰物。是知在空海寫《文鏡秘府論》之前、《九意》中出現「土馬」一詞之前，「土馬」一詞於日本古文獻中早已多處出現，以土馬祭祀祈雨在日本已流行四百年，是知「土馬」有一個巨大文化背景。此一巨大文化背景，足以形成一些用語之出典。而在中國，唐以前重要典籍，未發現「土馬」一詞。即使可以找到「土馬」一詞，亦未像日本那樣流行四百年以土馬祭祀祈雨之文化背景。「雲從土馬」爲「雨貌」，且爲「夏意」，此均與日本「土馬」之種種情況相合。它所描寫即當爲日本古代夏旱時以土馬祭神祈雨之情景。夏旱祈雨，極爲靈驗，捧出（或獻上等等）土馬，祭祀祈禱，隨即雲從雨就，正如顧微《廣州記》所記述殺牛祈雨，以牛血和泥，泥石牛背，祠畢天雨，極爲靈驗一樣。「雲從土馬」之「從」爲追從、追逐之意，與後句「水逐泥牛」用「逐」字一樣，均形容雲雨極快而來，祈雨極爲靈驗。「雲從土馬」當爲描寫此類日本古代夏天特有之「雨貌」。此正爲「夏意」中之一意，以土馬祈雨而天雨之意。「土馬」之出典根據當在日本。

當時中國人不可能寫出日本之出典，故而寫出「雲從土馬」一景象之《九意》，其作者更有可能爲日本人（關於「土馬」和《九意》作者之考證，詳參拙稿《關於〈文鏡秘府論〉「九意」的作者》）。

⑦「元輕」二句：別鵠：《莊子・逍遥遊》：「斥鴳笑之曰：『彼且奚適也。我騰躍而上，不過數仞而下，翱翔蓬蒿之間，此亦飛之至也。而彼且奚適也？』」蜩蟲：《莊子・逍遥遊》：「蜩與學鳩笑之曰：『我決起而飛，搶榆枋，時則不至而控於地而已矣。奚以之九萬里而南爲？』……之二蟲又何知？」別鵠、蜩蟲，疑即指《莊子・逍遥遊》所説的斥鴳和蜩。《校注》：「『鵠』，當爲『鴇』之誤，『鶴』、『鴇』古通。」《譯注》以別鵠作別鶴，引晉崔豹《古今注》：「《別鶴操》，商陵牧子所作也。娶妻五年而無子，父兄將爲之改娶，妻聞之，中夜起，倚户而悲嘯。牧子聞之，愴然而悲，乃援琴而歌，後人因爲樂章焉。」又，維寶箋及《譯

注》並以蜩蟲爲彫蟲，引揚雄《法言·吾子》：「或問吾子好賦，然童子彫蟲篆刻，俄而曰：壯夫不爲也。」可備一說。

⑧「金聲」二句：漢班固《東都賦》：「玉潤而金聲。」（《文選》卷一）《禮記·聘義》：「君子比德於玉焉，温潤而澤，仁也。」漏盡：計時的刻漏已盡。番：當指輪值夜的番更。漏盡、番終，均謂夜深或天將曉。梁何遜《西州直示同員》：「漏盡唱聲急，此理復傷人。」（《何遜集校注》）

⑨「芳涼」二句：《莊子·山木》：「直木先伐，甘井先竭。」

⑩「秦庭」二句：晉陶淵明《詠荊軻》：「登車何時顧，飛蓋入秦庭。淩厲越萬里，逶迤過千城。」（《陶淵明集》卷四）

⑪「先持」二句：烏弓：即烏號弓。《淮南子·原道訓》：「射者扜烏號之弓。」

⑫「才非」二句：漢劉向《七略》：「公孫龍持白馬之論以度關。」（《初學記》卷七）《韓非子·外儲説左上》：「兒説，宋人，善辯者也。持『白馬非馬也』服齊稷下之辯者。」《史記·老子韓非列傳》司馬貞索隱引《列異傳》：「老子西遊，關令尹喜望見其有紫氣浮關，而老子果乘青牛而過。」

以上二十八句十四韻，上平聲一東韻（紅、風、宫、中、忡、隆、蟲、終、窮、雄、弓、戎）。第七聯與第十四聯之「牛」屬前一段下平聲尤韻。《譯注》：「這二聯可能爲第二段的錯簡。」

簷前花笑，户外鶯嬌①。　花園命駕，綺殿相招〔一〕②。

彈琴弱腕，妙舞纖腰③。妓女。　興言嗚咽，發語號咷〔二〕④。

歌持越劍，舞拔吴刀⑤。劍騎。　池傍寄意〔三〕，折藕相嫽〔四〕⑥。採蓮。

魚燈晃夜，龍燭明宵⑦。夜飲。　關山迢迢，津路遥遥⑧。遠移。

長安遠遠，白日迢迢〔五〕⑨。　馳輪漢室，策馬胡橋。

終軍棄帛〔六〕，司馬題橋〔七〕⑩。求遷。　心存驥尾，意託鴻毛⑪。求遷。

【校記】

〔一〕「招」，高甲本作「根」。

〔二〕「咷」，三寶本旁注「徒勞反大咲也」，高乙、寶龜本旁注「大咲也」。

〔三〕「傍」，高甲、六寺本作「倚」。盛江案：「池傍」當爲「傍池」，與「折藕」相對。

〔四〕「嫽」，三寶本作「理沼反好貌也」，醍乙本作「燎」。

〔五〕「迢迢」，原眉注「遞」，成簣堂、三寶、六寺本作「遞遞」。

〔六〕「終軍」，原右旁注「人名也」，三寶、高甲本同。「棄」，原作「奇」，寶龜、正丙本同，據成簣堂、三寶等本改。

〔七〕「司馬」，原旁注「人名也」，高甲本同，三寶本右旁注「人姓也」。

【考釋】

①「簷前」二句：唐岑羲《奉和春日幸望春宫應制》：「花笑鶯歌迎帝輦。」（《全唐詩》卷九三）北周王褒《燕歌行》：「初春麗日鶯欲嬌。」（《樂府詩集》卷三二）《譯注》引唐李白《詠槿》：「園花笑芳年，池草艷春色。」（《李白集校注》卷二四）梁元帝《和劉上黄》：「新鶯隱葉囀，新燕向窗飛。」（《玉臺新詠》卷七）維寶箋引唐杜甫《舍弟觀赴藍田取妻子到江陵喜寄三首》之二：「巡簷索共梅花笑。」（《杜詩詳注》卷二一）

②「花園」二句：梁劉孝綽《酬陸長史倕》：「命駕獨尋幽，淹留宿廬阜。」（《梁劉孝綽集》，《漢魏六朝百三家集》卷九六）陳江總《今日樂相樂》：「綺殿文雅遒，玳筵歡趣密。」（《陳江總集》，《漢魏六朝百三家集》卷一〇五）

③「彈琴」二句：北周庾信《烏夜啼》：「彈琴蜀郡卓家女，織錦秦川竇氏妻。」（《庾子山集注》卷五）南齊謝脁《三日侍華光殿曲水宴代人應詔》：「弱腕纖腰，遷延妙舞。」（《謝宣城集校注》卷一）

④「興言」二句：《易·同人卦》九五爻辭：「同人，先號咷而後笑。」晉陸機《感時賦》「撫傷懷以嗚咽，望永路而汎瀾。」（《陸機集》卷一）陳徐陵《在北齊與梁太尉王僧辯書》：「瞻望風雲，朝夕嗚咽。」（《徐陵集》，《漢魏六朝百三家集》卷一〇三）

⑤「歌持」二句：《周禮·冬官·考工記》：「鄭之刀，宋之斤，魯之削，吴粤之劍，遷乎其地而弗能爲良，地氣然也。」吴刀：崔豹《輿服注》曰：「吴太皇帝有寶刀三，一曰百鍊，二曰青犢，三曰滿影。」又《吕氏春秋·行論》：「舜於是殛之於羽山，副之以吴刀。」晉張華《博陵王宫俠曲》之二：「吴刀鳴手中，利劍嚴

秋霜。」（《樂府詩集》卷六七）劉宋鮑照《代白紵舞歌詞四首》其一「吴刀楚製爲佩禕，纖羅霧縠垂羽衣。含商咀徵歌露晞，珠履颯沓紈袖飛。」（《鮑參軍集校注》卷四）

⑥「池傍」二句：維寶箋引北周庾信《和靈法師遊昆明池》：「殘絲繞折藕。」（《庾子山集注》卷五）隋盧思道《採蓮曲》：「擎荷愛圓水，折藕弄長絲。」（《樂府詩集》卷五〇）

⑦「魚燈」二句：魚燈：魚形之燈。龍燭：本指燭龍神所銜之燭，此指龍飾之燭。梁元帝《對燭賦》：「本知龍燭應無偶，復訝魚燈有舊名。」（《藝文類聚》卷八〇）隋薛道衡《和許給事善心戲場轉韻》：「竟夕魚負燈，徹夜龍銜燭。」（《初學記》卷一五）

⑧「關山」二句：《木蘭詩》：「萬里赴戎機，關山度若飛。」（《樂府詩集》卷二五）《譯注》引陳徐陵《關山月》：「關山三五月，客子憶秦川。」（《樂府詩集》卷二三）晉陸機《行思賦》：「背洛浦之遥遥，浮黄川之裔裔。」（《陸機集》卷一）梁何遜《落日前墟望贈範廣州雲》：「遥遥長路遠，寂寂行人疎。」（《何遜集校注》）

⑨「長安」二句：《世説新語·夙惠》：「晉明帝數歲，坐元帝膝上。有人從長安來……因問明帝：『汝意謂長安何如日遠？』答曰：『日遠。不聞人從日邊來，居然可知。』元帝異之。明日集群臣宴會，告以此意，更重問之。乃答曰：『日近。』元帝失色，曰：『爾何故異昨日之言邪？』答曰：『舉目見日，不見長安。』」此用此意。晉陸機《梁甫吟》「冉冉年時暮，迢迢天路徵。」（《陸機集》卷七）

⑩「終軍」二句：《漢書·終軍傳》：「初，軍從濟南當詣博士，步入關，關吏予軍繻。軍問：『以此何

爲？』吏曰：『爲復傳，還當以合符。』軍曰：『大丈夫西遊，終不復傳還。』棄繻而去。」顔師古注：「張晏曰：『繻音須。繻，符也。書帛裂而分之，若券契矣。』」晉常璩《華陽國志·蜀志》：「城北十里有昇仙橋，有送客觀。司馬相如初入長安，題其門曰『不乘赤車駟馬，不過汝下』也。」（《華陽國志校注》，巴蜀書社一九八四年）

⑪「心存」二句：《史記·伯夷列傳》：「附驥尾而行益顯。」漢王褒《聖主得賢臣頌》：「翼乎，如鴻毛遇順風。」（《文選》卷四七）李善注：「《春秋保乾圖》：『神明之應，疾於倍風吹鴻毛。』」漢王褒《四子講德論》：「不能越階序附驥尾，則涉千里攀鴻翮。」（《漢王褒集》，《漢魏六朝百三家集》卷六）

以上二十四句十二韻，下平聲三蕭（嫽、迢）與四宵（嬌、招、腰、宵、遥、橋）、六豪（咷、刀、毛）通押。《廣韻》中豪與蕭、宵不同用，但在《南北朝詩人用韻考》中有同用之例。

秋　意①

火雲將閟〔一〕，水月翻明②。錦霞朝暗，碧霧霄清〔二〕③。秋夜。

晨看度雁，夜視飛螢④。燈來若月，火度如星⑤。

金風乍動，縠袖時輕⑥。花凋玉苑，日落金城〔三〕。傷逝〔四〕。

鴻辭漢沼，燕別吴庭⑦。怨別。秦宮振響，漢室揚名⑧。美人〔五〕。

燈前滅影，燭下流形⑨。傷逝〔六〕。　龍門泣淚，馬邑悲鳴⑩。從戎。

啼看繡帳，泣望花屏⑪。閨情。　能妝面貌，巧畫蛾眉〔七〕⑫。美人。

能歌緩唱，妙舞腰輕⑬。好〔八〕。　蒲桃我酌〔九〕，竹葉君傾〔一〇〕⑭。樂飲。

蓬門匿影，甕牖藏形〔一一〕⑮。隱士。　桑中遺意，漢側留情⑯。

追朋阮籍〔一二〕，命友劉靈〔一三〕⑰。飲士。

【校記】

〔一〕「闕」，原作「閲」，成簣堂、三寶、高甲、高乙、六寺、松本、醍乙、江户刊本、維寶箋本等本同，據寶龜本改。

〔二〕「清」，原作「消」，三寶、寶龜、醍乙、正丙、江户刊本、維寶箋本同，原右下注「清」，據成簣堂、六寺本改。

〔三〕「日」，高甲、醍乙、松本、江户刊本、維寶箋本作「月」，醍乙本右旁注「日亻」。

〔四〕「逝」，成簣堂、高甲、六寺、醍乙、松本、江户刊本、維寶箋本作「遊」。

〔五〕「美人」，江户刊本、維寶箋本作「美名」，右旁注「人亻」。

〔六〕「逝」，成簣堂、寶龜、六寺、醍乙、松本、江户刊本、維寶箋本作「遊」。《校勘記》：「傷逝，傷遊，『逝』是。」

〔七〕「蛾」，醍乙、松本、江户刊本、維寶箋本作「娥」。

〔八〕「好」，醍乙、江户刊本、維寶箋本無。《校勘記》：「妙舞腰輕好，版本脱『好』字，『好』爲『妓女』之誤。似『彈琴弱腕，妙舞纖腰妓女』的句意。」

〔九〕「蒲桃」，原右旁注「酒名也」，寶龜本同，三寶、六寺本注「酒名」，醍乙本注「サケノ名」（即「酒之名」）。

〔一〇〕「竹葉」，原右旁注「酒名也」，成簣堂、高甲、寶龜本同，三寶、六寺本右旁注「酒名」，醍乙本注「同（即サケノ名）」。

〔一一〕「甕」，原作「罋」，成簣堂、六寺、醍乙本同，松本、江户刊本、維寶箋本作「壅」。《校勘記》：「壅牖，甕牖，『甕』是。」據三寶、高甲、高乙本改。

〔一二〕「朋」，三寶、江户刊本、維寶箋本作「明」。「阮籍」，原作「阮藉」，各本同，當爲「阮籍」，三寶本右旁注「人名」。

〔一三〕「劉靈」，原右旁注「人名也」，成簣堂、三寶、高甲本同。《校勘記》：「『劉靈』爲『劉伶』」。

【考釋】

① 秋意：唐王維《秋思二首》：「暑氣微清秋意多。」（《王右丞集箋注》卷一五，上海古籍出版社一九九一年）

② 「火雲」二句：《詩・鄘風・載馳》：「視爾不臧，我思不閟。」毛傳：「閟，閉也。」隋盧思道《納涼賦》「陽風洟其長扇，火雲赫而四舉。爾乃……引雄風于洞穴，承清露于丹霄，動颼飀于翠帳，散霏微于綺寮。」（《盧思道集》，《漢魏六朝百三家集》卷一一五）水月：《淮南子・天文訓》：「積陰之寒氣爲水，水氣之精者爲月。」唐太宗《大唐三藏聖教序》：「松風水月，未足比其清華；仙露明珠，詎能方其朗潤。」（《全唐文》卷一〇）

③「錦霞」二句：晉木華《海賦》：「雲錦散文於沙汭之際。」（《文選》卷一二）張銑注：「雲錦，朝霞也。」晉張協《雜詩》其三：「金風扇素節，丹霞啓陰期。」（《文選》卷二九）梁武帝《七夕》：「白露月下團，秋風枝上鮮。瑶臺含碧霧，羅幕生紫煙。」（《玉臺新詠》卷七）

④「晨看」二句：維寶箋引梁何遜《和蕭諮議岑離閨怨》：「簾外隔飛螢。」（《何遜集校注》卷一）《譯注》引劉宋謝惠連《秋懷》：「蕭瑟含風蟬，廖唳度雲雁。」（《藝文類聚》卷三）梁沈約《秋夜》：「噎噎螢入霧，離離雁出雲。」（同上）

⑤「燈來」二句：《譯注》引梁吴均《詠燈》：「能方三五夜，桂樹月中生。」（《藝文類聚》卷八〇）陳江總《三善殿夜望山燈》：「百花疑吐夜，四照似含春。的的連星出，亭亭向月新。」（《初學記》卷二五）

⑥「金風」二句：南齊謝朓《泛水曲》：「玉露霑翠葉，金風鳴素枝。」（《謝宣城集校注》卷二）施榮泰《雜詩》：「不言穀袖輕，專歎風多力。」（《玉臺新詠》卷四）

⑦「鴻辭」二句：《譯注》引劉宋顔延之《歸鴻》：「萬有皆同奉，鴻雁獨辭歸。」「長懷河朔路，緬與湘漢違。」（《藝文類聚》卷九〇）魏曹丕《燕歌行》：「群燕辭歸雁南翔，念君客遊思斷腸。」（《文選》卷二七）

⑧「秦宫」二句：上句指漢武帝皇后衛子夫，下句謂成帝皇后趙飛燕。梁簡文帝《艷歌行》：「自知心所愛，出入仕秦宫。」（《玉臺新詠》卷七）梁簡文帝《和湘東王名士悦傾城》：「教歌公主第，學舞漢成宫。」（同上）

⑨「燈前」二句：維寶箋：「梁簡文帝集《烏棲曲》：『朱脣玉面燈前出。』」《譯注》謂指漢武帝悼李夫

人作《李夫人歌》。《漢書·外戚·李夫人傳》：「上思念李夫人不已，方士齊人少翁言能致其神。迺夜張燈燭，設帳帷，陳酒肉，而令上居他帳，遥望見好女如李夫人之貌，還幄坐而步。又不得就視，上愈益相思悲感，而爲作詩曰：『是邪，非邪？立而望之，偏何姗姗其來遲。』令樂府諸音家絃歌之。」流形：《易·乾卦·彖傳》：「雲行雨施，品物流形。」

⑩「龍門」二句：龍門：當指禹門口，在山西河津西北與陝西韓城東北。《書·禹貢》：「導河積石，至于龍門。」馬邑：維寶箋：「《太康記》曰：『馬邑，屬雁門郡，秦建此城，輒崩壞，有馬馳走反覆，因依以築城，名馬邑。』」梁簡文帝《隴西行》：「月暈抱龍城，星眉照馬邑。」（《藝文類聚》卷四一）

⑪「啼看」二句：梁何遜《閨怨》：「含情下翠帳，掩涕閉金屏。」（《玉臺新詠》卷五）

⑫「能妝」二句：《譯注》引陳徐陵《奉和詠舞》：「主家能教舞，城中巧畫妝。」（《玉臺新詠》卷八）梁沈約《擬三婦》：「小婦獨無事，對鏡畫蛾眉。」（《玉臺新詠》卷五）

⑬「能歌」二句：古辭《前緩聲歌序》：「按緩聲本謂歌聲之緩。」（《樂府詩集》卷六五）《譯注》：「緩唱與下句腰輕相對，當爲唱緩。」北周庾信《和詠舞》：「洞房花燭明，燕餘雙舞輕。」（《庾子山集注》卷三）

⑭「蒲桃」二句：蒲桃：即葡萄。《譯注》引北周庾信《燕歌行》：「蒲桃一杯千日醉，無事九轉學神仙。」（《庾子山集注》卷五）晉張華《輕薄篇》：「蒼梧竹葉清，宜城九醖醝。浮醪隨觴轉，素蟻自跳波。」（《樂府詩集》卷六七）

⑮「蓬門」二句：劉宋謝莊《懷園引》：「青苔蕪石路，宿草塵蓬門。」（《藝文類聚》卷六五）《吕氏春

秋・下賢》：「周公旦，文王之子也，武王之弟也，成王之叔父也，所朝於窮巷之中、甕牖之下者七十人。」高誘注：「甕牖，以破甕蔽牖。 言貧陋也。」《禮記・儒行》：「儒有一畝之宫，環堵之室，篳門圭窬，蓬户甕牖，易衣而出，並日而食。」晉陸雲《失題》：「閒居外物，静言樂幽。 繩樞增結，甕牖綢繆。」（《晉陸雲集》，《漢魏六朝百三家集》卷五一）

⑯「桑中」二句：桑中：《詩・鄘風》有《桑中》詩，寫男女互歌。 漢側：《詩・周南・漢廣》：「漢有遊女，不可求思。」

⑰「追朋」二句：阮籍、劉靈（一般作劉伶）：均魏末士人，任誕嗜飲。《世説新語・任誕》載其任誕事跡。 晉張協《洛禊賦》：「於是縉紳先生嘯儔命友，攜朋接黨。」（《藝文類聚》卷四）

以上三十四句十七韻，下平聲庚（明、鳴）與十四清（清、輕、城、名、屏、傾、情）及十五青（螢、星、庭、形、靈）通押。《廣韻》裏，青和庚、清不同用，然於《南北朝詩人用韻考》可見用例。 十二聯「眉」字爲上平聲脂韻，不押韻。《譯注》：「這一聯當屬第三段（上平聲十二齊韻）的錯簡。」

遲遲璧玉，皎皎羅雲〔一〕①。　鴻歸熠燿，鶴度繽紛②。
蟲鳴東圃〔二〕，蟬叫西園③。　風高塞邑〔三〕，日慘函關〔四〕。
遊風索索，逝水渾渾〔五〕④。　花凋下蔡，木落平原〔六〕。
龍城念子，馬邑思君⑤。　三清滿榼〔七〕，九醖盈罇〔八〕⑥。　樂飲〔九〕。

蒲桃瀺灂，竹葉氛氳⑦。鳴絃雁塞，佩劍龍門。

心怨憤憤，眼淚渾渾〔一〇〕。愁意。心羅天地，意網乾坤。雄士。

晨招公子，夕餞王孫⑧。逝遇〔一一〕。山傍日暗〔一二〕，嶺上雲昏。山行。

風驚樹動，水激雷奔⑨。山行。

【校記】

〔一〕「皎皎」，醍乙、松本、江户刊本、維寶箋本作「映映」。《校勘記》：「映映，『皎皎』爲是。」

〔二〕「蟲」，《校注》：「『蟲』，疑作『蛩』。」

〔三〕「塞」，原作「寒」，醍乙、松本、江户刊本、維寶箋本同，據成簣堂、三寶、高甲、高乙、寶龜、六寺本改。

〔四〕「慘」，原作「幓」，成簣堂、三寶本同，據六寺、江户刊本、維寶箋本改。

〔五〕「逝」，江户刊本、維寶箋本作「遊」。「渾渾」，三寶本作「暉暉」，右旁注「渾渾」。

〔六〕「原」，成簣堂本作「源」。

〔七〕「三清」，原右旁注「酒名」，成簣堂、三寶、高甲、六寺本同。

〔八〕「九醖」，原左旁注「酒名也」，成簣堂、高甲、六寺本同，三寶本注「同（酒名）」。「罇」，六寺本作「蹲」，右旁注「罇」。

〔九〕「樂」，醍乙、江户刊本、維寶箋本作「未」，江户刊本、維寶箋本右旁注「樂亻」。

〔一〇〕「渾渾」，寶龜本作「暉暉」。

〔一一〕「逝遇」，成簣堂、江户刊本、維寶箋本作「遊遇」。

〔一二〕「傍」，松本、醍乙、江户刊本、維寶箋本作「境」。

【考釋】

①「遲遲」二句：《詩·豳風·七月》：「春日遲遲。」劉宋何偃《月賦》：「遠日如鑑，滿月如璧。」（《初學記》卷一）《詩·陳風·月出》：「月出皎兮。」毛傳：「皎，月光也。」

②「鴻歸」二句：《詩·豳風·東山》：「倉庚于飛，熠燿其羽。」

③「蟲鳴」二句：隋煬帝《謁方山靈巖寺》：「蟬鳴秋氣近。」（《隋煬帝集》，《漢魏六朝百三家集》卷一一四）

④「遊風」二句：《譯注》引唐高適《東平路作》：「索索涼風動，行行秋水深。」（《全唐詩》卷二一二）

⑤「龍城」二句：梁簡文帝《隴西行》：「月暈抱龍城，星流照馬邑。長安路遠書不還，寧知征人獨佇立。」（《藝文類聚》卷四一）

⑥「三清」二句：三清：《周禮·天官·酒正》：「辨三酒之物，一曰事酒，二曰昔酒，三曰清酒。」九醞：《西京雜記》卷一：「漢制，宗廟八月飲酎，用九醞、太牢，皇帝侍祠。以正月旦作酒，八月成，名曰酎，

一曰九醖，一名醇酎。」漢張衡《南都賦》：「酒則九醖甘醴，十旬兼清。」(《文選》卷四)陳江總《賦得置酒殿上》：「三清傳旨酒，柏梁奉歡宴。」(《藝文類聚》卷三九)劉宋鮑照《擬行路難十八首》其十八：「但願樽中九醖滿，莫惜牀頭百個錢。」(《鮑參軍集校注》卷四)

⑦「蒲桃」二句：蒲桃：酒名。瀺灂：小水聲。宋玉《高唐賦》：「巨石溺溺之瀺灂兮。」(《文選》卷一九)李善注：「瀺灂，石在水中出没之貌。」此當指蒲桃酒流出之貌。竹葉：即竹葉青，酒名。氛氳：香氣濃郁。陳張正見《對酒》：「竹葉三清泛，蒲萄百味開。」(《樂府詩集》卷二七)

⑧「晨招」二句：《楚辭·招隱士》：「王孫遊兮不歸，春草生兮萋萋。」王夫之通釋：「王孫，隱士也，秦漢以上，士皆王侯之裔，故稱王孫。」(《楚辭通釋》，中華書局一九五九年)維寶箋：「古詩：『芳草年年緑，王孫遊不歸。』」

⑨「風驚」二句：《譯注》引陳祖孫登《詠風》：「帶葉俱吟樹，將花共舞空。」(《藝文類聚》卷一)左思《蜀都賦》：「流漢湯湯，驚浪雷奔。」(《文選》卷四)

以上三十句十五韻，上平聲二十文(雲、紛、君、氳)與二十二元(園、原)、二十三魂(渾、罇、門、坤、孫、昏、奔)及二十七删(關)通押。《廣韻》中，祇有元與魂同用，然《南北朝詩人用韻考》中，可見元、魂、删同用之例，然文韻與上面三韻未見同用之例。

踟躕三徑，涉獵幽蹊①。　　羅雲靄靄〔一〕，玉露淒淒②。

蟬鳴飲露，燕罷銜泥③。　登山雉唤，入谷猨啼④。山行。

摧藏夜泣，悵望孤棲⑤。閨怨。　山斜馬惑，澗曲人迷〔二〕⑥。

金風動壁，桂月霄低⑦。　風飄曲澗，水噎長溪〔三〕。山行。

無方日暗〔四〕，有意雲梯⑧。求士〔五〕。　三虞風一〔六〕，五百聲齊〔七〕⑨。美人。

揮戈出塞〔八〕，拔劍龍蹊⑩。從戎。　風飄綺袖，日照金堤⑪。美人。

衡門寂寂，白社棲棲〔九〕⑫。　朝瞻澗雉〔一〇〕，曉候山雞⑬。

開門出獻，閉户酬稽〔一一〕。　昏昏綺帳，寂寂蘭閨⑭。閨怨。

朝悲焍鼓〔一二〕，夕泣搖鞞⑮。從戎。

【校記】

〔一〕「羅雲」，原作「雲羅」，高甲本同，據成簣堂、三寶、高乙、寶龜、六寺等本改。

〔二〕「澗曲」，松本、江户刊本、維寶箋本作「水曲」，醍乙本作「澗水曲」。

〔三〕「溪」，高甲本作「漢」。

〔四〕「暗」，醍乙本作「時」。《校注》：「『日暗』，疑當作『日路』，涉上『山傍日暗』而誤也。」

〔五〕「求士」，寶龜、醍乙、江户刊本、維寶箋本作「求上」，高乙本作「從戍」。《校勘記》：「求士，從句意推測，『求上』爲是。」

〔六〕「風」，三寶、寶龜、六寺本作「鳳」，原右旁注「鳳亻」，天寶本右旁注「風力」。《校勘記》：「三虞風一，『虞』爲『衢』音訛歟？」

〔七〕「五百聲齊」，《校勘記》：「五百聲齊，『百』爲『陌』形假歟？」

〔八〕「出塞」，《校注》：「『出塞』，疑當作『馬塞』。」

〔九〕「社」，原作「杜」，各本同。維寶箋本加地哲定注：「當作『社』。」今從之改。

〔一〇〕「瞻」，正丙本作「視」。

〔一一〕「稽」，寶龜本作「秋」，注「稽亻」。

〔一二〕「烯」，原眉注「撞」，三寶本右訓「ウチ」，寶龜本作「橦」，六寺本右旁注「橦」。維寶箋：「烯鼓，『揥鼓』兮，揥，『摘』也。」《校勘記》：「烯鼓，烯、撞，爲『摻』之誤歟？」

【考釋】

①「踟蹰」二句：三徑：漢趙岐《三輔決録·蔣詡》：「蔣詡字元卿，隱於杜陵，舍中三徑，唯羊仲、求仲從之遊。」（《文選》卷四五陶淵明《歸去來》李善注引）後指歸隱者所居。晉陶淵明《歸去來兮辭》：「三徑就荒，松菊猶存。」（《陶淵明集》卷五）南齊謝朓《遊敬亭山》：「我行雖紆組，兼得尋幽蹊。」（《謝宣城集

校注》卷二)

②「羅雲」二句：《譯注》引晉陶淵明《停雲》：「靄靄停雲，濛濛時雨。」(《陶淵明集》卷一)晉潘岳《悼亡詩》：「淒淒朝露凝，烈烈夕風厲。」(《文選》卷二三)維寶箋：「古詩：『風冷露淒淒。』」

③「蟬鳴」二句：《説苑・正諫》：「園中有樹，其上有蟬，蟬高居悲鳴飲露。」晉陸雲《寒蟬賦》：「含氣飲露，則其清也。」(《陸雲集》卷一)梁褚澐《賦得蟬》：「飲露非表清，輕身易知足。」(《藝文類聚》卷九七)《古詩十九首》其十二：「思爲雙飛燕，銜泥巢君屋。」(《文選》卷二九)

④「登山」二句：維寶箋：「《荆州記》曰：『巴東三峽巫峽長，猿鳴三聲淚霑裳。』」晉張協《雜詩》其九：「澤雉登壟雊，寒猿擁條吟。」(《文選》卷二九)

⑤「摧藏」二句：維寶箋：「劉琨詩：『抱膝獨摧藏。』」《古詩爲焦仲卿妻作》：「未去二三里，摧藏馬悲哀。」(《玉臺新詠》卷一)梁劉孝綽《夜聽妓賦得烏夜啼》：「倡人怨獨守，蕩子殊未歸。忽聞生離唱，長夜泣羅衣。」(《玉臺新詠》卷八)《譯注》引梁蕭統《有所思》：「悵望情無極，傾心還自傷。」(《樂府詩集》卷一七)

⑥「山斜」二句：《譯注》引梁劉孝威《賦得曲澗》：「澗流急易轉，溪竹闇難開。近樓俄已失，前州忽復迴。」(《藝文類聚》卷九)

⑦「金風」二句：《譯注》引古辭《東飛伯勞歌》：「南窗北牖桂月光，羅帷綺帳脂粉香。」(《樂府詩集》卷六八)

⑧「無方」二句：南齊謝朓《遊敬亭山》：「茲山亘百里，合沓與雲齊。……上干蔽白日，下屬帶迴谿。」（《謝宣城集校注》卷三）梁江淹《歷山》：「嶂氣陰不極，日色半虧天。」（《藝文類聚》卷七）劉宋謝靈運《登石門最高頂》：「惜無同懷客，共登青雲梯。」（《文選》卷二二）

⑨「三虞」二句：維寶箋：「三虞，《齊語》曰：『澤立三虞。』注：『掌川澤大小及所主育。』五百，《孟子》曰：『五百年必有名世者。』」

⑩「揮戈」二句：龍蹊：當作「龍溪」，在今福建龍海。或爲「龍淵」，劍名。晉劉琨《扶風歌》：「左手彎繁弱，右手揮龍淵。」（《文選》卷二八）

⑪「風飄」二句：陳後主《東飛伯勞歌》：「誰家佳麗過淇上，翠釵綺袖波中漾。」（《樂府詩集》卷六八）漢張衡《西京賦》：「周以金堤，樹以柳杞。」（《文選》卷二）梁蕭統《錦帶書十二月啓·無射九月》：「金堤翠柳，帶星采而均調。」（《全上古三代秦漢三國六朝文·全梁文》卷一九）

⑫「衡門」二句：衡門：《詩·陳風·衡門》：「衡門之下，可以棲遲。」指隱者所居。漢蔡邕《郭泰碑》：「爾乃潛隱衡門，收朋勤誨。」（《全上古三代秦漢三國六朝文·全後漢文》卷七六）晉陶淵明《癸卯歲十二月中作》：「寢跡衡門下，邈與世相絶。」（《陶淵明集》卷三）白社：晉隱士董京隱居之處。《抱朴子·雜應》：「洛陽有隱士董威，輦常止白社中，了不食，陳子叙共守事之，從學道。」梁王僧孺《落日登高》：「東北指青門，西南見白社。……寧訪蓬蒿人，誰憐寂寞者。」（《王僧孺集》，《漢魏六朝百三家集》卷九二）棲棲：《詩·小雅·六月》：「六月棲棲，戎車既飭。」朱熹注：「棲棲：猶皇皇不安之貌。」此指孤

寂零落貌。

⑬「朝瞻」二句：《譯注》引劉宋鮑照《代雉朝飛》：「雉朝飛，振羽翼。」（《鮑參軍集注》卷四）漢馬融《長笛賦》：「山鷄晨群，野雉朝雊。」（《文選》卷一八）

⑭「昏昏」二句：古辭《東飛伯勞歌》：「南窗北牖桂月光，羅帷綺帳脂粉香。」（《樂府詩集》卷六八）梁簡文帝《七勵》：「於是蘭閨寂晚，曲韻相和。」（《梁簡文帝集》，《漢魏六朝百三家集》卷八二下）

⑮「朝悲」二句：《譯注》引漢蔡琰《胡笳十八拍》其三：「鞞鼓喧兮從夜達明，風浩浩兮暗塞昏營。」（《樂府詩集》卷五九）

以上三十四句十七韻，上平聲十二齊韻。

珠星皎皎，璧月朧朧〔一〕①。　風飄紫柏，日翳青桐〔二〕②。
新花麗緑〔三〕，晚蕊開紅〔四〕③。　花飛木悴，葉落條空④。
秋天秋夜，秋月秋蓬⑤。　秋池秋雁，秋渚秋鴻〔五〕⑥。
朝雲漠漠，夕雨濛濛〔六〕⑦。　猿啼紫柏，蟬泣青松。山行。
時迎牧子，乍送田翁⑧。　南池養雁，北澤呼鴻。
歌迎白鶴，舞送玄龍⑨。遇佳〔七〕。　兒栽白薤，女蒔青葱⑩。田家。

千愁入臆〔八〕，百恨填胸⑪。愁意。　心悲易足，眼淚難供〔九〕。

本稱桃李〔一〇〕，今謝芙蓉⑫。傷逝〔一一〕。　燈暉幕静，月照人空⑬。

眉如葉緑〔一二〕，頰類花紅⑭。美人。　呼歌八表，叱吒三公⑮。劍騎。

弓穿白虎，手制黄龍⑯。　俱傾鄭盞，共覆堯鍾⑰。

躊躇陌上〔一三〕，搔手房櫳〔一四〕⑱。　行如月度，立若花叢⑲。

【校記】

〔一〕「璧」，成簣堂、高甲、寶龜、松本、江户刊本、維寶箋本作「壁」。

〔二〕「翳」，寶龜本作「映」。

〔三〕「新」，高乙本作「雜」。

〔四〕「蕊」，《校勘記》：「晚蕊，『蕊』爲『葉』之誤。『晚蕊』與『新花』不對。」

〔五〕「鴻」，寶龜本作「雁」。

〔六〕「濛濛」，原作「朦朦」，六寺、醍乙、松本、江户刊本同，成簣堂、三寶、維寶箋本作「曚曚」。《校勘記》：「夕雨曚曚，『曚曚』爲『濛濛』之假借。」今從之。

〔七〕「遇佳」，原作「遇住」，成簣堂、三寶、醍乙本同，松本、江户刊本、維寶箋本作「愁意」。《校勘記》：「愁意，遇佳，

『遇佳』爲是。」據高甲本改。

〔八〕「愁」，高甲、松本、江户刊本、維寶箋本作「秋」。

〔九〕「眼淚」，松本、江户刊本、維寶箋本作「淚眼」。《校勘記》：「淚眼，爲『眼淚』之誤。」

〔一〇〕「李」，江户刊本、維寶箋本作「花」，右旁注「李」。《校勘記》：「本稱桃李，『桃花』，『桃李』爲是。」

〔一一〕「逝」，成簣堂、醍乙、江户刊本、維寶箋本作「遊」。《校勘記》：「傷遊，『傷逝』爲是。」

〔一二〕「葉緑」，原作「緑葉」，各本同，與下句「花紅」相對，當作「葉緑」，從周校本改。

〔一三〕「陌」，松本、江户刊本、維寶箋本作「泊」。

〔一四〕「搔手」，鈴木虎雄：「搔手，『手』當作『首』。」「櫳」，原作「籠」，成簣堂、三寶本同，三寶本右旁注「櫳イ」，據高甲、高乙、寶龜、六寺、松本、醍乙、江户刊本、維寶箋本改。

【考釋】

①「珠星」二句：魏曹丕《於明津作》：「遥遥山上亭，皎皎雲間星。」（《藝文類聚》卷二七）《古詩十九首》：「迢迢牽牛星，皎皎河漢女。」（《文選》卷二九）晉潘岳《悼亡詩》：「歲寒無與同，朗月何朧朧。」（《文選》卷二三）

②「風飄」二句：魏曹植《情詩》：「微陰翳陽景，清風飄我衣。」（《文選》卷二九）

③「新花」二句：《譯注》引梁簡文帝《初秋》：「晚花欄下照，疏螢簟上飛。」（《藝文類聚》卷三）

④「花飛」二句：《譯注》引隋蕭慤《和司徒鎧曹陽辟疆秋晚》：「葉疎知樹落，香盡覺荷衰。」（《初學

記》卷三）陳張正見《折楊柳》：「色映長河水，花飛高樹風」（《樂府詩集》卷二七）

⑤「秋天」二句：梁范雲《贈後公道人》：「秋蓬飄秋甸，寒藻泛寒池。」（《藝文類聚》卷三）

⑥「秋池」二句：《譯注》引北周庾信《賦得集池雁》：「逢風時迴度，逐侶乍争飛。猶憶方塘水，今秋已復歸。」（《藝文類聚》卷九一）劉宋謝惠連《泛湖歸出樓中翫月》：「哀鴻鳴沙渚，悲猿響山椒。」（《文選》卷二二）

⑦「朝雲」二句：《譯注》引南齊謝朓《侍筵西堂落日望鄉》：「漠漠輕雲晚，颯颯高樹秋。」（《謝宣城詩集》卷五）《詩・豳風・東山》：「我來自東，零雨其濛。」陶淵明《停雲》：「靄靄停雲，濛濛時雨。」

⑧「時迎」二句：唐杜甫《遭田父泥飲美嚴中丞》：「田翁逼社日，邀我嘗春酒。」（《杜詩詳注》卷一一）

⑨「歌迎」二句：漢張衡《南都賦》：「白鶴飛兮繭曳緒。」（《文選》卷四）李善注：「皆舞人之容。」《譯注》引晉傅玄《却東西門行》：「退似潛龍婉，進如翔鸞飛。」（《初學記》卷一五）

⑩「兒栽」二句：維寶箋引晉潘岳《閑居賦》：「菜則葱韭蒜芋，青筍紫薑。……緑葵含露，白薤負霜。」（《文選》卷一六）

⑪「千愁」二句：《譯注》引梁費昶《長門后怨》：「向夕千愁起，自悔何嗟及。」（《玉臺新詠》卷六）梁元帝《燕歌行》：「還聞入漢去燕營，怨妾愁心百恨生。」（《樂府詩集》卷三二）

⑫「本稱」二句：《譯注》引《詩・召南・何彼襛兮》：「何彼襛兮，華如桃李。」魏曹植《雜詩》其四：

「南國有佳人，容華若桃李。」（《文選》卷二九）魏曹植《洛神賦》：「迫而察之，灼若芙蕖出淥波。」（《文選》卷一九）

⑬「燈暉」二句：梁元帝《詠秋夜》：「秋夜九重空，蕩子怨房櫳。燈光入綺帷，簾影進屏風。」（《玉臺新詠》卷七）《譯注》引晉潘岳《悼亡詩》其二：「皎皎窗中月，照我室南端。……展轉眄枕席，長簟竟牀空。」（《文選》卷二三）

⑭「眉如」二句：《譯注》引梁徐君蒨《別義陽郡》：「頰上紅疑淺，眉心黛不青。」（《玉臺新詠》卷九）

⑮「呼歌」二句：八表：八方之外。三公：古代朝廷三種最高官銜。周代以太師、太傅、太保爲三公，一説以司馬、司徒、司空爲三公。漢以丞相（大司徒）、太尉（大司馬）、御史大夫（大司空）爲三公。

⑯「弓穿」二句：維寶箋：「白虎，《華陽國志》曰：『秦昭襄王時，有一白虎，夷朐忍、廖仲藥、何射虎、秦精等，乃作白竹弩於高樓上，射殺白虎。』黄龍，《博物志》曰：『東阿王勇士有蕃丘訢者，過神淵使飲馬，馬沈，訢朝服拔劍入水，二日一夜，殺二蛟一龍而出。』」射虎殺蛟，又有李廣、周處事。《史記·李將軍列傳》：「廣出獵，見草中石，以爲虎而射之，中石没鏃，視之石也。因復更射之，終不能復入石矣。廣所居郡聞有虎，嘗自射之。及居右北平射虎，虎騰傷廣，廣亦竟射殺之。」《世説新語·自新》：「（周處）即刺殺虎，又入水擊蛟。蛟或浮或没，行數十里，處與之俱。經三日三夜，鄉里皆謂已死，更相慶，竟殺蛟而出。」

⑰「俱傾」二句：鄭盞：指鄭玄善飲酒事。《世説新語·文學》注引《玄別傳》：「袁紹辟玄，及去，餞

之城東，欲玄必醉。會者三百餘人，皆離席奉觴，自旦及莫，度玄飲三百餘杯，而温克之容，終日無怠。」《南史·陳暄傳》引《與兄秀書》：「昔周伯仁度江唯三日醒，吾不以爲多。」堯鍾：《孔叢子·儒服》：「平原君與子高飲，强子高酒，曰：『昔有遺諺：堯舜千鍾，孔子百觚，子路嗑嗑，尚飲十榼。』古之聖賢，無不能飲也。」《九州春秋》：「曹公制酒禁，而孔融書嘲之曰：……堯不先千鍾，無以成其聖。」（《太平御覽》卷八四四）維寶箋引梁庾肩吾《奉使北徐州參丞御》：「千金登禹膳，萬壽獻堯鍾。」（《庾肩吾集》）

⑱「躊躇」二句：古樂府《陌上桑》：「少年見羅敷，脱帽著帩頭。耕者忘其犁，鋤者忘其鋤。來歸相怒怨，但坐觀羅敷。使君從南來，五馬立踟躕。」（《樂府詩集》卷二八）《詩·邶風·静女》：「愛而不見，搔首踟躕。」梁蕭綸《代秋胡婦閨怨》：「蕩子從遊宦，思妾守房櫳。塵鏡朝朝掩，寒衾夜夜空。」（《玉臺新詠》卷七）

⑲「行如」二句：梁簡文帝《和湘東王名士悦傾城》：「美人稱絶世，麗色譬花叢。」（《玉臺新詠》卷七）陳後主《採桑》：「去後花叢散，風來香處移。」（《樂府詩集》卷二八）

以上四十四句二十二韻，上平聲一東（朧、桐、紅、空、蓬、鴻、濛、翁、葱、公、櫳、叢）與三鍾（松、龍、胸、供、蓉、鍾）通押。據《廣韻》，東、鍾不同用，然《南北朝詩人用韻考》有同用之例。

冬意

瓊梅落葉，玉樹凋柯①。　冰開雁沼〔一〕，凍結鴛河②。

龍城風少〔二〕，馬邑寒多〔三〕③。

雲凝五岫，霧結三河〔四〕⑤。

方筵趙舞，曲宴韓娥⑦。妓女。

花仙妙舞，月燭清歌⑨。

持觴隱亞，促酒嵬峨〔七〕⑪。飲〔八〕。

馳輦響轄，蹀馬聲珂〔九〕⑫。

蒙憐是笑，得寵由歌⑭。美人。

龍泉乍拭〔一四〕，巨闕新磨〔一五〕⑯。劍騎。

重帷艷錦，複帳珠羅④。

宮商韻動，律呂音和〔五〕⑥。奏樂〔六〕。

佯嗔怨少，笑語嬌多⑧。夜伎。

千門涉獵，萬户經過⑩。

松蹊萬仞，石水千過。山行。

盧龍惆悵〔一〇〕，碣石呼嗟〔一一〕⑬。從戎。

三危怨少〔一二〕，九折悲多〔一三〕⑮。

【校記】

〔一〕「冰開雁沼」，《校勘記》：「冰開雁沼，『開』爲『閉』訛。」

〔二〕「少」，成簣堂、三寶本右旁注「驛」。

〔三〕「邑」，江户刊本、維寶箋本作「色」，右旁注「邑力」。

〔四〕「河」，原作「阿」，成簣堂、三寶、六寺本同，據江户刊本、維寶箋本改。

〔五〕「音」，《校注》作「調」。

〔六〕「奏」，醍乙、松本、江户刊本、維寶箋本作「藝」。

〔七〕「促」，成簣堂、三寶、高甲、六寺、醍乙本作「役」。

〔八〕「飲」，當爲「宴飲」。

〔九〕「珂」，醍乙、松本、江户刊本、維寶箋本作「河」。

〔一〇〕「盧龍」，原旁注「所名也」，三寶、高甲、醍乙本同，六寺、江户刊本旁注「所名」。

〔一一〕「碣石」，原作「竭石」，各本同，原左旁注「所名」，維寶箋本加地哲定注：「當作『碣』。」今從之改。

〔一二〕「三危」，三寶本作「三花」，原旁注「所名也」，三寶、高甲、六寺、江户刊本同。

〔一三〕「九折」，成簣堂、三寶、六寺本旁注「所名也」。

〔一四〕「龍泉」，原旁注「劍名」，成簣堂、三寶、高甲、寶龜、六寺、江户刊本、維寶箋本同。

〔一五〕「巨闕」，原旁注「劍名」，三寶、六寺本同。

【考釋】

①「瓊梅」二句：《譯注》引陳陰鏗《雪裏梅花》：「春近寒雖轉，梅舒雪尚飄。」（《藝文類聚》卷八六）梁丘遲《望雪》：「倏忽銀臺構，俄頃玉樹生。」（同上卷二）

②「冰開」二句：維寶箋：「冰開，恐『冰閉』歟。冬節故也。《月令》曰：『孟冬之月，水始冰，地始凍

也。』雁沼，《漢書》曰：『梁孝王於睢陽園中，作鳧雁池。』」《譯注》引梁庾肩吾《送別於建興苑相逢》：「雲流階漸黑，冰開池半通。」（《玉臺新詠》卷八）唐虞世南《從軍行》：「凜凜嚴霜節，冰壯黃河絶。」（《樂府詩集》卷三二）

③「龍城」二句：龍城，馬邑：邊塞之地。已見前考釋。

④「重帷」二句：複帳：古時冬季使用之一種華麗夾帳。晉陸翽《鄴中記》：「石虎御床，辟方三丈，冬月施熟錦流蘇斗帳，四角安純金龍頭，銜五色流蘇。或用青綈光錦，或用緋綈登高文錦，或用紫綈大小錦，絮以房子綿百二十斤，白縑綈爲裏，名爲裏複帳。」（《太平御覽》卷六九九）《古詩爲焦仲卿妻作》：「紅羅複斗帳，四角垂香囊。」（《玉臺新詠》卷一）魏應瑒《公讌》：「促坐褰重帷，傳滿騰羽觴。」（《魏應瑒集》，《漢魏六朝百三家集》卷三二）

⑤「雲凝」二句：五岫：五岳。三河：漢代以河內、河東、河南三郡爲三河，即今河南洛陽黃河南北一帶。《史記·貨殖列傳》：「昔唐人都河東，殷人都河內，周人都河南。夫三河在天下之中，若鼎足，王者所更居也。」《後漢書·黨錮傳》：「政稱三河表。」唐李嶠《城詩》：「四塞稱天府，三河建洛都。」（《全唐詩》卷五九）陳張正見《遊龍首城》：「白雲凝絶嶺。滄波間斷洲。」（《陳張正見集》，《漢魏六朝百三家集》卷一〇六）

⑥「宮商」二句：古代以冬至爲基準確定音律。《後漢書·律曆志》：「冬至之聲，以黃鍾爲宮，太蔟爲商，姑洗爲角，林鍾爲徵，南呂爲羽，應鍾爲變宮，蕤賓爲變徵，此聲氣之元，五音之正也。」律呂：即十

二音律。《書・舜典》：「聲依永，律和聲。」漢馬融《長笛賦》：「律呂既和，哀聲五降。」（《文選》卷一八）

⑦「方筵」二句：趙舞：傳古代趙國女子善舞，因指美妙的舞蹈。晉左思《嬌女詩》：「從容好趙舞，延袖象飛翮。」（《玉臺新詠》卷二）唐盧照鄰《長安古意》：「羅襦寶帶爲君解，燕歌趙舞爲君開。」（《全唐詩》卷四二）一説，指趙飛燕體輕能掌上舞。陳何楫《班婕妤怨》：「齊紈既逐篋，趙舞即凌人。」（《樂府詩集》卷四三）曲宴：私宴，多指宫中之宴。魏曹植《贈丁儀》：「吾與二三子，曲宴此城隅。」（《文選》卷二四）韓娥：傳古代韓國善歌者。《列子・湯問》：「昔韓娥東之齊，匱糧，過雍門，鬻歌假食，既去，而餘音繞梁欐，三日不絶。」陳江總《宛轉歌》：「金樽送曲韓娥起，玉柱調絃楚妃歎。」（《樂府詩集》卷六〇）

⑧「佯嗔」二句：《譯注》引梁沈約《六憶詩》其二：「笑時應無比，嗔時更可憐。」（《玉臺新詠》卷五）

⑨「花仙」二句：維寶箋：「《樂苑》曰：『羽調有柘枝曲，商調有屈柘枝，此舞因曲爲名，用二女童，鮮衣帽，帽於金鈴，抃轉有聲，其來也，於二蓮花之中藏之，花折而後見對。舞中之雅妙者也。』月燭，《唐史》曰：張志和曰：『明月爲燭。』」《譯注》引梁王訓《應令詠舞》：「新妝本絶世，妙舞亦如仙。」（《藝文類聚》卷四三）晉張華《情詩》：「清風動帷簾，晨月燭幽房。」（《玉臺新詠》卷二）梁蕭紀《同蕭長史看妓》：「燕姬奏妙舞，鄭女發清歌。」（同上卷七）

⑩「千門」二句：維寶箋：「千門，古詩：『光彩散千門。』萬户，《東方朔傳》曰：『起建章，號稱千門萬户。』」梁裴子野《上朝值雪》：「沐雪欻千門，櫛風朝萬户。」（《藝文類聚》卷二）《譯注》引漢班固《西都賦》：「張千門而立萬户，順陰陽以開闔。」（《文選》卷一）

⑪「持觴」二句：隱亞：疑「姻亞」之訛，有姻親關係者，親戚。《詩·小雅·節南山》：「瑣瑣姻亞，則無膴仕。」毛傳：「兩婿相謂曰亞。」鄭玄箋：「婿之父曰姻。」維寶箋：「隱亞，密相依也。《爾雅》隱亞注：劉熙曰：『一人取姉，一人娶妹，相次也。』」嵬峨：傾側不穩，形容醉態。《世説新語·容止》：「山公曰：嵇叔夜之爲人也，巖巖若孤松之獨立，其醉也，傀俄若玉山之將崩。」

⑫「馳轝」二句：轝：同「輿」。《譯注》引梁簡文帝《紫騮馬》：「驟急珍珂響，蹄多塵亂飛。」（《玉臺新詠》卷七）

⑬「盧龍」二句：維寶箋：「盧龍，《魏志》曰：『渠引軍出盧龍塞外，道絶不通。』《唐詩訓解》三曰：『今永年府天寶間爲北平軍，其地有盧龍塞，盧龍即黑水也。』北人謂黑爲盧，謂水爲龍。」《譯注》引唐劉長卿《月下聽砧》：「聲聲擣秋月，腸斷盧龍戍。」（《全唐詩》卷一四八）魏曹操《步出夏門行》：「東臨碣石，以觀滄海。」（《樂府詩集》卷三七）梁劉孝威《妾薄命篇》：「嚴霜封碣石，驚沙暗井陘。」（《樂府詩集》卷六二）北周庾信《思舊銘》：「城連武庫，山枕盧龍，思歸道遠，返葬無從。」（《庾子山集注》卷一二）

⑭「蒙憐」二句：《譯注》引劉宋鮑照《代白紵曲二首》：「齊謳秦吹盧女絃，千金顧笑買芳年。」（《玉臺新詠》卷九）

⑮「三危」二句：三危、九折：見前考釋。

⑯「龍泉」二句：龍泉：寶劍名。《論衡·率性》：「世稱利劍有千金之價，棠谿、魚腸之屬，龍泉、太阿之輩。」巨闕：古良劍名。《荀子·性惡》：「闔閭之干將、莫邪、鉅闕、辟閭，此皆古之良劍也。」晉張載

《七命》：「巨闕指鄭則三軍白首，麾晉則千里流血。」（《文選》卷三五）梁簡文帝《七勵》：「拭龍泉之雄劍，瑩魏國之寶刀，銛踰巨闕，利擬豪曹。」（《梁簡文帝集》，《漢魏六朝百三家集》卷八二下）

以上三十四句十七韻，下平聲七歌（柯、河、多、羅、娥、歌、峨、珂）與八戈（和、過、磨）、九麻（嗟）通押。《廣韻》中，歌、戈、麻不同用，然《南北朝詩人用韻考》有其用例。

枯藤望鬱，落樹希榮①。　寒雲夜斂，苦霧朝驚②。

燕風蕭蕭，岱霧縱横③。　寒朝促日〔一〕，冷夜延更④。

寒雲寒暗，寒夜寒明⑤。　臨池月出〔二〕，照日花生⑥。明金。

才非郭太〔三〕，智謝荀卿〔四〕⑦。謙意。　遊燕獨步，入洛孤行。

眉間柳翠，頰上花生⑧。　徑中遥見，路上逢迎⑨。美人。

西施越弟〔五〕，褒姒周京⑩。貴人。　胡笳切響，塞笛哀鳴〔六〕⑪。從戎。

征雲乍舉，陳火初驚⑫。從戎。　愁雲夕起，苦霧朝興〔七〕⑬。

羊腸叵越，鹿徑難行〔八〕⑭。從戎。　金壺獸炭〔九〕，玉頂龍鐺〔一〇〕⑮。

【校記】

〔一〕「促」，醍乙、正丙本作「役」。

〔二〕「月」，原右旁注「玉イ」，成簣堂本同，寶龜本作「玉」。

〔三〕「郭太」，原旁注「人名也」，三寶、高甲、六寺、江户刊本、維寶箋本同。

〔四〕「荀卿」，原旁注「人名也」，三寶、高甲、寶龜本同。

〔五〕「弟」，高乙本作「第」。

〔六〕「塞」，原作「寒」，成簣堂、六寺、松本、江户刊本、維寶箋本同，據三寶、寶龜本改。

〔七〕「愁雲夕起苦霧朝興」至《山意》「招河引濟納海吞江」，正丙本錯簡在《雪意》題目之下、「光含秋月」之上。

〔八〕「羊腸」，原右旁注「所名」，成簣堂、三寶、高甲、寶龜本同。「叵」，松本、江户刊本、維寶箋本作「匹」。「徑」，原作「侄」，寶龜本同，據三寶、高甲、六寺等本改。

〔九〕「炭」，原作「火」，成簣堂、三寶、六寺本同，據江户刊本、維寶箋本改。

〔一〇〕「頂」，《校注》：「疑『鼎』聲近之誤。」

【考釋】

①「枯藤」二句：《譯注》引北周庾信《北園射堂新成》：「空心不死樹，無葉未枯藤。」（《庾子山集注》卷三）梁簡文帝《大同十年十月戊寅》：「晚橘隱重屏，枯藤帶迴竿。」（《藝文類聚》卷三）

②「寒雲」二句：晉陶淵明《歲暮和張常侍》：「向夕長風起，寒雲没西山。」（《陶淵明集》卷二）《譯注》引梁何遜《下方山》：「繁霜白曉岸，苦霧黑晨流。」（《何遜集校注》卷二）

③「燕風」二句：《荆軻歌》：「風蕭蕭兮易水寒，壯士一去兮不復還。」（《史記·刺客列傳》）岱：泰山。魏曹植《飛龍篇》：「晨遊泰山，雲霧窈窕。」（《樂府詩集》卷六四）

④「寒朝」二句：維寶箋：「古詩：『凄凄冷露逼清朝。』」《譯注》引晉陸機《感時賦》：「夜綿邈其難終，日晼晚而易落。」（《藝文類聚》卷三）晉曹毗《詠冬》：「綿邈冬夕永，凜厲寒氣升。」（同上）

⑤「寒雲」二句：《譯注》引梁庾肩吾《餞張孝總應令》：「寒雲暗積水，秋雨蒙重嶂。」（《藝文類聚》卷二九）劉宋謝靈運《歲暮》：「明月照積雪，朔風勁且哀。」（同上卷三）

⑥「臨池」二句：維寶箋：「《洞冥記》曰：『每登臺眺月，影入池中。』」梁江淹《雜體詩·劉文學感遇楨》：「華月照芳池，列坐金殿側。」（《文選》卷三一）陳後主《梅花落》：「映日花光動，迎風香氣來。」（《樂府詩集》卷二四）

⑦「才非」二句：郭太：即郭泰（一二七—一六九），以才識淵博，人格高潔而爲士人所尊敬。荀卿：戰國思想家荀況。

⑧「眉間」二句：寫女子畫眉妝頰，考釋見前。

⑨「徑中」二句：《譯注》引梁王樞《至烏林村見採桑者因有贈》：「遥見提筐下，翩妍實端妙。」（《玉臺新詠》卷五）《古詩爲焦仲卿妻作》：「新婦識馬聲，躡履相逢迎。悵然遥相望，知是故人來。」（同上卷一）

⑩「西施」二句：西施：春秋越美女，越王勾踐敗於會稽，范蠡取西施獻吴王夫差，使其迷惑忘政，越遂亡吴。梁江淹《水上神女賦》：「笑李后於漢主，恥西施於越王。」（《江文通集彙注》卷一）褒姒：周幽

王寵妾，周幽王因寵幸褒姒終至被殺。周京：周幽王。晉陸機《演連珠》：「周京無佇立之跡。」（《文選》卷五五）劉良注：「周京，幽王也。」《詩・小雅・正月》：「赫赫宗周，褒姒威之。」《楚辭・天問》：「周幽誰誅，焉得夫褒姒。」

⑪「胡笳」二句：漢李陵《答蘇武書》：「遠聽胡笳互動，牧馬悲鳴。」（《文選》卷四一）梁元帝《玄覽賦》：「聞羌笛之哀怨，聽胡笳之悽切。」（《文苑英華》卷一二六）

⑫「征雲」二句：維寶箋：「《鮑參軍集》一《野鵝賦》曰：『望征雲而延悼。』《漢書》曰：『單于立四歲火入上郡，雲中烽火，通於甘泉。』」梁簡文帝《從軍行》：「雲中亭障羽檄驚，甘泉烽火通夜明。」（《樂府詩集》卷三二）

⑬「愁雲」二句：維寶箋引唐宋之問《楊將軍挽歌》：「隴暗積愁雲。」（《全唐詩》卷五三）梁蕭統《錦帶書十二月啓》：「愁雲拂岫，帶枯葉以飄空。」「嚴風極冷，苦霧添寒。」（《全上古三代秦漢三國六朝文・全梁文》卷一九）

⑭「羊腸」二句：《譯注》引魏曹操《苦寒行》：「北上太行山，艱哉何巍巍。羊腸坂詰屈，車輪爲之摧。」（《文選》卷二七）《梁書・何點傳附何胤傳》：「有虞人逐鹿鹿徑，來趨胤，伏而不動。」

⑮「金壺」二句：《晉書・外戚傳》：「（羊）琇性豪侈，費用無復齊限，而屑炭和作獸形以溫酒。洛下豪貴咸競效之。」唐駱賓王《冬日宴》：「促席鸞觴滿，當爐獸炭然。」（《全唐詩》卷七八）龍鐺：維寶箋：「畫雕鐺而有龍形。」

以上三十二句十六韻，下平聲十二庚（榮、驚、橫、更、明、生、卿、行、迎、京、鳴、鐺）與十六蒸（興）通押。據《廣韻》，庚、蒸不同用，《南北朝詩人用韻考》亦未見用例。

龍門日慘，兔苑風酸〔一〕①。　龍門水凍，兔苑幡凝〔二〕②。

園含白雪，池結清冰〔三〕③。　寒朝亘度，寒夜難勝④。

雲含十嶺〔四〕，日照九層⑤。　埋蹤五命，匿響三徵⑥。隱士。

平原宋鵲，上苑梁鷹〔五〕⑦。田家。　悲看花燭，泣望蘭燈⑧。閨怨。

當年婿寵〔六〕，今日夫憎⑨。棄妾。　金山忽倒，玉嶺翻崩⑩。傷逝〔七〕。

巫山忽倒，玉岫番崩〔八〕⑪。傷逝。　悲逢郭大〔九〕，愧見孫登〔一〇〕⑫。過德〔一一〕。

松間霧起，柏上雲騰⑬。　妍無常闕，笑罷金陵〔一二〕⑭。傷逝。

林玄霧映，樹白雲飛⑮。

【校記】

〔一〕「酸」，醍乙、松本、江户刊本、維寶箋本作「暖」。

〔二〕「幡」，原作「翻」，各本同，從《校注》作「幡」。

〔三〕「冰」，原作「水」，高甲、高乙、正丙、醍乙、江户刊本、維寶箋本同，三寶本注「水亻」。《校勘記》：「清水，當爲『清冰』，『水』與前後『蒸』韻不協。」據成簣堂、六寺本改。

〔四〕「十嶺」，豹軒藏本鈴木虎雄注：「十嶺，『十』當作『千』。」

〔五〕「鷹」，原作「雁」，高甲、高乙、正丙、醍乙、江户刊本、維寶箋本同，三寶本右旁注「雁亻」。豹軒藏本鈴木虎雄注：「雁，當作『鴻』。」《考文篇》：「上苑梁鷹，各本作『雁』，『雁』字不協『蒸』韻。」據成簣堂、三寶、六寺本改。

〔六〕「當」，原作「常」，成簣堂、三寶、高甲、高乙、寶龜、正丙、六寺本同。《考文篇》：「當年婿寵，各本作『常年』，非也，與『今日』不對。」據醍乙、江户刊本、維寶箋本改。「婿」，原作「聟」，訓「セイ」，爲「婿」之俗字，成簣堂、醍乙、六寺本同。

〔七〕以下三「逝」字，原均作「遊」，「遊」當爲「逝」之訛，據醍乙本改。

〔八〕「番」，江户刊本、維寶箋本作「翻」。

〔九〕「大」，成簣堂、醍乙、六寺、松本、江户刊本、維寶箋本作「火」。

〔一〇〕「登」，原作「燈」，各本同，從高甲本作「登」。《考文篇》：「愧見孫燈過德，『燈』高山寺本改作『登』，似是。」

〔一一〕「過德」，《考文篇》：「『過德』似爲『遇德』。」《校勘記》：「過德，『過』爲『遇』之誤。」

〔一二〕「陵」，松本、江户刊本、維寶箋本作「凌」。

【考釋】

①「龍門日」二句：龍門：即禹門口，在今山西河津西北和陝西韓城東北，黄河至此，兩岸峭壁對

峙，形如門闕，故名。《書・禹貢》：「導河積石，至于龍門。」兔園：亦稱梁園，在今河南商丘東，漢梁孝王劉武所築，爲遊賞與延賓之所。《西京雜記》卷二：「梁孝王好營宫室苑囿之樂，作曜華之宫，築兔園。」劉宋謝惠連《雪賦》：「歲將暮，時既昏，寒風積，愁雲繁。梁王不悦，遊於兔園。」（《文選》卷一三）

②「龍門水」二句：《考文篇》：「龍門水凍，兔苑翻凝，此句與『龍門日慘兔苑風酸』半同。蓋『龍門日慘兔苑風酸』即是初稿歟？然『酸』字不協『蒸』韻，乃易『風酸』爲『翻凝』歟？」

③「園含」二句：《譯注》引唐上官儀《詠雪應詔》：「禁園凝朔氣，瑞雪掩晨曦。」（《全唐詩》卷四〇）梁虞羲《望雪》：「歲杪雲晝暗，玄池冰夜結。」（《藝文類聚》卷二）

④「寒朝」二句：《譯注》引梁劉緩《冬宵》：「不堪寒夜久，夜夜守空牀。」（《玉臺新詠》卷八）

⑤「雲含」二句：維寶箋：「十嶺，十方嶺也。」《册府元龜》卷三五八：「王思禮爲關内節度使，乾元二年，於潞城縣東直十嶺擊破史思明兵馬使楊是等一萬餘衆。」九層：北周庾信《和從駕登雲居寺塔》：「重巒千仞塔，危磴九層台。」注：「《國語》：晉平公造九層之台。」（《庾子山集注》卷三）晉楊方《合歡歌》五首其四：「俯涉渌水澗，仰過九層山。」（《樂府詩集》卷七六）

⑥「埋蹤」二句：五命：五次命令。《左傳》襄公十三年：「楚子疾，告大夫曰……莫對。及五命，乃許。」楊伯峻注：「五次命令，大夫始許之。」（《春秋左傳注》，中華書局一九八一年）此當指五次朝廷徵辟。漢蔡邕《陳仲弓碑文》：「（陳寔）四爲郡功曹，五辟豫州。」（《全上古三代秦漢三國六朝文・全後漢文》卷七八）三徵：朝廷三次徵召。《後漢書・儒林・楊倫傳》：「前後三徵，皆以直諫不合。」《晉書・儒

林·劉兆傳》：「武帝時，五辟公府，三徵博士，皆不就。」唐李頎《送劉四赴夏縣》：「明年九府議功時，五辟三徵當在兹。」（《全唐詩》卷一三三）

⑦「平原」二句：宋鵲：春秋時宋國良犬名。《禮記·少儀》「乃問犬名」鄭玄注：「畜養者當呼之名，謂若韓盧、宋鵲之屬。」魏曹植《鼙舞歌·孟冬》：「韓盧、宋鵲，呈才騁足。」（《宋書·樂志》）

⑧「悲看」二句：《譯注》引陳徐陵《走筆戲書應令》：「今宵花燭淚，非是夜迎人。」（《玉臺新詠》卷八）梁王僧孺《何生姬人有怨》：「寶琴徒七弦，蘭燈空百枝。」（《玉臺新詠》卷六）

⑨「當年」二句：魏曹植《種葛篇》：「與君初婚時，結髮恩義深。歡愛在枕席，宿昔同衣裳。……行年將晚暮，佳人懷異心。恩絶曠不接，我情遂抑沉。」（《玉臺新詠》卷二）

⑩「金山」二句：維寶箋：「金山，李膺記曰：『金山長七八里，每夏潦雨有崩處，即金粟散出是也。』」

⑪「巫山」二句：維寶箋：「翻崩，《左傳》成曰：『晉梁山崩，召宋伯謀之。』」《校注》：「此二句即上聯『金山忽倒，玉嶺翻崩』之訛衍。」

⑫「悲逢」二句：郭大：即郭泰（太）。孫登：魏隱者。魏嵇康《幽憤詩》：「昔慚柳惠，今愧孫登。」（《文選》卷二三）

⑬「松間」二句：《譯注》引梁沈約《高松賦》：「朝吐輕煙薄霧，夜宿迷鳥羈雌。」（《藝文類聚》卷八八）

⑭「妍無」二句：此聯意思不明，疑有訛誤。金陵：即建康（今江蘇南京）。

⑮「林玄」二句：《譯注》：「這二句可能爲前句『松間霧起，柏上雲騰』的異文。」

以上三十句十五韻，除去開頭與末尾二句，下平聲十六蒸（凝、冰、勝、徵、鷹、陵）與十七登（層、燈、憎、崩、登、騰）通押。

寒鴻寒嘯，寒雁寒吟〔一〕①。玄風振野，白霧張林②。

重帷雪入，複幔霜侵③。雕薪鏤火，鳳幕鴛衾〔二〕④。

車經巇峴，馬度嶔崟⑤。山行。笙抽鳳響〔三〕，笛發龍吟⑥。歡樂。

蒲桃我酌〔四〕，竹葉君斟〔五〕⑦。樂飲。從時散誕，與日浮沉⑧。逸〔六〕如。

懷金鵲起〔七〕，蘊玉龍潛⑨。隱士。君爲柏意，妾作松心⑩。附意。

綢繆稱昔，態摘云今〔八〕⑪。棄奴。傾看劉胥，舞拍陶琴⑫。

松長日少，澗曲多陰⑬。山〔九〕行。

【校記】

〔一〕「吟」，松本、江户刊本、維寶箋本作「叫」。

〔二〕「鳳」，醍乙、松本、江户刊本、維寶箋本作「風」。

〔三〕「笙」，醍乙、松本、江户刊本、維寶箋本作「笛」。「鳳」，醍乙、松本、江户刊本、維寶箋本作「風」。《校勘記》：「笛抽風響，『笛』与下句『笛』重複，當爲『笙』之誤。『風』爲『鳳』之誤。」

〔四〕「蒲桃」，原右旁注「酒名」，成簣堂、六寺本同。「酌」，三寶本作「韻」，眉注「酌」。

〔五〕「竹葉」，原右旁注「酒名」。

〔六〕「逸如」，松本、江户刊本、維寶箋本作「逸心」，六寺本作「逸女」。《校勘記》：「逸心，當爲『逸如』。」

〔七〕「鵲」，原作「鵠」，各本同，從寶龜本作「鵲」。

〔八〕「摘」，成簣堂、寶龜、醍乙、松本、江户刊本、維寶箋本作「擿」。

〔九〕「山行」左維寶箋本有題記「文鏡秘府論箋卷第六終」。

【考釋】

①「寒鴻」二句：《譯注》引劉宋鮑照《登大雷岸與妹書》：「孤鶴寒嘯，遊鴻遠吟。」（《鮑參軍集注》卷二）北周庾信《秋夜望單飛雁》：「失群寒雁聲可憐，夜半單飛在月邊。」（《庾子山集注》卷四）

②「玄風」二句：維寶箋：「杜詩：『長林卷霧齊。』」《譯注》引劉宋顔延之《北使洛》：「陰風振涼野，飛雲瞀窮天。」（《文選》卷二七）劉宋鮑照《日落望江贈荀丞》：「亂流灇大壑，長霧帀高林。」（《鮑參軍集注》卷五）

③「重帷」二句：維寶箋：「古詩：『布衾風雪欲相侵。』」《譯注》引梁吴均《詠雪》：「微風摇庭樹，細

雪下簾隙。」(《藝文類聚》卷二)

④「雕薪」二句：《譯注》引《陳書・世祖紀》天嘉元年八月詔：「汙罇土鼓，誠則難追。畫卵彫薪，或可易革……維雕鏤淫飾，非兵器及國容所須，金銀珠玉，衣服雜玩，悉皆禁斷。」《古詩十九首》其十八：「文綵雙鴛鴦，裁爲合歡被。」(《文選》卷二九)

⑤「車經」二句：巇峴、嶔崟：山高聳險峻貌。漢張衡《南都賦》：「坂坻巇嶬而成巘，谿壑錯繆而盤紆。」(《文選》卷四)張衡《思玄賦》：「嘉曾氏之歸耕兮，慕歷坂之嶔崟。」(同上卷一五)

⑥「笙抽」二句：《列仙傳》：「王子晉者，周靈王太子晉也，好吹笙，作鳳鳴，遊伊、雒間。」(《藝文類聚》卷四四)漢馬融《長笛賦》：「近世雙笛從羌起，羌人伐竹未及已。龍鳴水中不見已，截竹吹之聲相似。」(《文選》卷一八)梁劉孝先《詠竹》：「誰能製長笛，當爲吐龍吟。」(《藝文類聚》卷八九)北周庾信《對酒》：「唯有龍吟笛，桓伊能獨吹。」(《庾子山集注》卷四)唐李白《宮中行樂詞》其二：「笛奏龍吟水，簫鳴鳳下空。」(《全唐詩》卷一六四)

⑦「蒲桃」二句：蒲桃、竹葉：均酒名。已見前考釋。

⑧「從時」二句：《譯注》引梁陶弘景《題所居壁》：「夷甫任散誕，平叔坐論空。」(《南史・隱逸傳》)浮沈：《史記・袁盎晁錯列傳》：「袁盎病免居家，與閭里浮沈，相隨行，鬬鷄走狗。」漢班婕妤《擣素賦》：「佇風軒而結睇，對愁雲之浮沈。」(《全上古三代秦漢三國六朝文・全漢文》卷一一)

⑨「懷金」二句：漢揚雄《法言・學行》：「或曰：使我紆朱懷金，其樂不可量已。」李軌注：「朱，朱紱

也，金，金印也。」劉宋鮑照《擬古八首》其一：「魯客事楚王，懷金襲丹素。」（《鮑參軍集注》卷六）《論語・子罕》：「子貢曰：『有美玉於斯，韞櫝而藏諸？求善賈而沽諸？』」《易・乾卦》初九爻辭：「潛龍勿用。」晉陸雲《榮啓期贊》：「邈矣先生，如龍之潛，夷明收察，滅跡在陰。」（《全上古三代秦漢三國六朝文・全晉文》卷一〇四）

⑩「君爲」二句：《禮記・禮器》：「其在人也，如竹箭之有筠也，如松柏之有心也。」《譯注》引劉宋鮑照《中興歌》其十：「願君松柏心，采照無窮極。」（《鮑參軍集注》卷四）

⑪「綢繆」二句：《詩・唐風・綢繆》：「綢繆束薪，三星在天，今夕何夕，見此良人。」毛傳：「綢繆，猶纏綿也。」漢李陵《與蘇武詩》之二：「獨有盈觴酒，與子結綢繆。」（《文選》卷二九）態摘：句意不明。維寶箋：「擿，擲也，態，情態嬌態也。」《校勘記》：「『擿擲也』是正確的，但以下是誤解，『態』是『懟』之誤歟？摘擿通假。」《校注》：「『態』，疑當作『指』。」《譯注》：「可能爲『棄摘』之訛。」梁簡文帝有《詠人棄妾》：「昔時嬌玉步，含羞花燭邊，豈言心愛斷，銜啼私自憐。」（《玉臺新詠》卷七）

⑫「傾看」二句：維寶箋：「劉胥恐劉酹歟？酹，酒也，劉伶嗜酒。」陶琴：指陶淵明之無絃琴。《宋書・隱逸・陶潛傳》：「（陶）潛不解音聲，而畜素琴一張，無絃，每有酒適，輒撫弄以寄其意。」

⑬「松長」二句：日少：指冬日短而弱，當從《校注》作「少日」。《譯注》引梁劉孝威《賦得澗曲詩》：「澗流急易轉，溪竹闇難開。」（《藝文類聚》卷九）

以上二十六句十三韻，下平聲二十一侵（吟、林、侵、衾、崟、斟、沈、心、今、琴、陰）與二十四鹽（潛）通押。據《廣韻》，侵與鹽不同用，《南北朝詩人用韻考》亦無用例。

山　意〔一〕①

嶔崟嵑屵〔二〕，㠥嵔嵯峨〔三〕②。春禽嘲哳〔四〕，夏鳥嘍囉〔五〕③。
林高日少，樹密風多〔六〕④。青春鳥哢，朱夏禽歌⑤。
人呼嶺應，馬叫山和。浮丘涉獵〔七〕，王晉經過〔八〕⑥。
時稱鳳穴〔九〕，亦謂龍窠⑦。開雲若錦，引霧如羅⑧。
能流萬水，巧納千河。朝聞海嘯，夜聽禽歌。
黃熊西麓〔一〇〕，白虎東阿〔一一〕⑨。望之鬱鬱，盼之峨峨⑩。
湧川開瀆，納海吞河⑪。唐蒙附柏，松掛女蘿〔一二〕⑫。
齊君惆默〔一三〕，鄭后咨嗟⑬。千尋嶒崚〔一四〕，萬仞嵯峨⑭。

【校記】

〔一〕「山意」右維寶箋本有卷首「文鏡秘府論箋卷第七/金剛峰寺密禪比丘維寶編輯」。

〔二〕「崟」，醍乙、江户刊本、維寶箋本作「岑」。

〔三〕「嵲峴」，醍乙本作「峴嵲」。

〔四〕「嘲哳」，正丙本作「朝折」。

〔五〕「夏」，原作「憂」，高乙、正丙本同，據成簣堂、三寶、六寺等本改。

〔六〕「密」，三寶、正丙本作「蜜」。

〔七〕「浮丘」，原旁注「仙名也」，成簣堂、三寶、高乙、寶龜、江户刊本同。

〔八〕「王晉」，醍乙、江户刊本、維寶箋本作「玉晉」，原旁注「仙也」，三寶本同，六寺本注「仙人」。「經」，原作「侄」，成簣堂、高甲、高乙、正丙本同，醍乙、江户刊本、維寶箋本作「倒」，原右旁注「經歟」，成簣堂本脚注「經」，江户刊本右旁注「經イ」，據六寺本改。

〔九〕「鳳」，松本、江户刊本、維寶箋本作「風」。

〔一〇〕「態」，原作「態」，成簣堂、高乙、正丙、醍乙本同，從三寶、高甲、六寺本改。

〔一一〕「阿」，三寶、高乙、醍乙、六寺、松本、江户刊本、維寶箋本作「河」。

〔一二〕「掛」，成簣堂、六寺本作「桂」。

〔一三〕「齊君惘默」至「萬仞嵯峨」，原在後文「帶後千松」之下，作「嶄巖岞峉巒峍崆峒腰前萬柏帶後千松齊君惘默鄭后咨嗟千尋嶒崚萬仞嵯峨」，各本同。《考文篇》：「『齊君』至『嵯峨』十六字，當在『湧川開瀆納海吞河唐蒙附柏松桂女羅』之後，『峨』字不協冬韻。」《校勘記》：「這一聯與下一聯『千尋……』爲歌韻，而混入冬韻群中，這二聯恐應在一行前的『唐蒙附柏松掛女蘿』之後，誤寫。」今從維寶箋本、《考文篇》、《校勘記》正之。「惘」，松本、江户刊本、維寶箋本作「悯」。

〔一四〕「嶒」，松本、江户刊本、維寶箋本作「嶒」。「崚」，原作「巉」，各本同，從《譯注》改。

【考釋】

①山意：唐杜甫《小至》：「岸容待臘將舒柳，山意衝寒欲放梅。」（《杜詩詳注》卷一八）

②「嶔崟」二句：嶔崟：山勢聳立貌。漢張衡《思玄賦》：「慕歷阪之嶔崟。」（《文選》卷一五）《譯注》引晉陸機《從軍行》：「深谷邈無底，崇山鬱嵯峨。」（《文選》卷二八）

③「春禽」二句：嘲哳：鳥鳴聲。嘲：一作「啁」。《楚辭・九辯》：「雁廱廱而南遊兮，鵾鷄啁哳而悲鳴。」嘍囉：《燕子賦》：「燕子實難及，能語復嘍羅。」（《敦煌掇瑣》卷四，臺北新文豐出版公司一九八五年）《北史・王昕傳》：「嘗有鮮卑聚語，崔昂戲問昕曰：『頗解此不？』昕曰：『樓羅，樓羅，實自難解。』」

④「林高」二句：維寶箋：「古詩：『山林自養高。』陳江總《一日三成賦》曰：『樹密寒蟬響。』」《譯注》引劉宋謝靈運《發歸瀨三瀑布望兩溪》：「窺巖不睹景，披林豈見天。」（《謝靈運集校注》）梁簡文帝《秋夜》：「檐重月没早，樹密風聲饒。」（《梁簡文帝集》，《漢魏六朝百三家集》卷八三）

⑤「青春」二句：《楚辭・大招》：「青春受謝，白日昭只。」王逸注：「青，東方春位，其色青也。」晉陶淵明《癸卯歲始春懷古田舍》二首：「鳥哢歡新節，泠風送餘善。」（《陶淵明集》卷三）《爾雅・釋天》：「夏爲朱明。」魏曹植《槐賦》：「在季春以初茂，踐朱夏而乃繁。」（《藝文類聚》卷八八）

⑥「浮丘」二句：浮丘：傳説中仙人。王晉：周靈王太子晉，後隨浮丘公成仙，成爲仙人王子喬。晉郭璞《遊仙詩》其三：「左挹浮丘袖，右拍洪崖肩。」（《文選》卷二一）李善注引《列仙傳》：「浮丘公接王子喬以上嵩高山。」唐李白《鳳笙篇》：「莫學吹笙王子晉，一遇浮丘斷不還。」（《李白集校注》卷五）

⑦「時稱」二句：鳳穴：即丹穴。《山海經·南山經》：「丹穴之山……有鳥焉，其狀如鷄，五采而文，名曰鳳凰。」漢張衡《東京賦》：「鳴女牀之鸞鳥，舞丹穴之鳳凰。」（《文選》卷三）北周庾信《謝滕王集序啓》：「鳳穴歌聲，鸞林舞曲。」（《庾子山集注》卷八）龍窠：梁元帝有《早發龍巢詩》（《文苑英華》二八九）。

⑧「開雲」二句：維寶箋：「《博物志》：『秋雲羅帕是織女。』」

⑨「黄熊」二句：黄熊：傳説中獸名。《左傳》昭公七年：「昔堯殛鯀于羽山，其神化爲黄熊，以入于羽淵。」漢張衡《西京賦》：「東海黄公，赤刀粤祝，冀厭白虎，卒不能救。」（《文選》卷二）

⑩「望之」二句：鬱鬱：茂盛貌。漢劉向《九歎》：「冥冥深林兮，樹木鬱鬱。」（《楚辭補注》卷一六）《古詩十九首》其二：「青青河畔草，鬱鬱園中柳。」（《文選》卷二九）峨峨：高聳貌。漢司馬相如《上林賦》：「南山峨峨。」（《文選》卷八）漢張衡《西京賦》：「清淵洋洋，神山峨峨。」（《文選》卷二）

⑪「湧川」二句：晉左思《吴都賦》：「或湧川而開瀆，或吞江而納漢。」（《文選》卷五）

⑫「唐蒙」二句：《詩·小雅·頍弁》：「蔦與女蘿，施于松柏。」魏曹植《雜詩五首》其四：「寄身爲女蘿，依水如浮萍。」（《玉臺新詠》卷二）

⑬「齊君」二句：齊君：春秋時齊國國君齊景公。《晏子春秋·諫上》：「景公遊于牛山，北臨其國城而流涕曰：『若何滂滂去此而死乎。』艾孔、梁丘據皆從而泣。」鄭后故事未詳。

⑭「千尋」二句：嶒崚：高而險峻不平貌。晉張協《七命》：「既乃瓊巘嶒崚，金岸崥崹。」（《文選》卷三五）嵯峨：山高峻貌。淮南小山《招隱士》：「山氣巃嵸兮石嵯峨，谿谷嶄巖兮水曾波。」（《楚辭補注》卷

〔一二〕

以上三十二句十六韻，下平聲七歌（峨、囉、多、歌、河、阿）與八戈（和、過、窠）、九麻（嗟）通押。《廣韻》歌、戈、麻不同用，《南北朝詩人用韻考》可見用例。

嶄巖岞峈，𡾊峍崆峒①。腰前萬柏〔一〕，帶後千松〔二〕。

或藏棲鳳，或隱遊龍②。魚鱗百疊，鳥翅千重〔三〕③。

猿啼北岫，雉鴝南峰④。招河引濟，納海呑江⑤。

時逢赤子，數值黄公⑥。飛簾出岫〔四〕，屏翳昇峰⑦。

豐隆南北〔五〕，列缺西東〔六〕⑧。春林照灼，夏卉青葱。

凌明巧更，負局遊蹤〔七〕⑨。陽抽雪白，陰放花紅⑩。

【校記】

〔一〕「萬柏」，「柏」字原爲旁注，三寶、醍乙、江户刊本、維寶箋本作「萬劫」，據高甲、寶龜、六寺本及宫本旁注補「柏」字。

〔二〕「帶後」，原作「却帶」，成簣堂、三寶、高甲、高乙、寶龜、六寺、正丙本同，據醍乙、江户刊本、維寶箋本改。「千松」，成簣堂本作「千松柏」。《校勘記》：「『腰前萬柏却帶千松』是，但『腰前』與『却帶』不對，『却』爲『脚』之誤歟？或原文爲『帶脚後千松』。」《考文篇》：「今定爲『万柏帶後』，蓋『却』是『脚』字假借，與『腰』相對，再案爲『帶』，後人誤以爲『刼』。」

〔三〕「重」，原作「里」，成簣堂、三寶、高乙、寶龜、醍乙、江户刊本、維寶箋本同。《考文篇》：「千重，各本作『千里』，正丙本改作『重』，是也。『重』與『疊』即是的名對。」據正丙、六寺本改。

〔四〕「飛簾」，豹軒藏本鈴木虎雄注：「『簾』當作『廉』。」鈴木説是。原旁注「風名也」，成簣堂本同，三寶、寶龜、六寺本注「風名」，高甲、醍乙、江户刊本、維寶箋本注「風神也」。

〔五〕「豐隆」，三寶、寶龜本作「豐降」，右旁注「隆亻」，高甲、醍乙、江户刊本、維寶箋本注「雷」。

〔六〕「列缺」，醍乙本注「月」。

〔七〕「負局」，原旁注「仙名也」，成簣堂、三寶、寶龜本同。

【考釋】

①「嶄巖」二句：漢司馬相如《上林賦》：「深林巨木，嶄巖嵾嵳。」（《文選》卷八）漢張衡《南都賦》：「其山則……岝㟧嵬嵬，嶮巇屹𡾊。」（《文選》卷四）巉崒：謂山勢曲折蜿蜒。梁江淹《扇上綵畫賦》：「山乃嶄巖巉崒。」（《江文通集彙注》卷二）崆峒：傳黄帝問於廣成子之所，在今甘肅平涼西。《莊子·在宥》：「黄帝立爲天子十九年，令行天下，聞廣成子在於空同之上，故往見之。」

②「或藏」二句：維寶箋：「《括地志》曰：『龍池山，四方高，中有池，方七百里，群龍居之，食五花樹。』」

③「魚鱗」二句：維寶箋：「魚鱗鳥翅，山重疊貌。」唐王勃《出境遊山》：「峰斜連鳥翅，磴疊上魚鱗。」

（《全唐詩》卷五六）

④「猿啼」二句：晉左思《蜀都賦》：「白雉朝雊，猩猩夜啼。」（《文選》卷四）

⑤「招河」二句：維寶箋：「《風俗通》曰：『濟水出常山。』」晉左思《吴都賦》：「或吞吐而納漢。」（《文選》卷五）

⑥「時逢」二句：維寶箋引漢劉向《列仙傳》：「赤松子，神農時雨師。」（《藝文類聚》卷二）黄公：黄石公，漢初仙人，曾傳授張良《太公兵法》，見《史記·留侯世家》。

⑦「飛簾」二句：飛簾：即飛廉，風神。《楚辭·離騷》：「前望舒使先驅兮，後飛廉使奔屬。」王逸注：「飛廉，風伯也。」屏翳：傳説中神名。一説指雲神。《九歌·雲中君》王逸注：「雲神，豐隆也，一曰屏翳。」一説指雨師。《山海經·海外東經》：「雨師妾在其北。」晉郭璞注：「雨師，謂屏翳也。」一説指雷師、風師。

⑧「豐隆」二句：豐隆：雷之神。《楚辭·離騷》：「吾令豐隆乘雲兮，求宓妃之所在。」《淮南子·天文訓》：「季春三月，豐隆乃出，以將其雨。」高誘注：「豐隆，雷也。」列缺：閃電。漢司馬相如《大人賦》：「貫列缺之倒景兮，涉豐隆之滂濞。」（《漢書·司馬相如傳》）顔師古注：「服虔曰：列缺，天閃也。」

⑨「凌明」二句：凌明：謂陵陽子明。晉郭璞《遊仙詩》：「陵陽挹丹溜。」（《文選》卷二一）李善注：「《列仙傳》曰：陵陽子明者，銍鄉人也，好釣魚，於涎溪釣得白魚，腸中有書，教子明服食之法，子明遂上黄山，採玉石脂服之，三年，龍來迎去。」《校勘記》：「『凌明』當是『陵陽子明』之略。《史記·司馬相如

傳》：『反太一，而從陵陽。』裴駰集解：『仙人陵陽子明也。』」維寶箋：「《列仙傳》曰：『負局先生，負石磨鏡，局狗吳中街磨鏡，得一錢因磨之。』異本箋曰：『負局者，《唐文粹》有負局生，局，棋局也。』《晉書》曰：『王質入山斫木，見二童子圍棋，坐觀之，及起，斧已爛矣。』」

⑩「陽抽」二句：晉左思《招隱詩》其一：「白雪停陰岡，丹葩曜陽林。」（《文選》卷二二）

以上二十四句十二韻，上平聲一東（峒、公、東、紅）與三鍾（松、龍、重、峰、蹤）、四江（江）通押。據《廣韻》，東、鍾、江互不同用，《南北朝詩人用韻考》此三韻有同用之例。

玄犀競入，白虎争居①。　黄熊東越，赤豹西踰②。
狌狌殞命〔一〕，狒狒殘軀〔二〕③。　巖棲六駮，岫隱騶虞〔三〕④。
時看麋鹿，乍見騊駼〔四〕⑤。　猿公騰跳，獞子趑趄〔五〕⑥。
文麟重踏〔六〕，巨象踟蹰⑦。　神能致雨，湧氣成朱〔七〕⑧。
舒陽罄絶〔八〕，奮足騰虚⑨。　歌鸞棲蔭〔九〕，舞鳳陽居⑩。

【校記】

〔一〕「狌狌」，原作「牲牲」，成簣堂、三寶、高甲、正丙、六寺本同，據江户刊本、維寶箋本改。

〔二〕「狒狒」，正丙、醍乙、松本、江户刊本、維寶箋本作「拂拂」。

〔三〕「騶虞」，原旁注「獸名」，成簣堂、三寶、高甲、寶龜、六寺本同。

〔四〕「騊駼」，三寶、寶龜、六寺本旁注「北海有獸形如馬」，高甲本注「馬也」。

〔五〕「獋子」，六寺本左旁注「似犬如人獸也」。

〔六〕「文麟」，寶龜本作「文驎」，醍乙、江户刊本、維寶箋本作「文鱗」。

〔七〕「成朱」，原作「城朱」，各本同，《考文篇》改作「成朱」。《校勘記》：「『城』爲『成』誤。」今從之。

〔八〕「陽」，《校注》：「亦疑當作『暘』。」

〔九〕「棲蔭」，《譯注》：「和下句『陽居』對應，當作『陰棲』。」

【考釋】

①「玄犀」二句：《譯注》引晉左思《蜀都賦》：「孔翠群翔，犀象競馳。」（《文選》卷四）《山海經・西山經》：「又北二百二十里，曰盂山……其獸多白狼、白虎。」

②「黄熊」二句：漢揚雄《羽獵賦》：「鉤赤豹，摼象犀。」（《文選》卷八）

③「狌狌」二句：狌狌：即猩猩。《山海經・南山經》：「有獸焉，其狀如禺而白耳，伏行人走，其名曰狌狌。」狒狒：《爾雅・釋獸》：「狒狒如人，被髮迅走，食人。」晉郭璞《山海經圖贊》：「狒狒怪獸，被髮操竹，獲人則笑，脣蔽其目，終亦號咷，反爲我戮。」（《爾雅・釋獸》邢昺疏引）

④「巖棲」二句：《詩・秦風・晨風》：「山有苞櫟，隰有六駮。」毛傳：「駮，如馬，倨牙，食虎豹。」晉左思《吴都賦》：「驀六駮，追飛生。」（《文選》卷五）騶虞：傳説中的義獸。《詩・召南・騶虞》：「彼茁者葭，

壹發五豝，于嗟乎騶虞。」毛傳：「騶虞，義獸也，白虎，黑文，不食生物，有至信之德則應之。」漢司馬相如《封禪文》：「囿騶虞之珍群，徼麋鹿之怪獸。」（《文選》卷四八）

⑤「時看」二句：麋鹿：《孟子・梁惠王上》：「樂其有麋鹿魚鼈。」騊駼：良馬名。《爾雅・釋畜》：「騊駼，馬。」晉郭璞注引《山海經》：「北海内有獸，狀如馬，名騊駼，色青。」漢司馬相如《上林賦》：「其獸則麒麟角端，騊駼橐駝。」（《文選》卷八）

⑥「猿公」二句：猿公：《吴越春秋・勾踐陰謀外傳》：「越有處女出於南林，國人稱善……越王乃使使聘之，問以劍戟之術，處女將北見於王，道逢一翁，自稱曰袁公，問於處女：『吾聞子善劍，願一見之。』女曰：『妾不敢有所隱。惟公試之。』於是袁公即杖箖箊竹，竹枝上頡，橋未墮地，女即捷末……袁公即飛上樹，變爲白猿。」𤟤子：獸名，猿的一種。晉左思《吴都賦》：「其上則猿父哀吟，𤟤子長嘯。」（《文選》卷五）劉逵注：「𤟤子，猿類，猿身人面，見人嘯。」李善注引《山海經》：「獄法之山有獸，狀如犬，人面，見人則笑，名𤟤。」

⑦「文麟」二句：漢司馬相如《上林賦》：「珉玉旁唐，玢豳文鱗。」（《文選》卷八）麟：當指麒麟。《詩・周南・麟之趾》：「麟之趾，振振公子。」《春秋公羊傳》哀公十四年：「麟者，仁獸也。」重踏：即重疊。

⑧「神能」二句：上句用巫山雲雨故事。宋玉《高唐賦》謂楚懷王夢見巫山神女，「王因幸之，去而辭曰：『妾在巫山之陽，高丘之阻，旦爲朝雲，暮爲行雨，朝朝暮暮，陽臺之下。』旦朝視之，如言」（《文選》卷

一九）。湧氣：維寶箋：「《荊州圖》曰：『宜郡望周山山根，有湧泉成溪，溪水注，天陰欲雨，輒有赤氣，故名曰丹溪。』」《校注》：「『朱』亦疑當作『珠』。」

⑨「舒陽」二句：維寶箋：「舒陽，山足，指陽方也。奮足，奮山足也。騰虛，云其高峻也。《廣韻》曰：『麓，山足也。』」《譯注》：「礬絶，山峭立貌。騰虛，聳立空中。鄭德明《南康記》：『遠望嵯峨，靈闕騰空。』」

⑩「歌鸞」二句：《山海經・海外西經》：「此諸夭之野，鸞鳥自歌，鳳鳥自舞。」

以上二十句十韻，上平聲九魚（居、趄、蹰、虚）與十虞（逾、軀、虞、朱）、十一模（駼）通押。據《廣韻》，魚和虞、模不同用，但《南北朝詩人用韻考》有同用之例。

王雎頡頏〔一〕，鴳鵲翱翔〔二〕①。鷫鷞寶艶〔三〕，翡翠花光②。
山鷄或隱，澤雉番藏〔四〕③。孤鴻拂岫，旅雁遊崗〔五〕④。
四文成體〔六〕，五德爲章⑤。聞弓睒眼〔七〕，見彈侏張⑥。孤雁〔八〕。
能依寒暑〔九〕，善逐陰陽⑦。銜蘆意迫，刷羽神惶⑧。
遊燕爲侶，出塞成行⑨。

【校記】

〔一〕「王」，原作「五」，醍乙、松本、江户刊本、維寶箋本作「天」，江户刊本、維寶箋本旁注「王」，六寺本眉注「五亻」。《校勘記》：「『五』爲『王』誤。《詩·周南·關雎》傳『鳩，王雎也』。」據成簣堂、三寶等本改。

〔二〕「䳀」，寶龜本作「翅」。

〔三〕「寶」，原作「珤」，各本同。「艶」，江户刊本、維寶箋本作「體」，旁注「艶亻」。《校勘記》：「『珤』爲『瑶』之誤，『瑶』爲『寶』的古體。『體』爲『艶』之誤。」今據改。

〔四〕「番」，江户刊本、維寶箋本作「翻」。

〔五〕「旅」，原作「張」，三寶、高乙、正丙、醍乙、松本、江户刊本、維寶箋本同，寶龜本作「彌」，三寶、寶龜本旁注「旅亻」。《校勘記》：「『張』爲『旅』之誤。」盛江案：日本漢字偏旁「弓」俗寫作「方」，故易將「旅」之偏旁「方」誤作「弓」，而作「張」。據成簣堂本改。

〔六〕「成」，江户刊本、維寶箋本作「爲」。《校勘記》：「『爲』爲『成』之誤。」

〔七〕「睒眼」，《校勘記》：「『睒眼』爲『睒睗』之訛。」

〔八〕「孤雁」，高甲、醍乙、江户刊本無。

〔九〕「暑」，原作「署」，三寶、高甲、高乙本同，據成簣堂、六寺、醍乙等本改。

【考釋】

①「王雎」二句：王雎：《爾雅·釋鳥》：「鵙鳩，王鵙。」郭璞注：「雕類，今江東呼之爲鶚，好在江渚

山邊食魚。」漢揚雄《羽獵賦》：「王雎關關，鴻雁嚶嚶。」頡頏：鳥飛上下貌。《詩・邶風・燕燕》：「燕燕于飛，頡之頏之。」毛傳：「飛而上曰頡，飛而下曰頏。」鳺鸛：傳説中異鳥名。晉王嘉《拾遺記》「後漢」條：「章帝永寧元年，條支國來貢異瑞，有鳥名鳺鸛，形高七尺，解人語，其國太平，則鳺鸛群翔。」（《漢魏六朝筆記小説大觀》）

②「鶢鶋」二句：鶢鶋：海鳥名。晉左思《吴都賦》：「鶢鶋避風，候雁造江。」劉逵注：「鶢鶋，鳥也，似鳳。《左傳》曰：海鳥爰居，止魯東門外三日，臧文仲使國人祭之，不知其鳥，以爲神也。」翡翠：鳥名。《逸周書・王會》：「倉吾翡翠，翡翠者所以取羽。」（《叢書集成初編》）《楚辭・招魂》：「翡翠珠被，爛齊光些。」（《文選》卷三三）晉左思《吴都賦》：「山鷄歸飛而來棲，翡翠列巢以重行。」（《文選》卷五）

③「山鷄」二句：漢馬融《長笛賦》：「山鷄晨群，野雉晁雊。」（《文選》卷一八）《莊子・養生主》：「澤雉十步一啄，百步一飲。」

④「孤鴻」二句：維寶箋：「《隋書》曰：『盧思道爲《孤鴻賦》。』」《譯注》引梁沈約《詠湖中雁》：「白水滿春塘，旅雁每迴翔。」（《文選》卷三〇）

⑤「四文」二句：維寶箋：「四文，四時。五德，五行也。」《校注》：「『四』，疑當作『三』，古文『四』作『亖』，『亖』誤为『三』，此積畫之誤也。《御覽》九一五引《帝王世紀》：『黄帝服齊于中宫，坐于玄扈，洛上乃有大鳥，鷄頭，燕喙，龜頸，龍形，麟翼，魚尾，其狀如鶴，體備五色，三文成字，首文曰順德，背文曰信義，膺文曰仁智。』即此文所本。」五德：指鷄。《韓詩外傳》卷二：「君獨不見夫鷄乎，首戴冠者，文也；足

搏距者，武也；敵在前敢鬬者，勇也；得食相告，仁也；守夜不失時，信也。雞有此五德，君猶日瀹而食之者何也。則以其所從來者近也。」梁蕭綱《鷄鳴篇》：「何如五德美，豈勝千里翔。」《先秦漢魏晉南北朝詩·梁詩》卷二十）《譯注》：「四文，指鳳凰。《山海經·海内經》：『鳳鳥首文曰德，翼文曰順，膺文曰仁，背文曰義。』但《南山經》曰：『首文曰德，翼文曰義，背文曰禮，膺文曰仁，腹文曰信。』據此則有五文。五德，亦指鳳凰。晉郭璞《山海經圖贊》鳳凰贊：『八象其體，五德其文。』（《藝文類聚》卷九九）」晉傅玄《鴻鴈生塞北行》：「五德存羽儀，和鳴定宫商。」（《先秦漢魏晉南北朝詩·晉詩》卷一）

⑥「聞弓」二句：睒暘：疾視貌。北周庾信《枯樹賦》：「木魅睒暘。」（《庾子山集注》卷一）倪璠注引《説文》：「睒，暫視貌。」「暘，目疾視貌。」晉左思《吴都賦》：「輕禽狡獸，周章夷猶。狼跋乎紭中，忘其所以睒暘。」（《文選》卷五）李善注：「睒暫視也，暘疾視也。」侏張：維寶箋：「侏張，言衆鳥聞弦聲見彈丸，或形如侏儒蹩，或張羽翼飛移也。」《譯注》：「侏張即周章。」

⑦「能依」二句：《譯注》引《鄭氏婚禮謁文贊》：「雁候陰陽，待時乃舉，冬南夏北，貴其有所。」（《藝文類聚》卷九一）晉孫楚《雁賦》：「候天時以動静，隨寒暑而污隆。」（同上）

⑧「銜蘆」二句：銜蘆：《廣博物志》：「雁銜蘆而捍網，牛結陳以郤虎。」（《尸子》卷下引）《淮南子·修務訓》：「夫雁順風以愛氣力，銜蘆而翔，以備矰弋。」刷羽：禽類以喙整刷羽毛，以便奮飛。梁簡文帝《詠單鳧》：「銜苔入淺水，刷羽向沙洲。」（《藝文類聚》卷九一）梁沈約《詠湖中雁》：「刷羽同摇漾，一舉還故鄉。」（《文選》卷三〇）北周庾信《鴛鴦賦》：「浮波弄影，刷羽乘風。」（《庾子山集注》卷一）唐李白《爲吴

王謝責赴行在遲滯表》：「越禽歸飛，戀南枝而刷羽。」（《李白集校注》卷二六）

⑨「遊燕」二句：梁庾肩吾《和晉安王詠燕》：「夜夜同巢宿，朝朝相背飛。」（《文苑英華》卷三二九）《白虎通・嫁娶》：「（雁）飛成行，止成列。」梁沈約《詠湖中雁》：「懸飛竟不下，亂起未成行。」（《文選》卷三〇）

以上十八句九韻，下平聲十陽（翔、章、張、陽）與十一唐（頏、光、藏、崗、惶、行）通押。

水意①

朝宗尾壑〔一〕，派別昆崙②。千途浩浩，萬里渾渾③。
聲淫宇宙，響震乾坤④。滉瀁霆激，浩汗雷奔⑤。
清波漸汨〔二〕，緑浦潺湲⑥。

【校記】

〔一〕「朝」，原作「潮」，各本同，從《校注》作「朝」。

〔二〕「清」，醍乙、松本、江户刊本、維寶箋本作「汨」，江户刊本、維寶箋本右旁注「清」。「汨」，三寶、寶龜、醍乙、江户刊本作「沺」，三寶本左旁注「細亻」。

【考釋】

① 水意：唐釋皎然《奉應顏尚書真卿觀玄真子置酒張樂舞破陣畫洞庭三山歌》：「顏公素高山水意，常恨三山不可至。」（《吴興晝上人集》卷七，四部叢刊本）

② 「朝宗」二句：《書・禹貢》：「江漢朝宗于海。」《詩・小雅・沔水》：「沔彼流水，朝宗于海。」尾壑：即尾閭，傳説中泄海水之處。《莊子・秋水》：「天下之水，莫大於海，萬川歸之，不知何時止而不盈；尾閭泄之，不知何時已而不虚。」成玄英疏：「尾閭者，泄海水之所也。」《列子・湯問》：「渤海之東，不知幾億萬里，有大壑焉，實惟無底之谷，其下無底，名曰歸墟。」《水經注・河水》引徐幹《齊都賦》：「川瀆則洪河洋洋，發源崑崙，九流分逝，北朝滄淵，驚波沛厲，浮沫揚奔。」派別：晉左思《吴都賦》：「百川派別，歸海而會。」（《文選》卷五）

③ 「千途」二句：《楚辭・九章・懷沙》：「浩浩沅湘，分流汩兮。」晉陶淵明《命子》：「渾渾長源，鬱鬱洪柯。」（《陶淵明集》卷一）晉夏侯湛《江上泛歌》：「江水兮浩浩，長流兮萬里。」（《藝文類聚》卷八）

④ 「聲淫」二句：《譯注》引晉蘇彦《於西陵觀濤》：「訇隱振宇宙，瀄礚津雲連。」（《藝文類聚》卷九）

⑤ 「滉瀁」二句：滉瀁：廣闊無涯，蕩瀁。魏曹植《節遊賦》：「望洪池之滉瀁，遂降集乎輕舟。」（《藝文類聚》卷二八）《抱朴子・暢玄》：「或滉漾於淵澄，或雰霏而雲浮。」浩汗：水盛大貌。魏曹丕《濟川賦》：「漫浩汗而難測，眇不睹其垠際。」（《藝文類聚》卷八）

⑥ 「清波」二句：瀄汩：水流激蕩貌。漢枚乘《七發》：「瀄汩潺湲，披揚流灑。」（《文選》卷三四）梁王

僧孺《白馬篇》：「瀚汩河水黄，參差嶂雲黑。」（《樂府詩集》卷六三）潺湲：水流貌。《楚辭·九歌·湘夫人》：「荒忽兮遠望，觀流水兮潺湲。」

以上十句五韻，上平聲二十三魂（崙、渾、坤、奔），唯有第五聯「湲」屬上平聲二十八山韻。《廣韻》「魂」與「山」不同用，《南北朝詩人用韻考》有同用之例。

泓澄沉瀁，泙湃漣漪①。蜃⿰虫林或滿〔一〕，蜯水能虧②。

雲從浪覆，日逐波欹③。青楊映浦〔二〕，緑竹生湄④。

溝清沸瀆，含緑由潴〔三〕。澄如碧玉，皎若瑠璃⑤。

朝看白獺，暮視玄龜。三眸競出〔四〕，六眼奔馳⑥。

楚臣嗚咽，舜婦含悲⑦。彈琴就岸，寫曲臨池⑧。

湘妃遥曳〔五〕，洛女逶迤⑨。年來若此，歲去如兹⑩。

【校記】

〔一〕「蜃」，原左旁注「大蛤也」，成簣堂、寶龜、六寺本同，三寶本右旁注「時忍反大蛤也」。「⿰虫林」，《校勘記》：「『⿰虫林』爲『淋』之誤。」

〔二〕「楊」，松本、江户刊本、維寶箋本作「陽」。「映」，醍乙、維寶箋本作「暎」。

〔三〕「由豬」，維寶箋：「由豬，恐『由漪』歟，韻不調故。」

〔四〕「競」，原作「竟」，成簣堂、高甲、高乙、醍乙、江户刊本、維寶箋本同，據三寶本改。

〔五〕「遥」，豹軒藏本鈴木虎雄注：「遥，當作『摇』。」

【考釋】

①「泓澄」二句：沆瀁：水廣闊貌。晉左思《吴都賦》：「泓澄奫潫，澒溶沆瀁。莫測其深，莫究其廣。」（《文選》卷五）晉郭璞《江賦》：「極望數百，沆瀁皛溔。」（《文選》卷一二）泙湃：形容波浪衝擊。漢司馬相如《上林賦》：「沸乎暴怒，汹湧彭湃。」（《文選》卷八）漣漪：《詩·魏風·伐檀》：「河水清且漣猗。」晉左思《吴都賦》：「剖巨蚌於回淵，濯明月於漣漪。」（《文選》卷五）

②「蜃蝌」二句：維寶箋：「蜃蝌，恐『蜃淋』歟，對蜯水，故《唐書》曰：『太宗謂使臣曰，蜃性含水，待月水生。』」《校注》：「《淮南子·天文》篇：『方諸見月，則津而爲水。』高誘注：『方諸，陰燧，大蛤也。』疑『淋』亦『津』音近之誤。」晉左思《吴都賦》：「蚌蛤珠胎，與月虧全。」（《文選》卷五）《吕氏春秋·精通》：「月望則蚌蛤實，群陰盈；月晦則蚌蛤虚，群陰虧。」

③「雲從」二句：《譯注》引南齊張融《海賦》：「湍轉則日月似驚，浪動而星河如覆。」（《南齊書·張融傳》）梁徐昉《賦得觀濤》：「雲容雜浪起，楚水漫吴流。」（《藝文類聚》卷九）

④「青楊」二句：《詩·衛風·淇奥》：「瞻彼淇奥，緑竹猗猗。」《詩·秦風·蒹葭》：「所謂伊人，在水

之湄。」

⑤「澄如」二句：晉左思《蜀都賦》：「或藏蛟螭，或隱碧玉。」（《文選》卷四）唐杜甫《渼陂行》：「琉璃汗漫泛舟入。」（《杜詩詳注》卷三）

⑥「三眸」二句：維寶箋：「三眸，三眼之龜也。六眼，《義興記》曰：『君山廟，其下有池，池中有三足六眼龜。』」《校注》：「『三眸』，疑當作『三足』。」晉郭璞《江賦》：「有鼈三足，有龜六眸。」（《文選》卷一二）李善注：「《山海經》曰：『三足鼈，歧尾。』《爾雅》：『鼈三足曰能。』郭璞曰：『今吴興郡陽羨縣，山上有池，池中出三足鼈，又有六眼龜。』」

⑦「楚臣」二句：楚臣：指戰國楚詩人屈原。梁鍾嶸《詩品序》：「楚臣去境，漢妾辭宫。」舜婦：堯之二女爲舜之妃，即娥皇、女英，悲舜之死投身湘江而亡。

⑧「彈琴」二句：維寶箋：「彈琴，《吕氏春秋》曰：『伯牙鼓琴，志在流水，鍾子期曰洋洋乎。』寫曲，孔衍《琴操》曰：歌曰：『公無渡河，公竟渡河，公隨河死，當奈公何。曲終亦投河死。』」

⑨「湘妃」二句：湘妃：指舜之二妃。晉張華《遊仙詩》：「湘妃詠涉江。」（《藝文類聚》卷七八）晉摯虞《思遊賦》：「匪時運其焉行兮，乘大虚而摇曳。」（《晉書·摯虞傳》）唐駱賓王《秋雁》：「聯翩辭海曲，遥曳指江干。」（《全唐詩》卷七八）洛女：洛水女神。魏曹植有《洛神賦》，曰：「揚輕襪之猗靡兮，翳修袖以延佇，體迅飛鳧，飄忽若神，陵波微步，羅襪生塵。」（《文選》卷一九）

⑩「年來」二句：《論語·子罕》：「子在川上曰：『逝者如斯夫，不舍晝夜。』」

以上二十四句十二韻，上平聲五支（漪、虧、攲、璃、馳、池、迤）與六脂（湄、龜、悲）、七之（玆）通押。第五聯之「豬」屬上平聲九魚韻，《廣韻》中魚韻獨用。

鯤鰽鮫鯌〔一〕，鱣鮪鱒魴①。鯸鮐比目〔二〕，鮷鱧魦鱨②。
紫鱗素甲，春躍冬藏〔三〕③。朱頭活活，頳尾洋洋④。
聽琴踴躍，逐餌低昂〔四〕⑤。時逢豫子，或值文王⑥。
冠山跳吼〔五〕，呼舳翱翔〔六〕⑦。睛如兔影〔七〕，目似烏光〔八〕⑧。

【校記】

〔一〕「鰽鮫鯌」，高甲本作「鰽鯌鮫」，正丙本作「鮫鰽鯌」。「鰽」，三寶、寶龜本作「鰡」，三寶本脚注「鰽イ」，江户刊本、維寶箋本旁注「鰡イ」。

〔二〕「比」，三寶本作「此」。

〔三〕「藏」，醍乙本作「龍」，江户刊本、維寶箋本作「蘢」，右旁注「藏イ」。

〔四〕「昂」，高甲、高乙、正丙本作「昇」。

〔五〕「吼」，高乙本作「孔」。

〔六〕「舳」，寶龜本作「船」。

〔七〕「晴」，成簣堂、三寶、六寺、醍乙、江户刊本、維寶箋本作「精」，寶龜本旁注「精亻」，六寺本眉注「晴亻」。「兔影」，原旁注「月」，成簣堂、寶龜、六寺、醍乙本同，三寶本注「月也」。

〔八〕「烏光」，成簣堂、寶龜、六寺、醍乙本旁注「日」，三寶本注「日也」。

【考釋】

①「鯤鱐」二句：鯤：《莊子·逍遥遊》：「北冥有魚，其名爲鯤。鯤之大，不知其幾千里也。」陸德明《釋文》引李頤注：「鯤，大魚名也。」鱐：魚名，鬣黄色。鮫：鯊魚。漢張衡《南都賦》：「鱏鱣鰅鱅，黿鼉鮫鱐。」（《文選》卷四）李善注：「鮫，鯌屬也，皮有班文而堅。」鯌：鯊魚，古稱鮫魚。三國吴沈瑩《臨海水土異物志》：「鯌，腹下正白，長五尺。」（《初學記》卷三〇引）鱣：鱘鰉魚。《爾雅·釋魚》「鱣」郭璞注：「鱣，大魚，似鱏而短鼻，口在頷下，體有邪行甲，無鱗，肉黄，大者長二三丈，今江東呼爲黄魚。」鮪：鱘魚和鰉魚之古稱。《詩·周頌·潛》：「有鱣有鮪，鰷鱨鰋鯉。」鱒：赤眼鱒，亦名紅眼魚。魴：鯿魚之古稱。《詩·豳風·九罭》：「九罭之魚鱒魴。」晉左思《吴都賦》：「躍龍騰蛇，鮫鯔琵琶，王鮪鯸鮐，鮣龜鱕鯌。」（《文選》卷五）《蜀都賦》：「鱣鮪鱒魴，鮷鱧魦鱨。」（《文選》卷四）

②「鯸鮐」二句：鯸鮐：河豚之别稱。晉左思《吴都賦》劉逵注：「鯸鮐，魚，狀如科斗，大者尺餘，腹下白，背上青黄，有黄文，性有毒。」（《文選》卷五）比目：《爾雅·釋地》：「東方有比目魚焉，不比不行，其名謂之鰈。」《史記·封禪書》：「東海致比目之魚。」晉左思《吴都賦》：「雙則比目，片則王餘。」（《文選》卷

五）鮷：大鮎魚。鱧：俗稱黑魚、烏鱧。漢張衡《西京賦》：「然後釣魴鱧。」（《文選》卷二）魦：同「鯊」。鱨：黄鱨魚，又名黄頰魚。見前引左思《蜀都賦》。

③「紫鱗」二句：晉左思《蜀都賦》：「觴以清醥，鮮以紫鱗。」（《文選》卷四）唐杜甫《麗人行》：「水精之盤行素鱗。」（《杜詩詳注》卷二）

④「朱頭」二句：朱頭：疑是頭爲紅色之魚。赬尾：《詩·周南·汝墳》：「魴魚赬尾，王室如燬。」毛傳：「赬，赤也，魚勞則尾赤。」孔穎達正義：「鄭氏曰：魚肥則尾赤。」晉張協《七命》：「范公之鱗，出自九溪，赬尾丹鰓，紫翼青鬐。」（《文選》卷三五）活活：水流貌。洋洋：盛大貌。《詩·衛風·碩人》：「河水洋洋，北流活活。施罛濊濊，鱣鮪發發。」

⑤「聽琴」二句：《荀子·勸學》：「瓠巴鼓瑟，而流魚出聽。」《列子·湯問》：「瓠巴鼓琴，而鳥舞魚躍。」陳江總《賦得詠琴》：「戲鶴聞應舞，遊魚聽不沉。」（《初學記》卷一六）

⑥「時逢」二句：豫子：古代傳説中漁師豫且，亦稱余且、予且。《莊子·外物》：「神龜能見夢於元君，而不能避余且之網。」文王：周文王，用太公望吕尚釣於渭濱遇見周文王事，見《史記·齊太公世家》。

⑦「冠山」二句：《列子·湯問》：「渤海之東不知幾億萬里，有大壑。……其中有五山焉……使巨鼇十五舉首而戴之。迭爲三番，六萬歲一交焉，五山始峙。」又《符子》：「東海有鼇焉，冠蓬萊而遊於滄海……群蟻曰：『彼之冠山，何異乎我之戴粒也。』」（《藝文類聚》卷九七）晉左思《吴都賦》：「長鯨吞航，

修鯢吐浪。」（《文選》卷五）晉木華《海賦》：「魚則橫海之鯨，突扤孤遊，戛巖嶅，偃高濤，茹鱗甲，吞龍舟。」（《文選》卷一二）

⑧「睛如」二句：兔影：月光。唐盧照鄰《江中望月》：「沈鈎摇兔影，浮桂動丹芳。」（《全唐詩》卷四二）烏光：指日光，此處描寫巨鯨。維寶箋：「《日時食制》曰：『鯨鯢瞳子如三升碗，大骨可爲方臼。』《古今注》曰：『鯢大者亦長千里，眼睛爲明月珠。』」梁任昉《述異記》卷上：「南海有明珠，即鯨魚目瞳，鯨死而目皆無精，夜可以鑒，謂之夜光。」（中華書局一九八五年）

以上十六句八韻，下平聲十陽（魴、鱨、洋、王、翔）與十一唐（藏、昂、光）通押。

雪　意①

光含秋月，麗若春霞②。飄飄天際，散漫欹斜③。

從風玉礫，逐吹瓊砂④。朝疑柳絮，夜似梅花⑤。

花生桂苑〔一〕，粉落田家⑥。看鴻入苑〔二〕，望蝶歸花⑦。

燕人惆默，漢使咨嗟⑧。同觀瑞鳥〔三〕，共眺仙車⑨。

寒添薄帳，冷足單家⑩。

【校記】

〔一〕「苑」，原作「花」，成簣堂、三寶、高乙本同，正丙本作「苑花」，據六寺、江户刊本、維寶箋本改。

〔二〕「苑」，原作「花」，各本同，據高乙本改。

〔三〕「觀」，醍乙、松本、江户刊本、維寶箋本作「視」。

【考釋】

①雪意：唐韋應物《司空主簿琴席》：「流連白雪意，斷續迴風度。」（《全唐詩》卷一八六）

②「光含」二句：梁何遜《和司馬博士詠雪》：「凝階夜似月，拂樹曉疑春。」（《何遜集校注》卷二）維寶箋：「秋月，劉璠《雪賦》曰：『侣北荒之明月，若西昆之閬風。』」唐太宗《望雪》：「縈空慚夕照，破彩謝晨霞。」（《全唐詩》卷一）

③「飄飖」二句：梁裴子野《詠雪》：「飄飖千里雪，倏忽度龍沙。」（《藝文類聚》卷二）《譯注》引梁劉孝綽《對雪》：「詎比咸池曲，飄飖千里飛。」（《藝文類聚》卷二）劉宋謝惠連《雪賦》：「其爲狀也，散漫交錯，氛氲蕭索……聯翩飛灑，徘徊委積。」（《文選》卷一三）

④「從風」二句：梁何遜《詠春雪寄族人治書思澄》：「本欲映梅花，翻悲似玉屑。」（《何遜集校注》卷二）梁裴子野《詠雪》：「從雲合且散，因風卷復斜。」（《藝文類聚》卷二）《譯注》引梁簡文帝《同劉諮議詠春雪》：「晚霰飛銀礫，浮雲暗未開。」（《藝文類聚》卷二）梁何遜《和司馬博士詠雪》：「若逐微風起，誰言

非玉塵。」(《何遜集校注》卷二)

⑤「朝疑」二句:《世説新語·言語》:「謝太傅寒雪日内集,與兒女講論文義。俄而雪驟,公欣然曰:『白雪紛紛何所似?』兄子胡兒曰:『撒鹽空中差可擬。』兄女曰:『未若柳絮因風舞。』公大笑樂。」《譯注》引梁劉孝綽《對雪》:「桂華殊皎皎,柳絮亦霏霏。」(《藝文類聚》卷二)梁簡文帝《同劉諮議詠春雪》:「看花言可折,定自非春梅。」(同上)

⑥「花生」二句:維寶箋:「古詩:『春雪滿空來,觸處似花開。』粉落,李花《含元賦》曰:『海神飛雪,瑶城粉野。』」《譯注》引陳張正見《玄圃觀春雪》:「拂鶴伊川上,飄花桂苑中。」(《初學記》卷二)《詠雪應衡陽王教》:「入窗輕落粉,拂柳駛飛綿。」(《文苑英華》卷一七九)

⑦「看鴻」二句:《譯注》引梁簡文帝《詠雪顛倒使韻》:「鹽飛亂蝶舞,花落飄粉奩。」(《藝文類聚》卷二)梁裴子野《詠雪》:「拂草如連蝶,落樹似飛花。」(同上)

⑧「燕人」二句:燕人:未詳。憫默:江淹《哀千里賦》:「既而悄愴成憂,憫默自憐。」(《江文通集彙注》卷一)「漢使」句用漢蘇武故事。《漢書·蘇武傳》:蘇武使於單于被拘,「單于愈益欲降之,乃幽武置大窖中,絶不飲食。天雨雪,武卧齧雪與旃毛並咽之,數日不死,匈奴以爲神」。

⑨「同觀」二句:維寶箋:「瑞鳥,北齊《明堂樂歌》:『瑞鳥飛玄扈。』仙車,《曹攄别傳》曰:『周靈王起昆明之臺,有二人乘飛遊之輦上席,其一人先唱能爲霜雪,於是引氣一吸,則雲起雪飛。』」《譯注》引陳徐陵《詠雪》:「明朝闕門外,應見海神車。」(《藝文類聚》卷二)漢張衡《西京賦》:「含利颬颬,化爲仙車。」(《文選》卷二)

⑩「寒添」二句：維寶箋：「薄帳，《唐書》曰：『郭元振就其牙帳，計會軍事，時天大雪，元振立帳前，須臾雪深，烏質不勝寒苦，會罷死焉。』」單家：寒家。《三國志·蜀書·諸葛亮傳》注引《魏略》：「（徐）庶，先名福，本單家子，少好任俠擊劍。」《晉書·蘇峻傳》：「峻本以單家，聚衆於擾攘之際。」《三國志·魏書·張既傳》注引《魏略》：「既世單家，富爲人，有容儀，少小工書疏，爲郡門下小吏，而家富。自惟門寒，念無以自達。」

以上十八句九韻，下平聲麻韻（霞、斜、砂、花、家、嗟、車）。

平原蕊落，上苑花開①。隨風宛轉，逐吹徘徊②。
朝光玉殿，夜照瓊臺③。歸林蝶去〔一〕，入苑鴻來。
登絃曲美〔二〕，入調聲哀④。班婕扇至〔三〕，洛媛裙開〔四〕⑤。
凝階似粉，凍木如梅〔五〕⑥。

【校記】

〔一〕「蝶」，三寶本作「蜿」，右旁注「蝶イ」。

〔二〕「絃」，醍乙本作「泫」。

〔三〕「婕」，三寶、寶龜本作「姬」，六寺本眉注「姬」。

〔四〕「洛媛」，醍乙本作「浴媛」，三寶本作「洛爈」，右旁注「婕」。

〔五〕「木」，原作「水」，各本同。《譯注》以意改作「木」，今從之改。

【考釋】

①「平原」二句：《譯注》引唐太宗《喜雪》：「蕊間飛禁苑，鶴處舞伊川。」（《全唐詩》卷一）

②「隨風」二句：陳徐陵《詠雪》：「豈若天庭瑞，輕雪帶風斜。」（《藝文類聚》卷二）維寶箋引李白《酬殷明佐見贈五雲裘歌》：「瓊臺雪花數千點，片片吹落春風香。」（《李白集校注》卷八）《譯注》引劉宋謝惠連《雪賦》：「憑雲陞降，從風飄零。」（《文選》卷一三）梁何遜《和司馬博士詠雪》：「蕭散忽如盡，徘徊已復新。」（《何遜集校注》卷二）

③「朝光」二句：劉宋謝惠連《雪賦》：「於是臺如重璧，逵似連璐，庭列瑤階，林挺瓊樹。」（《文選》卷一三）《譯注》引梁沈約《詠餘雪》：「玉臺新落構，青山已半虧。」（《藝文類聚》卷二）

④「登絃」二句：指入於樂曲之雪。《淮南子·覽冥訓》：「師曠奏《白雪》之音，而神物爲之下降。」高誘注：「《白雪》，太乙五十絃琴瑟樂名也。」宋玉《對楚王問》：「其爲《陽春》、《白雪》，國中屬而和者不過數十人。」

⑤「班婕」二句：漢班婕妤《怨歌行》：「新裂齊紈素，皎潔如霜雪，裁爲合歡扇，團團如明月。」（《文選》卷二七）梁劉孝綽《對雪》：「耻均班女扇，羞儷曹人衣。」（《藝文類聚》卷二）魏曹植《洛神賦》：「仿佛

兮若輕雲之蔽月，飄颻兮若流風之迴雪。」（《文選》卷一九）

⑥「凝階」二句：《譯注》引梁吴均《詠雪》：「縈空如霧轉，凝階似花積。」（《藝文類聚》卷二）

以上十四句七韻，上平聲十五灰（徊、梅）與十六咍（開、臺、來、哀）通押。

花飛染樹〔一〕，蕊落遥天①。朝看玉扇，夜望瓊塵〔二〕②。
依樓玉砌，入野銀田③。霏霏户際，皎皎簷前④。
雰雰入水，沫沫登山〔三〕⑤。還同碎玉，不異銀田。
先滋粟麥，亦表豐年⑥。芬芳入扇，婉約登紘⑦。
林間皎絜，月下光鮮⑧。

【校記】

〔一〕「染」，《校注》：「『染』，疑當作『遠』，聲近之誤也。」

〔二〕「塵」，《校注》：「『塵』，疑當作『簷』，始與上下文韻叶。」

〔三〕「沫沫」，成簣堂本作「洙洙」。《校勘記》：「『沫沫』爲『昧昧』之訛。《廣雅》：『昧昧，暗也。』」

【考釋】

①「花飛」二句：維寶箋引裴子野《詠雪》：「拂草如連蝶，落樹似飛花。」（《文苑英華》卷一五四）《譯注》引梁庾肩吾《詠花雪》：「飛花灑庭樹，凝瑛結井泉。」（《藝文類聚》卷二）

②「朝看」二句：上句用漢班婕妤《怨歌行》意。《譯注》引梁何遜《和司馬博士詠雪》：「若逐微風起，誰言非玉塵。」（《何遜集校注》卷二）唐陳子良《詠春雪》：「光映妝樓月，花承歌扇風。」（《全唐詩》卷三九）

③「依樓」二句：陳張正見《詠雪應衡陽王教》：「睢陽生玉樹，雲夢起瓊田。」（《文苑英華》卷一七九）《譯注》引梁庾肩吾《詠花雪》：「已飄黄竹路，共慶白渠田。」（《藝文類聚》卷二）

④「霏霏」二句：《詩·小雅·采薇》：「昔我往矣，楊柳依依。今我來思，雨雪霏霏。」《譯注》引梁劉孝綽《對雪》：「桂華殊皎皎，柳絮亦霏霏。」（《藝文類聚》卷二）

⑤「雰雰」二句：《譯注》引《詩·小雅·信南山》：「上天同雲，雨雪雰雰。」梁簡文帝《同劉諮議詠春雪》：「入池消不積，因風隨復來。」（《藝文類聚》卷二）劉宋鮑照《學劉公幹體》：「胡風吹朔雪，千里度龍山。」（《文選》卷三一）

⑥「先滋」二句：《譯注》引晉孫楚《雪賦》：「肅肅三麥，實從豐年。」（《藝文類聚》卷二）劉宋謝惠連《雪賦》：「盈尺則呈瑞於豐年，袤丈則表沴於陰德。」（《文選》卷一三）

⑦「芬芳」二句：前句用漢班婕妤《怨歌行》詩意，下句爲歌《白雪》意。

⑧「林間」二句：劉宋謝惠連《雪賦》：「庭列瑤階，林挺瓊樹，皓鶴奪鮮，白鷴失素。……若迺積素未虧，白白朝鮮……至夫繽紛繁鶩之貌，皓旰皦潔之儀，迴散縈積之勢，飛聚凝曜之奇，固展轉而無窮，嗟難得而備知。……風觸楹而轉響，月承幌而通暉。」（《文選》卷一三）劉宋鮑照《學劉公幹體》：「艷陽桃李節，皎潔不成妍。」（《文選》卷三一）

以上十八句九韻，下平聲一先（天、田、前、年、絃）與二仙（鮮）通押，但第二聯「塵」爲上平聲真韻，第五聯「山」爲二十八山韻，押韻不合理。

雨意

山雲靄靄，海氣濛濛①。　投林亂鳥，入塞迷龍〔一〕②。
玉女之電〔二〕，美人之虹③。　夜瞻神女，朝看海童④。
鸞崗住柏〔三〕，鳳嶺傾松。　滂沱入海，瀺灂歸江⑤。
南堂草碧，北苑花紅⑥。　朝瞻白馬，夕眺玄龍⑦。

【校記】

〔一〕「塞」，原作「寒」，成簣堂、三寶、高乙、正丙本脚注「塞」，六寺本右旁注「寒イ」，據六寺本改。
〔二〕「玉」，成簣堂、三寶本作「王」。

〔三〕「崗」，原右旁注「岡亻」，醍乙、松本、江户刊本、維寶箋本作「崽」。

【考釋】

①「山雲」二句：靄靄：雲煙密集貌。晉陶淵明《停雲》：「靄靄停雲，濛濛時雨。」（《陶淵明集》卷一）濛濛：迷茫貌。《詩·豳風·東山》：「零雨其濛。」漢嚴忌《哀時命》：「霧露濛濛，其晨降兮。」（《楚辭補注》卷一四）

②「投林」二句：《三國志·魏書·管輅傳》注引《管輅别傳》：「輅與倪清河相見，既刻雨期。……至日向暮，了無雲氣，衆人並嗤輅。輅言：『樹上已有少女微風，樹間又有陰鳥和鳴。又少男風起，衆鳥和翔，其應至矣。』須臾果有艮風鳴鳥。日未入，東南有山雲樓起，黄昏之後，雷聲動天。到鼓一中，星月皆没，風雲並興，玄氣四合，大雨河傾。」《淮南子·墬形訓》：「土龍致雨，燕雁代飛。」高誘注：「湯遭旱，作土龍以象龍。雲從龍，故致雨也。」《論衡·亂龍》：「董仲舒申《春秋》之雩，設土龍以招雨，其意以雲龍相致。」

③「玉女」二句：《神異經》：「東王公與玉女投壺，梟而脱，誤而不接，天爲之笑，開口流光，今電是也。」（《太平御覽》卷一三）《異苑》：「古語有之曰：『古者，有夫妻，荒年菜食而死，俱化成青虹，故俗呼爲美人虹。』」（《太平御覽》卷一四）

④「夜瞻」二句：宋玉《高唐賦》：「旦爲朝雲，暮爲行雨。朝朝暮暮，陽臺之下。」（《文選》卷一九）李

善注：「朝雲、行雨，神女之美也。」晉左思《吴都賦》：「江斐於是往來，海童於是宴語。」（《文選》卷五）劉逵注：「海童，海神童也。」李善注：「《神異經》曰：『西海有神童，乘白馬，出則天下大水。』」《譯注》引北周庾信《和李司録喜雨》：「海童還碣石，神女向陽臺。」（《庾子山集注》卷四）

⑤「滂沱」二句：滂沱：雨大貌。《詩·小雅·漸漸之石》：「月離于畢，俾滂沱矣。」晉左思《蜀都賦》：「雖星畢之滂沱，尚未齊其膏液。」（《文選》卷四）瀺灂：水聲。宋玉《高唐賦》：「巨石溺溺之瀺灂兮，沫潼潼而高厲。」（《文選》卷一九）李善注：「瀺灂，石在水中出没之貌。……《埤蒼》曰：『瀺灂，水流聲貌。』」漢司馬相如《上林賦》：「臨坻注壑，瀺灂賈墜。」（《文選》卷八）李善注引《字林》：「瀺灂，小水聲。」

⑥「南堂」二句：唐太宗《詠雨》：「雁濕行無次，花霑色更鮮。」（《全唐詩》卷一）唐虞世南《發營逢雨應詔》：「隴麥霑逾翠，山花濕更然。」（《全唐詩》卷三六）

⑦「朝瞻」二句：《神異經》：「西海上有人焉，乘白馬，朱鬣，白衣赤冠，從十二童子，馳馬西海上如飛，名曰河伯使者，其所至之國，雨水滂沱。」（《太平御覽》卷一一）

以上十六句八韻，上平聲一東（濛、虹、童、紅）與三鍾（龍、松）通押，然第六聯「江」字屬上平聲四江，《廣韻》中此三韻不同用，《南北朝詩人用韻考》有同用之例。

霞遊桂棟，礎潤蘭房①。　林風窈窕，山石玄黄②。

不殊京縣，還如洛陽〔一〕③。淋泠檀邑，霢霂金鄉〔二〕④。

分遊洞澗，派入枯塘〔三〕⑤。浮池汗汗〔四〕，覆沼湯湯⑥。

波中月動，水上雲蕩〔五〕⑦。霄埋兔影，晝掩龍光⑧。

田農獻疋，治粟酬觴⑨。能除蜀忿〔六〕，巧滅齊遑⑩。

雲開斗上，月度星傍⑪。平原沛沛，下隰湯湯〔七〕⑫。

番人西怨，姬客東傷〔八〕⑬。

【校記】

〔一〕「陽」，原作「湯」，據成簣堂、三寶、高甲、高乙、寶龜、六寺等本改。

〔二〕「金鄉」，醍乙本作「全卿」，松本、江户刊本、維寶箋本作「全鄉」。

〔三〕「塘」，原作「溏」，高甲、高乙、正丙本同，據成簣堂、三寶、六寺等本改。

〔四〕「汗汗」，成簣堂、高乙、寶龜、正丙本作「汙汙」，醍乙本作「行行」。

〔五〕「蕩」，三寶本右訓「トラカル」，六寺本訓「トラク」。《考文篇》作「雲湯」，云：「按『蕩』是上聲，不協陽唐韻，高山寺乙本改作『湯』是也。《廣韻》云：『湯：流貌。』」《校勘記》：「『湯』是。『蕩』爲上聲養韻，又去聲漾韻，也與陽唐韻不協。」

〔六〕「忿」，三寶、六寺、醍乙本作「急」。《校勘記》：「『蜀急』是。」

〔七〕「隰」，醍乙、松本、江户刊本、維寶箋本作「濕」，江户刊本、維寶箋本注「隰イ」。

〔八〕「客」，松本、醍乙、江户刊本、維寶箋本作「容」。

【考釋】

①「霞遊」二句：桂棟：桂木所作梁棟，形容華麗之房屋，且常與雨有關。《楚辭·九歌·湘夫人》：「桂棟兮蘭橑，辛夷楣兮葯房。」梁沈約《郊居賦》：「浮蘭煙於桂棟，召巫陽於南楚。」（《梁書·沈約傳》）北周庾信《終南山義谷銘》：「桂棟凌波，柏梁乘雨。」（《庾子山集注》卷一二）蘭房：高雅之居房。魏阮籍《詠懷詩》：「仙者四五人，逍遥晏蘭房。」（《阮籍集校注》卷下）礎潤：《淮南子·説林訓》：「山雲蒸，柱礎潤。」劉宋謝莊《喜雨》：「燕起知風舞，礎潤識雲流。」（《藝文類聚》卷二）《譯注》引梁江淹《雜體詩·張黄門協苦雨》：「水鸛巢層甍，山雲潤柱礎。」（《文選》卷三一）北齊魏收《喜雨》：「霞暉染刻棟，礎潤上雕楹。」（《文苑英華》卷一五三）

②「林風」二句：窈窕：深奥貌。漢王延壽《魯靈光殿賦》：「旋室㛹娟以窈窕，洞房叫窱而幽邃。」（《文選》卷一一）玄黄：天地之色。《易·坤卦·文言》：「夫玄黄者，天地之雜也，天玄而地黄。」

③「不殊」二句：京縣：南齊謝朓《晚登三山還望京邑》：「灞涘望長安，河陽視京縣。……餘霞散成綺，澄江静如練。」（《文選》卷二七）劉良注：「京縣，洛陽也。」

④「淋泠」二句：淋泠：義不詳，疑霖雨之貌。檀邑：維寶箋：「《博物志》曰：『太公爲灌檀令，三日

疾風暴雨過。』」霢霂：小雨。《詩・小雅・信南山》：「益之霢霂，既優既渥。」毛傳：「小雨曰霢霂。」南齊謝朓紀旻《閑坐聯句》：「霢霂微雨散，葳蕤蕙草密。」（《謝宣城集校注》卷五）《譯注》引陳江總《遊攝山棲霞寺》：「霢霂時雨霽，清和孟夏肇。」（《廣弘明集》卷三〇）金鄉：《校勘記》：「《後漢書・郡國志》：『山陽郡金鄉。』」

⑤「分遊」二句：維寶箋：「洞澗，張元賓得仙入花陽洞，爲理禁伯，其職主水，蓋雨官也。」

⑥「浮池」二句：維寶箋：「浮池，古詩曰：『驟雨鳴池沼。』」汗汗：廣大無際貌。晉潘岳《西征賦》：「其池則湯湯汗汗，滉瀁瀰漫，浩如河漢。」（《文選》卷一〇）湯湯：水盛大貌。《書・堯典》：「湯湯洪水方割，蕩蕩懷山襄陵，浩浩滔天。」孔傳：「湯湯，流貌。」《詩・衛風・氓》：「淇水湯湯，漸車帷裳。」毛傳：「湯湯，水盛貌。」

⑦「波中」二句：《譯注》引梁吴均《遥贈周承》：「練練波中月，亭亭雲上枝。」（《藝文類聚》卷三一）梁劉孝綽《月半夜泊鵲尾》：「月光隨浪動，山影逐波流。」（《藝文類聚》卷二七）梁吴均《至湘州望南岳》：「朧朧樹裏月，飄飄水上雲。」（《文苑英華》卷一六〇）

⑧「霄埋」二句：兔影：月光。龍光：此當指日光。

⑨「田農」二句：治粟：《史記・陳丞相世家》：「問錢穀，責治粟内史。」維寶箋：「田農，《歲時記》曰：『六月必有三時雨，農家以爲甘雨。』治粟，依雨潤治粟，民鄉富設宴也。」二句當寫因雨豐收景象。

⑩「能除」二句：維寶箋：「蜀忿，《魏志》曰：『曹真伐蜀，從子午道，司馬宣王泝漢水，當會南鄭諸

軍，或從斜谷道，或從武威入，會大霖雨，三十餘日，棧道斷絶，詔真還軍。』」《譯注》謂指《蜀本紀》所記事：秦王誅蜀侯惲，後迎葬咸陽，天雨三月，不通，因葬成都，故蜀人求雨祠蜀侯，必雨（《太平御覽》卷一一）。維寶箋：「齊遑，《孔子家語》曰：『齊有一足之鳥，止于殿前。訪諸孔子，曰：且謡曰：天將大雨，商羊鼓舞。今齊有之，其應至矣。急告民趨治溝，將有大雨。果有霖雨，雨水溢泛，諸國傷害民人，唯齊有備不敗。景公曰：聖人之言，信而有徵矣。』」

⑪「雲開」二句：《天文要集》：「北斗之旁有氣，往往而黑，狀似禽獸，大如皮席，不出三日，必雨。」又曰：「北斗者，不欲雲覆之，黑雲覆之，大雨。」（《太平御覽》卷一〇）《詩·小雅·漸漸之石》：「月離于畢，俾滂沱矣。」

⑫「平原」二句：《譯注》引晉陸雲《愁霖賦》：「高岸涣其無涯兮，平原蕩而爲淵。」（《陸雲集》卷一）沛沛：充盛貌。《孟子·梁惠王上》：「天油然作雲，沛然下雨，則苗浡然而興之矣。」漢王褒《九懷》：「望淮兮沛沛，濱流兮則逝。」（《楚辭補注》卷一五）《論衡·自紀》：「河水沛沛，比夫衆川，孰者爲大？」下隰：地勢低而潮濕。

⑬「番人」二句：番人、姬客二句事未詳，當爲感歎大雨之害之事。

以上二十六句十三韻，下平聲十陽（房、陽、鄉、湯、觴、傷）與十一唐（黄、塘、光、遑、傍）通押，然第七聯「蕩」爲去聲，與前後文不協韻。

青牛道絶，白馬雲行①。澆魚鳥吼〔一〕，樹液龍驚②。

添桃葉浄，灌李花明③。波中月出，浪裏雲生④。

【校記】

〔一〕「澆」，高乙、正丙本作「洗」。「魚」，三寶、松本、江户刊本、維寶箋本作「莫」。豹軒藏本鈴木虎雄注：「『澆莫』或者爲『曉暮』之訛。」《校勘記》：「『澆莫』是，梁武帝《手敕何胤敕》：『世道澆暮，争詐繁起。』『澆莫』與『澆暮』同意歟？」《校注》：「疑『莫』爲『漠』之誤。」「吼」，成簣堂、三寶本作「孔」，三寶本訓「ナキ」，眉注「乳イ」，六寺本作「乳」，眉注「吼イ」。

【考釋】

①「青牛」二句：維寶箋：「青牛，老子也。《老子》曰：『飄風不終日，驟雨不崇朝。』」《譯注》引顧微《廣州記》：「鬱林郡山東南有一池，池邊有一石牛，人祭祀之，若旱，百姓殺牛祈雨，以牛血和泥，泥石牛背，祠畢則天雨大注。」（《太平御覽》卷一一）白馬：《譯注》引劉宋永初《山川記》：「鄱陽長壽山，山形似馬，白雲出於鞍中，不崇朝而雨。」（同上）盛江案：舊時習俗，立春日塑青土牛用以勸耕，《隋書·禮儀志》：「立春前五日，於州大門外之東，造青土牛兩頭，耕夫犁具。立春，有司迎春於東郊，竪青幡於青牛之傍焉。」

②「澆魚」二句：《譯注》引《淮南子·泰族訓》：「其且雨也，陰曀未集而魚已噞矣。」《詩·豳風·東

山》：「我來自東，零雨其濛，鸛鳴于垤，婦歎于室。」毛傳：「將陰雨則穴處先知之矣，鸛好水，長鳴而喜也。」《譯注》：「二句謂下雨之前兆。」《校注》：「『樹液龍驚』，句義不明，『樹液』或『注海』之誤歟？」盛江案：樹，疑「澍」字誤訛。液即液雨。澍液即澍雨、澍霖。《尚書大傳》卷二：「久矣天之無烈風澍雨。」鄭玄注：「暴雨也。」

③「添桃」二句：維寶箋：「添桃，杜詩：『曉看紅濕處，花重錦官城。』魏知古詩：『濯枝林李發，潤葉渚浦生。』花明，王維詩：『柳暗百花明。』波中浪裏，共云雨也。」《譯注》引梁劉孝威《和皇太子春林晚雨詩》：「蝶濡飛不颺，花霑色更紅。」（《藝文類聚》卷二）又《望雨》：「交枝含曉潤，雜葉帶新光。」（同上）

④「波中」二句：與上「波中月動，水上雲蕩」二句意趣相同。

以上八句四韻，押下平聲十二庚韻（行、驚、明、生）。

風意

遊江入漢，拂水搖臺①。飄颻鄉竹，涉獵敲梅〔一〕②。
從花宛轉，逐葉徘徊③。逕窗燭滅〔二〕，入户燈摧④。
從絃逐管，合律應灰〔三〕⑤。過林響切，入樹聲哀⑥。
昇臺帳卷，入户簾開⑦。歎能葉舞〔四〕，怨則林頹⑧。
飄飄日去〔五〕，颯颯時來〔六〕⑨。

【校記】

〔一〕「敲」，成簣堂、三寶、高甲、醍乙、江户刊本、維寶箋本作「攲」，成簣堂本脚注「敲」。

〔二〕「逕」，周校：「『逕』，疑當作『經』。」「滅」，江户刊本、維寶箋本作「減」。

〔三〕「合」，三寶本作「令」。「灰」，醍乙、正丙本作「火」。

〔四〕「歎」，松本、江户刊本、維寶箋本作「難」。《校勘記》：「『歎』是。」

〔五〕「去」，成簣堂本作「玄」。

〔六〕「颯颯」，三寶本作「往往」。

【考釋】

①「遊江」二句：維寶箋：「遊江，古詩：『輕浮緑波生水面。』摇臺，風拂水而波生，波中之影臺動摇，故云摇臺也。」《譯注》引宋玉《風賦》：「故其清涼雄風，則飄舉升降，乘凌高城，入于深宫，邸華葉而振氣，徘徊於桂椒之間，翱翔於激水之上。」（《文選》卷一三）唐李嶠百詠詩《風》：「若至蘭臺下，還拂楚王襟。」（《全唐詩》卷五九）

②「飄颻」二句：梁簡文帝《詠風》：「飄颻散芳勢，泛漾下蓬萊。」（《文苑英華》卷一五六）維寶箋：「響竹，陳長正詩：『翠竹夾梁池，聊依萬籟響。』畝梅，《歲時記》：『有二十四番花，始於梅花。』」「鄉」通「響」。《譯注》引陳祖孫登《詠風》：「飄颺楚王宫，徘徊繞竹叢。」（《藝文類聚》卷一）唐李嶠百詠詩《風》：

「帶花疑鳳舞，向竹似龍吟。」（《全唐詩》卷五九）宋玉《風賦》：「獵蕙草，離秦衡。」（《文選》卷一三）唐李白《新林浦阻風寄友人》：「昨夜北湖梅，開花已滿枝。」（《李白集校注》卷一三）

③「從花」二句：梁鍾嶸《詩品》中：「范詩清便宛轉，如流風迴雪。」陳祖孫登《詠風》：「帶葉俱吟樹，將花共舞空。」（《藝文類聚》卷一）

④「逕窗」二句：《譯注》引梁費昶《詠入幌風》：「能使蘭膏滅，乍見珠簾開。」（《文苑英華》卷一五六）

⑤「從絃」二句：維寶箋：「從絃，《家語》曰：『彈五絃之琴，歌《南風》之詩。』」《譯注》引梁費昶《詠風》：「飄香雙袖裏，亂曲五絃中。」（《藝文類聚》卷一）唐李嶠百詠詩《風》：「月動臨秋扇，松清入夜琴。」（《全唐詩》卷五九）《周禮·春官·保章氏》：「以十有二風，察天地之和，命乖別之妖祥。」鄭玄注：「十有二辰，皆有風吹其律，以知和不。」《呂氏春秋·音律》：「大聖至理之世，天地之氣，合而生風。日至則月鐘其風，以生十二律：仲冬日短至，則生黄鐘；季冬生大呂；孟春生太蔟；仲春生夾鐘；季春生姑洗；孟夏生仲呂；仲夏日長至，則生蕤賓；季夏生林鐘；孟夏生夷則；仲秋生南呂；季秋生無射；孟冬生應鐘。天地之風氣正，則十二律定矣。」應灰：《後漢書·律曆志》：「陰陽和則景至，律氣應則灰除。……候氣之法，爲室三重，户閉，塗釁必周，密布緹縵，室中以木爲案，每律各一，内庳外高，從其方位，加律其上，以葭莩灰抑其内端，案曆而候之，氣至者灰動。其爲氣所動者其灰散，人及風所動者其灰聚。」

⑥「過林」二句：維寶箋：「過林，《養生經》曰：『林中多疾風，富貴多諛言。』」陳祖孫登《詠風》：「帶

葉俱吟樹，將花共舞空。……試上高臺聽，悲響定無窮。」（《藝文類聚》卷一）梁劉孝綽《詠風》：「鳴絃玉樹，焕此銅池。」（同上）

⑦「昇臺」二句：宋玉《風賦》：「乘臨高城，入于深宫。……躋于羅帷，經于洞房。」（《文選》卷一三）梁簡文帝《詠風》：「傳涼入鏤檻，發氣滿瑶臺。」（《藝文類聚》卷一）《譯注》引梁劉孝綽《詠風》：「羅幃自舉，襟衿乃披。」（同上）梁賀文標《詠春風》：「排簾動輕幔，汎水拂垂楊。」（同上）

⑧「歎能」二句：《譯注》引《楚辭・九歌・湘夫人》：「嫋嫋兮秋風，洞庭波兮木葉下。」梁簡文帝《詠風》：「亟摇故葉落，屢蕩新花開。」（《藝文類聚》卷一）

⑨「飄飄」二句：晉陶淵明《與殷晉安别》：「飄飄西來風，悠悠東去雲。」（《陶淵明集》卷二）《譯注》引晉陶淵明《歸去來兮辭》：「舟遥遥以輕颺，風飄飄而吹衣。」（同上卷五）《楚辭・九歌・山鬼》：「風颯颯兮木蕭蕭，思公子兮徒離憂。」

以上十八句九韻，上平聲十五灰（梅、佪、摧、灰、頹）與十六咍（臺、哀、開、來）通押。

無形無像，能重能輕①。　冬涼白黑〔一〕，夏暖朱青〔二〕②。
八方異號，四序殊名③。　銅禽已舉〔三〕，石燕番零〔四〕④。
偏從暈月，好逐箕星⑤。　颼飀馬叫，飈颵雷驚⑥。
吹天西側，鼓地東傾⑦。

【校記】

〔一〕「黑」，江户刊本、維寶箋本作「馬」。《校勘記》：「『白馬』爲『白黑』之誤。《漢書·藝文志》：『景星青赤出陽道，白黑出陰道。』」

〔二〕「青」，《校注》：「『青』，疑當作『禽』，漢《鐃歌》十八曲有《朱鷺》。」

〔三〕「銅禽」以下至本卷結束，高乙本無。

〔四〕「番」，江户刊本、維寶箋本作「翻」。

【考釋】

①「無形」二句：《譯注》引梁何遜《詠風》：「可聞不可見，能重復能輕。」（《藝文類聚》卷一）唐王勃《詠風》：「去來固無跡，動息如有情。」（《全唐詩》卷五五）維寶箋：「能輕，《國語》曰：『飄風之末不能舉鴻毛。』」

②「冬涼」二句：維寶箋：「徐玉泉《白馬詩》曰：『月下嘶風祇聽聲，牛馬見風則走，牛喜順風，馬喜逆風也。』」《譯注》引《養性經》：「治身之道，春避青風，夏避赤風，秋避白風，冬避黑風。」（《太平御覽》卷九）《詩·邶風·北風》：「北風其涼，雨雪其雱。」

③「八方」二句：八方之風，説法不一。《吕氏春秋·有始》：「何謂八風，東北曰炎風，東方曰滔風，東南曰熏風，南方曰巨風，西南曰淒風，西方曰飂風，西北曰厲風，北方曰寒風。」《淮南子·墬形

訓》：「何謂八風，東北曰炎風，東方曰條風，東南曰景風，南方曰巨風，西南曰涼風，西方曰飂風，西北曰麗風，北方曰寒風。」《説文解字・風部》：「風，八風也。東方曰明庶風，東南曰清明風，南方曰景風，西南曰涼風，西方曰閶闔風，西北曰不周風，北方曰廣莫風。東北曰融風。」《左傳》隱公五年：「夫舞所以節八音，而行八風。」陸德明《釋文》：「八方之風，謂東方谷風，東南清明風，南方凱風，西南涼風，西方閶闔風，西北不周風，北方廣莫風，東北方融風。」《易通卦驗》：「八節之風，謂之八風：立春條風至；春分明庶風至；立夏清明風至；夏至景風至；立秋涼風至，秋分閶闔風至；立冬不周風至；冬至廣莫風至。」（《古微書》）四序：《爾雅・釋天》：「南風謂之凱風，東風謂之谷風，北風謂之涼風，西風謂之泰風。」

④「銅禽」二句：《述征記》：「長安宮南靈臺上有相風銅烏。或云此烏遇千里風乃動。」（《太平御覽》卷九）《三輔黄圖・漢宮》：「建章宮南……鑄銅鳳高五尺，飾黄金棲屋上，下有轉樞，向風若翔。」石燕：《水經注・湘水》：「（湘水）東南流逕石燕山東，其山有石，紺而狀燕，因以名山，其石或大或小，若母子焉，及其雷風相薄，則石燕群飛，頡頏如真燕矣。」陳徐陵《移齊文》：「長沙鵬鳥，靡復爲妖。湘川石燕，自然還舞。」（《藝文類聚》卷五八）唐盧照鄰《失群雁》：「欲隨石燕沈湘水，試逐銅烏繞帝臺。」（《全唐詩》卷四一）番零：可能意爲翻飛。

⑤「偏從」二句：維寶箋：「暈月，《淮南子》曰：『畫隨灰而月暈闕。』箕星，《春秋緯》曰：『月經于箕，風必揚沙。』」北周王褒《關山月》：「天寒光轉白，風多暈欲生。」（《樂府詩集》卷二三）陳徐陵《關山月》：「蒼茫縈白暈，蕭瑟帶長風。」唐孟浩然《鼓蠡湖中望廬山》：「太虛生月暈，舟子知天風。」（《全唐詩》卷一

五九）《書・洪範》：「庶民惟星，星有好風，星有好雨。」孔傳：「箕星好風，畢星好雨。」劉宋鮑照《舞鶴賦》：「涼沙振野，箕風動天。」（《文選》卷一四）晉張協《雜詩》之九：「雖無箕畢期，膚寸自成霖。」（《文選》卷二九）張銑注：「箕星主風，畢星主雨。月與箕會則風，畢會則雨。」

⑥「颼飀」二句：颼飀：晉左思《吴都賦》：「與風飆颺，颮瀏颼飀。」（《文選》卷五）張銑注：「颼飀，風聲也。」飋颵：風迅疾貌。唐張鷟《遊仙窟》：「婀娜蓊茸，清泠飋颵，鶺鴨分飛，芙蓉間出。」（《唐人小説》，汪辟疆校録，上海：古典文學出版社一九五五年）

⑦「吹天」二句：《淮南子・天文訓》：「昔者共工與顓頊争爲帝，怒而觸不周之山，天柱折，地維絶。天傾西北，故日月星辰移焉。地不滿東南，故水潦塵埃歸焉。」

以上十四句七韻，下平聲十二庚（驚）與十四清（輕、名、傾）、十五青（青、零、星）通押。《廣韻》中，青獨用，庚、清不同用，《南北朝詩人用韻考》可見同用之例。

能馳嘯馬，巧運飛車①。　指南指北，若有若無②。
傾林若實，倒薄疑虚③。　逢崖自卷，入野申舒〔一〕④。
昇沉洌洌〔二〕，上下徐徐⑤。　遥過芍藥〔三〕，參次芙蓉〔四〕。
燈前舞鳥，燭下吟烏〔五〕⑥。

【校記】

〔一〕「申」，江户刊本、維寶箋本作「由」，三寶本右旁注「由イ」。

〔二〕「洌洌」，成簣堂、高甲本作「例例」，醍乙、江户刊本、維寶箋本作「烈烈」。

〔三〕「遥」，《校注》作「經」，謂：「上文『冬意』『萬户經過』，又『山意』『王晉經過』，俱作『經過』，可證。」「芶」，原作「苟」，高甲、寶龜、正丙本同，據成簣堂、三寶等本改。

〔四〕「參次」，《譯注》：「參次，疑爲『參差』之訛。『蓉』音爲上平聲三鍾，不合脚韻，可能是和蓮花意義相同的『蕖』（上平聲九魚）之誤。」

〔五〕原卷有尾記「文鏡秘府論　地」，成簣堂、三寶、高甲、六寺、醍乙本同。江户刊本、維寶箋本記有「文鏡秘府論卷二終」，維寶箋本箋文後題記「文鏡秘府論箋卷第七終」，林田校本記「地」。底頁原有「二交了／願主僧浄玄之本／傳持僧行願之本」。高甲本封底記「長寬三年三月十六日書之」，長寬三年爲一一六五年。

【考釋】

①「能馳」二句：《譯注》引劉宋顔延之《天馬狀》：「遇山爲風，值雲爲電。」（《藝文類聚》卷九三）唐杜甫《房兵曹胡馬》：「竹批雙耳峻，風入四蹄輕。」（《杜詩詳注》卷一）飛車：晉皇甫謐《帝王世紀》：「奇肱民能爲飛車，從風遠行。」（《叢書集成初編》）

②「指南」二句：《西京雜記》卷五：「（董仲舒曰）（陰陽）二氣之初蒸也，若有若無，若實若虚，若方若圓，攢聚相合，其體稍重，故雨乘虚而墜。風多則合速，故雨大而疏；風少則合遲，故雨細而密。」

③「傾林」二句：《淮南子·俶真訓》：「獸走叢薄之中」高誘注：「聚木曰叢，深草曰薄。」

④「逢崖」二句：宋玉《風賦》：「夫風生于地，起于青蘋之末，侵淫谿谷，盛怒于土囊之口，緣泰山之阿，舞于松柏之下。」（《文選》卷一三）

⑤「昇沉」二句：《詩·曹風·下泉》：「洌彼下泉，浸彼苞稂。」晉左思《雜詩》：「秋風何洌洌，白露爲朝霜。」（《文選》卷二九）《易·困卦》九四爻辭：「來徐徐，困于金車。」

⑥「燈前」二句：《譯注》引梁簡文帝《詠風》：「暫舞驚鳧去，時送蘂香來。」（《藝文類聚》卷一）以上十四句七韻，上平聲九魚（車、虚、舒、徐、〔蕖〕）與十虞（無）、十一模（烏）通押。《廣韻》中，魚韻獨用，虞、模不同用，然《南北朝詩人用韻考》有同用之例。

【附録】

藤原濱成《歌經標式》：

凡歌體有三：一者求韻，二者查體，三者雜體。……

查體有七：一者離會（例略）。二者猿尾（例略）。三者無頭有尾（例略）。四列尾（例略）。五有頭無尾（盛江案：此體據鈔本補，例略）。六直語（例略）。七離歌。三句尾字與五句尾字不韻，是也（例略）。

雜體有十：一聚蝶。每句句頭用同事類（例略）。每句有吉無凶，譬如葉蝶聚集一處，故曰聚蝶爲吉。二譴警。言隱語露情也(例略)。是穴粉火四之義也,故曰譴警。如是歌者名爲甲第也。三雙本(此言比多母止)。以六句爲一終,三句爲一韻,六句爲二韻(例略)。四短歌。以五句爲一終,三句爲一韻,五句爲二韻(例略)。五長歌。以二句爲一韻,如是展轉相望(例略)。六頭古腰新。以古事陳發句,以新意陳三句,是雅麗也(例略)。七頭新腰古。以新意陳發句,以古事陳於三句,是爲妙佳也(例略)。八頭古腰古。第一句陳於古事爲頭,第三句陳於古事爲腰,頭腰並陳於古事,故曰頭古腰古,是體或有相對,或無相對,如青黄等,餘亦準知(例略)。九古事意。凡是體非但一例,亦無定處,交錯四句中(例略)。十新意體。是體非是古事,非亦是旨語,或有相對,或無相對,故曰新意(例略)。

(《日本歌學大系》)

喜撰式《倭歌作式》:

凡諸詠有八階:一者詠物,二者贈物,三者述懷,四者恨人,五者惜別,六者謝過,七者題歌,八者和歌。

夫詠物者先初不表名色設對,詠春山時先可表冬山(例略)。

若贈物者純不貴其物,表色仿佛矣。都贈人物豈皆美其物耶(例略)。

若述懷者,後代令軌摸任心莫悴略再三議述之(例略)。

若恨人者,終不破其心,静念掇華述意焉(例略)。

若惜別者,悦喜悲歎猶滿心裏寂寞宣意(例略)。

若謝過者，每句不失義，而解結詠同謝過（例略）。

若題歌者，忽得題早速不看善惡纔去病可好（例略）。

若和歌者，其歌人中取章句相違水火如其每句和（例略）。

（《日本歌學大系》）

壬生忠岑《和歌體十種》：

古歌體（例略，以下例均略）。神妙體。直體。餘情體。寫思體。高情體。器量體。比興體。華艶體。兩方體。

（《日本歌學大系》）